KIM FABER & JANNI PEDERSEN
Winterland

Autoren

Janni Pedersen ist Moderatorin und Kriminalreporterin bei TV2, einem der meistgesehenen Fernsehsender Dänemarks. 2018 wurde sie als beste Nachrichtensprecherin des Jahres ausgezeichnet.

Kim Faber ist Architekt und Journalist bei »Politiken«, einer der größten dänischen Tageszeitungen.

Das bekannte Journalistenpaar hat mit ihrem Debüt »Winterland« einen explosiven und packenden Kriminalroman über Terror, Gewalt, Trauer und Einsamkeit geschrieben. Nach dem großen Erfolg des Reihenauftakts haben auch die Folgebände um das dänische Ermittlerduo Martin Juncker und Signe Kristiansen die SPIEGEL-Bestsellerliste im Sturm erobert.

Von den Autoren bereits erschienen
Winterland · Todland · Blutland · Mörderland

Kim Faber & Janni Pedersen

Winterland

Ein Fall für Juncker & Kristiansen

Deutsch von Franziska Hüther

Die Originalausgabe erschien 2019 unter dem Titel »Vinterland«
bei Politikens Forlag, Kopenhagen.

Die Arbeit der Übersetzerin wurde vom
Deutschen Übersetzerfonds e. V. gefördert.

Penguin Random House Verlagsgruppe FSC® N001967

1. Auflage

Redaktion: René Stein
Umschlaggestaltung: © www.buerosued.de
Umschlagmotiv: © DEEOL by plainpicture/Frederik Schlyter
JaB · Herstellung: DiMo
Satz, Druck und Bindung: GGP Media GmbH, Pößneck
Printed in Germany
978-3-7341-1413-7

www.blanvalet-verlag.de

Für Nana, Ada, Laura und Jon

Prolog

Der Sommerwind streicht ihr warm über das Gesicht. Leicht wie eine Feder geht sie auf bloßen Füßen über die Wiese. Das Gras ist feucht vom Morgentau, irgendwo im Garten zwitschert eine Amsel, und sie spürt eine Freude wie seit Ewigkeiten nicht mehr.

»Ich bin«, sagt sie zu sich selbst, ohne richtig zu wissen, warum. Dann wiederholt sie die Worte mit einem Lächeln, einfach, weil sie so schön klingen. »Ich bin.«

In der Ferne hört sie ein Geräusch, wie von einem Hammer, der mit Wucht auf eine Holzplatte geschlagen wird. Sie sieht sich um. Niemand ist hier. Aber da ist es wieder. Näher diesmal. Sie fühlt Angst in sich aufsteigen, spürt, wie das Geräusch sie packt und in die Höhe zieht. Sie versucht dagegen anzukämpfen, das Bild des Gartens verschwimmt, sie greift danach, doch kann es nicht fassen. In einer langsamen Aufwärtsspirale schwebt sie durch die Schichten zwischen Traum und Wirklichkeit und erwacht mit einem Ruck.

Sie reißt die Augen auf und starrt mit klopfendem Herzen in die Dunkelheit. Ist da jemand? Sie lauscht. Abgesehen vom sanften Rauschen des Windes, der durch die nackten Zweige der Bäume im Hof fährt, ist es totenstill.

Da hört sie es wieder. Drei wütende Schläge. Und plötzlich weiß sie, was es ist. Jemand klopft an der Tür.

Es ist ein fremder Laut. In den vier Jahren, die sie hier

im Haus wohnen, hat sie den Türklopfer nur einige wenige Male gehört, normalerweise bekommen sie keinen Besuch (früher hatten sie Freunde, jetzt nicht mehr). Sie schaut zum Nachttisch. Die grünen Ziffern des Radioweckers zeigen 04.16 Uhr.

Wer sollte hier mitten in der Nacht auftauchen? Die Polizei? Eine Zeit lang haben sie ihn beobachtet, so viel weiß sie, aber in den letzten Jahren nicht mehr. Wer dann? Ein Einbrecher?

Aber würden Einbrecher anklopfen?

Sie streckt den Arm aus und rüttelt an ihrem Mann. Er liegt mit dem Rücken zu ihr und schläft tief, wie sie an seinen schnarchenden Atemzügen erkennen kann. Sie rüttelt erneut an ihm, fester diesmal.

»Was?«, murmelt er schlaftrunken.

»Da klopft jemand. Jetzt wach schon auf!«, sagt sie verärgert.

Er dreht sich umständlich um, stützt sich auf die Ellbogen und bringt seinen großen Körper in eine halb aufrechte Position. »Klopft? Was redest du da?«

Er ist noch nicht richtig wach, die Worte kommen undeutlich aus seinem Mund, dennoch schwingt Unruhe in seiner Stimme mit, vielleicht sogar Angst. Nervös schüttelt sie den Kopf. Was ist nur los?

»Jemand klopft an der Tür. Geh endlich und mach auf.« Ihre Stimme überschlägt sich.

Er seufzt, schwingt die Beine über die Bettkante und steht auf. Schwankt kurz, bevor er das Gleichgewicht wiederfindet und mit schweren Schritten in den Flur geht. Er schließt die Schlafzimmertür hinter sich.

Sie hört, wie er den Schlüssel im Eingangsschloss dreht und die Klinke herunterdrückt. Dann wird die Tür mit einem Ruck aufgestoßen. Undeutliches Stimmengewirr dringt zu ihr durch, jemand spricht, und ihr Mann ruft etwas.

Es klingt, als ob ihn jemand packt und zurück ins Haus drängt. Mit einem dumpfen Dröhnen poltert er gegen die Wand, und er stöhnt auf.

Einen Moment ist sie wie gelähmt. Dann krampft sich ihr Zwerchfell panisch zusammen. Ihr Haus liegt einsam am Waldrand. Die nächste Nachbarin, mit der sie noch nie ein Wort gesprochen hat, lebt mehrere Hundert Meter entfernt. Außerdem ist es eine alte Frau, was sollte sie schon ausrichten?

Die Hunde, schießt es ihr durch den Kopf. Die Hunde!

Sie reißt die Nachttischschublade auf und wühlt darin nach dem Pfefferspray. Dann schlägt sie die Decke zur Seite, springt auf und öffnet vorsichtig die andere Schlafzimmertür, die zum Wohnzimmer führt. Niemand zu sehen. So schnell und so leise, wie ihr einhundertdrei Kilogramm schwerer Körper es zulässt, bewegt sie sich durch den Raum zur Terrassentür.

Sie drückt den Griff nach unten, fast lautlos, öffnet die Tür und läuft hinaus, in Richtung Zwinger. Spürt kaum die beißende Kälte und die Kieselsteine, die in ihre nackten Fußsohlen schneiden.

Die beiden großen, muskulösen Hunde stürmen aus ihrer Hütte und schlagen bei ihrem Anblick an. Sie haben immer schon ihm gehört, nur ihm, und sie hat Angst vor ihnen. Aber jetzt muss sie sie loslassen. Jetzt müssen die Hunde sie beide retten. Das Schloss ist eisig vom Frost, das Metall fühlt sich in ihren warmen Händen wie ein scharfes Messer an, als sie mit zitternden Fingern versucht, es zu öffnen, ohne dabei das Pfefferspray fallen zu lassen. Die Hunde werfen sich erwartungsvoll gegen die Zwingertür, die Mäuler weit aufgerissen, Geifer hängt ihnen von den

9

Lefzen. Sie zieht die Tür auf und tritt zur Seite, um den Tieren Platz zu machen. Spürt eine Welle der Erleichterung.

Noch bevor sie die Tür ganz öffnen kann, wird sie von hinten gepackt.

Sie schreit. Es fühlt sich an, als würden ihre Oberarme in zwei Schraubzwingen gespannt. Finger bohren sich in ihre Haut, und noch bevor sie den Schmerz richtig registrieren kann, wird sie gegen die Zwingertür gepresst. Der stählerne Draht schneidet ihr in Stirn und Wangen, die Hunde auf der anderen Seite des Gitters springen an ihr hoch, ein wildes Knurren dringt aus ihren Kehlen. Der Mundgeruch der Fleischfresser schlägt ihr in einer süßlichen Wolke entgegen, während sie sich auf den Hinterbeinen tanzend wie wahnsinnig gegen das Gatter werfen, mit ihren Krallen tiefe Schrammen in ihrem Gesicht hinterlassen und Löcher in den Stoff ihres Nachthemdes reißen.

Der Mann presst seinen Körper gegen ihren und drückt sie gegen die Zwingertür, um die Hunde zurückzuhalten. Er braucht sein ganzes Gewicht, denn die Hunde sind stark, und sie sind zu zweit. Ihre Lunge wird zusammengequetscht, sie schnappt nach Luft. Gesicht und Brust brennen, sie wimmert machtlos, als sie aus den Augenwinkeln sieht, wie er das Schloss mit der einen Hand einrasten lässt, während er sie mit der anderen festhält wie eine Stoffpuppe. Dann reißt er sie von der Tür weg und stößt sie brutal zu Boden. Sie knallt mit der Schläfe auf die eisigen Fliesen und verliert für ein paar Augenblicke das Bewusstsein.

Als sie wieder zu sich kommt, hat er sie auf den Bauch gedreht. Das Pfefferspray, denkt sie und tastet hektisch danach auf der Erde. Ihre Finger schließen sich um die glatte Spraydose, da stellt sich ein Fuß auf ihren Arm, und sie schreit auf, als er brutal zutritt. Dann wird sie an den Handgelenken gepackt und hochgerissen. Verzweifelt versucht sie, festen Stand zu finden, um nicht mit ihrem vollen Gewicht an den verdrehten Armen und Schultern zu hängen, dennoch breitet sich ein dumpfer Schmerz in sämtlichen Gliedern aus.

Sie ist noch immer benommen. Die Kratzwunden brennen im Gesicht. Der Mann schubst sie rückwärts zurück zur Terrassentür und ins Wohnzimmer. Ihr Mann sitzt auf einem Stuhl beim Esstisch, eine zweite Gestalt steht ein paar Meter entfernt und richtet eine Pistole auf ihn.

Was wollen sie? Sie versucht, sich zu beruhigen. Vielleicht sind es doch nur Einbrecher. Vielleicht wollen sie einfach nur Geld. Schmuck. Ihren Fernseher und die Computer.

Sie wird mit dem Bauch auf den Boden gezwungen. Der Mann, der sie überwältigt hat, geht zu einer Tasche, die bei der Tür zum Eingangsbereich steht. Mühsam dreht sie den Kopf und folgt ihm mit ihrem Blick. Jetzt sieht sie, was sie bereits geahnt hat: Er ist riesig.

Er holt etwas aus der Tasche und kommt mit einer Rolle Klebeband in der Hand zurück. Kniet sich neben sie, dreht ihr die Arme auf den Rücken und fesselt sie mit dem Klebeband. Anschließend macht er dasselbe mit den Knöcheln. Dann packt er ihre Füße und zieht sie wie einen Sack Kartoffeln über den Teppich in eine Ecke des Wohnzimmers.

Sie zittert am ganzen Körper vor Schock, Kälte, Angst und der Ungewissheit, was hier gerade vor sich geht. Tränen laufen ihr übers Gesicht, brennen in den Wunden, die die Krallen der Hunde hinterlassen haben. Der Mann nimmt die Klebebandrolle vom Boden, kommt zu ihr, beißt einen neuen Streifen ab und beugt sich über ihren Kopf. Allmählich dämmert ihr, was er vorhat. Ihr Herz hämmert.

»Nein«, fleht sie. »Meine Nase ist verstopft, ich bekomme keine Luft. Ich ersticke. Ich … Sie dürfen nicht …«

Er schaut sie ausdruckslos an. Dann klebt er ihr seelenruhig den Streifen über den Mund, reißt ein längeres Stück ab, legt es über das erste und wickelt es mehrfach um ihren Kopf.

Sie kämpft gegen die aufsteigende Panik. Wenn sie ihren Atem nicht unter Kontrolle bekommt, ist sie bestimmt in wenigen Augenblicken tot. Das eine Nasenloch ist vollkommen zu, durch das andere saugt sie so viel Luft in die Lunge wie nur möglich.

Langsam gewöhnen sich ihre Augen an die Dunkelheit. Der Mann mit der Pistole hat sich aufs Sofa gesetzt. Der Große ist dabei, ihren Mann am Stuhl festzubinden. Seine aufgerissenen Augen leuchten wie Reflektoren im Dunkeln.

»Was haben wir getan?«, wimmert er.

»*Wir?*« Die Stimme klingt tief und wohlmoduliert. »Wir haben gar nichts getan. *Du* hast etwas getan. Stimmt's?«

»Werde ich … heißt das, ich werde …?« Ihr Mann schluchzt.

Sie spürt, wie die Panik erneut die Kontrolle übernimmt, das bislang offene Nasenloch beginnt zuzuschwellen, und sie saugt verzweifelt die Luft ein. Draußen bellen die Hunde, wenn auch weniger wild als zuvor.

»Ob du was wirst? Sterben?« Der Mann tritt ein paar Schritte zurück und betrachtet sein Werk. »Was glaubst du?«

Der andere ist vom Sofa aufgestanden und reicht ihm etwas. Eine Art Stange? Der Große nimmt sie entgegen. Wiegt sie abschätzend in den Händen. Ihr Mann hustet und stöhnt röchelnd, in ihrem Bauch wächst die Angst.

»Und meine Frau?«

Der Große kommt zu ihr herüber. Stellt sich so dicht vor

sie, dass sie nur den unteren Teil seines Beines sehen kann. Er stützt sich auf die Stange, ein Rohr. Das Metall glänzt schwarz in der Dunkelheit, abgesehen von fünf kleinen, parallel verlaufenden Einkerbungen, die wahrscheinlich von einer Metallsäge stammen, ganz unten am Rohr, direkt vor ihren Augen. Wie Treffermarkierungen auf dem Gewehrkolben eines Scharfschützen.

»Sie hat nichts ... sie hat doch nichts getan«, stammelt ihr Mann.

Der große Mann steht regungslos da. Es kommt ihr wie eine Ewigkeit vor. Die Angst lässt sie die Kontrolle über ihre Blase verlieren, sie spürt den warmen Urin an Oberschenkel und Pobacke hinunterlaufen.

Der Mann dreht sich um und geht zurück zum Tisch. Er betrachtet das Rohr, streicht mit der Hand darüber.

»Die Frage ist nicht nur, was man getan hat. Sondern auch, wer man ist. Was man ist.«

Er schlägt sich ein paar Mal prüfend mit dem Rohr auf die Handfläche. Dann stellt er sich hinter ihren Mann, der sich verzweifelt auf dem Stuhl windet, um zu sehen, was vor sich geht. Doch vergebens, sein Oberkörper ist fest an die Rückenlehne gebunden, er kann den Kopf nicht weiter als neunzig Grad drehen. Mit einem Blick, der tiefste Trauer und Reue verrät, schaut er zu seiner Frau.

»Es tut mir leid«, flüstert er heiser.

Sie hat nicht verstanden, was der große Mann vorhin gemeint hat. Und versteht es immer noch nicht. Für einen Moment scheint alles um sie herum zu erstarren. Die einzigen Geräusche sind der Atem ihres Mannes und der Wind, der draußen im Garten an den Zweigen rüttelt.

Der Garten. Sie spürt noch immer das nasse Gras unter den Füßen. Das Gefühl von Sommer und Glück. Das hier ist nur ein Albtraum, denkt sie. Gleich wachst du auf.

Aber dann umfasst der große Mann mit beiden Händen das Rohr, als wäre es ein Samuraischwert, und wie von einem eiskalten Wind wird all ihre Hoffnung weggefegt. Auf einmal weiß sie, dass sie sich nicht in einem bösen Traum, sondern in der Realität befindet, und sie beide sterben werden.

Sie schreit, doch der Schrei bleibt hinter dem Klebeband hängen.

Der Mann stellt sich breitbeinig auf und geht leicht in die Knie. Er schwingt das Rohr mehrmals vor und zurück, um sich zu vergewissern, dass er damit nicht die Decke trifft. Dann sieht sie, wie er sorgfältig zielt, tief einatmet, die Muskeln des mächtigen Oberkörpers anspannt.

Und schlägt zu.

Verzweifelt wirft sie den Kopf zur Seite, um dem Anblick zu entgehen. Aber das knirschende Geräusch eines Schädels, der wie eine überreife Wassermelone gespalten wird, dringt ungehindert in ihr Gehirn.

23. Dezember

Kapitel 1

Die ersten zwölf Töne von *Smoke on the Water* dringen mühelos durch den Lärm der Menschenmenge. Niels Kristiansen erstarrt und wirft seiner Frau Signe einen missbilligen Blick zu. Die entscheidet sich dafür, den bekanntesten Riff der Rockgeschichte und das Handy in ihrer Jackentasche zu ignorieren. Nach zehn Sekunden sind Deep Purple verklungen, sie atmet erleichtert auf und wirft ihrem Mann ein farbloses Lächeln zu.

Das Paar ist gemeinsam mit den beiden Kindern, dem elfjährigen Lasse und der dreizehnjährigen Anne, bei Ikea. Einem Ort, mit dem sich Signe Kristiansen, gelinde gesagt, schwertut.

Es liegt nicht an den Möbeln oder den Küchenutensilien. Auch nicht an den Bilderrahmen, Raffrollos und Aufbewahrungsboxen ... mit all diesen Dingen hat sie keine Probleme, auch wenn sie sich nicht die Spur für Design interessiert. In ihren Augen ist ein Stuhl, auf dem man einigermaßen gut sitzen kann und der preislich im Rahmen liegt, ein guter Stuhl.

Es sind andere Gründe, die ihr Unbehagen aufflammen lassen. Unter anderem, dass sie – ganz gleich, was sie sucht – jedes Mal in der Abteilung für Yuccapalmen und Duftkerzen endet. Vor allem aber erträgt sie dieses ganze klaustrophobische Gewimmel nicht. Diese ungeheuren Menschenmengen, die sich im selben widerwilligen

Tempo vorwärtsschieben, wie Vieh auf dem Weg zur Schlachtbank. Und dann die Kassen, an denen sie unter Garantie wieder in einer Schlange mit dem Pärchen aus Nordvest landet, jedes Stückchen freier Haut reich dekoriert und drei schwer beladene Einkaufswagen im Schlepptau.

Dass sie dennoch hier ist, und das ausgerechnet am Tag vor Heiligabend, ist einem einzigen Umstand geschuldet: wie tief ihr Zeitkonto für die Familie im Minus steht. Sie arbeitet viel, viel zu viel und hat längst aufgegeben, die angehäuften Überstunden im Blick zu behalten. Und Niels hat längst aufgegeben, danach zu fragen.

Als er am Tag zuvor einen Ausflug zu Ikea vorgeschlagen hatte – »Wir brauchen einen Duschvorhang, Geschenkpapier und Weihnachtskarten« –, hatte sie zu protestieren versucht. Kleinlaut und ohne sich große Illusionen zu machen. Sie erkennt eine verlorene Sache, wenn sie ihr direkt ins Gesicht starrt.

Trotzdem merkt sie auf einmal, wie hier in der Abteilung für Garderobenschränke etwas passiert, während Lasse und Anne voller Vorfreude darüber diskutieren, ob sie gleich im Restaurant zehn Köttbullar mit Kartoffelpüree und Rahmsoße oder doch lieber zwei Fischfilets mit Pommes und Remoulade bestellen sollen. Und Niels unter anerkennendem Grunzen Tür um Tür einer monströsen schwarzen Schrankkombination aus Birkenfurnier öffnet. Ihre Schulter- und Nackenmuskulatur lockert sich, und zu ihrer großen Überraschung stellt sie fest, dass sie hier mitten im Ikea steht und lächelt. Vor Freude über ihre Familie. Darüber, dass Weihnachten ist und sie zusammen sein werden. Vor allem aber darüber, dass sie erst am zweiten Januar wieder arbeiten muss, unvorstellbar weit weg in der Zukunft.

Eine halbe Minute später meldet sich ihr Handy erneut. Ihr Puls steigt. Fünf Sekunden lang hält sie stand, aber dann dreht sie ihrem Mann den Rücken zu. Sie spürt seinen Blick zwischen den Schulterblättern, als sie das Telefon aus der Tasche zieht, und hört, wie er zischt:

»Scheiße, Signe ...«

Auf dem Display steht »Chef«. Der Stellvertretende Polizeiinspektor Erik Merlin ist seit vier Jahren Leiter der Kopenhagener Mordkommission. Er selbst besteht darauf, sein korrekter Titel laute »Leiter der Abteilung für Gewaltkriminalität«, doch seiner Forderung schenkt niemand so richtig Beachtung. Alle titulieren ihn nur als »Chef der MK«. Oder, wie Signe, einfach nur »Chef«.

Er weiß ganz genau, dass sie heute freihat, es muss also um etwas Wichtiges gehen. Etwas, was sie an der Heimatfront teuer zu stehen kommen wird. Kompensationssex, Großputz im Badezimmer, den er sonst immer übernimmt, kurz: irgendwas, was richtig wehtut. Das ist ihr klar, schon bevor sie das Handy ans Ohr nimmt.

Zehn Sekunden lang hört sie zu. »Ich bin in ...«, beginnt sie, doch der Chef hat bereits aufgelegt, bevor sie ihren Satz beenden kann.

Sie dreht sich um. Niels ist dazu übergegangen, demonstrativ Schubladen und Drahtkörbe aus dem Schrank zu zerren. Sie geht zu ihm und schüttelt bedauernd den Kopf.

»Das war Merlin. Ich muss ... es ist ernst. Eine große Explosion auf dem Nytorv ...«

»Auf dem Nytorv?« Niels runzelt die Stirn und greift ihre Hand. »Ist das nicht ... ist da nicht der Weihnachtsmarkt?«

Kurz herrscht vollkommene Leere in Signes Kopf. Dann beginnt ein heißer Klumpen in ihrem Magen zu wachsen. Die Hitze breitet sich in Arme und Beine aus, gleichzeitig beschleunigt sich ihr Herzschlag. Sie reißt ihre Hand los und schlägt sie vor den Mund. Versucht etwas zu sagen, bekommt jedoch kein Wort heraus. Lisa und Jakob, ihre kleine Schwester und deren Mann, wollten mit ihren zwei kleinen Kindern dorthin. Auf einmal wird ihr speiübel, der Mund füllt sich mit Speichel, und sie schluckt hektisch, um den Brechreiz zu unterdrücken. Sie wollten vormittags den Weihnachtsmarkt auf dem Nytorv besuchen und abends zum Essen zu ihnen kommen.

Im absurden Versuch einer mentalen Katastrophenbegrenzung wechselt ihr Gehirn die Frequenz und richtet den Fokus für den Bruchteil einer Sekunde aufs Abendessen, einen Eintopf, der zu Hause in Vanløse vor sich hin köchelt. Hat sie die Herdplatte heruntergedreht, bevor sie losgefahren sind? Doch schon meldet sich wieder die hämmernde Angst.

»Ruf sie an«, sagt Niels, der offensichtlich dasselbe denkt wie sie.

Sie holt erneut das Handy aus der Tasche. Ihre Hände zittern so stark, dass sie die Tasten nicht trifft. Hilflos reicht sie das Telefon ihrem Mann. Er wählt Lisas Nummer und gibt es ihr zurück.

Es klingelt. Dreimal. Dann: »*Der gewünschte Gesprächspartner ist zurzeit nicht erreichbar. Bitte versuchen ...*« Sie hängt auf und versucht es noch mal. Dasselbe Ergebnis. Sie fängt an zu hyperventilieren.

»Ganz ruhig, Signe, es ist sicher alles in Ordnung.« Niels legt ihr den Arm um die Schultern und führt sie zu einem hohen Hocker an einer der Computerstationen für die Verkäufer. Sie setzt sich und versucht, die Tränen zurückzuhalten.

»Was hat Mama?« Anne und Lasse sind dazugekommen und schauen ihre Eltern fragend an.

»Nichts«, sagt Niels. »Gar nichts. Aber in der Stadt ist

etwas Ernstes passiert, und eure Mutter muss … wir müssen …« Er wendet sich Signe zu. »Das Netz ist jetzt natürlich überlastet«, sagt er mit leiser Stimme. »Deshalb kommst du nicht durch.«

Sie nickt. Atmet tief durch. Sie muss sich zusammenreißen. Der Klumpen im Magen ist immer noch da, doch ihre linke Gehirnhälfte gewinnt allmählich die Kontrolle über ihre Körperfunktionen zurück.

»Ich muss zur Arbeit«, sagt sie. »Ich nehme das Auto, und ihr müsst …«

Niels nickt. »Na klar. Wir nehmen ein Taxi nach Hause.« Er mustert sie eindringlich. »Bist du …?«

»Ja«, erwidert sie und küsst ihn schnell auf den Mund. Gibt dann auch den beiden Kindern einen Kuss. »Bis später, ihr zwei. Seid lieb.«

Sie rennt los. Muss sich beherrschen, nicht jedem, der ihr im Weg steht, zuzurufen, dass er verdammt noch mal Platz machen soll, und findet auf wundersame Weise den direkten Weg zum Ausgang. Im Auto atmet sie ein paar Mal tief durch und versucht erneut, die Angst zu verdrängen, rational zu denken und sich auf ihre Aufgabe zu konzentrieren.

Die zweiundvierzigjährige Polizeikommissarin steht nah an der Spitze der pyramidenförmigen Telefonkette – »Kaskadenmodell« genannt –, die in ganz besonderen Fällen von der Kopenhagener Polizei aktiviert wird. So wie jetzt. Sie muss nun drei weitere Kollegen anrufen, und wie durch ein Wunder kommt sie bei zwei von ihnen durch. Beide haben schon von der Explosion gehört und sind bereits unterwegs. Beim letzten muss sie es später noch mal versuchen, falls er wie die anderen nicht ohnehin schon auf dem Weg ist.

Ein weiteres Mal wählt sie die Nummer ihrer Schwester,

wieder kommt keine Verbindung zustande. Sie umklammert das Lenkrad mit beiden Händen, bis die Knöchel weiß hervortreten. Dann schlägt sie mit der Faust dreimal mit voller Wucht auf ihren Oberschenkel und stöhnt vor Schmerz, bevor sie TV 2 News auf dem Handy einschaltet, das sie waagrecht aufs Armaturenbrett stellt. Sie schüttelt den Kopf über sich selbst. Verdammt noch mal, sie muss endlich zusehen, dass sie sich diese Smartphonehalterung und das Bluetooth-Headset anschafft. Eine offenkundig schockierte Nachrichtensprecherin mit leicht zerzauster Frisur versucht, die Story am Laufen zu halten, ohne wirklich zu wissen, was eigentlich passiert ist. Auf dem Nytorv in der Innenstadt kam es heute Vormittag zu einer großen Explosion, liest sie wieder und wieder einen Tweet des Kopenhagener Polizeipräsidiums vor. Polizei und Rettungskräfte seien bereits vor Ort, und auf Twitter werde laufend über die aktuellen Ereignisse informiert.

So weit der derzeitige Stand.

Abgesehen von der großen Zahl an Einsatzfahrzeugen, die mit Höchstgeschwindigkeit Richtung Zentrum rasen, ist die Verkehrslage überraschend normal. Das Handy klingelt, und ihr Herz macht einen Sprung. Aber es ist noch mal Erik Merlin. Sie klemmt sich das Telefon zwischen linkes Ohr und Schulter.

»Chef.«

»Wie lang brauchst du noch?«

»Bin in zehn Minuten da. Knapp zehn.«

»Signe, beeil dich. Es ist schlimm.«

Die Übelkeit kommt zurück. Sie hält an einer Tankstelle beim S-Bahnhof Vesterport, bleibt einen Moment im Auto sitzen und versucht, sich zu sammeln. Dann steigt sie aus und geht in den Laden. Es wird ein langer Tag werden. Und vermutlich eine ebenso lange Nacht. Sie kauft Kaugummi,

Lakritze, Weingummi und eine Flasche Fruchtsaft mit Ingwer, Apfel und Erdbeeren. Außerdem einen Liter Vollmilch. Die Kaffeemaschinen des Polizeipräsidiums produzieren eine einzigartig schauerliche Flüssigkeit, die mit Kaffee allein die Farbe gemein hat. Nur mit jeder Menge Milch verdünnt bekommt sie das Gebräu herunter.

Auf Höhe des Hauptbahnhofs begegnet sie mehreren Polizeifahrzeugen mit Blaulicht und Martinshorn auf dem Weg zur Altstadt; sie muss sich beherrschen, nicht links abzubiegen und ihnen zum Nytorv zu folgen, um dort nach ihrer kleinen Schwester zu suchen.

Hinter dem Glyptotek-Museum quetscht sie das Auto schräg in eine Lücke zwischen zwei Autos, stellt den Motor ab und holt tief Luft. Mehrere Helikopter hängen bereits über Kopenhagen am Himmel. Sie hastet zum Polizeipräsidium, scannt ihre ID-Karte am Eingang und eilt die gewundene Treppe hinauf. Seit den ersten Meldungen zur Explosion sind kaum fünfundvierzig Minuten vergangen. Dennoch wimmelt es auf den Gängen des Gebäudes bereits vor Polizisten in Uniform und Zivil. Im zweiten Stock trifft sie Erik Merlin.

»Hol dir einen Kaffee und komm zur Einsatzzentrale«, brummt ihr Chef.

Signe geht zur Toilette. Schließt die Kabine ab und setzt sich auf den Deckel. Wählt erneut die Nummer ihrer Schwester.

»*Der gewünschte Gesprächspartner ist zurzeit …*«

Sie schlägt die Hände vors Gesicht.

»Lieber Gott …«, murmelt sie und lässt den Tränen freien Lauf.

Kapitel 2

Er sitzt auf einem Kojenbett im Zimmer eines großen Ein-
familienhauses am Rande der seeländischen Provinzstadt
Sandsted. Das Haus ist sein Elternhaus, und das Zimmer
gehörte früher ihm. Das Bett mit dem abgenutzten olivgrünen Bezug stand bereits hier, als er vor über vierzig Jahren
als Achtzehnjähriger von daheim auszog. Er trägt neben
Boxershorts nur ein T-Shirt und fröstelt. Seit einer knappen
Woche friert es stark, bis zu zehn, zwölf Grad minus in der
Nacht. Ein ungewöhnliches meteorologisches Phänomen
in Form eines starken Hochdruckgebiets über der unwirt-
lichen Felseninsel Jan Mayen im Europäischen Nordmeer
ist Richtung Südosten gewandert und hat es sich über dem
nördlichen Teil Norwegens und Schwedens bequem gemacht; von dort pumpt es kontinuierlich große Mengen
eiskalter arktischer Luft über ganz Skandinavien. Noch ist
in Dänemark allerdings keine einzige Schneeflocke gefallen. Im grauen Tageslicht gleichen die Felder hinter dem
Garten einer erstarrten Grimasse – kein Vogel, kein Tier,
kein Lebewesen ist zu sehen, nichts rührt sich außer den
nackten Zweigen der Büsche und Bäume, die von Zeit zu
Zeit erzittern, wenn der Wind über Häuser und Gärten fegt.
   Martin Junckersen – der von allen außer seiner Familie und seiner Frau praktisch schon immer nur Juncker
genannt wird – hört seinen Vater am anderen Ende des
Hauses rumoren. Er wirft einen Blick aufs Handy. Gleich

Viertel vor elf. So lange hat der Alte schon seit Tagen nicht mehr geschlafen. Jetzt tappt er in eines der beiden Badezimmer und klappt mit einem hohlen Klonk die Klobrille hoch. Dann das laute Platschen des Strahls in die Schüssel. Gott sei Dank pinkelt der Vater heute allem Anschein nach nicht daneben.

Juncker lehnt sich mit dem Rücken gegen die Wand und denkt denselben Gedanken, den er in den letzten drei Wochen jeden Morgen gedacht hat: Wie sicher ist er noch gleich, dass dieses Arrangement eine gute Idee ist? Dann steht er auf und schlüpft in eine dunkelblaue Cordhose sowie einen anthrazitfarbenen Fleecepulli.

Er geht in die Küche, nimmt den Deckel von der Kaffeemaschine, füllt Wasser ein und gibt fünf Löffel Pulver in den Filter. Er hört die schlurfenden Schritte des Vaters auf dem Eichenparkett des Wohnzimmers.

»Morgen«, sagt Juncker und zwingt sich, dem alten Mann in der Tür zuzulächeln.

Der Vater starrt ihn mit demselben Ausdruck zögerlichen Erstaunens in den Augen an wie an jedem Morgen, seit der Sohn wieder eingezogen ist. Juncker meint förmlich zu sehen, wie sich der Alte verzweifelt an das Gefühl klammert, dass der Mann, der da in seiner Küche steht und an der Kaffeemaschine hantiert, ein Mensch ist, den er kennt. Mutlos scheint er in den dunklen Wald der Senilität zu rufen, nur um als Antwort ein schwaches Echo seiner eigenen Stimme zu erhalten.

»Guten Morgen«, erwidert der alte Mann mit heiserer, brüchiger Stimme – ein trauriges Überbleibsel der Stentorstimme, die der Anwalt Mogens Junckersen einst wie eine geschliffene Stichwaffe kultivierte und pflegte und dazu verwendete, Richtern, Kollegen, Klienten, Ehefrau und Kindern sowie einer Reihe von Verkäufern und Handwerkern aus der Stadt eine Heidenangst einzujagen. Auch körperlich war er früher ein mächtiger Mann, groß für seine Generation, um die eins fünfundachtzig mit einem Kampfgewicht jenseits der hundertzehn Kilo, einem Brustkorb gleich dem einer Bulldogge und einem Kiefer wie ein Serbe. Jetzt ist der Körper auf eine Hülle gelblicher, faltiger Haut reduziert, als hätte eine ungeübte Aushilfskraft im Weihnachtsgeschäft einen Streifen Geschenkpapier nachlässig um Knöchel, Eingeweide und Muskeln gewickelt.

Juncker öffnet einen Oberschrank, nimmt zwei Becher heraus und stellt sie auf den Küchentisch. Die Kaffeemaschine hustet röchelnd. Er wirft einen Blick auf den Vater, der sich auf einem Stuhl setzt und dort, die Hände auf den Knien, zusammengesunken verharrt. Juncker wartet, bis der Kaffee durchgelaufen ist, dann nimmt er die Kanne und schenkt ein.

»Papa, wir müssen über das Pflegeheim sprechen«, beginnt er.

Der Alte hockt unbeweglich da, die Worte scheinen über seinen Kopf hinwegzufliegen.

»Hörst du mir zu?«

Der Vater schaut auf.

»Ich will nicht.« Trotzig starrt er seinen Sohn an. Und wiederholt mit belegter Stimme: »Ich will nicht ins Pflegeheim. Niemals.«

Seine Mutter ist vor zehn Monaten gestorben. Kurz nach ihrem achtzigsten Geburtstag war Ella Junckersen von den zwanzig bis dreißig Zigaretten, die sie seit ihrem sechzehnten Lebensjahr täglich rauchte, eingeholt worden, und binnen kürzester Zeit hatte der Lungenkrebs die letzten Kräfte aus ihrem ohnehin schon kleinen, zierlichen Körper gesaugt. Medizinisch gesehen machte sie ihren letzten Atemzug an einem kalten Februarmorgen in den grauen

Stunden zwischen Nacht und Tag, tatsächlich aber hatte sie bereits seit mehreren Wochen im Vorland des Totenreiches geweilt, im Morphiumrausch dösend, ohne Kontakt zur Außenwelt.

In den Tagen nach ihrem Tod hatte Mogens Junckersen eine ernste und staatsmännische Miene aufgesetzt, wie es sich für einen Mann von Bedeutung gebührt, der gerade seine Ehefrau verloren hat, die fast sechzig Jahre lang an seiner Seite stand. Erst, als er mit der Hand auf dem weißen Sarg in der Kirche stand und die Trauergäste zum Leichenschmaus nach Hause einladen wollte, bröckelte die Maske. Kein Ton kam über seine Lippen. Stattdessen kullerten ihm die Tränen über die runzeligen Wangen, und Juncker wurde bewusst, dass er seinen Vater noch nie zuvor hatte weinen sehen. Nicht mal, als Junckers großer Bruder gestorben war.

Seit diesem Tag geht es langsam, aber sicher bergab mit dem Alten.

Juncker seufzt und steht auf.

»Ich muss für ein paar Stunden weg. Es ist Brot in der Box und Aufschnitt im Kühlschrank. Und Milch.«

Sein Vater antwortet nicht. Juncker geht ins zweite Badezimmer des Hauses und schließt ab. Stellt sich vor die Toilette, öffnet den Reißverschluss und presst, aber es tut sich nicht viel. Er beneidet seinen Vater um dessen Vermögen, selbst im hohen Alter beim Pinkeln noch einen regelrechten Wasserfall zu produzieren. Er sollte zum Arzt gehen und seinen PSA-Wert untersuchen lassen. Etwas, was er sich selbst nun schon seit fast zwei Jahren täglich sagt.

Nach einer Minute kann er endlich die Blase entleeren. Okay, genug von der Größe meiner Prostata, denkt er und drückt die Spülung. Blickt in den Spiegel. Ohne seine Lesebrille scheint ihm das Gesicht, das daraus zurückstarrt, undeutlich und grobkörnig wie ein altes unterbelichtetes Foto. Er beugt sich über das Waschbecken, formt eine Schale mit den Händen und spritzt sich Wasser in Gesicht und Haare, die, wie er konstatiert, inzwischen dieselbe graue Farbe angenommen haben wie das Fell dieser deutschen Hunderasse ... wie hieß sie noch mal? Juncker überlegt, während er sich abtrocknet. Greift automatisch zum Handy in der Tasche, um es zu googeln. Aber es liegt noch im Zimmer. Weimaraner? Nein, das war es nicht. Aber trotzdem, schöner Hund, und dann fällt es ihm wieder ein. Schnauzer. So heißen sie. Erleichtert atmet er auf und genießt die Gewissheit, dass seine grauen Zellen nach wie vor funktionieren.

Die fortschreitende Demenz des Vaters hat die Angst in ihm eingepflanzt. Es war immer ein wichtiger Bestandteil seines Selbstverständnisses, sich Dinge perfekt merken zu können. Auch Details, Nebensächlichkeiten, *nice to know*. Zu wissen, was alle anderen vergessen haben. Oder noch nie wussten. Und jetzt ist es wichtiger denn je zuvor.

Er streicht das kurzgeschnittene, schnauzerfarbene Haar zurecht, sodass es die hohen Schläfen etwas kaschiert, fährt mit den Händen über die mageren Wangen und reibt prüfend über die Bartstoppeln, aber auf eine Rasur hat er keine Lust.

Dann blickt er einen langen Moment in die tiefliegenden klarblauen Augen im Spiegel, die er von seinem Vater geerbt hat, und sagt leise zu sich selbst, wie er es allmorgendlich tut, solange er denken kann:

»Es wird schon.«

Zurück in seinem Zimmer fischt er ein sauberes, wenn auch nicht gerade frischgebügeltes Hemd und einen abgetragenen schwarzen Blazer aus dem Schrank. Das Gesamtergebnis der Morgentoilette ergibt das Erscheinungsbild eines etwas mehr als durchschnittlich großen Mannes, schlank, bei genauem Hinsehen allerdings auch mit beginnendem Bauchansatz und leicht vorgebeugter Haltung – kurz gesagt das, was man im Polizeijargon als »von durchschnittlicher Statur« bezeichnen würde. Ein Mann, der sich wehmütig von seinen besten Jahren verabschieden muss und dessen Kleidungsstil an gelungenen Tagen und mit etwas gutem Willen als leger-elegant, an gewöhnlichen Tagen als locker bezeichnet werden kann. Und an schlechten als nachlässig.

Kurz erwägt er, in die Küche zu gehen und sich von seinem Vater zu verabschieden, überlegt es sich aber anders, da der Alte seine Anwesenheit vermutlich längst wieder vergessen hat. Draußen zerrt die Kälte an den Nasenhärchen; die sieben Minusgrade fühlen sich aufgrund des zunehmend stürmischen Nordostwinds mindestens doppelt so kalt an. Er zögert. Soll er das Fahrrad nehmen oder doch lieber den großen nagelneuen Volvo XC 90, dessen Lack schwarz im Carport glänzt?

Als er die Bedingungen für seine Versetzung aushandelte, durfte er seinen Titel als Polizeikommissar behalten, wurde jedoch um eine Lohnstufe herabgesetzt. Der Titel ist ihm herzlich egal, und im Grunde käme er auch mit erheblich weniger Geld zurecht, als er nun ausgezahlt bekommt. Ein wenig Extravaganz kann er sich also ruhig leisten. Wenigstens auf einem Gebiet.

Außerdem kann er sich nicht erinnern, jemals ein vergleichbares Hochgefühl erlebt zu haben wie vor einigen Wochen, als er mit der Neuerwerbung vom Parkplatz des Händlers rollte. Er liebt dieses Auto. Das Wohlbehagen, wenn er hinter dem Lenkrad sitzt und spürt, wie der schwarze Ledersitz unter seinem Körper nachgibt, gerade genug, dass er ihm festen Halt bietet und dabei gleichzeitig angenehm weich ist. Das Gefühl diskreter skandinavischer Überlegenheit, wenn er aufs Gaspedal tritt und das schwere Fahrzeug mit einem leisen Brummen, das kaum das dezente Summen der Klimaanlage übertönt, nach vorn schnellt wie ein angreifender Eisbär.

Er weiß, dass er das Rad nehmen sollte, aber der Volvo gewinnt.

Es ist fast vierzig Jahre her, dass er von zu Hause aus- und in die Hauptstadt zog, doch noch immer findet er mit verbundenen Augen den Weg von seinem Elternhaus zum Marktplatz, der von zwei- und dreistöckigen Häusern mit Geschäften im Erdgeschoss eingerahmt wird, viele davon inzwischen mit einem »Zu verkaufen«-Schild im Schaufenster.

An einer Ecke des Platzes gab es bis vor einem halben Jahr einen alten Buchladen. Über fünfzig Jahre lang wurde er vom selben Ehepaar geführt, bis der einundachtzigjährige Buchhändler Knudsen eines Tages mit einem Herzinfarkt umfiel, den Arm voller Romane von Paul Auster. Das dunkelgrüne Schild über dem Fenster, auf dem in großen, goldverzierten Lettern das Wort »BUCHHANDLUNG« zu lesen war, ist verschwunden. Stattdessen steht nun mit weißen Klebebuchstaben »POLIZEI« auf der Schaufensterscheibe, und auf dem Türglas »Öffnungszeiten Mo.–Fr. 9–16 Uhr, Sa.–So. geschlossen.«

Juncker fragt sich, ob das Parkverbot auf dem Platz auch für Polizeifahrzeuge, sprich seinen Wagen, gilt und kommt zu dem Entschluss, dass dem nicht so ist. Er schließt die Eingangstür auf, die mit einem fröhlich bimmelnden Glöckchen verkündet, dass sich Kundschaft im Laden befindet. An der Wand hängt eine Uhr. Kurz nach zwölf. Draußen auf dem Platz erledigen die Leute ihre letzten Weihnachtseinkäufe. Er hängt die Jacke an einen Garderobenständer,

der neben einer zwei Meter langen Theke im vorderen Bereich des Raumes aufgestellt ist. Neben der Theke, beim Fenster zum Marktplatz, stehen zwei orangefarbene Plastikstapelstühle für die Wartenden, falls es tatsächlich mal vorkommen sollte, dass mehr als einer hier vorbeischaut. Der hintere Teil des Raumes ist mit drei identischen dunklen Holzschreibtischen älteren Datums, drei braunbezogenen Bürostühlen, einem runden Besprechungstisch und drei weiteren Stapelstühlen möbliert. Das Interieur erweckt den Eindruck, als wäre ein Lagerarbeiter ohne allzu großen Geschmack auf eine Zeitreise zurück in die Siebziger geschickt worden, um dort eine zufällige Auswahl an Büromöbeln zu treffen, diese in die Gegenwart nach Sandsted zu verfrachten und in der alten Buchhandlung abzuladen, wo irgendjemand sie anschließend wahllos an seinen Platz geschoben hat.

Auf einem der Regale, das die Transformation von Buchhandlung zur Wache überlebt hat, steht ein altes Radio. Juncker drückt auf den On-Knopf, und der schwache Klang von Freys, Walshs und Felders Gitarren sickert in den Raum. Juncker brummt mit einer leicht schiefen Stimme zu Don Henleys hellem Tenor.

»*There she stood in the doorway, I heard the mission bell, and I was thinking to myself ›This could be Heaven or this could be Hell‹ …*«

Er schiebt den Song vom Hotel in Kalifornien beiseite, setzt sich an den Schreibtisch ganz hinten im Raum, fährt den Computer hoch und klickt auf eine Mail. Die beiden Polizisten, die gemeinsam mit ihm die neue örtliche Polizeiwache besetzen sollen, wurden gebeten, direkt nach Weihnachten den Dienst anzutreten, und beide haben zugestimmt. Nicht, dass die Bewerber für den Posten in Sandsted unbedingt Schlange gestanden hätten. Genau gesagt

gab es nur diese beiden, die Juncker in drei Tagen kennenlernen wird. Er weiß, wie sie heißen und wie alt sie
sind. Und er kennt ihren Rang. Nabiha Khalid ist zweiund-
dreißig, Polizeiassistentin und kommt von der Station Bellahøj in Kopenhagen. Der andere heißt Kristoffer Kirch, ist
siebenundzwanzig und zurzeit im Praxisjahr seiner Ausbildung an der Polizeischule. Die ersten vier Monate hat
er auf der Hauptdienststelle in Næstved verbracht. Mehr
weiß Juncker nicht.

Plötzlich realisiert er, dass sich das Radioprogramm geändert hat. Die Musik hat aufgehört. Er schnappt das Wort
»Eilmeldung« auf, geht zum Regal und dreht das Radio lauter. In der Altstadt von Kopenhagen habe es eine heftige
Explosion gegeben, berichtet der Nachrichtensprecher.
Die Rettungskräfte vor Ort sprächen von vielen Verletzten, es seien jedoch noch keine Toten gemeldet. Die Ursache der Explosion sei bislang ungeklärt.

Juncker checkt sein Handy, das auf lautlos gestellt ist.
Keine Anrufe. Er legt es vor sich auf den Tisch und blickt
durchs Fenster auf den Marktplatz. Ein junges Pärchen
schlendert vorbei, bleibt stehen und starrt ihn an. Er nickt
ihnen zu. Die beiden gehen weiter.

Eine Viertelstunde sitzt er regungslos da. Wartet auf das
Klingeln des Handys und Erik Merlins tiefe Stimme, die ihn
auffordert, sich augenblicklich im Präsidium einzufinden.
Aber nichts geschieht, und allmählich dämmert ihm, dass
es auch so bleiben wird. Er horcht in sich hinein, um zu
prüfen, ob es ihm etwas ausmacht. Die Antwort lautet: Ja,
es macht ihm etwas aus. Gleichzeitig aber ist er erleichtert,
weil er Merlin nicht zu sagen braucht, was er in all den Jahren in der Mordkommission noch keinem Chef gesagt hat.

Dass er nicht kommen kann.

Kapitel 3

Signe mustert sich im Toilettenspiegel. Ihre Augen sind gerötet, allerdings nicht so stark, dass ihre Kollegen es bemerken werden. Sie befeuchtet ein Stück Toilettenpapier und tupft sich damit um die Augen.

Ihr Handy klingelt. Sie wirft einen Blick aufs Display.

»Hallo, Mama.«

»Signe, Schatz, ich habe es gerade gehört. Sind Lisa und Jakob nicht mit den Kindern in der Stadt? Wollten sie nicht …?«

Die Mutter bemüht sich offensichtlich, so zu klingen, als sei alles in Ordnung, aber dann bricht ihre Stimme. Wieder steigen Signe die Tränen hoch.

»Signe?«

»Doch, Mama, sie wollten heute Vormittag auf den Weihnachtsmarkt.«

»Hast du noch nichts von ihr gehört? Ich habe versucht, sie anzurufen … mehrfach … aber sie …« Signes Mutter beginnt zu weinen.

»Bleib erst mal ruhig, Mama. Ich habe es auch schon bei ihr probiert. Das Netz ist jetzt natürlich überlastet, deshalb kommen wir nicht durch. Ihnen ist bestimmt nichts passiert. Es ist … es ist …« Sie verstummt und holt tief Luft. »Mama, ich bin auf der Arbeit. Ich muss jetzt …«

»Jakobs Mutter hat angerufen. Sie fragt, ob du nicht irgendetwas in Erfahrung bringen kannst. Kannst du das, Signe?«

»Mama, ich bin gerade erst angekommen. Ich weiß noch gar nichts. Außer, dass …«

»Im Fernsehen ist die Rede von einer großen Explosion. Oh, Signe …«

Die Verzweiflung der Mutter ist ansteckend.

»Mama, ich muss jetzt wirklich los. Ich rufe an, sobald ich etwas weiß, versprochen.«

»Okay«, schluchzt die Mutter.

»Mach dir keine Sorgen, Mama. Ich bin sicher, alles ist okay. Kuss.«

Sie seufzt und lehnt die Stirn gegen die Tür. Versucht, den Ärger darüber zurückzudrängen, dass die Mutter den dünnen Verteidigungswall eingerissen hat, den sie so mühsam aufgebaut hat, um funktionieren zu können. Der Ärger ist nicht gerechtfertigt, das ist ihr bewusst.

Signe hat noch nie eine Bombenexplosion erlebt. Aber sie hat etliche Bilder davon aus dem Ausland gesehen. Sie weiß, dass die Rettungskräfte und Kriminaltechniker in diesem Augenblick in den Trümmern nach Körperteilen suchen, und plötzlich hat sie den grauenerregenden Anblick vor Augen, wie ein Feuerwehrmann Lisas blutüberströmten Kopf vom Pflaster aufklaubt und in einen Leichensack steckt. Um das Bild abzuschütteln, überlegt sie stattdessen, ob sie ihrem Chef von ihrer Schwester erzählen soll. Nein, dann würde er sie nur vom Team abziehen, und das Letzte, was sie jetzt ertragen kann, ist Untätigkeit.

»So eine verfluchte Scheiße«, murmelt sie, öffnet die Tür und geht über den Flur zur Einsatzzentrale.

Obwohl sich an die dreißig Personen in dem großen Raum befinden, ist es bemerkenswert ruhig. Alle sitzen lesend oder tippend über ihre Handys gebeugt. Auf mehreren der vielen Bildschirme laufen die TV 2 News. Ein Blick in die Runde verrät ihr, dass sie fast jeden kennt. Es ist im

Großen und Ganzen die erste Garde der dänischen Polizei. Tatsächlich fällt ihr nur einer ein, der fehlt: Juncker. Mehrere Personen aus der höchsten Führungsebene sind ebenfalls hier, darunter der Polizeidirektor von Kopenhagen, obwohl keiner von ihnen mit den eigentlichen Ermittlungsarbeiten zu tun hat. Aber so ist es oft bei den großen Fällen: Die Chefs hängen in der Einsatzzentrale ab, um hautnah am Puls des Geschehens dabei zu sein.

Wenn jemand böse Absichten hegte und der dänischen Ordnungsmacht schaden wollte, bräuchte er bloß einen Marschflugkörper in den Raum abzufeuern, denkt Signe. Ein paar Leute nicken ihr zu. Mehrere sehen betroffen aus. Vielleicht, kommt ihr der Gedanke, haben einige der anderen ebenfalls Freunde oder Familie, die heute Vormittag auf den Nytorv wollten und sich noch nicht gemeldet haben.

Er ist auch hier. Schon draußen im Flur hat sie ihn gerochen, den Klassiker »Aramis«, mit einer Note von Leder, Gras und würzigem Zimt, der legendäre und maskuline Duft der Achtziger, der zu Polizeikommissar Troels Mikkelsen gehört. Mit seinem üblichen Ausdruck von körperlicher Kraft und Überlegenheit lehnt er gleich hinter der Tür an der Wand. Seit zwei Jahren hält sie ihren Abscheu vor diesem Mann unter Kontrolle, so auch jetzt.

Ohne ihn anzusehen, geht sie an ihm vorbei zu ihrem Platz am mittleren der drei langen Tische im Raum. Erik Merlin, der an einem Pult neben einem Whiteboard sitzt, steht auf. Einige Sekunden lang sagt er nichts. Ihr Chef ist der gelassenste Mensch, den Signe kennt. Noch nie hat sie ihn die Fassung verlieren sehen: Ganz gleich, wie grausam die Verbrechen sind, mit denen sie es zu tun haben, ganz gleich, wie sehr Medien und Politiker sie unter Druck setzen, stets behält er die Ruhe und den Überblick bei. Jetzt aber ist er erschüttert, das kann Signe in seinen Augen sehen.

»Ich brauche euch nicht zu sagen, dass dies der größte Fall ist, an dem wir je gearbeitet haben. Die Lage ist ernst, ernst wie nie zuvor«, beginnt er mit leiser Stimme. Nach einer kurzen Pause fährt er fort: »Hier die Fakten: Um 12.08 Uhr gab es eine gewaltige Explosion auf dem Nytorv, entweder auf oder nahe dem Weihnachtsmarkt. Den ersten Meldungen von Technikern und Medizinern nach zu schließen, handelte es sich nicht um ein Unglück, sondern um eine Bombe, daher gehen wir von einem Terroranschlag aus. Allerdings ist es auch möglich, dass es sich um einen Bandenkrieg handelt. Wie ihr wisst, hatten wir gestern eine Aktion gegen die Banden um Blågårds Plads und Mjølnerparken, bei der siebzehn Personen wegen Verdachts von Bedrohung über illegalen Waffenbesitz bis hin zu Steuerhinterziehung festgenommen wurden. Acht von ihnen, allesamt Mitglieder der *Loyal to Familia*, das heißt der Blågårdsbande, wurden heute dem Haftrichter vorgeführt, der ja bekanntlich am Amtsgericht am Nytorv sitzt. Die Vernehmung war gerade im Gange, als die Bombe explodierte. Vor dem Gerichtsgebäude befanden sich daher viele Kollegen sowie ein Haufen Gangmitglieder. Es steht fest, dass einige Kollegen Verletzungen erlitten haben, aber soweit ich informiert bin, war bisher keine davon tödlich. Fest steht außerdem, dass Mitglieder der *Loyal to Familia* verletzt wurden, und es heißt, dass ihr Kriegsminister oder Captain, wie sie ihn nennen, Ahmed Bilal, unter den Toten ist. Allerdings ist dies noch nicht offiziell bestätigt ...«

»Hurra«, hört Signe jemanden flüstern.

Erik Merlin zieht die Brauen hoch. »Das habe ich nicht gehört«, sagt er verärgert und fährt fort: »Wir müssen daher auch die Möglichkeit in Betracht ziehen, dass eine Verbindung zwischen der Explosion und dem Bandenkrieg besteht. Die offizielle Zahl der Toten liegt derzeit bei zwölf. Drei davon waren kleine Kinder. Aber diese Zahl wird in den nächsten Stunden und Tagen garantiert noch erheblich steigen. Es gibt etliche Schwerverletzte.«

Signe hebt die Hand. Der Chef nickt ihr zu.

»War es ein Selbstmordattentäter?«

»Den bisherigen Meldungen zufolge wurde kein Körper gefunden, der Spuren eines Sprengstoffgürtels oder einer Sprengstoffweste aufweist. Dies deutet auf eine Art ferngezündete Bombe hin, wobei es sich entweder um einen sehr potenten oder um eine große Menge Sprengstoff gehandelt haben muss. Oder um beides. Die Menschen vor Ort berichten von weitreichenden Zerstörungen; der ganze Platz ist verwüstet, das Gerichtsgebäude und die umstehenden Häuser haben beträchtlichen Schaden genommen, und mehrere Leichen sind grausam zugerichtet.«

Signe presst die Zähne zusammen.

»Kann es sich bei dem Sprengstoff um die ›Mutter des Satans‹ gehandelt haben?«, fragt einer. »Mutter des Satans« ist ein Slangausdruck für Acetonperoxid, kurz APEX oder auch TATP, über Jahrzehnte einer der bevorzugten Sprengstoffe von Amateuren wie auch professionellen Terroristen, da er leicht aus Produkten zusammengemischt werden kann, die in Baumärkten und Drogerien erhältlich sind, und eine enorme Sprengkraft entfaltet. Allerdings mit der lästigen Angewohnheit, dass er gern vorzeitig durch nur geringe äußere Erschütterungen explodiert, was viele Terroristen im Laufe der Jahre auf die harte Tour erfahren mussten. Daher der Spitzname.

Merlin zuckt mit den Schultern.

»Gut möglich. Oder etwas Ähnliches aus derselben Schublade. Und in diesem Fall eine ordentliche Ladung. Aber diesbezüglich werden wir sicher in den kommenden Stunden mehr erfahren.« Er schaut in die Runde. »Ihr wisst alle, was ihr zu tun habt. Lasst uns anfangen.«

Erik Merlin geht zur Tür, dreht sich aber noch einmal um.

»Ach so, eins noch. Jede Art von Urlaub ist natürlich vorerst für unbestimmte Zeit auf Eis gelegt. Wir werden sehen, ob diejenigen unter euch, die kleine Kinder haben, morgen Abend ein paar Stunden freikriegen können. Ansonsten aber könnt ihr euren Familien schon mal Bescheid geben, dass sie Weihnachten ohne euch verbringen müssen. Es sei denn natürlich, wir finden den oder die Täter sofort.«

Merlin bedeutet Signe mit einem Blick, ihm in den kleinen Nebenraum zu folgen, der durch eine Glaswand vom Kontrollraum getrennt ist. Sie schließt die Tür hinter sich, und sie setzen sich an den runden Konferenztisch, an dem zehn bis zwölf Personen Platz finden. Merlin mustert sie prüfend.

»Ist alles okay?«

Sie nickt.

»Sicher?«

»Ja, mir geht's gut«, lügt sie.

»Na dann. Mir sitzt übrigens schon der Justizminister im Nacken. Der Sicherheitsausschuss der Regierung hat getagt, und dort herrscht natürlich Alarmstufe Rot. ›Wir müssen jeden Stein umdrehen‹, Zitat Justizminister. Jeden Stein umdrehen … dass ich nicht lache.« Erik Merlin schüttelt abfällig den Kopf. »Können die nichts anderes, als Phrasen zu dreschen? Na ja, wie gesagt gibt es eigentlich nur zwei Möglichkeiten. Entweder ist es Bandenkrieg oder Terror, wir müssen also dringend ein Wörtchen mit unseren

Freunden in Nørrebro und Tingbjerg reden, oder wo zum Geier die sonst so abhängen. Außerdem sind da natürlich noch die Rechtsextremisten.«

Sie nickt.

»Warum haben wir die Aktion gegen die Banden eigentlich gerade jetzt durchgeführt, direkt vor Weihnachten? Das bedeutet doch für etliche Kollegen einen Haufen Extraarbeit über die Feiertage.«

»Weil sie nicht damit gerechnet haben, dass wir zu diesem Zeitpunkt zuschlagen würden. Der Plan war, den Überraschungseffekt zu nutzen, und diese Rechnung ist aufgegangen. Hast du noch Kontakt mit diesem Typen in Mjølnerparken ...?«

Sie nickt wieder.

»Dann sieh zu, dass du ihn erreichst.«

»Mache ich.«

Signes Aufgabe ist im Grunde recht einfach, zumindest auf dem Papier. Sie steht an der Spitze der Truppe, die den Täter jagt. Oder die Täter.

»Wie sieht's mit den Grenzübergängen aus? Und den Flughäfen?«

»Lief alles reibungslos. Überraschend reibungslos sogar. Kastrup war innerhalb einer guten halben Stunde abgeriegelt. Dasselbe gilt für die Fährverbindungen von Helsingør, Gedser und Rødby sowie für die Brücken über den Großen Belt und den Øresund. Derzeit kommt also niemand von Seeland weg. Aber wir können das alles natürlich nur für eine begrenzte Zeit absperren, schließlich stecken wir mitten im Weihnachtsverkehr. Früher oder später müssen wir die Wege wieder öffnen und jeden kontrollieren, der Seeland verlassen will.« Er macht eine Pause. »Und dann wäre da noch das kleine Problem, dass wir nicht wissen, wen wir suchen.«

»Ja, das erschwert die Sache eindeutig.« Sie grinst schief.

»Du, wer arbeitet eigentlich an der Identifizierung?«

»Der Opfer? Das macht Nikolajsen. Warum?«

»Ach ... nur so«, Signe macht eine wegwerfende Handbewegung und steht auf. »Ich sollte dann mal ...«

Zurück auf dem Flur geht sie ihre Möglichkeiten durch.
Die Abteilung für Gewaltkriminalität, wie die ehemalige
Mordkommission seit 2007 heißt, hat vor einigen Jahren
neue Räume auf der Halbinsel Teglholmen im Südhafen
bezogen, daher hat Signe hier im Präsidium kein Büro
mehr, wo sie ungestört sein könnte. Sie schaut sich um, gerade ist niemand im Gang. Zum wer weiß wievielten Mal
wählt sie die Nummer ihrer Schwester. Immer noch keine
Verbindung.

Vorsichtig lässt sie den Kopf kreisen und kann förmlich hören, wie es im Nacken knackt. Sie atmet tief durch,
dann öffnet sie ihr Telefonbuch und sucht die Nummer
von Hans Otto Nikolajsen. Sie kennt ihn von früher, als
sie beide für ein paar Jahre auf der Polizeidienststelle am
Halmtorv stationiert waren. Sie weiß, dass er sich in diesem Moment im Traumazentrum des Rigshospitals befindet, wo die Schwerstverletzten und die Toten eingeliefert
werden.

Er nimmt sofort ab.

»Hi, Niko. Signe Kristiansen«, sagt sie.

»Signe, ich glaub's nicht. Lange her. Was kann ich für
dich tun?«

Sie zögert kurz, aber dann gibt sie sich einen Ruck. »Niko,
tut mir leid, dass ich störe, ich weiß, du bist beschäftigt.
Aber ... meine Schwester und ihr Mann und die beiden
Kinder ... sie waren vielleicht auf dem Nytorv, als ... ich
bin nicht sicher, und es tut mir wirklich leid, dass ich ...«

»Völlig in Ordnung, Signe. Du bist nicht die einzige

Kollegin, mit der ich in der letzten Stunde gesprochen habe. Gerade musste ich jemandem sagen, dass seine Schwester unter den Schwerverletzten ist. Wie heißen sie?«

Signe gibt ihm die Namen der vier durch.

»Moment, ich stelle dich kurz auf Lautsprecher«, sagt er. Signe hört, wie er das Telefon auf den Tisch legt und etwas in den Computer tippt. Sie hält den Atem an. Mehrere Sekunden verstreichen.

»Nein«, sagt er dann. »Ihre Namen sind nicht unter denen, die wir bis jetzt identifiziert haben.«

Sie beißt die Zähne zusammen, um nicht vor Erleichterung loszuheulen.

»Danke. Wie viele sind …?«

»Inzwischen sind wir bei vierzehn Toten, darunter vier Kinder, von denen wir … lass mich nachsehen … acht identifiziert haben. Das sind vor allem diejenigen, die etwas weiter von der Bombe entfernt waren. Die anderen sind ziemlich … äh …« Er beendet den Satz nicht. »Es kann eine Weile dauern, sie zu identifizieren.«

Signe dankt ihm nochmals und legt auf. Die Schwester eines Kollegen ist unter den Verletzten? Kann sie das als positiv für sich werten? Denn die Wahrscheinlichkeit, dass sich gleich mehrere Verwandte von Polizisten unter den Opfern befinden, dürfte nicht allzu groß sein, oder?

Erneut macht sie Anstalten, Lisas Nummer zu wählen, überlegt es sich aber anders. Sie kann unmöglich ein weiteres Mal die nervtötende Stimme ertragen, die ihr mitteilt, dass der gewünschte Gesprächspartner zurzeit nicht erreichbar ist. Stattdessen schickt sie ihrer Schwester eine SMS. Zwei Wörter: *Ruf an.* Dann geht sie zurück zur Kommandozentrale.

Troels Mikkelsen sitzt an seinem Platz. Sie geht an ihm vorbei zu der Kollegin, die das Sammeln der Daten der über einhundert Überwachungskameras in der Altstadt koordiniert. Als ein einzelner Terrorist im Februar 2015 zunächst einen zufälligen Teilnehmer einer Veranstaltung im Kulturzentrum Krudttønden in Østerbro und anschließend einen Wachmann der Synagoge in der Krystalgade erschoss, war der Polizei bewusst geworden, wie unzureichend die Kenntnisse über die in der Stadt verteilten Überwachungskameras waren. Damals war kostbare Zeit verloren gegangen, nur um herauszufinden, welche Geschäfte und Einrichtungen überhaupt Kameras installiert hatten, und wer für die Verwaltung der Kameras zuständig war. Man hielt es daher für angebracht, die Positionen der Kameras sowie die jeweiligen Verantwortlichen zu registrieren, damit die Polizei sich direkt an sie wenden konnte, wenn sie Zugang zu dem Filmmaterial benötigte.

Aber natürlich hatte die Angelegenheit eine politische Debatte ausgelöst. Noch immer gab es Politiker, Intellektuelle und Journalisten, die automatisch das altbekannte Szenario von Orwell und *Big Brother is watching you* heraufbeschworen, sobald jemand das Wort »Überwachung« auch nur erwähnte. Vorerst wurde daher angeboten, die Kameras freiwillig registrieren zu lassen, und nun, zwei Jahre später, haben sich bloß knapp zehn Prozent der mutmaßlichen Kamerabesitzer dazu bereiterklärt. Glücklicherweise steht der Großteil der um den Nytorv vorhandenen Kameras auf der Liste.

»Hi, Dinah«, grüßt Signe und zieht einen Stuhl an den Tisch ihrer Kollegin, die vor einem breiten Fächer von Bildschirmen sitzt. »Wie weit seid ihr?«

»Bis jetzt haben wir uns auf die Kameras auf und direkt um den Nytorv konzentriert. Es gibt ... oder besser gab zwei Kameras auf dem Gerichtsgebäude und vier in den Geschäften an den beiden Ecken zur Strøget, unter anderem an einer Bank und in einer Drogerie. Aber wir sind nicht weiter als bis eine Viertelstunde vor dem Zeitpunkt der eigentlichen Explosion gekommen.«

»Und da gab es nichts?«

»Wir dachten, wir hätten etwas. Ungefähr fünfzehn Minuten, bevor die Bombe hochging, ist ein Mann zu sehen, der an der Explosionsstelle einen großen schwarzen Sack in einen Mülleimer wirft. Er kam aus einem der Cafés um den Nytorv, also haben wir den Eigentümer kontaktiert, doch es hat sich herausgestellt, dass der Mann zum Reinigungspersonal gehört und nur keine Lust hatte, den Hinterausgang zu benutzen, um den Abfall in den dortigen Container zu werfen.«

»Idiot«, kommentiert Signe.

»Das kannst du laut sagen. Ansonsten haben wir noch nichts.«

»Okay. Gib Bescheid, wenn ihr etwas findet.«

»Na klar.«

Es ist kurz vor halb vier. Sie setzt sich an ihren Platz und schaut aus den Fenstern zum Innenhof des Präsidiums. Draußen dämmert es. Sie versucht, sich zu konzentrieren, aber jedes Mal, wenn sie sich hinsetzt, kommt diese verdammte Übelkeit wieder hoch. Vielleicht sollte sie sich den Finger in den Hals stecken, doch stattdessen nimmt sie ihr Handy und wählt. Es klingelt dreimal.

Wie immer, wenn sie die Stimme von X hört, überrascht sie sein formvollendetes Dänisch. Seine Aussprache klingt exakt, als wäre er in einer wohlhabenden Vorstadtsiedlung im Norden von Kopenhagen aufgewachsen statt in Mjølnerparken in Nørrebro.

»Da hast du dir aber ganz schön Zeit gelassen«, sagt er.

Kapitel 4

Von der Polizeiwache nach Hause macht Juncker einen Umweg über das Pflegeheim von Sandsted. Er hat einen Termin mit der Leiterin, einer Mittvierzigerin namens Mona Jørgensen. Sie führt ihn durch die gelben Klinkerhäuser, die 1976 eingeweiht wurden und ebenso heruntergekommen wie unzeitgemäß sind. Sie verfügen über lange Flure, in denen das Licht der Leuchtstoffröhren trostlos auf den grauen Linoleumboden fällt, der immer schmutzig aussieht, ganz gleich wie viel das Reinigungspersonal ihn auch wischt und schrubbt.

»Die Gebäude müssten dringend renoviert werden, aber das sehen Sie ja selbst«, erklärt Mona Jørgensen.

Sie gehen in ihr Büro und setzen sich.

»Ist Ihr Vater orientierungslos?«

»Orientierungslos?«

»Läuft er zum Beispiel weg und findet nicht mehr nach Hause?«

»Nein. Nicht, seit ich dort wohne. Es ist noch nicht so schlimm, dass er nicht weiß, wo er sich befindet. Aber er erkennt oft Menschen nicht wieder. Nicht einmal mich.«

»Geht das schon lange so?«

»Das kann ich nicht richtig sagen. Ich wohne erst seit drei Wochen bei ihm. Ich weiß also nicht, wie es vorher war. Aber er ist trotzdem zurechtgekommen. Einigermaßen zumindest.«

»Welche Art Hilfe hat er gehabt?«

»Ihm wurde Essen gebracht. Und er hatte eine Putzhilfe. Sie kommt immer noch einmal pro Woche und entfernt die schlimmsten Wollmäuse.«

»Wann ist Ihre Mutter gestorben?«

»Vor circa zehn Monaten.«

»Und sie war geistig gesund?«

»Ja, diesbezüglich war alles in Ordnung. Sie starb an Lungenkrebs und war völlig klar, fast bis zum Ende.« Er schaut Mona Jørgensen an. »Leider, hätte ich beinahe gesagt.«

»Ja, manchmal würde man sich wünschen, uns bliebe die letzte Zeit erspart. Der Zustand Ihres Vaters könnte sich demnach über einen längeren Zeitraum verschlechtert haben, ohne dass es jemand bemerkt hat. Das erleben wir manchmal bei älteren Ehepaaren, bei denen der eine dement wird und der andere ihn sozusagen deckt, ohne das jetzt so negativ ausdrücken zu wollen.«

»Ich verstehe, was Sie meinen. Es kann durchaus sein, dass meine Mutter ihn … geschützt hat.«

»Ist er selbst bereit, ins Pflegeheim zu ziehen?«

Juncker schüttelt mit einem schiefen Lächeln den Kopf. »Das kann man nicht gerade behaupten.«

»Hat er eine Diagnose von einem Spezialisten? Wurde eine Begutachtung durchgeführt? Soll heißen, wurden der Grad der Demenz und deren Ursache festgestellt?«

Wieder schüttelt Juncker den Kopf.

»Dann hat es sich eigentlich schon erledigt. Ihrer Schilderung nach zu schließen scheint er noch nicht dement genug zu sein, um eine rechtliche Betreuung einzurichten.«

»Eine rechtliche Betreuung?«

Mona Jørgensen lächelt. »Wir benutzen ja nicht länger den Begriff Entmündigung, davon kam man in den Neunzigern ab, weil man fand, es klinge nicht so besonders nett, dieses ›Menschen entmündigen‹. Deshalb sprechen wir jetzt von rechtlicher Betreuung, was praktisch dasselbe bedeutet.«

»Das heißt, wenn er zu Hause bleiben will …?«

»Tja, dann ist das so. Jedenfalls vorerst. Sie können erst einmal seinen Hausarzt kontaktieren, aber er muss auch von einem Spezialisten untersucht werden, und hier sind die Wartezeiten ziemlich lang. Davon abgesehen kann ich nicht garantieren, dass wir einen Platz für ihn haben. Zurzeit haben wir keinen, wobei sich das natürlich schnell ändern kann, hier herrscht ja ein recht reges … Kommen und Gehen. Viele halten nicht mehr allzu lange durch, wenn sie erst einmal eingezogen sind.« Sie steht auf. »Haben Sie noch Fragen?«

»Ja«, sagt Juncker. »Was soll ich tun?«

Sie zuckt mit den Achseln und wechselt das Thema. »Furchtbar, diese Sache mit der Explosion in Kopenhagen. Ich habe es im Radio gehört, kurz bevor Sie kamen. Wissen Sie, was passiert ist?«

Juncker schüttelt den Kopf. »Nein, keine Ahnung.«

Kapitel 5

Anders als noch vor einigen Stunden, als Signe Richtung Polizeipräsidium fuhr, gleicht Kopenhagen nun einer Stadt, die für den Krieg mobilmacht; sie begegnet einer regelrechten Flotte von Polizei- wie auch Militärfahrzeugen. Seit den Anschlägen vom 11. September ist der größte Triumph der Terroristen nicht etwa der, Jahr für Jahr Angst und Schrecken verbreitet und Tausende gewöhnlicher Menschen – größtenteils Muslime – getötet zu haben. Der eigentliche Sieg ist die langsame, aber stetige Erosion der demokratischen Prinzipien in den Rechtsstaaten, eine anscheinend unausweichliche Konsequenz des Kampfs gegen den Terror. So war es in Dänemark seit jeher undenkbar, in Friedenszeiten das Militär in irgendeiner Weise zum Schutz der Zivilbevölkerung einzusetzen. Das ist nicht länger der Fall.

In zwei von drei Fällen, in denen Signe auf dem kurzen Weg zum Nytorv an Straßenabsperrungen ihren Dienstausweis vorzeigen muss, hält sie ihn statt ihren Kollegen schwerbewaffneten Soldaten hin. Nicht, dass sie es direkt unangenehm finden würde. Und sie ist sich der rationalen Erwägungen dahinter bewusst: Die Polizei kommt trotz gestiegener Budgeterhöhungen in den letzten Jahren der Zahl ihrer neuen Aufgaben beim besten Willen nicht hinterher, daher ist es in vielerlei Hinsicht vernünftig, die Ressourcen der Streitkräfte zu nutzen. Besonders die Einführung der Grenzkontrollen vor einigen Monaten zehrt an den Kräften. Mehrere Polizeidirektionen mussten einige ihrer besten Ermittler und Kriminaltechniker für Kruså, Gedser und weitere Grenzposten abstellen, wo sie Ausweispapiere und Kofferräume zu kontrollieren haben, statt das zu tun, wofür sie eigentlich ausgebildet sind. In Windeseile wurden daher ein paar Hundert Soldaten auf die Schulbank gesetzt und in das Aufgabengebiet der Polizei eingewiesen, um diese entlasten zu können.

Signe und ihre Kollegen müssen infolgedessen nicht länger das Kopenhagener Amtsgericht, die Synagoge, die jüdischen Privatschulen und ähnliche potenzielle Terrorziele bewachen, da dies nun von Soldaten erledigt wird. Dennoch empfindet Signe den Anblick bewaffneter Soldaten im Straßenbild als merkwürdig, irgendwie beunruhigend.

Sie biegt ab und fährt die Stormgade hinunter, am Nationalmuseum vorbei. Es sind nur wenige Menschen auf der Straße. Die Anwohner halten sich anscheinend in den Häusern auf, und die Tausenden von Schaulustigen, die, wenn sie könnten, auf den Nytorv strömen würden, werden von den Absperrungen zurückgehalten, die wie ein eiserner Wall um die gesamte Altstadt gezogen wurden. Signe biegt links ab und parkt halb auf dem Bürgersteig am Vandkunsten-Brunnen. Sie legt ein Schild mit der Aufschrift »Polizei« hinter die Frontscheibe, holt einen weißen Schutzanzug aus dem Kofferraum und zieht ihn zusammen mit den blauen Plastiküberzügen für die Schuhe, Mundschutz und Haarnetz über. Glasscherben von den vielen zersprungenen Fensterscheiben knirschen unter ihren Füßen, als sie die Rådhusstræde hinaufgeht. Sie zeigt zwei wachhabenden Beamten ihren Ausweis, hebt das rot-weiße Absperrband an und schlüpft darunter hindurch auf den Nytorv. Fünf, sechs vorsichtige Schritte, dann bleibt sie stehen.

In der Ferne hört sie das schwache Rauschen des Verkehrs auf dem H. C. Andersen Boulevard, davon abgesehen herrscht Stille. Es riecht nach Schweiß, und irgendetwas Süßlich-Saurem, das sie nicht direkt zuordnen kann. Glühwein, erkennt sie dann plötzlich. Sie geht ein paar Schritte weiter. In ihren inzwischen acht Jahren bei der Mordkommission hat sie viele Tatorte und viele Leichen gesehen, auch solche, deren Gestalt nicht länger an Menschen erinnerte. Und davor, zu Beginn ihrer Dienstzeit, war sie bei etlichen schweren Verkehrsunfällen im Einsatz. Sie hat, wie so viele andere, die täglich mit den willkürlichen Blitzeinschlägen des Schicksals konfrontiert sind – Rettungspersonal, Notärzte, Krankenschwestern – einen Weg gefunden, die Begegnung mit all dem menschlichen Unglück zu ignorieren. Eine Zelle in ihrer Seele gebaut, in die sie all das Unerträgliche sperrt, damit es nicht nach draußen sickern und das Leben außerhalb jener Zelle vergiften kann.

Doch nie zuvor hat sie etwas Derartiges gesehen, und ihr wird augenblicklich klar, dass sie den Anblick für den Rest ihres Lebens mit sich tragen wird.

Die Bombe ist etwa zwanzig Meter von den Stufen zum Haupteingang des Gerichtsgebäudes entfernt detoniert, Richtung Fußgängerzone, knapp zehn Meter vor der angrenzenden Häuserreihe. In ihrem Epizentrum hat sie einen Krater von einem halben Meter Tiefe und drei, vier Metern Durchmesser hinterlassen, die Pflastersteine sind wie Legosteine herausgerissen und in alle Richtungen versprengt worden. Sämtliche Stände des Weihnachtsmarktes wurden zerfetzt, Sperrholz und Latten liegen zusammen mit Weihnachtsschmuck, Strickwaren, Handwerkskunst und biologisch produzierten Lebensmitteln über den ganzen Platz verteilt.

Auf dem Boden, neben einem völlig demolierten Buggy,

liegt ein blutbespritzter dunkelblauer Kinderstiefel. Signe geht in die Hocke. Streckt die Hand aus, um den Stiefel aufzuheben, hält jedoch inne. Haben die Kleinen von Lisa und Jakob dunkelblaue Winterstiefel? Verzweifelt versucht sie, sich zu erinnern, ist sich aber nicht sicher. Sie spürt einen Kloß im Hals, ihre Knie schmerzen, und sie richtet sich wieder auf.

Die Fassade des Gerichtsgebäudes mit den sechs ionischen Säulen sowie die der übrigen Häuser sind von den Tausenden Bruchstücken vernarbt, die nach der Detonation augenblicklich wie Projektile durch die Luft schossen und ausnahmslos alle Fenster zersplitterten. Die Verletzten und Leichen sind mittlerweile abtransportiert. Unzählige der Pflastersteine und Überreste der zerschmetterten Stände sind blutverschmiert. An entsetzlich vielen Stellen, denkt Signe.

Die Dunkelheit bricht herein, und das grellweiße Licht der vielen Scheinwerfer lässt die gesamte Szenerie wie eine Traumlandschaft erscheinen. Ein Bühnenbild aus einem grausamen Albtraum.

Zehn Minuten lang wandert sie ziellos zwischen den anderen Gestalten in weißen Kitteln herum, die dabei sind, den Tatort zu untersuchen und Spuren zu sichern. Alles gestandene Ermittler und Techniker, die schon so einiges erlebt haben. Dennoch sieht sie, dass viele von ihnen erschüttert sind. Wie sie selbst.

Eigentlich hat sie hier nichts zu tun. Sie hat Merlin versprochen, dass sie sich mit X treffen wird, und das entspricht auch der Wahrheit, doch auf dem Weg dorthin hatte sie das starke Bedürfnis, am Nytorv vorbeizufahren und sich den Tatort mit eigenen Augen anzusehen. Wenn sie denjenigen oder diejenigen fassen soll, die hinter einem solch bestialischen Anschlag stehen, muss sie ver-

suchen … nicht, sie zu verstehen, das wird sie niemals können, aber irgendwie in ihre Köpfe zu kommen. Vielleicht
haben sie selbst irgendwo auf der Welt Kinder, denen sie
blaue Winterstiefel überstreifen …

Ein Schauer überläuft sie. Ruhig bleiben, sagt sie sich. Es
sind Schweine, schlicht und ergreifend, wenn sie so etwas
tun. Also schnapp sie dir!

Eine Minute lang steht sie reglos auf dem Platz. Dann
zieht sie ihr Handy aus der Tasche und wählt ein weiteres Mal Lisas Nummer. Immer noch keine Verbindung. Sie
versucht es bei Jakob. Mailbox.

»Jakob, hier ist Signe. Ruf an«, spricht sie mit heiserer
Stimme darauf. Wieder steigt die Übelkeit in ihr hoch. Mit
schnellen Schritten geht sie zurück zur Rådhusstræde. Beginnt zu rennen, in eine Seitenstraße, weg vom Platz und
in einen Torweg. Dort beugt sie sich vor und erbricht einen
Schwall aus Kaffee, Saft, Lakritze und einem Keks – der
einzigen festen Nahrung, die sie seit dem Frühstück zu sich
genommen hat.

Er sitzt bereits am üblichen Tisch und wartet. Signe winkt
ihm zu und deutet zur Bar, doch er schüttelt den Kopf und
hebt die Kaffeetasse hoch, die vor ihm auf dem Tisch steht.
Sie bestellt einen kleinen Latte, entscheidet sich dann aber
um und nimmt stattdessen einen großen mit der dreifa-
chen Menge Espresso. Und ein großes Stück Käsekuchen.
Nachdem sich ihr Mageninhalt auf den Nytorv entleert hat,
muss sie Energie nachtanken, und zwar viel mehr Kiloka-
lorien, als das kleine Stück Schokolade enthält, das zum
Kaffee serviert wird.

Sie geht zu dem kleinen Tisch am Fenster, von dem man,
bei gutem Wetter, die beste Aussicht über den Øresund
und zur schwedischen Küste hat. X steht auf und gibt ihr

die Hand. Er hat einen festen Händedruck. Sonst lächelt er, aber heute steht Besorgnis in seinen Augen. Vielleicht sogar Trauer, denkt Signe. So hat sie ihn noch nie gesehen. Nicht einmal damals, 2015, als der Attentäter Omar el-Hussein die beiden Männer tötete, bevor er selbst von den Einsatzkräften der Polizei erschossen wurde.

Ihr erstes Treffen liegt drei Jahre zurück. Signe hatte im Fall einer palästinensischen Familie in Mjølnerparken ermittelt, wo ein fünfzehnjähriges Mädchen systematisch von seinem Vater, seinem großen Bruder und seinem Onkel verprügelt worden war. Das Mädchen war intelligent, fleißig, eine der Besten ihrer Klasse und darüber hinaus eine äußerst talentierte Fußballspielerin. Ihr Verbrechen bestand in einem unschuldigen Flirt mit einem dänischen Mitschüler. Die männlichen Familienmitglieder hielten das Mädchen in der Wohnung fest und verprügelten sie mehrmals täglich. Als sie eine Woche nicht zur Schule gekommen war und niemand von ihr gehört hatte, informierte die Klassenlehrerin die Behörden. Der zuständige Sachbearbeiter stattete der Familie daraufhin einen Besuch ab, durfte das Mädchen jedoch weder sehen noch mit ihm sprechen. Also kontaktierte er die Polizei, da er ihr Leben in Gefahr sah. Eine Handvoll Polizisten verschaffte sich Zugang zur Wohnung, wo sie das schwer misshandelte und traumatisierte Mädchen fanden, das anschließend ins Rigshospital gebracht wurde, unter anderem mit mehreren gebrochenen Rippen und einer Gehirnerschütterung.

Signe, die sich zu diesem Zeitpunkt mit mehreren Fällen von Gewalt gegen Mädchen in Familien mit Migrationshintergrund befasst hatte, sollte die drei Männer vernehmen – was sich als unproblematisch herausstellte, da keiner der drei die Tat leugnete; ganz im Gegenteil, sie waren beinahe stolz darauf. Letztlich wurden der Vater und der

Onkel zu je drei Monaten Gefängnis und drei Monaten Bewährung verurteilt, während der noch minderjährige Bruder des Mädchens drei Monate auf Bewährung bekam. Im Zusammenhang mit den Fällen hatte sie eng mit einer Organisation zusammengearbeitet, die jugendlichen Opfern von »Ehrenverbrechen« half, doch Signe hasste diesen Ausdruck beziehungsweise den Umstand, dass ein Begriff wie »Ehre« dazu missbraucht wurde, etwas so Schmutziges und Ehrloses zu bezeichnen, wie es solche Mädchen erleiden mussten.

X war als eine Art Berater in Mjølnerparken für die Organisation tätig. Er war achtundzwanzig und Sohn eines irakischen Ehepaars, die Mitte der Neunziger vor dem Regime Saddam Husseins nach Dänemark geflüchtet waren. Bereits im Alter von vierundzwanzig hatte er seine Ausbildung zum Elektroingenieur abgeschlossen, die letzten Jahre aber hatte er in Vollzeit als Imam gearbeitet. In vielen der Fälle, an denen Signe beteiligt war, hatte er auf die Familien eingewirkt und versucht, ihnen klarzumachen, dass sie die Regeln des Landes, in dem sie nun lebten, akzeptieren mussten. Dass es keine andere Möglichkeit gab, als ihren Töchtern – und Söhnen – die Freiheit zu lassen, sich in den beiden Kulturen, in denen sie aufwuchsen, so zurechtzufinden, damit sie ihren eigenen Lebensweg einschlagen konnten. Und in überraschend vielen Fällen war es X gelungen, die Familien zur Einsicht zu bewegen. Signe hatte keine Ahnung, wie er es schaffte, selbst äußerst konservative muslimische Familien dazu zu bringen, ihren Töchtern mehr Freiraum zu gewähren. Sie konnte lediglich feststellen, dass er trotz seines noch recht jungen Alters großen Respekt unter so gut wie allen Bewohnern in Mjølnerparken genoss. Einschließlich der Bandenmitglieder. Sie wusste, dass er sie im Gefängnis besuchte, wenn sie einsaßen, und ihren Familien bei Problemen mit den Behörden half. Außerdem war es ihm in mehreren Fällen gelungen, Gangmitgliedern beim Übergang in Aussteigerprogramme zu helfen, damit sie sich vom Milieu loslösen konnten.

Signe hatte ihn einmal gefragt, wie in aller Welt es ihm gelang, von den Bandenführern toleriert zu werden. Er hatte nur mit den Schultern gezuckt.

»Vielleicht wissen nicht so viele Bescheid, aber tatsächlich gibt es einige Anführer – nicht alle, aber ein paar –, die dieses Leben hassen. Die es leid sind, ständig über die Schulter schauen und fürchten zu müssen, dass sie oder ihre Familien morgen erschossen werden. Und sie würden viel dafür geben, dass ihre kleinen Brüder nicht so enden wie sie.«

Einmal, nach dem erfolgreichen Abschluss eines Falles, bei dem X einem palästinensischen Vater nicht nur hatte ausreden können, seine Tochter auf eine »Umerziehungsreise« nach Jordanien zu schicken, sondern ihn obendrein dazu bewegte, als Fußballtrainer im Club seiner Tochter anzufangen, hatte Signe ihn gefragt, ob sie nicht eine Tasse Kaffee zusammen trinken wollten. Seitdem trafen sich die beiden in regelmäßigen Abständen, und X war ihre wichtigste Quelle geworden, was ein Milieu und eine Welt angingen, zu der die Polizei oft nur schwer Zugang fand.

Sie trafen sich immer am selben Ort, im Café Jorden Rundt in Charlottenlund. Denn auch wenn X in Mjølnerparken respektiert wurde, war ihm nicht daran gelegen, dass seine regelmäßigen Verabredungen zum Kaffee mit einer »Bullenschlampe« – der unter Bandenmitgliedern allgemeinen Bezeichnung für Polizistinnen – publik wurden. Und Charlottenlund gilt schließlich, wie X einmal mit einem Lächeln bemerkte, als »größtenteils kanakenfreies Gebiet«.

Die Bedienung bringt Signes Kaffee und den Kuchen.

»Ist es so schlimm, wie es klingt?«, fragt X.

»Schlimmer«, murmelt sie mit dem Mund voller Käse-kuchen.

»Wie viele Tote?«, fragt er kopfschüttelnd.

»Vorläufig vierzehn, vier davon Kinder. Aber die Zahl wird steigen. Es gibt viele Schwerverletzte.«

»Das hier wird uns Jahrzehnte zurückwerfen«, sagt er und fügt hinzu: »Im wahrsten Sinne des Wortes.«

»Kommt darauf an, wer dafür verantwortlich ist.«

»Der Schaden ist passiert. Du kannst sicher sein, dass es in diesem Augenblick keinen einzigen ethnischen Dänen gibt, der nicht die Muslime für die Schuldigen hält. Auf die ein oder andere Weise. Und selbst wenn sich herausstellt, dass es irgend so ein Breivik-Typ war, bleibt der erste Ein-druck haften.« Er macht eine kurze Pause. »Mensch, Signe, ich denke es ja selbst. Es war das Erste, was mir durch den Kopf ging, als ich es hörte. Dass es Islamisten sind. Mus-lime.«

Sie legt die Kuchengabel auf den Teller. »Oder ein Ban-denkrieg.«

»Bandenkrieg?« Er sieht ehrlich erstaunt aus.

»Ja. Gestern haben wir siebzehn Bandenmitglieder ver-schiedener Gruppierungen festgenommen. Acht davon, al-lesamt Mitglieder der *Loyal to Familia*, wurden heute Vor-mittag dem Haftrichter am Amtsgericht vorgeführt, daher befanden sich Dutzende Bandenmitglieder auf dem Ny-torv. Zwei davon haben wir unter den Toten identifiziert. Einer ist ihr Kriegsminister, Ahmed Bilal. Du kennst ihn, oder?«

X nickt. »Das ist alles so eine … verdammte Scheiße. Ent-schuldige.«

Signe lächelt schief, denn er flucht normalerweise nie.

»Kein Problem. Das beschreibt es ziemlich gut. Die ganze Situation ist wirklich total beschissen.«

»Was habt ihr unternommen?«

»Was meinst du?«

»Also, in Bezug auf Mjølnerparken?«

»Wir haben haufenweise Polizei da draußen. An die fünfzehn Einsatzwagen, denke ich. Mindestens. Und wir gehen die Aufnahmen der Überwachungskameras durch.« Signe spießt das letzte Stück Käsekuchen auf die Gabel. »Hast du etwas gehört?«, fragt sie.

»Inwiefern?«

»Ob irgendetwas Ungewöhnliches vor sich geht?«

»Unter den Banden? Nein, nicht, dass ich wüsste. Aber sie laufen natürlich auch nicht durch die Gegend und verkünden lauthals, was sie vorhaben. Schon gar nicht bei dieser Größenordnung. Was glaubst du? Ist es ein Bandenkrieg? Oder Terror?«

»Keine Ahnung. Der Bandenkrieg ist in den letzten Jahren völlig eskaliert. Jetzt knallen sie sich schon seit einer ganzen Weile gegenseitig auf der Straße ab, es ist also nicht auszuschließen, dass sich der Konflikt eine Stufe hochgeschraubt hat. Oder mehrere. Denn wenn es wirklich mit den Banden zu tun hat, war das hier eine gewaltige Eskalation. Aber aktuell stehen wir bei null. Und benötigen jede Hilfe, die wir kriegen können.«

Er hält seine Kaffeetasse schräg und schaut hinein. »Meine Möglichkeiten sind begrenzt. In Fällen wie diesem macht das ganze System dicht. Niemand gibt auch nur die geringste Auskunft. Die Jungs wissen, dass sie dem Tod geweiht sind, wenn sie reden.«

»Schon klar. Aber wenn zum Beispiel irgendjemand von der Oberfläche verschwunden ist. Oder wenn jemand auftaucht, den du nicht kennst …«

»Dann gebe ich dir Bescheid. Aber ich muss auch auf meine eigene Haut aufpassen.«

»Natürlich.« Sie schaut auf ihr Handy. »Ich muss jetzt zurück.«

Beide stehen auf, und Signe geht zum Tresen und bezahlt. Sie verlassen das Café stets nach einem festen Ritual. Signe geht zuerst, während X die Toilette ansteuert, damit sie auf der Straße nicht zusammen gesehen werden. Sie drückt seinen Arm.

»Wer auch immer das hier getan hat, sie werden nicht davonkommen. Wir kriegen sie.«

Sein Blick ruht einen Moment auf ihr. »Hoffen wir's.«

»Na, das nenne ich Optimismus«, murmelt Signe. Dann geht sie zum Strandvejen, steigt in ihr Auto und fährt Richtung Süden.

Kapitel 6

Es ist dunkel, als Juncker in die Einfahrt biegt. Der Besuch im Pflegeheim steckt ihm immer noch in den Knochen, gemischt mit Enttäuschung darüber, dass man ihn nicht nach Kopenhagen beordert hat. Auf dem Heimweg hat er für die Feiertage eingekauft, unter anderem eine tiefgefrorene Ente, die angeblich ein paradiesisches Freilandleben auf einem Familienbetrieb in Jütland genossen hat, und ein Glas mit kleinen, geschälten Kartoffeln, die sich irgendwie in die an Weihnachten traditionellen Karamellkartoffeln verwandeln lassen sollen.

Sein Vater sitzt in der Küche. Weiß der Henker, ob er sich im Verlauf des Tages überhaupt vom Fleck gerührt hat, denkt Juncker und hievt die zwei schweren Einkaufstüten auf den Küchentresen.

»Guten Abend, Peter«, sagt der Vater mit dumpfer Stimme, die wie die Tonspur einer alten Filmaufnahme klingt.

Peter. So nennt ihn der Vater in regelmäßigen Abständen. Der große Bruder kam im Alter von sechzehn Jahren ums Leben, als er an einem dunklen Novemberabend auf dem Heimweg von der Schule von einem Betrunkenen angefahren wurde. Fast ein Jahr lang schloss sich der Vater in seiner Trauer völlig ein. Juncker, damals drei Jahre jünger als sein Bruder, kann sich nicht erinnern, dass der Vater sich in dieser Zeit auch nur einziges Mal an ihn gewandt hätte. Überhaupt sprach niemand, auch nicht seine Mutter, mit Juncker über den Verlust des Menschen, den er in der Welt am meisten geliebt und bewundert hatte.

Nach einem Jahr schälte der Vater sich aus seinem Kokon, die Trauer hatte sich in einen eisigen Hass verwandelt, gerichtet gegen den Mann, einen Klempner aus dem Ort, der das Leben seines ältesten Sohnes ausgelöscht hatte. Mit beängstigender Entschlossenheit machte er sich daran, die Firma und das Leben des Klempners zu zerstören, und diese Aufgabe löste er – der führende Anwalt der Stadt, der über ein furchteinflößendes Netzwerk aus Geschäftsverbindungen und Zunftgenossen verfügte – so effektiv, dass sich der Mann zwei Jahre später in seiner Werkstatt erhängte, ruiniert und verlassen von Frau und Kindern.

Doch die Rache konnte die Wunde in Mogens Junckersens Herz nicht heilen. Und zeit seines Lebens hatte Juncker nicht einen Augenblick bezweifelt, dass sein Vater sich wünschte, er wäre anstelle seines Bruders damals ums Leben gekommen.

»Papa, ich bin's, Martin«, sagt er leise. Der Vater schaut ihn für ein paar Sekunden mit einem zornigen Ausdruck in den Augen an. Dann schwebt er zurück in den Nebel seiner eigenen Welt, von der sich Juncker keinerlei Vorstellung zu machen vermag.

Er holt eine Flasche Rotwein aus der Einkaufstüte und nimmt sie mit einem Glas auf sein Zimmer. Setzt sich aufs Bett und winkelt die Beine an. In den knapp drei Wochen, die er hier wohnt, ist ihm zunehmend bewusst geworden, was er noch nie zuvor gefühlt hat: dass er älter wird. Tag für Tag, Stunde für Stunde. Beim Anblick seines Vaters hat er das erschreckende Gefühl, in den Spiegel zu sehen. Wie in einem Spiegelkabinett, das die Gesichtszüge gnadenlos ins Groteske verzerrt, allerdings nur so weit, dass man sich mit einem Schaudern noch immer selbst darin erkennt.

Abgesehen von den täglichen Episoden, in denen der Vater in seiner zunehmenden Demenz lange, ausführliche Gespräche mit seiner verstorbenen Frau führt oder Milch und Zucker auf eine Portion Doseneintopf schüttet, herrscht eine lähmende Eintönigkeit. Der nervenzermürbend monotone Tagesablauf, das Gefühl, auf unbestimmte Zeit in einem Wartezimmer festzusitzen, wo die einzige Form der Zerstreuung aus zwei alten Gesundheitsmagazinen besteht ... Noch nie zuvor war er über einen so langen Zeitraum seinen eigenen Gedanken ausgesetzt – die momentan, wie er sich eingestehen muss, keine besonders fröhliche Gesellschaft sind. Vielleicht sind sie es nie gewesen, und es war ihm bisher bloß nicht bewusst.

Wenn ihm jemand vor einem halben Jahr gesagt hätte, dass er sich eines Tages darauf freuen würde, eine Stelle als Leiter einer kleinen Polizeistation anzutreten, noch dazu in Sandsted, hätte er ihn ohne Umschweife für verrückt erklärt. Aber so ist es. Er freut sich darauf, in vier Tagen mit der Arbeit zu beginnen. Aus diesem Gefängnis hier freizukommen, oder besser gesagt: unbeaufsichtigten Freigang zu erhalten.

Es ist kurz vor halb fünf. Er verspürt ein beinahe physisches Bedürfnis, Signe anzurufen. Ohne zu wissen, was er zu ihr sagen soll. Einfach nur, um ihre Stimme zu hören, das Gefühl zu bekommen, dass er nicht über Bord geworfen, sondern nur zeitweise in ein kleines Beiboot gesetzt wurde, das der große Dampfer hinter sich herzieht.

Er ruft sie nicht an. Ihm ist klar, dass sie bis über beide Ohren in Arbeit steckt. Dass die ersten Stunden einer jeden Ermittlung entscheidend sind. Dass es peinlich für sie wäre. Und für ihn.

Ein paar Wochen ... mehr braucht es nicht, bis man verschwindet.

Kapitel 7

Signe biegt mit knapp einhundert Stundenkilometern in den Strandvejen ein. Sie hat kein Blaulicht dabei, das sie aufs Dach setzen könnte, streng genommen dürfte sie also nicht so rasen. Aber sie hat allgemein ein recht entspanntes Verhältnis zu den Regeln, nicht zuletzt Geschwindigkeitsbegrenzungen. Auch, wenn sie mit Niels und den Kindern unterwegs ist – was Niels so gut wie jedes Mal kommentiert, wenn sie am Steuer sitzt. Und um die Wahrheit zu sagen, hat sie schon einige Male ihren Dienstausweis hervorgezogen, als sie von Kollegen wegen zu schnellen Fahrens angehalten wurde.

Nach einigen Hundert Metern auf dem Strandvejen erreicht sie Hellerup, und die Straße wird schmaler. Der Verkehr bewegt sich im Schneckentempo, teilweise kommt er ganz zum Erliegen. Frustriert starrt Signe aus dem Seitenfenster auf die Geschäfte in dem vornehmen Viertel. Italienisches Eis. Teure Weine. Öko-Bettzeug, das so pestizidfrei ist, dass man es praktisch essen könnte. Neue Möbel, die auf genau die richtige Weise, im Stil des Landadels, patiniert sind. Sie schüttelt den Kopf. Was zum Teufel ist los mit den Leuten? Fällt ihnen nichts Besseres ein, als immer noch mehr nichtssagende Kerzenständer und unnötigen Nippes ins System zu pumpen, das vor Überkonsum ohnehin schon aus allen Nähten platzt? Und haben die Verbraucher keine andere Verwendung für ihr Geld, als den ganzen Dreck zu kaufen? Anscheinend nicht, denkt sie.

Ihr Handy klingelt.

»Hier ist Johannes Nielsen vom PET. Ich sehe mir gerade die Überwachungsbilder aus dem Büro der Hausverwaltung in Mjølnerparken an.«

»Okay.«

»Wo sind Sie gerade?«

»Im Auto auf dem Strandvejen, kurz vor Svanemølle.«

»Ich habe etwas, das Sie sich ansehen sollten.«

»Ich bin in zehn Minuten da.«

Sie hält das Lenkrad mit der linken Hand, während sie Kemal Jawads Nummer wählt.

»Salaam u aleikum, Kemal. Hier ist Signe Kristiansen.«

»Wa alaikum wassalam, Signe. Was kann ich für dich tun?«

»Kannst du kurz runter zur Hausverwaltung kommen?«

»Jetzt?«

»Ja, wenn es geht.«

»Bin in zehn Minuten da.«

Kemal Jawad ist Vorsitzender des Mietervereins in Mjølnerparken. Er ist in der Anlage geboren, dort aufgewachsen und kennt sie wie seine Westentasche. Signe hat ihn schon etliche Male getroffen und ein gutes Verhältnis zu ihm. Nicht so gut wie zu X, aber Kemal hat ihr mehrfach Hinweise in Bezug auf ehrbezogene Gewaltverbrechen gegeben.

Am Ziel in Nørrebro angekommen, quetscht sie das Auto zwischen einen alten Mazda und einen noch älteren Toyota auf dem Parkplatz zwischen Wohnsiedlung und Mimersparken. Sie steigt aus und schaut an einem der vier hohen Stahlmasten hoch, die um den Parkplatz stehen und mit ihren jeweils vier Kameras an der Spitze einen großen Teil des berüchtigten Wohngebietes überwachen.

Die sechzehn Kameras an den Masten sind bei Weitem nicht die einzigen, die auf die achtzehnhundert Menschen in den roten Häuserblöcken gerichtet sind. Nach einer Serie von Kellerbränden im Jahr 2005 wurden in jedem der knapp sechzig Aufgänge in der Siedlung drei Kameras installiert. Die Brände hörten auf, und seitdem haben sich die Bewohner in Mjølnerparken daran gewöhnt, zu den am meisten überwachten Menschen im Land zu gehören.

Signe geht auf einem der asphaltierten Wege zum Büro der Hausverwaltung. Für gewöhnlich ist dieser Teil von Nørrebro sehr belebt – herumrennende Kinder, Radfahrer, Jugendliche beim Basketball, abhängende Hipster und haufenweise Skater. Momentan aber dominieren Polizisten mit schwarzen Helmen, schusssicheren Westen und HK-MP5-Maschinenpistolen, die in Vierer- und Fünfergruppen zwischen den Wohnblöcken patrouillieren, die Szenerie.

Das Büro der Hausverwaltung ist voller Männer arabischen Aussehens und Frauen mit Kopftüchern, die heißen Tee aus Plastikbechern trinken und lautstark diskutieren, wobei sie sich einen harten Wettkampf mit den Sprechern von TV 2 News liefern, deren Stimmen aus einem großen Fernseher an der Wand tönen. Abgesehen von den traditionellen Grußformeln beschränkt sich Signes arabischer Wortschatz auf drei Wörter: *habibi*, was »Freund« oder »Schatz« bedeutet, *inshallah*, übersetzt »So Gott will«, und schließlich das Wort, das immer wieder im anhaltenden Stimmengewirr ertönt: *irhabi*. »Terrorist«.

Signe entdeckt Kemal Jawad, der bei einer Gruppe von vier Männern steht. Sie hat oft gedacht, dass er mit seinem langen Bart, der Kufi auf dem Kopf und dem knielangen

Gewand wie das stereotype Schreckensbild eines gewalt-bereiten Terroristen aussieht. Und Vorurteile halten sich hartnäckig. Sie hat sich schon dabei erwischt, wie sie in der Schlange zur Sicherheitskontrolle am Flughafen die Passagiere in traditioneller nahöstlicher oder nordafrika-nischer Tracht besonders genau beobachtete – und das, obwohl praktisch sämtliche Anschläge auf westliche Ziele in den letzten Jahrzehnten von Terroristen verübt wurden, die sich in ihrem äußeren Erscheinungsbild nicht vom net-ten Sohn aus der Nachbarschaft unterschieden.

Sie winkt ihn zu sich herüber. Reicht ihm die Hand und grüßt.

»Hi, Kemal. Alles okay?«

Er schüttelt den Kopf. »Das kann man wohl kaum sagen. Nicht nach dem, was heute passiert ist.«

»Nein, das ist echt … übel alles«, sagt sie und denkt, dass das die Untertreibung des Tages sein dürfte. »Kommst du kurz mit?«

Johannes Nielsen sitzt im angrenzenden Raum vor einem großen Bildschirm am Schreibtisch. Er schaut auf und begrüßt sie. Selbst hier drinnen ist der Lärm ohrenbe-täubend. Es ist wie auf dem Basar, viel zu viele Menschen, denkt Signe. Viel zu viele, die nichts davon erfahren dür-fen, was der PET-Mann gefunden hat.

Signe geht zurück in das große Büro und klatscht in die Hände. »Hallo.« Es macht nicht den Eindruck, als ob irgendjemand sie auch nur hören würde. Sie erhebt die Stimme.

»He! Darf ich kurz um Ruhe bitten?«

Das Stimmengewirr ebbt ab.

»Mein Name ist Signe Kristiansen, ich bin von der Ko-penhagener Polizei. Ich muss Sie leider bitten, den Raum zu verlassen.«

Kemal stellt sich neben Signe.

»Es ist in Ordnung. Wir brauchen etwas Ruhe zum Arbeiten. Ihr könnt …«, er schaut zu Signe, »in einer halben Stunde zurückkommen?«

Sie nickt, und die Menge verlässt langsam den Raum. Nach ein paar Minuten sind die drei allein.

»So, was wollten Sie mir zeigen?«, fragt Signe.

Johannes Nielsen tippt etwas in seinen Computer, und ein verpixeltes Bild von einem der Hauseingänge erscheint. Ein paar Sekunden später kommt ein junger Mann mit zwei prallen Baumarkt-Tüten herein. Er verschwindet im Treppenhaus.

»Die sehen ziemlich schwer aus, die Tüten«, sagt Johannes Nielsen. »Wisst ihr, welcher Sprengstoff verwendet wurde?«

»Nein.«

»Also könnte es TATP gewesen sein?«

»Ja, gut möglich.«

Die Hauptzutaten für TATP sind Aceton und Wasserstoffperoxid.

»Wäre es dann nicht interessant herauszufinden, was er im Baumarkt gekauft hat?«

»Absolut. Passt der Zeitrahmen?«

»Ja, es war vor vier Tagen.«

Signe wendet sich an Kemal. »Kennst du ihn?«

»Welcher Aufgang ist es?«

»Nummer 24«, antwortet Johannes Nielsen.

»Kann ich ihn noch mal sehen?« Kemal studiert die Nahaufnahme. »Das ist Fadi. Fadi Hassan. Er lebt mit seiner Mutter und zwei kleinen Schwestern zusammen. Im zweiten Stock, soweit ich mich erinnere.«

»Hat er mit den *Brothas* zu tun?«

Kemal nickt zustimmend. »Er steht nicht sonderlich weit

oben in der Hierarchie, aber ja. Siebzehn, achtzehn Jahre alt. Schon ein paar Mal auffällig geworden. Zwei Vorstrafen wegen Körperverletzung plus diverse kleinere Vergehen.«

»Dem statte ich mal kurz einen Besuch ab. Danke für die Hilfe, Kemal. Du kannst den Leuten sagen, dass sie wieder reinkommen dürfen. Wenn es für Sie okay ist, Johannes?«

Er zuckt die Schultern. »Kein Problem. Solange sie nicht hier reinkommen.«

Draußen in der Kälte sieht sie sich um und bemerkt den weißen Einsatzleiterwagen, der fünfzig Meter entfernt parkt. Plötzlich denkt sie an Niels und holt das Handy hervor, um ihn anzurufen, aber auch ihr Mann geht nicht dran. Was zur Hölle ist los mit allen, wozu haben sie Handys, wenn sie dann doch nicht drangehen?, fragt sie sich entnervt und steckt das Smartphone zurück in die Tasche. Sie atmet tief durch und geht hinüber zum Einsatzleiterwagen. Der Mann auf dem Beifahrersitz steigt aus, als sie sich nähert. Sie greift nach ihrem Ausweis, aber der Einsatzleiter hebt die Hand.

»Nicht nötig, ich weiß, wer Sie sind«, sagt er und reicht ihr die Hand. »Kjærgaard.«

»Folgendes«, sagt Signe und erklärt, was sie auf dem Überwachungsvideo gesehen haben. »Wir haben nur die Bilder, daher dachte ich, wir könnten ihm einen kurzen Besuch abstatten und fragen, was er da nach Hause geschleppt hat.«

»Alles klar. Sollen wir gleich in großem Stil einrücken?«

»Nein, ich denke nicht. Wir halten den Ball flach, nur vier Männer. Ich komme mit«, ordnet Signe an.

Fünf Minuten später klopfen sie an die Tür im zweiten Stock der Nummer 24. Ein Mädchen, das Signe auf um die vierzehn schätzt, öffnet. Sie macht ein erschrockenes

Gesicht, als sie die vier Polizisten mit Maschinenpistolen und Helmen sieht, die hinter Signe auf der Treppe stehen.

»Hallo«, sagt Signe und lächelt freundlich. »Ist Fadi zu Hause?«

Das Mädchen nickt.

»Und deine Mutter?«

Erneutes Nicken.

»Wir möchten gern mit Fadi sprechen. Hat deine Mutter ein Kopftuch auf?«

Das Mädchen schüttelt den Kopf.

»Würdest du sie bitten, es umzubinden, damit wir reinkommen können?«

Sie verschwindet und ruft etwas auf Arabisch. Fadi erscheint im Flur.

»Was wollt ihr?«, fragt er kurz angebunden.

»Mit dir sprechen. Dürfen wir reinkommen?«

Er nickt und öffnet die Tür. Signe betritt den Flur, dreht sich zu den vier Polizisten um und hebt zwei Finger. Zwei der Männer folgen ihr in die Wohnung. Fadi geht ins Wohnzimmer, Signe folgt ihm, während die beiden Polizisten im Flur warten.

Das Wohnzimmer sieht aus wie so viele andere Wohnzimmer in Mjølnerparken: Sofas an drei Wänden, Ecktische und orientalische Teppiche. An der Wand hängt ein Poster der Al-Aqsa-Moschee in Jerusalem. Fadi bleibt in der Mitte des Raumes stehen und starrt Signe mit verschränkten Armen an.

»Vor vier Tagen hast du zwei Tüten vom Baumarkt hier hochgetragen. Kannst du mir sagen, was darin war?«

»Was geht euch das an?«

»Fadi, antworte einfach auf die Frage.«

Er schnaubt, gibt sich aber geschlagen. »In der einen war Erde.«

»Erde?«

»Ja. Blumenerde.«

»Blumenerde?«

»Ja. Meine Mutter hat ein paar Pflanzen umgetopft. In größere Töpfe. Die da.«

Er zeigt auf zwei Palmen, die auf dem Boden stehen. Signe geht zu einer der Pflanzen, bückt sich und verreibt etwas Erde zwischen Daumen und Zeigefinger. Könnte tatsächlich frisch sein, denkt sie.

»Hm. Und in der anderen Tüte?«

»Abflussreiniger.«

»Abflussreiniger? Wie viel?«

»Ein Fünf-Liter-Kanister. Unser Abfluss im Bad ist dauernd verstopft. Voll ätzend.«

»Kannst du mir den Kanister zeigen?«

Er starrt sie wütend an. Dann dreht er sich um. Kurz darauf ist er zurück im Wohnzimmer. Mit einem zu drei Vierteln gefüllten Kanister in der Hand.

»Okay«, sagt Signe. »Und du bist ganz sicher, dass du nichts anderes in der Tüte hattest? Aceton zum Beispiel?«

»Aceton? Alter, wozu sollte ich Aceton kaufen? Aber da fällt mir ein, ich hatte noch zwei Anderthalb-Liter-Flaschen Cola in der Tüte. Aus dem Supermarkt. Die haben wir getrunken«, antwortet Fadi, ohne sich zu bemühen, die Ironie in seiner Stimme zu verbergen.

»Hast du die Sachen vom Baumarkt im Nørrebrocenter?«

Er nickt. »Glaubst du mir nicht?«

»Tja … du weißt ja, sicher ist sicher. Wie hast du die Erde und den Abflussreiniger bezahlt?«

»Bar.«

»Natürlich. Und der Beleg …?«

»Weggeschmissen.«

»Wo habt ihr eure Einkaufstüten? Unter der Spüle?«

»Ja.«

»Darf ich kurz nachsehen?«

Fadi geht voran in die Küche. Signe öffnet die Tür unter der Spüle und holt einen Putzeimer voller zusammengeknüllter Einkaufstüten hervor. Eine der Tüten vom Baumarkt liegt zuoberst, die andere hängt in der Halterung für den Müll. Signe sucht zwischen den Tüten und zieht eine der Drogerie Matas hervor.

»Wer hat hier eingekauft?«

»Keine Ahnung. Meine Mutter wahrscheinlich. Oder meine Schwestern.«

»Du warst nicht zufällig bei Matas und hast … Wasserstoffperoxid gekauft?«

»Wasserstoffper… Alter, wovon redest du?«

»Spricht deine Mutter Dänisch?«

»Nein, nicht wirklich.«

»Kannst du sie kurz herrufen?«

Fadi ruft, und die rundliche Mutter, die einen Kopf kleiner als Signe ist, erscheint in der Tür. Sie macht ein ängstliches Gesicht.

»Frag sie, ob sie bei Matas war.«

Er sagt etwas auf Arabisch. Sie nickt. Er stellt eine weitere Frage, und sie antwortet.

»Sie sagt, sie hat ein Geschenk für eine Freundin gekauft. Irgendein gutes Shampoo und Parfüm. Vor einer Woche. Bei Matas in der Nørrebrogade.«

»Okay. Hör zu, Fadi. Ich möchte gern, dass du mit uns aufs Präsidium kommst, während wir untersuchen, ob es stimmt, was du uns über deinen Einkauf im Baumarkt erzählt hast.«

»Ey, was soll der Scheiß, Bitch? Ich hab überhaupt nichts gemacht.«

»Ganz ruhig, Fadi. Wenn du mit uns zusammenarbeitest,

dauert das Ganze nicht mehr als ein paar Stunden. Und wenn alles so ist, wie du sagst, fahren wir dich natürlich auch wieder nach Hause.«

»Alter, wenn irgendwas ist, will ich einen Scheißanwalt.«

»Natürlich. Darum kümmern wir uns.« Damit geht Signe zu den beiden Polizisten in den Flur. »Wir nehmen Fadi hier mit aufs Präsidium. Unauffällig. Habt ihr den Überblick, wo die Journalisten stehen?«

»Halbwegs«, antwortet der eine.

»Es wird wahrscheinlich nicht einfach, aber versucht, sie zu umgehen, wenn ihr Fadi zum Auto bringt. Wir brauchen keine Gerüchte über die Sache. Also auch keine Handschellen. Bis auf Weiteres steht er nicht unter Verdacht, sondern soll uns nur helfen, ein paar Dinge zu klären.«

Kurz bevor Signe zurück am Auto ist, klingelt ihr Handy. Ihr Herzschlag beschleunigt sich, aber es ist Dinah aus dem Präsidium.

»Ich glaube, wir haben was«, sagt sie. »Von einer Kamera am Gerichtsgebäude. Etwa eine halbe Stunde vor der Explosion.«

»Yes! Sehr gut, Dinah.«

»Soll ich die Datei schicken?«

»Brauchst du nicht, ich komme. Bis gleich.«

Mann, Mann, sehen wir viel fern, denkt sie.

»Die Kamera befindet sich in einem der Blendfenster am Gerichtsgebäude«, erklärt Dinah, als Signe im Präsidium angekommen ist und sich neben sie vor den großen Bildschirm gesetzt hat. Sie hat weniger als zehn Minuten für die Fahrt von Nørrebro gebraucht, da die Straßen im Zentrum so gut wie menschenleer sind – trotz der Aufforderung des Ministerpräsidenten, weiter dem normalen Alltag nachzugehen.

Auf dem Bildschirm sind der Großteil des Platzes vor dem Gerichtsgebäude sowie ein paar Stände des Weihnachtsmarkts zu sehen. 11.46 Uhr zeigt der Zeitstempel in der unteren Ecke des Bildes, und rund um die Buden herrscht bereits einiges Gewusel. Am rechten Rand sieht man die Schemen von zwei Einsatzwagen der Polizei, die in der Slutterigade halten. Über den Platz verteilt stehen Mitglieder der *Loyal to Familia* in kleineren Grüppchen, die meisten davon in schwarzen Sweatshirts mit über den Kopf gezogenen Kapuzen. Signe zählt insgesamt sieben Kollegen, die in einem unregelmäßigen Halbkreis die Stufen zum Gerichtsgebäude bewachen.

Ein kleiner weißer Kastenwagen nähert sich auf dem Sträßchen, das am Nytorv und Gammeltorv entlangführt. Kurz vor den ersten Ständen wendet er und hält an. Ein Mann steigt an der Beifahrerseite aus.

»Also sind es mindestens zwei. Wir haben es nicht mit einem Einzeltäter zu tun«, bemerkt Signe.

Der Mann geht um den Wagen und öffnet die Hecktüren. Er holt eine Sackkarre und dann eine Art Umzugskiste aus dem Kofferraum. Klappt die Ladeschaufel der Sackkarre herunter, stellt die Kiste darauf und schiebt sie in Richtung der Stände.

»Die Kiste sieht schwer aus«, sagt Dinah.

»Ja. Halt mal kurz an«, erwidert Signe, und Dinah stoppt den Film.

Signe beugt sich vor. Der Mann hat Arbeitshosen und eine Art Pilotenjacke an. Auf dem Kopf trägt er eine schwarze Baseballkappe mit weißem Logo, an den Füßen ein Paar schwerer Arbeits- oder Wanderstiefel. Er scheint ein gutes Stück über Durchschnittsgröße zu sein, breitschultrig und ziemlich muskulös. Auch wenn es schwer zu beurteilen ist, ohne eine andere menschliche Vergleichsperson daneben.

»Probier mal, näher heranzuzoomen«, sagt Signe. Auf dem linken Oberarm der Jacke ist ein Stoffaufnäher mit gelbem Text zu erkennen.

»Es sieht aus wie die Uniform von diesem Paketdienstleister, wie heißt der noch mal … UPS.«

Das Logo auf der Kappe zeigt die ineinander verflochtenen Großbuchstaben N und Y, vermutlich das am häufigsten auf Baseballkappen gedruckte Logo der Welt: das Symbol der New York Yankees. Allein in Dänemark tragen Tausende eine solche Basecap. Das Gesicht des Mannes ist größtenteils unter dem Schirm verborgen.

»Okay, lass weiterlaufen«, sagt Signe.

Auf dem Bildschirm geht der Mann weiter in Richtung der Stände. Signe fällt auf, dass alle Polizisten auf dem Platz den Stufen des Gerichtsgebäudes zugewandt stehen, während sie die Stände im Rücken haben. Anscheinend bemerkt keiner von ihnen den Mann mit der Sackkarre.

Shit, denkt sie. Nicht gut. Sie hätten natürlich darauf achten müssen, was um sie herum vor sich geht, nicht zuletzt auf dem Stück Straße entlang des Platzes, auf der Autos fahren dürfen. Aber es ist immer das gleiche Problem. Wenn Aufträge wie diese zur Routine werden, lässt die Aufmerksamkeit der Mannschaft nach. Das wird ein oder zwei Zurückstufungen zur Folge haben. Im ersten Moment spürt Signe einen Anflug von Mitleid mit den Kollegen, die man für das Versagen verantwortlich machen wird. Aber das Gefühl mischt sich rasch mit Irritation, die zu Ärger darüber anwächst, dass sie ihren Job nicht ordentlich gemacht haben. Die Nachlässigkeit der Polizisten – so natürlich sie auch ist – hat Menschenleben gekostet. Viele Menschenleben.

Auf dem Video hat der Mann mit seiner Last die Rückseite eines Standes erreicht, wo bereits einige aufeinandergestapelte Pappkartons neben mehreren schwarzen Müllsäcken stehen. Signe fällt auf, dass er den gesamten Weg vom Auto zu den Ständen darauf achtet, seinen Kopf ein kleines Stück nach rechts gedreht zu halten. Zu keinem Moment lässt sich mehr als der untere Teil seines Gesichts erkennen.

»Er weiß, wo die Kameras installiert sind«, stellt sie fest.

Der Mann zieht die Kiste von der Sackkarre und stellt sie neben den Kartons ab. Dann klappt er die Ladeschaufel ein, geht mit schnellen Schritten zurück zum Wagen, verstaut die Sackkarre im Kofferraum, schließt die Hecktüren und steigt ein. Der Wagen setzt sich in Richtung Rådhusstræde in Bewegung und verschwindet kurz darauf aus dem Sichtfeld der Kamera. Das Ganze hat weniger als zwei Minuten gedauert.

Das sind vielleicht kaltblütige Bastarde, denkt Signe. Direkt unter der Nase des halben Polizeikorps.

»Und die Explosion passiert dort, wo er die Kiste abgestellt hat?«

»Ich habe versucht, die Bilder in Zeitlupe laufen zu lassen, und ja, es sieht aus, als ob die Bombe in der Kiste gewesen wäre.«

Signe steht auf.

»Okay. Schick den Clip an die Presseabteilung, damit wir ihn veröffentlichen können. Kannst du die Marke des Autos und das Nummernschild sehen?«

»Ja, beim Wenden. Es ist ein VW Caddy, so heißen sie, glaube ich.«

»Schick die Beschreibung raus und geh dann die Aufnahmen der Verkehrskameras durch. Wir müssen wissen, wohin der Wagen gefahren ist.«

Signe geht zu Erik Merlins Büro und klopft an.

»Herein.«

Er schaut von seinem Monitor auf und nickt ihr zu. Sie setzt sich.

»Es sind mindestens zwei. Wir haben Aufnahmen des Mannes, der die Bombe deponiert hat, sowie von ihrem Fahrzeug.«

»Genug, um Personenbeschreibungen anfertigen zu können?«

»Tja, nicht so richtig. Der Fahrer bleibt im Wagen, ihn können wir also nicht sehen. Der andere ... sein Körperbau ist schwer zu beurteilen, er hat ziemlich bauschige Kleidung an, aber er macht einen recht kräftigen, großen und muskulösen Eindruck. Er trägt eine Uniform von UPS, oder sie ist nachgemacht, und eine schwarze Baseballkappe. Von seinem Gesicht haben wir kein brauchbares Bild. Aber wir schicken jetzt eine Beschreibung des Wagens und den Videoclip an die Medien.«

»Gut.«

»Außerdem habe ich so einen jungen *Brothas*-Typen einbestellt. Der Kollege vom PET, der die Überwachung in Mjølnerparken durchgeht, hat entdeckt, dass er vor vier Tagen zwei schwere Tüten vom Baumarkt nach oben getragen hat. Er behauptet, es sei Abflussreiniger und Blumenerde für seine Mutter gewesen. Wir überprüfen gerade beim Baumarkt, ob seine Angaben stimmen. Was, denke ich, der Fall ist. Er schien nicht sonderlich nervös, als ich ihn befragt habe. Aber mal sehen.«

»Okay. Hast du mit X gesprochen?«

»Ja.«

»Und?«

»Nicht viel. Er ist schockiert und macht sich Sorgen, welche Konsequenzen die Sache haben könnte. Ich habe ihn natürlich gefragt, ob er in der letzten Zeit irgendetwas Ungewöhnliches bemerkt hat, hat er aber nicht.«

»Und du glaubst ihm?«

»Ja.«

»Auch, dass er uns einen Tipp gibt, wenn ihm etwas auf-fällt?«

Signe denkt einen Moment nach.

»Er muss natürlich auf seine eigene Sicherheit achten, aber ... ja, ich denke schon.« Sie sieht ihrem Chef in die Augen. »Und er ist unser bester Anhaltspunkt, oder? Ich meine, in Mjølnerparken und Umgebung?«

Erik Merlin nickt. »Wir wissen ja nicht, was der PET an Kontakten da draußen hat, aber stimmt schon, du hast wahrscheinlich recht.« Er lehnt sich zurück und schaut auf seine Armbanduhr. »Apropos PET ... hast du mit Steensen gesprochen?«

Victor Steensen ist der Verbindungsoffizier des PET. Er ist Ende dreißig und war, bevor er sich beim polizeilichen Geheimdienst bewarb, bei der Mordkommission in Aar-hus. Signe hat in Verbindung mit einigen Fällen, bei denen ehemalige dänische Syrienkrieger wegen der Planung von Terroranschlägen verurteilt wurden, mit ihm zusammenge-arbeitet. Er ist ein freundlicher und – in Signes Augen – et-was zu ambitionierter Typ. Aber er macht seine Arbeit gut.

»Nein, noch nicht«, antwortet sie.

»Ruf ihn an, damit ihr euch zusammensetzen und die ganze Sache koordinieren könnt.«

Signe steht auf und geht zur Tür.

»Und nimm Troels mit«, fügt der Chef hinzu.

Sie erstarrt mit der Hand auf dem Türgriff. Dann dreht sie sich um. Erik Merlin hat begonnen, auf der Tastatur sei-nes Computers zu tippen. Er schaut auf.

»Was?«, fragt er.

Signe zittert innerlich. »Nichts«, sagt sie und tritt auf den Flur.

Sie überlegt, ob sie es noch mal bei Lisa versuchen soll. Aber noch ein vergeblicher Anruf, noch einmal die mechanische Stimme, die ihr sagt, dass Lisas Handy derzeit leider nicht zu erreichen ist, und sie bricht zusammen.

Sie denkt an ihren Mann. Niels macht bestimmt gerade das Abendessen fertig, während Anne und Lasse mit ihren iPads auf dem Sofa liegen und darauf warten, später den Weihnachtsbaum zu schmücken. Niels und sie haben darüber gesprochen, wie sehr sie sich beide darauf freuen, gemeinsam Weihnachten zu feiern. Und jetzt das hier. Sie weiß, dass sie nicht mehr als drei oder vier Stunden am Tag zu Hause sein wird, bis sie die Drahtzieher des Terrorangriffs gefasst haben, und im Augenblick deutet nichts darauf hin, dass schnell damit zu rechnen ist.

Und auch wenn sie sich hartnäckig weigert, den Gedanken zu Ende zu denken, dringt das Undenkbare stetig weiter vor, droht sie zu übermannen: dass Lisa, Jakob und die beiden Kleinen *tatsächlich* unter den Opfern sind.

Ihr Hals schnürt sich zusammen. Sie ballt die Fäuste und zwingt sich, die Tür zur Einsatzzentrale zu öffnen.

Er sitzt nicht an seinem Platz.

»Weiß jemand, wo Troels ist?«, fragt sie in den Raum.

»Hab ihn die letzte Viertelstunde nicht gesehen. Vielleicht ist er in der Kantine«, antwortet einer.

Sie schließt die Tür und geht den Gang entlang. Normalerweise hat sie ihren Hass auf Troels Mikkelsen einigermaßen im Griff, sodass sie sich ihr Arbeitsleben davon nicht allzu sehr vergiften lässt. Und sie hat Übung darin bekommen, Ausflüchte und Erklärungen zu erfinden, um der Zusammenarbeit mit ihm zu entgehen. Aber vorhin, im Büro von Erik Merlin, ist ihr schlicht und ergreifend nichts eingefallen.

Sie geht in die Kantine, sieht sich um und entdeckt ihn

an einem Tisch, wo er zusammen mit ein paar Kollegen von der Mordkommission sitzt. Sie schaut auf ihre rechte Hand. Streckt die Finger. Sie zittern, aber sie hat es unter Kontrolle. Dann geht sie hinüber zum Tisch.

Kapitel 8

Er kann sich nicht entsinnen, dass ihn der Vater jemals berührt hätte. Doch, ein Händeschütteln. Und ein Schulterklopfen, als er das Abitur gemacht hat. Außerdem saß Juncker als kleiner Junge auf seinem Schoß. Er hat keine eigenen Erinnerungen daran, aber es gibt Fotografien in einem Album, in das seine Mutter gewissenhaft die Bilder ihrer drei Kinder geheftet hat.

Sein Vater ist nach dem Abendessen ins Bett gegangen – einem merkwürdigen Menü, bestehend aus Nackenkoteletts, Pasta und Sauce béarnaise aus der Packung, das Vater und Sohn mit einer der sechs Flaschen Barolo heruntergespült haben, die Juncker im Angebot gekauft hat.

Nun hat er sich mit einer weiteren Flasche ins Wohnzimmer gesetzt und blättert in einem der Fotoalben seiner Mutter. Ein Bild erregt seine Aufmerksamkeit. Es ist eine Schwarz-Weiß-Aufnahme von ihm und seinem Vater, die aus der Zeit stammen muss, bevor das Haus gebaut wurde, damals, als die Familie noch in einem kleineren Stadthaus in der Nähe des Marktplatzes lebte.

Auf dem Foto trägt Mogens Junckersen einen dunklen Nadelstreifenanzug mit Weste, weißem Hemd und Krawatte – mit anderen Worten seine Arbeitskleidung –, was darauf hinweist, dass das Bild an einem Wochentag gemacht wurde. Andererseits ist auch Juncker mit seinem weißen Hemd und der Fliege schick angezogen, das Foto könnte also genauso gut an einem Festtag aufgenommen worden sein, einem Geburtstag vielleicht oder Heiligabend.

Mogens Junckersen hat den Blick auf einen Punkt über der Person mit der Kamera gerichtet, bei der es sich vermutlich um seine Frau handelt. Ein raubtierhaftes Lächeln, das nicht bis zu den Augen reicht, entblößt seine makellosen, blendend weißen Zähne. Er hat seinen Sohn rittlings auf dem Schoß und hält ihn mit festem Griff um die Taille. Juncker schaut nicht in die Kamera. Seine linke Hand ruht auf dem Knie, die rechte ist zur Faust geballt und halb in den Mund gestopft, als würde er einen Schrei unterdrücken.

Das Foto strahlt eine derart demonstrative Abwesenheit jeglicher Wärme und Liebe aus, dass Juncker schleierhaft ist, weshalb seine Mutter es für wert befand, für die Ewigkeit aufbewahrt zu werden. Aber vielleicht hatte sie in ihrer Verblendung für den charismatischen Ehemann die Kälte im Bild nicht bemerkt. Oder sie hatte es nur für eine flüchtige Grimasse gehalten, statt für den wahren Ausdruck des gestörten Verhältnisses zwischen Vater und Sohn.

Juncker schließt das Album, steht auf und schaltet den Fernseher ein. Auf dem Bildschirm erscheint Erik Merlin, der gerade einem Journalisten erklärt, dass die Polizei Verstärkung aus dem ganzen Land einberufen habe, man in höchster Alarmbereitschaft sei und nach zwei Personen in einem weißen VW Caddy fahnde, die im Verdacht stünden, in den Anschlag verwickelt zu sein. Ob er etwas darüber sagen könne, wer für den Angriff verantwortlich sei, fragt der Journalist. Merlin schüttelt den Kopf.

»Darüber wissen wir zum gegenwärtigen Zeitpunkt nichts. Wir verfolgen mehrere Spuren.«

Juncker sitzt reglos vor dem Fernseher – wenn er sich nicht gerade nach dem Rotweinglas oder der Flasche ausstreckt – und folgt der Berichterstattung über den Terroranschlag; eine Endlosschleife, bestehend aus Ausschnitten der Rede des Ministerpräsidenten an das Volk, einem mit dem Handy aufgenommenen Amateurvideo vom Nytorv, das die Sekunden unmittelbar vor und bis zur Explosion zeigt, sowie Heerscharen von Reportern, die vom Gebiet um den Nytorv, vom Polizeipräsidium, von Bahnhöfen und Flugplätzen, vom Mjølnerparken und dem Blågårds Plads berichten – allesamt Orte, denen allen im Grunde genommen eins gemein ist: Es geschieht nichts. Und dann das Ganze von vorn.

Ein paar Stunden später, nachdem er dieselben Clips drei, vier Mal gesehen hat, greift er zur Fernbedienung und schaltet um. Auch die öffentlich-rechtlichen Sender berichten parallel über den Anschlag. Auf DR2 philosophiert eine Reihe von Experten in einer Live-Diskussionsrunde über das Wesen des Terrors und stellt hemmungslos und ohne den Hauch von Beweisen Spekulationen darüber an, wer hinter der Tat stecken könnte. Auf den Unterhaltungssendern läuft das übliche Durcheinander von amerikanischen Polizeiserien, Schöner-Wohnen-Programmen und Dokudramen, die Horden von ausgeflippten Teenagern an verschiedenen Ferienorten der Welt bei ihren Sauftouren zeigen. Auf einem der Kanäle wurde in einem bemerkenswerten Mangel von Taktgefühl der angekündigte Katastrophenfilm durch ein Actiondrama ersetzt, in dem der Held nach einem Bombenattentat eine Gruppe Terroristen nahöstlichen Aussehens mit deutschem Akzent jagt.

Juncker schaltet den Fernseher aus, steht auf, öffnet die Terrassentür und zieht die eiskalte Luft ein. Ein paar Minuten steht er auf der Schwelle und schaut in die stille Dunkelheit hinaus. Dann geht er ins Bad. Entblößt seine Zähne, die blau vom Wein sind, und starrt auf den alternden Mann im Spiegel.

Bist du fertig, denkt er. War das schon alles?

24. Dezember

Kapitel 9

»Guten Morgen, Leute.«

Erik Merlin setzt sich auf denselben Stuhl wie vor neunzehn Stunden, am Tisch neben dem Whiteboard. Und die »Leute« in der Einsatzzentrale sind weitestgehend dieselben wie beim ersten Briefing, allerdings mit etwas längeren Bartstoppeln, sofern es die Männer betrifft, sowie zerknautscht und ungeduscht nach einer Nacht ohne Schlaf. Die Unveränderlichkeit der Szene hat etwas beinahe Symbolisches, denkt Signe. Derselbe Raum, dieselben Leute und praktisch dieselbe Situation, die – jetzt, da sich die entscheidenden ersten vierundzwanzig Stunden einer jeden beliebigen Ermittlung ihrem Ende nähern – im Großen und Ganzen folgendermaßen zusammengefasst werden kann: Sie sind nicht wirklich weitergekommen.

Doch trotz der gedrückten Stimmung im Raum ist es Signe so leicht ums Herz wie lange nicht mehr.

Gestern Abend um kurz vor sechs hatte ihr Handy geklingelt. Nach einem Blick aufs Display hatte sie mit einer derart heftigen Bewegung versucht, das grüne Hörersymbol zu treffen, dass ihr das Telefon herunterfiel.

»Oh, Scheiße«, hatte sie frustriert geflucht und sich nach dem Handy gebückt. »Lisa«, schrie sie in den Hörer.

»Hi, Schwesterherz. Du hast angerufen.« Sie klang vollkommen gelassen.

»Lisa, Scheiße, wo … ich habe … wo warst du denn,

verdammt?« Signe lachte vor Erleichterung. »Wart ihr nicht auf dem Weihnachtsmarkt?«

»Doch. Wir sind schon um zehn hingegangen. Und waren nur eine Stunde dort. Die Kinder fanden es langweilig und wir auch. Also sind wir zu McDonald's und anschließend ins Schwimmbad …«

»Hast du gar nicht mitgekriegt, was passiert ist?«

»Doch, aber erst jetzt. Furchtbar. Und wenn man sich vorstellt, kurz, nachdem wir da waren …«

Ja, man stelle sich vor. Signe spürt Ärger unter der Erleichterung hochkochen.

»Lisa, ich habe tausendmal angerufen …«

»Ich weiß. Mein Akku war leer, ich habe es gerade erst gesehen …«

»Einer der großen Vorteile von Handys ist normalerweise, dass man sich erreichen kann, wenn etwas Ernstes passiert. Wenn du wüsstest, wie oft ich … und Mama … wie oft wir versucht haben, dich anzurufen.«

»Das weiß ich ja jetzt. Nur klammern sich eben nicht alle so an ihre Handys wie du, liebe Signe …«

Signe hatte sich fest auf die Zunge gebissen, um ihrer Schwester nicht ins Ohr zu schreien, dass sie und ihre Familie zur Hölle fahren konnten. Das tat sie natürlich nicht. Und nun, vierzehn Stunden später, ist ihr Zorn über die Gedankenlosigkeit ihrer Schwester verraucht.

Merlin überblickt die Versammlung.

»Die Zahl der Toten liegt jetzt bei neunzehn. Sechs davon sind Kinder unter vierzehn Jahren. Es besteht eine kleine Hoffnung, dass die Zahl nicht weiter steigt. Die Schwerverletzten sind stabil, so die letzte Meldung aus dem Krankenhaus. Einige befinden sich allerdings immer noch in kritischem Zustand. Achtundfünfzig wurden mit verschiedensten Verletzungen von ernsten Verbrennungen bis hin zu gebrochenen Knochen eingeliefert. Dazu wurden an die siebzig Menschen wegen kleinerer Verletzungen wie Kratzer und Schrammen, geplatzter Trommelfelle und verstauchter Finger behandelt. Wir haben natürlich alle vernehmungsfähigen Zeugen befragt. Aber keine ihrer Aussagen bringt uns irgendwie weiter.«

Er nimmt sein iPad und scrollt über den Bildschirm. »Was den Sprengstoff angeht, vermuten die Techniker, dass es sich um TNT handelte. Und zwar eine erhebliche Menge, womöglich bis zu zwanzig Kilo.«

»Zwanzig Kilo TNT? Wo zur Hölle haben sie das denn her?«, fragt Troels Mikkelsen.

»Keine Ahnung. Im Laufe der Zeit wurde einiges aus militärischen Depots in Schweden gestohlen, von dem man nicht weiß, wo es hingekommen ist. Die Schweden, und Norweger übrigens genauso, verwenden es auch für den Straßen- und Tunnelbau, um Gestein wegzusprengen. Und bei den Firmen, die diese Sprengungen vornehmen, kam es ebenfalls zu Diebstählen … zum letzten Mal vor einigen Monaten. Eine größere Menge.«

»Zwanzig Kilo. Das dürfte eine ganz schön heftige Explosion gewesen sein …«, wirft jemand ein, der das Material der Überwachungskamera anscheinend noch nicht gesehen hat.

»War es ja auch. Die Frage ist, ob wir es irgendwie nachverfolgen können. Bezüglich der Täter können wir sagen, dass es sich um mindestens zwei handelt und der eine, der die Bombe gelegt hat, größer als der Durchschnitt und vermutlich recht muskulös ist. Über den zweiten, den Fahrer – oder die Fahrerin – wissen wir nichts. Was mögliche Steckbriefe angeht, bewegen wir uns also gelinde gesagt auf reichlich dünnem Eis.« Merlin nimmt einen Schluck aus seinem Plastikbecher.

»Dann ist da noch der Wagen, den sie benutzt haben. Ein weißer VW Caddy, der in der Nacht auf Samstag in der Nähe des Sundbyvester Plads in Amager gestohlen wurde. Die Nummernschilder sind ebenfalls gestohlen, sie wurden, wie wir herausgefunden haben, mit den Schildern eines Mondeo ausgetauscht, der in der Nähe parkte. Der Caddy wurde von mehreren Kameras in der Stadt eingefangen, allerdings hat er zu keinem Zeitpunkt an einer bestimmten Adresse angehalten, und leider sind die Insassen nicht zu erkennen. Dafür fuhr er sowohl nachts als auch eine Viertelstunde nach der Explosion auf der Autobahn Hillerød, und beide Male sieht es so aus, als hätten die Täter eine der Ausfahrten in der Nähe des Waldgebiets Hareskoven genommen. Tatsächlich hat sich vor einer Stunde ein Mann bei uns gemeldet, der heute früh dort joggen war und auf ein teilweise ausgebranntes Auto gestoßen ist, anscheinend auf einer Lichtung inmitten einer Tannenplantage. Die Techniker sind auf dem Weg, falls sie nicht bereits dort sind. Lasst uns also hoffen, dass es der Caddy ist. Wer weiß, vielleicht finden sie ja etwas, was uns weiterhilft.« Er wendet sich an Signe. »Gibst du uns kurz ein Update zur Situation in Nørrebro?«

Sie steht auf.

»Da sich bis jetzt niemand bekannt hat, wissen wir immer noch nicht, ob wir es mit einem Terroranschlag oder Bandenkrieg zu tun haben. Wir ermitteln daher sowohl in Teilen Nørrebros, darunter Mjølnerparken, als auch in Tingbjerg, Værebroparken und all den anderen Orten, an denen sich die Banden aufhalten. Wir sind dabei, die Überwachungsaufnahmen der entsprechenden Gebiete durchzugehen, was eine Weile dauern wird. Außerdem haben wir ein Mitglied der *Brothas* vernommen. Vor fünf Tagen hat er zwei schwere Tüten vom Baumarkt in seine

Wohnung geschleppt, und wir wollten uns vergewissern, dass sie nicht mit Aceton und Wasserstoffperoxid gefüllt waren. Was nicht der Fall war, wie sich herausgestellt hat, und selbst wenn: Es war ja TNT, das zur Explosion gebracht wurde. Unser Hauptproblem ist, dass wir nicht richtig wissen, was und wen wir suchen, daher konzentrieren wir uns zunächst auf Personen, die nicht identifizierbar sind oder sich irgendwie verdächtig verhalten. Wir hatten auch ein paar Handvoll der Oberfuzzis aus dem Bandenmilieu zur Vernehmung hier, plus diejenigen, die vorgestern in Untersuchungshaft gekommen sind, aber die machen vollkommen dicht. Beleidigen uns nicht mal, wie sonst immer. Was die Rechtsradikalen angeht ...«, sie nickt in Richtung Victor Steensen, »ist bis jetzt der PET zuständig. Und da gibt es auch nicht sehr viel zu berichten, oder?«

Der Verbindungsoffizier schüttelt den Kopf.

»Wir prüfen auf Hochtouren, ob sich etwas auf unserem Abhörmaterial oder im Darknet findet. Aber wie ihr wisst, dauert es seine Zeit, bis man da vordringt. In den nächsten Stunden werden wir uns an unsere Informanten aus der Szene wenden. Außerdem haben wir beim schwedischen Geheimdienst nachgefragt, ob sie uns nicht ein paar Leute runterschicken können, um abzuklären, ob sich in der letzten Zeit irgendwas Verdächtiges in der rechten Szene Schwedens getan hat. Ich meine, abgesehen von den verdächtigen Aktivitäten, die ohnehin dauernd in diesen Kreisen vor sich gehen. Tja, also ... wir bleiben dran.«

»Danke«, sagt Erik Merlin, doch Signe hat noch eine Frage.

»Hat jemand mit den Kollegen gesprochen, die am Gerichtsgebäude Wache standen oder allgemein dort waren?«

Merlin schüttelt den Kopf. »Einige von ihnen sind ja unter den Verwundeten, ein paar sind sogar schwer verletzt. Es grenzt fast an ein Wunder, dass keiner von ihnen getötet wurde. Warum?«

»Ich dachte nur, falls einer von ihnen zufällig etwas gesehen hat. Schließlich wurde die Bombe nur zwanzig Meter entfernt von der Stelle gelegt, an der sie gerade Wache hielten. Auch wenn sie mit dem Rücken dorthin standen. Man kann ja nie wissen, ob nicht vielleicht einer von ihnen auch hinten Augen hatte.«

Der Chef starrt sie an, und sie bemerkt, dass er wütend ist. Aber bevor er etwas erwidern kann, ergreift jemand anders mit tiefer, melodischer und ruhiger Stimme das Wort.

»Sollten wir uns nicht lieber auf unsere Arbeit konzentrieren, statt gegen gute Kollegen zu hetzen?«

Signe wendet sich Troels Mikkelsen zu. »Ich hetze gegen niemanden. Ich stelle lediglich fest, dass neunzehn Menschen, davon mehrere Kinder, ihr Leben verloren haben, weil so ein Haufen von …« Sie holt tief Luft. »Weil einige unserer Kollegen ihren Job nicht richtig gemacht haben. Das ist alles«, gibt sie in eiskaltem Ton zurück und setzt sich.

»Das reicht jetzt«, geht Erik Merlin dazwischen. »Wir treffen uns heute Nachmittag wieder.«

Er geht zur Tür und macht Signe gegenüber eine auffordernde Bewegung mit dem Kopf. Sie atmet tief ein und folgt ihm.

In seinem Büro angekommen, dreht er sich zu ihr um. »Was zum Teufel sollte das eben?«, fragt er wütend.

Sie zuckt mit den Schultern. »Nichts. Es ist nur … na ja, wenn du das Video gesehen hast …«

»Habe ich.«

»Dann musst du doch … Scheiße, die stehen ja nur da und machen ein Nickerchen, während er ihnen die Bombe direkt unterm Hintern deponiert.«

»Ja, das tun sie. Und sei versichert, dass es Konsequenzen haben wird. Nur ist das nicht unsere Abteilung. Und es ist völlig daneben, hier herumzuschreien …«

»Ich habe nicht geschrien.«

»So etwas zu diesem Zeitpunkt zur Sprache zu bringen …« Er verstummt und schaut sie an.

»Was? Was?« Ihre Stimme überschlägt sich.

»Fahr nach Hause, Kristiansen. Geh duschen. Schlaf ein paar Stunden.«

»Ich bin fit, ich brauche nicht …«

»Jetzt hör mal zu. Ich fürchte, die Sache hier wird dauern. Es bringt nichts, uns von Anfang an aufzureiben. Geh nach Hause und hol dir eine Mütze Schlaf. Sag Niels und den Kindern Hallo, und dann sehen wir uns heute Nachmittag wieder.«

Sie weiß, dass er recht hat. Er hat immer recht. Auf dem Weg nach Hause nickt sie an mehreren Ampeln beinahe ein. Was zur Hölle ist los mit ihr? Normalerweise kommt sie spielend zwei Tage ohne Schlaf aus, wenn sie an einem großen Fall arbeitet. Und jetzt sind nicht einmal vierundzwanzig Stunden vergangen, und sie fühlt sich wie ein Waschlappen. Ein Waschlappen, der jeden Moment in Tränen ausbrechen könnte.

»Hallo«, ruft Signe, als sie die Tür zu ihrem Bungalow in Vanløse aufschließt. Das tut sie immer, wie ein Ritual, selbst wenn sie weiß, dass niemand zu Hause ist. Sie geht in die Küche. Auf dem Tresen neben der Spüle stehen ein Kaffeebecher, ein Teller und zwei Schüsseln; der Morgen ist offenbar verlaufen wie immer, wenn sie freihaben.

Signe öffnet den Kühlschrank, schenkt sich ein Glas Saft ein und setzt sich an den Esstisch. Die Fahrräder in der Einfahrt sind weg, also sind sie sicher zu Niels' Bruder gefahren, um Geschenke auszutauschen. Wie so oft in letzter Zeit hat sie das Gefühl, dass das Leben davonrast, ohne dass sie mit an Bord ist. Fünf Minuten später steht sie auf und geht ins Bad. Sie dreht den Hahn auf, hält die Hände unter das kalte Wasser, saugt es tief in die Nase und prustet es wieder aus. Das macht sie dreimal. Aber es verschwindet nicht, es ist, als ob sich der Gestank seines Aftershaves wie eine undurchlässige Membran über ihren Geruchssinn gelegt hätte. So ist es jedes Mal, wenn sie gezwungen ist, in seiner Nähe zu arbeiten.

Sie zieht Sweatshirt, Unterhemd und Jeans aus und wirft die Sachen in den Wäschekorb. Die Hose landet daneben, aber ihr fehlt die Energie, um sich zu bücken und sie aufzuheben. Ein Blick in den Spiegel verrät ihr, dass sie fürchterlich aussieht. Sie fährt sich mit der Hand durch die kurzen, gelockten hellblonden Haare. Seit ihrer Kindheit hatte sie langes Haar, es war immer ein fester Teil ihrer Identität. Bis vor drei Jahren, als sie innerhalb weniger Wochen fünfmal Läuse bekam, die die Kinder von der Schule mitgebracht hatten. Zum Schluss hatte sie resolut zur Schere gegriffen und sich die Locken in dicken Büscheln abgeschnitten. Das Ergebnis war ein Desaster, und sie war gezwungen gewesen, einen Notruf bei ihrem Friseur abzusetzen, der sie in den Kalender quetschte. Eine Stunde später hatte sie eine burschikose Frisur, und so war es seither geblieben.

Prüfend betrachtet sie ihre Brüste. Hängt die rechte neuerdings ein wenig? Sie legt die Hände darunter und hebt beide leicht an. Ihre Brüste hat sie immer gemocht. Sie sind nicht besonders groß, wie ein Paar wohlgeformte Orangen vielleicht, aber auf diese Weise haben sie die zweimalige Stillzeit weitgehend unbeschadet überstanden. Überhaupt ist sie mit ihrer Figur und ihrem Aussehen zufrieden. Den großen blauen Augen, dem breiten Jochbein, der Stupsnase, ihren Lippen und den Mundwinkeln, die immer nach oben zeigen, den weißen und regelmäßigen Zähnen. Dem Körper, eins fünfundsiebzig groß, mit verhältnismäßig breiten Schultern und schmalen, jungenhaften Hüften. Sie ist sich durchaus bewusst, dass sie keine strahlende Schönheit ist, aber der Gesamteindruck ist in Ordnung ... nein, mehr als in Ordnung. Und sie konnte stets die Männer haben, die sie sich aussuchte.

Niels hat sie sich auf einer Silvesterparty vor fünfzehn Jahren ausgesucht. Sie kannten beide die Gastgeber, die meinten, dass sie füreinander geschaffen seien und sie nebeneinander platzierten. Was die richtige Eingebung war. Bei Niels und Signe machte es Klick, kurz nach Mitternacht verließen sie die Party gemeinsam, und seitdem sind sie zusammen. Sie sind beste Freunde. Sie können über alles sprechen. Über fast alles. Aber der Leim, der die Fugen ihrer Beziehung zusammenhält, wenn der Alltag seine grauen Schatten wirft, ist Sex. Signe hat Freundinnen, die über Monate nicht mit ihren Männern ins Bett gehen. So ist es bei ihnen nicht. Wenn sie sich streiten, wussten sie immer, dass es keine bessere Medizin gibt, als sich die Klamotten vom Leib zu reißen und zu vögeln. Sie haben jede Menge Sex. Guten Sex.

Oder besser gesagt: *hatten*. Bis sich vor zwei Jahren innerhalb von nur wenigen Stunden alles änderte.

Es geschah auf der Weihnachtsfeier der Polizei. Sie war betrunken gewesen, zwar nicht hackedicht, aber betrunken. Er hatte von der ersten Sekunde an hemmungslos mit ihr geflirtet, und sie war darauf eingegangen. Sie hatte immer ein gutes professionelles Verhältnis zu ihm gehabt, er war ein fähiger und routinierter Ermittler, und sie hatte heimlich seine klassische, ein wenig altmodische Maskulinität bewundert. Sie hatten getanzt, eng, aber nicht auffällig eng und nicht auffällig oft, so erinnert sie sich zumindest daran.

Als die Feier vorbei war, hatte er ihr angeboten, sie im Taxi nach Hause zu begleiten, da er ohnehin denselben Weg hatte. Warum nicht, dachte sie. Es gab keine freien Taxis in der Nähe, also machten sie sich zu Fuß auf den Weg, er legte den Arm um ihre Schultern, und es fühlte sich gut an. Sie lehnte sich an ihn und spürte im Alkoholnebel, wie die Lust durch ihren Körper in den Schritt strömte. Er hatte sich zu ihr hinuntergebeugt und sie auf den Mund geküsst, und sie hatte es geschehen lassen. Nein, mehr noch, sie hatte ihn aufgemuntert weiterzumachen, weiterzugehen.

Wortlos waren sie die Vesterbrogade hinuntergegangen und hatten sich dort ein Hotel genommen. Auf dem Zimmer hatten sie sich ihrer Jacken entledigt und angefangen, sich zu küssen. Er legte die Arme um sie, hielt sie umfasst und drückte sich fest an sie. Sie spürte, wie sein Glied anschwoll. Die Hitze, die stickige und beengende Atmosphäre des Zimmers, die Benommenheit durch den Alkohol, alles drehte sich. Was machst du da eigentlich?, hatte sie gedacht und versucht, sich ihm zu entziehen. Aber er hielt ihren Kopf fest, schob seine Zunge tief in ihren Mund und bewegte sie kreisend, und sie spürte eine Welle der Übelkeit aufsteigen. Sie drückte ihm die Hände gegen die Brust und versuchte, ihn wegzuschieben. Aber er ließ sie nicht los und biss ihr ins Ohr, sodass sie vor Schmerzen aufschrie.

»Du willst es doch gern, du bist eine von denen, die es hart wollen«, flüsterte er. »Das hab ich dir schon lange angesehen, ich weiß, was so kleine Fotzen wie du wollen.«

»Nein!«, hatte sie ihm entgegengeschleudert. »Nein, nein, ich will nicht.« Aber er hatte sie brutal aufs Bett gestoßen, ihr die Hand auf den Hals gelegt und zugedrückt.

Sie spürte, dass er sie wissen lassen wollte, wie viel stärker er war, sie schnappte nach Luft, nie hatte sie solche Angst gehabt.

»Schlampe, dreckige Hure, Fickstück«, stöhnte er. »Ich stecke meinen großen Schwanz in dich rein, du willst es doch gern, du Fotze, ich weiß genau, wie man solche wie dich zähmen muss.«

Seine Augen waren dunkel und kalt, die Pupillen winzig klein und scharf, wie sie es bei Menschen auf Speed und MDMA gesehen hatte, sie erkannte ihn nicht wieder. Eine Hand immer noch um ihren Hals, hatte er die andere unter ihr Kleid geschoben und ihren Slip nach unten gerissen. Dabei lockerte er den Griff um sie, und sie dachte, dass sie die Chance nutzen, ihm ins Gesicht schlagen, ihn kratzen, irgendetwas tun musste. Oder wenigstens schreien. Aber wenn sie schrie und jemand die Polizei rief, was sollte sie dann sagen? Wie sollte sie erklären, warum sie mitten in der Nacht mit einem Mann auf ein Hotelzimmer gegangen war? Was sollte sie Niels sagen, falls er davon erfuhr?

Sie versuchte, Augenkontakt mit ihm herzustellen und ihn anzusprechen. »Troels, hör auf, Scheiße, was machst du da?«, aber ihre Worte prallten ab. Sie versuchte es erneut, und er schlug ihr mit voller Wucht ins Gesicht. Ihr linkes Ohr klingelte, sie spürte einen scharfen, brennenden Schmerz und dröhnende Kopfschmerzen, ihr Mund füllte sich mit Speichel. Sie musste würgen, ein Schwall Erbrochenes stieg in ihr auf, und sie schluckte und schluckte, um den Brechreiz zu unterdrücken und nicht zu ersticken. Wieder legte er seine Hand auf ihren Hals und drückte zu, während er die andere in der Luft zur Faust ballte, bereit zuzuschlagen. Verzweifelt schnappte sie nach Luft, kämpfte darum, bei Bewusstsein zu bleiben. Ihr wurde schwarz vor

Augen, sie begann wegzugleiten, da ließ er sie los, und sie sog keuchend Luft in die Lunge.

»Bleib ganz still liegen«, flüsterte er mit dem Mund dicht an ihrem Ohr.

Dann packte er ihre Beine und zwang sie auseinander, sodass ihr der Slip in die Knie schnitt. Verärgert riss er ihn ganz herunter, öffnete seinen Gürtel und die Hose, legte sich auf sie und drang in sie ein, und sie schämte sich, weil sie immer noch feucht war. Sie drehte den Kopf weg, öffnete die Augen und starrte aus dem Fenster. Eine Leuchtreklame warf ein fahlgrünes Licht auf die Fassade gegenüber, und unten auf der Straße hörte sie Horden von Besoffenen grölen, die sich von unzähligen Weihnachtsfeiern torkelnd auf den Heimweg machten.

Sie dachte an Niels und Anne und Lasse und fing fast an zu weinen, während sie das Gewicht seines Körpers, das rhythmische Stoßen seines Unterleibs gegen ihren spürte und sein dumpfes Stöhnen hörte, als er sich in sie ergoss. Eine Minute, vielleicht zwei blieb er mit seinem vollen Gewicht auf ihr liegen, wieder drückte es ihr die Luft ab, und sie konnte die Übelkeit nicht länger kontrollieren. Sein Aftershave, der Gestank seines Bieratems … es kam ihr hoch, sie versuchte, den Mund geschlossen zu halten, aber ein dünner Strahl drang durch ihre aufeinandergepressten Lippen und traf ihn an der Backe und auf dem Hemd. »Scheiße, du Drecksau«, hatte er gezischt und sein Glied herausgezogen. Für einen Augenblick dachte sie, er würde sie wieder schlagen, aber er stand auf und ging ins Bad. Sie hörte den Hahn laufen und Wasser spritzen, als er das Erbrochene abwusch. Dann hörte sie, wie er zurückkam, seine Kleidung vom Boden aufsammelte, die Tür öffnete und schloss. Und dann war Troels Mikkelsen weg.

Eine Weile war sie liegen geblieben. Ihr Ohr schmerzte.

Irgendwann raffte sie sich auf und ging ins Bad. Spürte sein Sperma, das an ihrem rechten Schenkel hinunterrann. Dann beugte sie sich über die Toilettenschüssel und entleerte ihren Mageninhalt, drehte das kalte Wasser auf und trank in großen Schlucken. Musterte sich im Spiegel. Ihre Wange und ihr Ohr waren gerötet, das war alles. Keine Wunden, keine Kratzer. *Er weiß, wie man zuschlägt, ohne Spuren zu hinterlassen*, dachte sie, nahm eines der Seifenpröbchen und riss es auf, hielt jedoch in der Bewegung inne. Sie durfte nicht nach Seife riechen, wenn sie nach Hause kam. Niels lag garantiert noch wach, er machte sich immer Sorgen, dass ihr etwas passierte, wenn sie irgendwo unterwegs war und es spät wurde.

Also legte sie die Seife neben das Waschbecken, zog sich das Kleid über den Kopf und stieg in die Badewanne, nahm den Duschkopf aus der Halterung und ließ das Wasser laufen, das so heiß war, dass sie beinahe aufschrie. Sie drehte es etwas kälter, aber der Strahl war immer noch brühend heiß, als sie die Beine spreizte und ihn auf ihren Schritt richtete, spülte und spülte, bis sie nicht das Geringste mehr spürte. Sie wusste, dass sie immer noch nach ihm roch, dem süßlichen, würzigen Mief der Achtziger, aber das war nicht weiter auffällig, denn natürlich hatte sie auf der Weihnachtsfeier mit männlichen Kollegen getanzt.

Unten auf der Straße vor dem Hotel hatte sie beschlossen, den ganzen Weg nach Hause zu gehen, und als sie das Schlafzimmer betrat, war sie beinahe nüchtern. Als sie sich jedoch ins Bett legte und Niels sie zu streicheln begann, hatte sie vorgegeben, noch immer betrunken zu sein, und sich mit einem gemurmelten »Nich jetzt« von ihm weggedreht. Erst, als ihr sein gleichmäßiger Atem verriet, dass er schlief, hatte sie losgelassen und sich leise in den Schlaf geweint.

Seitdem sind zwei Jahre vergangen. Zwei Jahre, in denen sie gelogen und ihre Tage, Stress und Müdigkeit vorgeschoben hat. In denen sie, wenn ihr die plausiblen Ausreden ausgegangen waren, mit Niels geschlafen, ihre Lust jedoch nur vorgespielt hat, der Körper schwer vor Traurigkeit.

Neunmal hatte sie seit dieser Nacht mit ihrem Mann Sex gehabt. Und es vergeht kein Tag, an dem sie nicht darüber nachdenkt, wie sie Troels Mikkelsen schaden könnte. Ihn richtig hart treffen, damit sie ihren Körper zurückbekommt und die Lust in ihr Leben zurückkehrt.

Sie starrt ihr Spiegelbild an. Dann stellt sie den Handywecker auf 15.00 Uhr, legt sich ins Bett und schläft sofort ein.

Kapitel 10

Es ist mit Abstand der bizarrste Heiligabend, den Juncker je erlebt hat.

Nachmittags hatte er sich an die Vorbereitung des Abendessens gemacht. Die einst so frei laufende Ente war kaum aufgetaut, als er sie in den Ofen schob. Im Internet hatte er ein Rezept für Karamellkartoffeln gefunden, das angeblich narrensicher war, was sich aber als falsch herausstellte. Nachdem er eine Viertelstunde lang verbissen mit der Pfanne gekämpft hatte, gab er es auf, die geschmolzene Zuckermasse dazu zu bringen, an den Kartoffeln haften zu bleiben, die genauso jungfräulich weiß, wie sie aus dem Glas gekommen waren, in der einen Ecke der Pfanne endeten, während sich der Zucker auf der anderen Seite als dunkelbrauner, karamellisierter Klumpen sammelte.

Er hatte noch eine Flasche Barolo geöffnet und war ins Wohnzimmer gegangen, wo der Vater in Pyjama und Morgenmantel in seinem Sessel saß und mit leerem Blick ins Nichts starrte. Juncker hatte den Fernseher eingeschaltet, wo Ebenezer Scrooge gerade vom Geist der vergangenen Weihnacht aufgesucht wurde. Plötzlich war Mogens Junckersen aufgestanden und hatte »Herr Richter!« gebrüllt, woraufhin er begann, einen Fall zu rezitieren, der sich irgendwo in seinem Gehirn abspielte und in dem es, soweit Juncker ersichtlich, um einen Streit zwischen zwei Nachbarn um die Hecke ging. Nach ein paar Minuten schloss der einstige Anwalt seinen gemurmelten Monolog mit den Worten »Und hiermit übergebe ich das Wort«, nahm wieder Platz und sank zurück in seine geistige Isolationszelle.

Drei Stunden im Ofen hatten die Ente nicht nur aufgetaut, sondern sie auch auf den halben Umfang reduziert und das Fleisch zu einer grauen, faserigen Konsistenz gebraten. Der Rotkohl war angebrannt, die Fertig-Rotweinsoße dagegen hatte Juncker nicht zu ruinieren vermocht. Zu seinem Erstaunen schmeckte sie sogar gut.

Die beiden Männer hatten ihre Mahlzeit in einer Stille eingenommen, die zum Schluss so bedrückend wurde, dass Juncker aufstand und Händels *Der Messias* auflegte. Das Halleluja des Chors rauschte durch das Esszimmer, während sich der Vater, dem die Soße in zwei langen parallelen Fäden aus den Mundwinkeln rann, mühsam durch sein Stück knochentrockenes Brustfleisch kaute und Juncker daran arbeitete, sich besinnungslos zu betrinken.

Jetzt ist es halb neun, und der Vater ist furzend und rülpsend auf dem schwarzen Ledersofa eingeschlafen. Juncker hat seine Bettdecke geholt und ihn vorsichtig zugedeckt. Er betrachtet seinen Vater und fragt sich, ob er noch etwas anderes empfindet als unterdrückten Ärger und eine Form von ... Mitleid. Ja, das ist es wohl.

Der alte Mann liegt mit leicht geöffnetem Mund auf dem Rücken. Würde sich seine knöchrige Brust nicht lautlos auf und ab heben, könnte man glauben, er wäre tot. Die einst so strahlend weißen Zähne haben sich in eine braun angelaufene Palisadenreihe aus morschen Pflöcken verwandelt. Die verkrümmten, altersfleckigen Hände ruhen auf dem Bauch. *Vom Tod gezeichnet*, dieser Ausdruck geht Juncker durch den Kopf. Wünscht er, der Vater würde einen schnellen Tod sterben? Weshalb soll dieser verbrauchte Rest Mensch eigentlich am Leben erhalten werden? Er steht auf, schaltet das Licht im Wohnzimmer aus und geht in sein Zimmer. Setzt sich aufs Bett und wählt eine Nummer auf dem Handy.

Die Stimme seiner Frau ist geschäftsmäßig distanziert. Er weiß, dass sie seinen Namen auf dem Display gesehen und sich daraufhin für diese Tonlage entschieden hat. Es ist ein Statement. *Glaub bloß nicht, die Strafe wäre schon abgebüßt,* soll es heißen. Ganz im Gegenteil, sie fängt gerade erst an, und vielleicht lautet das Urteil lebenslänglich. Auch wenn Juncker eigentlich damit gerechnet und sich innerlich darauf vorbereitet hat, macht es ihn traurig.

»Hallo …« Fast hätte er »Schatz« gesagt, beißt sich aber auf die Zunge. Kein Grund, noch verletzbarer zu erscheinen, als er ohnehin schon ist.

»Frohe Weihnachten«, sagt er stattdessen.

»Gleichfalls.«

»Wo warst …«

»Ich war auf der Arbeit. Wir bringen morgen eine Sonderberichterstattung über den Terroranschlag.«

Charlotte ist Politik-Redakteurin bei einer der großen Tageszeitungen.

»Ah ja, das liegt nahe.«

Stille.

»Du … ich hatte überlegt, ob wir uns morgen vielleicht sehen könnten. Ich könnte in die Stadt kommen …«, beginnt er.

»Weißt du, das passt ehrlich gesagt nicht so gut. Morgen habe ich wieder sehr viel zu tun.«

»Nur eine halbe Stunde.« Er bemüht sich, es nicht nach Betteln klingen zu lassen. »Ich muss ein paar Dinge mit dir besprechen.«

Das ist nur vorgeschoben. In Wahrheit sehnt er sich einfach nach ihr.

»Hm. Wo?«

»Können wir uns nicht einfach zu Hause treffen? Ich muss sowieso ein paar Sachen holen ...«

Pause.

»Okay«, antwortet sie dann. »Sagen wir zwischen zwölf und eins.«

»Das passt. Wir sehen uns um zwölf. Bis ...«

Sie hat aufgelegt.

25. Dezember

Kapitel 11

Zwei Tage sind vergangen seit »Dänemarks Stunde null«, wie der Ministerpräsident mit seinem üblichen Sinn für genau einstudiertem Pathos den Vorweihnachtstag getauft hat – ein Ausdruck, den die Medien mit Kusshand aufgegriffen haben und nun mit nervenaufreibender Monotonie wieder und wieder verwenden.

Als Signe die Rede des Ministerpräsidenten hörte, hatte sie keine Vorstellung von der Größenordnung der »Stunde null« gehabt und musste erst googeln, dass es laut Wikipedia die »allgemein akzeptierte Auffassung« bezeichnete, dass »Deutschland nach dem Zweiten Weltkrieg vor einem völligen Neuanfang stand«. Eine ihrer Meinung nach völlig geschmacklose Übertreibung, da man Dänemarks Situation nach einem einzelnen Terroranschlag mit neunzehn Toten – so schrecklich er auch war – wohl kaum mit der Deutschlands nach dem Krieg vergleichen konnte, der Millionen Menschenleben gekostet und große Teile des Landes in Trümmern hinterlassen hatte. Aber so sind Politiker nun mal. Und Journalisten. Schwachköpfe, der ganze Haufen, oder zumindest die meisten. Denn auch wenn die Aufräumarbeiten auf dem Nytorv noch längst nicht überstanden sind – die Kriminaltechniker haben allein anderthalb Tage gebraucht, um die hölzernen Überbleibsel der zerstörten Stände nach Körperteilen und eventuellem Beweismaterial zu durchforsten –, so geht das Leben im Land bereits wieder seinen gewohnten Gang. Die Leute haben Weihnachten gefeiert. Sie haben tonnenweise Ente, Gans und Schweinebraten gegessen. Sie haben die üblichen Lieder gesungen und sind um den Baum getanzt. Und jetzt sind die Straßen heillos überfüllt mit Menschen auf dem Weg von oder zu den rituellen Weihnachtsfeiern, wo sich die Erwachsenen in den kommenden Stunden etwas näher an einen Herzinfarkt schlemmen und saufen werden, während die Kinder die Sekunden und Minuten zählen, bis sie sich wieder mit einer Cola, einer ungestörten Runde Counter-Strike und den neuesten Bildern auf Snapchat in ihren Zimmern verschanzen können.

Eine Bevölkerungsgruppe jedoch ist offensichtlich nicht auf dem Weg zur Weihnachtsfeier. Noch nie hat Signe so viele Streifenwagen auf den Straßen Kopenhagens gesehen wie heute. Während der Arbeit an großen Fällen, bei denen die Polizei zusätzliche Ressourcen einsetzt, hat sie hin und wieder das Gefühl, sich in ihrer eigenen kleinen Blase zu befinden. Da sie in diesen Fällen in Gruppen, Teams und Untergruppen eingeteilt sind, verliert sie manchmal das Gefühl dafür, Teil einer größeren Operation zu sein. Nicht aber an diesem Morgen. Das hier *muss* einfach der bislang größte Polizeieinsatz der dänischen Geschichte sein.

In den Straßen rund um das Präsidium, am Rande der Innenstadt, herrscht dagegen wie gewöhnlich mäßiger Verkehr. Signe parkt auf dem Platz vor dem Gebäude in einer der für Dienstfahrzeuge reservierten Parkbuchten, fischt das Schild mit der Aufschrift »Polizei« aus dem Handschuhfach und legt es hinter die Windschutzscheibe. Sie klappt die Sonnenblende herunter und schaut in den kleinen Schminkspiegel, klappt die Blende aber schnell wieder hoch. Der Anblick ist zu deprimierend. In den letzten zwei Tagen hat sie insgesamt fünf Stunden geschlafen. Gestern, am Weihnachtsabend, hat sie es nicht mehr nach Hause geschafft, und das bisschen Schlaf, das sie heute Nacht bekommen hat, war auf einer Pritsche in einem leeren Büro im Präsidium. Heute sind ihre und Niels' Eltern sowie Lisa und ihr Mann zum Weihnachtsbrunch eingeladen, aber auch diese Veranstaltung wird ohne sie stattfinden; bestenfalls kann sie nachher einen kurzen Abstecher nach Hause machen, um kurz Hallo zu sagen. Es wäre ja auch völlig in Ordnung, dass ihre Weihnachtsferien und das geplante, dringend benötigte Aufladen der Batterien ins Wasser fielen, wenn sie nur einigermaßen mit der Aufklärung vorangekommen wären. Die Täter nicht unbedingt schon gestellt hätten, aber zumindest auf einem guten Weg dorthin gewesen wären. Doch das sind sie nicht. Nicht einmal ansatzweise.

Eine Weile starrt sie mit leerem Blick durch die Windschutzscheibe. Sie vermisst Juncker. Was zum Teufel treibt er in diesem seeländischen Kuhkaff? Nicht, dass er viel hätte ausrichten können. Und wenn sie Sherlock Holmes persönlich im Team hätten, würden sie wahrscheinlich noch genauso auf der Stelle treten wie jetzt. Sie ist es nur nicht gewohnt, an einem großen Fall zu arbeiten, ohne ihn an ihrer Seite zu wissen. Das macht ihr zu schaffen. Mehr, als sie gedacht hätte.

Als sie sich vor acht Jahren auf eine freie Stelle in der Mordkommission bewarb, war sie bereits einige Jahre im Rauschgiftdezernat tätig gewesen. Allerdings hatte sie kein gutes Verhältnis zu ihrem Chef, den sie verdächtigte, ein heimlicher Frauenhasser zu sein; außerdem hatten die Einsparungen – die unausweichlichen Konsequenzen der verstärkten Terrorbekämpfung – das Rauschgiftdezernat besonders hart getroffen. Das Vorgehen gegen diese Art von Kriminalität war unter den Politikern, und damit auch auf

Führungsebene der Polizei, ganz einfach aus der Mode gekommen, und wie überall, wo durch die Kosteneinsparungen große Einschnitte nötig geworden waren, herrschte im Rauschgiftdezernat gelinde gesagt mäßige Stimmung. Darüber hinaus gab es zwei Gründe, dass sie sich damals für die Stelle beworben hatte: Sie wollte Morde aufklären. Und dann war da Juncker.

Denn sie wusste schon vorher, wer er war; alle in der dänischen Polizei wussten, wer Juncker war. Seit jeher ranken sich Mythen um die besonders begnadeten Ermittler. Ihre unerklärliche Fähigkeit, Spuren zu finden, wo niemand sonst sie findet, und auf beinahe telepathische Weise in die Köpfe von Verbrechern vorzudringen. Das meiste davon ist Unsinn, das weiß sie. Bei der Aufklärung von Morden oder anderen Gewaltverbrechen zählen systematisches Vorgehen, Fleiß und Hartnäckigkeit. Und die guten Ermittler sind diejenigen, die einen Tick systematischer, fleißiger und hartnäckiger sind als andere. Mehr steckt so gesehen nicht dahinter.

Juncker war nicht zuletzt hartnäckig. Außerdem tatkräftig, wortkarg und spöttisch. Aber sie liebte die Zusammenarbeit mit ihm.

Bei ihrem ersten gemeinsamen Fall ging es um eine Reihe bestialischer Vergewaltigungen in Kopenhagener Parks, die so grausam waren, dass einige der Opfer fast ums Leben gekommen wären. Signe und Juncker verbrachten mehrere lange Abende und Nächte zusammen, einen Großteil davon im Auto nahe einer Parkanlage, die sie nach eingehenden Studien des Täters und seiner Vorgehensweise als den Ort identifiziert hatten, wo er aller Voraussicht nach als Nächstes zuschlagen würde. So saßen sie da, Lehrmädchen und Meister, schweigend zumeist, und bestimmten alle zwei Stunden mittels *Schnick, Schnack,*

Schnuck, wer diesmal an der Reihe war, Kaffee holen zu gehen. Signe verlor neun von zehn Malen und wäre vor Ärger darüber, dass sie nicht dahinterkam, wie er sie durchschaute, fast geplatzt. Außerdem trieb es sie in den Wahnsinn, dass er seine Siege wie eine Selbstverständlichkeit nahm, mit einem Gesichtsausdruck, der, durch ein kaum sichtbares Anheben der linken Augenbraue, eine fast völlige Gleichgültigkeit ausdrückte.

Schließlich tauchte tatsächlich ein verdächtig wirkender Mann auf. Signe und Juncker folgten ihm und erwischten ihn mit gezogenen Dienstwaffen im Park, praktisch auf frischer Tat. Zum unverhohlenen Entzücken der Boulevardzeitungen handelte es sich um einen Geschäftsmann mittleren Bekanntheitsgrades mit Frau und drei Kindern, der sich in dem vom Gericht angeordneten psychiatrischen Gutachten als kompletter Psychopath herausstellte und zu Verwahrung auf unbestimmte Zeit verurteilt wurde.

Signe und Juncker konnten damit einen Haken neben den ersten von vielen aufgeklärten Fällen setzen. Die einzige Arbeitssituation, wo ihre im Übrigen sehr verschiedenen Temperamente nicht miteinander harmonierten, war bei Vernehmungen. Signe hatte sich oft gefragt, woran es lag, und konnte es sich einzig damit erklären, dass sie beide zu sehr Leithunde und Kontrollfreaks waren, um sich gemeinsam in der intimen Situation einer Vernehmung ausreichend Platz zu verschaffen. Nachdem es mehrfach dazu gekommen war, dass sie beide den Bad Cop gespielt hatten, mussten sie einsehen, dass hier die Grenze ihrer Zusammenarbeit erreicht war. Von da an vernahmen sie Zeugen und Täter nur noch getrennt.

Beim Morgenbriefing in der Einsatzzentrale war die allgemeine Frustration darüber, kein Stück vom Fleck gekommen zu sein, förmlich mit den Händen zu greifen gewesen. Alle waren todmüde und fuhren wegen banalster Kleinigkeiten aus der Haut. Die Medien hatten ihre erste Welle hinter sich – die Beschreibungen des Anschlags gefolgt von Porträts der Opfer – und vertrieben sich nun die Wartezeit bis zu den Beerdigungen damit, in den mangelnden Fortschritten der polizeilichen Arbeit zu bohren und sich zu fragen, wie jemand unbemerkt eine Bombe an einem Ort platzieren konnte, an dem die Polizei so zahlreich vertreten war. Mehrmals am Tag hatte Erik Merlin einen tobenden Justizminister in der Leitung. Seine übliche Coolness bröckelte spürbar, und während des Briefings war er ungewöhnlich gereizt.

»Jetzt schnappt ihr euch all eure Informanten und üblichen Verdächtigen, und dann quetscht ihr sie verdammt noch mal aus«, hatte er geknurrt. »Ob Terroranschlag oder Bandenkrieg, ihr könnt mir doch nicht erzählen, dass im ganzen Land kein Schwein eine Ahnung hat, was passiert ist. Wir haben praktisch nichts in der Hand. Das kann einfach nicht sein.«

Aber es konnte sein. Die Spur der beiden, die die Bombe gelegt hatten, endete mit dem weißen, halb ausgebrannten Caddy im Wald nordwestlich von Kopenhagen. Es war anzunehmen, dass sie in einem anderen Auto weitergefahren waren, das in der Nähe geparkt hatte. Merlin hatte mehrere Stunden damit zugebracht, auf allen erdenklichen Medienplattformen aufzutreten und jeden, der mit Informationen dazu beitragen konnte, wohin und mit welchem Fahrzeug sich die Terroristen bewegt haben könnten, eindringlich aufzufordern, die Polizei zu kontaktieren. Als man damals nach den Attacken auf das Kulturzentrum und die Synagoge bei der Jagd auf Omar el-Hussein die Öffentlichkeit um Hilfe gebeten hatte, meldeten sich siebenhundert

Bürger mit Hinweisen, und nicht weniger als dreihundert davon enthielten Informationen, die der Polizei tatsächlich weiterhalfen.

Der Geheimdienst PET hatte Foren und Profile mit radikalen Tendenzen in den sozialen Medien durchkämmt – sowohl aus der rechten und linken Szene wie unter Islamisten –, um herauszufinden, ob jemand die Drahtzieher des Attentats feierte. Und es waren Protokolldateien von Webservern eingeholt worden mit Informationen darüber, von welchen IP-Adressen aus in den Wochen vor den Angriffen die Infoseiten zum Weihnachtsmarkt auf dem Nytorv, die Homepage des Kopenhagener Amtsgerichts und andere relevante Websites besucht worden waren. Aber die Bemühungen waren erfolglos geblieben.

»Bekennt sich immer noch niemand zum Anschlag?«, hatte Signe gefragt.

Merlin schüttelte den Kopf.

»Das ist doch komisch, oder? Sonst ist der IS jedes Mal sofort zur Stelle und behauptet, er sei es gewesen, wenn bloß zufälligerweise zwei Leute auf einem Zebrastreifen überfahren wurden.«

Der Chef hatte genickt. »Ja. Aber keiner hat sich gemeldet … das heißt, abgesehen von den vier, fünf Heinis, die immer gleich die Schuld auf sich nehmen, kaum dass der Ministerpräsident erkältet ist.«

Signe steigt aus dem Auto. Bis zum Haupteingang des Präsidiums sind es nur wenige Meter, aber schon nach dem kurzen Stück ist sie völlig durchgefroren. Etliche matschige und nasskalte Winter in Folge haben sie das Gefühl von beißendem Frost, der die Nase zum Laufen bringt und in den Ohren sticht, fast vergessen lassen. Das zum Präsidium gehörende Gefängnis liegt auf der gegenüberliegenden Seite des runden Innenhofes, der das Herzstück des eindrucksvollen Gebäudes bildet. Normalerweise liebt sie es, den Säulengang um den Hof herumzugehen, und der Kontrast zwischen der strengen, festungsartigen Außenseite und dem Detailreichtum, der das Innere prägt, versetzt sie jedes Mal in Staunen. Heute aber eilt sie quer über den Hof, um schnell ins Warme zu kommen.

Das Gefängnis des Präsidiums bietet Platz für fünfundzwanzig Insassen, in der Regel Untersuchungshäftlinge, die darauf warten, dass ihr Fall verhandelt wird. Ab und an jedoch werden hierhin auch Verurteilte überführt, die aggressiv und gewaltbereit sind oder ihre Mithäftlinge tyrannisieren. Derzeit sind alle Zellen besetzt. In einer davon sitzt Hamid Ibrahim, Anführer der *Loyal to Familia* aus Nørrebro, seit er am 22. Dezember zusammen mit sieben anderen Mitgliedern der Bande festgenommen wurde. Er stand gerade vor dem Haftrichter am Kopenhagener Amtsgericht, als die Bombe in die Luft ging, und war bereits mehrfach vernommen worden. Aber noch nicht von Signe.

Hamid wartet im Besuchsraum, gemeinsam mit seinem Strafverteidiger, einem der wenigen öffentlichkeits- und medienerprobten Anwälte, die häufig abgebrühte Bandenmitglieder, frühere Syrienkrieger und ähnlich reizende Zeitgenossen verteidigen, die die meisten Dänen gern in die Wüste deportiert sähen. Die »Crashtest-Dummies der Rechtssicherheit«, wie Erik Merlin diese Sorte Juristen einmal sehr treffend bezeichnet hat.

Hamid Ibrahims Eltern sind Palästinenser aus dem Libanon, doch er wurde vor achtundzwanzig Jahren in Nørrebro geboren und ist dänischer Staatsbürger. Er sitzt mit verschränkten Armen zurückgelehnt auf dem Stuhl, und Signe bemerkt, wie er mit den unter die Oberarme geschobenen Fäusten seinen Bizeps anspannt, um noch aufgepumpter auszusehen. Über seine primitiven Bemühungen, sie mit seinem physischen Erscheinungsbild einzuschüchtern, kann sie nur lächeln; an das ewige, vor Testosteron strotzende Gehabe, mit dem diese Typen ihr Revier markieren, ist sie längst gewöhnt. Er trägt eine schwarze Jogginghose von Adidas und ein schwarzes T-Shirt. Auf dem Rücken steht in großen weißen Buchstaben »Loyal To Familia Denmark« und auf der Brust »Founder« sowie zur Sicherheit »El President«. Diskretion ist *keine* Ehrensache in Bandenkreisen.

Signe nickt den beiden Männern zu, setzt sich, holt eine Mappe sowie ein Diktiergerät aus ihrer Tasche und legt beides auf den Tisch. Der Anwalt blättert in seinen Papieren, Hamid Ibrahim starrt Signe ausdruckslos an. Sie starrt zurück und schaltet das Diktiergerät ein.

»25. Dezember, …«, sie schaut auf die Uhr an der Wand, »14.37 Uhr. Vernehmung von Hamid Ibrahim. Anwesend sind Strafverteidiger Rasmus Markvart und Polizeikommissarin Signe Kristiansen.« Sie schiebt das Diktiergerät in die Mitte des Tisches.

»Traurige Sache mit Ahmed Bilal, deinem Captain. Ist seine Frau nicht schwanger?« Signe öffnet die Mappe, in der ein Stapel Unterlagen liegt. Blättert darin, zieht ein Dokument heraus, liest einige Sekunden und gibt selbst die Antwort: »Doch, ist sie. Mit Nummer drei.« Sie schaut auf. »Zwei kleine Kinder und bald ein Baby, die allesamt jetzt vaterlos sind. Traurig. Wirklich traurig.«

Hamid Ibrahim schweigt.

»Insgesamt neunzehn Tote auf dem Nytorv. Davon sechs Kinder. So viele Familien, deren Leben zerstört wurde.« Sie klappt die Mappe zu. »Was ist passiert, Hamid? Es ist eine Sache, wenn ihr euch gegenseitig umbringt … auch wenn es natürlich Mist ist. Aber wenn eure Kleinkriege plötzlich derart eskalieren und ganz gewöhnliche friedfertige Dänen das Leben kosten, reden wir von einer anderen Größenordnung. Das verstehst du doch, oder, Hamid?«

Der Anwalt lehnt sich vor. »Mein Klient hat nichts …«

Hamid Ibrahim hebt die Hand, und Markvart hält mitten im Satz inne.

Signe blickt Hamid aufmunternd an. »Ja …?«

»Jetzt bin ich schon so freundlich, mit dir zu reden, also könntest du vielleicht deine Kollegen zurückpfeifen und ihnen sagen, dass sie die Ermittlungen gegen mich einstellen sollen. Ihr werdet nichts finden. Ihr habt einen Dreck gegen mich in der Hand. Lasst es. Ihr habt einen Dreck.«

»Tja, Hamid, das stimmt so nicht ganz.« Signe öffnet die Mappe erneut und zieht ein einzelnes Blatt Papier hervor. Sie liest eine Weile und schaut dann auf. »Soweit ich weiß, hat man eine Waffe bei dir gefunden, stimmt's nicht, Hamid? Im Handschuhfach deines schicken, neuen Audi A6. Ach nein, es ist ja gar nicht dein Auto. Du hast es geleast, hatte ich ganz vergessen.« Signe lächelt ihn an und richtet den Blick wieder auf die Papiere. »Ah, hier haben wir's ja … alter Schwede, eine Walther PPK 7,65 Millimeter. Spielst du jetzt James Bond, oder was? Schon ein bisschen unvorsichtig, mit dem Ding im Handschuhfach herumzufahren, meinst du nicht? Ganz ehrlich, Hamid …«

Der Anwalt unterbricht sie. »Mein Klient bestreitet jedwede Kenntnis der Waffe.«

»Natürlich, das ist ja sein gutes Recht.«

»Die Knarre gehört mir nicht. Ich schwöre, ich hab das Ding noch nie gesehen.« Hamid starrt demonstrativ an die Decke.

»Das erzählst du dann einfach dem Richter bei eurem nächsten Treffen. Und beim nächsten wieder.«

»Sie brauchen schon etwas mehr. Ansonsten sehe ich nicht, wie Sie eine verlängerte Untersuchungshaft meines Klienten begründen wollen«, erklärt der Anwalt.

Signe runzelt die Stirn. Sie beugt sich vor und schaltet das Diktiergerät ab.

»Anscheinend sind Sie nicht ganz auf dem Laufenden. So wie die Situation im Land gerade aussieht, brauchen wir nur plausibel zu machen, dass Ihr Klient an einer Ampel über Rot gegangen ist, und jeder beliebige Richter der Stadt genehmigt uns sofort zweiundsiebzig Stunden Untersuchungshaft. Plus Verlängerung, sooft wir nur darum bitten.«

Der Anwalt schüttelt verärgert den Kopf. »Ja, für die Rechtssicherheit herrschen schwere …«

Signe unterbricht ihn. »Sparen Sie sich Ihren Vortrag für das nächste Treffen in der Rechtspolitischen Vereinigung. Dafür habe ich jetzt keine Zeit.« Sie wendet sich wieder Hamid Ibrahim zu. »Ich weiß nicht, ob es deine Pistole war und wie sie in dein Handschuhfach gekommen ist, und es mir ehrlich gesagt scheißegal. Ich weiß aber, dass der Strafrahmen für illegalen Waffenbesitz zwischen zwei und sechs Jahren beträgt. Und in deinem Fall … wofür bist du noch mal vorbestraft? Waren es nicht auch sechs Jahre wegen … Körperverletzung mit Todesfolge …« Signe lächelt munter. »Damit werden es wahrscheinlich eher sechs als zwei Jahre für dich, wenn du mich fragst. Und ich könnte mir vorstellen, dass die Anklage zusätzlich auf Entzug der Staatsbürgerschaft plädieren wird.«

»Das könnt ihr nicht. Dann wäre ich staatenlos, und nach dem Gesetz …«

»Das Gesetz …« Signe schnaubt. »Weißt du, Sweetheart, das kann sich ganz schnell ändern. Darauf würde ich also nicht setzen, wenn ich du wäre. Und egal, ob du nun deine

Staatsbürgerschaft verlierst oder nicht, Hamid … sechs Jahre. Das ist eine lange Zeit. Wie alt ist dein Sohn? Fünf? Sechs? Bis du wieder rauskommst, ist er praktisch ein Teenager. Du verpasst den Großteil seiner Kindheit.«

»Ihr könnt mich nicht mit dieser Scheißwumme in Verbindung bringen.«

»Du meinst abgesehen davon, dass wir sie in deinem Handschuhfach gefunden haben?«

»Mehrere Leute haben sich die Karre geliehen. Einer von ihnen wird hundertpro zugeben, dass die Pistole von ihm ist.«

»Das glaube ich dir sofort, einer deiner kleinen Haussklaven wird's schon auf seine Schippe nehmen. Und dann musst du eben beten, dass wir keine Fingerabdrücke oder DNA von dir auf der Pistole finden, und ansonsten auf die Gutgläubigkeit des Gerichts hoffen.« Signe beugt sich vor und senkt die Stimme. »Aber du könntest auch überlegen, ob es nicht ein einziges Mal wert ist, mit uns zusammenzuarbeiten, falls du etwas weißt. War die Bombe für euch bestimmt, oder was glaubst du? Hast du etwas gehört? Irgendjemand von euch muss doch verdammt noch mal etwas wissen, falls der Plan war, eure Leute vor dem Gericht umzubringen.«

Hamid Ibrahim sitzt noch immer zurückgelehnt und mit vor der Brust verschränkten Armen da. »Denkst du, ich bin ein dreckiges Verräterschwein?«

»Nein, das denke ich nicht. Und ich kenne das ganze Gelaber von wegen ›Wir kümmern uns selbst um unsere Rache‹ und all das. Aber ich weiß noch etwas: Sollte sich herausstellen, dass die Sache wirklich mit dem Bandenkrieg zusammenhängt und du uns nicht helfen wolltest, obwohl es deine eigenen Leute getroffen hat, dann kommen wir, um euch zu holen. Ob in Mjølnerparken oder am Blågårds

Plads oder wo auch immer ihr euch rumtreibt. Dann garantiere ich dir, dass ihr eure Geschäfte in Dänemark an den Nagel hängen könnt. Tag und Nacht werden wir an euch kleben, damit ihr nicht mal einen lausigen Joint verkaufen könnt, bevor ihr im Knast landet.«

Er hebt die Hand, beugt sich zu seinem Verteidiger und flüstert ihm etwas ins Ohr. Der Anwalt zuckt mit den Achseln.

»Ist das Ding immer noch aus?« Hamid Ibrahim zeigt auf das Diktiergerät. Signe nickt. Er lehnt sich vor und legt beide Hände auf den Tisch. »Das hier, Alter, das ist nicht unser Krieg«, erklärt er.

»Glaubst du das, oder weißt du das?«

»Das weiß ich. Das hier … das ist zu groß für ihre winzigen *Brothas*-Hirne. So was kriegen diese elenden Kanakenschweine doch nie organisiert, ihre verschissenen Gehirnzellen sind viel zu klein, Alter.«

Signe schaut ihm in die Augen. Sie hat Hamid Ibrahim ein paar Mal in den letzten Jahren in verschiedenen Zusammenhängen vernommen und kennt allmählich seine Reaktionsmuster. Manchmal sind sie ganz banal. Wenn er zum Beispiel sagt »Ich schwöre«, dann lügt er in der Regel. Und wenn er lügt, kann er höchstens fünf Sekunden lang Augenkontakt halten. Jetzt hält er ihn lange. So lange, dass zum Schluss Signe wegschaut.

»Okay. Willst du sonst noch etwas sagen? Ist dir in der Gegend irgendwas aufgefallen? Jemand, den du nicht kennst? Oder den du lange nicht gesehen hast und der plötzlich wieder aufgetaucht ist?«

Er lehnt sich wieder zurück, verschränkt die Arme und schüttelt den Kopf. »Da war nichts.«

»Und du bist dir ganz sicher?«

»Absolut. Ich schwöre.«

Sie schaut ihn an. Er weicht ihrem Blick aus, legt den Kopf in den Nacken und studiert einen Punkt an der Decke. Reptiliengehirn, denkt Signe. Sie steckt das Diktiergerät und die Mappe weg und steht auf.

»Wann komme ich raus?«, fragt er.

»Du? Oh, das wird wohl ein Weilchen dauern. Meinst du nicht auch, dass es für dich vorerst hier drin am sichersten ist? Ist zurzeit ja ein echt gefährliches Pflaster da draußen. Wir werden schon gut auf dich aufpassen.«

Sie zieht ihre Jacke an und wendet sich an den Anwalt.

»Danke für das Gespräch. Wir sehen uns bestimmt in nicht allzu ferner Zukunft wieder.«

»Verfickte Bullenschlampe«, sagt Hamid Ibrahim tonlos.

Kapitel 12

Wie immer ist es praktisch unmöglich, einen Parkplatz in den »Kartoffelreihen« zu finden, wie die begehrte Reihenhaussiedlung am Rande der Kopenhagener Innenstadt gern genannt wird. Nachdem er eine halbe Stunde lang Slalom zwischen Spielhäusern und Sandkästen gefahren ist, die sich großzügig über die Straßenflächen verteilen, gelingt es Juncker, seinen Volvo zwischen zwei Teslas zu klemmen, sechs Straßen entfernt von Charlottes und seinem Haus.

Er hat dem Leben hier immer mit gemischten Gefühlen gegenübergestanden. Seine Frau hatte das Haus seinerzeit von ihren Eltern geerbt, und er konnte sich kaum vorstellen, dass es irgendeinen anderen Ort in Kopenhagen gab, an dem ihre beiden Kinder besser und sicherer hätten aufwachsen können – umgeben von einkommensstarken und kinderreichen Wohlstandsfamilien. Genießer des Stadtlebens – solange es sich in den benachbarten Vierteln abspielt und nicht hier in den »Reihen«, wo der Platz zwischen den ordentlich aufgefädelten Einfamilienhäusern viel zu begrenzt ist für Straßenfestivals, Karneval und dergleichen –, die meisten von ihnen gutherzig und empathisch in einem Maß, der auf Außenstehende durchaus aufdringlich wirken kann.

Doch vom ersten Tag, an dem Charlotte und er in ihr neues Zuhause gezogen waren, hatte er mit dem Gefühl gekämpft, fehl am Platz zu sein. In keiner anderen Gegend des Landes tummeln sich so viele Medienschaffende, gehobene Beamte der öffentlichen Verwaltung, Anwälte, Politiker und Werbeleute wie in diesem Eldorado eines Stadtteils. Polizisten hingegen findet man nicht sehr viele. Genau genommen ist Juncker der einzige, jedenfalls soweit er weiß. Und in Anbetracht der explodierenden Immobilienpreise wird sich dieser Zustand in absehbarer Zeit auch nicht ändern.

Nicht, dass er mit seinem Beruf jemals direkt angeeckt wäre. Aber wenn die Rede bei Straßenfesten und ähnlichen Zusammenkünften auf das Vorgehen der Polizei kommt, beispielsweise in Zusammenhang mit Demonstrationen oder der Flüchtlingskrise, scheint die Ordnungsmacht in den Augen vieler Anwohner beinahe so etwas wie eine Art quasifaschistischer Arm des Staatsapparates zu sein.

Vielleicht aber, hat Juncker oft gedacht, ist er mit der Zeit nur wie so viele seiner Kollegen eine Spur paranoid und dünnhäutig geworden, wenn es um den Ruf der Polizei geht.

Er steckt den Schlüssel ins Schloss der dunkelblauen Haustür. Charlotte ist noch nicht da. Er schaut auf die Uhr – es ist fünf nach zwölf –, hängt die Jacke an die Garderobe im Flur und atmet den Duft von Zuhause ein – noch etwas, was er im modrig müffelnden Elternhaus vermisst. Es ist einige Wochen her, seit er zum letzten Mal hier war, und alles sieht aus wie immer. Auf dem Küchentresen stehen ein paar leere Weinflaschen, auf dem Esstisch liegen die Post und ein Stapel Zeitungen. Davon abgesehen zeugt nichts davon, dass die Zeit trotz allem fortgeschritten ist. Juncker fragt sich, wie oft seine Frau überhaupt hier war, seit er ausgezogen ist. Auf der anderen Seite ist Charlotte immer schon »ausgesprochen pingelig« gewesen, wie seine Mutter es einmal ausdrückte – was wohl das größte Kompliment war, mit dem von ihrer Seite aus zu rechnen war.

Sie ist eben ordentlich, denkt sich Juncker und wischt den Gedanken, seine Frau könnte ihre Nächte bei einem Liebhaber verbringen, zur Seite.

Er setzt Wasser auf und mahlt Kaffee für die Pressstempelkanne. Dann hört er die Tür und seine Frau, die ihre Jacke aufhängt und sich die Stiefel auszieht.

In den über dreißig Jahren ihres gemeinsamen Lebens hat Juncker es unzählige Male erlebt. Ein Ziehen im Zwerchfell, wie ein leichter Schlag in den Magen, wenn Charlotte Junckersen durch die Tür kommt. Der Stolz und die Freude darüber, sie zur Frau zu haben. Und oftmals der Zweifel, ob sie auch tatsächlich seine Frau ist. So richtig. Und für ewig.

Die meisten würden ihm zustimmen, dass Charlotte Junckersen eine schöne Frau ist. Ohne Schuhe ist sie einen halben Kopf kleiner als ihr Mann. Sie hat lange, muskulöse Beine, einen Hintern, der noch immer rund und fest ist, auch wenn sie die fünfzig längst überschritten hat, und große Brüste. Ein schmales Gesicht, hohe Wangenknochen, den Mund von Julia Roberts und – wie ein Bekannter einmal gesagt hat – »absurd grüne« Augen. Doch trotz all dieser hübschen Züge bleiben die meisten an etwas anderem hängen, wenn sie Charlotte von Angesicht zu Angesicht gegenüberstehen: der knallroten Pagenfrisur, die sie gänzlich unbeeindruckt von allen Launen der Haarmode seit Jahrzehnten trägt.

Juncker weiß, dass ihr einige Kollegen bei der Zeitung den Spitznamen »der Helm« verpasst haben. Das hat er vor einem Jahr von einem betrunkenen Redaktionssekretär auf einer Personalfeier erfahren, zu der zur Abwechslung mal

auch die besseren Hälften eingeladen waren. Charlotte bezeichnete den Abend anschließend als das lausigste Fest
seit Menschengedenken, da die besseren Hälften sich in
der Gesellschaft eines Haufens von Journalisten und Fotografen halb zu Tode gelangweilt hatten. Ihnen geht es beinahe schon körperlich schlecht, wenn sie sich gezwungen
sehen, von etwas anderem als Journalismus im Allgemeinen und ihren eigenen Projekten im Besonderen zu sprechen. Und die Angestellten langweilten sich halb zu Tode,
weil sie trotz allem feinfühlig genug waren, sich nicht ganz
so hemmungslos zu betrinken wie sonst und naturgemäß
auch nicht so ungeniert miteinander flirten konnten, wie
es normalerweise bei Feiern in der Redaktion üblich ist.

Die Sache ist ganz einfach die, davon ist Juncker überzeugt: Seine Frau macht vielen Männern Angst. Und vielen Frauen im Übrigen auch. Sie tun sich schwer mit ihrer
schlagfertigen »Komm mir bloß nicht blöd«-Attitüde. Insbesondere die Alphamännchen und -weibchen, deren Typ
unter den Presseleuten, vor allem in den für das Folketing
zuständigen Redaktionen, zahlreich vertreten ist.

Sie nickt ihm zu, zieht einen Stuhl heran und setzt sich
an den Esstisch.

»Kaffee?«

Sie nickt erneut, und er schenkt ihr ein. Sie pustet und
nimmt einen vorsichtigen Schluck.

»Was willst du?«, fragt sie.

Er gießt etwas Milch in seinen Kaffee. »Wie geht es dir?«

»Gut«, sagt sie tonlos. »Wie läuft es da draußen? Mit Mogens?«

Charlotte hat immer ein gutes Verhältnis zu ihrem
Schwiegervater gehabt, weit enger und vertraulicher, als
Junckers Beziehung zum Vater je gewesen ist.

»Nicht so gut. Er wird immer verwirrter. Ich weiß nicht,

wie lange es sich noch verantworten lässt, ihn allein zu lassen. Ich habe versucht, mit ihm über das Pflegeheim zu sprechen. Aber das lehnt er rundweg ab.« Er schaut seine Frau an. Für den Bruchteil einer Sekunde haben sie Augenkontakt, dann wendet sie den Blick ab.

»Ich war vorgestern im Pflegeheim. Nur, um mal einen Eindruck zu bekommen. Und es ist schon ziemlich deprimierend da, finde ich. Schwer, sich den Alten dort vorzustellen …«

»Was hast du jetzt vor?«

»Ich weiß es ehrlich gesagt nicht. Darüber wollte ich unter anderem mit dir reden.«

Sie schüttelt den Kopf. »Von mir aus können wir darüber reden, aber das rein Praktische ist nicht meine Baustelle, nur damit du's weißt. Nicht im Augenblick jedenfalls. Darum musst du dich allein kümmern. Welche Möglichkeiten gibt es?«

»Nicht viele. Status quo, solange es geht. Anschließend kann man ihn vielleicht untersuchen lassen und hoffen, dass er für unmündig erklärt wird … oder nein, so heißt es ja nicht mehr, aber jedenfalls … dass er ins Pflegeheim in Sandsted kommt, ob er nun will oder nicht, und falls sie dort überhaupt einen Platz für ihn haben. Aber das passiert nicht von einem Tag auf den anderen. Dann gibt es noch die Möglichkeit, dass wir … dass ich ein privates Pflegeheim bezahle. Das kostet bestimmt ein Heidengeld …«

»Ja, da kannst du sicher sein.« Sie betrachtet ihre perfekt manikürten Nägel. »Hast du ein schlechtes Gewissen?«

Sie schaut ihm in die Augen, und diesmal muss er den Blick abwenden, zum Fenster, das zu ihrem kleinen Garten hinter dem Haus zeigt. Obwohl die Kartoffelreihen mitten in der Stadt liegen, ist der Verkehr der umliegenden Straßen nur wie ein fernes Rauschen zu hören.

»Schlechtes Gewissen? Dazu sehe ich ehrlich gesagt keinerlei Grund.«

»Nein, aber deshalb kann man es ja trotzdem haben.«

»Hm, kann schon sein …«

»Was ist mit deiner Schwester? Kann sie nicht mithelfen?«

»Lillian? Sie hält sich komplett raus und will nichts mit ihm zu tun haben.«

»Tja, dann hängt es wohl an dir.«

Juncker lächelt schief. »Ja. Vielen Dank für die Aufmunterung.«

»Gern geschehen.«

Sie lächelt zurück. Der erste kleine Riss im Harnisch, denkt Juncker.

»Wie läuft es bei der Zeitung?«

»Mehr oder weniger wie immer.« Sie zuckt mit den Achseln. »Wir stolpern los, ohne richtig zu wissen, wohin wir wollen. Während die Chefs bei jeder Gelegenheit unsere fantastische Qualität bejubeln, die Umsätze aber still und leise weiter zurückgehen. Du kennst ja das Spiel …«

»Wie hat der Terrorangriff …?«

»Fürs Geschäft ist es gut. Elend verkauft sich, so muss man es einfach sagen. Wir haben in den letzten Tagen sämtliche Rekorde gebrochen.«

»Sind die Leute überhaupt nicht nervös?«

»Nervös? Nein, ich glaube nicht. Jedenfalls macht es nicht den Eindruck.« Charlotte drückt die Handflächen auf die Tischplatte und schiebt den Stuhl nach hinten. »So, ich muss wieder an die Arbeit, falls nichts mehr ist.«

Sie steht auf, geht in den Flur und zieht sich die Stiefel an.

»Hast du von den Kindern gehört?«, fragt Juncker.

Die Älteste, Karoline, wohnt in Aarhus. Nach dem

Gymnasium und dem obligatorischen Sabbatjahr sowie sechs Monaten Rundreise in Südamerika studierte sie ein paar Jahre – irgendetwas mit Eventmanagement und Erlebnisökonomie. Juncker verstand nie so ganz, worum es ging und schon gar nicht, worauf es hinauslaufen sollte. Aus Gründen, die ihm ebenso schleierhaft waren, schmiss die Tochter das Studium kurz vor dem Abschluss. Seitdem arbeitet sie als Bedienung in verschiedenen Cafés und Restaurants in Aarhus. Sie ist sechsundzwanzig. Kasper ist drei Jahre jünger und amüsiert sich in Nordamerika.

Charlotte wickelt sich einen langen grünen Schal um den Hals und zieht eine lila Strickmütze über die roten Haare. In Junckers Augen eine recht interessante und verkehrssichere Kombination.

»Ich habe gestern mit beiden gesprochen. Sie haben angerufen, um frohe Weihnachten zu wünschen.« Sie schaut ihn an. »Du könntest dich ja selbst bei ihnen melden, wenn du wissen willst, wie es ihnen geht, oder?« Sie drückt seinen Unterarm. »Bis dann«, sagt sie, und ehe er antworten kann, ist sie aus der Tür.

Juncker bleibt einen Moment stehen und starrt auf die geschlossene Haustür. Ein heftiges Gefühl der Einsamkeit überkommt ihn. Er geht zurück in die Küche, setzt sich an den Esstisch und versucht, das Selbstmitleid zu unterdrücken.

»Du Vollidiot«, murmelt er. Eine Bezeichnung, die er in letzter Zeit häufiger in Bezug auf sich selbst gebraucht. Jedes Mal gefolgt von der Frage, was zur Hölle er sich nur dabei gedacht hat, als er sich vor drei Monaten wie ein hormongesteuerter Teenager auf etwas einließ, was praktisch prädestiniert war so zu enden, wie es schließlich endete. Nämlich in der Katastrophe.

Kapitel 13

»Er weiß etwas, da bin ich mir sicher. Hamid Ibrahim hat etwas oder jemanden gesehen und will es uns nicht erzählen. Oder traut sich nicht.«

Signe sitzt in Erik Merlins Büro. Ihr Chef lehnt sich zurück und verschränkt die Hände im Nacken.

»Kannst du ihn noch mehr unter Druck setzen?«

»Vielleicht«, meint sie achselzuckend. »Wir können ihn ja festhalten, solange wir dürfen. Er spielt den harten Macker, aber natürlich hat er keine Lust einzusitzen, jetzt, wo es draußen in seiner Hood am Brodeln ist. Und sein zweiter Befehlshaber ist tot. Also vielleicht … ich kann es versuchen.«

»Gut. Was ist mit X?«

»X? Ihn kann ich nicht unter Druck setzen. Das kann keiner.«

»Hm. Wie hat Hamid reagiert, als du ihn gefragt hast, ob die *Brothas* seiner Meinung nach hinter dem Angriff stecken könnten?«

»Er glaubt nicht, dass sie es waren. Sie sind nicht in der Lage, einen Angriff dieser Größenordnung zu organisieren, meint er.«

»Und du glaubst ihm?«

»Ja. Zumindest in diesem Punkt. Natürlich kann ich es nicht mit hundertprozentiger Sicherheit sagen, aber ich denke, ich kenne ihn inzwischen gut genug, um zu sehen, wann er lügt und wann er die Wahrheit sagt. Und eigentlich ergibt es auch keinen richtigen Sinn … also, dass eine der Parteien im Bandenkrieg plötzlich derartige Geschütze auffährt.«

»Wobei man ja nicht gerade sagen kann, dass die Entwicklung des Bandenkrieges in den letzten Jahren Ausdruck höchster Sinnhaftigkeit gewesen wäre. Ein gutes Abschlusszeugnis hat in diesen Kreisen nicht unbedingt oberste Priorität.«

Sie lächelt. »Nein, das stimmt. Aber du hast gefragt, was ich glaube, und ich glaube nicht, dass es sich um einen Bandenkrieg handelt. Ich glaube, es war ein Terroranschlag.«

»Zu dem sich bisher niemand bekannt hat.«

»Richtig. Das ist ungewöhnlich.«

»Nicht nur ungewöhnlich. Es dürfte noch nie vorgekommen sein, dass sich der IS nach einem Angriff dieses Kalibers nicht meldet, unabhängig davon, ob er etwas damit zu tun hatte oder nicht.«

»Nein. Aber vielleicht haben sie die Strategie geändert. Es wäre nicht verwunderlich, wenn sie ihre Situation neu überdacht hätten, nachdem ihr Vorhaben, ein Kalifat in Syrien und dem Irak aufzubauen, gerade mehr oder weniger den Bach runtergeht. Irgendeine Beschäftigung brauchen sie schließlich, und es ist kaum zu erwarten, dass mehrere Tausend verbohrte und kriegserfahrene Islamisten einfach nach Hause zu Mama reisen, die Felder bestellen und den Rest ihres Lebens als friedliche Bauern verbringen, oder?«

»Nein«, brummt Merlin. »Aber die Geheimdienste haben kein Wort darüber verlauten lassen, dass irgendetwas Neues im Entstehen wäre.«

Signe zuckt mit den Achseln. »Es wäre ja nicht das erste Mal, dass sich das Feindbild verändert hat, ohne dass die Geheimdienste auch nur einen Piep davon mitbekommen hätten. Oder uns, falls sie es wussten, nicht eingeweiht haben.«

Merlin lächelt schief. »Auch wieder wahr.«

»Wie auch immer, morgen nehme ich mir El President noch mal vor. Wer weiß, vielleicht ist er nach einer weiteren Nacht in Isolationshaft ja etwas gesprächiger. Auch wenn er inzwischen daran gewöhnt sein dürfte.« Sie steht auf. »Ist es in Ordnung, wenn ich kurz nach Hause zu meiner Familie fahre?«

»Natürlich. Wir sehen uns nachher.«

Die Familie sitzt noch beim Weihnachtsbrunch. Die Kinder durften schon aufstehen und sind auf ihren Zimmern. Sie gibt Niels einen Kuss und umarmt ihre Eltern, Schwiegereltern und ihren Schwager.

»Und ich?«, fragt Lisa und lächelt.

»Dir habe ich noch nicht verziehen«, erwidert Signe. Und lächelt zurück. »Quatsch, komm her.« Sie zieht die Schwester an sich. »Du kannst dir nicht vorstellen, was ich für eine Angst um dich hatte. Ich war sicher, dich verloren zu haben. Mach das nie wieder«, flüstert sie und streicht Lisa über die Wange.

»Es war ja nicht absichtlich. Mein Handy hatte einfach keinen Akku mehr.«

Sie setzen sich um den Tisch.

»Willst du etwas essen? Und trinken?«, fragt Niels.

»Nein danke, ich habe keinen Hunger.« Sie überlegt, ob sie ein Bier trinken soll. Sie braucht irgendetwas, um die Nerven zu beruhigen, aber von Alkohol würde sie nur schläfrig werden.

»Eine Cola. Oder gibt es Kaffee?«

Niels nickt und steht auf.

»Wie läuft es? Mit den Ermittlungen, meine ich?«, fragt

ihr Vater, ein pensionierter Lehrer, der seit jeher vorbehaltlos stolz auf seine älteste Tochter ist.

»Nicht so toll. Wir kommen nicht richtig weiter.«

»Hm. Schrecklich.« Er fährt sich mit der Hand über die
Glatze. »Es ist wirklich furchtbar. Neunzehn Tote. Und wie
viele Verletzte …?«

»Viele. Richtig viele.«

»Und trotzdem ist es gleichzeitig … ich weiß nicht, irgendwie … eine Erleichterung.« Er schüttelt den Kopf.
»Versteht mich nicht falsch. Es ist nur … jahrelang haben
sie uns verrückt damit gemacht, wie hoch seit den Mo-
hammed-Karikaturen die Terrorgefahr hier in Dänemark
ist. Und die wildesten Hypothesen angestellt, welches Ziel
es treffen wird, wenn – nicht *falls* – es passiert. Bahnhof
Nørreport. Hauptbahnhof. Irgendein großes Kaufhaus.
Und jetzt ist es geschehen. Jetzt haben wir es sozusagen
überstanden. Wir haben für unsere Schuld gebüßt … und
können weitergehen. Wisst ihr, was ich meine?« Er schaut
seine Tochter mit verzweifeltem Blick an.

»Ich verstehe gut, was du sagen willst, Papa«, sagt Signe
und legt ihre Hand auf seine. Vielleicht ist es das, was der
Ministerpräsident mit »Stunde null« meint, denkt sie. Aber
so funktioniert es leider nicht, denn einer solchen Argu-
mentationsweise folgen Terroristen nicht. Für sie gibt es
keine Vergebung, keine Versöhnung, nur ewige Schuld
und die Flammen der Hölle und ihre eigene perverse Lust,
anderen Schmerzen zuzufügen. Und das wird sich niemals
ändern.

Eine Weile schweigen sie.

»Und, habt ihr schöne Geschenke bekommen?«, fragt
Signe. Sie hat das Bedürfnis, über etwas anderes zu sprechen.

Nach einer halben Stunde steht sie auf, um den Kindern

Hallo zu sagen. Lasse ist völlig vertieft in irgendein Kriegsspiel und beachtet sie kaum. Sie strubbelt ihm durch die Haare, und er schüttelt irritiert den Kopf. Anne liegt auf ihrem Bett und sieht sich eine Folge *Glee* auf dem iPad an.

»Hi, Mama«, sagt sie und hält die Folge an.

»Hi, mein Schatz. Geht's dir gut?«

»Ja. Und dir?«

»Mir geht es auch … ich bin ein bisschen müde.«

»Kommst du bald nach Hause? Also, so richtig?«

»Es wird wahrscheinlich noch ein paar Tage dauern.«

»Okay«, sagt Anne und drückt auf PLAY.

Signe gibt ihr einen Kuss auf die Stirn und geht zurück ins Wohnzimmer.

»Ich muss wieder los. Tut mir …«

Der Vater schüttelt den Kopf. »Braucht es nicht. Es ist gut, dass du tust, was du tust. Du und deine Kollegen.«

Sie lächelt ihm zu. Dann wendet sie sich an Niels.

»Bis bald, mein Mann.« Sie stellt sich auf die Zehenspitzen, um ihm einen Kuss auf den Mund zu geben. Er dreht den Kopf weg, sodass der Kuss auf der Wange landet. Und lächelt dieses matte, freudlose Lächeln, das seine letzte Waffe im passiv-aggressiven Kampf ist, den er nun schon seit Monaten gegen sie führt, sobald sie nur einige Überstunden schiebt.

Er wird noch zur richtigen Zicke, denkt sie, doch dann korrigiert sie sich.

Ich mache ihn zur Zicke.

Kapitel 14

Er schaut auf sein Handy. Kurz nach zwei. Charlotte ist vor anderthalb Stunden gegangen. Seitdem hat er nichts gemacht, nur hier am Tisch gesessen und in die Luft gestarrt. Und ein beinahe physisches Unbehagen verspürt angesichts der Aussicht, aufzustehen, das Haus zu verlassen und zu seinem Vater nach Sandsted fahren zu müssen.

Zum hundertsten Mal in den letzten Wochen dreht sich in seinem Kopf dasselbe Gedankenkarussell. Er versucht, irgendeine Art rationaler Erklärung zu finden für das, was er getan hat. Aber vergebens.

Natürlich ist Rebecca Otzen eine sehr attraktive Frau. Achtunddreißig Jahre alt und eine der gefragtesten Strafverteidigerinnen des Landes. Mit einer, zumindest aus Sicht der Staatsanwaltschaft, erschreckend hohen Zahl gewonnener Fälle im Lebenslauf. Hübsch, auf eine etwas strenge Art. Das kastanienbraune Haar stets zu einem Dutt zurückgebunden. Das Make-up so meisterlich diskret aufgetragen, dass viele, besonders Männer, glauben, sie trage überhaupt keines, sondern sei lediglich mit einer reinen Haut und gesundem Teint gesegnet. Die schwarzen Kostüme, schneeweißen Blusen und hochhackigen Pumps, die ihr Markenzeichen sind. All das kombiniert mit einem einzigen Ziel: Kontrolle zu demonstrieren. Gleichzeitig aber ist Rebecca Otzen unverheiratet und hat einen heiteren, flirtenden Ausdruck in ihrem Blick, der gerade so weit an ihrem tadellosen Look kratzt, dass die meisten Männer sich gut vorstellen könnten, ein großes Bier mit ihr zu trinken. Vor dem Sex.

Und ja, Junckers und Charlottes Beziehung hatte sich seit einigen Jahren, genauer gesagt, seit die Kinder ausgezogen waren, in einem Schwebezustand befunden, so wie es häufig der Fall ist, wenn Eltern sich plötzlich um niemanden mehr zu kümmern brauchen und aus der überschüssigen Zeit bloß mehr Arbeit wird – und weniger Leidenschaft.

Aber deshalb gleich mit der Verteidigerin in einem Fall, bei dem man selbst Ermittlungsleiter ist, in die Kiste zu steigen …

Juncker hatte Rebecca zum ersten Mal auf einer Veranstaltung der Anwaltskammer getroffen. Er hielt einen Vortrag über das Verhältnis zwischen polizeilichen Ermittlern und Strafverteidigern – eine Aufgabe, die Juncker, der es zutiefst hasst, vor größeren Versammlungen zu sprechen, nur widerwillig und unter entsprechendem Druck von Merlin übernommen hatte. Sie kam auf ihn zu, als er während des anschließenden Empfangs an der Bar stand und das zuvor Erlebte mit einem großen Glas Rotwein herunterspülte. Mit einem verschmitzten Ausdruck in den hübschen Augen hatte sie zunächst seinen Vortrag gelobt und anschließend von ihren eigenen Erfahrungen mit der Staatsanwaltschaft und der Polizei erzählt, die sie alle in einen Topf warf und als »einen Haufen Schwachköpfe« bezeichnete. Juncker dachte, dass dies tatsächlich eine sehr präzise Beschreibung für eine beunruhigend große Zahl seiner Kollegen war, was er aber natürlich nicht zugab. Stattdessen versuchte er ihr zu erklären, wie es einem als Ermittler ging, wenn Monate mühsamer Arbeit von irgendeinem aufgeblasenen Verteidiger auseinandergepflückt und lächerlich gemacht wurden. Und wie es sich anfühlte, wenn Angeklagte, von denen man einfach wusste, dass sie schuldig waren, mangels Beweisen freigesprochen wurden und feixend den Gerichtssaal verließen, weil die unter Druck stehenden Ermittler irgendeinen Fehler gemacht hatten, der für den Prozess eigentlich völlig nebensächlich war.

»Tja, mein Lieber«, sagte sie, legte ihre Hand mit den perfekt manikürten Nägeln auf seinen Unterarm und drückte ihn leicht. »That's the name of the game, oder?«

Wie immer, mal abgesehen von seiner Frau und seinen Kindern, spürte Juncker bei der Berührung ein dumpfes Unbehagen. Gleichzeitig aber auch eine Wärme, die vom Zwerchfell in den Unterleib strömte und ihn etwas fühlen ließ, was er fast vergessen hatte.

Wenige Wochen später waren sie sich erneut begegnet. Juncker war einbestellt worden, der Staatsanwaltschaft in einem Fall zur Seite zu stehen, bei dem er die Ermittlungen geleitet hatte und Rebecca Otzen den Angeklagten verteidigte. Es hatte mit Augenkontakt begonnen, gefolgt von zufällig wirkenden Begegnungen am Wasserautomaten vor dem Saal; es war mit einer Verabredung auf eine Tasse Kaffee weitergegangen, um »einige Details im laufenden Verfahren« zu besprechen, dann waren sie in einer Bar in der Innenstadt hängen geblieben, unweit des Landgerichts, wo auf den Kaffee zunächst Bier und später Drinks folgten … Sie hatten sich »zufällig« berührt, erst »versehentlich« Knie an Knie, dann streiften sich ihre Hände auf dem Tisch, sie hatten sich tief in die Augen geschaut und waren ohne ein Wort hinaus in die Nacht gegangen, hatten ein Taxi gerufen und sich zu ihrer Wohnung in Fredriksberg fahren lassen.

Es war nicht nur dämlich. Es war ausgesprochen dämlich.

Viermal gelang es Rebecca Otzen und Juncker, zusammen zu sein, bevor eine E-Mail mit einer Serie verpixelter Fotos nicht nur in ihrem und seinem Posteingang landete, sondern auch in dem des Kopenhagener Polizeidirektors. Sie zeigten sie beide dabei, wie sie zusammen aus einem Taxi stiegen, den Bürgersteig überquerten und in ihrem Eingang verschwanden.

Keine Stunde später saß Juncker in dessen Büro. Was in aller Welt er sich nur dabei gedacht habe?, wollte der Polizeidirektor wissen, und Juncker hatte keine andere Antwort, als dass er eigentlich überhaupt nicht gedacht hatte. Nicht genug jedenfalls. Ob er sich bewusst sei, welche Konsequenzen dies haben könnte, nein, werde? Und Juncker war lange genug im Geschäft, um eine recht klare Vorstellung von den Konsequenzen zu haben: Er würde der Polizeibeschwerdestelle gemeldet werden, die die Angelegenheit an die Staatsanwaltschaft weiterleitete, die daraufhin wahrscheinlich zu dem Entschluss käme, dass die beiden an und für sich nicht gesetzeswidrig gehandelt hatten, es aber in der Natur der Sache lag, dass der Leiter der Ermittlungen nicht mit einer Strafverteidigerin ins Bett gehen konnte, wenn sie beide in denselben Fall verwickelt waren. Die Staatsanwaltschaft würde daher Zurückstufung, vermutlich um eine einfache Besoldungsstufe, sowie eine Versetzung empfehlen.

Der Polizeidirektor hatte genickt. Das klang nach einem sehr wahrscheinlichen Ausgang der Misere. Ob weitere Probleme aus der Angelegenheit erwachsen würden, musste die Zeit zeigen. Man konnte nur beten, dass der Angeklagte in dem Prozess, der als Startrampe für Rebecca Otzens und Junckers Affäre gedient hatte, nicht die Gelegenheit nutzen und weiteren Staub aufwirbeln würde. Der Mann, ein halbpsychopathischer Rockertyp, war zu läppischen sechs Monaten Freiheitsstrafe verurteilt worden, was erheblich unter den Forderungen der Anklage für die selbst nach Rockermaßstäben ungewöhnlich brutale Körperverletzung an einem unschuldigen Kneipengast lag, der anschließend an seinen Verletzungen gestorben war. Und es war ja nicht auszuschließen, meinte der Polizeidirektor bedauernd, dass der Rockertyp, auch wenn er dank Rebecca Otzen eine so milde Strafe erhalten hatte wie nur überhaupt möglich, auf die Idee kam, den Fall erneut aufrollen zu lassen.

Nein, das wäre wohl richtig, hatte Juncker gemurmelt.

Nun ja, jetzt müsse man erst mal abwarten, hatte der Polizeidirektor gemeint. Und falls Juncker selbst einen Vorschlag habe, wie sich die bevorstehende Versetzung gestalten ließe, würde er sich – in Anbetracht von Junckers gutem Namen, Ruf und seiner bis dahin vergleichsweise unbefleckten Karriere – dem sicher nicht in den Weg stellen. Solange es sich in einem vernünftigen Rahmen hielt, natürlich.

Ob er eigentlich eine Ahnung habe, woher die Bilder kämen?, wollte der Polizeidirektor zum Schluss wissen.

Juncker schüttelte den Kopf. Nicht die geringste.

Hm, brummte der Polizeidirektor, dann wäre es vielleicht eine gute Idee, es herauszufinden.

Juncker hatte einige Tage mit sich gerungen, bis er sich einen Ruck gab. Eines Samstagabends, als Charlotte und er nach dem Essen den Tisch abräumten, hatte er sie mit pochendem Herzen und feuchten Händen gebeten, sich noch mal zu setzen, er müsse ihr etwas sagen.

Zunächst reagierte sie mit beinahe amüsierter Verblüffung. Darüber, dass er auch nur von einer anderen Frau als ihr träumen könnte. Und dass er, ihr humorloser Gatte mit seinem nachlässigen Äußeren, in der Form sein sollte, bei einer derart attraktiven Frau wie Rebecca Otzen landen zu können.

Fast eine Woche lang war es, als sei nichts geschehen. Charlotte ging zur Arbeit, Juncker feierte einen Teil seiner angehäuften Überstunden ab, und abends aßen sie gemeinsam. Dann gingen sie mit ihren iPads ins Bett, lasen oder schauten einen Film und schliefen ein.

Juncker kam nicht umhin, sich zu fragen, ob Charlottes zunächst entspannter Umgang mit seinem Seitensprung wohl daher rührte, dass sie ihn selbst betrogen hatte, ein Gedanke, der ihn schon früher hin und wieder geplagt hatte, wenn sie phasenweise abwesender war als gewöhnlich, sowohl körperlich als auch mental. Er konnte sich schwerlich vorstellen, dass eine Frau wie sie an einem Arbeitsplatz wie Schloss Christiansborg, wo alle drei Staatsgewalten unter einem Dach vereint sind und Kreuzbestäubung zwischen Journalisten und Politikern ein nicht ganz unbekanntes Phänomen ist, keine attraktive Beute darstellte. Aber er brachte nicht den Mut auf, sie zu fragen, und befürchtete außerdem, es könne aussehen wie ein feiger Versuch, die Aufmerksamkeit von seinem eigenen Vergehen abzulenken.

Eines Abends dann, als sie beide im Ehebett lagen, setzte sich Charlotte plötzlich auf und starrte für einige Sekunden in die Luft. Dann wandte sie sich ihm zu, blickte ihn mit tränennassem Gesicht an, stieg ohne ein Wort aus dem Bett, nahm Decke und Kopfkissen und ging ins nebenan liegende Gästezimmer. Zehn Minuten später klopfte Juncker an ihre Tür und öffnete sie vorsichtig. Sie lag mit dem Gesicht zur Wand.

»Geh bitte«, sagte sie.

»Charlotte ...«

»Geh.«

Er hatte die Tür geschlossen und sich zurück in ihr Doppelbett gelegt, allein. Seitdem hatten sie in getrennten Zimmern geschlafen. Und kaum miteinander gesprochen, abgesehen von kurzen Wortwechseln sowie einem Hallo hier und einem Tschüs da. Als die freie Stelle als Leiter der örtlichen Polizeiwache in Sandsted ausgeschrieben wurde und Juncker die Gelegenheit gekommen sah, zwei Fliegen mit einer Klappe zu schlagen – die Versetzung und die Versorgung des Vaters –, hatte Charlotte, als er ihr eines Morgens davon berichtete, mit einem einzigen Wort reagiert: »Super.« Und dann war sie zur Arbeit gegangen.

Er steht auf. Geht ins Schlafzimmer, packt ein paar Unterhosen, Strümpfe und zwei Pullover in eine Plastiktüte. Zurück in der Küche bleibt er einen Moment stehen und versucht, sich den Duft des Hauses einzuprägen, wohl wissend, dass die Erinnerung verfliegen wird, sobald er das Gartentor hinter sich geschlossen hat, und erst wieder auftauchen wird, wenn er – und wer weiß, wann das sein wird – ins Haus zurückkehrt.

26. Dezember

Kapitel 15

Bei El President war kein Durchkommen gewesen. Signe hatte ihre zweite Vernehmung mit der Bemerkung begonnen, dass sie seiner gestrigen Aussage nicht ganz Glauben schenken könne.

»Weißt du noch, wie ich dich gefragt habe, ob du jemanden gesehen oder getroffen hast, den du länger nicht gesehen hast?«

Hamid Ibrahim fixierte einen Punkt über Signes Kopf.

»Und als du Nein gesagt hast, da schien es mir ein bisschen, als ob das nicht ganz stimmt.«

Der Bandenführer grinste hämisch. »Weißt du was, ich scheiß auf dein Gefühl. Ich scheiße darauf.«

»Na, na, das sind aber harte Worte.«

»Ach ja? Ich dachte, so eine Bullenfotze wie du bekommt es gern mal hart von einem echten Mann.«

Der Anwalt legte seinem Klienten die Hand auf den Arm. »Ich denke, so kommen wir nicht weiter«, sagte er. Und da Signe nicht abgeneigt war, ihm recht zu geben, dauerte die Vernehmung keine fünf Minuten.

»Lass mich jetzt endlich gehen, du Miststück!«, hatte Hamid Ibrahim ihr nachgebrüllt, als sie den Raum verließ.

»Träum weiter«, hatte Signe geantwortet.

Jetzt ist sie auf dem Weg zurück zum Präsidium. Ihr Handy klingelt. Sie nimmt den Fuß vom Gas und wechselt auf die rechte Spur. Victors Name blinkt auf dem Display. Sie drückt auf den grünen Hörer, klemmt sich das Telefon zwischen Ohr und Schulter und verflucht sich, weil sie immer noch nicht dieses dämliche Bluetooth-Headset und eine Smartphonehalterung gekauft hat.

»Ich glaube, ich habe einen Geist gesehen«, sagt Victor.

»Einen Geist? Was heißt das?«

»Das kannst du dir selbst anschauen, wenn du hier bist. Beeil dich.«

Zehn Minuten später steht sie an Victor Steensens Platz in der Einsatzzentrale, wo er und einige seiner Kollegen vom PET nun seit achtundvierzig Stunden praktisch nonstop in konzentriertem Schweigen vor ihren Bildschirmen hocken und auf eine endlose Folge von Überwachungsvideos starren, die von verschiedenen ausgewählten Lokalitäten Kopenhagens stammen.

»Wo hast du jetzt einen Geist gesehen?«

Victor Steensen nickt zum Stuhl am Nachbartisch, sie zieht ihn heran und setzt sich.

»Schau dir das an, dieses Video stammt von einer Überwachungskamera an einem Gebäude neben der Taiba-Moschee in der Titangade. Es ist vom 19. Dezember.«

Er drückt auf Play. Ein verpixelter weißer Mazda 3 kommt die Straße entlanggefahren und parkt schräg vor der Kamera. Ein Mann steigt aus. Ziemlich groß und muskulös, hat es den Anschein. Er trägt einen schwarzen Parka über einem schwarzen Kapuzenpullover, dazu eine beige Hose und weiße Nike Air Max. Die Kapuze hat er über den Kopf gezogen. Er schaut sich nach beiden Seiten um und geht auf die Tür des Gebäudes zu, in dem sich die Moschee befindet. Kurz bevor er dort ankommt, blickt er zurück, direkt in die Kamera. Victor Steensen stoppt das Video und zoomt näher heran. Der PET-Mann schaut Signe vielsagend an.

Sie beugt sich vor und studiert das Gesicht, das direkt in die Kamera lächelt, aus der Nähe. Ihr Puls beschleunigt sich.

»Fuck, was …«

»Das kannst du laut sagen.«

»Aber das ist doch nicht möglich.«

»Richtig. Anscheinend aber doch.«

»Ich fasse es nicht. Das ist Simon Spangstrup. Scheiße, sollte der nicht tot sein?«

»Also, für mich sieht er sehr lebendig aus.«

In den Jahren 2012 und 2013 hatte sich eine zunehmende Anzahl junger dänischer Muslime radikalisiert und war nach Syrien und in den Irak gereist. Signe hatte mit Juncker und Victor Steensen an einem Fall gearbeitet, der drei junge Männer betraf – zwei davon somalischer Abstammung sowie ein dänischer Konvertit –, die aus Aarhus beziehungsweise Kopenhagen verschwunden waren und sich, wie die Polizei vermutete, in den Nahen Osten aufgemacht hatten, um dort an der Seite des IS zu kämpfen.

Damals hatte ein Ingenieur namens Tariz häufig in der Taiba-Moschee in Kopenhagen gepredigt, die der Konvertit besuchte, sowie auch in Aarhus, wo die beiden Somalier der Gemeinde angehörten. Tariz stand unter dem dringenden Verdacht, junge Muslime für den Heiligen Krieg zu rekrutieren. Im Laufe des Jahres 2013 verschwand er von der Bildfläche. Einige Zeit später tauchte er auf einem YouTube-Video auf, wo er in Gesellschaft des dänischen Konvertiten – der im Übrigen mit einer blutjungen Palästinenserin verheiratet war, mit der er einen kleinen Sohn hatte – seine Anhänger dazu aufforderte, nach Syrien zu reisen und sich dem IS anzuschließen. Über Tariz wurde später berichtet, er sei gefallen.

Einer der Somalier kehrte nach Dänemark zurück, wurde erfolgreich entradikalisiert, machte einige Jahre darauf einen glänzenden Abschluss und arbeitet nun in einer Computerfirma. Der andere bereute Victor Steensens Nachforschungen zufolge nichts und wurde letztlich zu vier Jahren Freiheitsstrafe verurteilt. Den Fall des Konvertiten legten Signe und Juncker ad acta, da sie von der unglücklichen Mutter des jungen Mannes kontaktiert wurden, die ihnen erzählte, dass ihr Sohn Simon irgendwo im Südwesten Syriens bei einem amerikanischen Luftangriff ums Leben gekommen sei. Die Mutter zeigte ihnen ein Bild, das die Kämpfer aus der Einheit des Sohnes ihr geschickt hatten. Darauf war die Leiche eines jungen Mannes zu sehen, dessen Körper in einen orientalischen Teppich eingerollt war. Vom Gesicht war nicht viel übrig, dennoch erkannte die Mutter mit völliger Sicherheit ihren Sohn, unter anderem wegen des roten Haares. Neben der Leiche lagen eine Kalaschnikow und sein dänischer Pass.

Dem Bild war ein Brief auf Englisch von Simons Kommandanten beigelegt, der sie aufforderte, stolz auf ihren Sohn zu sein. Dank der Gnade Allahs sei diesem das Schicksal zuteilgeworden, das jeder Muslim erstreben sollte, und mit Erlaubnis des Allbarmherzigen befände er sich nun an einem weit besseren Ort als der Erde. Die Mutter hatte außerdem eine Facebook-Seite gefunden, wo der Sohn, der sich auf Arabisch den Namen Abu Murad al-Danimarki gegeben hatte, als Märtyrer gefeiert wurde.

Und jetzt schaut Simon Spangstrup auf einer wenige Tage alten Aufnahme in eine Kamera in Nørrebro. Und macht nicht den geringsten Hehl aus seiner Identität. Er verhöhnt uns, denkt Signe unwillkürlich.

»Das ist ja irre, wie konnte er sich so lange unter eurem Radar bewegen? Ich dachte, die achthundert Millionen

Kronen, die ihr jährlich in den Arsch geschoben bekommt, gehen für etwas Vernünftiges drauf.«

Der Seitenhieb musste sein. Das Budget des PET wurde in den letzten fünf Jahren fast verdoppelt.

Victor Steensen zuckt mit den Achseln. »Wir können ja nicht alles und jeden beobachten. Auch nicht für achthundert Millionen.«

Der PET hat es nie kommentiert, wenn die Presse Wind davon bekam, dass ein Syrienkrieger im Kampf für den IS oder andere Organisationen ums Leben gekommen war. Dennoch hatte Signe eigentlich angenommen, dass der Geheimdienst mehr oder weniger wusste, wo sich die Dänen, die im Nahen Osten kämpften, befanden und wie viele von ihnen umgekommen waren. Aber Simon Spangstrup war ihnen offensichtlich durch die Lappen gegangen. Jetzt ist ihr auch klar, wen El President gesehen hat und warum er ihr nichts sagen wollte. Aus Loyalität. Oder aus Angst vor Spangstrup.

Wer weiß, ob nicht noch mehr von seinem Kaliber da draußen herumrennen?, denkt sie. Dänische Syrienkrieger, die als tot gelten, sich in Wahrheit aber bester Gesundheit erfreuen und in terroristischen Trainingslagern in Pakistan und Nordafrika ausgebildet werden. Sehr wahrscheinlich ist es so.

»Wem gehört das Auto, das er fährt?«

»Das errätst du nie. Der Wagen gehört der Witwe dieses Ingenieurs, Tariz.«

Signe schüttelt den Kopf. »Nicht dein Ernst.« Sie schaut wieder auf den Bildschirm. »Wie lange bleibt er in der Moschee?«

»Eine Stunde. Und jetzt schau dir das an.«

Er spult vor und drückt wieder auf *Play*. Die Tür des Gebäudes öffnet sich. Simon Spangstrup tritt auf die Straße und überquert den Bürgersteig in Richtung des weißen Mazda. Diesmal schaut er nicht in die Kamera.

»Achte auf seine rechte Hand«, sagt Victor Steensen.

Signe beugt sich vor. Er hat die Hände tief in den Jackentaschen vergraben. Kurz bevor er ins Auto steigt, zieht er die Hand aus der Tasche und hebt sie in die Luft. Sie ist zur Faust geballt, abgesehen vom Zeigefinger, den er gen Himmel reckt. Die Geste geschieht ganz eindeutig zu Ehren der Kamera: der ausgestreckte Zeigefinger, das Symbol, dass es nur einen Gott gibt und seit Jahrhunderten gebräuchlich im muslimischen Glaubensbekenntnis, vergleichbar mit dem Bekreuzigen der Katholiken. In den letzten Jahren aber hat sich das Handzeichen auch als »IS-Finger« einen Ruf gemacht. Weil die Krieger es verwenden, wenn sie triumphierend in Videos und auf Bildern vor der Kamera posieren, um ihre Siege und die Hinrichtungen von unschuldigen Opfern zu feiern.

Signe schüttelt es. »So was Ekelhaftes.«

Victor Steensen nickt. »Das kannst du laut sagen.«

Plötzlich macht sich ein Gedanke bemerkbar, der weit hinten in ihrem Bewusstsein geschlummert hat. Vor einer Woche hatte ihre Tochter Anne erzählt, wie sie in der Nørrebrogade von einem Mann angehalten worden war, der sie fragte, ob sie Signe Kristiansens Tochter sei. »Grüß sie von mir«, hatte er gesagt.

»Von wem?«, hatte Anne wissen wollen. Doch der Mann hatte nur gelächelt und war weitergegangen.

Signe hatte sich darüber gewundert, es dann aber beiseitegeschoben. Es konnte wer weiß wer von den zahllosen Menschen gewesen sein, mit denen sie im Laufe der Jahre in Verbindung mit ihrer Arbeit zu tun gehabt hatte. Wie er ausgesehen habe, hatte sie ihre Tochter gefragt. Doch daran konnte sich Anne nicht richtig erinnern, abgesehen davon, dass er recht groß war, muskulös schien und eine schwarze Mütze trug. Signe hatte keine genaue Zahl, wie viele große und muskulöse Männer mit schwarzen Mützen sie in Nørrebro kannte, aber es waren sicher einige.

Hatte Simon Spangstrup ihre Tochter belästigt? Signe läuft es kalt über den Rücken.

Schon häufig hat sie erlebt, dass Bandenmitglieder versuchten, ihr und ihren Kollegen mit ihren Drohgebärden und dem protzigem Gehabe Angst einzujagen. Und sie hat nie auch nur eine Sekunde an ihrem Hass auf die Polizei gezweifelt, aber ernsthaft eingeschüchtert hat sie sich noch nie gefühlt. Es ist, als ob selbst die größten Proleten akzeptieren würden, dass es eine Arbeitsteilung gibt, die es zu respektieren gilt. Die Banden verdienen ihr Geld – und zwar gutes Geld – mit illegalen Aktivitäten. Aufgabe der Polizei ist es, dies zu verhindern. Signe hat sich oft gedacht, dass das Ganze einer Art Rollenspiel gleicht. Und in diesem Spiel lautet eine der ungeschriebenen Regeln, Polizisten außerhalb des Dienstes nicht zu bedrohen. Ganz zu schweigen von ihren Familien. Außerdem wissen die Bandenmitglieder, dass ein Regelbruch schlecht fürs Geschäft ist. Die Polizei könnte ihnen ihre Unternehmungen gehörig versauen, wenn sie nur wollte.

Fundamentalistische Islamisten aber spielen eine vollkommen andere Art von Spiel. Mit vollkommen anderen Regeln. Ihre gesamte Agenda ist darauf ausgerichtet, die Gesellschaft dort zu treffen, wo es am meisten wehtut. Ihr Ziel ist es, so viele Unschuldige zu töten wie möglich. Und wenn Polizisten und ihre Familien unter den Opfern sind, können sie sich mit einer zusätzlichen Feder am Hut schmücken.

Signe und Juncker waren bis zum Äußersten gegangen,

als sie damals Simon Spangstrup und seine vermutliche Verbindung zum IS untersuchten. Sie hatten seine junge Frau so stark unter Druck gesetzt, dass sogar eine reichlich abgebrühte Polizistin wie Signe fand, dass die Grenze erreicht war – oder vielleicht bereits überschritten. Sie wollten sie wirklich dazu bringen, sich von ihrem Mann abzuwenden. Hatten sie gezwungen, eine Reihe von Hinrichtungsvideos anzusehen, brutale Liquidierungen, wo Männern und Frauen die Köpfe abgetrennt wurden, während sie vor Angst und Schmerzen schrien. Videos, von denen selbst Signe schlecht wurde.

Sie hatten geglaubt, Simon Spangstrups Frau auf ihre Seite gezogen zu haben, denn sie hatte erklärt, sich von den Grausamkeiten des IS zu distanzieren und ihnen den alten Laptop ihres Mannes ausgehändigt, auf dem sie jedoch nichts Brauchbares fanden. Und die junge Frau war später nie mit weiteren Informationen an sie herangetreten.

Hat Simon Spangstrup eine persönliche Rechnung mit ihr und Juncker offen? Weiß er, wie sehr sie seine Frau unter Druck gesetzt haben, um sie gegen ihn aufzuhetzen? Ihn zu verraten?

Eins ist sicher. Simon Spangstrup ist quicklebendig. Erst vor wenigen Tagen ist er in Nørrebro herumspaziert. Und hat möglicherweise sogar ihre Tochter aufgespürt.

Erik Merlin schaut Signe und Victor anerkennend an.

»Gute Arbeit.«

Signe macht eine Kopfbewegung in Richtung ihres Kollegen. »Ist allein Victors Verdienst.«

Der Chef ist offensichtlich guter Laune angesichts dieses immerhin kleinen Fortschrittes, des ersten in drei Tagen.

Und jetzt gibt es wenigstens einen konkreten Ansatz,

mit dem wir arbeiten können, denkt Signe. Auch wenn sie noch nichts Spezifisches haben, um Simon Spangstrup mit dem Terrorangriff in Verbindung zu bringen. Aber es kann kein Zufall sein, dass ein hartgesottener Islamist und vermutlich topausgebildeter Syrienkrieger wie er wenige Tage vor dem Anschlag in Kopenhagen auftaucht. Oder besser gesagt: auf einem Überwachungsvideo. Denn in der Stadt kann er ja durchaus schon länger sein.

»Habt ihr das Video von Spangstrup vor der Moschee mit dem vom Nytorv verglichen, wo man den Mann sieht, der die Bombe legt?«

»Ja«, sagt Signe. »Und es kann gut derselbe Mann sein. Aber es lässt sich nicht mit Sicherheit sagen, weil der auf dem Nytorv sein Gesicht verbirgt.«

»Okay, passt auf«, beginnt Merlin. »Die Sache mit Spangstrup bleibt vorerst unter uns, bis wir mehr haben. Wie viele wissen Bescheid?«

»Ein paar. Aber ich habe sie angewiesen, den Mund zu halten und ihnen gesagt, dass sie, falls sie es nicht tun, auf Lebenszeit am Flughafen Passkontrollen durchführen, ehe sie nur bis drei zählen können. Ansonsten niemand«, antwortet Victor.

»Gut. Wir müssen die Überwachung von Simon Spangstrups Frau und dieser Witwe, von der er das Auto geliehen hat, in die Wege leiten. Ich kontaktiere den PET und kläre das«, sagt Merlin.

»Glaubst du, er versteckt sich an einem der beiden Orte? Ist das nicht ziemlich unwahrscheinlich?«, wendet Signe ein.

»Wer weiß. Aber du hast recht, sehr wahrscheinlich ist es nicht. Auf der anderen Seite lässt sich nicht ausschließen, dass irgendeine Form von Kontakt zwischen ihm und den Frauen besteht«, meint Merlin.

149

»Wir sollten extrem vorsichtig sein«, gibt Signe zu bedenken. »Wenn er nur halb so schlau ist, wie ich denke, durchschaut er alle Versuche, so zu tun, als stimme etwas mit den Gasleitungen nicht, oder was der PET sonst immer so als Entschuldigung vorschiebt, um sich Zutritt zu Wohnungen zu verschaffen und die Technik zu installieren.«

»Da gebe ich dir recht. Es liegt natürlich weitestgehend in den Händen des PET, wie sie die Sache angehen, aber ich gehe davon aus, dass sie ähnlicher Ansicht sind. Das können wir, glaube ich, beruhigt ihnen überlassen.« Merlin schaut zu Victor Steensen. »Beziehungsweise euch.«

»Das denke ich auch«, sagt er.

»Schön, dass ihr so optimistisch seid.« Signe lächelt schief. »Wenn man bedenkt, dass wir einen Mann jagen, den der PET jahrelang für tot gehalten hat.«

»Okay, Signe, belassen wir es dabei. Wie sehen deine Pläne jetzt aus?«

»Ich werde versuchen, X zu erreichen. Es gibt ein paar Dinge, die ich mit ihm besprechen möchte.«

»Klingt gut.« Erik Merlin klatscht mit beiden Händen auf die Tischplatte. »Packen wir's an.«

27. Dezember

Kapitel 16

Die zwei Neuen sind schon mal pünktlich, stellt Juncker zufrieden fest und ermahnt sich, seinem inneren und niemals schlafenden Pedanten einen Dämpfer zu verpassen.

Er kann sich nicht erinnern, jemals zwei Polizisten mit so unterschiedlichem Erscheinungsbild nebeneinander gesehen zu haben, auch wenn beide Uniform tragen. Nabiha Khalid ist zierlich und nicht sonderlich groß. Die Mindestgröße für Polizistinnen beträgt eins vierundsechzig, und sie sieht aus, als wäre sie kleiner, denkt Juncker. Nun wimmelt es unter den dänischen Polizeikräften allerdings nicht gerade von Polizistinnen anderer ethnischer Herkunft, und die Führungsebene hungert danach, sie anzuwerben. Vielleicht wurde in ihrem Fall eine Ausnahme gemacht. Oder sie ist größer, als es den Anschein hat, denn neben Kristoffer Kirch würde jeder klein aussehen. Juncker schätzt ihn auf mindestens zwei Meter und seinen Brustumfang auf gute einhundertzehn Zentimeter.

Nabihas lange, gelockte dunkle Haare sind zu einem straffen Pferdeschwanz zurückgebunden, die Nase ist gebogen, der Mund breit, die Oberlippe beinahe wie ein perfekter Amorbogen geformt. Obwohl sie in dicke Winterkleidung gehüllt ist, fällt Juncker auf, wie sie ihre geringe Körpergröße durch eine kerzengerade Haltung auszugleichen versucht. Kein Make-up. Das ist auch nicht nötig. Sie ist ganz einfach von Natur aus sehr hübsch, bemerkt

Juncker mit einer schwachen, aber unverwechselbaren Unruhe. Ihre dunklen, fast schwarzen Augen lassen nicht eine Sekunde von seinem Gesicht ab. Sie gibt ihm die Hand, und Juncker muss ein überraschtes Grunzen unterdrücken, als sie zudrückt und sich mit bemerkenswert tiefer Stimme vorstellt:

»Guten Tag. Ich bin Nabiha Khalid.«

Worüber bist du so wütend?, denkt Juncker. Er nickt. »Ich weiß.«

Kristoffer Kirchs blonde Mähne ist ebenfalls streng zurückgekämmt und zu einem Knoten im Nacken gebunden. Juncker fühlt sich auf einmal sehr alt. Der Kopf des jungen Polizeischülers ist – wie anscheinend alles an diesem physischen Prachtexemplar eines Menschen – riesig. Er entblößt zwei Reihen perlweißer Zähne zu einem strahlenden Lächeln und reicht ihm die Hand. Ein etwas gemäßigterer Händedruck als ihrer, denkt Juncker.

»Kristoffer Kirch. Freut mich«, sagt er.

»Tja, dann lasst uns mal sehen«, meint Juncker und verzieht die Mundwinkel zu einer Art Lächeln. »Als Erstes würde ich vorschlagen, dass wir uns duzen. Einverstanden?«

Beide nicken.

»Gut, das wäre geklärt«, sagt er. »Wollt ihr Kaffee?«

»Ich trinke keinen Kaffee«, antwortet Nabiha in einem Tonfall, als hätte er ihr Heroin angeboten.

Wieso bin ich nicht überrascht?, denkt Juncker. »Irgendwo müssten auch Teebeutel sein.«

»Okay«, erwidert sie.

»Ein heißer Kaffee wäre toll. Saukalt draußen«, sagt Kristoffer und lächelt wieder breit.

»Ihr könnt euch an den Tisch setzen, ich hole den Kaffee und Tassen. Und Teebeutel. Und heißes Wasser.«

Einige Minuten später stellt Juncker das Tablett auf den Tisch.

»Nehmt euch am besten selbst«, sagt er, nimmt eine Tasse und schenkt sich ein. Er lehnt sich zurück und verschränkt die Arme. »So, dann mal willkommen. Ihr wisst natürlich, weshalb ihr hier seid? Also, warum hier eine Polizeistation eingerichtet wurde?«

Kristoffer nickt. Juncker muss an das gute alte Wort »diensteifrig« denken. Kristoffer wirkt wie ein ausgesprochen diensteifriger junger Mann.

»Präsenz. Sichtbarkeit«, sagt er.

»Doch … ja.« Juncker spürt eine leichte Irritation über die banale Vorhersehbarkeit der Antwort. Halt dich zurück, ermahnt er sich. Gib ihm eine Chance. »Das gehört natürlich immer zu den Gründen für eine Wache in einem Ort. Aber nun hat es auf Chefebene ja nicht gerade oberste Priorität, kleine Polizeiposten in allen möglichen Provinznestern aufzubauen. Ganz im Gegenteil, in letzter Zeit hat man wohl eher eine nach der anderen geschlossen. Warum also hier?«

Kristoffer kommt nicht zum Antworten.

»Weil es hier in Sandsted eine große Flüchtlingsunterkunft für unbegleitete Minderjährige gibt«, erklärt Nabiha. »Und weil leider viel zu viele der muslimischen Jungs – oder Männer muss man in einigen Fällen ja sagen, sie geben sich nur für jünger aus – nicht wissen, wie man sich benimmt.«

Juncker mustert sie. Gar nicht so dumm, denkt er. »Ja, so kann man es natürlich ausdrücken. Ich weiß nicht, ob ich genau diese Wortwahl … Aber es ist so gesehen eine sehr exakte Beschreibung. Die Hauptdienststelle hat unverhältnismäßig oft Polizeikräfte wegen Vorfällen nach Sandsted geschickt, die mit dem Flüchtlingsheim in Verbindung stehen. Viele davon sind euch natürlich bekannt. Die große Schlägerei am Stadtfest im August. Und es gab drei oder vier Fälle von möglicher sexueller Belästigung. Vielleicht sogar eine Vergewaltigung bei einem Fest in der Sporthalle im Oktober. Keiner der Fälle ist bislang abgeschlossen, das zählt zu den Aufgaben, die uns überlassen sind. Dann wären da noch jede Menge Ladendiebstähle. Und ein paar Überfälle, die vielleicht ebenfalls auf die Jungs aus der Unterkunft zurückgeführt werden können«, erklärt er. »Aber da ist noch etwas. Der PET hat Informationen über mögliche Pläne für einen koordinierten Angriff auf verschiedene Flüchtlingsheime im Land erhalten. Und diese Bedrohung ist seit dem Terroranschlag natürlich nicht kleiner geworden.«

»Zu dem sich niemand bekannt hat. Theoretisch ist es doch genauso gut möglich, dass irgendwelche rechten Idioten oder Überbleibsel des IS oder eine andere islamistische Organisation dahinterstecken, oder?«, fragt Nabiha.

Er nickt. »Stimmt.«

»Darf ich etwas fragen?«, wendet Kristoffer sich an Juncker.

»Schieß los.«

»Na ja … auf dem Weg hierher, haben … ich und Nabiha darüber gesprochen, warum …«

»Nabiha und ich«, korrigiert Juncker, bevor er sich bremsen kann.

»Äh … was?« Kristoffer macht ein verwirrtes Gesicht.

»Der Esel nennt sich immer zuerst. ›Nabiha und ich‹ wäre die höflichere Form.«

»Äh, ach so, ja. Okay, also wir … Nabiha und ich, haben uns gefragt, warum … jemand wie du eine Arbeit wie diese machen soll.«

Nabiha lehnt sich vor. »Die dänische Polizei steht vor

einer der größten Herausforderungen ihrer Geschichte. Der Aufklärung von neunzehn Morden. Vielleicht internationalem Terror. Sämtliche Polizeiarbeit in den Kreisgebieten steht auf Standby, Urlaub kann man vorerst knicken und jeder, der irgendwie aus der Provinz abgezogen werden kann, wird nach Kopenhagen geschickt, um dort … na ja, praktisch alles zu bewachen. Und da wird einer der routiniertesten Ermittler des Landes als Leiter einer kleinen Polizeiwache nach Sandsted geschickt. Sorry, aber das ist schwer …«

Juncker hebt die Hand, um ihren Redefluss zu unterbrechen. Ziemlich freimütig, so etwas direkt zur Sprache zu bringen, denkt er. Das hätte er damals in ihrem Alter und mit ihrem Dienstgrad nicht gewagt. Aber es herrschen neue Zeiten, muss er mit einem gewissen Bedauern erkennen, dem einen Dämpfer aufzusetzen er zu alt ist.

»Das hat unter anderem private Gründe. Außerdem habe ich … eine Luftveränderung gebraucht. Wollte gern mal etwas anderes machen. Die Polizeistation hier in Sandsted zu eröffnen, stand schon lange an. Aufgrund der neuesten Ereignisse hat man natürlich einen Aufschub erwogen, aber schließlich doch beschlossen, dass wir wie geplant anfangen sollen.«

Nabihas Gesichtsausdruck zeigt, dass sie ihm seine Erklärung von wegen Luftveränderung nicht richtig abkauft. Er fragt sich, wie viel sie eigentlich weiß, denn im Kopenhagener Polizeipräsidium war seine Affäre mit Rebecca Otzen ein offenes Geheimnis. Und wenn es im Präsidium alle wissen, wissen sie es auch auf den städtischen Polizeistationen. Die Kopenhagener Polizei ist der weltweit größte Klatschverein. Und sie kommt von der Station Bellahøj. Er schaut auf die Tischplatte.

»Na ja, so ist es jedenfalls. So weit der Stand.« Er blickt

auf. »Wie wär's, wenn ihr mir ein bisschen über euch erzählt? Ich weiß noch nicht sehr viel. Was ist mit dir, Nabiha? Wo kommst du her?«

»Kopenhagen. Mjølnerparken.«

»Ich meinte auch, woher deine Familie …«

»Ich bin in Dänemark geboren. Ich habe meine gesamte Kindheit in Mjølnerparken verbracht.«

»Aber woher kommen deine Eltern?«

»Sie sind Palästinenser.«

»Und woher?«

»Aus Palästina natürlich.«

»Ich meine, bevor sie nach Dänemark geflüchtet sind, wo haben sie da …«

»Du bist also sicher, dass sie Flüchtlinge waren?«

Nabiha lächelt schief. Aha, sie kann es doch, denkt Juncker und lächelt zurück. Etwas steif, wie er durchaus selbst merkt. Er ist einfach aus der Übung, was das Lächeln angeht.

»Das war geraten. Aber woher kamen sie?«

»Libanon. Beirut. Shatila. Das war dort, wo …«

»Ich weiß, was in Shatila passiert ist.«

»Nach dem Massaker trauten sie sich nicht, dort zu bleiben. Mein Vater war politisch in der PFLP aktiv. Deshalb sind sie 1982 nach Dänemark geflüchtet. Meine Mutter war mit meinem großen Bruder schwanger. Ich wurde einige Jahre später geboren.«

»Warum hast du dich für die Stelle hier beworben?«

Nabiha zuckt mit den Schultern. »Wahrscheinlich aus ähnlichen Gründen wie du. Luftveränderung.«

Wir haben alle unsere kleinen Geheimnisse, denkt sich Juncker.

»Außerdem kann jemand wie ich in der Nähe eines Flüchtlingslagers wahrscheinlich Positives bewirken.«

»Eines Flüchtlings*heims*«, verbessert Juncker. »Oder Asylbewerberheims, um genau zu sein.«

»Whatever.«

Das kann ja heiter werden, denkt Juncker und wendet sich Kristoffer zu. »Und du?«

»Ich komme aus einem kleinen Dorf bei Herning. Das hattest du dir wahrscheinlich gedacht, oder? Dass ich aus Jütland komme?«

Juncker nickt.

»Ich bin auf einem Bauernhof aufgewachsen. Einer Schweinezucht. Nach dem Wehrdienst bin ich zum Militär gegangen. War in Afghanistan. 2011.«

Juncker denkt nach. »In diesem Jahr gab es recht viele Verluste, oder?«

Kristoffer nickt, das breite Lächeln ist verschwunden. »Korrekt.« Er schaut auf seine riesigen Hände, die in seinem Schoß liegen. »Mein Vertrag ging über zwei Jahre, den habe ich natürlich erfüllt. Aber dann hatte ich auch genug.«

»Warum bist du nicht beim Militär geblieben?«

»Ich möchte gern etwas bewirken. Eine Arbeit machen, bei der sich ein Resultat zeigt. Afghanistan, das war … ich weiß nicht, wie viel wir da unten wirklich erreicht haben.«

»Hm«, brummt Juncker. »Und was hast du gemacht, als dein Vertrag auslief?«

»Ich hatte verschiedene kleinere Jobs. Habe meinen Eltern auf dem Hof geholfen. Ein paar Jahre hing ich etwas in der Luft. Bis ich mich bei der Polizei beworben habe. Und genommen wurde.«

»Und hier kannst du etwas bewirken?«

»Das hoffe ich.«

»Hm.« Juncker zupft an seinem Ohrläppchen. »Hast du Probleme mit PTBS?«

»Was?« Kristoffer hebt den Kopf.

»PTBS. Posttraumatische Belastungsstörung. Damit haben viele ehemalige Soldaten zu kämpfen, oder nicht? Vor allem die, die Kameraden verloren haben. Schläfst du nachts gut?«

»Scheiße, na klar.«

Es ist eine kaum merkbare Bewegung, aber Juncker sieht sie. Wie der junge Mann die Zähne aufeinanderpresst, dass der Kiefer zuckt. Von wegen, denkt sich Juncker. Jedenfalls bestimmt nicht jede Nacht. Und warum reagiert er so aggressiv?

»Wieso hast du dich für Sandsted beworben?«

Kristoffer entspannt sich und zeigt erneut sein Lächeln. »Ich wurde gefragt, ob es nicht vielleicht etwas für mich wäre. Ich glaube, dass Polizeidienststellen vor Ort eine gute Sache sind. Mir fehlen noch vier Monate vom praktischen Teil, und die möchte ich gern hier ableisten. Außerdem wollte ich gern mit jemandem wie dir zusammenarbeiten.«

»Richtige Antwort. Habt ihr schon eine Unterkunft?«

»Ich habe ein Zimmer bei einem älteren Ehepaar gemietet. Sie sind echt froh darüber, dass ein Polizist bei ihnen eingezogen ist«, antwortet Kristoffer.

»Ja, das glaube ich gern. Und du, Nabiha?«

»Ich hatte saumäßiges Glück und konnte meine Wohnung in Nordvest für ein halbes Jahr mit einer jungen Frau hier aus dem Ort tauschen, die für ein Praktikum nach Kopenhagen geht. Hab sie über eine Wohnungsbörse gefunden.«

Juncker steht auf. »Gut. Passt auf. Ich habe mit dem Leiter des Flüchtlingsheims vereinbart, dass wir heute vorbeischauen. Ich würde sagen, das erledigen wir jetzt direkt.«

Die beiden stehen auf und packen sich in ihre Schals, wattierte, mit Kunstpelz gefütterte Uniformjacken und

Ohrenmützen. Sie sehen aus wie … Juncker fällt kein passender Vergleich ein. Mit seiner dicken Jacke muss Kristoffer den Oberkörper drehen, um überhaupt durch die Tür zu passen.

»Wow«, sagt er, als er den Wagen sieht. »Ist das dein Dienstfahrzeug?«

Juncker schüttelt den Kopf, schließt auf und steigt ein. Nabiha schnappt sich den Beifahrersitz, während Kristoffer sich auf die Rückbank quetscht.

Das Flüchtlingsheim liegt ungefähr einen Kilometer südlich der Stadt. Eine lange Allee stattlicher Kastanien führt von der Straße zu den Gebäuden, die bis vor zehn Jahren eine Heimvolkshochschule beherbergten. Doch wie so viele andere Bildungseinrichtungen konnte sich auch die Sandsteder Schule nicht über Wasser halten, als Allgemeinbildung in den Achtzigern und Neunzigern aus der Mode kam. Einige Jahre lang lagen die Gebäude brach, bis ein spitzfindiger Kommunalbeamter auf den Gedanken kam, dass die Gemeinde die Räume doch vermieten, ein Flüchtlingsheim für unbegleitete Minderjährige einrichten und damit sowohl ein akutes Problem lösen als auch ein paar Groschen für die leeren Kassen verdienen könnte. Nicht alle hielten den Vorschlag für eine glänzende Idee. Unterschriftenkampagnen wurden gestartet, Protesttreffen abgehalten – aber sie verhinderten nicht, dass eine knappe politische Mehrheit für das Flüchtlingsheim mit Raum für hundertfünfundzwanzig Jugendliche stimmte. Als der Flüchtlingsstrom aus Syrien seinen Höhepunkt erreichte, war das Heim ständig bis auf den letzten Platz gefüllt. Im Augenblick ist es nur knapp zur Hälfte besetzt. Ein Teil der Flüchtlinge kommt noch immer aus kriegszerrütteten Ländern wie Syrien, Afghanistan und Irak, doch auch eine steigende Anzahl Afrikaner flüchtet vor einer aussichtslosen Zukunft in ihren

Heimatländern, wo die wirtschaftliche Entwicklung nicht mit dem Bevölkerungswachstum mithalten kann.

Das weißgekalkte Hauptgebäude der ehemaligen Volkshochschule erinnert mit seinen Treppengiebeln an ein altes Landgut. Juncker fährt auf den Hofplatz, der außer dem Haupthaus von zwei zweistöckigen Flügeln und einem weiteren, gegenüberliegenden Gebäude umgeben ist. Er parkt vor der großen Treppe. Die Eingangstür öffnet sich, und ein kleiner, dicker Mann mit Halbglatze, Vollbart und randloser Brille erscheint auf der oberen Treppenstufe.

»Willkommen«, ruft er gut gelaunt.

Worüber freust du dich denn so?, denkt Juncker. Die drei Polizisten gehen die Treppe hinauf, der Mann schüttelt ihnen die Hand.

»Mein Name ist Cornelius Andersen. Ich bin hier der Leiter«, stellt er sich vor und wendet sich an Juncker. »Wir haben uns wahrscheinlich am Telefon gesprochen?«

Juncker nickt.

»Cornelius?«, fragt Nabiha. »Ein eher ungewöhnlicher Name in Dänemark, oder?«

Cornelius Andersen lächelt anerkennend. Etwas zu anerkennend. Juncker meint Nabiha schon jetzt gut genug einschätzen zu können, um an ihren zusammengepressten Lippen abzulesen, dass die »Huch, eine clevere Immigrantin«-Attitüde des Mannes bei ihr gar nicht gut ankommt. Aber sie sagt nichts und wartet, dass er antwortet.

»Ja, das ist richtig. Meine Mutter stammt aus Holland. Dort ist es ein ganz normaler Name. Aber kommen Sie doch herein, hier draußen erfriert man ja. Wir können uns in mein Büro setzen.«

Das Büro im ersten Stock hat Aussicht auf den Hofplatz und den parkähnlichen Garten der einstigen Bildungsinstitution.

»Sie können Ihre Jacken hier aufhängen«, sagt Cornelius Andersen und zeigt auf einen Garderobenständer, bevor sie sich anschließend um einen kleinen Tisch gruppieren.

»Ich bin froh, dass Sie hier sind. Wie Sie sicher wissen, hatten wir mit einigen Problemen zu kämpfen.«

»Ja, das ist uns bekannt. Und was erwarten Sie nun von uns?«, fragt Juncker.

»Tja, wir hoffen natürlich, dass allein Ihre Anwesenheit die meisten dazu bewegen wird, noch einmal gut nachzudenken, bevor sie das nächste Mal eine Straftat begehen.«

»Aha. Und was können Sie Ihrer Meinung nach selbst tun? Wir haben schließlich auch andere Aufgaben, als ein Auge auf Ihre – wie nennen Sie sie? – zu haben.«

»Ich nenne sie Jungs. Denn das sind sie ja.«

»Doch wohl nicht alle«, sagt Nabiha und fixiert den kleinen Mann.

Er rutscht unruhig auf dem Stuhl hin und her. »Tja, das wissen wir streng genommen nicht. Nicht viele von denen, die hier ankommen, haben einen Pass. Und der Großteil der Dokumente aus ihren Heimatländern lässt sich nur schwer verifizieren. Wir müssen ihren Aussagen also weitestgehend Glauben schenken.«

Nabiha beugt sich zu ihm vor. »Jaja, aber mal ehrlich, man sieht doch, dass einige von ihnen über achtzehn sind. Große, muskulöse Kerle mit Vollbart. Wie schwer kann es bitte sein …«

Cornelius Andersens freundliches Lächeln ist eine Spur blasser geworden. »Die Frage ist nicht nur, was Sie oder ich sehen können. Die Dinge müssen sich dokumentieren lassen. Wir sind immerhin noch ein Rechtsstaat, oder?« Als Nabiha schnaubt, fährt er fort. »Nun ja, aber es kommt natürlich auch vor – inzwischen sogar relativ häufig –, dass die Ausländerbehörde eine Altersbestimmung verlangt«, fügt Cornelius Andersen hinzu.

»Wie funktioniert das genau?«, fragt Juncker.

»Man macht ein Röntgenbild der linken Hand, und dann untersucht der Rechtsmediziner, wie weit die Handwurzelknochen entwickelt sind. Und man untersucht ihre Zähne. Und die Entwicklung ihrer Geschlechtsorgane. Ob sie schon … wie soll ich sagen …«

»Haare am Sack haben«, murmelt Nabiha.

»Äh, ja … genau …«

Juncker räuspert sich. Der Leiter und Nabiha wenden sich ihm zu.

»Können Sie uns nicht ein bisschen mehr über die … Jungs erzählen, die hier wohnen?«

Cornelius Andersen nickt sichtlich erleichtert. »Wie Sie wissen, sind es sogenannte ›unbegleitete Minderjährige‹. Sie sind also allein ins Land gekommen, genauer gesagt ohne ihre Eltern oder andere Verwandte. Und bei Weitem die meisten davon sind Jungen, im Moment haben wir zum Beispiel überhaupt keine Mädchen hier. Es ist sehr unterschiedlich, wie es ihnen geht und wie sie sich verhalten. Manche von ihnen sind ganz eindeutig traumatisiert von dem, was sie gesehen und erlebt haben. Manche sind verschlossen, und es ist schwer, an sie heranzukommen. Andere sind eher aggressiv. Wir hatten mehrere Vorfälle hier in der Stadt, aber das wissen Sie ja bereits. Deshalb sind Sie schließlich hier, oder?«

»Wie bereits gesagt, unter anderem«, brummt Juncker.

»Was tut man hier im Flüchtlingsheim, um zu verhindern, dass sie Schwierigkeiten machen?«, fragt Nabiha.

Cornelius Andersen blickt sie an. »Unsere Möglichkeiten sind begrenzt. Wir können sie ja nicht einsperren. Und wir haben mit Abstand nicht genügend Personal, um die

Problemfälle zu beaufsichtigen. Aber wir versuchen, mit ihnen zu reden. Über ihre Probleme. Leider ist es schwierig. Nicht alle sprechen Englisch. Und uns stehen natürlich nicht unbegrenzt Dolmetscher zur Verfügung.«

»Gibt es welche, die sehr gewalttätig sind?«, will Juncker wissen.

»Das muss ich mit Ja beantworten.«

»Auch welche, vor denen Sie und Ihre Mitarbeiter Angst haben?«, fragt Nabiha in neutralem Ton.

Cornelius Andersen zuckt mit den Schultern. »Angst, was soll ich sagen … mit einigen möchte man sich jedenfalls nicht unbedingt anlegen. Und wir hatten durchaus Vorfälle …«

»Melden Sie es jedes Mal, wenn etwas passiert?«, fragt Juncker.

Cornelius Andersen lehnt sich zurück und schaut aus dem Fenster. »In unserem Vertrag mit der Ausländerbehörde steht, dass wir jeden Fall zu melden haben, bei dem wir selbst einschreiten müssen. Wenn die Flüchtlinge gewalttätig werden. Oder andere bedrohen …«

»War das ein Ja?«

»Im Großen und Ganzen.« Andersen seufzt. »Sie müssen aber auch verstehen, dass wir manchmal in der Zwickmühle stecken. Es ist nicht gut, wenn es nach außen hin aussieht, als ob wir die Dinge nicht unter Kontrolle hätten. Schließlich handelt es sich hier um eine Art Unternehmen. Also, für die Gemeinde. Daher versuchen wir, mit einer Bagatellgrenze zu arbeiten.«

»Wissen Sie was, wir sind nicht die Ausländerbehörde«, beschwichtigt Juncker. »Bis zu einem gewissen Grad ist es also Ihr Problem. Ich hoffe nur, dass Sie uns kontaktieren, wenn Sie das Gefühl haben, dass sich irgendetwas anbahnt oder Sie ein paar der Jungs nicht in den Griff kriegen. Möglichst bevor die Dinge aus dem Ruder laufen.«

Cornelius Andersen nickt. »Natürlich. Aber soll ich Sie nicht ein bisschen herumführen?«

»Gute Idee«, meldet sich Kristoffer erstmals zu Wort. Er steht auf, und der Raum schrumpft.

Zurück in der Kälte folgt die Prozession Cornelius Andersen über den Hofplatz. Er öffnet die Tür zu einem der beiden Flügel.

»Hier gibt es im Grunde nicht so viel zu sehen, es sind nur Zimmer. Aber am Ende des Ganges befindet sich ein Aufenthaltsraum«, erklärt der kleine Mann und geht voran.

Juncker schätzt den Raum auf siebzig bis achtzig Quadratmeter. Auf der einen Seite stehen eine Tischtennisplatte und ein Tischkicker, der von vier Jungs benutzt wird, die laut johlen und lachen. Auf der anderen Seite sitzen acht Jungen und junge Männer um zwei Tische herum. Als Cornelius Andersen und die drei Polizisten eintreten, wird es schlagartig still. Juncker sitzt noch immer der Besuch des Pflegeheims vor einigen Tagen in den Knochen, aber nicht, weil das Flüchtlingsheim sonderlich heruntergekommen oder in schlechtem Zustand wäre, es wurde offensichtlich vor nicht allzu langer Zeit gründlich saniert. Doch wie im Falle des Pflegeheims kann selbst noch so viel Farbe nicht den Eindruck von Leere überdecken sowie dem zermürbenden Gefühl, auf etwas zu warten, was niemand sinnvoll erklären kann. Im Pflegeheim ist es der Tod. Hier die Zukunft.

Cornelius Andersen stellt sich in die Mitte des Raums und beginnt, mit deutlichem Akzent, auf Englisch zu sprechen.

»Hört zu, Jungs. Wie einige von euch bereits wissen, wurde hier in Sandsted eine Polizeistation eröffnet. Diese drei Polizeibeamten bilden die Belegschaft, und sie sind hier, um euch sowie alle anderen in dieser Stadt zu beschützen. Also heißt sie bitte willkommen.«

Immer noch Stille. An einem der Tische sitzen drei Flüchtlinge, die nicht nur körperlich, sondern durch ihre gesamte Ausstrahlung weder aussehen wie Jungen noch Teenager, sondern wie erwachsene Männer. Wenn die unter achtzehn sind, bin ich erst vierzig und noch viel zu weit von der Pensionierung entfernt, denkt Juncker.

Einer der drei, ein sehniger dunkelhäutiger Typ mit langen, zurückgekämmten pechschwarzen Haaren und mächtigem Vollbart, hebt die rechte Hand und macht mit Daumen und Zeigefinger ein kreisförmiges Zeichen in Richtung der drei Polizisten. Kristoffer lächelt breit und erwidert die Aufmerksamkeit mit erhobenem Daumen. Nabiha, die neben ihm steht, legt ihm die Hand auf den Arm und drückt ihm den aufrechten Daumen nach unten. Mit entschiedenen Schritten marschiert sie hinüber zum Tisch mit den drei Männern und baut sich vor dem Langhaarigen auf. Er erhebt sich. Im Stehen ist er einen guten Kopf größer als sie. Sie reckt den Kopf und starrt ihm in die Augen. Er starrt zurück, Wut und Verachtung funkeln in seinem Blick. So stehen sie sich mehrere Sekunden gegenüber. Dann drückt sie ihm mit dem Zeigefinger fest gegen die Brust, er hebt den Arm, besinnt sich aber.

»Mach das nie wieder gegenüber einem Polizisten oder irgendjemand anderem. Ihr seid hier nur verfickte Gäste, also verhaltet euch entsprechend«, sagt Nabiha mit eiskalter Stimme.

Die zwei anderen am Tisch stehen ebenfalls auf und bauen sich wie eine Mauer vor der Polizistin auf. Sie visiert sie an und starrt die Männer in wenigen Sekunden in Grund und Boden.

»Das gilt auch für euch beide«, erklärt sie ihnen, macht auf dem Absatz kehrt und geht zurück zu den anderen.

»Was war das?«, murmelt Kristoffer verblüfft.

»Du hast doch gesehen, was er gemacht hat.«

»Ja. Und …?«

»Weißt du nicht, was dieses Zeichen bedeutet?«

»Doch, klar.« Kristoffer formt einen Kreis mit Zeigefinger und Daumen. »Alles cool. Easy. Bestens.«

»Vielleicht in Herning, aber nicht im Nahen Osten.«

»Was bedeutet es da?«

»Arschloch.«

»Oh, echt?« Kristoffer schaut hinüber zu den dreien. »Das wusste ich nicht.«

»Ich dachte, du warst in Afghanistan?«, fragt Nabiha.

Kristoffer öffnet den Mund, doch ehe er etwas erwidern kann, räuspert sich Juncker. »Wir sollten schauen, dass wir loskommen.«

Auf dem Weg zurück zum Hauptgebäude macht Cornelius Andersen auf dem Hofplatz halt.

»Sie sollten wissen, dass diese Männer zu den Verdächtigen in dem Vergewaltigungsfall gehören, von dem Sie natürlich gehört haben. Einer von ihnen, der, mit dem Sie … äh … gesprochen haben«, er wirft Nabiha einen Blick zu, »ist Tunesier, der andere, der größte von ihnen, Syrer. Die zwei werden immer noch verdächtigt, aber es wurde noch keine Anklage erhoben«, erklärt er.

»Ja, das ist einer der Fälle, die wir uns vornehmen und abschließen werden«, erklärt Juncker.

»Dreckskerle«, murmelt Nabiha.

Cornelius Andersen wirft ihr einen Blick zu. »Noch sind sie wegen nichts verurteilt. Beziehungsweise, wie gesagt, nicht einmal angeklagt.«

»Aber das werden sie hoffentlich.«

»Sie wissen doch gar nicht, ob sie es getan haben. Sie können doch nicht einfach ...«

»Ich will Ihnen mal was sagen. Ich kenne diese Typen. Ich weiß genau, wie sie über Frauen denken. Ich weiß genau, wie solche wie die Frauen behandeln. Speziell Frauen aus dem Westen.«

Cornelius Andersen schüttelt kaum merklich den Kopf. Er setzt an, etwas zu erwidern, aber Nabiha kommt ihm zuvor.

»Ich kenne sie«, wiederholt sie mit Nachdruck.

Junckers Telefon klingelt. Er zieht es aus der Tasche und schaut aufs Display.

»Moment kurz«, sagt er, entfernt sich ein paar Schritte und dreht sich weg.

»Juncker.«

»Hier ist der Wachhabende der Hauptdienstelle.«

»Okay, was kann ich für Sie tun?«

»Ja also, wir haben einen Anruf von einer Frau erhalten, einer älteren Dame dem Klang nach. Sie sagt, sie wohne im Overdrevsvej 68, anscheinend ganz in der Nähe von ...«

»Ich weiß, wo der Overdrevsvej liegt.«

»Okay, na jedenfalls, die Dame wundert sich, weil sie ihre Nachbarn seit einer Woche nicht mehr gesehen hat.«

»Das muss nicht ungewöhnlich sein. Die Nachbarn könnten verreist sein.«

»Ja also, die Sache ist die, dass sie ... es ist übrigens ein Paar ...«

»In Ordnung. Und?«, erwidert Juncker und kämpft mit seiner Irritation über den Mann, der jeden zweiten Satz mit »Ja also« beginnt.

»Ja also, das Paar hat zwei Hunde. Ziemlich große anscheinend, das sagt sie jedenfalls.«

Juncker seufzt ungeduldig. Der Wachhabende klingt jung und verfügt anscheinend über wenig Routine. Die Hauptdienststelle musste in den Nachwehen des Terroranschlags dreißig Mann nach Kopenhagen schicken, weshalb auf den Polizeistationen des ganzen Landes plötzlich Ersatz- zu Stammspielern wurden.

»Ja also, diese Hunde sind den ganzen Tag lang draußen in einem Zwinger, und nachts anscheinend auch. Und normalerweise sind sie ruhig, sagt die Frau. Außer wenn jemand kommt, dann bellen sie. Oder wenn ein Hase vorbeiläuft. Oder eine Katze.« Der Wachhabende verstummt.

Herr, gib mir Kraft, denkt Juncker, beißt sich aber auf die Zunge.

»Sind Sie noch da?«, fragt der Wachhabende nach einigen Sekunden Stille. Juncker seufzt.

»Ich bin bei Ihnen. Könnten Sie mir jetzt erzählen, was mit den Hunden ist?«

»Ja also, jetzt jaulen sie. Seit Tagen schon. Bis spät in die Nacht. Auf eine unheimliche Weise, meint die Frau. Als ob sie verzweifelt wären. Kein Fressen bekommen hätten oder so.«

»Konnte die Frau nicht selbst rübergehen und bei den Nachbarn klingeln? Um zu sehen, ob jemand zu Hause ist? Wenn die Hunde im Zwinger sind, gibt es ja wahrscheinlich keinen Grund …«

»Nein, sie will nicht rübergehen, sagt sie. Der Nachbar, das heißt der Mann, ist anscheinend keiner, mit dem man unbedingt … also, nein, sie war nicht drüben.«

»Hm, na gut. Wir sind gerade draußen im Flüchtlingsheim. Wir sind gleich fertig, dann machen wir auf dem Heimweg einen Abstecher zum Overdrevsvej.«

»Alles klar«, sagt der Wachhabende. »Und Sie rufen kurz an, wenn Sie da waren, ja?«

»Sie bekommen einen ausführlichen Bericht mit zwei Durchschlägen.«

»Äh, Durchschlägen? Was meinen Sie mit …«

»Vergessen Sie es. Sie hören von uns.« Juncker wendet sich den anderen zu und betrachtet Cornelius Andersen. »Sind wir dann fertig?«, fragt er in einem Ton, der eigentlich eher eine Feststellung signalisiert. Der Leiter des Flüchtlingsheims nickt.

»Ich denke schon. Sie haben natürlich nur einen kleinen Teil gesehen, aber der Rest ist ja nicht groß anders.«

Sie gehen zum Auto, und Cornelius Andersen reicht Juncker die Hand.

»Also auf Wiedersehen für diesmal. Ich fürchte leider, wir werden uns häufiger sehen.« Cornelius Andersen merkt selbst, dass er eine etwas unglückliche Formulierung gewählt hat. »So war es natürlich nicht gemeint. Ich bin froh, dass Sie hier sind, es war mehr …«

»Wir wissen schon, wie Sie es meinen.« Juncker versucht sich an einem Lächeln, an dem man sich allerdings nicht gerade wärmen kann. Die drei Polizisten steigen ins Auto.

»Vollpfosten«, murmelt Nabiha, als sie losfahren.

»Na ja, mach mal halblang«, sagt Juncker. »Er hat nicht gerade den leichtesten Job. Auf der einen Seite einen Haufen Jungs, die entweder traumatisiert, gewaltbereit oder beides sind. Und auf der anderen Seite ein System, dem es im Grunde nur allzu recht wäre, wenn sie möglichst schnell wieder von der Erdoberfläche verschwinden würden. Und eine Gemeinde, die sich in dieses Unterfangen gestürzt hat, weil sich damit Geld verdienen lässt. Um es mal auf den Punkt zu bringen. Ich bin froh, nicht in seinen Schuhen zu stecken.« Er blickt zu Nabiha. »So oder so müssen wir mit ihm zusammenarbeiten. Richtig?«

Nabiha nickt. Kristoffer rührt sich hinten auf dem Rücksitz. »Dieser Anruf, war das etwas Dienstliches?«, fragt er.

Juncker ist geneigt, dem Polizeischüler zu erwidern, dass er es schon früh genug erfahren würde, wenn es etwas Dienstliches wäre und ihn etwas anginge. Aber er nickt nur.

»Ja. Wir müssen kurz bei einem Haus vorbei«, sagt er und fasst in knappen Worten das Gespräch mit dem Wachhabenden zusammen.

Die Fahrt vom Flüchtlingsheim zum Overdrevsvej dauert keine fünfzehn Minuten. Die Straße endet in einem Kiesweg, der in den Wald führt. Das vorletzte Haus vor dem Wald muss das der alten Dame sein, vermutet Juncker, als sie vorbeifahren. Einige Hundert Meter weiter ist die Nummer 70 zu sehen. Schon aus der Entfernung können sie die Hunde jaulen hören.

»Klingt unheimlich«, meint Nabiha.

Ob sie eine ähnliche Angst vor Hunden hat wie so viele Muslime?, fragt sich Juncker. Wohl kaum, entscheidet er dann. Als Polizist zu arbeiten ist schwer, fast unmöglich, wenn man Angst vor Hunden mitbringt.

Der Overdrevsvej 70 ist ein Fachwerkhaus mit rotem Ziegeldach, weißgekalkten Mauern und schwarzem Fachwerk. Es scheint gut instand gehalten zu sein, bemerkt Juncker. Zwei alte, aber ebenfalls gut gepflegte Stallgebäude, das eine mit einem Garagentor, bilden zusammen mit dem Haupthaus einen kleinen, kiesbedeckten Hofplatz.

Als er den Wagen vor dem Haus zum Stehen bringt, wird Juncker plötzlich klar, dass er es kennt. Er war schon mal hier. Mehrere Male sogar. Einer seiner Klassenkameraden wohnte hier, Rasmus hieß er. Damals sah es hier gelinde gesagt anders aus. Rasmus' Familie war arm wie Kirchenmäuse: Der Boden in der Küche war lehmgestampft, und die Toilette befand sich in einer kleinen Hütte neben einem der Stallgebäude. Rasmus hatte – Juncker versucht sich zu erinnern – vier oder fünf Geschwister. Der Vater arbeitete als Tagelöhner auf den großen Höfen der Umgebung. Seine spärliche Freizeit nutzte er dazu, sich zu betrinken und anschließend seine Familie zu verprügeln. Die Mutter war so gut wie unsichtbar. Zumindest erinnerte sich Juncker ihrer nur als diffusen Schatten.

Sämtliche Familienmitglieder im Haus am Wald hatten nussbraune Haut, pechschwarzes Haar und dunkle Augen. Die Kinder waren auffallend hübsch, die große Schwester Maria, wohl zwei oder drei Jahre älter als Rasmus, beinahe atemberaubend schön, der jungen Sophia Loren nicht unähnlich und für den pubertären Juncker eine Zeit lang feste Hauptdarstellerin in seinen feuchten Träumen.

»Zigeuner«, so hatte sein Vater Rasmus und dessen Familie einmal genannt, und auch wenn Juncker die Bedeutung des Wortes nicht kannte, brauchte er es nicht nachzuschlagen, um am Tonfall des Vaters zu erkennen, dass es kein Ehrentitel war.

Obwohl er es nicht leicht hatte, war Rasmus ein fröhlicher und hilfsbereiter Junge und einige Jahre lang praktisch Junckers bester Freund. Aber nach der siebten Klasse trennten sich ihre Wege. Rasmus hatte sich immer schwer mit dem Lesen und Schreiben getan und litt vermutlich an einer nie diagnostizierten Legasthenie, wohingegen er trotz seines Handicaps gut in Mathe, Physik und vor allem Biologie war – bedeutend besser als Juncker. Dennoch wurde er für eine weiterführende Bildung als ungeeignet eingestuft und musste daher in der achten Klasse der Volksschule weitermachen, während Juncker auf den Realzweig kam. Juncker hatte seine erste Begegnung mit der Last des sozialen Erbes als grausame Ungerechtigkeit erlebt, aber auch als etwas Unausweichliches, dem man machtlos gegenüberstand.

Obzwar die beiden Jungen weiterhin Freunde blieben, war es doch, als hätte sich ein unsichtbarer Vorhang zwischen sie gesenkt. Der Kontakt verebbte, eine Zeit lang trafen sie sich weiterhin in den Pausen, aber sie besuchten sich nie mehr gegenseitig zu Hause.

Was wohl aus Rasmus geworden ist?, überlegt Juncker, während er mit Nabiha und Kristoffer auf die Eingangstür zugeht. Der Rahmen ist frisch gestrichen. Juncker betätigt dreimal den Türklopfer. Stille. Er klopft erneut. Immer noch keine Reaktion. Er drückt die Klinke herunter. Verschlossen.

»Ihr geht zur Rückseite und schaut durch die Fenster, ich nehme die Vorderseite«, sagt Juncker.

Die beiden anderen nicken und verschwinden ums Haus. Die Hunde waren die letzten Minuten ruhig, als aber die zwei Polizisten um die Ecke kommen, fangen sie wie wild an zu knurren und zu bellen. Juncker hört Kristoffer ein Kommando blaffen, und die Tiere verstummen für einen Moment, bevor sie wieder in ihr nervenaufreibendes Heulen verfallen.

Juncker schaut in den bleigrauen Himmel. Die Sonne, die als weißer Ball hinter den Wolken zu erahnen ist, steht tief, obwohl es erst eins ist. Die Kälte beißt in ein Stück freier Haut im Nacken und schickt ihm einen eisigen Schauer die Wirbelsäule hinunter. Er fröstelt, zieht den Schal fester und unterdrückt einen fast unwiderstehlichen Drang, sich wieder ins warme Auto zu setzen, zurückzulehnen, die Augen zu schließen und der Musik aus dem Radio zu lauschen.

»*Baby this town rips the bones from your back, it's a death trap, it's a suicide rap, we gotta get out while we're young, cause tramps like us, baby we were born to run …*«, singt er leise vor sich hin, während er ans Fenster neben der Haustür tritt. Mit den Händen schirmt er sein Gesicht gegen das Sonnenlicht ab und geht so nah an die Scheibe heran, dass seine Nasenspitze gegen das kalte Glas drückt. Er schaut in die Küche. Neutrale weiße Schränke, hellgraue Arbeitsplatte aus Laminat, weißer Herd, weiße Kühl-Gefrierkombination, keine Spur von Leben. Er geht zum nächsten Fenster, guckt ins Spülbecken, über dem Hahn hängt ein gelber Lappen. Neben der Spüle steht ein Glas, das erste Zeichen, dass hier derzeit jemand wohnt. Abgesehen von den Hunden natürlich, denkt Juncker. Auf der gegenüberliegenden Seite sieht er eine geschlossene Tür, wahrscheinlich führt sie zum Wohnzimmer oder einem Esszimmer. Noch ein Fenster zur Küche sowie ein schmaleres mit Milchglas, vermutlich das Bad. Hinter dem nächsten Fenster ist ein Raffrollo heruntergezogen. Juncker bückt sich und schaut durch einen schmalen Spalt ins Innere. In der Dunkelheit kann er die Konturen eines Bettes und eines Kleiderschranks ausmachen.

»Juncker. Chef.«

Juncker dreht sich um. Kristoffer ist an der Giebelseite aufgetaucht.

»Sie sollten besser mitkommen.«

Hinter dem Haus liegt ein weitflächiger Rasen, umgeben von einer niedrigen Hecke. Von der Hecke sind es circa hundert Meter bis zum Wald. Am Ende des Hauses, an der Giebelseite des einen Stallgebäudes, befindet sich der Zwinger. Die Hunde – Dobermänner – sind wieder verstummt und starren die drei Fremden an. Nabiha steht auf einer gefliesten Terrasse und schaut durch die doppelflügelige Glastür ins Innere. Er geht zu ihr. Wortlos macht sie eine leichte Kopfbewegung in Richtung der Tür.

Das muss der Raum sein, der von der Küche abgeht,

denkt Juncker und blickt durch die Scheibe. Dahinter sieht er ein ziemlich großes Wohnzimmer, gute zehn Meter an der Längsseite und circa vier an der kurzen. Auf der einen Seite kann er ein großes dunkles Ecksofa und einen Couchtisch erkennen.

»Die andere Seite«, sagt Nabiha.

Juncker dreht den Kopf. Und sieht es sofort. Es ist zu dunkel, um mit Sicherheit sagen zu können, ob es sich um einen Mann oder eine Frau handelt. Die Person sitzt auf einem Stuhl am Esstisch. Oberkörper und Kopf ruhen auf der Tischplatte. Ein dunkler Fleck hat sich um den Kopf herum auf dem hellen Holz ausgebreitet.

Ich werd verrückt!, denkt er und spürt, wie sich sein Puls beschleunigt, während das Nebennierenmark Adrenalin in die Blutgefäße zu pumpen beginnt.

Kapitel 17

Das runde Café ist so gut wie leer. Sie schaut sich um. Am Fenster sitzen ein älteres Paar und eine junge Frau. X ist noch nicht da. Sie bestellt einen Latte sowie ein Croissant und sucht sich einen Tisch möglichst weit weg von den anderen Gästen.

Der Winter hält das Land fest im Griff, und die Kälte hat sich in ihrem Körper festgesetzt. Wenn das so weitergeht, muss sie sich eine dickere Jacke kaufen. Nach einer Woche mit Temperaturen zwischen minus fünf und minus zehn Grad am Tag sowie dem verfluchten Wind und noch eisigeren Temperaturen in der Nacht breitet sich das Eis allmählich im Øresund aus, und die Mischung aus Frost und Salz hat den Asphalt auf den Straßen gräulich weiß verfärbt.

Signe öffnet ihr Arbeitsmailfach auf dem Handy. Ihr Gehaltszettel ist gekommen, aber sie hat keine Lust, den Anhang zu öffnen. Das Ganze ist so schon traurig genug. Außerdem sind da zwei alte ungelesene Nachrichten von Merlin, deren Inhalt sie bereits kennt. Sie loggt sich aus und öffnet stattdessen ihre privaten Mails. Die oberste Nachricht im Posteingang trägt das heutige Datum, der Absender ist ein jens.jensen222@gmail.com, mit *fe* im Textfeld. Sonst nichts.

Komisch, denkt sie. Wer bitte ist Jens Jensen? Und fe? Was soll das sein? Sie muss unwillkürlich an »Fee« denken, aber warum sollte sie jemand so nennen? Man kann ja vieles über sie sagen, aber feengleich …

Das Einzige, was ihr sonst noch spontan zu »fe« einfällt, ist der militärische Auslandsgeheimdienst Forsvarets Efterretningstjeneste, kurz FE. Aber mit denen hatte sie noch nie zu tun.

Sie drückt auf den Antwortpfeil. *Ich verstehe nicht. Wer sind Sie?*, schreibt sie und drückt auf SENDEN.

Die Tür geht auf. X schaut sich um und entdeckt sie. Er bestellt Kaffee, kommt an ihren Tisch, reicht ihr die Hand, zieht Mantel und Schal aus, legt die Sachen auf den Stuhl neben sich und nimmt Platz.

Signe mag ihn. Er ist klug, höflich, lustig und selbstironisch – eine Eigenschaft, die ansonsten nicht zu den hervorstechendsten unter den arabischen Männern gehört, die sie kennt. Außerdem sieht er gut aus. Er ist zweifellos der bestaussehende Mann, dem sie je begegnet ist. Um die eins neunzig groß und schlank, gleicht er einer Mischung aus dem jungen George Clooney und Antonio Banderas, mit rabenschwarzen kurzen Locken und einem sorgfältig getrimmten Vollbart. Er trägt immer schwarze oder dunkelblaue Anzüge, die wie maßgeschneidert sitzen – was sie auch sind –, blankpolierte schwarze Schuhe und strahlend weiße Hemden, die er bis zum Hals zugeknöpft hat. Wie er es schafft, seine Hemden so weiß zu halten, sogar an heißen Sommertagen, ist Signe ein Rätsel. Wenn sie ein weißes Oberteil anhat, könnte man nach kürzester Zeit meinen, sie hätte damit den Boden gewischt.

Sein richtiger Name ist Abdal-Aziz Hassan, aber Signe hat den Namen aus Rücksicht auf seine Sicherheit nie an jemanden weitergegeben. Und aus Angst, ihn in einem unbedachten Moment zu verwenden, hat sie sich angewöhnt, ihre Kontaktperson – selbst in Gedanken – immer nur X zu nennen. Er ist auch nicht in ihrem Telefonbuch gespeichert, sie hat die Nummer auswendig gelernt. Nur zwei

Kollegen wissen von ihm, die beiden, denen Signe ihr Leben anvertrauen würde: Erik Merlin und Juncker, der sie praktisch alles gelehrt hat, was sie als Ermittlerin kann.

Bei einem ihrer ersten Treffen hatte sie ihm von den Sicherheitsmaßnahmen erzählt und dass sie ihn X nennt. Er hatte gelacht und gesagt, der Name gefiele ihm, bevor sie ihn in einem Nebensatz unüberlegt als »meinen Informanten« bezeichnet und sofort gemerkt hatte, dass sie ins Fettnäpfchen getreten war.

»Um eins klarzustellen, Signe: Ich bin nicht dein Informant«, hatte er kühl erklärt. »Ich treffe mich mit dir, weil ich dich respektiere. Weil du nicht wie so viele andere Polizisten bist, denen die Menschen, mit denen sie arbeiten, vollkommen egal sind. Ich teile mein Wissen mit dir, weil es wichtig ist, dass ein paar von denen, die die Macht haben, verstehen, was passiert. Wenn wir es nicht schaffen, die Bandenstruktur und die Mauer zwischen … ja, zwischen uns und euch zu zerschlagen, dann … dann geht alles den Bach runter. Deshalb tue ich es.« Er hatte ihr in die Augen geschaut. »Aber ich bin kein Polizeispitzel. Ist das klar?«

Signe nickte. »Ja, das ist klar. Ich wollte nicht … entschuldige.«

Sein Ärger war genauso schnell wieder verraucht, wie er gekommen war, und er lächelte. »Du brauchst dich nicht zu entschuldigen. Hauptsache, du verstehst es.«

Es war das erste und vorläufig letzte Mal, dass dicke Luft zwischen ihr und X geherrscht hatte.

»Alles okay?«, fragt er nun.

Signe zuckt mit den Achseln. »Das ist vielleicht ein bisschen viel gesagt.«

»Kommt ihr nicht weiter?«

»Tja, nicht so schnell, wie wir gern hätten. Wie läuft's in Mjølnerparken?«

»Schlecht. Die Leute haben das Gefühl, unter Belagerung zu stehen, was nicht weiter verwundert, wenn man an allen Ecken schwer bewaffnete Polizisten sieht. Ich muss ständig daran denken, was in den Köpfen von Kindern vorgeht, wenn sie so etwas erleben.«

»Ja, das ist furchtbar.«

»Und dass der Großteil der Medien die Schuld der Muslime für gegeben hält, macht es nicht besser.«

»Niemand hat sich zu dem Anschlag bekannt. Und wir haben nichts gemeldet. Außer, dass wir nicht die geringste Ahnung haben, wer die Täter waren.«

»Stimmt, habt ihr nicht.« X nippt an seinem Kaffee. »Aber wie wir vor ein paar Tagen besprochen haben, läuft die Sache auf Autopilot. Die Leute halten den IS oder eine andere islamistische Terrororganisation für schuldig.«

»Das sind sie vielleicht auch.«

»Ja, kann natürlich sein«, meint er seufzend. »Vielleicht ist es sogar sehr wahrscheinlich.«

Signe lehnt sich zurück. »Kanntest du Simon Spangstrup?«

Sie mustert ihn eindringlich. Er erwidert ihren Blick. Kneift die Augen leicht zusammen und nickt.

»Ja.«

Signe kann nicht erkennen, ob ihn die Frage überrascht. Gerade hat sie nicht das Gefühl, ihn irgendwie lesen zu können. »Kannte im Sinne von ›wissen, wer er ist‹ oder ›richtig kennen‹?«

Seine Miene ist weiterhin ausdruckslos. »Ich habe ihn mal getroffen. Warum fragst du?«

»Sag mir doch einfach, woher du ihn kennst.«

X schaut schweigend durchs Fenster auf den Øresund. Dann beginnt er mit leiser Stimme zu sprechen. »Vor einigen Jahren habe ich etwas getan, auf das ich nicht sonderlich stolz bin. Ich studierte Ingenieurswissenschaften und war zufrieden mit meinem Leben. Aber plötzlich hatte ich das Gefühl, den Kurs verloren zu haben. Als ob alles von einem Tag auf den anderen sinnlos geworden wäre.«

»Warum?«, fragt Signe.

»Ich weiß es nicht.« Er schüttelt den Kopf. »Vielleicht war ich zu beschäftigt damit, Däne zu werden. Aber vielleicht hatte ich auch nur viel zu lange versucht, immer der gute Sohn zu sein. Der fleißige Student. Der brave Muslim. Ich weiß es nicht. Wie auch immer ...« Er trinkt einen Schluck Kaffee. »Um es kurz zu machen, ich begann, zu Treffen der Hizb ut-Tahrir zu gehen.«

»Bitte was?« Signe runzelt die Brauen. X als Mitglied einer radikalislamischen Terrororganisation? Das kann sie sich beim besten Willen nicht vorstellen.

Er nickt. »Wie gesagt, ich bin nicht stolz darauf. Aber so war es. Ich weiß nicht ... wahrscheinlich wurde ich davon angezogen, dass sie ein paar sehr konkrete und absolute Antworten auf Fragen hatten, die mich zu diesem Zeitpunkt beschäftigten. Die sicher viele junge Menschen beschäftigen, wenn sie erwachsen werden, ganz egal, ob Muslime, Christen, Atheisten oder was auch immer.« X kratzt sich kurz am Bart, dann fährt er fort. »Nach einer Weile haben mich zwei der Anführer angesprochen. Sie fragten, ob ich nicht Lust hätte, zu einem Koran-Lesekreis mitzukommen, der von einem Schriftkundigen namens Tariz geleitet wurde. Er war auch Ingenieur und predigte in der Taiba-Moschee in der Titangade. Weißt du, wer er ist?«

»Ja. Oder besser gesagt, war.«

»Richtig, er ist tot. Na ja, irgendwann wurden ich und um die zehn andere zusammen mit Tariz zu einer Art Konferenz nach London eingeladen, wo der Hauptredner ein gewisser Omar Shiraz war. Sagt dir der Name etwas?«

»Hm, vage …«

»Omar Shiraz war einer der berüchtigtsten islamistischen Hassprediger in Großbritannien, er wurde später wegen Anstiftung zum Terror verhaftet und ausgewiesen. Shiraz wurde bekannt, als er nach den Angriffen des 11. September die Flugzeugentführer rühmte und sie ›die fantastischen Neunzehn‹ nannte. Tariz stellte uns Omar Shiraz vor, der uns unter anderem sagte, dass Tariz unser Emir sei, wir ihm bedingungslos folgen und uns auf den Dschihad vorbereiten sollten.« X steht auf. »Ich muss mir kurz ein Glas Wasser holen.«

»Okay.«

Eine halbe Minute später ist er zurück und setzt sich.

»Wie lange warst du in London?«, fragt Signe.

»Vier, fünf Tage, soweit ich mich erinnere. Aber von den anderen blieben mehrere dort. Unter anderem Simon Spangstrup. Er war total begeistert von dem, was wir dort erlebten. Und ich weiß noch, dass er sich mit einem jungen Afghanen anfreundete. Es war der Sohn von irgendeinem Taliban-Anführer, anscheinend hatten ihn dänische Soldaten nach England gebracht, damit er dort operiert werden konnte, nachdem er auf eine Landmine getreten war oder so ähnlich. Er ging auf Krücken.«

»Wieso bist du nicht in London geblieben?«

X lächelt. »Wahrscheinlich kam ich zur Vernunft. Im Grunde war ich ja nur auf der Suche nach Antworten auf eine Reihe von existenziellen Fragen. Dieses ganze Gerede vom Heiligen Krieg gegen die Ungläubigen und der Errichtung des Kalifats … das war nicht so richtig mein Ding. Außerdem hatte ich permanent meinen Vater in der Leitung.«

»Deinen Vater?«

»Ja. Er war außer sich vor Wut. Das war er schon, als

er herausfand, dass ich bei den Hizb-ut-Tahrir-Treffen in der Nørrebrohalle war. Er meinte, ich sei nicht bei Sinnen, wenn ich auf diese Volltrottel hörte, wie er sie nannte. Aber vor allem hörte ich auf, zu den Treffen zu gehen, weil ich es selber einsah. Mein Vater bestärkte mich nur in dem, was ich bereits selbst erkannt hatte. Na ja, jedenfalls … daher kenne ich Simon Spangstrup.«

»Hast du ihn seitdem noch mal gesehen?«

»Ein paar Mal auf der Straße in Nørrebro. Aber ich habe nur einmal mit ihm gesprochen. Ich solle meinem Gott dienen, hat er mir gesagt. ›Genau das tue ich‹, war meine Antwort.« X nimmt einen Schluck Wasser. »Er war in vielerlei Hinsicht anders als die meisten der jungen Muslime, die in die Taiba-Moschee kamen. Er war ein paar Jahre älter als wir anderen, die mit nach London fuhren. Interessierte sich für Philosophie und Religionsgeschichte, und ich meine, er war sogar für kurze Zeit fürs Philosophiestudium an der Universität in Kopenhagen eingeschrieben. Er wusste auch viel über internationale Politik und war überhaupt politisch sehr interessiert. Manchmal dachte ich, dass sein Interesse für den Islamismus viel mehr politisch als religiös motiviert war. Es machte ihn wütend, wirklich rasend, dass im Westen jedes Mal die Welt unterzugehen schien, wenn irgendwo ein paar Menschen bei einem Terroranschlag umkamen, während man gleichzeitig in Ländern wie Afghanistan mittels unbemannter Drohnen Bomben auf Zivilisten, auch Frauen und Kinder, abwarf. Obama wäre der schlimmste Terrorist von allen gewesen, meinte er.«

»Wann hast du ihn zuletzt gesehen?«

»Das muss … 2013 gewesen sein oder vielleicht Ende 2012. Ungefähr ein halbes Jahr, bevor er in Syrien getötet wurde. Aber wieso fragst du eigentlich nach ihm?«

Sie wischt einen Croissantkrümel vom Tisch und tupft

sich die Mundwinkel mit einer Serviette ab, um Zeit zum Nachdenken zu gewinnen. X wartet geduldig.

»Was ich dir jetzt erzähle, darfst du niemandem sagen. Alles klar? Es muss absolut geheim bleiben.«

»Wenn du es sagst, ist es so.«

»Okay. Simon Spangstrup lebt. Und er ist hier in Dänemark.«

»Was?« X sieht ehrlich überrascht aus.

»Er ist bei bester Gesundheit. Wir haben ihn auf einem Überwachungsvideo, das ein paar Tage vor Weihnachten aufgezeichnet wurde.«

»Hat er etwas mit …«

»Das wissen wir nicht.«

»Steht er unter Verdacht?«

»Ein fundamentalistischer dänischer Islamist. Kriegserprobt. Der mehrere Jahre von der Oberfläche verschwunden war. Und wenige Tage vor einem großen Terroranschlag plötzlich wieder in Kopenhagen auftaucht. Was glaubst du?«

»Ja, natürlich steht er unter Verdacht.«

»Und du hast ihn nicht zufällig in letzter Zeit gesehen oder getroffen? Oder etwas von ihm gehört?«

»Nein, natürlich nicht.« Er klingt gekränkt. »Wenn dem so wäre, hätte ich es dir erzählt.«

»Sicher?«

»Ja!«

»Tut mir leid, dass ich frage, aber du hast mir auch nicht von deinem kleinen Flirt mit der Hizb ut-Tahrir erzählt, also …«

»Nein, wieso auch? Das hat nichts damit zu tun, wer ich heute bin. An was ich jetzt glaube und wofür ich arbeite.«

»Nein, aber es wäre vielleicht trotzdem gut zu wissen gewesen.«

»Hast du mir etwa alles über dich erzählt? All deine Geheimnisse aus der Vergangenheit?«

»Das ist etwas anderes.«

»Nein, Signe.« In seinem Blick steht dieselbe Traurigkeit wie bei ihrem letzten Treffen. »Das ist nichts anderes. Es ist genau das Gleiche.«

Kapitel 18

Juncker tritt einen Schritt zurück von der Terrassentür. Einen Moment lang starrt er auf sein eigenes Spiegelbild in der Scheibe, während er versucht zu verarbeiten, was er gerade gesehen hat. Dass sich da drinnen im Wohnzimmer anscheinend ein toter Mensch befindet. Nabiha und Kristoffer schauen ihn an. Er wendet sich ihnen zu.

»Okay, hört zu. Kristoffer, du gehst ums Haus und stellst dich vor die Eingangstür. Es gibt eine weitere Tür auf der Vorderseite, dahinter muss eine Waschküche oder etwas in der Art sein, die behältst du natürlich auch im Auge. Nabiha, du bleibst hier, während ich reingehe. Wir brauchen nur irgendetwas, um die Scheibe einzuschlagen.«

»Riskieren wir nicht, Spuren zu zerstören, wenn wir reingehen?«, fragt sie.

»Doch, aber wir müssen ja wissen, ob er tot ist, oder? Und ob noch jemand im Haus ist.«

Sie nickt. Kristoffer geht über den Rasen zu einer kleinen Steinmauer, bückt sich und kommt mit einem etwas mehr als faustgroßen Stein zurück. Er reicht ihn Juncker.

»Danke. Geh du jetzt ruhig zur Vorderseite.«

Seine Waffe liegt in einem Safe auf der Station, und er überlegt, ob er Nabiha bitten soll, ihm ihre zu leihen, entscheidet sich aber dagegen. Sie hat sie ebenso nötig wie er, wenn sie die Terrassentür bewacht.

Er wiegt den Stein in der Hand. Zwei Kilo, schätzt er,

das sollte mehr als genug sein. Er schlägt ihn gegen die Scheibe, und die Scherben fallen lautlos auf den Wohnzimmerteppich. Er schnuppert und vernimmt einen schwachen, aber unverkennbaren Geruch. Einen Geruch, den man nie wieder vergisst, sobald man ihn einmal in der Nase gehabt hat. Wer auch immer das ist, er ist auf jeden Fall tot, konstatiert Juncker, greift mit seinen Handschuhen durch das Loch im Glas, stellt den Griff waagerecht und zieht die Tür auf. Aus dem Augenwinkel sieht er, wie Nabiha zusammenzuckt, als der Gestank ihr entgegenschlägt. Mindestens vier Tage, vermutet er und registriert, dass der süßliche Verwesungsgestank mit dem von Exkrementen gemischt ist. Er betritt das Wohnzimmer und bewegt sich vorsichtig, um keine Spuren zu zerstören, ein paar Meter nach links, bevor er den Raum durchquert und sich dem Mann am Esstisch nähert.

Hätte Juncker auch nur den geringsten Zweifel, ob der Mann tot oder lebendig ist, würde er zuallererst versuchen, einen Pulsschlag zu finden. Aber das ist unnötig. Der Gestank sagt alles. Außerdem ist der blanke Hinterkopf fast buchstäblich zweigeteilt. Eine beträchtliche Menge dunklen Blutes ist aus der Wunde gelaufen, eine dicke geronnene Masse, die sich auf dem Tisch ausgebreitet hat, gesprenkelt mit kleinen Klümpchen grauer Hirnmasse. Aber keine Maden, denkt Juncker, anscheinend gibt es keine Fliegen im Haus. Die Leiche ist auch nicht sonderlich aufgebläht. Eine Wolke von Blutspritzern hat sich fächerförmig auf die helle Tischplatte gelegt. Auch auf dem Teppich sind Blutspritzer. Der Mann ist mit silbergrauem Klebeband am Stuhl festgebunden, es steht also nahezu zweifelsfrei fest, dass er hier getötet wurde.

»Es wurden mit dem Leben nicht vereinbare Verletzungen festgestellt«, so wird es, das weiß Juncker bereits jetzt, morgen, oder wann auch immer er dazu kommt, in seinem Bericht lauten. »Mit dem Leben nicht vereinbare Verletzungen«. Weiß der Geier, woher diese geschnörkelte Kanzleisprache in den Berichten eigentlich kommt. Er schaut zu Nabiha, die vor der Tür stehen geblieben ist. Gut, dass sie nicht einfach hereinmarschiert, bemerkt er anerkennend. Vielleicht ist es aber auch der Gestank, der sie zurückhält.

Vorsichtig beugt er sich vor, um das Gesicht des Mannes sehen zu können. Der Verwesungsprozess ist so weit fortgeschritten, dass sich allmählich Blasen auf der an Hals und Kinn rotbraun und grünlich verfärbten Haut bilden. Das sichtbare linke Auge ist geöffnet und starrt – Juncker sucht nach dem passenden Wort – glanzlos ins Leere. Er schätzt das Opfer auf um die vierzig, plus minus fünf Jahre. Er ist übergewichtig, das Gesicht fleischig. Der Mund steht leicht offen, die fette Wange hängt schlaff auf der Tischplatte. Er hat eine hellgraue Jogginghose und ein bordeauxfarbenes Langarmshirt an. Vielleicht Schlafsachen. So nah an der Leiche ist der Gestank nach Exkrementen schärfer. Wenn Menschen einen plötzlichen Tod erleiden, kommt es häufig vor, dass sich der Schließmuskel entspannt und der Darm entleert. Ein übelriechendes Symbol des ultimativen Kontrollverlustes.

Juncker schaut sich im Wohnzimmer um. Die Wände sind weiß gestrichen, mit Ausnahme der blassgrünen Stirnwand, wo das Sofa steht. Der Teppichboden ist hellgrau. Über dem Sofa hängt eine Reproduktion von Monet, eines seiner zahlreichen Seerosenbilder. An einer anderen Wand ein Poster ohne Rahmen, auf dem zwei engelsgleiche Mädchen in einem Kornfeld zu sehen sind. Juncker kennt es aus seiner Kindheit, ein bekanntes Werbeplakat für Haferflocken. Die beiden Bilder sind die einzigen Ziergegenstände, davon abgesehen ist das Wohnzimmer sehr spartanisch. Ungewöhnlich spartanisch, denkt sich Juncker. Die blassgrüne Wand wirkt da schon fast übermütig. Das Ganze erinnert weniger an ein Zuhause als an ein Objekt zum Vermieten.

Er schaut sich um, ob zufällig irgendwo ein Thermometer hängt, sieht aber keines. Stattdessen klickt er auf die Thermometer-App auf seinem Handy. Der Rechtsmediziner wird dankbar für die genaue Raumtemperatur sein. Zwanzig Komma zwei Grad. Nach der beißenden Kälte von draußen hat Juncker das Gefühl, in eine Sauna gestapft zu sein. Plötzlich wird ihm bewusst, dass er als Ermittler noch nie als Erster an einem Tatort war. Normalerweise kommt diese Rolle den uniformierten Streifenpolizisten zu. Damals, als er selbst noch in Kopenhagen Streifendienst leistete, hat er es ein paar Mal erlebt. Seitdem aber nicht mehr. Sein Instinkt als Mordermittler dringt darauf, nach Spuren zu suchen, doch das geht nicht. Zuerst muss er den Tatort sichern.

»Wo ist die Frau?«, fragt Nabiha von der Tür her. Er nickt.

»Du bleibst hier, während ich mich umschaue«, sagt er. »Vielleicht solltest du …« Er weist mit dem Kopf auf ihre Hüfte. »Nur zur Sicherheit.«

Sie lupft ihre Jacke, löst den Riemen über dem Griffstück und zieht eine schwarze Heckler & Koch aus dem Holster. Juncker bemerkt, dass sie Linkshänderin ist, das war ihm bisher nicht aufgefallen. Die Waffe wirkt bemerkenswert groß in ihrer kleinen Hand.

Er geht zur Wand und bewegt sich vorsichtig daran entlang in Richtung der ersten der drei Türen, die vom Wohnzimmer abführen, der zur Küche, vermutet er. Die lässt er aus. In der Küche ist niemand, wie er bereits weiß, außer es versteckt sich jemand in einem Schrank. Bei der nächsten Tür, knapp drei Meter weiter, bleibt er stehen, drückt die Klinke herunter und öffnet. Dahinter ist ein Flur. Das einzige Licht kommt von einem kleinen Fenster neben der Haustür. Im Dämmerlicht kann er die Konturen einer Treppe erkennen. Von den Hunden ist nichts zu hören, und im Haus herrscht Totenstille. Er hört sein Herz schlagen und Kristoffer draußen auf dem Kies mit den Füßen aufstampfen, um warm zu werden. Dann ein leises Klicken, als Nabiha ihre Pistole durchlädt. Vielleicht hätte er sich doch besser ihre Waffe geliehen, denkt er. Egal, was soll's. Es ist äußerst unwahrscheinlich, dass sich der Täter noch im Haus befindet. Er tritt auf den Flur. Zu seiner Linken ist eine Tür, die zur Küche führen muss, in der Mitte die zum Badezimmer und rechts die Schlafzimmertür. Er öffnet sie, geht an der Wand entlang zum großen Kleiderschrank und öffnet die sechs Türen. Das Bett ist ungemacht, es sieht aus, als hätten zwei Personen darin geschlafen. Er kniet sich hin und schaut unters Bett. Nichts.

Zurück im Flur geht er die Treppe zum ersten Stock hoch, wobei er sich wieder dicht an der Wand hält. Die Stufen knirschen bei jedem Schritt. Der Raum, in den er gelangt, ist recht groß, ungefähr die halbe Fläche des darunter liegenden Wohnzimmers, schätzt er. Er wird von zwei Fenstern in den Dachschrägen erhellt, auf jeder Seite eines. Auch dieses Zimmer ist sehr sparsam möbliert. An der Wand unter der Dachschräge stehen ein Schreibtisch und ein Bürostuhl mit dunkelblauem Bezug. Daneben hängen zwei Regale voller Aktenordner. An der gegenüberliegenden Wand stehen zwei Sessel mit hellem Holzgestell und Leinenbezug und davor ein weißlackierter quadratischer Tisch. Sonst nichts. Der Raum hat zwei Türen. In der einen steckt ein Schlüssel. Juncker drückt die Klinke herunter. Sie ist unverschlossen und führt zur nicht instand gesetzten Hälfte des Dachgeschosses. Juncker bemerkt Fußspuren auf der dünnen Staubschicht direkt vor der Tür.

Er schließt sie vorsichtig und geht zur zweiten Tür, hinter der sich ein kleines Schlafzimmer befindet. An der einen Wand steht ein Bett von circa einem Meter Breite. An der anderen stehen ein weißer Schrank und eine kleine Kommode. Er öffnet die Schranktür. Bis auf einen Damenmantel, der auf einem Bügel hängt, ist er leer. Er geht zum Bett, kniet sich hin, hebt die beigefarbene Decke an und schaut darunter. Nichts.

Eine Viertelstunde später hat Juncker sämtliche Räume und Schränke des Hauses durchsucht. Hier ist niemand außer ihm. Er geht durch die Terrassentür nach draußen und schließt sie, indem er die Hand durch das Loch in der kaputten Scheibe führt.

»Leer«, sagt er zu Nabiha.

»Wie sieht es da drinnen aus?«, fragt sie.

Juncker überlegt kurz, ehe er antwortet. »Ich glaube, ich war noch nie in einem bewohnten Haus, in dem eine so klinische Abwesenheit von … ja, es klingt vielleicht dämlich, aber von Menschlichkeit geherrscht hätte.«

Er blickt zum Wald. »Zumindest oberflächlich ist es unmöglich zu erkennen, dass hier zwei Menschen gelebt haben.«

»Und zwei Hunde«, fügt Nabiha hinzu.

»Ich bin ziemlich sicher, dass die Hunde selten oder vielleicht nie eine Pfote in dieses Haus setzen durften«, sagt Juncker. »So, ich muss schnell ein paar Anrufe machen.«

Er geht zurück zur Vorderseite des Hauses. Nabiha folgt ihm. Auf dem Hof stampft Kristoffer im Kreis und reibt sich die Oberarme, um warm zu werden. Juncker funkelt ihn wütend an.

»Kannst du dafür nicht auf den Asphalt gehen, statt hier wie ein wild gewordener Stier herumzutrampeln? Vielleicht finden sich ja Spuren im Kies.«

»In dieser Kälte? Das Ganze ist doch mindestens zehn Meter tief gefroren.«

»In Dänemark gefriert die Erde höchstens bis zu etwa einem Meter. ›Frostfreie Tiefe‹ nennt man das«, belehrt ihn Juncker. Er kehrt Kristoffer den Rücken und geht zu dem Stallgebäude mit dem Garagentor. Er beugt sich hinunter, dreht den verchromten Handgriff und zieht das Tor auf. Es gleitet mühelos nach oben. Das Innere ist leer, kein Auto. Im Teil, der nicht als Garage genutzt wird, befinden sich zwei Pferdeboxen. Von der einen geht eine Art überdimensionale Katzenklappe ab, wahrscheinlich zum Hundezwinger, vermutet Juncker. Auf dem Boden der Box liegt etwas Stroh, in der Ecke stehen zwei Eimer. Einer ist leer, der andere enthält einen Rest Wasser. Das erklärt, warum die Hunde nicht vor Durst oder Kälte gestorben sind, denkt er.

Er verlässt die Garage und schließt das Tor. Dann geht er zur Tür des zweiten Stallgebäudes und drückt die Klinke herunter. Abgeschlossen. Er geht zum Auto zurück, steigt ein, zieht die Handschuhe aus, wählt die Nummer der Hauptdienststelle und hat wieder denselben Wachhabenden wie vorhin am Apparat.

»Juncker. Wir haben eine Leiche im Overdrevsvej. Ein Mord.«

Ein paar Sekunden herrscht Stille am anderen Ende der Leitung. »Ein Mord. Sind Sie ganz sicher?«

»Ja. Es sei denn, Sie halten es für möglich, dass der Tote sich selbst mit irgendetwas, einem Baseballschläger oder was weiß ich, den Hinterkopf gespalten, die Waffe anschließend verschluckt und sich dann zum Sterben an den Tisch gesetzt hat … was meinen Sie, klingt das nach einer plausiblen Theorie?«

»Ähhh …«

»Okay. Dann stellen Sie mich bitte zu Ihrem Chef der MK durch. Das ist Skakke, richtig?«

»Ja. Aber er ist in Kopenhagen. Der Anschlag, Sie wissen schon.«

»Ja, mir ist bekannt, dass es einen Anschlag gab. Wer ist der stellvertretende Chef?«

»Im Augenblick niemand, die Stelle ist nicht besetzt.«

»Aha. Dann geben Sie mir Mørk.«

»Einen Augenblick.«

Der Hörer wird beim ersten Klingeln abgenommen.

»Jonas Mørk am Apparat.«

Juncker spürt eine leichte Irritation über die Wortwahl des Chefpolizeiinspektors. Wo sollte er sonst sein, als am Apparat?

»Juncker.« Er kann es sich nicht verkneifen. »Am Apparat.«

Aber gegen diese Art von Spötteleien ist Jonas Mørk immun. Mit seinen nur neununddreißig Jahren ist er der landesweit jüngste Leiter einer Polizeistation, außerdem fast kriecherisch beflissen, redegewandt und gebildet, kurz gesagt der Inbegriff dessen, was der Chef der Landespolizei bei festlichen Anlässen gern als »den neuen Führungstyp der dänischen Ordnungskräfte« bezeichnet.

»Juncker, mein Freund«, ruft Mørk freudig und mit einer Wärme in der Stimme, die Juncker beinahe physisch ins Ohr dringt. Es ist schwer, um nicht zu sagen unmöglich zu hören, dass sich die beiden Männer vor ein paar Wochen zum ersten und vorläufig letzten Mal getroffen haben. »Was kann ich für Sie tun? Wie geht's in Sandsted? Läuft alles rund?«

Juncker überlegt, welche der drei Fragen er als Erstes beantworten soll, und beschließt, sie stattdessen zu ignorieren. »Wir haben einen Mord«, erklärt er.

Einen Augenblick herrscht Stille am anderen Ende. »Einen Mord?«

In seiner Stimme schwingt dieselbe Verwunderung mit, als hätte Juncker ihm erzählt, er habe ein weißes Nashorn in Sandsted gefunden.

»Ja«, sagt Juncker.

»Meine Güte. Was … äh … was sollen wir jetzt tun?«

Juncker ist kurz davor zu erwidern, dass man ja versuchen könnte, den Mordfall aufzuklären, beißt sich aber auf die Zunge.

»Deshalb rufe ich sozusagen an. Soweit ich weiß, ist Skakke in Kopenhagen.«

»Ja, Skakke und praktisch alle anderen. Wir haben kaum genug Leute für den Streifendienst. Aber irgendeine Lösung müssen wir wohl finden. Ein Mord! Das können wir ja nicht einfach … wer ist es?«

»Ich weiß nicht viel mehr, als dass es ein Mann ist. Um die vierzig, würde ich sagen. Die Nachbarin hat die Polizei angerufen und …«

»Und Sie sind sicher, dass …« Jonas Mørk beendet den Satz nicht. »Natürlich sind Sie das. Ich nehme an, Sie erkennen einen Mord, wenn Sie ihn sehen, haha.«

»Ja«, antwortet Juncker trocken. »Das tue ich.«

Erneute Stille. Vier Sekunden, fünf Sekunden.

»Gut, hören Sie zu, Juncker«, sagt Mørk dann. »Ich weiß, es steht nicht in der Arbeitsbeschreibung, als Chef einer Polizeiwache die Ermittlungen in einem Mordfall zu übernehmen. Aber, na ja, nun ist die Situation, wie sie ist, und wir haben jemanden von Ihrem Kaliber vor Ort, da wäre es doch wirklich dumm … Ich meine, könnten Sie nicht die Ermittlungen leiten? Wäre das nicht am praktischsten?«

Juncker hat es nie jemandem erzählt, nicht einmal seiner Frau: dass es für ihn nichts Spannenderes, nichts Sinnstiftenderes gibt, als Mordfälle aufzuklären. Er hat sich oft gefragt, ob er vielleicht einen seelischen Knacks hat. Ob man es wirklich noch als normal bezeichnen kann, eine derartige … ja, um es direkt herauszusagen, Freude zu empfinden beim Gedanken daran, seine Nase sprichwörtlich in Leichen verschiedensten Verwesungsgrads zu stecken und Hunderte kleiner Teilchen zu einem vollständigen Puzzle zusammenzusammeln. Zu versuchen, in die Köpfe fremder Menschen zu dringen, um ihre Wut zu verstehen, ihre Verzweiflung – und manchmal auch ihre Bösartigkeit. Aber er hat es sich nie zugetraut, anderen dieses Gefühl auf überzeugende Weise zu vermitteln, ohne für vollkommen gestört gehalten zu werden. Womöglich sogar für ebenso gestört wie einige der Verbrecher, die er jagt.

»Doch«, antwortet Juncker. »Wahrscheinlich schon. Ich will nur später keinen Ärger, falls es heißt, wir hätten unsere eigentlichen Aufgaben vernachlässigt. Vor allem in Bezug auf das Flüchtlingsheim und die Vergewaltigung.«

»Natürlich nicht«, sagt Jonas Mørk. »Das steht außer Frage. Und ich werde sehen, ob ich nicht ein oder zwei Leute entbehren kann, um Ihnen mit dem Fall zu helfen. Wie viele haben Sie noch mal in Ihrem Team? Sie sind zu dritt, richtig?«

»Ja. Außer mir noch ein Polizeischüler und eine Polizeiassistentin.«

»Wie sind sie so?«

»Kann ich noch nicht sagen. Hab sie gerade erst kennengelernt. Der Polizeischüler hat natürlich keinerlei Erfahrung mit der Aufklärung von Mordfällen. Und die Polizeiassistentin, soweit ich weiß, auch nicht.«

»Hm. Aber mit Ihrer Erfahrung …« Mørk lässt den Satz in der Luft hängen und sagt stattdessen: »Und die Leiche, was denken Sie darüber? Wonach sieht es aus? Totschlag im Affekt?«

»Das lässt sich noch nicht sagen. Ich weiß nicht, wo die Frau des Opfers ist, jedenfalls nicht im Haus. Aber es ist wahrscheinlich kein Affektverbrechen, das Ganze ist ... ziemlich brutal. Wie gesagt, es ist zu früh, um ...«

»Okay, okay. Nun ja, dann ...«

Juncker hört, dass Jonas Mørk zum Ende kommen will.

»Eins noch. Könnten Sie jemanden mit Handschuhen, Mundschutz, Schutzanzug, Absperrband usw. herschicken? Ich habe überhaupt nichts im Auto. Und soll ich beim NKC anrufen?«

»Tun Sie das. Und ich schicke jemanden. Wir bleiben in Verbindung.«

»Ach übrigens, wir brauchen einen Tierarzt. Hier sind zwei Hunde, um die man sich kümmern sollte.«

»Kümmern?«

»Betäuben, würde ich denken. Ich kann mir nicht vorstellen, dass jemand Lust hat, sich den beiden Biestern zu nähern, die hinten im Zwinger sind. Wahrscheinlich haben sie seit Tagen nichts gefressen. Vielleicht könnten Sie für Hundefutter sorgen? Irgendwo im Haus ist sicher welches, aber danach können wir jetzt gerade schlecht suchen.«

»Hundefutter? Ja, in Ordnung, ich kläre das. Tschau.«

Der Chefpolizeiinspektor hat aufgelegt, bevor er noch etwas erwidern kann. »Tschau« steht ebenfalls ganz oben auf der Liste von Ausdrücken, die Juncker nicht ausstehen kann. Er schaut durchs Fenster zu seinen beiden Untergebenen und überlegt, was als Nächstes zu tun ist. Dann öffnet er sein Telefonbuch, wählt die Nummer des Nationalen Kriminaltechnischen Centers in Ejby und fordert ein Team für Sandsted.

Er steigt aus dem Auto und geht zu den beiden anderen.

»Es dauert wahrscheinlich anderthalb Stunden, bis die Spurensicherung hier ist. Nabiha, ich dachte, wir könnten mal mit der Nachbarin sprechen. Kristoffer, du bleibst hier und hältst die Augen offen. Setz dich ruhig ins Auto.«

Kristoffer wirft ihm einen dankbaren Blick zu und nickt.

Die Nummer 68 ist ein gelbes Backsteinhaus direkt an der Straße. Hinter den Fenstern hängen vergilbte Gardinen, die Fensterbretter sind überfüllt mit wild wuchernden Topfpflanzen. Einer der Vorhänge bewegt sich, als Juncker und Nabiha auf das Haus zugehen. Juncker klopft an, und die Tür wird praktisch in derselben Sekunde geöffnet.

»Guten Tag. Wir sind von der Polizei. Mein Name ist Martin Junckersen, das ist Nabiha Khalid. Sie haben uns angerufen, richtig?«

»Ja, ja, ganz genau«, sagt die Frau. Sie ist kleiner, aber etwas kräftiger als Nabiha. Weiße halblange Haare mit Dauerwelle und eine große Brille, die Junckers Einschätzung nach aus den Achtzigern stammt. Sie trägt eine rotkarierte Schürze über einer hellen zugeknöpften Strickweste und einem dunkelbraunen Rock. Juncker schätzt sie auf irgendwas zwischen siebzig und achtzig.

»Dürfen wir reinkommen?«

»Aber ja, natürlich.«

Die beiden Polizisten streifen die Schuhe ab und hängen ihre Jacken an die Garderobe in der Diele. Die Frau führt sie ins Wohnzimmer und deutet auf einen runden Esstisch aus Teakholz.

»Bitte, nehmen Sie doch Platz.«

»Danke«, sagt Juncker. Sie setzen sich. Im Zimmer riecht es nach einer Mischung aus feuchter Erde von den vielen Pflanzen und Zigarillos. Überall hängen Weihnachtswichtel, geflochtene Papierherzen und Sterne aus

Stroh, und ein ansehnliches Heer aus kleinen Wichtelfiguren, Rentieren und anderem Tand nimmt jeden freien Quadratzentimeter auf Tischen, Kommoden und Fensterbrettern ein.

»Möchten Sie einen Schluck Kaffee? Er ist schon fertig. Sie müssen ja völlig durchgefroren sein.«

Nabiha setzt zu einer Antwort an, doch Juncker wirft ihr einen schnellen Blick zu und sagt, ehe sie etwas erwidern kann: »Sehr gern, danke.« Nabiha schaut ihn kühl an, schweigt aber.

Keine Minute später kommt die Frau mit Tassen und einer Thermoskanne auf einem Tablett zurück. Sie schenkt ihnen ein, und Juncker zieht ein Notizbuch aus seiner Innentasche.

»Darf ich zuerst einmal nach Ihrem Namen fragen?«

»Jenny Lorents.«

»Und Sie leben allein hier?«

»Ja. Mein Mann ist vor sechs Jahren gestorben. Er wurde von einem Mähdrescher überfahren.«

»Das ist ja … tut mir leid zu hören.«

Jenny Lorents nickt und sackt leicht in sich zusammen. Ein paar Sekunden lang ist es still in dem niedrigen Wohnzimmer. Dann schaut sie auf, erst zu Juncker, dann zu Nabiha.

»Haben Sie herausgefunden, weshalb die Hunde drüben bei den Larsens so jaulen? Stimmt irgendetwas nicht?«

Nabiha und Juncker wechseln einen Blick.

»Der Name der beiden ist Larsen?«, fragt Nabiha.

»Ja, der Mann heißt Bent Larsen, wie der bekannte Schachspieler. Und sie Annette, wenn ich mich recht erinnere. Ich weiß es, weil ein Bekannter von mir ein wenig mit ihnen zu tun hatte, als sie noch in Sandsted wohnten.«

Juncker notiert sich die Namen in seinem Buch und

legt den Kugelschreiber weg. »Wir haben die Leiche eines Mannes gefunden, bei dem es sich möglicherweise um Bent Larsen handelt.«

Jenny Lorents reißt die Augen auf. »Er ist tot? Aber …«

»Und es sieht aus, als ob ihn jemand ermordet hätte.«

»Nein!« Sie schlägt sich entsetzt die Hand vor den Mund.

»Aber Sie kennen die Larsens nicht näher?«, fragt Nabiha.

Die Frau greift nach ihrer Kaffeetasse. Ihre Hand zittert. Sie nimmt die zweite Hand dazu und trinkt einen Schluck. »Nein«. Sie schüttelt heftig den Kopf. »Überhaupt nicht. Ich glaube, ich habe nur ein einziges Mal mit ihm gesprochen. Und nie mit ihr. Obwohl sie hier seit … ja, bestimmt schon drei Jahren wohnen.« Sie denkt nach. »Vielleicht vier.«

»Ist das nicht etwas ungewöhnlich?«, fragt Nabiha. »Ich meine, dass man hier draußen auf dem Land nicht mit seinen Nachbarn spricht?«

Jenny Lorents schaut aus dem Fenster. »Doch, wahrscheinlich schon, nur …« Sie richtet den Blick auf ihre gefalteten Hände. »Er war nicht unbedingt jemand, mit dem man gerne sprach. Damals, als sie einzogen, bin ich rübergegangen, um sie willkommen zu heißen. Er öffnete die Tür und … Also, wenn ich irgendwo hingezogen wäre und jemand käme, um mich zu begrüßen, würde ich ihn auf eine Tasse Kaffee hereinbitten. Aber das tat er nicht. Er sagte nur ›Danke‹ und ›Auf Wiedersehen‹. Dann schloss er die Tür und ließ mich stehen. Also bin ich wieder gegangen. Seitdem habe ich nicht mit ihm gesprochen.« Jenny Lorents trinkt noch einen Schluck Kaffee. »Ich wollte ja nicht …« Sie lässt den Satz unbeendet. »Und mit ihr habe ich wie gesagt nie gesprochen. Habe ihr nur kurz zugenickt, wenn wir uns auf der Straße getroffen haben. Was sehr selten geschah. Man sieht sie so gut wie nie, nicht mal im Garten. Er mäht das Gras. Und kümmert sich um die Hunde. Geht mit ihnen spazieren. Und füttert sie im Zwinger. Sie sind immer in diesem Zwinger. Außer wenn er mit ihnen spazieren geht und sie in den Feldern etwas Auslauf bekommen. In der Zeit bleibe ich lieber drinnen, diesen Hunden will man nicht unbedingt …« Sie unterbricht sich und schaut Juncker fragend an. »Ist ihr auch etwas zugestoßen? Der Frau?«

Juncker hat sich ein paar Notizen gemacht. »Das wissen wir noch nicht. Sie ist nicht im Haus.«

»Das ist ja seltsam.« Jenny Lorents überlegt einen Moment. »Glauben Sie, dass sie es war, die ihn …?«

»Wir können noch überhaupt nichts sagen«, unterbricht Juncker die ältere Dame. »Wissen Sie, ob das Paar Kinder hatte? Verwandte? Freunde?«

»Ich glaube nicht, dass sie Kinder hatten. Jedenfalls haben keine im Haus gewohnt. Aber wer weiß, sie könnten natürlich trotzdem welche gehabt haben. Ich kann mich nicht erinnern, jemals Besuch bei ihnen gesehen zu haben, weder Kinder noch Erwachsene. Aber vielleicht haben sie ja irgendwo Freunde … wie gesagt, ich kenne sie praktisch nicht.«

»Können Sie uns etwas über Annettes Aussehen sagen? Er war ja ziemlich beleibt, haben wir gesehen …«

»Ja. Und sie ist auch, wie soll ich sagen, recht üppig. Und groß. Fast so groß wie er. Als ich sie das letzte Mal gesehen habe, hatte sie die Haare ganz kurz geschnitten. Dunkelblond. So wie meins, bevor es weiß wurde.« Sie lächelt kurz. »Und ansonsten …«

»Ja? Gab es sonst noch etwas? War irgendetwas besonders an ihnen? Außer, dass sie anscheinend sehr zurückgezogen lebten?«

»Ich weiß nicht … der Mann war irgendwie …« Sie stockt. »Nein, ich weiß nicht … es ist schwer zu sagen.«

»War irgendetwas auffällig an ihm?«

»Ja. Oder, das heißt, er wirkte … irgendwie kalt. Es ist … aber wie gesagt, ich kannte sie ja gar nicht.«

»Und Sie haben in der letzten Zeit nichts Ungewöhnliches in Bezug auf ihr Haus bemerkt? Hatten Sie zum Beispiel Besuch von jemandem?«

»Nein. Nichts, außer dass die Hunde gejault haben.«

»In Ordnung. Das reicht vorerst, vielen Dank«, sagt Juncker, reißt ein Stück Papier aus seinem Notizbuch und kritzelt seine Telefonnummer darauf. Dann steht er auf, Nabiha und die Frau tun es ihm gleich. Er reicht ihr das Papier.

»Hier ist meine Nummer. Rufen Sie mich gerne an, falls Ihnen noch etwas einfällt. Egal, was oder zu welcher Uhrzeit. Und es ist gut möglich, dass wir uns noch mal an Sie wenden.«

Jenny Lorents nickt, faltet sorgsam das Papier zusammen und steckt es in ihre Schürzentasche. Sie schaut Juncker an.

»Es ist recht beunruhigend … ich meine, hier draußen ist es ja sehr einsam, und …«

»Das verstehe ich. Aber in den nächsten Tagen werden unsere Leute des Öfteren am Tatort sein. Und anschließend … ja, dann müssen wir sehen. Wenn wir auch nur den geringsten Verdacht haben, dass für Sie oder andere eine Gefahr besteht, werden wir natürlich entsprechende Sicherheitsvorkehrungen treffen. Sie brauchen sich also keine Sorgen zu machen.«

Juncker gibt ihr die Hand, Nabiha ebenfalls. Dann fällt ihm noch etwas ein. »Ich habe eben einen Blick in die Garage drüben geworfen. Sie war leer. Wissen Sie, ob die Larsens ein Auto hatten?«

»Ja, hatten sie. Einen weißen Opel Astra, Limousine. Zehn, zwölf Jahre alt, denke ich.«

Juncker zieht anerkennend die Brauen hoch, und sie lächelt.

»Mein Mann war Mechaniker. Wir hatten vierzig Jahre lang eine Werkstatt in Sandsted.«

»Das erklärt alles.« Juncker erwidert ihr Lächeln. Sie macht einen netten Eindruck, denkt er.

Sie verabschieden sich nochmals. Draußen fegt ein eisiger Wind. Juncker schiebt seinen Jackenärmel hoch und schaut auf die Uhr. Erst kurz nach zwei, aber die Dämmerung setzt bereits ein. Sie machen sich auf den Weg zurück zum Haus der Larsens. Die Windböen sind teilweise so stark, dass sie sich richtig dagegen stemmen müssen. Es war vorher schon saukalt. Jetzt ist die Kälte beinahe absurd. Schon nach wenigen Metern fallen Juncker fast die Ohren ab. Er zieht sich die Kapuze des Parkas über und bindet sie zu.

»Das war ja eine ziemlich optimistische Ansage«, sagt Nabiha.

»Was?«

»Dass sie sich keine Sorgen zu machen braucht. Weil wir die entsprechenden Sicherheitsvorkehrungen treffen.«

»Was hätte ich sonst sagen sollen? Dass sie allen Grund hat, sich Sorgen zu machen, solange ein oder mehrere Mörder in der Gegend herumlaufen?«

Nabiha zuckt mit den Achseln. »Es hat fast den Eindruck gemacht, als hätte sie Angst. Vor Bent Larsen.«

»Hm«, brummt Juncker in seiner Kapuze.

Zurück am Haus sehen Nabiha und Juncker, dass bereits jemand von der Hauptdienststelle da war und die Sachen gebracht hat, um die Juncker gebeten hat. Kristoffer ist gerade dabei, das rot-weiße Absperrband mit der Aufschrift »Polizei« um den Hof zu spannen. Die Bänder flattern im Wind.

»Sperr das gesamte Grundstück ab«, ruft Juncker ihm zu. Kristoffer reckt den Daumen in die Luft und macht in Richtung Grundstücksgrenze bei den Feldern weiter.

»Komm, wir setzen uns kurz ins Auto«, sagt Juncker zu Nabiha.

Die Wärme der Kabine schlägt ihnen wie ein Hammer entgegen. Juncker spürt das Blut durch seinen Körper pumpen. Er kämpft gegen den Drang, sich zurückzulehnen, die Augen zu schließen und wegzudösen. Kurz fragt er sich, wie es seinem Vater zu Hause geht. Ob er in der Lage ist, sich heute Abend selbst etwas zu essen zu machen? Das hier könnte nämlich länger dauern. Ob er heimfahren und nach ihm sehen sollte? Er verwirft den Gedanken. Die ersten Stunden in der Ermittlung eines Mordfalls sind zu wichtig, um sich einfach vom Acker zu machen. Er nimmt die Kapuze ab, zieht die Handschuhe aus und öffnet den Reißverschluss seiner Jacke.

»Ich habe mit dem Chef abgesprochen, dass ich die Ermittlungsleitung für den Fall übernehme«, sagt er. »Du und Kristoffer sollt helfen, soweit ihr könnt. Sie haben ganz einfach zu wenig Leute in der Hauptdienststelle, fast alle sind in Kopenhagen. Gleichzeitig sollen wir, zumindest oberflächlich, den Betrieb in der Polizeiwache am Laufen halten. Morgen müssen wir ein Schild mit unseren Handynummern aufhängen, damit uns die Leute wenigstens erreichen können. Dann sehen wir weiter.«

Nabiha nickt.

»Hast du eigentlich irgendeine Erfahrung mit Mordfällen?«, fragt er.

Sie schüttelt den Kopf. »Das kann ich nicht gerade

behaupten. Ich war ja seit meinem Abschluss durchgängig bei der Ordnungspolizei. Da war ich bei einer Handvoll Selbstmorden im Einsatz, aber das ist auch alles. Aber, ich meine …« Sie lächelt schief. »Ich bin ja nicht vollkommen blöd. Ich sehe also keinen Grund, warum ich es nicht lernen sollte. Vor allem, wenn man einen so guten Lehrmeister hat.«

Juncker mustert sie aus den Augenwinkeln, um zu sehen, ob sie es ironisch meint, doch sie starrt mit unergründlicher Miene geradeaus. Auch im Profil ist sie hübsch, stellt er fest.

»Hm. Na dann. Wir müssen nach der Frau und dem Wagen fahnden lassen. Fürs Erste nur intern. Morgen können wir dann entscheiden, ob wir die Fahndung ausweiten sollen. Kümmerst du dich darum?«

Sie nickt.

»Du kannst meine Notizen über sie verwenden.«

»Nicht nötig, ich glaube, das weiß ich auch so noch. Groß. Fett. Kurze, straßenköterblonde Haare. Das dürfte so ungefähr auf ein Viertel aller dänischen Frauen passen, oder?«

Juncker unterdrückt ein Lächeln. »Lass beide überprüfen. Vielleicht haben wir ja etwas über sie. Und wenn wir gleich wieder ins Haus gehen, schauen wir mal in den Schubladen, ob sich nicht irgendwo ein Bild von der Frau findet. An den Wänden hing jedenfalls keines, soweit ich sehen konnte.«

Er nimmt das Handy und tippt eine Nummer. Es klingelt dreimal, dann antwortet eine Stimme, die er unter Tausenden erkennen würde.

»Markman.«

Gösta Valentin Markman ist der beste Rechtsmediziner des Landes. Vermutlich auch ganz Skandinaviens, womöglich sogar Europas. Ein kleines, dürres Kerlchen mit Halbglatze – seit Neuestem kahlrasiert –, einem konstant desillusionierten Ausdruck in den auffällig nussbraunen Augen und einer großen Hakennase, die, verglichen mit dem übrigen schmächtigen Erscheinungsbild des Mannes, wie ein dezidierter Fehlgriff des Schöpfers scheint. Dasselbe lässt sich auch über seine tiefe, sonore Stimme sagen, die so überhaupt nicht zu seinem Körperbau passt. Markman ist formell gesehen Schwede, aber es ist unklug, ihn in seiner Gegenwart als solchen zu bezeichnen. Er ist, wie er selbst sagt, gebürtiger Schone, und wie so viele andere Menschen der einst dänischen Region hegt er eine tiefgehende Skepsis gegenüber allen anderen Schweden, insbesondere den Stockholmern.

Markman ist im selben Alter wie Juncker und hat den Großteil seines Erwachsenenlebens in Kopenhagen verbracht. Er teilt sich der Umgebung in einer Mischung aus schonischem Dialekt und Dänisch mit, die man guten Gewissens als eigen beschreiben kann. Juncker vermag nicht zu sagen, wie oft Markman das ein oder andere Detail aus einer Leiche ausgegraben hat – oftmals im buchstäblichen Sinne des Wortes –, das ihm entscheidend bei der Lösung eines Mordfalls half. Ohne Markman würde seine Aufklärungsrate anders ausfallen, das weiß Juncker. Und Markman weiß es auch.

Juncker hat schon oft gedacht, dass Markman und er unter anderen Umständen beste Freunde hätten werden können – vereint in Fatalismus und einer ausgeprägt ironischen Haltung dem Leben und nicht zuletzt dem Tod gegenüber. In letzter Zeit hat er manchmal überlegt, ob sie nicht sogar tatsächlich Freunde sind, auf eine merkwürdig unausgesprochene Weise.

»Hallo, Markman. Hier ist Juncker.«

»Ja, das sehe ich.«

»Äh, ja, richtig. Ich wollte fragen, ob du Dienst hast?«

»Negativ.«

»Ach so. Aber, äh …«

»Die Antwort ist Ja. Wo? Und was?«

»Bei Sandsted. Ein Mann.«

»Sandsted? Ist das nicht dein Heimatort?«

»Doch. Darüber können wir ein andermal sprechen. Ich bin im Overdrevsvej 70. Du fährst …«

»Hab ein Navi im Auto. Bis gleich.«

Juncker schaut ungeduldig auf die Uhr. Jetzt müssten die »Blut-, Spucke- und Spermaleute« eigentlich bald mal anrücken, und eine Viertelstunde später rollt tatsächlich ein dunkelblauer Lieferwagen vors Haus. Juncker kennt die beiden Kriminaltechniker gut, routinierte Leute, mit denen er schon etliche Male zusammengearbeitet hat. Sie werden ungefähr eine halbe bis eine Stunde benötigen, um den Tatort zu fotografieren, sämtliche Spuren in einem Radius von einem Meter Breite von der Terrassentür bis zum Esstisch zu sichern und den Leichnam abzudecken.

Die Techniker haben gerade den ersten Teil ihrer Arbeit beendet, als Markman ankommt.

»Saukalt heute«, sagt er zur Begrüßung, und ohne sich weiter mit Small Talk aufzuhalten, ziehen sich die beiden Männer weiße Schutzanzüge, Handschuhe sowie Masken für Mund und Nase über. Juncker ist dankbar, dass Markman ihn nicht fragt, was er in Sandsted macht.

»*I love the smell of dead bodies in the afternoon*«, sagt der Rechtsmediziner mit einem schiefen Grinsen, als sie mit ihren blauen Plastiküberzügen an den Schuhen durch die Terrassentür ins Wohnzimmer treten.

»Na, der hat jedenfalls ordentlich eins auf die Mütze

gekriegt«, bemerkt Markman, als sie bei der Leiche ankommen. Er zieht eine kleine Taschenlampe aus der Tasche und beugt sich über den Kopf des Toten, während er in die klaffende Wunde leuchtet. Dann streicht er beinahe zärtlich mit dem Finger den Wundrand entlang.

»Hm«, brummt er.

»Hm was?«, fragt Juncker.

»Stumpfe Gewalt, kein Zweifel. Die Bruchfläche am Knochen ist ziemlich glatt. Er war fast augenblicklich tot. Erst hat er das Bewusstsein verloren, dann hat er sich eingeschissen und ist abgekratzt.«

»Die Waffe?«

»Muss ein gewisses Gewicht gehabt haben. Kein Stein, eher etwas … Längliches.«

»Ein Baseballschläger zum Beispiel?«, fragt Juncker.

»Nein, eher etwas Dünneres, würde ich denken. Mein Tipp wäre, dass du erst mal nach einem Eisenrohr oder so etwas suchst. Von einer gewissen Länge. Ungefähr einem Meter. Nach der Obduktion kann ich sicher mehr über die Mordwaffe sagen. Wie es aussieht, hat der Täter nur einmal zugeschlagen, und falls er mehrfach zugelangt hat, müssen die anderen Schläge jedenfalls ziemlich genau dieselbe Stelle getroffen haben.« Markman richtet sich auf. »So oder so hat er voll durchgezogen. Es braucht ganz schön Kraft, um jemandem eine solche Wunde zuzufügen.«

Juncker steht einen Meter hinter Markman und schreibt in seinem Notizbuch mit. »Könnte es auch eine Frau getan haben?«, fragt er.

Der Arzt schürzt die Lippen und wiegt den Kopf. Das tut er immer, wenn er nachdenkt, und dann weiß Juncker, dass er besser den Mund hält. Nach ein paar Sekunden ist Markman zu einem Ergebnis gekommen.

»Ja, wäre möglich. In diesem Fall allerdings ein großes

und starkes Exemplar. Und wütend.« Er wendet sich mit einem sarkastischen Lächeln um die Lippen zu Juncker um. »Sehr wütend. Ich würde nicht wollen, dass die mich in ihre Klauen bekommt.«

Nein, aus mehreren Gründen, denkt Juncker mit einem Grinsen. Markman ist schwul und seit vielen Jahren mit einem fünfzehn Jahre jüngeren und sehr gut aussehenden Architekten zusammen, der Juncker immer an den Jüngling aus der Verfilmung von Thomas Manns *Der Tod in Venedig* erinnert.

»Wann war der Tatzeitpunkt?«

Markman greift den Fuß des Toten und rüttelt leicht daran. »Kein Rigor mortis mehr, obwohl das nicht unbedingt etwas heißen muss. Hast du die Raumtemperatur gemessen, als du reingekommen bist?«

»Natürlich. Etwas über zwanzig Grad.«

»Tja. Schwer zu sagen. Aber der Verfärbung und den Blasen nach zu urteilen würde ich denken … mehr als drei Tage und weniger als eine Woche. Genauer weiß ich es erst nach der Obduktion.« Er betrachtet nachdenklich die Leiche. »Wie wär's, wenn wir mal nachsehen, ob vielleicht irgendwas unter seinem Oberkörper auf dem Tisch liegt, was uns einen Hinweis geben könnte?«

Juncker nickt und geht zurück zur Terrassentür. Er ruft einen der Techniker, der gerade mit einer Taschenlampe die Fliesen absucht.

»Könnten Sie bitte kurz Kristoffer herholen? Er soll sich die komplette Schutzausrüstung anziehen und reinkommen.«

Ein paar Minuten später erscheint Kristoffer in der Terrassentür. Mit seiner riesigen Statur passt er gerade so in den Schutzanzug. Er bleibt stehen und hält sich die Nase zu. Juncker winkt ihn zu sich.

»Hilf uns mal. Wir müssen ihn aufrichten. Versuch, möglichst nur auf dem Papier zu laufen.«

Kristoffer geht langsam auf sie zu und bleibt wie versteinert zwei Meter von der Leiche entfernt stehen. Markman schaut ihn an. Das bisschen Haut, das über Kristoffers Mundschutz zu sehen ist, ist fast genauso weiß wie der Schutzanzug.

»Siehst du so was zum ersten Mal? Stinkt es?«, fragt der Rechtsmediziner.

»Nein«, murmelt Kristoffer hinter dem Mundschutz. Juncker fällt auf, dass seine Hände zittern.

»Das ist völlig in Ordnung«, sagt Markman. »Daran muss man sich erst gewöhnen. Und der Geruch nach Kacke macht es nicht eben angenehmer. Wenn du den einen Arm greifst und Juncker den anderen, halte ich den Kopf. Kommt, auf drei. Ein, zwo, drei.«

Unter dem Oberkörper der Leiche liegt nichts.

»Na denn«, sagt Juncker. Viel mehr gibt es erst mal nicht für ihn zu tun, bevor die Techniker mit dem Haus fertig sind, was mindestens einen, vielleicht zwei Tage dauern wird. Die Leichenschau – denn nichts anderes hat Markman unter Mithilfe von Juncker soeben vorgenommen – ist abgeschlossen. Die Todesursache liegt auf der Hand, es gibt eine Vermutung bezüglich der Tatwaffe, während der genaue Todeszeitpunkt sich erst im Rahmen der Obduktion feststellen lässt.

»Wie wär's, wenn wir die Obduktion gleich morgen früh um neun machen?«, fragt Markman.

»Passt mir gut«, antwortet Juncker und schaut auf die Uhr. Erst kurz vor sieben. Ob er sich schon erlauben kann, zu gehen? Markman kommt ihm zuvor.

»Eigentlich gibt es keinen Grund, dass du noch hierbleibst, oder? Du wirst in den nächsten Tagen genug zu tun haben. Ich mache unseren Freund hier fertig, und dann packen wir ihn ein und schicken ihn los. Dafür brauchst du eigentlich nicht zu warten.«

»Okay, aber könntest du noch die gröbsten Blutspuren wegwischen und ein Foto von seinem Gesicht machen? Für die Identifikation.«

»Kein Problem.«

»Schick vielleicht einen der Techniker mit dem Bild rüber zu der alten Dame, die nebenan wohnt, damit sie ihn identifizieren kann.«

»Alles klar. Oder ich mache es selbst, wenn ich nach Kopenhagen zurückfahre. Darum brauchst du dir keine Gedanken zu machen.«

»Danke.« Juncker geht auf die Terrasse hinaus.

»Ist die Knochenrakete gekommen?«, fragt er Nabiha.

»Vor zehn Minuten.«

Die »Knochenrakete« ist ein anonymer grauer Lieferwagen, für Eingeweihte erkennbar am Ventilator auf dem Dach, mit dem die menschlichen Überreste – mal mehr, mal weniger vollständig erhalten – von verschiedenen Tatorten zum Rechtsmedizinischen Institut in Kopenhagen transportiert werden. Das Fahrzeug ist mit zwei erfahrenen Rettungssanitätern bemannt, die sich ein paar zusätzliche Groschen mit dieser nicht immer angenehmen Arbeit verdienen, indem sie die Leichen ins Auto verfrachten und sie auf eine ihrer letzten Reisen schicken. Juncker geht kurz zu den beiden Sanitätern.

»Der Arzt braucht noch eine halbe Stunde, dann könnt ihr loslegen.«

Er bespricht mit den Technikern, dass sie selbst in der Hauptdienststelle anrufen und einen Streifenwagen zur Bewachung des Tatorts einbestellen sollen, wenn sie für heute fertig sind. Dann ruft er Nabiha und Kristoffer.

»Wir fahren jetzt, für uns gibt es nichts mehr zu tun. Soll ich euch bei der Wache rauswerfen? Nabiha, dann kannst du anfangen, mehr über das Ehepaar in Erfahrung zu bringen. Versuch zum Beispiel, jemanden bei der Gemeinde zu erwischen, der uns Auskunft über die Larsens geben kann.«

»Alles klar«, sagt Nabiha.

So weit, so gut, denkt Juncker und steigt ins Auto. Oder besser gesagt, so schlecht. Normalerweise gibt er nicht viel auf Bauchgefühle, aber irgendetwas an Bent Larsens Tod gefällt ihm nicht. Sonst hat er immer das Gefühl, die Zügel in der Hand zu halten, wenn er mit der Aufklärung eines Mordes beginnt. Es ist eine Aufgabe, die er lösen muss, ein Spiel, bei dem die Karten verteilt wurden, und auch wenn er die Hand des Mörders nicht kennt, weiß Juncker, dass er in der Regel in der Vorhand ist. Er hat den gesamten Apparat im Rücken, und der Ausgang ist so gut wie gewiss.

Diesmal ist es anders. Der Apparat ist nur eingeschränkt betriebsfähig, das Ganze hängt praktisch an ihm. Und dafür bin ich im Moment ehrlich gesagt nicht unbedingt der Richtige, denkt er und lässt den Motor an.

28. Dezember

Kapitel 19

Zum weiß Gott wievielten Mal greift er nach dem Handy, das neben dem Bett auf dem Boden liegt. Viertel vor sechs. Also liegt er seit fast zwei Stunden wach. Mal wieder. Er schlägt die Decke zur Seite, steht auf und geht in die kleine Teeküche, die zu dem gemieteten Kellerzimmer gehört. Füllt den Wasserkocher und gibt Pulverkaffee in einen Becher.

Zurück im Zimmer stellt er den Kaffee neben das Handy auf den Boden und legt sich wieder ins Bett. Er starrt an die Decke. Dieses ewige Wachliegen zehrt allmählich an den Kräften, sowohl körperlich wie auch psychisch. Und er versteht es einfach nicht. Es ist über sieben Jahre her, und nie war etwas. Bis jetzt. Als er nach Hause zurückkehrte, bekam er wie alle anderen ein Debriefing. Außerdem nahm er das Angebot an, mit einem Psychologen zu sprechen, und konnte das Erlebnis dadurch auf gelungene Weise bearbeiten, fanden sowohl er als auch der Psychologe. Aber dann plötzlich, nach dem ersten Monat auf der Hauptdienststelle in Næstved ...

Jede Nacht läuft nach dem gleichen Schema ab: Er wacht schweißgebadet und mit klopfendem Herzen auf. Vielleicht hat er geschrien, vielleicht war es jemand anders. Nur ist außer ihm niemand hier. Wessen Schrei auch immer es war, das Echo hallt noch immer irgendwo in der Dunkelheit wider und hat ihn geweckt. Er schaut auf die

Uhr seines Handys, obwohl es unnötig ist, er weiß, dass es circa vier ist, das ist es immer, vielleicht ein paar Minuten davor oder danach. Seine Hände sind schwitzig, er versucht sie am Laken abzuwischen, aber das klamme, klebrige Gefühl will nicht weichen. Dann dreht er sich auf den Rücken, mit offenen Augen, doch so sehr er auch dagegen ankämpft und sich bemüht, an etwas Schönes zu denken, an seine Eltern und die kleinen Geschwister oder an seine Freundin, beginnt der Film dennoch zu laufen. Mit derselben nervenaufreibenden Handlung, Nacht für Nacht.

Er befindet sich in einem Mowag Piranha, einem gepanzerten Mannschaftstransportwagen. Er ist der Schütze, und das Fahrzeug ist mit einem System ausgestattet, das es ihm erlaubt, die Waffe – ein 12,7-Millimeter-Maschinengewehr – mithilfe von zwei Joysticks und einem Monitor von innen zu bedienen. Im gepanzerten Bauch des Fahrzeugs fühlt es sich einigermaßen sicher an. Nein, das stimmt nicht, es fühlt sich alles andere als sicher an, hier fühlt man sich nirgends sicher. Aber es fühlt sich etwas weniger unsicher an, als mit Kopf und Oberkörper aus der Turmluke zu ragen wie eine verkackte Zielscheibe in einer Schießbude eines Jahrmarkts.

Die Kolonne besteht aus drei Piranhas. Sie fahren über eine Schotterpiste voller Schlaglöcher in der afghanischen Helmandprovinz, immer mit dem vorgeschriebenen Abstand von zehn Metern zwischen den Fahrzeugen. Sie befinden sich auf dem Weg vom Hauptquartier Camp Bastion zu einem Vorposten im nördlichen Gereshk-Tal, wo sie einige ihrer Kameraden ablösen sollen. Sie sind sieben Mann im Piranha, der die Spitze der Kolonne bildet. Es ist schwül und stickig in der engen Kabine, und er muss sich zusammenreißen, um nicht wegzudösen.

Als die Bombe am Straßenrand explodiert, ist der Druck

der Detonation so heftig, dass es das sechzehn Tonnen schwere Fahrzeug zur Seite reißt und er mit dem Kopf gegen die Stahlwand knallt. Zum Glück fängt der Helm den Großteil des Stoßes ab.

»Sind wir das?«, ruft einer.

»Nein, es muss einer der anderen gewesen sein! Kommt schon, raus hier!«, ruft jemand zurück.

Die Heckklappe wird abgesenkt.

»Vorsicht! Passt auf Heckenschützen auf.«

Fuck, wie soll man in dieser Situation auf Heckenschützen aufpassen? Vergiss es, gerade kann man nichts tun als beten, dass keine da sind, denkt er, während er losläuft, um sich um die Verletzten zu kümmern. Es hat den mittleren Piranha erwischt. Das Fahrzeug liegt auf der Seite, halb in einem Krater von mindestens einem Meter Tiefe, es muss ein Mordsding von einer Bombe gewesen sein. Komischerweise hat er keine Angst. Sein Herz hämmert, aber er hat keine Angst. Er tut, was zu tun ist, so wie sie es Hunderte Male trainiert haben. Richtet den Blick auf das Wesentliche, alles andere wird ausgeblendet.

»Wir brauchen hier Hilfe!«, ruft einer der Männer, der gerade einen verwundeten Kameraden aus dem zerstörten Fahrzeug zieht, dessen gepanzertes Bodenblech einer zerquetschten Bierdose gleicht. Der Soldat hält den Verwundeten unter den Achseln, während er selbst ihn an den Kniekehlen fasst und hochhebt. Aber Beine und Unterkörper sind wabbelig wie Pudding, als ob keine Knochen mehr da wären, alles ist zertrümmert, da ist nichts mehr, was man greifen könnte. Dennoch gelingt es ihnen, ihn wegzuschleppen und auf die Erde zu legen. Der andere nimmt dem Verwundeten den Helm ab.

»Hilf mir mal mit der Schutzweste«, sagt er.

Der Verwundete ist bei Bewusstsein. Er hat die Augen

weit aufgerissen, der Mund öffnet und schließt sich wie bei einem Fisch auf dem Trockenen. Es ist Mads, keiner seiner engsten Kameraden, aber er kennt ihn. Mads packt ihn am Arm, es ist erstaunlich, wie fest sein Griff ist. Doch dann wird klar, dass er wegzusacken droht, seine Pupillen verdrehen sich nach oben, vergeblich versucht er den Fokus zu halten, sein Blick wird glasig.

»Bleib hier, Mads!«, ruft er. »Mads, schau mich an! Mads, Scheiße, bleib hier!«

Aber er ist schon weg. Sie verlieren ihn.

Er schaut auf seine blutverschmierten Hände. Und hier endet der Film. Jedes Mal.

Warum hat Juncker sich erkundigt, ob ich Probleme mit PTBS habe?, fragt er sich. Er hat keine PTBS. Es ging ihm jahrelang gut. Es geht ihm gut. Nur, dass er jede Nacht aufwacht und sich an damals erinnert. Sich nicht nur erinnert, sondern jedes kleinste Detail hautnah spürt, als wäre es erst wenige Stunden her.

Er steht wieder auf. Legt sich auf den Boden, stützt die Handflächen auf und drückt sich ab. Fünfzig Liegestütze, dann rollt er sich auf den Rücken. Ein paar Minuten bleibt er so liegen, während der Puls wieder zur Ruhe kommt. Anschließend richtet er sich auf und schaut auf die Uhr. Halb sieben. Eigentlich kann er genauso gut zur Wache gehen. Und heute Abend früh ins Bett.

Was soll man sonst in diesem Loch machen? Außer arbeiten und schlafen? Oder es zu versuchen?

Kapitel 20

Die Obduktion von Bent Larsen war am Rechtsmedizinischen Institut des Rigshospitals erfolgt und hatte wenig Neues ergeben. Markmans Einschätzung bezüglich Larsens Tod deckte sich mit seiner These vom Vortag. Darüber hinaus ließ sich nichts Auffälliges feststellen. Der dreiundvierzigjährige Mann hatte, wie ein Großteil seiner Landsleute, etliche Kilo zu viel auf den Rippen, und als der rechtsmedizinische Techniker die Leiche öffnete und die Organe und Gefäße untersuchte, zeigte sich eine deutlich fortgeschrittene Arterienverkalkung. Bent Larsen hätte sich wahrscheinlich in den nächsten Jahren auf ein ganzes Bouquet an Zivilisationskrankheiten freuen können.

»Aber das bleibt ihm ja jetzt erspart«, wie Markman bemerkte.

Anderthalb Stunden später fährt Juncker auf den Sandsteder Marktplatz und parkt vor der ehemaligen Buchhandlung, wo nun auch ein Streifenwagen steht. Hastig überbrückt er die zehn Meter zum Eingang und tritt ins Warme. Nabiha und Kristoffer sitzen vor aufgeklappten Laptops an ihren Schreibtischen.

»Gibt es Kaffee?«, fragt Juncker.

Kristoffer nickt. »In der Kanne.«

»Noch jemand?«

Beidseitiges Kopfschütteln. Juncker zieht die Jacke aus,

geht in den Hinterraum, um sich eine Tasse zu holen, und kommt zurück zu den anderen.

»Lasst uns kurz zusammenfassen, was wir wissen und wie unsere nächsten Schritte aussehen«, sagt er und setzt sich an den Besprechungstisch.

»Nabiha, wie läuft es mit der Fahndung nach Annette Larsen und dem Auto?«

»Sie ist seit gestern Abend intern aktiv. Und die Pressemitteilung kam vor einer Stunde raus. Wir rechnen damit, dass der Regionalsender die Fahndung heute Abend bringt.«

»Gut. Was haben wir noch über die beiden?«, fragt Juncker.

»Nicht wirklich viel bis jetzt. Ich habe keine Verwandten von ihm gefunden. Anscheinend war er Einzelkind, und seine Eltern sind tot. Sie hat eine jüngere Schwester auf Fünen, mit ihr habe ich heute Vormittag telefoniert. Sie wird den Eltern Bescheid geben, dass Annette verschwunden ist und man nach ihr fahndet. Es war natürlich ein Schock für sie zu hören, dass ihr Schwager ermordet wurde. Aber sie schien ehrlich gesagt nicht unbedingt vor Trauer und Schmerz zu vergehen. Sie hatte kaum Kontakt zu ihrer Schwester, wie sie mehrere Male wiederholt hat. Als ob sie sich von ihr distanzieren wollte. Aber wenn Annette Larsen nicht auftaucht, müssen wir wohl früher oder später mit ihrer Familie reden.«

Juncker nickt. »Sonst noch was? Anzeigen? Geldstrafen?«

»Ihr Register ist lupenrein. Nicht mal ein einziger Strafzettel.«

»Hm.« Juncker verschränkt die Hände im Nacken und lehnt sich zurück.

»Was hat die Obduktion ergeben?«, fragt Kristoffer.

»Nicht viel Neues. Er wurde durch einen einzigen, aber dafür sehr harten Schlag getötet. Markman hat Spuren einer bestimmten Sorte Öl in der Wunde gefunden, mit der Wasserrohre eingerieben werden. Der Gute hatte also recht: Wir suchen nach einem Stück Leitungsrohr, wahrscheinlich dreiviertel Zoll breit und circa einen Meter lang.«

»Ähm … wie viel ist ein Zoll noch mal?«, fragt Kristoffer.

»Zweieinhalb Zentimeter. Etwas mehr«, sagt Nabiha.

»Also suchen wir nach einem Rohr, das …«

»Die Dicke eines Wasserrohrs wird mit dem Innendurchmesser angegeben. Ein Dreiviertel-Zoll-Rohr hat einen Außendurchmesser von zwei Komma sieben Zentimetern«, erklärt Juncker.

»Und woher weiß er die Länge? Dass es circa ein Meter ist?«

»Das ist geschätzt. Es gibt keine Spuren an der Decke, das Rohr kann daher höchstens so lang gewesen sein, dass der Täter – oder die Täterin – es schwingen konnte, ohne die Decke zu streifen. Gleichzeitig muss es eine gewisse Länge gehabt haben, um eine derartige Verletzung erzielen zu können.«

»Äh?« Kristoffer zieht fragend die Brauen hoch.

»Hebelarm mal Kraft«, sagt Nabiha.

»Hä?«

»Je länger entfernt von der Achse eine Kraft wirkt, umso größer das Drehmoment. Sprich: Wenn du bei dir zu Hause auf dem Hof eine Schraubenmutter anziehen willst, geht es einfacher, wenn du einen langen Schraubenschlüssel benutzt statt eines kurzen, oder?«

Er nickt.

»Das ist Hebelarm mal Kraft. Je länger der Hebel, desto größer die wirkende Kraft«, erklärt Nabiha.

Er grinst verlegen. »Jaja, das ist mir schon klar. Aber Drehmoment ... Woher weißt du so was?«, fragt er.

»Ich war in der Schule. Habe Bücher gelesen. Hatte Physik.«

»Na, ich ja wohl auch.«

»Echt? Okay«, sagt sie mit gespieltem Erstaunen.

Juncker räuspert sich. »Wenn ihr fertig damit seid, Lehrplaninhalte aus der Schulzeit auszutauschen, hätte ich noch etwas. Das Opfer war ja mit Klebeband an den Stuhl gefesselt – oder besser gesagt daran festgeklebt. Und seine Hände waren zusammengebunden.«

Nabiha beißt sich in die Unterlippe. Das tut sie, wenn sie nachdenkt, hat Juncker bemerkt. Es sieht ziemlich charmant aus.

»Das habe ich mich auch gefragt. Also, wenn er festgebunden war, wie wahrscheinlich ist es dann, dass die Frau ihn ermordet hat? Wirkt es nicht eher zu einem gewissen Grad geplant? Ich meine, wenn sie es war, würde man nicht erst mal annehmen, dass es im Affekt geschehen ist? Aber dann bindet man den, den man umbringen will, ja wohl nicht erst fest? Oder?«

Juncker nickt. »Da könnte was dran sein. Andererseits ... wir können auch nicht ausschließen, dass die Frau den Mord geplant hat.«

»Aber wie hätte sie ihn überwältigen sollen? Sie könnte ihn natürlich mit einer Waffe bedroht haben, aber die hätte sie dann weglegen müssen, um die Tat auszuführen. Und dann hätte er sich leicht wehren können. Es sei denn, sie hatte einen Helfer.«

»Vielleicht hat er sich ja auch freiwillig darauf eingelassen.«

Sie sieht skeptisch aus. »Du meinst irgendwas Sexuelles, oder wie?«

»Glaub mir, hinter dänischen Wänden hat es schon sehr viel bizarrere Dinge gegeben.«

»Damit kennst du dich sicher besser aus als ich«, sagt sie tonlos.

Worauf du Gift nehmen kannst, denkt Juncker, erwidert jedoch nichts. »Wie auch immer, das sind alles Vermutungen. Die Techniker waren ungewöhnlich schnell, wir können also gleich schon wieder hinfahren. Nabiha, du kommst mit mir, wir kämmen das Haus von oben bis unten durch.«

Kristoffer schaut ihn mit hochgezogenen Brauen an. »Und was soll ich machen?«

»Du kümmerst dich bitte um die Vergewaltigungsgeschichte mit den Jungs …«

»Den Männern«, murmelt Nabiha.

»Mit den Jungs«, wiederholt Juncker mit Nachdruck, »aus dem Flüchtlingsheim. Sie wurden ja vernommen, es läuft ein Ermittlungsverfahren gegen sie, lies also am besten zuerst noch mal die Vernehmungsprotokolle. In erster Linie von den beiden, die wir schon getroffen haben … ein Syrer und ein Marokkaner, oder wie war das?«

»Tunesier«, sagt Nabiha.

»Okay. Geh die Vernehmungsprotokolle der Beschuldigten gründlich durch. Auch die Aussage des Mädchens. Und das medizinische Gutachten über sie. Kurz gesagt, verschaff dir einen Überblick über den Fall. Anschließend schauen wir, wie wir weitermachen. Okay?«

Der junge Polizeischüler zögert. »Klar«, sagt er dann.

»Super. Außerdem ist es gut, wenn wir die Wache besetzt halten und die Leute sehen, dass wir hier sind«, fügt Juncker hinzu und überlegt, ob es sich verantworten lässt, Kristoffer eigenständig arbeiten zu lassen. Er entscheidet sich dafür, beschließt aber, bei Gelegenheit mit ihm zu reden. Irgendetwas an der Art, wie der junge Mann gestern reagiert hat, als er bei der Leiche mit anpacken sollte, gefällt ihm nicht. Und wie nervös er wurde, als Juncker nach seinem Einsatz in Afghanistan gefragt hat. Aber er schiebt es zur Seite, dafür ist später noch Zeit.

»Nabiha, hast du jemanden von der Gemeinde erreicht, der dir bezüglich Annette Larsen weiterhelfen kann?«

Sie nickt. »Ich treffe mich morgen früh mit ihrer Chefin.«

»Gut.«

Juncker fällt ein, dass Jenny Lorents, Larsens Nachbarin, einen Bekannten von sich erwähnt hatte, der vor Jahren Kontakt mit dem Ermordeten und seiner Frau hatte. Darum kann sich Nabiha morgen auch kümmern. Juncker klatscht in die Hände.

»Alles klar. Nabiha, lass uns fahren.«

Die Temperatur ist noch weiter gesunken, dafür hat sich der Wind gelegt, sodass die Kälte weit weniger stechend erscheint als in den letzten Tagen. Eine bleiche Sonne hinter einer hauchdünnen Schicht von Schleierwolken wirft ein kaltes Licht auf die Äcker und Stoppelfelder um das Haus der Larsens. Jetzt, da die beiden Hunde nicht länger im Zwinger heulen, ist die Stille total.

Juncker parkt am Straßenrand, sie steigen aus. Er hebt das rot-weiße Absperrband an, sodass Nabiha darunter hindurch auf den Hof schlüpfen kann, bückt sich und folgt ihr. Die Haustür wird von einem der beiden Kriminaltechniker geöffnet, ein Mann in den Vierzigern, dessen auffälligstes Merkmal eine wilde Mähne ist, deren Form und Farbe sich am ehesten mit einem Heuhaufen vergleichen lassen. Sein Name ist Peter Lundén, was ihm im Laufe der Jahre einen konstanten Fluss an mehr oder weniger witzigen Anspielungen auf seinen Beinahe-Namensvetter Peter

Lundin beschert hat, einen der berüchtigtsten Mörder des Landes, der auf Lebenszeit hinter Gittern sitzt. Die drei begrüßen sich.

»Ich schlage vor, wir setzen uns in die Küche«, sagt Lundén.

»Sollen wir Schutzkleidung überziehen?«, fragt Juncker.

»Nicht nötig, solange wir uns nur in der Küche aufhalten.«

Sie setzen sich an den kleinen Esstisch.

»Ihr habt ja ganz schön Gas gegeben«, bemerkt Juncker.

»Ja.« Der Kriminaltechniker sieht müde aus. »Es herrscht ein gewisser Druck, weil wir wegen der derzeitigen Lage sehr schnell arbeiten müssen.«

»Kann ich mir vorstellen. Habt ihr etwas gefunden?« Juncker zieht Notizbuch und Kugelschreiber aus der Tasche.

Lundén schüttelt den Kopf und atmet hörbar aus. »Ganz generell: Ich glaube, ich habe noch nie einen Ort untersucht, der so sauber war. Wir haben natürlich Haare und Hautschuppen gefunden, sowohl auf den Fußböden als auch auf Möbeln und in den Abflüssen. Aber nicht ansatzweise so viel wie normalerweise. Auch Fenster, Türen und Wände sind ungewöhnlich frei von den üblichen Fingerabdrücken. Mindestens einer der Bewohner hier muss ein Sauberkeitsfanatiker gewesen sein.«

»Wie viele unterschiedliche Fingerabdrücke?«, fragt Juncker.

»Zwei. Die des Toten und dann die einer weiteren Person, die wir guten Gewissens der Frau zuordnen können. Sonst keine. Sie müssen ziemlich isoliert gelebt haben. Und der oder die Täter – falls es nicht die Frau war – muss Handschuhe getragen haben. Oder aber alles wurde gründlich sauber gewischt. Es gibt sogar mehrere Türklinken, auf denen sich überhaupt keine Abdrücke finden. Ich kann es natürlich nur vermuten, aber spontan würde ich sagen, dass dieser Tatort von Profis gesäubert wurde.«

Juncker macht sich Notizen.

»Und sonst?«

»Auf dem Teppich im Wohnzimmer ist ein größerer Fleck. Urin. Jemand hat auf den Boden gepinkelt.«

Lundén fährt sich mit der Hand durch die Mähne, sodass die Haare zu allen Seiten abstehen. Er erinnert ein bisschen an einen Hamster, der etwas zu viel an einem Stromkabel genagt hat, denkt Juncker.

»Ansonsten finde ich vor allem interessant, was nicht hier ist«, sagt Lundén.

»Nicht hier ist? Was meinen Sie?«, fragt Nabiha.

»Es gibt keine Computer. Weder Desktop-PCs noch Laptops. Und keine Handys. Vielleicht waren die Bewohner hier auch einfach Technikhasser, aber das glaube ich eher nicht, oben auf einem Tisch lagen nämlich zwei Ladekabel.«

»Also hat jemand die Computer und Handys mitgenommen.«

»Die Vermutung liegt nahe.«

»Sonst noch etwas, was wir wissen sollten?«, fragt Juncker.

»Nicht wirklich. Ach so, doch, wir haben keine Tatwaffe gefunden. Und natürlich haben wir auch auf dem Grundstück gesucht.«

»Schuh- oder Reifenabdrücke?«

»Draußen nada. Aber die Erde ist ja auch so gefroren, dass ein afrikanischer Elefantenbulle hier herumspazieren könnte, ohne Spuren zu hinterlassen. Oben im unbenutzten Teil des Dachgeschosses sind Abdrücke im Staub auf dem Fußboden. Ungefähr Größe siebenundvierzig, was gut mit der Schuhgröße des Toten zusammenpasst.

Es könnten also seine Abdrücke sein. Einige davon sind sehr deutlich und könnten von einem Paar Meindl-Stiefel stammen.«

Nabiha schaut ihn fragend an.

»Eine deutsche Marke für Wanderstiefel, mit recht guter Qualität. Wir haben keine solchen Schuhe im Haus gefunden, was darauf hindeutet, dass die Abdrücke von einem Fremden stammen, möglicherweise dem Mörder. Allerdings kann wieder nicht ausgeschlossen werden, dass der Tote doch ein Paar besaß und es nur weggeworfen hat.«

»Er sieht nicht unbedingt so aus, als ob Wandern seine große Leidenschaft gewesen wäre«, sagt Nabiha.

Lundén zuckt mit den Schultern. »Das ist eure Abteilung. Na jedenfalls, Juncker, du hörst natürlich von uns, sobald wir mit unseren Untersuchungen und Analysen fertig sind.«

Die drei stehen auf.

»Ach ja, eins noch«, sagt Lundén. »Der Staubsaugerbeutel wurde ausgewechselt. Der jetzige ist frisch aus der Packung.«

»Und der alte lag nicht draußen im Mülleimer?«, fragt Juncker.

»Fehlanzeige. Der ist leer.«

Während die drei in der Küche gesprochen haben, hat der andere Techniker die restliche Ausrüstung im Wagen verstaut, und fünf Minuten später fahren die beiden zurück nach Kopenhagen. Nabiha und Juncker schlüpfen in die weißen Schutzanzüge und ziehen Latexhandschuhe über.

»Was jetzt?«, fragt sie.

»Jetzt drehen wir alles um. Schubladen, Schränke, alles. Wir suchen nach jedem Hinweis, der uns etwas über die Leute erzählt, die hier gelebt haben. Quittungen, Rechnungen, Kontoauszüge, Verträge, private Papiere,

Medikamente, was auch immer. Du kannst hier unten anfangen, dann mache ich mich oben an die Arbeit.«

Juncker geht ins Zimmer im ersten Stock, wo an der Wand neben dem Schreibtisch die Regale voller Aktenordner hängen. Er setzt sich an den Tisch und beginnt, die über fünf Regalmeter durchzublättern – Rechnungen von Fahrradkäufen, Kaffeemaschinen und Mikrowellen, Testamente, Abschlusszeugnisse, Taufscheine, Arbeitsverträge und Kündigungen. Und zwei- oder dreimal pro Woche Kassenzettel vom Supermarkt. Systematisch und chronologisch geordnet, das Abbild eines Alltagslebens über fünfzehn Jahre, penibel in Plastikhüllen abgeheftet, auf eine Weise, die schon fast ... buchhalterische Ausmaße annimmt. Aber das trifft es nicht ganz, das hier ist noch etwas anderes ... beinahe krankhaft, denkt er. Und dabei gleichzeitig faszinierend.

Aus den Papieren geht hervor, dass Bent Larsen gelernter Schlachtergeselle war und in einer Schlachterei in Sandsted arbeitete, bis diese im Jahr 2007 schloss und die Produktion nach Polen verlegt wurde. Daraufhin ging er anscheinend keiner geregelten Arbeit mehr nach, zumindest finden sich in den Ordnern keine Gehaltsabrechnungen nach 2007. Seine Frau beendete 2004 ihre Ausbildung als Sozial- und Gesundheitsassistentin und arbeitete seitdem sowohl im Sandsteder Pflegeheim als auch in der häuslichen Pflege. *Mona Jørgensen, Pflegeheim anrufen* notiert sich Juncker in seinem Büchlein. Vielleicht, überlegt er, hatte Annette Larsen sogar mit seinem Vater zu tun? Das Paar scheint zu keinem Zeitpunkt staatliche Unterstützung in Anspruch genommen zu haben, wie etwa Sozialhilfe oder Rehamaßnahmen. Aber hatten sie demnach von Annettes Gehalt allein gelebt? Was verdient man im Pflegesektor? Vermutlich nicht sehr viel, denkt er. Vielleicht kommt ein

Ehepaar damit gerade so über die Runden, wenn man Abstriche macht. Aber es reicht sicher nicht aus, um ein derartiges Haus so gut instand zu halten, wie es der Fall ist. Juncker findet die Erklärung, als er durch einen Ordner mit Bankunterlagen blättert. Die Larsens verfügten über ein Vermögen von rund acht Millionen Kronen, das in Form von Pfandbriefen und Aktien angelegt ist und, wie aus den Konto- und Depotauszügen hervorgeht, im Laufe der Jahre einen nicht unwesentlichen Ertrag abgeworfen hat. Die Herkunft des Vermögens ergibt sich aus dem letzten Ordner, wo aus einer Reihe von Briefen und Dokumenten des Viborger Nachlassgerichtes hervorgeht, dass Bent Larsen im Jahr 2008 knapp sieben Komma fünf Millionen Kronen von seiner verstorbenen Mutter geerbt hat.

Dann haut es mit den Finanzen ziemlich gut hin, denkt Juncker und stellt den Ordner zurück ins Regal. Die beiden konnten ungestört von Annettes Gehalt und seinem Vermögen leben, ohne sich als Sozialhilfeempfänger mit den mehr oder weniger halsstarrigen Versuchen der Kommune, ihn wieder ins Arbeitsleben zu integrieren, herumschlagen zu müssen.

Er schaut sich um. Hier ist nichts, wo er nicht schon beim ersten Mal gewesen wäre, als er den ersten Stock durchsucht hat. Er öffnet die Tür zum Speicherzimmer. Die Abdrücke auf dem staubigen Boden führen unter anderem zu dem einzelnen Giebelfenster und wieder zurück. Juncker betritt den Raum, wobei er sorgsam vermeidet, auf die Spuren zu treten. Falls sie tatsächlich von einem Fremden stammen, der in den Mord verwickelt war, was wollte der Betreffende dann hier oben? Wohl kaum die Aussicht genießen. Dann dürfte es nur zwei Erklärungen geben, denkt Juncker. Entweder musste er – wahrscheinlich ein »er«, die wenigsten Frauen haben Schuhgröße 47 –

sein Handy benutzen und kam hier hoch, weil er hoffte, hier besseren Empfang zu haben als unten. Wie in so vielen anderen Orten auf dem Land ist die Netzabdeckung in Sandsted erbärmlich, wie Juncker mehrfach am eigenen Leib hat erfahren müssen. Oder aber derjenige hat etwas gesucht.

Er geht nach unten und ruft nach Nabiha.

»Hier. Im Badezimmer«, ruft sie.

»Wie weit bist du?«, fragt Juncker.

»Fast durch, nur noch dieser Schrank«, sagt sie und öffnet den Spiegelschrank über dem Waschbecken. Der Inhalt deckt sich mit dem Zehntausender solcher Schränke im Land. Feuchtigkeitscreme, zwei Deos, eine Nagelfeile, Zahnpasta, ein paar Schachteln mit den üblichen Schmerztabletten für die Hausapotheke. Das Einzige, das etwas heraussticht, ist eine Packung mit einem relativ starken Morphinpräparat, das gegen starke Schmerzen, unter anderem Zahnschmerzen, verschrieben wird.

»In einem der Ordner oben habe ich eine Zahnarztrechnung für eine Wurzelbehandlung gesehen. Das dürfte es erklären«, sagt Juncker.

»Tja, wahrscheinlich. Hast du sonst etwas gefunden?«

»Nein. Zumindest nichts, was auf ein Motiv hindeutet. Du?«

»Nichts. Das ganze Haus ist dermaßen sauber, durchschnittlich und langweilig, dass es schon fast unnatürlich wirkt. Weißt du, was ich meine?«

Juncker nickt.

»Glaubst du immer noch, es war die Frau?«, fragt Nabiha.

Juncker wirft ihr einen kühlen Blick zu. »Das habe ich nie behauptet. Ich habe gesagt, sie *könnte* es gewesen sein. Und bis jetzt haben wir nichts gefunden, was sie zu hundert Prozent entlasten würde. Oder?«, gibt er etwas bissig zurück und hört selbst, dass er wie ein alter, sauertöpfischer Schulmeister klingt.

Sie zuckt unbeeindruckt mit den Achseln. »Kann sein. Aber ich finde, es deutet einiges darauf hin, dass sie es nicht war. Die Art, wie er ermordet wurde, hat etwas, wie soll ich sagen, etwas beinahe Rituelles. Ich meine, ein Stück Leitungsrohr als Waffe ... das schreit auf der einen Seite geradezu nach Affekt, so von wegen, sie kriegt plötzlich aus irgendeinem Grund genug von ihm, schaut nach dem Nächstbesten, womit sie ihn erschlagen kann, und schnappt sich das Rohrstück. Dann spaltet sie ihm damit den Schädel, während er still und friedlich am Esstisch sitzt. Vielleicht würde ich diese Geschichte sogar glauben, wenn gerade zufällig neue Rohre im Haus verlegt würden. Aber ich habe hier keine Stapel von Wasserrohren herumliegen sehen, du etwa? Außerdem wäre da noch das Detail, dass er am Stuhl festgebunden war.«

Juncker kommt nicht dazu, etwas zu erwidern, ehe sie schon fortfährt.

»Und was ist mit dem Urinfleck? Es hat sich wohl kaum einfach jemand hingestellt und auf den Teppich gepinkelt.«

»Das lässt sich nicht ausschließen.«

»Ist es nicht wahrscheinlicher, dass sie es war? Annette Larsen? Dass sie sich vor Angst in die Hose gemacht hat? Ich glaube ...«

»Stopp.« Er hebt die Hand. »›Ich glaube‹ ist Gift für jede Ermittlung. Es ist mir herzlich egal, was du glaubst. Mich interessiert, was wir wissen. Wir wissen, dass Bent Larsen tot ist, wir wissen, dass ihm jemand den Schädel mit einem Leitungsrohr zerschmettert hat. Wir wissen, dass seine Frau verschwunden ist. Vieles deutet außerdem darauf hin, dass es Handys und Computer im Haus gab, die jemand gestohlen hat. Schließlich haben wir Hinweise, dass ein Mann, bei dem es sich nicht um Bent Larsen handelt und der ein Paar deutscher Qualitätswanderstiefel besitzt, zu irgendeinem Zeitpunkt oben im Speicherzimmer war. Allerdings könnten die Fußabdrücke genauso gut von Bent Larsen selbst stammen. Bis jetzt wissen wir also nichts über die Person, die ihn getötet hat. Und wir wissen auch nichts über das Motiv. Bevor wir von den Technikern hören, wissen wir nicht, ob außer dem Ehepaar noch jemand im Haus war.«

Nabiha funkelt ihn an. »Du brauchst nicht mit mir zu reden, als ob …«

Juncker dreht sich um und geht ins Wohnzimmer. Der Gestank nach Verwesung hängt immer noch in der Luft, doch weniger stark als gestern. Er bereut seinen Tonfall. Es ist ja nicht ganz falsch, wenn man sich als Ermittler vorzustellen versucht, was geschehen sein könnte. Ganz im Gegenteil ist es ein wichtiger Bestandteil ihrer Arbeit. Und ihr Punkt mit dem Urinfleck ist auch nicht völlig abwegig. Aber seiner Meinung nach ist sie einfach noch zu grün hinter den Ohren, um so forsch aufzutreten, wie sie es tut.

Einen Moment lang bleibt Nabiha wie angewurzelt stehen, dann folgt sie ihm. Der Blutfleck auf dem Tisch ist inzwischen fast schwarz.

»Kurz gesagt stehen wir also mit reichlich leeren Händen da. So wie sich die Dinge darstellen, ist unsere vorläufig beste Option, Annette Larsen zu finden. Deshalb müssen wir …«

Sein Handy klingelt. Unbekannte Nummer.

»Juncker.«

»Guten Tag. Hier ist Jens Rasmussen, der Nachbar Ihres Vaters.«

Oh nein, denkt Juncker. »Ist etwas passiert?«

»Nein, nein. Na ja, oder … aber nichts Ernstes.«

»Was?«

»Ihr Vater ist im Garten herumgelaufen. Im Schlafanzug. Und barfuß.«

»Wo ist er jetzt?«

»Hier. Bei uns.«

»Ich bin in einer Viertelstunde da.«

»Keine Eile. Es geht ihm gut. Einigermaßen zumindest.«

»Bis gleich.« Juncker steckt das Handy zurück in die Tasche.

»Ist alles in Ordnung?«, fragt Nabiha.

»Es ist mein Vater …«

»Dein Vater?«

»Ja. Ich muss …«

»Wo wohnt dein Vater denn?«

»Hier im Ort. Um genau zu sein, wohne ich bei ihm …«

»Du wohnst noch bei deinem Vater?«, fragt sie ungläubig.

»Ja, weil er … er braucht im Moment etwas Hilfe.«

Oder besser gesagt, für den Rest seines Lebens, denkt er.

»Was ist passiert?«

»Nichts Ernstes. Aber ich muss kurz nach Hause, für eine Stunde oder so.«

»Okay. Ich bleibe hier und schnüffle noch ein bisschen weiter. Wir haben ja noch gar nicht richtig in den anderen Gebäuden geschaut, das kann ich also machen, bis du wieder da bist.«

»Klingt nach einem Plan. Dann bis in einer Stunde.«

Juncker klingelt. Der Mann, der ihm öffnet, ist ungefähr so groß wie er. Mitte vierzig, tippt Juncker, vielleicht etwas älter. Lichter werdendes Haar, ein freundlicher Blick hinter einer schwarzen Brille. Dunkelblaue Jeans und ein rotkariertes Holzfällerhemd. Jens Rasmussen reicht ihm die Hand.

»Jens. Kommen Sie herein.«

»Juncker.«

Er tritt in den Flur. Das Haus sieht aus, als ob es ungefähr zur selben Zeit gebaut worden wäre wie das seiner Eltern, irgendwann in den Siebzigern. Das Innere wurde anscheinend vor nicht allzu langer Zeit umfassend renoviert. Alles ist hell und in weißen Farben gehalten, auf diese etwas unpersönliche Art, wie man sie aus den Wohnzeitschriften im Wartezimmer des Zahnarztes kennt. Juncker bückt sich, um die Stiefel auszuziehen.

»Sie können die Schuhe ruhig anlassen.« Damit bittet Jens Rasmussen Juncker mit einer Armbewegung in den großen Wohn-Ess-Bereich. »Er ist da drüben«, sagt er und geht vor.

Der alte Mann sitzt in ein Plaid gehüllt auf einem Sessel, um Füße und Schienbeine ist eine Steppdecke gewickelt. Er zittert am ganzen Körper. Die Augen sind geschlossen.

»Ich habe ihn gefragt, ob er einen Tee oder etwas anderes Heißes trinken möchte, aber ich komme nicht richtig zu ihm durch«, erklärt Jens Rasmussen.

»Nein, das kann manchmal etwas schwierig sein«, erwidert Juncker und tritt zu seinem Vater.

»Er … äh … er ist weinend im Garten herumgelaufen. Hat nach jemandem namens Ella gerufen. Ich vermute, das ist …«

»Meine Mutter. Sie ist vor fast einem Jahr gestorben.«

»Ja, ich weiß. Mein Beileid.«

»Danke.«

Juncker geht neben dem Sessel in die Hocke. »Papa.«

Keine Reaktion. Er steht auf.

»Ich gehe schnell rüber und hole Schuhe, Strümpfe und eine Jacke für ihn.«

»Natürlich.«

Im Schlafzimmer der Eltern öffnet er eine der Türen des großen Kleiderschranks, der die ganze Wand einnimmt. Er überlegt, wann er das Zimmer zum letzten Mal betreten hat. Es ist lange her, so lange, dass er sich nicht daran erinnern kann. Aber er erinnert sich an das Gefühl, ein Eindringling zu sein, sich auf fremdem Boden zu bewegen. Weiß noch, wie er als kleiner Junge auf der Türschwelle stehen blieb und nach seiner Mutter rief, weil er von einem Albtraum aufgewacht war. Dass er nicht hineingehen wollte in die Dunkelheit, wo der mächtige Körper des Vaters wie ein bedrohliches Bergmassiv auf der entfernteren Seite des großen Doppelbettes lag. Dass seine Mutter aufstand, ihn auf den Arm nahm und in sein Bett zurücktrug, ihn zudeckte und neben ihm sitzen blieb, während sie ihm übers Haar strich und leise ein Schlaflied sang, bis er einschlief.

Juncker fröstelt. Der Teil des Schrankes, den er geöffnet hat, gehörte seiner Mutter. Regalbrett über Regalbrett fein säuberlich gefalteter Strickjacken, Oberteile und Pullover in Braun- und Beigetönen, als sei sie erst gestern gestorben. Er nimmt einen der Stapel heraus und presst die Nase hinein, ein schwacher Geruch nach Zigarettenrauch und ihrem Parfüm. Er legt die Kleider zurück und schließt die Tür. Öffnet die nächste und findet eine wattierte olivgrüne Pulloverjacke mit Reißverschluss, die vermutlich zur alten Jagdkleidung des Vaters gehört, und ein Paar Strümpfe. Im Flur greift er einen dunkelblauen Anorak vom Haken und ein Paar schwarze Schuhe, dann geht er zurück zum Nachbarshaus.

Sein Vater sitzt nach wie vor regungslos und mit geschlossenen Augen im Sessel. Aber das Zittern hat deutlich nachgelassen, bemerkt Juncker.

»Papa«, ruft er. Keine Reaktion.

Juncker streckt den Arm aus, um den Vater an der Schulter zu berühren, hält aber mitten in der Bewegung inne. Es kostet ihn Überwindung, den alten Mann zu berühren. Er beißt die Zähne zusammen und legt ihm die Hand auf die Schulter. Wie ein Skelett, denkt er. Der Vater öffnet die Augen und sieht ihn an. Er beginnt wieder zu zittern, und Juncker wird klar, dass es nicht nur vor Kälte ist. In seinem Blick steht die Angst. Juncker beugt sich vor.

»Ganz ruhig, Papa. Ich bin's nur«, sagt er mit leiser Stimme. So aus der Nähe kann er den Alten riechen. Ein süßlich saurer Gestank nach Urin, wochenaltem Schweiß und dem üblichen Schmutz, der Übelkeit in ihm aufsteigen lässt. Er schämt sich. Über die Verzweiflung des Vaters? Seinen eigenen Ekel? Jetzt beginnt er selbst zu zittern und spürt, wie sich ihm die Kehle zuschnürt. Er schluckt ein paar Mal, versucht, die Kontrolle zurückzugewinnen.

»Soll ich helfen?«, fragt Jens Rasmussen, der in einigem Abstand zu Vater und Sohn steht und wartet.

Juncker will gerade dankend ablehnen, als er sich umentscheidet und nickt. Zusammen schaffen sie es, Mogens Junckersen den Pullover überzuziehen. Juncker kniet sich hin, um ihm in Strümpfe und Schuhe zu helfen. Die Füße sind feuerrot und voller schwarzer Dreckspuren. Die gelben Fußnägel sind seit Monaten nicht geschnitten worden und krümmen sich wie Wolfskrallen über die Zehenspitzen. Juncker betet, dass der Vater sich keine Erfrierungen zugezogen hat. Die beiden Männer halten ihn jeweils unter einem Arm gestützt und richten den alten Mann auf. Juncker streift ihm die Jacke über.

»Komm, Papa«, sagt Juncker. »Jetzt gehen wir nach Hause.« Und an Jens Rasmussen gewendet: »Sie brauchen nicht mitzukommen.«

»Aber das tue ich gerne.«

»Okay, danke.«

Der Vater wimmert leise, als die beiden Männer vorsichtig mit ihm in der Mitte losschwanken. Als sie im Schlafzimmer angekommen sind, bringt Juncker ihn dazu, sich aufs Bett zu setzen, zieht ihm Schuhe und Jacke aus und drückt ihn sanft nach hinten, hebt seine Beine auf die Matratze und deckt ihn zu. Die echsenartigen Augenlider gleiten langsam zu, und kaum eine halbe Minute später erkennt Juncker an den gleichmäßigen Atemzügen seines Vaters, dass er eingeschlafen ist.

Jens Rasmussen ist vor der Schlafzimmertür stehen geblieben.

»Vielen Dank für die Hilfe, das war sehr freundlich von Ihnen«, sagt Juncker.

»Kein Problem. Freut mich, dass ich helfen konnte.«

Juncker schaut auf die Uhr. Es ist eine Dreiviertelstunde her, dass er Nabiha am Tatort zurückgelassen hat. Er sollte wieder zurückfahren. Andererseits, eine halbe Stunde mehr oder weniger …

»Möchten Sie einen Kaffee?«, fragt er.

Jens Rasmussen nickt. »Wenn Sie die Zeit haben. Man erfriert ja schon fast, wenn man nur von einem Haus zum nächsten geht.«

Sie gehen in die Küche.

»Nehmen Sie Platz«, sagt Juncker und setzt den Kaffee auf. »Wie lange wohnen Sie schon hier?«, fragt er den Nachbarn.

»In Sandsted? Hm, zehn Jahre müssten es inzwischen sein. Aber in unserem jetzigen Haus wohnen wir erst seit knapp einem Jahr.«

»Sie sind verheiratet?«

»Ja. Wir haben zwei Kinder. Die Jüngste wohnt noch zu Hause.«

»Was machen Sie?«

»Ich bin Lehrer. Wie meine Frau.«

Als der Kaffee durchgelaufen ist, steht Juncker auf, stellt zwei Tassen auf den Tisch und schenkt ihnen ein.

»Außerdem bin ich im Stadtrat«, sagt Jens Rasmussen.

»Ah, das wusste ich nicht. Für wen?«

»Dänische Volkspartei.«

»Dänische Volkspartei? Okay. Ist das nicht etwas ungewöhnlich?«

»Was meinen Sie?«

»Na ja, Lehrer … und dann die Dänische Volkspartei. Davon gibt es sicher nicht so viele, oder?«

»Hm, mittlerweile sind wir durchaus ein paar, aber Sie haben schon recht, unsere Berufsgruppe ist nicht unbedingt am stärksten in der Partei vertreten.«

Juncker pustet auf seinen Kaffee und trinkt einen Schluck. »Wie stehen Sie dann zum Flüchtlingsheim? Ich nehme an, Sie waren dagegen?«

»Das stimmt. Viele von uns waren dagegen, ganz unabhängig von der Partei. Es finden sich wohl kaum kleinere Dorfgemeinden wie unsere, die darauf brennen, solche Flüchtlingsunterkünfte einzurichten, bei denen die Schwierigkeiten von Anfang an vorprogrammiert sind.«

»Nein, wahrscheinlich nicht. Aber irgendwo müssen sie ja hin, oder?«

Jens Rasmussen zuckt mit den Schultern. »Wir können ja nicht einfach immer weiter Flüchtlinge aufnehmen. Wir haben schon mehr als genug zu tun mit denen, die bereits hier sind. Und dann kann man natürlich auch der Meinung sein, dass … Wo wohnen Sie? Also, wenn Sie sich nicht um Ihren Vater kümmern?«

»Kopenhagen. In den Kartoffelreihen, falls Ihnen das was sagt.«

»Innenstadt, richtig?«

»Ja, ziemlich am Rand.«

»Und wie viele Aufnahmeeinrichtungen für unbegleitete Flüchtlinge gibt es in Ihrer Wohnsiedlung? Oder in der ganzen Innenstadt?«

Juncker zieht die Brauen hoch. »Kommen Sie, ist das Argument nicht ein bisschen billig? Schon rein städtebaulich findet sich in diesen Vierteln ja wohl schlecht Platz für ein Flüchtlingsheim, oder?«

»Ich bezweifle, dass es wirklich so unmöglich wäre, ein geeignetes Gebäude zu finden, wenn man sich etwas anstrengen würde«, sagt Jens Rasmussen. »Clevere Strategie übrigens, erst dafür zu sorgen, dass hier auf dem Land immer mehr Unternehmen und Einrichtungen schließen, und wenn man dann plötzlich Platz für Flüchtlingslager braucht, gibt es zufälligerweise haufenweise leerstehende Gebäude in Orten wie Sandsted, wo man die Leute hin abschieben kann. Und alle Probleme.«

Juncker fühlt Ärger in sich aufsteigen. Er würde gern erwidern, dass die Dinge etwas komplizierter liegen. Gleichzeitig spürt er allerdings zu einem gewissen Grad, dass Jens Rasmussens Argumente nicht völlig an den Haaren herbeigezogen sind. Doch bevor er etwas sagen kann, fährt der Nachbar fort.

»Und sollen wir dann nicht gleich noch mit dem nächsten Vorurteil aufräumen: dass wir in der Dänischen Volkspartei ein Verein von dreckigen Rassisten sind. Ich will nicht ausschließen, dass es zwei oder drei davon in unserer Partei gibt, aber die findet man auch in anderen. Mir persönlich ist es piepegal, ob jemand schwarz, gelb oder rosa ist. Mich interessiert nur, ob sie Probleme machen oder ob sie ernsthaft die Absicht haben, ein Teil unserer Gesellschaft zu werden.«

Meine Güte, denkt Juncker. Da haben wir ja ein Fass aufgemacht. »Sie haben also kein Problem damit, dass die meisten Flüchtlinge Muslime sind?«

Jens Rasmussen beugt sich vor. »Jetzt hören Sie mal zu. Meine Tochter ist mit einem Iraner verheiratet. Er heißt Navid, und seine Eltern sind Mitte der Achtziger vor dem Mullah-Regime nach Dänemark geflüchtet. Der Vater war ein Intellektueller, unterrichtete Literatur an der Universität in Teheran und legte sich mit diesen schwarzen Mullah-Satanen an. Sie sind Schiiten, aber das haben sie uns gegenüber nie an die große Glocke gehängt, Religion ist für sie etwas Privates. Meine Tochter und Navid haben vor zwei Jahren im Rathaus geheiratet, und ich selbst habe der Trauung vorgestanden. Navid ist Biochemiker und arbeitet bei Novozymes. Außerdem ist er der Vater meines ersten Enkelkindes. Ich liebe ihn, und ich liebe seine Familie. Weil sie anständige Menschen sind, die vom ersten Moment, in dem sie in dieses Land kamen, alles getan haben, um ihren bestmöglichen Beitrag zur Gesellschaft zu leisten. Und weil sie akzeptieren, dass – wenn sie hierbleiben wollen – vor allem sie uns entgegenkommen müssen, und nicht andersherum. Rein mental gesehen, meine ich.«

Eine Weile herrscht Schweigen. Was es nicht alles gibt, denkt Juncker ungläubig. Ein Anhänger der Dänischen Volkspartei erklärt seine Liebe zu muslimischen Einwanderern.

»Aber Sie müssen entschuldigen, ich hatte nicht vor, eine politische Debatte hieraus zu machen, das ist eine meiner schlechten Eigenschaften, sagt meine Frau.« Jens Rasmussen lächelt Juncker an und wechselt das Thema. »Sie sind doch Polizist, richtig? Wir in Sandsted sind wirklich froh darüber, eine Wache vor Ort bekommen zu haben. Und zwar nicht nur wegen des Flüchtlingsheims, sondern weil es ganz generell ein gutes Gefühl ist, eine Polizeidienststelle in der Stadt zu haben. Dass nicht nur alles geschlossen wird, sondern hin und wieder auch etwas Neues entsteht.«

Juncker nickt. »Das ist gut.«

»Aber was für ein Start, den Sie da gleich hatten. Mit dem Mord, meine ich. Es ist Bent Larsen, richtig?«

»Ach, Sie wissen schon davon?«

»Nun ja, Sandsted ist ...«

»... klein, ich weiß«, spricht Juncker den Satz zu Ende. »Kennen Sie Bent Larsen? Beziehungsweise kannten Sie ihn?«

Jens Rasmussen schaut Juncker an. »Das muss ich bejahen. Er war Mitglied des hiesigen Ortsverbands unserer Partei, wurde aber vor einigen Jahren ausgeschlossen.«

»Weswegen? War er nicht abgebrüht genug?« Juncker grinst schief.

»Ganz im Gegenteil, würde ich sagen. Hier können Sie wirklich von einem Rassisten sprechen. Wir sind ja recht aufgeschlossen in Bezug darauf, was die Leute denken und sagen können. Aber Bent Larsen hat unsere Toleranzgrenze weit überschritten. Ein ausgesprochen unangenehmer Zeitgenosse, ein richtiges Schwein, wenn Sie mich fragen. Also ist er rausgeflogen.«

»Interessant«, sagt Juncker. »Und was dann? Haben Sie eine Ahnung, womit er sich anschließend beschäftigt hat? Ich meine, politisch gesehen?«

»Nein. Soweit ich mich erinnere, habe ich seitdem nicht mehr mit ihm gesprochen. Aber wenn ich Sie wäre, würde ich sehr weit nach rechts schauen. In die äußerste Ecke, wo wir von ausgeprägtem Neonazismus und ethnischer Säuberung reden, diese Schiene.«

»Okay.« Juncker schaut auf die Uhr.

Jens Rasmussen steht auf. »Danke für den Kaffee. Ich weiß ja nicht, was Sie in Bezug auf Ihren Vater vorhaben ...«

»Das weiß ich auch nicht.«

»Aber wenn Sie Hilfe brauchen, wenn wir zum Beispiel mal nach ihm sehen sollen, geben Sie gerne Bescheid. Meine Frau arbeitet nur in Teilzeit, daher ...«

»Vielen Dank für das Angebot. Es kann gut sein, dass ich darauf zurückkomme«, sagt Juncker.

Nachdem der Nachbar gegangen ist, überlegt er, ob er bleiben oder darauf setzen soll, dass der Vater für einige Stunden schläft und er zu Nabiha an den Tatort zurückfahren kann. Er beschließt zu bleiben. Will sich nicht ausmalen, wie es wäre, wenn der Vater aufwacht, vermutlich immer noch verwirrt und erschöpft, und ganz allein ist. Also ruft er Nabiha an und erklärt ihr die Situation.

»Kein Problem«, sagt Nabiha. »Ich mache hier noch ein bisschen weiter, dann rufe ich Kristoffer an und frage ihn, ob er mich mit dem Streifenwagen abholen kann.«

»Gut«, sagt Juncker. »Ich würde vorschlagen, dass wir uns morgen früh um halb neun auf der Station treffen. Dann sehen wir weiter.«

Er setzt sich in die Küche, schenkt sich noch eine Tasse Kaffee ein und rekapituliert, was Jens Rasmussen über Bent Larsen erzählt hat.

Da sollten wir wohl unsere Freunde vom PET etwas schnüffeln lassen, denkt er.

Als der Alte fünf Stunden später aufwacht, besteht Juncker darauf, dass er sich unter die Dusche stellt. Der Vater kehrt ihm wortlos den Rücken zu, schlurft ins Wohnzimmer und setzt sich in seinen Sessel. Die altersfleckigen Hände schließen sich zitternd um die Armlehnen – ein

deutliches Statement, dass er nicht gedenkt, sich hier weg-
zubewegen, komme, was wolle. Juncker muss schwer an
sich halten, um ihn nicht anzubrüllen, dass er jetzt gefälligst auf der Stelle duschen soll, sonst könne er seinetwegen in seinen eigenen widerwärtigen Aussonderungen
krepieren. Aber er beherrscht sich, zieht einen Stuhl heran,
setzt sich neben seinen Vater und versucht, ihn zu überre-
den. Der Alte hat die Augen geschlossen, und Juncker fragt
sich, ob überhaupt irgendetwas von dem, was er sagt, zu
ihm durchdringt. Nach zehn Minuten schluckt er seinen
Ärger und seine Verbitterung herunter und legt eine Hand
auf dessen knochige Hand. Die Berührung scheint den Alten aus seiner Trance zu wecken, er öffnet die Augen und
starrt auf seine Hände. Dann schaut er auf.

»Ich vermisse sie so schrecklich, Martin«, sagt er mit brüchiger Stimme und Tränen in den Augen. Solche Worte hat
Juncker noch nie von seinem Vater gehört. Er weiß, dass
die Demenz häufig den Charakter eines Menschen verändert. Anscheinend kann es auch zum Guten sein, denkt er.

Fünf Minuten später steht der Vater auf und geht ins
Bad. Juncker hilft ihm aus den Kleidern. Als der alte Mann
nackt und zitternd auf den Fliesen steht, kommt Juncker
der Gedanke, dass er den Vater, soweit er sich erinnern
kann, zum ersten Mal in seinem Leben unbekleidet sieht.
Mogens Junckersen muss in den letzten Jahren mindestens
zwanzig bis dreißig Kilo verloren haben, und die schlabb-
rige Haut – die traurigen Überreste eines Lebens in Wohl-
stand und einer daraus folgenden beachtlichen Wampe –
hängt über dem milchig weißen Unterleib wie eine dort
drapierte Gardine und verdeckt zum Teil das verschrum-
pelte Glied und die Hoden. Juncker kämpft gegen die Übelkeit an, die der Gestank des ungewaschenen Körpers in
ihm auslöst, und betet, dass der Vater selbst in der Lage ist,

sich einzuseifen. Für seinen Bedarf hat er heute mehr als genügend Grenzen für einen Tag überschritten.

Vielleicht würde ihm ein heißes Bad guttun, denkt Juncker und lässt Wasser in die Wanne ein. Trotzdem muss er vorher unbedingt unter die Dusche, es wäre einfach zu widerlich, ihn in seinem eigenen Dreck baden zu lassen. Er dreht die Brause auf und schiebt den Vater sanft unter den Strahl. Der alte Körper zuckt zusammen, als das warme Wasser die Haut trifft, doch dann entspannt er sich. Juncker drückt ihm ein Stück Seife in die Hand.

»Wasch dich«, sagt er, und zu seiner großen Erleichterung tut der Vater, wie ihm geheißen. Als er einigermaßen sauber ist, stellt Juncker das Wasser ab, führt den Alten zur Badewanne und hilft ihm hinein. Für eine Sekunde verliert er das Gleichgewicht und rutscht beinahe auf der glatten Oberfläche aus, aber Juncker hält ihn fest und stützt ihn mit den Händen unter den Achseln, bis er sitzt. Der Vater grunzt, als sein Körper ins Wasser gleitet.

»Ist das Wasser zu heiß?«, fragt Juncker so sanft, dass es ihn selbst überrascht. Der Alte schüttelt den Kopf. Eine halbe Stunde lang döst er in der Wanne vor sich hin, dann hilft Juncker ihm heraus und wickelt ihn in ein großes Badetuch. Er hat frische Unterwäsche, einen Pyjama und einen Bademantel bereitgelegt und bittet ihn, die Sachen anzuziehen, was er ohne zu protestieren tut. Dann klappt er den Toilettendeckel herunter und bringt den Vater dazu, sich daraufzusetzen. Nimmt eine Nagelschere, hockt sich auf die Knie und schneidet vorsichtig die klauenartigen Zehennägel. Alle Nägel sind pilzinfiziert, bemerkt er.

Anschließend stellt Juncker eine Tiefkühllasagne in den Ofen, und als sie fertig ist, essen Vater und Sohn schweigend in der Küche zu Abend. Nachdem Juncker den Tisch abgeräumt hat, hilft er seinem Vater ins Bett. Dann geht er ins Wohnzimmer, holt eine Flasche Single-Malt-Whiskey, einen Talisker, aus dem Barschrank und schenkt sich ein ordentliches Glas ein. Er leert das Glas mit zwei Schlucken, und die Tränen treten ihm in die Augen, als der Geschmack von geteertem Tauwerk und See sich seinen Weg über die Zunge und die Speiseröhre hinabbrennt. Er legt sich aufs Sofa, fällt beinahe augenblicklich in einen totenähnlichen Schlaf und erwacht erst wieder nach Mitternacht. Er taumelt in sein Zimmer, zieht sich aus, stellt den Handywecker, legt sich ins Bett und wird binnen weniger Sekunden erneut vom Schlaf übermannt.

29. Dezember

Kapitel 21

Juncker erwacht einigermaßen ausgeruht, und heute nimmt er das Rad zur Station. Es ist fünf vor halb neun, und Kristoffer ist bereits da. Um kurz vor neun taucht Nabiha auf. Juncker lässt die Verspätung unkommentiert, und nachdem sie sich aus ihren mehreren Schichten Winterkleidung befreit hat, setzen sie sich zu dritt an den Besprechungstisch.

»Und, Kristoffer, hast du dich schon in den Vergewaltigungsfall eingelesen?«, fragt Juncker.

Kristoffer nickt. »Ja, und ehrlich gesagt bin ich gar nicht sicher, ob es überhaupt einen Fall gibt.«

Nabiha schnaubt. »Was soll das heißen?« Sie funkelt ihn wütend mit verschränkten Armen an. Er rutscht unruhig auf dem Stuhl hin und her.

»Na ja, also, ich bin nicht sicher, ob es eine Vergewaltigung war. Oder genauer gesagt, ob es sich beweisen lässt, dass das Mädchen vergewaltigt wurde.«

»Gib uns doch erst mal eine kurze Zusammenfassung«, sagt Juncker.

»Klar. Es ist im Oktober passiert, in Verbindung mit dem Saisonabschluss des Fußballvereins. Es gab Essen in der Sporthalle, und im Anschluss hat irgendeine Band gespielt. Die Vereinsleitung hatte die Jungs vom Flüchtlingsheim eingeladen, was ja eigentlich ein netter Zug war. Ein paar von ihnen haben sich ziemlich betrunken ...«

»So viel zu ihrem Gelaber von wegen ›gläubige Muslime‹ und das alles«, wirft Nabiha ein.

»Du weißt doch gar nicht, ob sie das wirklich behaupten. Du hast ja mit keinem von ihnen gesprochen«, erwidert Kristoffer.

»Glaub mir, ich habe mit genügend Leuten dieser Sorte gesprochen, ich weiß, wie sie argumentieren und sich selbst darstellen. Das sind Heuchler, alle miteinander.«

Juncker hebt die Hand. »Wie wär's, wenn wir Kristoffer erst mal fertig erzählen lassen?«

»Gern«, sagt Nabiha brüsk.

»Jedenfalls, obwohl sie betrunken waren, haben sie eigentlich keine großen Probleme gemacht. Nicht mehr als dänische Jugendliche zumindest. Ein paar haben gekotzt, aber da waren sie nicht die Einzigen, wie aus den Berichten hervorgeht. Aber dann war da dieses Mädchen. Oder junge Frau vielleicht eher, sie ist siebzehn. Gegen Mitternacht wandte sie sich an einige der Veranstalter und erzählte, sie sei von zwei Jungen aus dem Flüchtlingsheim draußen vor der Halle vergewaltigt worden, in einer Art eingezäuntem Stück, wo die Müllcontainer stehen. Sie war total aufgelöst, also hat man die Polizei gerufen. Die haben einen Streifenwagen geschickt, und als die beiden Polizisten ankamen, sollte das Mädchen ihnen die zwei Flüchtlinge zeigen, aber sie waren anscheinend nicht mehr in der Halle, auf jeden Fall konnte das Mädchen sie nicht finden. Die Polizisten konnten sie davon überzeugen, es sei wichtig, sie ins Krankenhaus zu bringen, um sie untersuchen zu lassen, und haben sie mitgenommen.«

»Und was hat die Untersuchung ergeben?«, fragt Juncker.

Kristoffer blättert in dem Stapel Papiere vor sich.

»Moment ... ach ja, hier ... also: Die Untersuchung hat gezeigt, dass sie Geschlechtsverkehr hatte. Auf beiden

Seiten der Innenschenkel wurden rote Abdrücke gefunden, allerdings keine richtigen Verletzungen. An Hals oder Handgelenken gab es keine Spuren, nichts, was darauf hindeutet, dass sie festgehalten wurde.«

»Hatte sie etwas getrunken?«

»Ja, aber nicht sehr viel. Es wurden 0,7 Promille bei ihr gemessen. Sie war ganz sicher in der Lage, Nein zu sagen.«

»Und was ist mit den angeblichen Vergewaltigern?«

»Die hat sie am nächsten Tag im Flüchtlingsheim identifiziert. Sie war sich vollkommen sicher. Es handelt sich um die beiden, die wir vorgestern getroffen haben und die du, Nabiha ...« Kristoffer beendet den Satz nicht.

»Und wie haben sie sich zu der Sache geäußert?«

»Sie haben zugegeben, Sex mit ihr gehabt zu haben, sowohl Geschlechts- als auch Oralverkehr, wie hier steht. Allerdings sagen sie, dass alles einvernehmlich und nichts davon gegen ihren Willen geschehen sei.«

Nabiha steht auf. Sie kocht vor Wut. »Du willst also sagen, dass Aussage gegen Aussage steht?«, fragt sie.

Kristoffer fummelt nervös an den Papieren herum. »Ich sage, dass es, soweit ich sehen kann, keine technischen Beweise gibt, die ihre Aussage untermauern.«

»Weil es, wenn sie sich nicht richtig gewehrt hat, keine Vergewaltigung war, oder wie?«

»Äh, na ja, ich weiß nicht, ob man das so sagen kann.«

»Denn es ist ja völlig ausgeschlossen, dass eine Frau, oder in diesem Fall eine Teenagerin, solche Angst davor hat, geschlagen oder umgebracht zu werden, dass sie lieber wählt, den Männern ihren Willen zu lassen, richtig?«

»Doch, das kann natürlich ...«

»Soweit ich weiß, ist sie keine Prostituierte? Oder ein Pornostar?«

Kristoffer schüttelt den Kopf. »Nein, natürlich nicht. Sie

ist ein ganz normales Mädchen. Spielt Fußball und geht in die Oberstufe und hat einen Freund.«

»Und wie wahrscheinlich ist es, dass sich ein ganz normales Mädchen aus Sandsted, das einen Freund hat, vollkommen freiwillig und leicht beschwipst auf Sex und Oralverkehr mit zwei ausländischen Männern einlässt, die sie überhaupt nicht kennt? Hinter einem Zaun bei den Müllcontainern? Im Oktober?«

Kristoffer zuckt mit den Schultern. »Vielleicht eher unwahrscheinlich.«

»Ja, das kann man wohl so sagen.«

»Aber, na ja … sie ist jedenfalls mit den beiden nach draußen gegangen. Sie erklärt es damit, dass sie Sympathie für die Flüchtlinge hegt und die persönliche Geschichte der beiden hören wollte.«

»Und das kann man rückblickend natürlich durchaus als etwas unvorsichtig bezeichnen«, meint Nabiha. »Aber das ist trotzdem noch lange nicht gleichbedeutend mit ›Besorgt's mir. Alle beide.‹ Oder?«

Es wird still um den Tisch.

»Nein. Aber trotzdem …«, Kristoffer kratzt sich am Kopf, »trotzdem muss doch wohl irgendwie bewiesen werden, dass es Vergewaltigung war, wenn die zwei verurteilt werden sollen, oder nicht?« Er sieht Juncker fragend an.

»Ja. Zumindest muss es plausibel gemacht werden. Sie können durchaus aufgrund von Indizien verurteilt werden. Bei Vergewaltigungsfällen lassen sich ja häufig keine technisch vollkommen wasserdichten Beweise finden. Dann steht tatsächlich Aussage gegen Aussage.«

»Und deshalb kommen die Fälle oft gar nicht erst zur Anklage. Oder die Männer werden freigesprochen. Viel zu oft«, sagt Nabiha.

Kristoffer schaut schweigend auf die Tischplatte. »Aber

in gewisser Weise sind sie trotzdem schon verurteilt«, sagt er dann. »Ich habe mal ein bisschen geschaut, was die verschiedenen Medien so über den Fall schreiben. Und glaub mir, da ist die Geschichte nicht zu kurz gekommen. Massenweise Interviews mit Bürgern und Lokalpolitikern, die von der Schuld der Flüchtlinge überzeugt sind und fordern, das Heim zu schließen, die Männer hinter Gitter zu stecken und die Schlüssel wegzuwerfen. Praktisch die gesamte Berichterstattung nimmt die Haltung ein, dass die Flüchtlinge lügen und genau das eingetroffen ist, was alle, die gegen das Heim in Sandsted waren, befürchtet hatten. Die Gegner verlangen nun lauthals die Schließung des Heims, allerdings sind inzwischen auch mehrere andere Parteien auf den Wagen aufgesprungen, nicht nur die Dänische Volkspartei, allen voran ein Typ namens ...«, Kristoffer blättert in den Papieren, »Jens Rasmussen.«

»Rasmussen?«, fragt Juncker. »Okay. Wie sieht es mit den Vernehmungen der beiden Beschuldigten aus?«

»Ich habe ja keine große Erfahrung mit so was. Aber spontan würde ich sagen, dass sie etwas oberflächlich wirken. Ein bisschen nach dem Motto ›Und was passierte dann? Und was dann?‹ Kein richtiges Nachhaken. Als hätte man einfach den groben Handlungsverlauf feststellen wollen, ohne ernsthaft zu überprüfen, ob die beiden ihre Aussagen nicht vorher abgesprochen haben. Denn dazu hätten sie ja reichlich Zeit gehabt.«

Junckers Handy klingelt. Er nimmt ab und lauscht.

»Okay«, sagt er nach einer Weile. »Könnt ihr einen Streifenwagen herschicken, der uns abholt? Und sie sollen Ausrüstung mitbringen, damit wir das Fahrzeug aufbrechen können, falls die Türen verschlossen sein sollten.«

Juncker legt das Handy auf den Tisch. Nabiha schaut ihn fragend an. »Wurde das Auto der Larsens gefunden?«

»Ja.« Er verschränkt die Arme und denkt einen Moment über den Stand der Lage nach.

»Gut, passt auf«, sagt er dann. »Nabiha, du kommst mit mir. Kristoffer, du fährst zum Flüchtlingsheim und versuchst die beiden noch mal zu vernehmen, einzeln, versteht sich. Frag sie, ob es in Ordnung ist, wenn ihr Anwalt nicht dabei ist. Woher kommt er oder sie eigentlich?«

»Soweit ich mich erinnere, aus Næstved«, antwortet Kristoffer.

»Okay. Wenn sie darauf bestehen, ihren Anwalt dabeizuhaben, versuchst du ihn zu erreichen, dann müssen wir eben hoffen, dass er so kurzfristig Zeit hat. Falls nicht, mach einen Termin mit ihm aus. Und zwar so schnell wie möglich. Stell außerdem sicher, dass Cornelius Andersen die ganze Zeit dabei ist, während du mit ihnen sprichst. Sie sind ja noch minderjährig.«

»Ja, genau«, murmelt Nabiha.

Das wird langsam ein bisschen anstrengend, denkt Juncker, fährt aber unbeirrt fort: »Deshalb muss während der Vernehmung streng genommen jemand vom Sozialamt der Gemeinde dabei sein. Aber ich denke, Andersen tut es auch. Falls sie nur in Gegenwart ihres Anwalts aussagen wollen, achte darauf, dass sie bis dahin keinen Kontakt zueinander haben. Sie sollen keine Gelegenheit haben, sich abzusprechen. Und dann quetsch sie aus. Bring sie dazu, dir bis ins letzte Detail zu erzählen, was passiert ist. Nichts von wegen schüchtern, frag sie nach jeder Einzelheit. Wir müssen haargenau wissen, was los war.« Juncker mustert Kristoffer. »Kriegst du das hin?«

Kristoffer nickt. Erst etwas zögerlich, dann entschiedener. »Das schaffe ich schon. Soll ich Cornelius Andersen anrufen und Bescheid geben, dass ich komme?«

»Nein, auch er soll nichts im Voraus wissen. Und versuch

zu verhindern, dass er mit den Beschuldigten allein ist. Du machst dir natürlich Notizen während der Vernehmungen, aber nimm auch ein Diktiergerät mit, damit wir sie auf Band haben.« Juncker wendet sich Nabiha zu. »Und darf ich außerdem kurz daran erinnern, dass es vollkommen gleichgültig ist, ob wir die beiden für schuldig halten oder nicht. Unsere Aufgabe ist es, sie zu vernehmen und Informationen zu sammeln, die wir anschließend der Staatsanwaltschaft präsentieren können. Die, nicht wir, entscheidet dann, ob die Beweislage für eine Anklage reicht oder nicht.«

Sie geht nicht auf die Rüge ein. Juncker überlegt, ob er Kristoffer auf die Schulter klopfen soll. Signe würde es tun, denkt er, aber es käme doch irgendwie komisch.

»Ruf an, wenn irgendwas ist«, sagt er nur. »Wir sehen uns später.«

Sie entdecken das Auto aus ungefähr hundert Metern Entfernung. Es steht am Ende eines Schotterweges. Alles im Wald – die schlanken Baumstämme, der Erdboden, die Straße und der Himmel – besteht aus grauen, braunen und schwarzen Farbtönen, sodass sich der weiße Wagen wie eine leuchtende Laterne davon abhebt.

»Halten Sie hier«, sagt Juncker zu dem Polizisten, der am Steuer des Streifenwagens sitzt, und steigt aus. Es wäre am besten, auf die Techniker zu warten und sie die Spuren sichern zu lassen, bevor sich allzu viele dem Auto nähern, aber es kann gut zwei Stunden dauern, bis sie auftauchen, und er ist ungeduldig. Außerdem ist es kaum wahrscheinlich, dass wer auch immer das Auto hier abgestellt hat, irgendwelche brauchbaren Schuhabdrücke auf der gefrorenen Erde hinterlassen hat. Er wendet sich an die beiden Streifenpolizisten.

»Einer von Ihnen geht mit mir zum Auto. Wir müssen Schutzkleidung und die ganze Montur anziehen. Der andere bleibt mit Nabiha hier.«

Der eine der Polizisten öffnet den Kofferraum und holt die Ausrüstung heraus. Kurz darauf sind Juncker und er bereit, der Polizist ist außerdem mit Brecheisen und Werkzeug ausgestattet, um die Türschlösser zu öffnen.

»Wir gehen zwischen den Bäumen entlang, ein paar Meter abseits des Weges«, weist Juncker ihn an. Der Polizist nickt.

Ungefähr fünf Meter vor dem Auto macht Juncker halt.

»Warten Sie hier«, sagt er und legt das letzte Stück bis zum Astra allein zurück. Er bleibt vor der Beifahrertür stehen. Die Scheiben sind teilweise mit Eisblumen bedeckt, er geht leicht in die Knie, um ins Innere sehen zu können. Der Innenraum ist leer. Vorsichtig greift er den Türgriff und zieht. Die Tür bewegt sich um wenige Millimeter, erst meint er, sie sei abgeschlossen, die Latexhandschuhe schützen nicht gegen die Kälte und seine Finger sind steif, doch als er erneut zieht, diesmal etwas fester, lässt sie sich öffnen. Der Wagen steht hier vermutlich schon mehrere Tage, sodass die Türen festgefroren sind. Und das Auto hat Zentralverriegelung, ergo ist der Kofferraum auch nicht abgeschlossen. Er schließt die Vordertür und tritt vorsichtig zur Rückseite des Fahrzeugs. Drückt auf den Griff für den Kofferraum und hebt den Deckel an, auch er klemmt, löst sich aber, als Juncker fester zieht, und öffnet sich mit einem leisen Knirschen.

Obwohl er vorbereitet ist, trifft ihn der Anblick wie ein Schlag in die Magengrube. Er schnappt nach Luft.

Annette Larsens Hände – falls es Annette Larsen ist – sind auf dem Rücken zusammengebunden, sie liegt in Fötusstellung. Juncker hat nur eine vage Vorstellung davon, wie sie aussieht. Und selbst wenn er sie besser kennen würde, wäre ihr Gesicht nicht wiederzuerkennen. Denn da ist kein Gesicht mehr. Was einmal Augen, Nase, Wangen, Stirn und Kinn waren, hat sich in eine gefrorene Masse aus Fleisch, Knorpeln, Blut, Zahnfragmenten und Knochenresten verwandelt. Juncker hat in seinem Leben schon viele übel zugerichtete Leichen gesehen, doch so etwas noch nie.

Aber natürlich ist sie es, wer sonst sollte es sein? Er schüttelt ein Frösteln ab, schließt den Kofferraum und dreht sich zu dem Polizisten um.

»Wir gehen zurück, denselben Weg, den wir gekommen sind.«

Auf dem Rückweg geht er in Gedanken durch, was zu tun ist: Das Gebiet absperren. Die Techniker anrufen, außerdem Markman. Die Hauptdienststelle informieren und einen Wagen schicken lassen. Und dem PET Bescheid geben. Nabiha steht mit dem Rücken gegen den Streifenwagen gelehnt. Sie schaut ihm mit fragendem Blick entgegen. Er nickt.

»Okay. Dann können wir sie wohl endgültig von der Liste der Verdächtigen für den Mord an Bent Larsen streichen?«, fragt sie.

Ist sie sarkastisch? Juncker mustert sie aus dem Augenwinkel, er hat in kurzer Zeit gelernt, ihren Tonfall und ihre Mimik recht präzise zu deuten, aber nein, eigentlich macht es nicht den Eindruck. Er will gerade entgegnen, dass man es eigentlich immer noch nicht ganz ausschließen kann, theoretisch hätte sie ihren Mann sehr gut erschlagen können und dann hat jemand anders sie umgebracht, aber er verkneift es sich. Es ergibt keinen Sinn. Der Mord an Bent Larsen geschah nicht im Affekt. Er ist so weit von Affekt entfernt wie nur überhaupt möglich. Sein Tod und der seiner Frau sind Teile in einem ihm unbekannten Puzzle-spiel, und natürlich wurden beide vom selben Täter – oder denselben Tätern – umgebracht.

»Ja, das können wir«, sagt er. »Und damit bleiben uns genau null Verdächtige.«

Kapitel 22

Er lenkt den Streifenwagen auf den Hofplatz des Flücht-lingsheims und parkt wie Juncker letztes Mal vor der Treppe zum Hauptgebäude. Und wie letztes Mal erscheint Cornelius Andersen mit einem strahlenden Lächeln in der Eingangstür, noch bevor Kristoffer aus dem Auto steigt. Macht er nichts anderes, als hier zu sitzen und auf Besuch zu warten?, fragt er sich und lächelt zurück.

»Hallo, das ist ja eine Überraschung«, begrüßt ihn Cor-nelius Andersen, während er eifrig Kristoffers große Hand schüttelt. »Kommen Sie, gehen wir in mein Büro. Sie sind diesmal allein?«

»Ja, im Moment haben wir ja einige Baustellen, deshalb müssen wir uns aufteilen.«

»Richtig, mein Gott, ja, der Mord.« Er nickt nachdenk-lich. »Aber was kann ich für Sie tun? Ist etwas passiert?«

»Ich möchte gern mit den beiden sprechen, die in der Vergewaltigungssache verdächtigt werden. Es gibt da ein paar Details, die wir klären möchten, bevor wir den Fall weiterleiten.«

Cornelius Andersen kratzt sich am Bart. »Klären? Spre-chen wir von erneuten Vernehmungen?«

»Na ja, ich weiß nicht … Vernehmung ist vielleicht ein bisschen viel gesagt, eher ein paar vertiefende Fragen, würde ich sagen.«

»Hm. Sollte das dann nicht in Gegenwart ihres Anwalts

geschehen? Also, wenn wir nach den Regularien gehen?«
Er schaut Kristoffer in die Augen. »Und streng genommen
müsste eigentlich auch jemand vom Sozialamt anwesend
sein. Schließlich sind beide unter achtzehn.«

Shit, denkt Kristoffer. »Könnten wir sie nicht fragen, ob
ich ihnen auch ohne ihren Anwalt ein paar Fragen stellen darf? Und ist es wirklich nötig, jemanden von der Gemeinde dabeizuhaben, wenn Sie doch hier sind?«

»Vielleicht wiederhole ich mich jetzt, aber da die beiden minderjährig sind, liegt es genau gesagt nicht an ihnen
zu entscheiden, ob ein Anwalt dabei ist oder nicht. Daher
muss ich leider darauf bestehen.«

»Na schön, dann schauen wir, ob er direkt herkommen
kann. Ich muss kurz ein paar Anrufe machen.«

Trotz der Kälte geht er nach draußen auf die Treppe, bevor er sein Handy aus der Tasche zieht und wählt.

»Juncker.«

»Ich bin's, Kristoffer. Wir haben ein Problem. Der Leiter,
Cornelius Andersen, besteht darauf, das Gespräch nicht
ohne den Anwalt stattfinden zu lassen.«

»Tja, da ist dann wohl nichts zu machen, wir handeln
uns einen Arsch voll Klagen ein, wenn wir nicht strikt den
Ablauf einhalten. Zumindest, wenn Andersen diese Haltung vertritt. Hast du die Nummer des Anwalts?«

»Ja, aber es wäre vielleicht am besten, wenn du …«

»Alles klar, ich rufe ihn an. Schick mir eine SMS mit der
Nummer, ich melde mich wieder, sobald ich von ihm gehört habe.«

»Gibt es sonst etwas Neues? In Bezug auf das Auto,
meine ich?«

Stille am anderen Ende.

»Ja«, sagt Juncker dann. »Annette Larsen ist auch tot. Ermordet. Sie liegt im Kofferraum.«

»Fuck.«

»Allerdings. Na gut, schau, dass du mir gleich die Nummer des Anwalts schickst.«

»Geht klar.«

Fünf Minuten später ruft Juncker zurück.

»Er kann frühestens Montag. Um elf könnte er am Flüchtlingsheim sein. Wir müssen also wohl oder übel warten.«

»Kacke.«

»Ja. Sag Cornelius Andersen, dass er gegenüber den beiden Verdächtigen auf keinen Fall erwähnen darf, dass sie noch mal vernommen werden sollen. Und dass wir ihn belangen werden, falls er sich dem widersetzt. Du kannst anschließend einfach wieder zur Wache zurückkommen, wir treffen uns dann später dort.«

Kristoffer geht zurück zum Büro. Cornelius Andersen sitzt hinter dem Schreibtisch und arbeitet am Computer. Er schaut auf.

»Und, konnten Sie es klären?«

»Ja. Der Anwalt kommt Montagvormittag um elf. Können Sie einen Dolmetscher organisieren?«

»Natürlich. Die beiden sprechen zwar ganz passabel Englisch, aber sicherheitshalber ist es auf jeden Fall gut, einen Dolmetscher dabeizuhaben.«

»Alles klar. Und erwähnen Sie gegenüber den beiden bitte nicht, dass sie noch mal vernommen werden sollen. Sie sollen nicht die Möglichkeit haben, ihre Aussagen … wie soll ich sagen … abzustimmen. Mehr als ohnehin schon.«

»Woher wollen Sie wissen, dass sie das bereits getan haben?«

Kristoffer zuckt mit den Schultern. »Jedenfalls möchten wir verhindern, dass sie es jetzt tun. Also sagen Sie ihnen nichts, bevor wir am Montag mit ihnen sprechen.«

»Aber was ist, falls sie nach dem Frühstück irgendetwas vorhaben? In die Stadt wollen oder was weiß ich?«

»Dann wird Ihnen schon etwas einfallen, um sie hier zu halten. Aber sie dürfen unter keinen Umständen wissen, dass wir noch mal mit ihnen sprechen wollen.« Kristoffer wendet sich zum Gehen. »Bis Montag. Ich finde selbst raus. Schönes Wochenende.«

Auf dem Hofplatz kommen ihm zwei junge Männer entgegen. Kristoffer wirft ihnen einen Blick zu und holt den Autoschlüssel aus der Tasche. Aber irgendetwas, er weiß nicht was, lässt ihn ein zweites Mal hinschauen, vielleicht, weil der größere der beiden mit einem Bein hinkt. Er ist ein gutaussehender junger Mann mit dickem, schwarzem halblangem Haar und buschigen Augenbrauen. Der Wind weht sein Haar zur Seite, und Kristoffer sieht, dass ihm der obere Teil seines linken Ohrs fehlt. Zwei, drei Sekunden starren sie sich in die Augen, dann wendet der junge Flüchtling den Blick ab. Kristoffer schaut ihm nach. Er steigt ins Auto, steckt den Schlüssel ins Zündschloss und dreht ihn um. Sitzt einen Moment lang reglos am Steuer, schaltet den Motor wieder ab und steigt aus. Nimmt zwei Treppenstufen auf einmal. Die Tür zu Cornelius Andersens Büro ist geschlossen. Er klopft an.

»Herein.« Der Leiter des Flüchtlingsheims blickt ihn fragend an. »Ja?«

Kristoffer bleibt in der Tür stehen.

»Einer der Flüchtlinge, ein junger Mann, der hinkt und dem ein Teil des Ohrs fehlt … und der schon ziemlich erwachsen aussieht … wissen Sie, wie er heißt?«

Cornelius Andersen nickt. »Ja, das ist Mahmoud … Khan, glaube ich, war der Nachname. Er ist seit einem Monat hier, wenn ich mich nicht täusche.«

»Wissen Sie auch, woher er kommt?«

»Aus Afghanistan. Sagt er zumindest. Aber wie so viele andere hat er keinen Pass und die Behörden sind noch dabei, seine Angaben zu überprüfen. Weshalb fragen Sie?«

»Nichts, nur so. Bis dann.«

Er muss es sein, denkt Kristoffer, als er wieder im Auto sitzt. Was zur Hölle macht er hier?

Kapitel 23

Vor ein paar Jahren war Signe als Sachverständige für die Anklage bei einem der ersten in Dänemark geführten Prozesse gegen einen dänischen IS-Kämpfer dabei gewesen – einem Fall, in dem sie ermittelt hatte. In der Pause hatte einer der Zuschauer mehrere Selfies mit dem Angeklagten gemacht, auf denen sie beide mit gereckten Zeigefingern posierten. Der Fotograf war in islamistischen Kreisen sowie bei der Polizei unter anderem deshalb bekannt, weil er einmal vor den Wahllokalen in Nørrebro Muslime dazu aufgefordert hatte, sich nicht an der Parlamentswahl zu beteiligen.

Signe hatte dieses Zeichen schon auf so vielen Bildern gesehen. Bildern von IS-Kriegern, die abgeschlagene Köpfe hochhielten, von Fahrzeugkonvois, die in eroberte Städte einfuhren, damals, als der IS noch Wind in den Segeln hatte, vom selbst ernannten Anführer des IS-Kalifats Abu Bakr al-Baghdadi, während er in Mossul dazu aufforderte, unschuldige Menschen umzubringen – Bilder von Hass, Tyrannei und Leid unvorstellbaren Ausmaßes. Und nun standen die beiden jungen Männer in einem dänischen Gerichtssaal und prahlten mit ihrer Begeisterung für eine der verbrecherischsten und brutalsten Terrororganisationen, die die Welt je gesehen hatte.

Sie war zu dem Mann gegangen, der die Bilder gemacht hatte. Er stand mit dem Rücken zu ihr, und sie tippte ihm auf die Schulter, woraufhin er sich mit einem freundlichen »Was kann ich für Sie tun?«-Lächeln zu ihr umdrehte.

»Lösch die Bilder!«, hatte sie gesagt.

Das Lächeln verschwand.

»Sagt wer?«

Sie zog ihren Dienstausweis hervor und hielt ihn dem Mann vor die Nase. »Sage ich.«

»Und du kannst entscheiden, welche Bilder ich machen darf?«

»Hier im Gericht? Und wie ich das kann.«

»Was, wenn ich sie nicht lösche?«

»Dann nehme ich dich fest.«

»Und zwar weswegen?«

»Ungebührlichen Verhaltens vor Gericht. Außerdem ist Fotografieren in einem Gerichtssaal verboten. Und dann konfisziere ich dein Handy und lasse die Bilder löschen. Du kannst es also genauso gut selbst tun und uns eine Menge Umstände und Ärger ersparen.«

Er starrte sie wütend an. Dann nahm er sein Handy, klickte auf die Galerie und löschte zwei Bilder.

»Lösch sie auch aus dem Papierkorb, damit sie ganz weg sind«, sagte Signe. »Alle.«

»Es sind nur zwei.«

»Zeig her.« Er reichte ihr das Handy. Der Flugmodus war eingeschaltet, sodass die Fotos nicht schon in irgendeiner Cloud gelandet sein konnten. »Schön, das ging ja kurz und schmerzlos.«

Er steckte das Telefon in die Tasche und funkelte sie an.

»Allahu akbar«, sagte er dann mit einer Stimme voller Pathos. Gott ist groß.

»Kein Zweifel«, hatte Signe geantwortet und ihn angelächelt.

Jedes Mal, wenn sie jemanden das Zeichen machen

sieht, läuft es ihr eiskalt den Rücken herunter. Und sie kann das Bild von Simon Spangstrup auf der Überwachungskamera nicht vergessen, mit erhobener Faust und gerecktem Zeigefinger. Sie holt eine Tüte Weingummis aus der Tasche und bietet sie Victor Steensen an. Sie sitzen in der Prinsesse Charlottes Gade im Zentrum von Nørrebro in seinem Auto, ungefähr fünfzig Meter von der Adresse, wo Simon Spangstrups Frau mit ihrem kleinen Sohn wohnt. Er sucht in der Tüte.

»He, nicht die besten rausfischen«, sagt Signe.

»Gibt's keine schwarzen Weingummis mehr? Doch, da ist noch eins.«

Er gibt ihr die Tüte zurück. Seit die beiden vor wenigen Tagen in Erik Merlins Büro saßen und von der Videoaufnahme mit Simon Spangstrup erzählt haben, hat sich das große Zahnrad der Überwachungsmaschinerie zu drehen begonnen. Es wurden richterliche Anordnungen eingeholt, um die Wohnung von Simon Spangstrups Frau zu durchsuchen sowie sich in ihren Computer zu hacken, wenn möglich heimlich. Es wurden Überwachungsteams zusammengestellt, die sie und die Witwe des Ingenieurs Tariz rund um die Uhr beschatten. Es wurden Techniker zusammengetrommelt, die für die elektronische Überwachung ihrer Handys sorgen sollen, sowie Dolmetscher, um eventuell stattfindende Gespräche auf Arabisch zu übersetzen. Juristen stehen bereit, um sicherzustellen, dass alles gesetzeskonform läuft – der ein oder andere Fall ist schon geplatzt, weil es zu Übertretungen gekommen war. Und zu guter Letzt steht eine schwerbewaffnete Antiterroreinheit parat, sollte sich die Situation entsprechend entwickeln.

Weder Victor noch Signe sind konkret in diese Tätigkeiten involviert, doch beide wollten gern sehen, wie es mit der Beschattung von Simon Spangstrups Frau läuft. Signe kennt diesen Teil von Nørrebro recht gut. Eine enge Freundin lebt wenige Straßen weiter. Auch ist es nur ein Katzensprung bis zu dem inzwischen abgerissenen Jugendhaus, bei dessen Räumung Signe 2007 dabei war und die von schweren Ausschreitungen begleitet worden waren.

Es ist ein gemischtes Viertel. Hier stehen sowohl vergleichsweise gut erhaltene, mehrgeschossige Wohnhäuser mit über einhundert Jahren auf dem Buckel als auch fantasielose Wohnblöcke aus Beton, geschminkt mit einer dünnen Schicht aus roten Backsteinen, die in den Siebzigern und Achtzigern wie Pilze aus dem Boden schossen, als die große Sanierungswelle über Nørrebro hinwegrollte. Letztere werden zu einem Großteil von Flüchtlings- und Immigrantenfamilien bewohnt. Allerdings hat Signe den Verdacht, dass das Viertel auch eine ganze Menge junger Paare beherbergt, deren Eigentumswohnungen von den wohlhabenden Eltern finanziert wurden – zumindest den vielen Volvos und Audis nach zu schließen, die überall in der Gegend parken und, wie es aussieht, reihenweise überbehütete Sprösslinge ausspucken, die nach den Weihnachtsferien bei Mama und Papa in die Großstadt zurückkehren.

Simon Spangstrups Frau wohnt im zweiten Stock eines Gebäudes gegenüber dem Spielplatz der Guldberg Schule. Signe war bereits mehrfach in der Wohnung, sowohl allein als auch zusammen mit Juncker, nachdem Simon Spangstrup damals nach Syrien gereist war und sie versuchten, Informationen von seiner Frau zu bekommen. Oben an der Fassade hängt eine Überwachungskamera. Signe hat die Aufnahmen der letzten dreißig Tage vom Hausmeister erhalten, und Dinah im Präsidium ist bereits dabei, sie durchzusehen.

Jemand klopft fest gegen die Scheibe, nur wenige

Zentimeter von Signes Ohr, und sie zuckt vor Schreck auf dem Sitz zusammen. Sie lässt das Fenster herunter. Draußen steht ein Mann mit einem beeindruckenden rot-blonden Vollbart, einer dicken rot-grün karierten Holzfäl-lerjacke und einer schwarzen Pelzmütze mit Ohrenklap-pen. Er gleicht ums Haar einem kanadischen Waldarbeiter, der soeben von einer gewaltigen Kiefer gestiegen ist.

»Könnten Sie bitte den Motor abstellen? Sie halten hier jetzt schon seit zehn Minuten. Das ist auch gesetzlich ver-boten«, sagt er und lächelt.

Signe will gerade einen Streit anfangen, besinnt sich aber. Erstens ist der Mann freundlich, zweitens hat er recht; und drittens wollen sie keine Aufmerksamkeit auf sich ziehen.

»Natürlich, tut uns leid«, sagt sie. »Wir schalten ihn so-fort aus.«

Der Hipster quittiert ihre Antwort mit einem gehobe-nen Daumen und geht zum Schulspielplatz, wo ein kleiner Junge mit einem Ball steht und wartet.

Zwei Fenster der überwachten Wohnung zeigen zur Straße. Auf den Fensterbänken stehen Orchideen, hat Signe bemerkt, als sie vor einer halben Stunde vom Kaf-feeholen aus der Nørrebrogade zurückkam. Jetzt dämmert es, und ein kaltes, grelles Licht dringt durch die vorgezo-genen Gardinen. Im Gegensatz zur Mehrheit der Politiker und Meinungsbildner, die permanent herumtönen, die Integration sei vollständig zum Erliegen gekommen, ist Signe schon in vielen arabischen und nordafrikanischen Heimen gewesen. Sie weiß, dass westliche und dänische Gewohnheiten langsam, aber sicher Einzug halten, ins-besondere natürlich bei der jüngeren Generation. Aber in einem Punkt rückt die Integration nicht vom Fleck: Das dänische Modell, Glühbirnen mittels Lampenschirmen zu verhüllen, die die Hälfte des Lichts verschlucken, hat nicht überzeugt. Bei den meisten Einwandererfamilien herrscht die simple Meinung vor, dass man das Licht nicht um des künstlerischen Erlebnisses willen anschaltet, sondern um besser zu sehen. Und was könnte einen Raum effektiver erhellen als nackte Leuchtstoffröhren und LED-Lampen?

Victors Handy piept. Er nimmt es aus dem Halter und liest die Mail vor, die er gerade erhalten hat.

»Amira ist vierundzwanzig, der Sohn fast fünf. Simon Spangstrup ist kurz nach dessen Geburt nach Syrien gereist. Sie haben nach muslimischer Tradition geheiratet, als sie achtzehn war. Ihre Mutter kam 1994 mit zwei kleinen Kindern nach Dänemark, zu diesem Zeitpunkt war sie gerade mit Amira schwanger. Sie hat das Gymnasium beendet … holla, sogar mit Bestnote. Schlaues Mädchen. Dann begann sie eine Ausbildung zur Krankenschwester, die sie aber nach kurzer Zeit abbrach. Wahrscheinlich war es als alleinerziehende Mutter mit dem Kleinen zu viel. Jetzt ist sie an der Schule für Sozial- und Gesundheitspflege in der Skelbækgade eingeschrieben. Aber das meiste hiervon weißt du wahrscheinlich schon, oder?«

»Schon, aber ich kann mich nicht an alles erinnern.«

Er scrollt weiter.

»Wir haben ihr Telefon abgehört, als wir erfuhren, dass Simon Spangstrup das Land verlassen hatte. Aber dabei kam nichts heraus. Ich weiß noch, dass wir versuchen wollten, eine richterliche Anordnung zu bekommen, um ihren Computer zu hacken, falls die beiden mittels anonymer Chatforen kommunizierten. Stattdessen haben wir die Genehmigung bekommen, sein Telefon abzuhören, obwohl er sich ja in Syrien befand. Aber das Einzige, was wir von ihm gehört haben, war dieses YouTube-Video mit ihm und dem Ingenieur, auf dem sie andere junge Mus-

lime auffordern, sich dem Kampf in Syrien anzuschließen.«

Die Haustür geht auf. Eine junge, hübsche Frau in Tim-
berlandstiefeln, einem olivgrünen Parka über einem langen schwarzen Rock und mit einem bunten Kopftuch ums
Haar tritt auf den Bürgersteig. Sie setzt einen kleinen Jungen in einen Buggy und schiebt ihn die Straße hinunter.

»Das ist sie«, flüstert Signe. Victor nickt.

Einen Augenblick später biegt ein junger Mann um die
Ecke bei der Sjællandsgade. Er folgt Amira in unauffälli-
gem Abstand. In den Ohren hat er weiße iPhone-Kopfhö-
rer, allem Anschein nach hört er Musik und summt die Melodie mit. Er geht an Signe und Victor vorbei, ohne ihnen
auch nur einen Blick zuzuwerfen.

Irgendwo in der Nähe detoniert etwas von der Laut-
stärke einer Handgranate. Signe zuckt zusammen. Es sind
nur zwei Tage bis Silvester, und anscheinend ziehen einige
Jungs den Spaß schon mal vor.

»Meine Fresse«, sagt Victor. »Das muss ein Kubischer
Kanonenschlag oder irgendwas anderes Illegales gewesen
sein.«

Die Knallerei nimmt vor Silvester seit Jahren immer hef-
tigere Ausmaße an, aber gerade dieses Jahr wirkt es fast
wie Hohn, denkt Signe. So wenige Tage, nachdem neunzehn Menschen bei einer gewaltigen Explosion getötet
wurden.

»Wieso verbietet man den Scheiß denn nicht?«, flucht
Signe, die, als Amiras Beschatter ein Stück am Auto vorbei
ist, den Motor anlässt.

»Okay, das scheint zu klappen, lass uns zurückfahren«,
meint sie. Victor nickt. Signe schaut in den Rückspiegel
und sieht einen großen Mann über die Straße auf Amira
zusteuern. Sie bleibt stehen und grüßt ihn, indem sie die

rechte Hand auf ihr Herz legt. Er erwidert die Geste. Der Beschatter passiert die beiden.

»Warte, sie spricht mit jemandem«, sagt Signe. Victor dreht sich um und schaut nach hinten.

»Möchte wissen, wer das ist«, murmelt er.

»Gib mir mal das Fernglas aus dem Handschuhfach«, sagt Signe.

Victor reicht es ihr. Sie nimmt das Fernglas vor die Augen und schaut durch die Heckscheibe.

»Na komm schon, Süßer, lächle für den Fotografen«, flüstert sie.

Wie auf Kommando dreht der Mann den Kopf und blickt die Straße hinunter zu ihrem Auto.

Signe erstarrt. Auch wenn sie das Gefühl hat, als würden sie sich direkt in die Augen sehen, weiß sie, dass X sie in der Dunkelheit nicht erkennen kann. Victor mustert sie von der Seite.

»Kennst du ihn?«, fragt er.

Sie nickt.

Kapitel 24

Gösta Markman seufzt und schüttelt den Kopf.

»Juncker, hast du eigentlich nie das Gefühl, es so richtig überzuhaben? Steht es dir nie mal bis hier?« Der schmächtige Rechtsmediziner legt die Hand an seinen dünnen Hals, wo sich deutlich der Adamsapfel abzeichnet.

Die beiden Männer starren in den offenen Kofferraum des weißen Opel Astra.

»Tja, ich weiß nicht«, sagt er. »Es ist das Einzige, was wir können, oder? Und wir können es besser als die meisten anderen. Als alle anderen«, verbessert er sich leise selbst.

Markman schnaubt. »Sprich für dich selbst. Das hier ist bestimmt nicht das Einzige, was ich kann. Ich hätte alles Mögliche werden können. Ein fantastischer Herzchirurg zum Beispiel. Oder Professor …«

Da wären wir mal wieder, denkt Juncker und unterdrückt ein Lächeln. Markman ist – neben vielem anderem – auch ein kleiner Poser mit dem starken Bedürfnis, seine eigene Vortrefflichkeit bestätigt zu bekommen. »Das kannst du ja immer noch. Der alte Frandsen geht bald in Rente, oder? Und dann gehört die Professur für Rechtsmedizin doch wohl dir, falls du sie willst?«

»Hm. Aber wenn ich jetzt Herzchirurg *und* Professor wäre, hätte ich auch meine eigene Praxis und würde einen Arsch voll Geld verdienen. Dann könnte ich an der Küste in einer schicken Villa mit Meerblick und eigenem Strand wohnen.«

Markman und sein Adonis von einem Architektenmann leben in einer Zweihundertvierzig-Quadratmeter-Wohnung voller modernistischer Möbel und Originalkunstwerke am Strandboulevarden. Juncker ist feinfühlig genug, um nicht zu erwähnen, dass Markman, was das Thema Wohnen angeht, wohl kaum als notleidend bezeichnet werden kann.

»Statt unter komfortablen Verhältnissen an einer exklusiven Adresse in der City mein Stethoskop auf den runzeligen Brüsten reicher älterer Damen zu platzieren, stehe ich hier in the *middle of fucking nowhere* im Wald und friere mir meinen schonischen Allerwertesten ab. Und starre auf das Ergebnis einer Bösartigkeit, die ich nicht im Ansatz begreifen kann. Geht es dir nie so?«

Juncker zuckt mit den Schultern. Er weiß, dass das kleine Schauspiel seinem Ende zugeht. Er weiß auch, dass der Zyniker Markman seine Arbeit liebt und dass er sich, würde Juncker ihn mitten in der Nacht anrufen, ohne zu zögern aus den Armen seines Geliebten schälen, sich anziehen und auf direktem Weg mitten ins Nirgendwo fahren würde, wenn Juncker ihn darum bittet.

»Und ich hätte sicher einen hervorragenden Verkehrspolizisten abgegeben«, erwidert Juncker trocken. »Aber davon wäre ich wohl kaum reicher geworden. Wir Bullen haben im öffentlichen Dienst ja nicht dieselben Möglichkeiten wie ihr Ärzte, unser Gehalt mit einem lukrativen Nebengeschäft aufzustocken. Die Antwort lautet also: Nein, ich kann nicht genug hiervon kriegen. Und wie wäre es, wenn wir, statt hier rumzustehen und über die Ungerechtigkeit des Daseins zu philosophieren, mal langsam an die Arbeit gehen würden und versuchen herausfinden, was mit Annette Larsen passiert ist? Oder wie siehst du das?«

»Schon gut, schon gut. Aber das liegt ja eigentlich auf der Hand. Ihr wurde der Schädel eingeschlagen, und zwar gut und gründlich, und ich würde eine Gehaltsstufe darauf verwetten, dass es dasselbe Rohr war, mit dem auch ihr Mann eins auf die Rübe gekriegt hat. Nur so ein Gefühl.«

Die Kriminaltechniker sind seit einer knappen Stunde im Gang. Es sind dieselben zwei, Peter Lundén und sein Partner, ein gewisser Christian Iversen, die bereits die Untersuchung des Tatorts im Overdrevsvej durchgeführt haben. Nachdem sie die Spuren in unmittelbarer Nähe des Autos gesichert haben, machen sie nun im Wald weiter. Der Wagen selbst soll zur genaueren Untersuchung ins Kriminaltechnische Center in Ejby transportiert werden.

Die Auswertung der gefundenen Partikel im Haus habe im Übrigen nicht viel ergeben, hatte Peter Lundén Juncker erzählt, als die beiden Techniker ankamen. Außer Haaren, Schuppen, Popeln und was sonst noch so zu Lebzeiten von Annette und Bent Larsens Körpern gerieselt war, wurden Rückstände von höchstwahrscheinlich zwei weiteren Personen gefunden. Ob dies allerdings bedeutete, dass es sich um zwei Täter handelte, oder ob einer davon beispielsweise ein früherer Gast war, ließ sich nicht mit Sicherheit sagen. Die Ergebnisse der DNA-Proben lagen noch nicht vor, die Wartezeit dafür betrug mehrere Monate. Außerdem wurden tatsächlich einige Hundehaare im Haus gefunden. Ein paar der Nächte musste es demnach doch zu kalt für den Zwinger gewesen sein, vermutete Juncker, oder die Haare waren von der Kleidung abgefallen.

»Alles in allem können wir also nicht sonderlich viel beitragen«, musste Lundén zugeben. »Wie gesagt, ich habe noch nie ein derart sauberes Haus untersucht. Die Täter waren offensichtlich äußerst darauf bedacht, keine Spuren zu hinterlassen. Wir haben es also ganz sicher nicht einfach mit irgendwelchen Junkies zu tun, die von der Straße hereingestolpert kamen. Daher würde ich mir auch keine allzu großen Hoffnungen in Bezug auf das Auto machen.« Lundén hatte Juncker auf die Schulter geklopft und die Mundwinkel zu einem schiefen Lächeln verzogen. »Jetzt hängt es weitestgehend an dir, mein Freund.«

Und nun, eine Stunde später, stehen Juncker und Markman also vor der malträtierten Leiche.

»Was sagst du?«, fragt Juncker. Er hat sein Notizbuch gezückt. Seine Finger sind so steifgefroren, dass er mit Mühe den Kugelschreiber halten kann. Markman beugt sich leicht über die Tote.

»Nicht viel, solange sie hier drin liegt. Spontan würde ich denken, dass sie zu Tode geprügelt wurde. Aber endgültig kann ich es erst sagen, wenn wir sie da rausgeholt haben. Ich kann ja nicht sehen, ob sie noch irgendwelche anderen Wunden hat. Auf jeden Fall wurde weit mehr Gewalt angewendet, als nötig gewesen wäre, um sie zu töten, so viel ist sicher. Außerdem wurde sie definitiv nicht hier umgebracht, und sie war auch nicht im Kofferraum, als es geschah. Bei jedem einzelnen Schlag, den sie bekommen hat, müssen wahre Blutfontänen gespritzt sein. Und wie du siehst, hat sie viele Schläge abbekommen. Richtig viele.« Er richtet sich auf. »Die Morde, die du und ich untersuchen, haben ja oft etwas Krankes, aber das hier … Tja, wenig überraschend solltest du nach einem Tatort suchen, an dem entweder sehr viel Blut war oder immer noch ist. Und wie gesagt wäre meine Vermutung, dass sie mit einem Stück Leitungsrohr getötet wurde. Aber dazu mehr nach der Obduktion. Was den Todeszeitpunkt angeht, habe ich nicht die geringste Ahnung, sie ist ja tiefgefroren und steif wie ein Brett. Wird nicht ganz leicht, sie in den Sack zu kriegen, zumal sie nicht gerade zierlich ist. Na, aber das überlassen wir lieber der rohen Muskelkraft.«

»Du, mir wäre es ganz recht, wenn ich die Obduktion überspringen könnte«, erklärt Juncker. »Wir sind so weit hintendran mit allem, da möchte ich ungern einen ganzen Tag …«

»Das sollte eigentlich auch nicht nötig sein. Es sind doch gerade etliche von euren Leuten aus der Polizei- direktion in Kopenhagen, oder? Soll einfach einer von denen dabei sein. Und wenn sich das nicht machen lässt, wird es schon irgendwie so gehen. Schließlich herrscht zurzeit eine Art Ausnahmezustand. Wie läuft es mit den Ermittlungen?«

»Wir hängen total in der Luft.«

»Und an der Heimatfront?«

Natürlich weiß Markman, was passiert ist und warum er sich in Sandsted befindet, denkt Juncker.

»Die Heimatfront liegt in Schutt und Asche«, sagt er.

»Ja, ich habe gehört, dass du es ein bisschen zu wild ge- trieben hast … im wahrsten Sinne des Wortes.«

Juncker schweigt.

»Also, wenn du mich fragst …«

»Tue ich aber nicht.«

Markman fährt unbeirrt fort. »… dann ist es außeror- dentlich dämlich, eine Beziehung mit einer Frau wie Char- lotte zu riskieren, nur um …«

»Jajaja«, unterbricht ihn Juncker. Er ist nicht in der Stim- mung, seine eigenen pubertären Dummheiten durchzu- kauen, überlegt aber, ob er Markman von seinem Vater er- zählen soll. Plötzlich merkt er, wie sehr er das Bedürfnis hat, mit jemand Vertrautem darüber zu sprechen, wie zur Hölle er die ganze Sache handhaben soll. Aber er verwirft den Gedanken.

»Kann jemand Nabiha und mich zurück zur Wache fahren?«, fragt er die Polizisten, die beim Streifenwagen warten.

»Ihr könnt mit mir kommen, ich fahre jetzt nach Kopenhagen zurück«, sagt Markman. »Ich schmeiße euch einfach unterwegs raus.«

Die Fahrt zurück zum Marktplatz verläuft schweigend, wofür Juncker dankbar ist, und Markman setzt sie fast vor der Tür ab.

»Sieht doch ganz gemütlich aus«, sagt er mit einem Kopfnicken in Richtung der Wache.

»Gemütlich? So habe ich es bis jetzt noch nicht gesehen«, erwidert Juncker. »Willst du auf einen Kaffee mit reinkommen?«

»Nee danke, ich muss nach Hause. Wir gehen heute Abend ins Theater.«

»Wer kann, der kann.« Juncker stellt sich vor, wie sein Abend wohl aussehen wird.

»Ich rufe dich morgen nach der Obduktion an«, sagt Markman, bevor er weiterfährt.

Drinnen sitzt Kristoffer an seinem Schreibtisch vor dem Laptop.

»Wie lange bist du schon hier?«, fragt Juncker.

»Zwei, drei Stunden.«

»Was hast du gemacht?«

»Nicht wirklich viel. Bin noch ein paar Artikel über die Vergewaltigung durchgegangen.«

»Ich kann mich nur wiederholen, wenn du nichts Vernünftiges zu tun hast, mach eine Runde durch die Stadt. Schau in die Geschäfte, rede mit den Leuten, sei präsent. Auch deshalb sind wir hier.«

Kristoffer schaut auf die Tischplatte. »Okay«, sagt er.

»Wie wär's, wenn wir uns kurz zusammensetzen und

sammeln, was wir haben? Kristoffer, hast du Kaffee gemacht?«

»Äh, nein. Aber ich kann welchen …«

»Passt schon.«

Juncker und Nabiha setzen sich an den Besprechungstisch.

»Du fährst also am Montag um elf noch mal raus und vernimmst die beiden Beschuldigten im Flüchtlingsheim. Gibt es sonst noch etwas von dort zu erzählen? Wie war Cornelius Andersen?«

»Ich denke, er war irgendwie … Also, er hat absolut auf dem Beisein des Anwalts bestanden.«

»Das muss er ja auch. Was soll's, einen Versuch war es wert. Sonst noch was?«

»Hm, ja, oder egal, das kann ich ein andermal erzählen. Es hat nichts mit dem Vergewaltigungsfall zu tun.«

»Okay.« Juncker verschränkt die Hände im Nacken und lehnt sich zurück. Wie sehr er doch wünschen würde, dass Signe hier wäre. Er muss in Næstved anrufen und mit dem Chef sprechen. Es ist völlig untragbar, mit nur drei Mann, von denen zwei noch dazu vollkommen grün hinter den Ohren sind, in einem Doppelmord zu ermitteln.

Nabiha und Kristoffer warten schweigend darauf, dass er etwas sagt. Er hat kaum die Energie dazu, aber andererseits … die Situation ist nun mal, wie sie ist.

»Ihr kennt ja den Stand der Dinge. Die Obduktion von Annette Larsen steht zwar noch aus, aber laut Markman wurde sie auf dieselbe Weise umgebracht wie ihr Mann. Bloß, dass er nur einen Schlag abbekommen hat, während es bei ihr unzählige waren. Sehr viel mehr, als nötig gewesen wären, um sie zu töten. Die technische Untersuchung des Hauses hat wenig ergeben. Außer von den Larsens wurden Haare von zwei weiteren Personen identifiziert.

Und im Dachzimmer waren Schuhabdrücke von einem Mann mit deutschen Stiefeln, die Marke habe ich vergessen.« Er schaut auf Kristoffers Füße. »So ähnliche, wie du anhast. Wie heißen die?«

»Das sind Meindl, deutsche Wanderstiefel. Richtig gute Qualität. Aber teuer«, sagt er und grinst.

»Ach was«, sagt Juncker. »Genau die Marke war es, meinen die Techniker. Sie haben keine solchen Stiefel im Haus gefunden, demnach stammen die Spuren wahrscheinlich von einem der Täter.«

Er schaut durch die große Schaufensterscheibe nach draußen. Der Marktplatz liegt verlassen, obwohl es erst später Nachmittag ist. In Kopenhagen sind die Leute jetzt auf dem Heimweg von der Arbeit. Stehen in der Schlange. Schleppen schreiende Kleinkinder durch den Supermarkt. Sie leben. Die Stadt lebt. Und er sitzt hier in Sandsted und fühlt sich einsam wie nie zuvor. Fast wie im Exil. Komm schon, Schluss mit dem Selbstmitleid, denkt er. Wie man sich bettet, so liegt man.

»So weit die Lage«, wendet er sich wieder den beiden anderen zu. »Und dann ist da noch das, was *nicht* da ist, wie Lundén es ausgedrückt hat. Wir haben weder Handys noch Computer im Haus gefunden. Dafür aber Ladekabel, die darauf schließen lassen, dass sie durchaus elektronische …«

»Warum?«, unterbricht ihn Nabiha. »Warum wurden sie umgebracht?«

»Ja«, sagt Juncker leicht verärgert, »darauf wollte ich eigentlich …«

»Ich hab mal eine Serie auf Netflix gesehen«, fährt sie ihm unbeirrt dazwischen, »die handelte davon, wie das FBI damals begann, Theorien zu entwickeln, weshalb Menschen zu Massenmördern werden. Dabei gab es so eine

Art Daumenregel oder Gleichung, oder wie man es auch nennen soll: What plus why equals who. Soll heißen, wenn man weiß, was passiert ist, und den Grund dafür kennt, findet man auch den Täter.«

Netflix? So weit sind wir also inzwischen, denkt Juncker, halb missmutig, halb wütend darüber, schon wieder unterbrochen worden zu sein. Er war selbst bei zwei Kursen an der FBI-Akademie in Quantico, Virginia, dabei.

»Ja. Das Motiv, wie man es nennt«, erwidert er, ohne die Ironie in seiner Stimme zu verbergen. »Wir müssen wissen, wer sie waren. Sie hat als Gesundheits- und Sozialassistentin gearbeitet, sowohl im Pflegeheim als auch zuletzt in der häuslichen Pflege. Er war Schlachtereiangestellter, bis das Unternehmen 2007 geschlossen wurde. Nabiha, hast du mit Annette Larsens Chefin gesprochen?«

»Ja, am Telefon.«

»Was hat sie gesagt?«

»Nicht sehr viel. Annette Larsen war eine verlässliche Mitarbeiterin, kaum Fehltage. Hat ihren Job gemacht, und es gab nie Beschwerden über sie. War meistens für sich. Ich habe vorhin noch mit zwei ihrer Kollegen gesprochen, dasselbe Lied. Sie hatte mit niemandem engen Kontakt, hat einfach ihre Arbeit gemacht. Außerdem war ich beim Pflegeheim und habe mit der Leiterin gesprochen. Sie heißt …«

»Mona Jørgensen«, fällt Juncker ihr ins Wort.

»Ja. Sie kennen sie?«

»Ich habe sie einmal getroffen.«

»Okay. Na, jedenfalls, Mona Jørgensen hatte auch nicht sonderlich viel über sie zu sagen. Es ist fünf Jahre her, dass Annette dort gearbeitet hat, Jørgensen konnte sich überhaupt nicht richtig an sie erinnern und musste erst ihre Unterlagen raussuchen. Aber auch die haben nicht viel ergeben. Das einzig Auffällige, woran sie sich erinnert, war, dass sie zwei Mal mit kleineren Verletzungen zur Arbeit erschienen ist. Einmal hatte sie ein blaues Auge, ein andermal einen Verband ums Handgelenk. Das Auge habe sie damit erklärt, dass sie beim Putzen gegen die Tischkante gestoßen sei, und beim zweiten Mal war sie angeblich gefallen. Jedenfalls war es anscheinend kein Grund für sie, nicht zur Arbeit zu kommen. Vielleicht hat er sie geschlagen.«

»Vielleicht«, sagt Juncker und denkt, dass diese Information interessanter gewesen wäre, wenn sie noch leben und im Verdacht stehen würde, ihren Mann umgebracht zu haben. So wirkt die mögliche häusliche Gewalt irgendwie belanglos für den Fall. Er richtet sich auf.

»Gut. Zwei Dinge: Wir sollten versuchen, einen ehemaligen Kollegen von Bent Larsen zu finden, der mit ihm in der Schlachterei gearbeitet hat. Es ist zwar über zehn Jahre her, dass er dort angestellt war, trotzdem müssten hier in der Stadt noch ein paar der früheren Mitarbeiter leben. Oder jemand aus der Geschäftsleitung. Nabiha, kannst du dich auch darum gleich noch kümmern und morgen weitermachen?«

»Klar.«

»Ich habe mit einem Mitglied des Ortsvereins der Dänischen Volkspartei gesprochen, und er hat erzählt, dass Bent Larsen vor vier Jahren ausgeschlossen wurde, weil er selbst für deren Geschmack deutlich zu rechts eingestellt war. Deshalb habe ich den PET kontaktiert, um zu hören, ob er und die Frau auf ihrer Beobachtungsliste standen. Könnte ja sein.«

Er wirft einen Blick auf die Uhr. Kurz nach fünf. Juncker steht auf. Das schlechte Gewissen darüber, den Vater so viele Stunden allein gelassen zu haben, nagt an ihm wie ein Wurm an einem heruntergefallenen Stück Fallobst und mischt sich mit der Sorge, mitten in einer Mordermittlung so früh schon nach Hause zu fahren.

»Wollen wir später nicht ein Bier trinken gehen, wenn wir fertig sind? Heute ist doch Freitag«, sagt Nabiha plötzlich.

Kristoffer und Juncker starren sie überrascht an, und sie grinst.

»Ganz ruhig. Ich habe euch ja nicht zu mir ins Bett eingeladen. Kommt schon, wäre das nicht nett? Nur auf ein Bier. Oder zwei.« Sie schaut Juncker an. »Oder geht das gegen die Vorschriften, wie Leiter einer Polizeidienststelle mit ihren Angestellten interagieren dürfen?«

Er lächelt schief. »Nein, das wohl nicht. Aber ich weiß nicht recht …«

»Ich bin dabei«, sagt Kristoffer.

Eigentlich, denkt Juncker, wäre es zur Abwechslung mal ganz nett, nicht den ganzen Abend lang vor der Glotze zu hocken, während der Alte auf dem Sofa schnarcht.

»Ich weiß nicht, ob ich es schaffe, aber wenn, wird es nicht vor neun.«

»Super«, sagt Nabiha gut gelaunt. »Wollen wir das Torvecafé schräg gegenüber probieren? Das sieht aus, als ob eine Polizeiassistentin und ein Polizeischüler es sich leisten könnten. Ein großes Bier für fünfundzwanzig Kronen, werben sie. Das nenne ich mal billig.«

»Okay. Falls ich nicht kommen kann, treffen wir uns morgen wieder hier. Sagen wir gegen halb neun?«

Er überlegt, ein »frisch und munter« hinzuzufügen, lässt es aber bleiben. Das wäre dann doch eine Nummer zu onkelhaft.

Der Alte war bereits auf den Beinen und angezogen, als Juncker am Morgen gegen sieben erwacht war. Er hatte in der Küche gesessen und zum ersten Mal seit Langem einen guten Morgen gewünscht. Überhaupt hatte er sehr viel präsenter gewirkt als sonst. Dennoch nahm Juncker die Schlüssel seines Vaters sowie die der Mutter und das Zusatzpaar vom Schlüsselbrett und schloss sämtliche Außentüren ab, bevor er zur Arbeit radelte. Durch die Fenster würde der alte Mann wohl kaum kriechen, da war er ziemlich sicher.

Es hatte sich grenzüberschreitend angefühlt, den Vater auf diese Weise einzusperren, gleichzeitig jedoch wie die einzige Möglichkeit.

Das ist mit Sicherheit illegal, denkt er, aber was soll er sonst tun? Er hat einen Facharzt für Geriatrie angerufen und erfahren, dass die Wartezeit, um den geistigen Zustand seines Vaters untersuchen zu lassen, über vierzig Wochen beträgt.

Mogens Junckersen macht allerdings nicht den Eindruck, als ob er über die Maßen gelitten hätte und wirkt nach wie vor recht klar, als Juncker nach Hause kommt. Er erkennt seinen Sohn ganz offensichtlich wieder und nennt ihn mehrfach Martin. Fürs Abendessen öffnet Juncker eine Dose Räucherfisch und brät ein paar Eier, dann nehmen sie schweigend ihre Mahlzeit ein und teilen sich eine Flasche Rotwein. Der Vater ist allem Anschein nach völlig ausgehungert, schaufelt das Essen in sich hinein und trinkt den Wein in großen Schlucken. In einem Anfall von Optimismus denkt Juncker, dass die Demenz vielleicht bloß vorübergehender Natur war, ein temporärer Zustand, der bald überstanden sein wird.

Nach dem Essen setzen sie sich ins Wohnzimmer und sehen gemeinsam die Nachrichten. Der Alte brummt mehrmals »verdammte Gastarbeiter«, als ein Beitrag über den neuerlichen Druck an den EU-Außengrenzen, nun

insbesondere durch afrikanische Migranten und Flüchtlinge, über den Bildschirm läuft. Die Topmeldung des regionalen Nachrichtensenders ist natürlich der Doppelmord in Sandsted, und auch diese Geschichte wird vom
Vater mit zornigen »Verdammte Ausländer!«-Rufen quittiert – obwohl während des gesamten Berichts nicht ein
Wort über die Nationalität des Täters oder der Täter verloren wird. Jonas Mørk wird in einem Interview zum Stand
der Ermittlungen befragt, was Juncker daran erinnert, dass
er vergessen hat, seinen Chef anzurufen. Etwas widerstre-
bend muss er anerkennen, dass der junge Chefpolizeiinspektor die Tatsache, dass sie zum gegenwärtigen Zeitpunkt
keine Ahnung haben, von wem und warum die Larsens ermordet wurden, ziemlich elegant verpackt.

»Wir untersuchen verschiedene Theorien, aus Rücksicht
auf die Ermittlungsarbeiten kann ich vorläufig allerdings
nicht näher auf deren Inhalt eingehen. So viel aber sei gesagt: Obwohl wir aufgrund der gegebenen Umstände ressourcentechnisch stark unter Druck stehen, haben wir sämtliche verfügbaren Kräfte eingesetzt, um dieses Verbrechen
aufzuklären. Ein Doppelmord ist natürlich eine schwerwie-
gende Angelegenheit, und die Bürger in Sandsted und Umgebung können versichert sein, dass die Täter nicht lange
auf freiem Fuß sein werden«, erklärt Jonas Mørk einem ehr-
erbietigen Reporter, der höflich genug ist, sich nicht näher
nach dem Grund für Mørks Optimismus zu erkundigen.

Im Anschluss an die regionalen Nachrichten folgt eine
Dokumentation von der BBC über die verschlechterten Le-
bensbedingungen des Eisbären als Folge des Klimawan-
dels und des rapide schmelzenden Packeises. Eine halbe
Stunde lang starrt Juncker verdrossen auf die deprimieren-
den Bilder von abgemagerten und immer verzweifelteren
Exemplaren des größten an Land lebenden Raubtiers der

Erde. Dann steht er vorsichtig auf, um den auf dem Sofa schlummernden Vater nicht zu wecken. Er breitet eine Decke über ihn, schleicht aus dem Wohnzimmer, schlüpft in seine Jacke, schließt die Haustür hinter sich und zieht sein Handy aus der Tasche.

»Juncker, mein Freund«, jubelt Jonas Mørk, als er abnimmt. »Was kann ich für Sie tun? Ich wurde gerade vom regionalen Nachrichtenkanal zum Fall interviewt.«

»Ich habe es gesehen. Es war toll.«

»Danke, danke. Tja, soweit ich es verstanden habe, lässt sich bis jetzt noch nicht allzu viel sagen.«

»Das kommt hin. Deshalb habe ich mich gestern auch nicht mehr bei Ihnen gemeldet. Aber ich wollte fragen, ob Sie uns nicht noch ein paar Leute für den Fall schicken könnten. Wir sind momentan nur zu zweit an der Sache, wobei die eine völlig unerfahren in der Aufklärungsarbeit ist. Und wir haben es hier mit einem Doppelmord zu tun, der einige ziemlich beunruhigende Details beinhaltet.«

»Ja, das haben Mordfälle so an sich«, sagt Jonas Mørk und gluckst über seinen eigenen Witz. »Aber ich vermute, Sie meinen …«

»… dass es nicht so aussieht, als ob wir es mit Amateuren zu tun hätten«, setzt Juncker den Satz fort. »Sie haben mich neulich gefragt, ob der Mord an Bent Larsen im Affekt geschehen sein könnte. Das ist nicht der Fall, kann ich Ihnen versichern, weder der Mord an ihm noch der an seiner Frau. Ich bin überzeugt, dass sie von Leuten getötet wurden, die genau wussten, was sie da taten.«

»Hm, mag sein. Aber wie ich letztes Mal schon gesagt habe, können wir buchstäblich keinen entbehren. Alle sind in Kopenhagen. Ich kann gern versuchen, ob wir Ihnen einen oder im besten Fall zwei Leute zur Verfügung stellen können, aber ich bin nicht sehr optimistisch. Der Terroranschlag hat oberste Priorität, und laut Einschätzung der Chefebene wäre es politisch vollkommen untragbar, wenn herauskäme, dass die Jagd auf die Terroristen vernachlässigt wurde. Selbst, wenn es zugunsten anderer Mordfälle geschehen wäre.«

»Schön, aber Sie kennen jetzt jedenfalls meine Meinung.«

»Ja, und die höre ich mir immer sehr gerne an. Melden Sie sich also jederzeit, wenn etwas sein sollte. Wir bleiben in Kontakt.«

»Vollidiot«, murmelt Juncker und steckt das Handy weg.

Eine Viertelstunde später stellt er das Fahrrad gegen die Mauer vor dem Torvecafé. Das Lokal gab es schon zu Junckers Jugend. Das Namensschild an der Fassade mit seinen von Neonröhren erhellten gotischen Buchstaben ist dasselbe wie damals, als er vor bald vierzig Jahren das Lokal zum letzten Mal frequentierte. Auch die Einrichtung wirkt, wenn auch nicht unberührt vom Zahn der Zeit, so doch weitgehend unverändert. Theke und Tischnischen aus dunklem Holz, die Bänke braungestrichene Spanplatten mit weinroten Polstern, Tischplatten mit schwarzem Linoleum, altmodische Lampenschirme mit Quasten und Teppichboden im Schottenmuster. Wie in allen Kneipen und Gasthäusern ab einer gewissen Größe ist Rauchen verboten, wobei ein schwacher, jedoch unverkennbarer Mief nach Zigarettenrauch auf einen gewissen Grad zivilen Ungehorsams unter den Gästen hinweist, die an diesem frostkalten Winterabend gut die Hälfte der Plätze füllt. Juncker winkt Nabiha und Kristoffer zu, die an einem Tisch in der Mitte des L-förmigen Raumes sitzen. Beide haben fast volle Biergläser vor sich, also bestellt er sich ebenfalls ein großes Bier vom Fass an der Theke.

»Hier bitte«, sagt die Bedienung, eine Frau in ungefähr seinem Alter, schätzt Juncker. Recht attraktiv, bemerkt er etwas zerstreut, während er seine Karte herausholt, mit einer schlanken Figur, die anscheinend gut in Form gehalten wird, kräftigen schwarzen Haaren, die gefärbt sein müssen, und großen mandelförmigen Augen mit einem dichten Netz feiner Fältchen.

»Wir akzeptieren keine Karte«, sagt die Frau, als Juncker bezahlen will.

»Was?«, fragt er verblüfft, doch sie lächelt freundlich.

»Ja. Willkommen im Torvecafé.«

»Äh, danke.« Eigentlich hat er nie Bargeld bei sich, aber ihm fällt ein, dass er vor über einer Woche zweihundert Kronen abgehoben hat, die er in die Küche legen wollte, damit der Vater selbst etwas für sich einkaufen konnte, falls er im Laufe des Tages etwas braucht.

Juncker reicht der Frau den Schein und steckt das Wechselgeld ein. Sie mustert ihn eingehend. Vielleicht erkennt sie ihn aus dem Fernsehen, aus einem Interview in Verbindung mit einem früheren Mordfall.

Es ist das erste Mal, dass Juncker Nabiha und Kristoffer in Zivil sieht. Und wie so oft, wenn er uniformierte Kollegen in Zivil trifft, ist er erstaunt über die Veränderung, die in der Regel mit ihrer Persönlichkeit geschieht, sobald sie ihre Uniform ablegen. Er setzt sich an den Tisch, wo keine Spur von der ernsten, mürrischen Polizeiassistentin und dem unbeholfenen, nervösen Polizeischüler zu sehen ist. Stattdessen sitzen hier zwei Menschen, die herumalbern und lachen, als würden sie sich schon ihr Leben lang kennen.

»Schön, dass du kommen konntest. Prost«, sagt Nabiha und hebt ihr Glas.

Ein paar Minuten machen sie Small Talk über Wind, Wetter und den Winter, der das Land nach wie vor in eisernem Griff hält. Kristoffer erzählt von dem alten Ehepaar, bei dem er ein Zimmer gemietet und das ihn praktisch als seinen eigenen Sohn adoptiert hat.

Nabiha beugt sich über den Tisch zu Juncker. »Ich bin neugierig«, sagt sie. »Wie kommt es, dass du bei deinem Vater wohnst? Du wirkst nicht gerade wie ein Papakind.« Sie lächelt.

Juncker überlegt, wie weit er die Büchse öffnen soll.

»Papakind? Nein, das nicht gerade. Aber mein Vater wird zunehmend dement. Meine Mutter ist im Februar gestorben, und er kommt allein nicht mehr richtig klar. Als die Stelle hier frei wurde, dachte ich, ich könnte ihm helfen, bis wir eine Lösung gefunden haben, was mit ihm passieren soll. Deshalb …«

»Das ist aber nett von dir«, sagt Kristoffer.

»Nett? Tja, ich weiß nicht, eigentlich hatte ich keine große Wahl.«

»Aber wenn deine Eltern in Sandsted wohnen, kennst du die Stadt bestimmt ziemlich gut, oder?«

Juncker nickt. »Ich bin hier aufgewachsen.«

»Ah, das wusste ich nicht.«

»Nein, woher auch.«

Nabiha trinkt einen Schluck Bier. Sie hat einen ordentlichen Zug, notiert Juncker.

»Bist du denn nicht verheiratet?«, fragt sie.

»Doch«, sagt Juncker und leert sein Glas. »Sagt mal, muss der Chef nicht eine Runde ausgeben?«

»Das wollte ich gerade vorschlagen«, grinst Kristoffer.

Juncker steht auf und bestellt drei große Bier an der Theke.

»Bitte schön, Martin Junckersen«, sagt die Tresenbedienung, als sie die drei gefüllten Gläser auf den Tresen stellt. »Das macht fünfundsiebzig Kronen.«

Juncker stutzt. Woher kennt sie seinen Namen? Er zieht einen zerknitterten Hundert-Kronen-Schein aus der Hosentasche.

»Du erkennst mich nicht, oder?«, fragt sie.

»Äh ...« Er studiert ihr Gesicht.

»Maria. Maria Nielsen. Die große Schwester von Rasmus. Deinem Freund ...«

Es dauert einen Moment, bis die Erkenntnis sackt, doch dann fällt plötzlich der Groschen. Die göttinnengleiche Schwester seines Kindheitsfreundes. Die Unerreichbare, das Objekt seiner feuchten Teenagerträume in einer älteren Ausgabe.

»Mein Gott ... Maria.« Er reicht ihr die Hand, und sie schüttelt sie. »Tut mir wirklich leid, ich habe dich überhaupt nicht ...«

»Kein Problem. Es ist ja ein paar Jährchen her. Ich habe auch kurz gebraucht, um dich einzuordnen. Aber ich wusste ja, dass du in der Stadt bist, es stand vor ein paar Wochen in der Zeitung.«

»Und dabei habe ich neulich erst an Rasmus und dich gedacht. Ich ermittle doch im Mord an den Larsens, und da sie in eurem ehemaligen Haus gelebt haben ...«

»Ja, ich weiß. Komischer Gedanke.«

Sie lächeln sich an.

»Aber wie geht es Rasmus?«, fragt er.

Marias Lächeln erstirbt. »Rasmus ist vor vielen Jahren gestorben. Er wurde nur achtundzwanzig. Starb an einer Überdosis.«

Juncker spürt einen Stich schlechten Gewissens. »Das tut mir wirklich leid zu hören.«

»Er hatte kein gutes Leben. Er kam nie über ...« Sie wischt ein paar Bierflecken vom Tresen. »So, ich sollte jetzt weitermachen. Aber schön, dich zu sehen. Du kannst ja mal reinschauen, wenn du Zeit hast. Ich bin hier drei, vier Mal pro Woche.«

»Mache ich«, sagt Juncker.

»Kennst du sie?«, fragt Nabiha, als er sich wieder gesetzt hat.

»Ja. Die große Schwester eines Kindheitsfreundes. Sie wohnten damals im Haus der Larsens.«

»Was ein Zufall. Na dann, Prost. Und danke für das Bier.«

»Gern.«

Bevor er das Glas absetzen kann, klingelt sein Handy. Er schaut auf die Nummer auf dem Display und nimmt ab.

»Juncker.«

»Hier ist der Wachhabende. Äh … die Feuerwehrleitstelle hat gerade einen Anruf erhalten, dass das Flüchtlingsheim brennt.«

»Was?«

»Ja, also … es brennt. Ich dachte, dass Sie …«

»Scheiße, ja natürlich. Danke. Ich fahre sofort hin.«

»Gut. Ein Streifenwagen ist schon auf dem Weg, er müsste in zehn Minuten da sein. Auch die Löschfahrzeuge und zwei Rettungswagen.«

»Okay. Rufen Sie Jonas Mørk an und informieren Sie ihn.«

»Alles klar. Bis dann.«

Nabiha und Kristoffer schauen ihn fragend an.

»Im Flüchtlingsheim brennt es. Ich fahre direkt hin.«

»Es brennt? Wie?«, fragt Kristoffer.

»Ich weiß noch nichts Näheres.«

»Sollen wir mitkommen?« Nabiha macht Anstalten aufzustehen.

Juncker überlegt kurz. Hat er zu viel getrunken, um zu fahren? Vermutlich schon. Dennoch entscheidet er sich dafür, dass sie den Streifenwagen nehmen.

Als sie auf die Kastanienallee zum Flüchtlingsheim einbiegen, können sie sehen, dass nicht das Hauptgebäude brennt, sondern einer der Seitenflügel, genauer gesagt der, den sie selbst vor einigen Tagen besichtigt haben. Juncker stellt das Auto in einer Ecke des Hofplatzes ab, wo es die Löschfahrzeuge nicht behindert, deren Sirenen bereits in der Ferne zu hören sind.

Im flackernden Schein der Flammen ist die Gestalt eines kleinen Mannes zu erkennen, der wie ein kopfloses Huhn herumrennt. Als er sie entdeckt, eilt Cornelius Andersen auf sie zu.

»Es ist … es ist schrecklich«, bringt der Leiter des Flüchtlingsheims hervor. Trotz der eisigen Kälte ist er knallrot im Gesicht. Juncker legt ihm die Hand auf die Schulter.

»Ganz ruhig, Andersen. Sind alle draußen?«

»Ich weiß es nicht. Ich glaube schon, aber …«

Eine größere Gruppe von Flüchtlingen steht dicht beisammen in der Mitte des Platzes und starrt auf das Feuer, einige der jüngsten halten einander an der Hand. Ihre Augen leuchten wie kleine Laternen in den dunklen, verschreckten Gesichtern.

»Andersen, ist irgendjemand verletzt worden?«

»Drei haben sich Verbrennungen zugezogen. Einer von ihnen recht ernste, glaube ich. Es sieht jedenfalls grässlich aus …« Seine Stimme bricht.

»Habt ihr nicht versucht, das Feuer zu löschen?«

»Doch, aber …«

»Aber was?«

»Die Löschschläuche von den Wandhydranten waren nicht lang genug, um Wasser durchs Fenster zu spritzen.«

Juncker seufzt. »Sehr clever. Wo sind die drei Verletzten?«

Cornelius Andersen deutet zum anderen Flügel.

»In einem der Zimmer dort.«

Juncker wendet sich an Nabiha und Kristoffer.

»Nabiha, kannst du kurz rübergehen und rauskriegen, wie schlimm es um sie steht?«

Sie nickt.

»Wie viele Angestellte sind außer Ihnen hier?«, fragt Juncker.

»Sie meinen ... insgesamt?«

»Nein, ich meine jetzt gerade. Soll heißen, wie viele sind hier?«

»Außer mir eine.«

»Okay. Können Sie sie bitten, Nabiha zu zeigen, wo die drei Verletzten sind? Andersen, gibt es da drüben einen Raum, wo alle genug Platz haben?«

»Ja, es gibt einen Aufenthaltsraum, der so ähnlich ist wie der, den Sie neulich gesehen haben.«

»Gut. Kristoffer, schau, dass sich alle dort versammeln. Und Andersen, wenn Sie Ihre Angestellte gefunden haben, könnten Sie eine Namensliste besorgen? Wir müssen uns einen Überblick darüber verschaffen, ob alle hier und in Sicherheit sind.«

Cornelius Andersen steht wie versteinert da und starrt auf das brennende Gebäude.

»Hallo, Andersen? Haben Sie mir zugehört?«

Durch die kleine Gestalt geht ein Ruck. »Äh, ja ...«

»Eine Namensliste, alles klar?«, wiederholt Juncker. »Und vielleicht sollten Sie noch ein paar Ihrer Mitarbeiter herbestellen? Oder besser gesagt alle.«

»Natürlich, mache ich.«

Cornelius Andersen geht in Richtung Hauptgebäude. Juncker nähert sich dem Feuer, soweit es möglich ist. Eine der Fensterscheiben ist zersplittert. Wohl kaum aufgrund der Wärmeentwicklung, denkt er, denn das andere Fenster des Zimmers ist unbeschädigt.

Ein roter VW Passat Kombi fährt mit Blaulicht auf den Hofplatz. Juncker geht zu dem Mann, der aus dem Wagen steigt. Er setzt einen silbern glänzenden Helm auf – das äußerliche Zeichen, dass er der Einsatzleiter ist. Juncker begrüßt ihn.

»Juncker, Leiter der örtlichen Polizeistation.«

»John Hermansen«, stellt sich der Feuerwehrmann vor. »Sind schon alle evakuiert?«

»Das versuchen wir noch herauszufinden, wir sind auch gerade erst gekommen.«

»Verletzte?«

»Drei, wurde mir gesagt. Aber ich weiß nicht, wie ernst.«

Hermansen nickt. Er schaut zu den Flammen. »Was ist passiert?«

Juncker zuckt mit den Schultern. »Keine Ahnung.«

»Da drinnen ist nichts, was explodieren kann, nehme ich an?«

»Was sollte das sein?«

»Was weiß denn ich? Wäre nur sehr gut zu wissen, bevor ich meine Männer da rein schicke. Irgendwas ist ja scheinbar ziemlich heftig abgefackelt, und es war wohl kaum bloß alter Weihnachtsschmuck, der auf einmal Feuer gefangen hat.« Er mustert Juncker. »Na ja, wir werden sehen.«

Zwei Löschfahrzeuge fahren auf den Hofplatz.

»Ich werde mal meine Männer einteilen«, sagt Hermansen und zieht los.

Juncker blickt über den Platz zum anderen Flügel. Kristoffer hat alle Flüchtlinge ins Warme gescheucht und sie in dem großen Aufenthaltsraum versammelt. Die meisten von ihnen haben keine Jacken an, einige zittern vor Kälte, andere sind in Decken eingehüllt. Mehrere sind barfuß.

»Hast du mit ihnen gesprochen?«, fragt Juncker. Kristoffer nickt.

»Hier sind fünfundfünfzig. Plus die drei Verletzten, sie sind nebenan. Nabiha ist bei ihnen.«

Juncker wirft einen Blick über die Menge. Er bekommt Augenkontakt mit einem kleinen schwarzen Jungen, der nicht älter als zehn Jahre aussieht. Er sollte weinen, denkt Juncker, ein Zehnjähriger, der so etwas erlebt, sollte eigentlich weinen. Er reißt sich von dem Blick des Jungen los und wendet sich an Kristoffer.

»Können wir noch mehr Wolldecken organisieren? Wir können jetzt nicht gebrauchen, dass sie alle auf die Zimmer rennen, um sich warme Sachen zu holen.«

»Ich habe Andersens Mitarbeiterin schon gefragt, ob sie sich darum kümmern kann.«

»Gut.«

Cornelius Andersen erscheint mit einem Blatt Papier in der Hand in der Tür.

»Andersen, so wie es aussieht, sind hier achtundfünfzig, inklusive der drei Verletzten nebenan. Kommt das hin?«

Er schaut auf das Blatt. »Dann fehlt einer. Es müssten insgesamt neunundfünfzig sein.«

»Hm. Rufen Sie die Namen auf. Finden Sie heraus, wer derjenige ist.«

Juncker geht nach nebenan. Der Raum wird normalerweise anscheinend als Unterrichtszimmer benutzt, an der Wand hängt eine Tafel, Tische und Stühle sind in Hufeisenform aufgestellt. Zwei der Verletzten sitzen mit Decken über den Schultern auf Stühlen, der dritte liegt seitlich auf einer Decke auf dem Boden. Nabiha kniet neben ihm. Er stöhnt gequält auf.

»Es sieht übel aus«, sagt Nabiha. »Seine Kleidung hat offenbar Feuer gefangen.«

Juncker beugt sich über den Flüchtling, der mit nacktem Oberkörper daliegt. Er hat Verbrennungen an Brust,

Armen, Händen und besonders am Rücken, wo sich die Haut in etwas verwandelt hat, das aussieht wie schrumpeliges, dunkelbraunes Leder. Auch große Teile seines Kopfes sind von Brandwunden bedeckt, sein langes Haar und der Bart müssen Feuer gefangen haben. Plötzlich erkennt Juncker, wer der junge Mann ist.

»Ausgerechnet er?«, fragt er.

Nabiha nickt. »Jep, der Tunesier, mit dem ich mich angelegt habe, der Typ, der im Vergewaltigungsfall beschuldigt wird. Der andere, der Syrer, sitzt hier. Und der dritte ist der, der neulich mit den beiden am Tisch saß. Die drei müssen im selben Zimmer gewohnt haben.«

Juncker schnuppert. »Benzin?«

»Ja«, antwortet sie.

Juncker geht zu dem Syrer und seinem Kameraden. Beide haben Verbrennungen an Armen und Beinen, jedoch nicht ansatzweise so schlimm wie der Tunesier.

»Was ist passiert?«, fragt er auf Englisch.

»Keine Ahnung, ich geschlafen. Vielleicht Molotowcocktail oder so was«, antwortet der Syrer in gebrochenem Englisch. »Durch Fenster.«

»Wie viele waren im Zimmer, nur ihr drei?«

»Ja.«

Plötzlich erscheinen Rettungsassistenten in der Tür, offensichtlich sind auch die Rettungswagen eingetroffen.

»Sind nur die drei hier verletzt?«, fragt einer von ihnen.

»Ja, soweit wir sehen können«, antwortet Juncker.

Nabiha steht auf, und die Sanitäter übernehmen.

»Kommt er durch?«, fragt Juncker.

»Schwer zu sagen, aber es sieht nicht gut aus.«

Cornelius Andersen ist immer noch mit dem Aufrufen der Namen beschäftigt. Kristoffer steht mit verschränkten Armen neben ihm. Juncker tritt an eines der Fenster und beobachtet die Feuerwehrleute, die auf der anderen Seite des Hofes den Brand bekämpfen. Sie scheinen das Feuer bereits unter Kontrolle gebracht zu haben. Er dreht sich um. Andersen ist fertig und starrt ihn wortlos an.

»Und? Wer fehlt?«, will Juncker wissen.

»Mahmoud. Mahmoud Khan. Ein Junge von …«, er wirft einen Blick auf das Papier, »siebzehn. Angeblich. Aus Afghanistan.« Er wendet sich an Kristoffer. »Der, nach dem Sie sich erkundigt hatten.«

Juncker schaut den Polizeischüler fragend an. Kristoffer tritt unruhig von einem Fuß auf den anderen.

»Ach, es war nur … ich erzähle es dir später.«

»Danke, das wäre nett.« Juncker kratzt sich die Bartstoppeln. »Andersen, kommt es oft vor, dass jemand einfach verschwindet?«

»Na ja, oft nicht, aber es kommt vor.«

»Wie oft?«

»Vielleicht zwei … drei, vier Mal pro Monat. Es ist unterschiedlich.«

»Wieso verschwinden sie?«

»Dafür gibt es sicher verschiedene Gründe. Manche von ihnen ahnen wahrscheinlich, dass sie hier keine Aufenthaltsgenehmigung bekommen werden und tauchen deshalb unter. Oder probieren, in ein anderes Land weiterzureisen, auch wenn es kaum etwas bringt, da ihre Fingerabdrücke ja registriert sind und sie dort einfach abgewiesen und wieder zurück nach Dänemark geschickt werden. Aber sie sind so verzweifelt, dass sie alles versuchen.«

»Mahmoud Khan kommt aus Afghanistan. Wie stehen seine Chancen, eine Aufenthaltsgenehmigung zu bekommen?«

»Ich kenne seinen Fall nicht im Detail, aber wie so viele

andere Gruppen bekommen auch immer weniger Afghanen eine Aufenthaltsgenehmigung. Wenn ich mich nicht irre, müssten es momentan um die fünfundzwanzig Prozent sein. Tendenz absteigend.«

»Ist es in unseren Nachbarländern anders?«

»Ich habe keine Zahlen für Deutschland und Schweden. Aber ich würde stark davon ausgehen, dass der Anteil, der Asyl bewilligt bekommt, auch dort zurückgeht.«

»Warum ist er abgehauen, was glauben Sie? Um es in einem anderen Land zu versuchen?«

Cornelius Andersen zuckt mit den Achseln. »Keine Ahnung. Aber es kommt vor, regelmäßig.«

Juncker kratzt sich erneut am Kinn. Diese elenden Bartstoppeln jucken. »Haben Sie irgendwo Benzin herumstehen?«

»Benzin? Wir haben einen Rasentraktor sowie Mäh- und Kehrmaschinen, also ja, da stehen irgendwo ein paar Benzinkanister.«

»Eingeschlossen?«

»Nein, nicht, dass ich wüsste.«

Man müsste die Flüchtlinge vernehmen, jeden für sich, um herauszufinden, ob sie etwas Verdächtiges gesehen oder bemerkt haben, denkt Juncker. Und zwar am besten gleich, bevor sie die Gelegenheit haben, sich abzusprechen.

»Gibt es ein Zimmer, wo wir mit jedem einzeln sprechen können?«

Der Leiter des Flüchtlingsheims nickt. »Ja, hier auf dem Gang sind vier geeignete Räume.«

»Gut. Nabiha und Kristoffer, kommt mal kurz mit.«

Sie treten auf den Gang. Juncker schaut auf die Uhr auf seinem Handy. Viertel vor zwölf.

»Okay, passt auf. Wir müssen von allen wissen, ob

ihnen irgendetwas Ungewöhnliches aufgefallen ist. Haltet es kurz, die Leute sind sicher todmüde. Aber ich möchte gerne jetzt sofort mit ihnen sprechen, wenn noch alles präsent ist.«

»Was ist eigentlich passiert?«, fragt Nabiha.

»Tja, das wollen wir ja herausfinden.«

»Fremdenfeindlichkeit? Oder eine Racheaktion? Ist es Zufall, dass es genau die beiden trifft, die wegen der Vergewaltigung beschuldigt werden? Oder was sonst?«

Juncker sieht sie verärgert an. »Wie wär's, wenn wir in Gang kommen? Wenn wir uns ein bisschen ranhalten, können wir es in anderthalb Stunden schaffen. Andersen soll dafür sorgen, dass einer seiner Angestellten ein Auge auf die Leute hat, damit sich keiner aus dem Staub macht, bevor wir mit allen geredet haben.«

»Was, wenn sie kein Englisch können?«

»Dann haben wir Pech gehabt. Wir sprechen mit denen, die es können.«

Es dauert zwei Stunden, bis sie mit allen fertig sind. Mehrere der Flüchtlinge schlafen während des Wartens ein und müssen geweckt werden, als sie an der Reihe sind. Keiner hat etwas gesehen oder gehört. Jedenfalls nichts, was sie mit der Polizei teilen möchten.

»Man hat ja schon ein bisschen das Gefühl, als ob manche von ihnen etwas wüssten und es uns nur nicht erzählen wollen«, sagt Nabiha, nachdem die letzten Gespräche beendet sind.

»Ja, ging mir auch so«, bestätigt Juncker. »Aber lasst uns für heute Schluss machen. Ich würde sagen, wir fahren jetzt, damit wir ins Bett kommen. Wir können im Auto weiterreden.«

Wie gewöhnlich setzt sich Nabiha auf den Beifahrersitz neben Juncker.

»Echt irre«, sagt sie. »Zwei Morde. Und ein Brandanschlag. In nicht einmal einer Woche. In einem kleinen Kaff wie Sandsted.«

»Ja, das ist …«, beginnt Juncker.

»Glaubst du, es gibt einen Zusammenhang? Zwischen den Morden und dem Brand?«

»Keine Ahnung. Siehst du einen?«

Sie zuckt mit den Schultern. »Nein, nicht direkt. Aber jetzt mal ehrlich, wie groß ist die Wahrscheinlichkeit, dass innerhalb so kurzer Zeit am selben Ort mehrere derart krasse Dinge passieren?«

Nicht sehr groß, denkt Juncker. Er wirft einen Blick in den Rückspiegel. Kristoffer ist mit dem Kinn auf der Brust eingenickt.

»Kristoffer«, ruft er nach hinten.

Der junge Polizeischüler erwacht mit einem Ruck. »Ja?«

»Was war da mit diesem Afghanen?«

»Na ja, also …« Er dreht den Kopf zur Seite und schaut einen Moment lang in die Dunkelheit. »Als ich in Afghanistan war, in Girishk, war die Situation zwischen uns und den Klanführern zeitweise ziemlich angespannt. Einige von ihnen hatten gute Verbindungen zu den Taliban, und wir haben natürlich die ganze Zeit versucht, wie soll ich sagen, zu verhindern, dass sich diese Zusammenarbeit weiterentwickelt. Mit wechselhaftem Erfolg. Wie auch immer, eines Tages haben ein paar unserer Leute, die für die Kooperation mit den Afghanen verantwortlich waren, eines der Dörfer besucht. Dort erfuhren sie, dass der Sohn eines Klanführers schwer verletzt worden war, weil er auf irgendeine selbst gebastelte Mine getreten war, die ihm die Beine zerfetzt hatte; zwar nicht so schlimm, dass sie komplett weggerissen wurden, aber es war eben eine üble Verletzung. So etwas passierte dauernd, wenn die Kinder beim Spielen herumrannten. Jedenfalls, dieser Klanführer stand recht weit oben in der lokalen Hierarchie, und unsere Leute setzten alles daran, eine stabile Beziehung zu ihm aufzubauen. Es hieß, er hätte gute Verbindungen zu den Taliban, er war ganz einfach ein wichtiger Mann in der Gegend. Daher haben wir ihm angeboten, seinen Sohn nach London fliegen und dort operieren zu lassen, damit eine Chance bestand, die Beine des Jungen zu retten. Wir haben ja eng mit den Briten zusammengearbeitet. Dieses Angebot nahm der Klanführer natürlich dankend an, also fuhren ich und drei, vier Kameraden in das Dorf, holten den Jungen ab und setzten ihn ins Flugzeug. Ich habe ihn nie wieder gesehen, aber es hieß, die Operation sei gut gelaufen und man habe tatsächlich beide Beine retten können.«

Kristoffer verstummt.

»Und …?«, fragt Juncker.

»Na ja, äh … ich bin ziemlich sicher, dass er es ist, den ich gesehen habe.«

»Wie kannst du dir da sicher sein, nach so vielen Jahren?«

»Ihm fehlt ein Stück vom Ohr – wie dem Jungen damals. Außerdem hinkt er. Ich bin mir zu neunundneunzig Prozent sicher, dass er es ist.«

Juncker tritt scharf auf die Bremse, dreht sich um und starrt Kristoffer in die Augen.

»Soll das heißen, dass der Sohn eines afghanischen Klanführers mit guten Verbindungen zu den Taliban, der möglicherweise gerade versucht hat, drei Männer zu töten, hier irgendwo frei in Sandsted herumläuft?«

Kristoffer schweigt. Er versucht Junckers Blick auszuweichen.

»Ich brauche dir wohl kaum zu sagen, dass du es das

nächste Mal, wenn du so etwas erfährst, gefälligst erzählst. Und zwar sofort.«

»Ich hätte natürlich …«

»Sofort, hast du gehört?«

Kristoffer nickt. Juncker legt den Gang ein und fährt weiter.

»Hat er dich auch wiedererkannt?«

»Ich weiß nicht. Ich glaube nicht. Vielleicht …«

Juncker schüttelt den Kopf.

»Na prächtig«, murmelt er.

Bis er die anderen abgesetzt hat und mit dem Rad nach Hause gefahren ist, ist es nach drei. Ein kreisrunder Vollmond taucht die Vorgärten und Einfahrten der Siedlung in ein weißes Licht und lässt die gefrorenen Eiskristalle auf Bäumen, Büschen und Grashalmen funkeln wie Millionen kleiner Edelsteine. Die einzigen Laute in der Dunkelheit sind das schwache Rauschen seines Blutes, das seit neunundfünfzig Jahren in stetigem Rhythmus durch seine Venen gepumpt wird, und das leise Pfeifen des Tinnitus in seinem linken Ohr, der schon so lange ein fester Bestandteil seines Lebens ist, dass er ihn kaum mehr bemerkt.

Seine Mutter kommt ihm in den Kopf. Es ist knapp anderthalb Tage her, dass er im Schlafzimmer der Eltern gestanden und nach warmen Sachen für den Vater gesucht hat, sein Gesicht in ihre Kleidung gedrückt und ihren Duft eingeatmet hat. Aber es scheint bereits wie eine Ewigkeit. Es war das erste Mal, seit er wieder hier wohnt, dass er sie spüren konnte. Und zum ersten Mal, seit sie tot ist, hat er das Gefühl, sie ernsthaft zu vermissen. Seit Wochen ist er von Dingen umgeben, die früher ihr gehört haben: Möbel, auf denen sie gesessen, Küchenutensilien, die sie benutzt, Kleidung, die sie getragen hat, und dennoch scheint es, als hätte sie nie existiert. Der Schatten, der sie zu Lebzeiten war, ist auf den schwachen Duft von Zigarettenrauch und Parfüm reduziert, und schon in Kürze wird dieser vom beißenden Gestank nach Verfall und dem langsamen Tod eines alten Mannes ausgelöscht werden.

Was würde eigentlich passieren, wenn er einfach ins Haus gehen und dem alten Mann ein Kissen aufs Gesicht drücken würde? Würde jemand auch nur die Augenbraue anheben, wenn er morgen früh den Arzt anriefe und sagte, dass er den Vater leblos im Bett gefunden habe, dass der verwitterte und ausgediente Körper endlich aufgegeben habe? Würde sich jemand wundern und eine Obduktion, nähere Untersuchungen und eine Vernehmung verlangen? In einer Situation, wo kaum die Zeit noch die Ressourcen vorhanden sind, sich um zwei brutale Hinrichtungen und versuchten Mord durch Brandstiftung zu kümmern?

Wäre es nicht eigentlich ein Gnadenakt?

Schon im Windfang kann er das Schnarchen des Alten hören. Vorsichtig öffnet er die Tür zum Wohnzimmer. Der Vater liegt im Dunkeln auf dem Sofa, so wie er ihn vor über sechs Stunden zurückgelassen hat, und er spürt eine dankbare Erleichterung darüber, dass alles so ist, wie es sein soll. Oder besser gesagt, dass keine Katastrophen eingetreten sind.

30. Dezember

Kapitel 25

Die E-Mail ist um sieben nach zwölf in ihrem Postfach eingegangen.

Checken Sie einfach fe, steht da.

Signe starrt auf ihr Handy, dann geht sie zu Merlins Büro und klopft an.

»Hast du kurz Zeit?«, fragt sie.

Er nickt. Sie zieht einen der Stühle vom Konferenztisch heran und setzt sich rittlings darauf.

»Was gibt's?« Er schaut sie an.

Sie zögert. »Also, ich weiß nicht, aber ich habe zwei merkwürdige Mails bekommen.«

»Wegen was?«

»Das weiß ich nicht. Deshalb bin ich …«

»Was steht drin?«

»In der ersten stand einfach nur ›fe‹. Also habe ich geantwortet ›Ich verstehe nicht. Wer sind Sie?‹ Und jetzt habe ich eine bekommen, in der steht ›Checken Sie einfach fe‹.«

»FE? Also der militärische Geheimdienst?«

Signe zuckt mit den Achseln. »Vermutlich. Was sollte es sonst sein?«

»FE? Das ist doch auch das Elementsymbol für Eisen aus dem Periodensystem.«

»Eisen? ›Checken Sie einfach Eisen‹? Das ergibt überhaupt keinen Sinn.«

»Nein, eher nicht. Aber ich meine, der militärische Geheimdienst, warum bitte schön sollten wir den checken?«

»Keine Ahnung.«

»Wer ist der Absender?«

»Eine Gmail-Adresse namens jens.jensen222.«

»Lass sie nachverfolgen.«

»Mache ich. Aber da wird so auf Anhieb nicht viel bei rumkommen. Also, FE. Sollen wir etwas unternehmen, irgendetwas in die Wege leiten?«

»Und zwar was? Wegen zwei Nachrichten, wo uns vielleicht einfach einer verarschen will? Soll ich Christoffersen anrufen und ihm sagen, dass wir ein paar Mails bekommen haben, die uns auffordern, sie zu checken? Der lacht sich tot.«

Der Chef des FE, Henrik Christoffersen, ist ein rücksichtsloser Karrierejurist, der es meisterlich versteht, seine Ellbogen einzusetzen und dementsprechend viele Feinde hat. Erik Merlin kratzt sich am Kopf.

»Schreib diesem Jens Jensen, oder wie auch immer er heißt, dass er sich deutlicher ausdrücken soll, wenn er etwas von uns will. Und dann schauen wir, ob er reagiert.«

Signe nickt und steht auf.

»Wie geht es mit den Überwachungen und Abhörungen voran?«, will Merlin noch wissen.

»Alles ist eingerichtet und läuft. Es ist bloß nicht sonderlich viel passiert. Amira – Simon Spangstrups Frau – ist gestern Nachmittag einkaufen gegangen, das war das einzige Mal, dass sie nach draußen kam. Dann hat sie zwei Freundinnen angerufen und war mehrmals auf Facebook. Sie hat einen Artikel von al-Jazeera über das Leben in Damaskus mit ihren Freunden geteilt, aber das war's auch. Bis jetzt hat sie nur ein Handy benutzt, das auf einen ganz normalen Vertrag läuft. Mit der anderen, der Witwe, ist es mehr oder weniger das Gleiche. Sie hat ihre Wohnung ein einziges Mal verlassen, allerdings ist das bei der Kälte nicht groß verwunderlich. Man geht ja nur nach draußen, wenn es unbedingt nötig ist. Außerdem lässt sich natürlich nicht ausschließen, dass sie damit rechnen, überwacht zu werden.«

Das Treffen zwischen X und Amira lässt sie unerwähnt. Will erst selbst mit ihm reden, um zu hören, was er da verdammt noch mal am Laufen hat.

Erik Merlin nickt.

»Übrigens, was hast du dir in Bezug auf morgen überlegt? Es ist Silvester«, fragt Signe.

»Danke, das ist mir bewusst. Ich denke, ich werde der Mehrheit ab achtzehn Uhr freigeben, und dann sollen sie an Neujahr im Laufe des Vormittags wieder antanzen. Es hat wirklich keinen Sinn, dass hier haufenweise Ermittler herumsitzen und Überstunden anhäufen, während sich der Rest des Landes die Kante gibt. Es dürfte auch ganz gut für die Moral sein, wenn die Leute ein paar Stunden mit ihren Familien verbringen können. Die meisten hängen so langsam ziemlich in den Seilen. Ich selbst werde hier die Stellung halten, falls irgendetwas passieren sollte. Troels hat auch angeboten, eine Schicht zu übernehmen.«

»Das ist ja nett von ihm«, sagt Signe in neutralem Ton.

»Was habt ihr vor?«

»Soweit ich weiß, kommen zwei unserer Freunde mit ihren Kindern. Unsere Nachbarn. Ansonsten keine Ahnung. Niels ist für die Planung zuständig.«

»Du freust dich sicher, den Abend mit der Familie zu verbringen? Du warst ja auch nicht gerade viel zu Hause, seit es passiert ist.«

»Ja ... klar, das wird bestimmt schön.«

»Klingt ja nicht gerade, als ob du vor Begeisterung platzen würdest.«

»Doch, doch, schon. Nur, na ja, du weißt, es ist schwer, nicht daran zu denken, wo wir bis jetzt kaum etwas haben. Man kriegt es nicht aus dem Kopf. Haben wir etwas übersehen? Machen wir irgendetwas falsch?«

»So geht es uns allen. Aber versuch trotzdem, dich ein bisschen zu entspannen. Trink eine Flasche Wein. Lach eine Runde.«

Sehr gern. Aber worüber?, fragt sie sich im Stillen. Signe ist entlassen und geht zurück in ihr Büro, setzt sich an den Schreibtisch und wählt eine Nummer auf ihrem Handy.

»Hi, Signe. Ich wollte dich gerade anrufen.« Xs Stimme klingt wie immer angenehm und kontrolliert.

»So ein Zufall«, sagt sie kühl. »Wir müssen reden.«

»Äh, klar, gern. Hat es bis morgen …«

»Jetzt.«

»Jetzt sofort? Gerade kann ich eigentlich n…«

»Doch, kannst du. Und ich habe keine Zeit, nach Charlottenlund zu fahren. Wo bist du?«

»Zu Hause. In Mjølnerparken.«

»Okay. Kannst du in einer halben Stunde im Mozarts Bodega sein? Das ist eine Kneipe im Südhafen, im Mozartsvej. Ich weiß, dass da mit ziemlicher Sicherheit, wie nennst du Charlottenlund noch mal, ›kanakenfreie‹ Zone ist.«

»Äh, okay, wenn es nicht anders geht.«

»Tut es nicht. Es ist wichtig. Bis gleich.«

Signe trifft vor ihm ein. Drei Stammkunden hängen an der Bar und regenerieren sich mit einem Konterbier von einer Reihe vermutlich monumentaler Weihnachtsbesäufnisse – zumindest ihrer Gesichtsfarbe und dem unübersehbaren Zittern ihrer Hände nach zu urteilen, wenn sie versuchen, ihre Gläser zum Mund zu führen, ohne dabei etwas zu verschütten.

Ein einzelner Tisch ist von einem Pärchen belegt, das sich offenbar nicht viel zu sagen hat und kurz vor dem Einnicken scheint. Davon abgesehen ist das Lokal leer.

»Ein Mineralwasser«, sagt sie zum Barkeeper. Mit seiner schwarzen Stoffhose und dem weißen Hemd, das den Brustansatz sehen lässt, dem Goldkettchen und dem glänzenden, zurückgegelten Haar sieht er aus wie jemand, der für eine Dokuserie über die aufstrebende Kneipenkultur gecastet wurde. »Nein, zwei. Und zwei Gläser.«

»Sehr wohl. Die Dame erwartet noch Gesellschaft?«

»So ist es.«

»Mit Zitrusgeschmack? Eis? Zitrone?«

»Das ganze Paket«, sagt Signe.

»Das ganze Paket, sehr wohl, die Dame. Wenn schon, denn sch…«

»So ist es.«

Sie bezahlt und setzt sich an einen Tisch im hinteren Teil des Raumes. Fünf Minuten später kommt X durch die Tür und entdeckt sie auf den ersten Blick.

»Hallo, Signe.« Wie üblich gibt er ihr mit festem Druck die Hand, bevor er sich setzt.

»Hallo«, sagt sie reserviert und schiebt ihm das Glas und die Flasche Wasser über den Tisch zu.

»Hab schon bestellt. Hoffe, das ist okay.«

»Na klar, danke.« X schenkt sich ein, trinkt einen Schluck und lehnt sich zurück. Schaut ihr ins Gesicht, ohne etwas zu sagen. Eine Weile starren sie sich schweigend an.

»Wo warst du gestern Nachmittag gegen siebzehn Uhr?«, fragt Signe schließlich.

Seine Miene bleibt ausdruckslos. Dann lächelt er kaum merklich und nickt langsam.

»Ich nehme an, das weißt du bereits?«

»Antworte einfach.«

»Ich war in Nørrebro. Genauer gesagt in der Gegend bei der Guldberg-Schule. Und um ganz präzise zu sein, denn das willst du wahrscheinlich hören, in der Prinsesse Charlottes Gade.«

»Und was hast du da gemacht?«

»Ich habe mit einer Frau namens Amira gesprochen, der Frau von Simon Spangstrup und Mutter seines Sohnes. Aber das weißt du natürlich schon alles, nicht wahr, Signe?«

Signe nickt.

»Du hast gesehen, dass ich sie getroffen habe?«

Erneut zustimmendes Nicken.

»Du hast sie überwacht? Oder vielleicht sogar mich?«

»Wir … der PET überwacht sie. Ich war nur kurz da, um zu sehen, ob alles läuft, wie es soll.« Sie fischt die Zitronenscheibe aus ihrem Glas und presst den Saft ins Wasser. »Überrascht dich das? Dass wir sie überwachen?«

»Na ja … nein, vermutlich nicht.«

»Das sollte es jedenfalls nicht. Ich meine, die Frau eines Verdächtigen in einem großen Terrorfall …«

»Ja, das ist naheliegend.«

»Ganz richtig. Und dennoch sprichst du sie auf offener Straße an und unterhältst dich – wie lange? – fast zehn Minuten mit ihr?«

»Das dürfte hinkommen.«

»Ist dir klar, wie sehr dich diese Sache kompromittieren könnte? Dass du mit jemandem Kontakt hattest, der in einer so engen Beziehung zu einem Terrorverdächtigen steht? Das erscheint in den Überwachungsprotokollen.«

»Aber steht sie in irgendeiner Weise unter Verdacht? Soweit ich weiß, wurde sie bisher wegen nichts beschuldigt, geschweige denn angeklagt.«

»Echt jetzt, X, ernsthaft? Sie ist mit einem hartgesottenen

IS-Kämpfer verheiratet, von dem wir glauben, dass er bei einem Terroranschlag mit neunzehn Toten mehr als nur die Finger im Spiel hat. Mit ihr will man einfach nicht gesehen werden. Wenn man nicht im Scheinwerferlicht der Polizei landen möchte.« Sie seufzt. »Worüber habt ihr eigentlich geredet? In unserem Gespräch neulich hast du behauptet, du wüsstest nichts darüber, ob Simon Spangstrup am Leben ist und ob er sich in Dänemark aufhält.«

»Das war auch so. Aber ich habe mich natürlich, wie sagt man noch mal, ein bisschen in der Gerüchteküche umgehört.«

»Und was hast du rausgefunden?«

»Dass es stimmt, er ist hier, und da draußen im Sumpf brodelt es von Spekulationen darüber, dass er etwas mit dem Angriff zu tun hat.«

»Schön, aber das ist ja alles nichts Neues. Meine Güte, wir haben ihn schließlich auf Video. Und warum hast du Amira kontaktiert? Welchen Zweck hatte das?«

Er schaut auf seine Hände, die gefaltet auf der Tischplatte liegen. »Zu tun, worum du mich gebeten hast. Versuchen herauszufinden, was vorgeht. Ich wollte sehen, wie viel sie weiß. Ob sie irgendwie in die Sache verwickelt ist. Und wenn ich das Gefühl bekommen hätte, dass sie es ist, wollte ich sie dazu bringen, mit ihrem Wissen zu euch zu gehen.«

»Kennt sie dich?«

»Ja, sie weiß, wer ich bin. Das wissen praktisch alle Muslime in Nørrebro.«

»Was hat sie gesagt?«

Er lacht trocken und freudlos. »Dass sie nichts weiß.«

»Glaubst du ihr?«

Stille. Vier Sekunden. Fünf Sekunden.

»Nicht ein Wort.«

X wirkt wie gewöhnlich glaubwürdig, denkt Signe. »Okay. Hör dich weiter um. Aber denk dran, ich habe dich bewusst nicht als Informanten registriert, um dich zu schützen. Außer mir wissen daher nur zwei Leute bei der Polizei und überhaupt niemand beim PET, dass wir zwei miteinander sprechen. Und den beiden, die eingeweiht sind, vertraue ich zu einhundert Prozent. Das bedeutet allerdings auch, dass es das nächste Mal, wenn du eine Aktion planst, wie beispielsweise Amira zu kontaktieren, schlau wäre, wenn du mich vorher informierst, oder wenigstens direkt danach. In einer solchen Situation überwachen wir ja nicht nur Amira, wie du dir sicher denken kannst. Und deshalb kann es schnell unangenehm für dich werden, wenn du nicht aufpasst.«

Er zuckt ergeben mit den Achseln. »Schön und gut, aber das ist schwer, wenn ich nicht ... Außerdem, wie schon am Telefon gesagt, wollte ich dich gerade anrufen und dir von meinem Gespräch mit Amira erzählen.«

»Okay«, sagt Signe. »Ich weiß ja, dass es ein Drahtseilakt für dich ist, und ich bin dir wirklich dankbar für deinen Einsatz. Nur musst du im Moment einfach extrem vorsichtig sein.«

Er nickt und leert sein Glas. »Das bin ich auch.« Er macht Anstalten aufzustehen, hält jedoch inne. »Ach so, jemand hat neulich nach dir gefragt. Ein junger *Brothas*-Typ, dessen Familie ich ein paar Mal geholfen habe.«

Signe erstarrt. »Wie, nach mir gefragt?«

»Nur so nebenbei. Er weiß natürlich nicht, welches Verhältnis wir beide miteinander haben und wollte nur wissen, ob ich dich kenne.«

»Und was hast du geantwortet?«

»Dass ich natürlich wüsste, wer du bist, dich aber nicht persönlich kennen würde.«

»Hat er gesagt, warum er sich nach mir erkundigt?«

»Nein, hat er nicht.« Er steht auf. »Ich muss jetzt los.«

Die beiden geben sich die Hand, und er geht in Richtung Tür. Dann bleibt er stehen und dreht sich zu ihr um.

»Mann, sieh bloß zu, dass du sie erwischst.«

»Auch wenn es von außen vielleicht nicht den Eindruck macht, aber wir tun, was wir können.«

Es lässt sie nicht los. Die Begegnung ihrer Tochter Anne mit dem unbekannten Mann ein paar Tage vor Weihnachten. Ohne erklären zu können wieso, bekommt sie den Gedanken nicht aus dem Kopf, dass es Simon Spangstrup gewesen sein könnte, der ihre Tochter angesprochen hat, um ihr die Warnung zukommen zu lassen, dass er sie und ihre Familie beobachtet. Und jetzt die Sache mit dem *Brothas*-Typen, der nach ihr gefragt hat. Anscheinend völlig aus dem Blauen heraus.

Was zur Hölle soll das alles? Sie spürt eine wachsende Unruhe im Bauch.

Signe schließt die Haustür auf. Es ist kurz nach acht. Niels ist nicht zu Hause, wahrscheinlich kauft er für Silvester ein. Anne sitzt mit einem Kopfhörer auf den Ohren in ihrem Zimmer auf dem Bett. Signe setzt sich zu ihr und legt ihr die Hand auf den Arm.

»Anne …«

Ihre Tochter nimmt den Kopfhörer ab. »Was?«

»Dieser Mann, dem du neulich begegnet bist, kannst du mir ein bisschen mehr über ihn erzählen?«

»Mama, ich hab dir schon alles erzählt.«

»Aber wie sah er noch mal genau aus?«

»Keine Ahnung, ich weiß nur noch, dass er kräftig war. Also, er sah sehr muskulös aus. Und er war groß.«

»Hatte er rote Haare?«

»Ich hab dir doch gesagt, dass er eine Mütze aufhatte, seine Haare konnte ich nicht sehen.«

»Und er hat nur gesagt, dass du mich grüßen sollst?«

»Ja, hab ich doch gesagt.«

»Und hat er irgendwie bedrohlich gewirkt?«

»Mama!«

»Okay, okay.«

Sie drückt Annes Arm, steht auf und geht in die Küche. Schenkt sich ein Glas Wein aus dem Karton ein, der auf dem Tresen steht.

Das Gespräch hat sie ehrlich gesagt nicht beruhigt. So ganz und gar nicht.

Kapitel 26

Auf dem Weg zur Wache ruft Juncker seinen ehemaligen Kollegen Sven Ingvartsen an. Er ist um die zehn Jahre jünger als Juncker, und die beiden arbeiteten schon in Zeiten zusammen, als die Mordkommission noch nicht in Abteilung für Gewaltkriminalität umgetauft worden war. Er mag Ingvartsen, einen tüchtigen und systematischen Ermittler, der vor einigen Jahren in die operative Abteilung des PET geholt wurde. Ingvartsen hat sich auch nach dem Wechsel des Arbeitsplatzes einen gelassenen, ironischen Zugang zum Leben und seiner Arbeit bewahrt – eine Eigenschaft, die Junckers Erfahrung nach ansonsten eher selten unter Geheimdienstlern vertreten ist. Mehr als einmal hat er erlebt, wie sich Kollegen im selben Moment, in dem sie die Eintrittskarte zu den heiligen Hallen des PET in Buddinge erhielten, von bodenständigen, hilfsbereiten Individuen zu schweigsamen, introvertierten Wesen von einem fremden Planeten verwandelten. Nicht so Sven Ingvartsen.

»Juncker! Lang ist's her.« Er scheint sich aufrichtig zu freuen. »Was kann ich für dich tun?«

»Hör zu, wir ermitteln zurzeit in einem Doppelmord in Sandsted.«

»Ah, klar, davon habe ich natürlich gehört. Aber Sandsted, was treibst du denn da? Das gehört doch wohl nicht zum Einsatzgebiet der Kopenhagener Polizei.«

Oh, welche Ironie. Von allen Leuten bei der Polizei weiß ausgerechnet der Geheimdienstler nicht, weshalb Juncker versetzt und zurückgestuft wurde. Er kann sich ein Lächeln nicht verkneifen.

»Nein, aber ich arbeite jetzt für die Polizei von Südseeland und Lolland-Falster.«

»Und wieso in aller Welt?«

Ingvartsen klingt ungefähr so überrascht, als hätte Juncker ihm erzählt, dass er nach Ouagadougou in Burkina Faso versetzt wurde.

»Lange Geschichte, dafür ist ein andermal immer noch Zeit. Ich will nicht mehr von deiner Zeit stehlen als unbedingt nötig. Aber ich brauche ein paar Informationen. Bei den beiden Ermordeten handelt es sich um ein Ehepaar, Annette und Bent Larsen. Was das Motiv angeht, habe ich bis jetzt keinen Schimmer, ich weiß nur, dass der Mann politisch anscheinend zur äußersten Rechten gehört hat. Deshalb wollte ich fragen, ob ...«

»Ob wir etwas über ihn haben? Und den ganzen Papierkram möchtest du nach Möglichkeit überspringen, richtig?«

»Ja, das wäre natürlich super, zumindest vorerst.«

»Schick mir eine SMS mit ihren Daten und gib mir zwei Stunden. Ich weiß schon, an wen ich mich wenden werde.«

»Danke. Wie laufen eigentlich die Ermittlungen bei euch? In Bezug auf den Anschlag, meine ich?«

»Miserabel. Es ist eine Woche vergangen, und wir stehen da wie der Ochs vorm Berg. Wir überwachen natürlich diverse alte Bekannte und suchen insbesondere nach einem bestimmten, aber bislang ohne Erfolg. Wir haben praktisch jeden, der auch nur entfernt in Betracht kommt, in die Zange genommen, keiner weiß etwas. Oder sie haben zu großen Schiss und trauen sich nicht zu reden. Aber vielleicht suchen wir auch einfach an der falschen Stelle. Na ja, ist ja nicht dein Problem. Wie gesagt, ich melde mich.«

Am Tag vor Silvester geht es geschäftiger auf den Straßen und dem Marktplatz zu als üblich. Juncker vermisst Kopenhagen, sein eigenes Leben. Er schließt die Tür zur Wache auf. Nabiha hat weitere Personen ausfindig gemacht, die Bent und Annette Larsen zu irgendeinem Zeitpunkt kannten oder mit ihnen in Verbindung standen, und wird den Samstag darauf verwenden, mit ihnen zu sprechen. Kristoffer ist zum Flüchtlingsheim gefahren, um – diesmal mit Dolmetscher – die restlichen Jugendlichen, die kein Englisch sprechen, bezüglich der Brandnacht zu befragen. Anschließend werden beide gegen Abend nach Kopenhagen fahren, um bei Mutter beziehungsweise Freundin Silvester zu feiern. Er zieht die Jacke aus, setzt sich an den Schreibtisch und ruft im Krankenhaus an. Vom zuständigen Arzt erfährt er, dass der Tunesier in äußerst kritischem Zustand auf die Abteilung für Schwerbrandverletzte ins Krankenhaus nach Hvidovre verlegt wurde, aber der Mediziner gibt ihm keine großen Überlebenschancen. Die anderen beiden dagegen werden durchkommen.

Er lehnt sich zurück. Muss plötzlich an den Bericht gestern Abend im Fernsehen über die Eisbären denken. Den verzweifelten Überlebenskampf der Tiere, wenn ihnen die Welt, in der sie jahrtausendelang gelebt haben, nun buchstäblich unter den Tatzen wegschmilzt. In gewisser Weise fühlt er sich ähnlich. Wie ein entkräfteter alter Eisbär, der auf einer Eisscholle in einem viel zu warmen Meer davontreibt, ohne zu wissen, wo es hingeht.

Normalerweise werden weit über neunzig Prozent aller Mordfälle in Dänemark aufgeklärt. Auf dieser Tatsache gründet das Selbstverständnis der dänischen Ermittler:

Ein Mord geschieht. Sie finden den Täter. Aber neunzehn Tote in Kopenhagen und zwei in Sandsted, bald vielleicht drei … Sie stünden da wie der Ochs vorm Berg, hatte Ingvartsen gesagt. So geht es ihm auch. Hatte er jemals in seiner Laufbahn einen Fall, in dem es so wenige Spuren gab? Nach vier Tagen Ermittlungsarbeit? Ein paar armselige Stiefelabdrücke im Staub auf dem Boden eines Dachzimmers. Eine Handvoll Fingerabdrücke, mit denen sich praktisch nichts anfangen lässt. Eine mögliche Tatwaffe, die sich als Meterware in jedem x-beliebigen Baumarkt beschaffen lässt. Und die er bis jetzt nicht gefunden hat. Kein Motiv. Keine Verdächtigen. Nichts. Es ist, als ob alles in der eisigen Kälte erstarrt wäre.

Ihm fällt ein, dass der verschwundene afghanische Flüchtling noch gar nicht zur Fahndung ausgeschrieben ist. Im Flüchtlingsheim müssen sie ein Foto von ihm haben. Er greift nach dem Handy, um anzurufen, überlegt es sich aber anders und beschließt stattdessen hinzufahren.

Auf dem Hof vor dem ausgebrannten Zimmer steht ein dunkelblauer Lieferwagen. Die Brandtechniker, nimmt Juncker an. Er parkt an seinem gewohnten Platz. Heute erscheint kein Cornelius Andersen oben auf der steinernen Treppe. Juncker öffnet die schwere Tür, geht zu Andersens Büro und klopft an. »Herein«, klingt es kaum hörbar von drinnen.

Der Leiter des Flüchtlingsheims sieht aus, als hätte er keine Minute geschlafen. Die Haare sind ungekämmt, die Brille sitzt leicht schief auf der Nase, und die Augen dahinter sind blutunterlaufen, als hätte sich ihr Besitzer gestern Abend ordentlich einen hinter die Binde gekippt. Was seiner Fahne nach zu schließen offensichtlich auch der Fall ist, denkt Juncker.

Er setzt sich auf einen der Stühle am Besprechungstisch.

»Tja, Andersen. Ziemlicher Schlamassel, was? Um es milde auszudrücken.«

Cornelius Andersen nickt bedrückt. »Es ist schrecklich.«

»Wurde das Flüchtlingsheim schon mal in ähnlicher Weise zur Zielscheibe? Überfall? Vandalismus?«

»Nein. Wie Sie sicher wissen, waren – und sind noch immer – viele gegen das Heim. Einige haben sich auch recht bedrohlich in den sozialen Medien geäußert. Aber Asylantenheime treffen ja praktisch immer auf Widerstand. Und bis jetzt hat niemand die Drohungen wahr gemacht.«

»Hm. Wissen Sie etwas über mögliche rechte Gruppierungen hier in der Umgebung? Oder in Sandsted selbst?«

»Nein, darüber ist mir nichts bekannt.«

»Sie kennen nicht zufälligerweise einen Bent Larsen?«

»Bent Larsen? Ist das nicht der, der ermordet wurde?«

»Doch.«

»Was hat er damit zu tun? War er einer von diesen … Rechtsextremisten?«

»Das untersuchen wir noch.«

»Glauben Sie, es gibt einen Zusammenhang zwischen der Sache hier und dem Mord an Bent Larsen? Und seiner Frau?«

»Ich glaube gar nichts«, sagt Juncker. Und wenn, würde ich es Ihnen bestimmt nicht sagen, fügt er in Gedanken hinzu.

Er lehnt sich zurück, verschränkt die Arme vor der Brust und schaut Cornelius Andersen durchdringend an. Juncker weiß, dass viele es als äußerst einschüchternd empfinden, wenn er diesen Blick aufsetzt. Cornelius Andersen offensichtlich auch. Er rutscht unruhig auf seinem Stuhl hin und her.

»Dieser afghanische Mann, der verschwunden ist, wie hieß er noch mal?«

»Mahmoud Khan.«

»Mahmoud Khan, genau. Können Sie mir etwas mehr über ihn erzählen?«

»Nicht wirklich mehr, als ich Ihnen bereits gesagt habe.«

»Sie haben also keine Ahnung, warum er sich aus dem Staub gemacht hat?«

»Nein.«

»Rein gar nichts Ungewöhnliches an seinem Verhalten?«

»Na ja, nein, ich denke nicht.«

Cornelius Andersens Blick wandert zunächst zur Tischplatte und dann zum Fenster. Dank Junckers innerem Bullshit-Detektor läuten sämtliche Alarmglocken auf.

»Jetzt hören Sie mal zu«, sagt er. »Wenn Ihnen in der Zeit, in der Mahmoud Khan hier war, auch nur das Geringste an seinem Verhalten aufgefallen ist, dann ist jetzt der Moment, mit der Sprache herauszurücken. Ansonsten …«

Juncker lässt die Drohung in der Luft hängen. Andersen steht auf, besinnt sich und nimmt wieder Platz.

»Nun, er war viel weg.«

»Viel weg? Was soll das heißen, viel weg?«

»In den letzten Wochen. Es gab Phasen, wo er nicht hier war.«

»Phasen? Was zum Teufel meinen Sie mit *Phasen*?«

»Na ja, mehrere Tage, an denen er nicht hier war.«

»Und das durfte er ganz einfach?«

»Wir sind schließlich kein Gefängnis, oder?«

Juncker schüttelt den Kopf. »Nein, natürlich nicht. Haben Sie irgendeine Idee, was er gemacht hat, wenn er nicht hier war?«

»Nein.«

»Mal angenommen, er war derjenige, der einen Molotowcocktail durchs Fenster zu den drei hineingeworfen hat, haben Sie eine Ahnung, weshalb er es getan haben könnte?«

»Nicht die leiseste.« Irgendwo scheint der Mann einen Rest Trotz gefunden zu haben. Er schaut Juncker in die Augen. »Ich weiß wirklich nicht, worum es hier geht.«

Juncker steht auf.

»Wie geht es den dreien?«, fragt Cornelius Andersen.

»Zwei kommen durch. Aber für den Tunesier sieht es schlecht aus. Die Ärzte geben ihm keine großen Chancen.«

»Furchtbar.« Andersen starrt ins Leere. Dann richtet er den Blick auf Juncker. »Sie wissen, dass einer von Ihren Leuten, der Große, auch hier ist?«

»Ja, schließlich habe ich ihn hergeschickt.«

Juncker wendet sich zum Gehen, da fällt ihm der eigentliche Grund seines Kommens ein. Er bittet Andersen, ihm ein Foto des Afghanen zu schicken, schreibt seine E-Mail-Adresse auf und schiebt ihm den Zettel zu. Der Mann wirkt völlig geistesabwesend.

Er geht über den Hof und schaut durch das zersplitterte Fenster in das ausgebrannte Zimmer. Zwei Brandtechniker in weißen Anzügen sind darin an der Arbeit. Der eine kommt zu ihm ans Fenster. Juncker hat ihn noch nie gesehen und stellt sich vor.

»Können Sie schon etwas sagen?«

»Es ist ziemlich offensichtlich, was passiert ist. Die Scheibe wurde von außen mit einem größeren Stein eingeschlagen, der draußen auf dem Boden lag. Dann wurde ein Molotowcocktail ins Zimmer geworfen, die Flasche ist auf den Fliesen zerplatzt und das brennende Benzin auf das Bett gespritzt, in dem der Mann schlief, der die schweren Verbrennungen erlitt. Das Bettzeug hat natürlich Feuer gefangen, außerdem alles, was an Kleidung herumlag, sowie Gardinen und Möbel. Aber wie Sie sehen können, ist der Großteil der Oberflächen nicht so leicht entflammbar, es bestand also keine wirkliche Gefahr, dass sich das Feuer auf das restliche Gebäude ausbreiten konnte, bevor es gelöscht wurde.«

Juncker verabschiedet sich und wendet sich zum Gehen.

»Eins noch«, sagt der Techniker. »Wer auch immer den Molotowcocktail durchs Fenster geworfen hat, anscheinend hat er sich dabei verletzt.«

Er zeigt auf die Glassplitter am unteren Teil des Fensterrahmens: An den Scherben ist ein dunkler Fleck zu sehen, bei dem es sich um Blut handeln könnte.

»Wir geben eine Probe bei der Kriminaltechnik ab, sobald wir zurück sind.«

»Gute Arbeit«, sagt Juncker und geht zum Auto. Er steigt ein und schaut auf die Uhr. Fast zwei. Er überlegt, ob er Kristoffer suchen und kurz Hallo sagen soll, verwirft den Gedanken aber.

Zurück auf der Wache stellt er zu seiner Überraschung fest, dass die Mail von Cornelius Andersen bereits in seinem Posteingang liegt. Ganz benebelt war der Mann also doch nicht. Er klickt auf das Bild im Anhang: Es zeigt einen hübschen Jungen mit halblangen dunklen Haaren, schmalen Lippen, großen braunen Augen und kräftigen Brauen, die fast über der Nasenwurzel zusammengewachsen sind. Der Gesichtsausdruck ist, wie so oft auf dieser Art Fotos, bemüht kühl, doch Juncker meint auch eine Spur von Wut in den dunklen Augen zu erkennen.

Der junge Afghane hat etwas beinahe Androgynes, denkt er. Sein Alter ist schwer einzuschätzen. Juncker öffnet das beigefügte Dokument. Siebzehn Jahre, steht dort, und das mag durchaus hinkommen. Aber er könnte auch fünfzehn sein. Oder Mitte zwanzig.

Er schickt eine E-Mail mit dem Foto und der Beschreibung

von Mahmoud Khan an die Hauptdienststelle und bittet darum, nach ihm fahnden zu lassen. Dann klappt er den Laptop zu und steht auf.

Das Handy klingelt, es ist Sven Ingvartsen.

»Hallo, Sven. Das ging fix.«

»So sind wir eben, du kennst uns doch. Und du hattest recht, wir haben deinen Mann tatsächlich eine Weile beobachtet. Er tauchte vor ungefähr drei Jahren auf unserem Radarschirm auf, als er an einer Demonstration in Göteborg teilnahm, die von der Nordischen Widerstandsbewegung organisiert war. Sagen die dir was?«

»Hm, ja, irgendwas klingelt bei dem Namen.«

»Es ist eine neonazistische Gruppierung, die ursprünglich in Schweden aus einer Bewegung namens *Weißer Arischer Widerstand* hervorging. Zu Beginn nannten sie sich Schwedische Widerstandsbewegung, aber inzwischen haben sie sich auch in Norwegen und Finnland etabliert und nun auch hier in Dänemark, wo es, soweit uns ersichtlich, einen Ableger mit um die fünfzehn bis zwanzig Mitgliedern gibt. Es sind Holocaust-Leugner, die sich für eine ethnisch reine pannordische Nation einsetzen und alle Flüchtlinge und Einwanderer zurück in ihre jeweiligen Länder schicken wollen.«

»Sind sie gewalttätig?«

»Darauf kannst du wetten. Unter den neonazistischen Bewegungen ist es ganz klar die, die unsere schwedischen Kollegen beim Geheimdienst am meisten fürchten. Im Gegensatz zu den meisten anderen Dumpfbacken in der äußersten Rechten sind sie gut organisiert und diszipliniert. Und extrem gewaltbereit. Mehrere ihrer Topleute haben wegen schwerer Körperverletzung eingesessen.«

»Und Bent Larsen?«

»Tja, er war wie gesagt vor drei Jahren in Göteborg

dabei, und wir wissen darüber, weil es zu einer Schlägerei zwischen Nazis und einigen Teilnehmern einer antifa-
schistischen Gegendemonstration kam, bei der es etliche
Festnahmen gab. Einer davon war Bent Larsen, und darüber hat uns der Geheimdienst natürlich informiert. Anschließend haben wir zwei Monate lang das Festnetztele-
fon der Larsens abgehört, aber da kam kein Piep bei raus,
sie wussten sicher ganz genau, dass sie verwanzt waren.
Dann wurde der Vertrag gekündigt, und wahrscheinlich
haben sie von da an nur noch Handys mit Prepaidkarten
benutzt. Wir haben natürlich auch ihre Onlineaktivitäten
verfolgt, aber das hat auch nichts ergeben. Anscheinend
waren sie schlau genug, um nicht über E-Mail und Facebook mit ihren Freunden von der Widerstandsbewegung
zu kommunizieren, oder mit wem auch immer sie sonst
Kontakt hatten. Übrigens würden wir verdammt gern die
Handys und Computer der beiden in die Finger kriegen,
um zu sehen, ob sich da etwas rausholen lässt.«

»Gleichfalls. Das Problem ist, dass wir weder Handy
noch Computer gefunden haben. Anscheinend haben
der- oder diejenigen, die sie umgebracht haben, alles mitgenommen.«

»Und ihr seid wirklich alles gründlich durchgegangen?
Solche Typen wie Bent Larsen sind ja daran gewöhnt, alle
möglichen Sicherheitsvorkehrungen zu treffen, weil sie
wissen, dass wir ihnen permanent im Nacken sitzen. Sie
verschlüsseln alles, was sie verschicken, und bewegen sich
nur im Darknet, mittels Tor und ähnlichen Browsern. Ich
würde wetten, dass unser Freund einen Laptop oder eine
externe Festplatte irgendwo an einem sicheren Ort versteckt hat, wo ihr nicht gesucht habt. Aber ich kann mich
natürlich irren.«

Nachdem Juncker noch leidigen Papierkram auf der Polizeistation abgearbeitet hat, ist die Dunkelheit bereits hereingebrochen, als er auf die Straße tritt. Auf dem Weg zum Auto wird er auf einmal von einem starken Widerwillen dagegen gepackt, den Abend in Gesellschaft seines Vaters verbringen zu müssen. Statt einzusteigen, lässt er das Auto stehen und geht über den Marktplatz.

Wie am gestrigen Abend ist das Torvecafé halb voll. Und Maria Nielsen hat wieder Schicht, zusammen mit einer jüngeren Kollegin steht sie hinter der Bar. Sie lächelt, als er hereinkommt.

»Hallo noch mal, Juncker«, sagt sie und scheint sich aufrichtig zu freuen, ihn zu sehen.

»Hallo, Maria.«

»Was möchtest du? Ein Bier?«

Er überlegt und schüttelt den Kopf. »Lieber ein Glas Rotwein. Habt ihr etwas Trinkbares?«, fragt er und hört selbst, wie herablassend es klingt. »So war es nicht gemeint, nur na ja, du weißt schon, der Hauswein manchmal«, versucht er es schnell zu glätten.

Sie lächelt erneut. »Du brauchst dich nicht zu entschuldigen. Der Hauswein ist wirklich oft ein ziemlicher Fusel. Aber unserer ist eigentlich okay, finde ich. Ein argentinischer, eine Mischung aus Malbec- und Cabernet-Trauben. Kein Grand Cru, aber völlig in Ordnung.«

»Dann nehme ich den.«

Sie holt eine Flasche und ein Glas.

»Was ist mit dir? Hast du Zeit für …?«

Sie schaut auf eine große Uhr, die über der Tür hängt. »Ich denke, ich kann eine kurze Pause machen. Such dir einen Tisch.«

Juncker blickt sich um und entdeckt einen freien Tisch im hinteren Ende des Lokals. Er setzt sich auf die Bank,

Maria stellt zwei Gläser und eine Flasche auf den Tisch, zieht einen dunkelbraunen Stuhl heran und setzt sich Juncker gegenüber. Er schenkt ein und hebt sein Glas.

»Juncker«, sagt sie. »Martin Junckersen. Ich habe dich als klein und dürr in Erinnerung. Warst du damals nicht ziemlich schmächtig?«

»Doch, das dürfte hinkommen.«

»Und schüchtern. Der kleine, schüchterne Freund meines nervigen Bruders.«

»Ja, schüchtern, das kommt auch hin. Du warst ja … genau diese paar Jahre älter. Reifer.«

»Stimmt«, sagt sie und wird ernst. »Viel zu reif. Viel zu früh.« Sie schüttelt leicht den Kopf. »Erzähl, wie es dir ergangen ist.«

»Wie? Tja, wie ist es mir ergangen? Ich kam aufs Gymnasium, habe meinen Abschluss gemacht und angefangen, Jura zu studieren. Der Plan war ja eigentlich, dass … du weißt schon, mein großer Bruder Peter, er …«

»Ja, ich erinnere mich. Furchtbare Sache.«

»Er sollte Anwalt werden und in die Firma einsteigen. Als er starb, war es quasi ausgemachte Sache, dass ich an seine Stelle treten würde. Vaters Wille und all das.« Er lächelt schwach. »Aber ich habe sehr schnell gemerkt, dass das nicht passieren würde. Ich würde kein Anwalt werden, und schon gar nicht in der Firma meines Vaters. Also habe ich mein Jurastudium abgebrochen.«

»Ich nehme an, das hat deinem Vater gar nicht geschmeckt?«

»Tja, eigentlich hat er es recht gut aufgenommen. Wenn ich ehrlich bin, hat er wahrscheinlich nie ernsthaft daran geglaubt, dass ich es als Anwalt je zu etwas bringen könnte. Ich war ja nicht Peter.«

»Nein, du warst Martin. Und dann wurdest du Polizist.«

»Ja, nach ein paar Jahren, in denen ich erst Soldat war und mich anschließend eine Weile mit verschiedenen Jobs über Wasser hielt, habe ich mich bei der Polizei beworben. Und wurde angenommen.«

»Wie kam es dazu? Ich meine, du warst eine Zeit lang an der Uni. Und damals, in den Siebzigern, waren die Polizisten in den Augen der meisten Studenten ja praktisch ein Haufen von Halbfaschisten.«

»Stimmt, die Polizei war nicht besonders beliebt. Aber zum einen war ich kein großer Rebell, ich weiß nicht, das war irgendwie nicht so meins. Und zum anderen hatte ich immer schon davon geträumt, Kriminalbeamter zu werden. In meiner Kindheit habe ich viel Sherlock Holmes gelesen. Und später die Krimis von Sjöwall und Wahlöö. Ich wollte wie Martin Beck werden. Kennst du die Bücher? Und die Filme?«

»Vom Hörensagen. Und, wurde aus Martin Junckersen ein Martin Beck?«

»Ha, keine Ahnung. Aber ich wurde auf jeden Fall Kriminalbeamter.«

»Und dazu noch ein guter, würde ich wetten.«

»Ja, auch wenn es gerade nicht den Anschein macht.«

»Und wie steht es um das Privatleben? Verheiratet? Kinder?«

»Ja. Ich bin seit … praktisch schon immer mit Charlotte verheiratet, so fühlt es sich jedenfalls an. Und wir haben zwei Kinder. Erwachsen, natürlich.«

»Und seid ihr immer noch zusammen, Charlotte und du?«

Auf sein zustimmendes Nicken lacht sie und meint: »Wie unmodern.«

»Tja, das sind wir wohl.« ›Zusammen‹, denkt Juncker im Stillen, bin ich noch mit Charlotte ›zusammen‹? Wohl kaum.

»Aber was ist mit dir, Maria? Wie ist dein Leben gelaufen?«

»Ach, da gibt's nichts Weltbewegendes zu erzählen. Meine Eltern waren, na ja, bettelarm, das weißt du ja. Du hast gesehen, wie wir gehaust haben.«

»Ja, es war …«

»Und mein Vater, er … er war ein Teufel gegenüber meiner Mutter. Und gegenüber uns Kindern … gegenüber mir.«

»Lebt er noch?«

»Nein, er ist Gott sei Dank tot. Meine Mutter auch. Schon seit vielen Jahren.«

»Bist du verheiratet?«

»Nein. Ich war noch nie gut darin; ich hatte mehrere Beziehungen, aber …« Sie kräuselt die Nase. Trinkt einen Schluck Wein.

»Also keine Kinder?«

Sie schaut weg. »Ich habe sehr jung eine Tochter bekommen. Mit siebzehn. Sie wurde mir direkt nach der Geburt weggenommen. Und zur Adoption freigegeben.«

»Hast du nie …«

»Nein. Ich hatte niemals Kontakt zu ihr. Ich weiß nicht mal, ob sie noch lebt.«

»Wolltest du nie …?«

»Nein. Nie.« Marias Stimme ist plötzlich hart geworden.

»Aber … wer war der Vater?«

Sie schaut schweigend auf die Tischplatte.

»Er«, sagt sie dann.

»Wer?«

Juncker zieht fragend die Brauen hoch. Dann versteht er. »Oh, dein … es war dein …«

»Ja.«

Eine Weile ist es still am Tisch. Sie dreht das Weinglas zwischen Daumen und Zeigefinger.

»Tja, so ist es«, meint sie lapidar.

»Und Rasmus?«

»Ja, Rasmus …« Sie fährt sich mit der Hand über die Stirn, als wollte sie etwas wegwischen. »Er bekam so irrsinnig viel Prügel von meinem Vater. Wusstest du das eigentlich?«

»Hm, nein, ich meine, wir haben nicht darüber gesprochen. Manchmal habe ich natürlich gemerkt, dass er Angst vor eurem Vater hatte. Aber so war es eben, damals wurden ja viele Kinder von ihren Vätern geschlagen.«

»Du auch?«

»Geschlagen? Nein. Mein Vater hat nie … jedenfalls nicht körperlich.«

»Hm. Rasmus ist von zu Hause abgehauen, da war er, glaube ich, sechzehn. Nach Kopenhagen. Und meine Eltern haben nicht wirklich etwas unternommen, um ihn wieder nach Hause zu holen. Er hatte angefangen, jede Menge Hasch zu rauchen. Mehrere Jahre lang habe ich ihn so gut wie nicht gesehen, und als wir uns endlich getroffen haben, war er heroinsüchtig und lebte mehr oder weniger auf der Straße in Vesterbro. Als Kleinkrimineller. Und Stricher. Und dann ist er gestorben. Durch eine Überdosis. Es war so elend wie nur irgend möglich.«

Juncker seufzt, sackt in sich zusammen. *Solange ich lebe*, klingt ein alter Evergreen über das leise Stimmengewirr der anderen Gäste hinweg, *… solange mein Herz schlägt*.

»Ich hatte immer das Gefühl, dass ich Rasmus im Stich gelassen habe. Ihn verraten habe.«

»Wie meinst du das, verraten?«

»Wir waren so gut befreundet, als wir in dieselbe Klasse gingen. Und dann wurden wir aufgeteilt, und irgendwie ist unsere Freundschaft danach abgeebbt. Und vielleicht war es vor allem ich, der auf Abstand gegangen ist.«

»Wieso?«

»Keine Ahnung. Ich glaube, ich konnte nicht richtig damit umgehen, dass ...«

»Wir so arm waren?«

»Ja, irgendwie begann es eine Rolle zu spielen, als wir älter wurden. Es war plötzlich wichtig, ob man coole Klamotten anhatte. Ob man einen Kassettenrekorder zur Konfirmation bekam, all das. Und das hatte Rasmus nicht. Und ich wollte so unbedingt zur Gruppe, zu den Jungs gehören, dass ich nicht den Mut, nicht die Stärke besaß, als Freund zu ihm zu stehen.«

Maria hört ihm schweigend zu.

»Es gibt einen Moment, eine Situation mit Rasmus, die mich verfolgt. Seit damals.« Er kratzt an einem Wachsfleck auf dem Tisch. »Es war beim Sportunterricht. Obwohl wir in verschiedene Klassen gingen, hatten wir immer noch zusammen Sport. Es war im Frühling, wir sollten Fußball spielen, und Rasmus und ich waren in derselben Mannschaft. Ich war ziemlich gut im Fußball, Rasmus nicht. Irgendwann hat er einen Fehler gemacht, der den anderen ein Tor und den Sieg einbrachte. Es war vollkommen egal, es war ja nur ein Spiel in der Sportstunde, aber ich bin total ausgeflippt. Habe ihn angeschrien und Volltrottel und Blödmann genannt, ich weiß nicht warum, er war ja immer noch mein Freund, aber ich habe immer weitergemacht, ihn vor allen anderen gedemütigt. Es war so heftig, dass der Lehrer dazwischengehen und mich beruhigen musste. Ich kann mich noch genau an Rasmus' Blick erinnern. Er hatte Tränen in den Augen, und ich dachte: ›Dann fang halt an zu heulen, du Weichei‹, aber das tat er nicht, er stand nur da und starrte mich an, und zum Schluss habe ich mich umgedreht und bin mich umziehen gegangen. Ein paar Tage haben wir nicht miteinander gesprochen, dann schien alles wieder beim Alten zu sein, aber irgendwie auch nicht. Wir hatten immer weniger Kontakt, und zum Schluss …«

So lang werde ich dich li-ie-ben, klingt es aus den Lautsprechern.

»Das ist das Feigste, was ich je gehört habe.«

Juncker hebt den Blick und trifft den Marias. Sie beugt sich vor und legt ihm die Hand auf den Arm. Er zuckt zusammen und zieht automatisch den Arm ein Stück zurück, hält jedoch inne. Sie streicht ihm sanft über den Handrücken.

»Wir haben alle Dinge getan, die wir bereuen. Aber ich weiß, dass du Rasmus viel bedeutet hast.«

Ja, denkt Juncker. Umso schlimmer. Maria schaut zur Uhr über der Tür und steht auf.

»So, ich sollte jetzt besser …«

Juncker nimmt die Flasche Rotwein und hält sie gegen das Licht. Sie ist halb voll.

»Wie sagen sie in den Western? ›Lassen Sie die Flasche stehen.‹ Ich glaube, ich bleibe noch ein bisschen sitzen.«

»Na klar.«

Als sie aufstehen will, fällt ihm noch etwas ein. »Kanntest du eigentlich Bent Larsen und seine Frau? Die beiden, die ermordet wurden?«

Ihr Lächeln verblasst. »Ja. Ihn. Ihn habe ich gekannt.«

»Okay. Hast du noch ein paar Minuten?«

»Warte kurz.«

Sie geht zur Bar und wechselt ein paar Worte mit ihrer Kollegin. Dann kommt sie zurück und setzt sich.

»Okay. Fünf Minuten.«

»Perfekt, danke. Woher kanntest du ihn?«

Juncker schenkt ihr Wein nach, und sie nimmt einen Schluck.

»Vor einigen Jahren ...« Sie denkt nach. »Ungefähr vier müsste es her sein, da hatte ich eine Beziehung mit einem Mann hier aus der Stadt. Er war etwas jünger als ich ...« Sie lächelt schief. »Ich bin oft mit jüngeren Freunden geendet.«

»Ja, das glaube ich dir gern.« Juncker lächelt zurück.

»Jedenfalls, mein Freund, Carsten, war mit Bent Larsen befreundet. Oder befreundet ist vielleicht zu viel gesagt, sie waren wohl eher so eine Art, wie soll ich es ausdrücken, politische Glaubensgenossen.«

»In der Dänischen Volkspartei?«

»Ja, dort haben sie sich getroffen. Oder kannten sie sich schon vorher? Aus der Schlachterei? Das weiß ich nicht mehr. Aber wenn ich mich recht erinnere, wurden sie ungefähr zum selben Zeitpunkt aus der Partei geworfen.«

»Weil sie zu extrem waren?«

»Ja. Woher weißt du das eigentlich?«

»Der Nachbar meines Vaters sitzt für die Dänische Volkspartei im Stadtrat. Er hat mir erzählt, dass er einer von denen war, die Bent Larsen aus der Partei ausgeschlossen haben.«

»Jens Rasmussen?«

»Ja. Er hat erzählt, wie Bent Larsens Rhetorik in Bezug auf die Ausländer immer ausfallender wurde. Er nannte Larsen einen ›ausgesprochen unangenehmen Zeitgenossen‹ und vermutet, dass er als Neonazi geendet ist.«

»Vermutet? Da gibt es nichts zu vermuten. Er weiß ganz genau, dass sowohl Bent Larsen als auch Carsten, also mein Ex-Freund, Kontakte zu schwedischen Neonazis hatten.«

»Vielleicht einer Organisation namens Nordischer Widerstandsbewegung?«

»Kann sein, dass sie so hieß. Carsten hat mir nicht viel darüber erzählt. Praktisch überhaupt nichts. Aber sie haben ein paar Treffen bei ihm abgehalten, das weiß ich noch, sie saßen im Wohnzimmer, ich in der Küche. Jens Rasmussen war auch dabei, mindestens einmal.«

»*Nachdem* sie Bent Larsen aus der Partei geworfen hatten?«

»Ja. Ganz sicher.«

»Aha. Wohnt er immer noch in der Stadt?«

»Carsten? Ja. Oder genauer gesagt in einem kleinen Dorf, Gundløse, nicht sehr weit von hier. Weißt du, wo das ist?«

»Ja. Wie heißt er mit Nachnamen?«

»Petersen.«

»Wie war es für dich, eine Beziehung mit jemandem zu haben, der …«

»Dass Carsten in der Dänischen Volkspartei war, hat mich im Großen und Ganzen nicht gestört. Ich interessiere mich nicht besonders für Politik, und vieles von dem, was sie sagen – dass unsere Alten zu wenig Hilfe bekommen, dass Orte wie Sandsted von der Elite in Kopenhagen vergessen werden und dass man viel zu viele Fremde ins Land gelassen hat –, das stimmt eigentlich, finde ich.« Sie lacht trocken. »Und jemand wie ich, in Sandsted, man kann es sich nicht wirklich leisten, große Ansprüche zu stellen, oder?«

Juncker runzelt die Stirn. »Was meinst du? Du siehst gut aus, du kannst doch jeden haben, den du willst.«

Sie lacht wieder und schüttelt den Kopf. »Nein, Juncker, das kann eine Frau wie ich, von fast sechzig, mit Falten und schlaffer Haut, sicher nicht. Einen schnellen Fick, wenn sie besoffen sind, das ja. Aber einen süßen Partner … und Carsten war so gesehen süß zu mir.« Ihr Lächeln erstirbt, und sie schaut auf die Tischplatte. »Bis er dann nicht mehr süß war.« Sie macht Anstalten aufzustehen. »Und als er dann aus der Dänischen Volkspartei geworfen wurde und anfing, mit den schwedischen Nazis zu sympathisieren, da war für mich Feierabend. Das war das Ende der Beziehung. So, jetzt muss ich aber wirklich ...«

Er sieht ihr nach, als sie zurück zur Bar geht. Ihr Hintern. Ihre Beine. Seine Wangen werden heiß, er schenkt sich den restlichen Wein ein und rutscht bis in die Ecke der Nische. Legt ein Bein auf die Bank – den Stiefel lässt er über den Rand hängen, um das Polster nicht schmutzig zu machen – und schließt die Augen. Er muss mit Marias Ex-Freund sprechen. Und noch mal mit Jens Rasmussen. Er muss so viele Dinge tun. Charlotte anrufen. Und die Kinder. Er sollte nach Hause fahren und nach seinem Vater sehen. Stattdessen leert er das Glas, geht zur Bar und bestellt noch eine Flasche. Und zwei Toasts mit Frikadelle und Zwiebeln. Maria lächelt ihm zu. Dieses Lächeln. Die Hitze breitet sich im ganzen Körper aus. Er lässt los. Zum ersten Mal seit Monaten lässt er los.

Als er aus der drückenden Feuchtigkeit des Lokals ins Freie tritt, fegt die Kälte den Rausch zur Seite und lässt ihn für einen Augenblick alles glasklar sehen: die Umrisse der um den Markt stehenden Gebäude, die Lindenbäume in der Mitte des Platzes, den Schein der Straßenlaternen und die Sterne am nachtschwarzen wolkenlosen Himmel. Er schaut nach oben und taumelt, kann aber gerade noch die Balance halten.

»Orion«, murmelt er. »Orionsgürtel. Rigel. Beteigeuze ...« Weiter kommt er nicht. Kann sich nicht erinnern, wie die übrigen Namen im Sternbild am nächtlichen Winterhimmel lauten. Normalerweise würde er etwas verärgert über sich selbst das Handy aus der Tasche ziehen und googeln, aber er ist zu betrunken. Vor allem ist er zu betrunken, um Auto zu fahren, erkennt er und macht sich zu Fuß auf den Heimweg, leicht schlingernd die Häuserreihe entlang. Reiß dich zusammen, Mann, ermahnt er sich und folgt der geraden Linie aus kleinen quadratischen Pflastersteinen in der Mitte des Gehwegs. So ist es besser, ein Schritt nach dem anderen, konzentrier dich. Am Ende des Marktplatzes nach links, die Fußgängerzone entlang, praktisch menschenleer, abgesehen von zwei ihm entgegenkommenden Gestalten, junge Männer, Gangart und Tempo nach zu urteilen, doch so wie sich die Leute derzeit zum Schutz gegen die Kälte einmummeln, ist es praktisch unmöglich, Alter und Geschlecht auszumachen.

Er torkelt leicht beim Gehen, hat keine Linie aus Pflastersteinen mehr, an der er sich orientieren kann, nur einen einheitlichen Teppich aus kleinen grauen Betonplatten, der sich über die gesamte Breite der Fußgängerzone erstreckt. Er steuert nach rechts, um nicht auf Kollisionskurs mit den zwei Männern zu geraten. Beide tragen dunkle, tief in die Stirn gezogene Mützen und haben die untere Gesichtshälfte mit einem Tuch verdeckt. Sein Herzschlag beschleunigt sich, er greift seinen Schlüsselbund in der Jackentasche, sodass einer der Schlüssel zwischen Zeige- und Mittelfinger hervorsticht. Sie passieren einander im Abstand von einem Meter. »Besoffener alter Idiot«, sagt der eine, beide lachen, dann sind sie vorbei. Er unterdrückt den Reflex, sich nach ihnen umzudrehen, und konzentriert sich darauf, nicht zu schlingern. Es versetzt ihm einen Stich; nicht der »Idiot« und auch nicht das »besoffen«, aber an das Wörtchen »alt« in Bezug auf sich selbst kann er sich einfach nicht gewöhnen. Oder »älter«, das ist fast noch schlimmer. Haben sie kehrtgemacht und folgen ihm? Er bleibt vor einer Schaufensterscheibe stehen und gibt vor, sich für die ausgestellten Nähmaschinen zu interessieren. Dabei schielt er nach links, aber sie sind weg, müssen auf den Marktplatz abgebogen sein.

Er setzt seinen Weg fort, allmählich geht es etwas besser, ein paar Hundert Meter weiter biegt er nach rechts ab, in Richtung Kirche und Friedhof, wo Peter und seine Mutter nebeneinander begraben liegen, eine Straße mit älteren Einfamilienhäusern entlang, solide Gebäude aus rotem Stein, umgeben von gepflegten Gärten. Der Wein meldet sich, er wählt ein Haus, bei dem kein Licht hinter den Fenstern brennt, tritt in die Einfahrt und öffnet den Reißverschluss. Sein Glied fühlt sich merkwürdig kühl an in der warmen Hand, er presst wie gewohnt, aber es geht überraschend einfach, und er muss sich bemühen, den Strahl in die Hecke zu richten, damit es nicht zu laut platscht. Er schüttelt ab und schließt die Hose. Geht zurück auf den Bürgersteig …

Da. Ein Schatten … ein Schatten, der sich bewegt hat. Er ist ganz sicher. Fast sicher. Hundert Meter zurück die Straße hinauf, beim Übergang zur Fußgängerzone. Sein Herz klopft, er rührt sich nicht von der Stelle. Eine Minute. Nichts. Wahrscheinlich war es nur Einbildung. Du bist besoffen, sagt er sich und geht weiter. Noch zehn Minuten bis nach Hause. Er beschleunigt das Tempo. Horcht. Versucht so leise zu gehen wie möglich. Sind da Schritte zu hören? Er kann es nicht sagen. An dieser Stelle funktioniert die Straßenbeleuchtung nicht, sie ist seit Wochen kaputt, verflucht, wann reparieren die das endlich? Nur der Mond wirft ein fahles Licht auf die Straße. Er bleibt stehen. Und da hört er es. Den schwachen, knirschenden Laut eines Schuhs, der abrupt auf Erde oder Kies zum Stehen kommt. Hastig dreht er sich um. Nichts. Aber jetzt besteht kein Zweifel mehr. Jemand oder mehrere folgen ihm.

Was soll er tun? Umdrehen. Den Betreffenden konfrontieren. Nein, er ist betrunken, Himmel, er ist total besoffen. Schon von einem Teenager, der nur einigermaßen in Form ist, würde er Prügel kassieren, gar nicht zu reden von zwei

Männern, falls es die aus der Fußgängerzone sind. Und wer sonst sollte es sein?

Er geht weiter, schneller. Hört nichts außer seinen eigenen Schritten und seinem schnaufenden Atem. Widersteht dem Drang, sich nochmals umzudrehen, jetzt zählt nur, nach Hause zu kommen, er fühlt sich plötzlich furchtbar verwundbar, hat das beklemmende Gefühl, dass irgendetwas auf seinen Rücken gerichtet ist, genau zwischen die Schulterblätter. Jetzt krieg dich gefälligst wieder ein, ruft er sich selbst zur Vernunft, kein Mensch verfolgt dich hier spätabends mitten in einem Wohngebiet in Sandsted. Du bist betrunken. Und müde. Und paranoid.

Als er in die Straße einbiegt, an deren Ende er bereits das Haus des Vaters sehen kann, beginnt er zu laufen, hundert Meter, fünfzig, zehn, die Einfahrt hoch. Auf der Schwelle zur Eingangstür zieht er den Schlüssel aus der Tasche und steckt ihn ins Schloss. Dreht sich um.

Die Gestalt steht vollkommen reglos da, drei Häuser weiter die Straße hinunter, dicht an die Hecke gedrückt. In der Dunkelheit sind praktisch keine Umrisse zu erkennen, aber er ist sich sicher. Fast sicher. Eine dunkelgekleidete Gestalt.

Hastig dreht er den Schlüssel um, betritt das Haus, schließt die Tür hinter sich und verriegelt sie. Ohne das Licht anzuschalten, geht er in die Küche und schaut durchs Fenster auf die Straße. Die Gestalt ist verschwunden.

Im Wohnzimmer setzt er sich auf den Sessel, zitternd am ganzen Körper. Schließt die Augen. Doch alles dreht sich, der Raum hebt vom Boden ab und droht umzukippen, er öffnet die Augen wieder, zwingt seine Umgebung zurück an ihren Platz. Versucht, klar zu denken.

Wer? Und warum?

31. Dezember

Kapitel 27

»Signe, hier ist Poulsen vom Eingang. Hier steht ein Mann, der mit einem Ermittler sprechen will, der sich mit dem Terroranschlag befasst.«

»Was will er?«

»Irgendwas mit einem Auto, sagt er.«

Sie hastet die Treppe hinunter. Ein Mann in ihrem Alter, schlank und dem Anschein nach gut in Form, mit dunklen, in den Spitzen ergrauenden Stoppelhaaren und rahmenloser Brille, wartet auf sie. Mit seinem dunklen Mantel, dem buntgestreiften Schal, schwarzen Jeans und glänzenden schwarzen Schuhen sieht er aus wie ein Büroleiter aus dem Justizministerium, denkt Signe. Sie gibt ihm die Hand und stellt sich vor.

»Poul Taastrup«, sagt der Mann.

»Und was kann ich für Sie tun? Es geht um ein Auto?«

»Ja. Am Zweiundzwanzigsten war ich im Hareskoven joggen. Ich wohne in Kirke Værløse, und da habe ich ein Auto mitten im Wald stehen sehen, auf einem kleinen Schotterweg. Wie ich später erfahren habe, war es nicht weit von der Stelle, an der Sie den ausgebrannten Lieferwagen gefunden haben, von dem Sie ausgehen, dass er mit dem Anschlag in Verbindung steht.«

»Okay«, sagt Signe. Ihr Herz schlägt schneller. »Sie müssen sich kurz in unserem Besuchersystem registrieren. Wir können uns in die Kantine setzen.«

Sie suchen sich einen Tisch, und Signe holt zwei Tassen Kaffee.

»Sagen Sie, warum kommen Sie erst jetzt? Wir haben doch alle, die etwas Ungewöhnliches im Hareskoven bemerkt haben, gebeten, sich umgehend bei uns zu melden.«

»Ich weiß, aber ich war mit meiner Familie über Weihnachten zum Skifahren in Frankreich. Wir sind nachmittags am Zweiundzwanzigsten losgefahren und erst gestern heimgekommen.«

»Aber Sie müssen doch von dem Terroranschlag gehört haben?«

»Ja, natürlich.« Er lächelt entschuldigend. »Aber meine Frau und ich hatten beschlossen, unsere Ferien technikfrei zu halten. Wir haben zwei Kinder, bald Teenager, die Tag und Nacht in ihre Handys und Tablets glotzen. Und meine Frau und ich sind nicht viel besser. Deshalb haben wir entschieden, dass jeder von uns nur fünf Minuten pro Tag ins Internet darf, und zwar gemeinsam vor dem Abendessen.«

»Interessant. Hat es funktioniert?«

»In den ersten Tagen hatten wir alle Entzugserscheinungen. Aber dann ging es ziemlich gut. Ehrlich gesagt war es fast befreiend, nicht ständig auf irgendwelche Updates und Posts auf Facebook, Instagram und Co reagieren zu müssen.«

»Vielleicht sollten wir das in meiner Familie auch mal probieren.« Signe lächelt. »Aber zurück zum Auto. Sie sagen, Sie haben es im Wald in der Nähe des ausgebrannten Wagens gesehen?«

»Ja. Gestern Abend habe ich die Nachrichten im Internet gelesen, um mich auf den neuesten Stand zu bringen. Dabei bin ich über eine Karte gestolpert, auf der der Fundort des Lieferwagens eingezeichnet war. Und da wurde mir klar, dass es ganz in der Nähe von der Stelle war, wo ich beim Joggen das andere Auto gesehen hatte, kurz bevor wir in den Urlaub gefahren sind.«

»Wissen Sie noch, was für ein Auto es war?«

»Ja. Ein schwarzer Renault Clio.«

»Da sind Sie sicher?«

»Ja. Meine Frau fährt auch einen Clio.«

»Sie erinnern sich nicht zufällig an das Kennzeichen?«

»Nicht an die Zahlen, aber die Buchstaben waren FM. Das ist die Abkürzung für meinen Arbeitsplatz. Ich leite ein Ressort im Finanzministerium.«

Knapp daneben ist auch vorbei, denkt Signe.

»Gut. Vielen Dank, dass Sie gekommen sind. Könnten Sie mir kurz Ihre Handynummer aufschreiben, damit wir Sie erreichen können? Und hätten Sie die Möglichkeit, mit uns zum Hareskoven zu fahren und uns genau zu zeigen, wo Sie das Auto gesehen haben?«

»Jetzt?«

»Ja, wenn es geht. Ich organisiere schnell zwei Kollegen, die mit Ihnen rausfahren.«

Es vergeht keine halbe Stunde, dann weiß Signe, dass in der Nacht vom 21. auf den 22. Dezember in einer Seitenstraße zum Sønder Boulevard in Vesterbro ein schwarzer Renault Clio gestohlen wurde. Es dauert etwas länger herauszufinden, dass das Nummernschild des gestohlenen Clio mit dem eines anderen Clio ausgetauscht wurde, der in Nørrebro in der Nähe des Vibenshus-Rings gestanden hatte.

Signe geht zu Dinah und dem Team, das die Aufzeichnungen der Überwachungskameras durchgeht, ins Büro. Sie spürt ihre Wangen glühen, und es ist lange her, seit es ihr zum letzten Mal so ging.

»Jetzt haben wir eine Spur, der wir nachgehen können:

ein schwarzer Renault Clio mit dem Kennzeichen FM 22 407. Den müssen wir finden, Leute. Also zurück zum Dreiundzwanzigsten. Fangt damit an, die Bilder durchzusehen, die wir vom Gebiet um den Hareskoven ab sagen wir … 12.15 Uhr haben. Die Fahrt vom Nytorv bis dorthin werden sie wohl kaum in weniger als zwanzig Minuten geschafft haben.«

Um Viertel nach vier ruft Dinah an und meldet, dass sie etwas gefunden hat.

Sie sitzt mit vier Kollegen an ihrem Tisch und winkt Signe zu sich.

»Wir haben die Täter auf der Autobahn E20 aufgenommen, der Autobahn Køge Bugt in Richtung Süden. Hier sind sie …«

Sie drückt auf eine Taste.

»… in der Nähe der Tankstellen bei Karlslunde, wie du siehst, ist es zwölf vor zwei.«

»Und wo fahren sie hin?«

»Das können wir nicht genau sagen. Inzwischen wurden auf der Autobahn eine ganze Reihe von Kameras zur Kennzeichenerkennung installiert, weshalb wir ihnen ein Stück weiter Richtung Süden folgen können. Aber am Autobahndreieck bei Køge tauchen sie nicht mehr auf. Auch nicht am Großen Belt.«

Also wahrscheinlich irgendwohin nach Mitt- oder Südseeland, denkt Signe.

»Danke, Dinah. Gute Arbeit.«

Sie geht zu Erik Merlins Büro und tritt ein, ohne anzuklopfen. Er blickt müde vom Bildschirm auf.

»Jetzt wissen wir etwas mehr darüber, in welche Richtung sie gefahren sind«, sagt sie und berichtet von den Bildern von der Autobahn.

»Okay. Immerhin etwas«, sagt Merlin.

»Jep. Ich lasse nach dem Wagen fahnden.«

»Soll ich den Leuten sagen, dass sie mit dem freien Abend heute eher doch nicht rechnen sollen?«, fragt er.

Signe zuckt mit den Schultern. »Das ist deine Entscheidung. Wir wissen jetzt, dass sie sich vielleicht irgendwo im mittleren Teil von Seeland befinden, aber theoretisch können sie überallhin gefahren sein. Sogar wieder nach Norden. Vielleicht haben sie die Autobahn nur verlassen, weil sie den Kameras aus dem Weg gehen wollten. Im Grunde sind wir nicht sehr viel klüger als vorher. Außerdem ist es immer schwer, an Silvester irgendetwas Vernünftiges zu unternehmen. Ermittlungstechnisch, meine ich.«

»Okay. Dann bleiben wir dabei, dass die Leute für ein paar Stunden nach Hause dürfen. Hast du noch mal von diesem Jens-Jensen-Typen und der Sache mit FE gehört?«

»Ich habe ihm geschrieben, dass er schon etwas deutlicher werden muss, wenn er etwas weiß. Aber er hat bisher nicht geantwortet.« Sie steht auf. »Ich denke, dann werde ich auch mal nach Hause fahren. Wir sehen uns morgen früh.«

»Ja«, brummt Merlin.

Kapitel 28

Das Haus der Larsens im Overdrevsvej wird nicht länger überwacht. Die kriminaltechnischen Untersuchungen sind abgeschlossen, und es fehlt ganz einfach an Personal, um zwei Männer hier herumsitzen und Däumchen drehen zu lassen. Juncker hebt das Absperrband an und schlüpft darunter hindurch auf den Hof. Die beiden Außentüren sind mit roten und gelben Aufklebern mit der Aufschrift »Betreten verboten. Polizei« versiegelt. Er schneidet das Siegel über der Vordertür mit der Spitze eines Schlüssels durch und betritt den Flur. Es ist noch immer warm im Haus, er zieht Parka und Schal aus, hängt die Sachen an die Garderobe und geht ins Wohnzimmer.

Juncker setzt sich aufs Sofa. Sein Herz rast, und er spürt die Schweißtropfen auf der Stirn. Mann, geht es ihm dreckig, seit Jahren hat er keinen so üblen Kater mehr gehabt.

Er war gegen Mittag aufgewacht. Hatte auf dem Bauch im Bett gelegen, voll bekleidet, die linke Wange ruhte in einem kalten, nassen Sabberfleck auf dem Kopfkissen. Irgendetwas hatte ihn geweckt, vielleicht ein Geräusch, vielleicht das Licht, das durchs Fenster strömte – zum ersten Mal seit Tagen schien die Sonne von einem frostklaren, blauen Himmel. Oder aber er war aufgewacht, weil er pinkeln musste. Mühsam hatte er sich im Bett aufgesetzt, alles drehte sich, er rülpste zweimal, es klang wie Gewehrschüsse. Sein Glied war halbsteif gewesen, nein, mehr als das. Er hatte geträumt. Von Maria? Oder Charlotte? Von beiden? Der Traum hatte sich wie eine Rauchwolke im Wind verflüchtigt, er ist immer schon grottenschlecht darin gewesen, sich an Träume zu erinnern. Im Gegensatz zu Charlotte, die ihre bis ins letzte Detail nacherzählen kann, als würde sie aus einem Manuskript für einen Film vorlesen.

Er war mit wackligen Schritten zum Medizinschrank im Badezimmer gegangen, wo er zwei Röhrchen mit Schmerztabletten fand, die mindestens zwanzig Jahre alt waren. Er löste zwei Brausetabletten im Zahnputzbecher auf und spülte sie herunter. In der Küche saß sein Vater im Pyjama – mehr als ungepflegt, bemerkte Juncker – und zeigte mit keiner Reaktion, dass er Juncker erkannte. Ausgesprochen ängstlich schien er allerdings auch nicht zu sein, vielleicht gewöhnte er sich allmählich an den Fremden, der da in seinem Haus herumlief. Juncker hatte Kaffee gekocht und seinem Vater eingeschenkt, zwei Scheiben Toast getoastet, sie mit Butter und Marmelade auf den Tisch gestellt und war anschließend noch mal ins Bad gegangen, um sich frisch zu machen. Dann hatte er ein sauberes Hemd und eine Jacke angezogen und war gefahren. Nachdem er die Haustür von außen verschlossen hatte.

Er lehnt sich auf dem Sofa zurück, kämpft mit dem Drang, sich hinzulegen, einzuschlafen und erst wieder aufzuwachen, wenn die elende Übelkeit verschwunden ist. Aber das geht nicht. Notgedrungen steht er auf, sein Kopf dröhnt, ihm wird schwindelig, und er droht die Balance zu verlieren, also sinkt er zurück aufs Sofa und sammelt sich ein paar Minuten. Zieht das Handy aus der Tasche und wählt Charlottes Nummer, legt das Telefon auf dem Oberschenkel ab und starrt auf die acht Ziffern, aber ohne sie anzurufen. Sein Herzschlag, der sich gerade etwas beruhigt hatte, beschleunigt sich erneut; dann atmet er mehrmals tief durch und macht einen zweiten Versuch aufzustehen. Das Handy steckt er in die Tasche.

Zwei Stunden später hat er das gesamte Haus durchforstet. Es gibt keine versteckten Hohlräume in den Wänden oder dem Boden, das weiß er jetzt sicher. Keine Schränke oder Schubladen mit doppelten Böden. In der Küche schenkt er sich ein Glas Wasser ein. Es ist eiskalt, er leert es mit großen Schlucken. Allmählich fühlt er sich etwas besser, der Kater ist auf dem Rückzug, die Wirkung der Tabletten muss eingesetzt haben. Dann geht er in den Flur, zieht Schal und Parka an, tritt in die Kälte und überquert den Hof.

Er öffnet die Tür zum Stallgebäude und drückt auf den Lichtschalter. Zwei Leuchtstoffröhren oben an den Hahnenbalken beginnen zu flackern und tauchen den großen Raum in ein bleiches, kaltes Licht. Er schaut nach oben; die Balken und Sparren werfen schwarze Schatten auf die Unterseite des gewellten hellgrauen Eternitdachs. An der Wand gegenüber der Tür hängt eine Aluminiumleiter. Er geht hinüber, hebt sie herunter und lehnt sie gegen einen der Hahnenbalken, ungefähr in der Mitte des Raumes. Knapp vier Meter, schätzt er die Höhe. Seine Beine zittern leicht, er greift die Leiter mit beiden Händen und steigt vorsichtig hinauf. Er schafft es bis nach ganz oben, hält sich am Balken fest und zwingt sich, nicht nach unten zu sehen. Stattdessen zieht er sich noch ein Stück höher, sodass er auf sämtliche Balken schauen kann. Suchend lässt er den Blick schweifen. Auf dem Gebälk liegt nichts.

Eine Stunde später ist er sich ebenso sicher wie in Bezug auf das Wohnhaus. Er hat beide Stallgebäude durchsucht, auch hier ist nichts versteckt. Er kehrt zum Haus zurück, schenkt sich noch ein Glas Wasser ein und nimmt es mit ins Wohnzimmer, wo er sich wieder aufs Sofa setzt.

Juncker lehnt den Kopf gegen die Rückenlehne. Schließt die Augen und lässt die Ereignisse Revue passieren. Den Anruf des Wachhabenden während ihres Besuchs im Flüchtlingsheim. Die alte Nachbarin – Jenny Lorents? – und die jaulenden Hunde. Die Hunde … wer weiß, was mit ihnen geschehen ist. Ob sie im Tierheim gelandet sind? Sie werden wohl kaum schon eingeschläfert worden sein. Dobermänner? Die sieht man nicht mehr so häufig. Garstige Biester, wenn man sie dazu abrichtet. Der Wachhund aller Wachhunde. Man hat unwillkürlich Bilder ehemaliger Grenzposten der DDR vor Augen, wenn man einen Dobermann sieht. Oder von Nazis in einem KZ, denkt Juncker. Was hatte Jenny Lorents gesagt? Irgendwas, dass die Hunde praktisch immer im Zwinger eingesperrt waren. Es hat nicht den Anschein, als ob Bent Larsen die Hunde aus reinem Spaß an der Freude hatte. Würde man sich dann nicht eher zwei Labradore oder eine andere Art von Retrievern anschaffen, die weniger schwierig zu handhaben sind? Vielleicht. Vielleicht gefiel den Larsens auch einfach die Rasse. Vielleicht aber brauchten sie auch Wachhunde. Wobei sie ja schlecht als Verteidigung dienen konnten, wenn sie die ganze Zeit im Zwinger waren. Es sei denn …

Er steht auf und geht zur Terrassentür. Jemand, vermutlich einer der Techniker, hat ein Stück Pappe über dem Loch in der Scheibe angebracht. Juncker öffnet die Tür und geht zum Hundezwinger. Er ist ungefähr vier mal vier Meter groß und mit druckimprägnierten Pfosten und einem circa zwei Meter hohen Wildzaun aus Stahldraht eingezäunt. Er öffnet den Riegel und geht hinein. In einer Ecke steht eine Hundehütte mit zwei Eingängen und einem mit

Dachpappe verkleideten Spitzdach. Er greift das Dach, das an der Rückseite in den Angeln hängt, und hebt es an. Die Hütte hat zwei Kammern, die beide mit einer dicken Schicht Stroh ausgelegt sind. Juncker bückt sich, schaufelt eine Handvoll heraus und wirft es zur Seite. Macht weiter, bis er eine Kammer geleert hat. Der Boden besteht aus Sperrholz und ist in den Ecken festgeschraubt. Dann leert er die andere Kammer, und hier ist in der Bodenplatte ein Lederriemen eingefasst. Er zieht daran, die Platte hebt sich. Darunter ist ein Hohlraum, ausgekleidet mit weißen Styroporplatten.

In dem Hohlraum liegt eine gelbe Plastiktüte vom Discounter. Juncker nimmt sie heraus, öffnet sie und schaut auf den Inhalt. Ein Laptop und ein USB-Stick.

»Bingo«, murmelt er.

Zurück im Haus seines Vaters steht er bereits im Windfang, die Hand auf der Türklinke zum Flur, als ihn auf einmal etwas durchzuckt. Der Hauch einer Ahnung, ein flimmerndes Bild von etwas, was anders ist als sonst. Etwas, was er gesehen und doch nicht gesehen hat. Oder?

Er macht kehrt, öffnet die Haustür und geht zurück zum Auto in der Einfahrt. Was versucht ihm sein Unterbewusstsein zu sagen? Er tritt auf den Gehweg und schaut die Straße entlang. Sie ist leer, da ist keiner. Er dreht sich um. Und da sieht er es. Auf der Ecke des niedrigen Mäuerchens, das den Vorgarten vom Gehweg trennt, liegt ein Stein, etwas kleiner als ein Hühnerei.

Juncker bückt sich, um den Stein aufzuheben, hält jedoch inne und richtet sich wieder auf. Hat er die ganze Zeit schon hier gelegen? Nicht, soweit er sich erinnern kann. Aber vielleicht doch … Ist es nicht seltsam, dass ein kleiner Stein auf einer Mauer liegt? Doch, ist es, spürt er. Wenn man in diesem Viertel aufgewachsen ist, einem gewöhnlichen dänischen Reihenhausviertel, dann weiß man, dass hier nicht zufällig irgendwelche Steine auf Gartenmauern herumliegen. Das tun sie einfach nicht. Jemand hat den Stein hierhingelegt. Es kann natürlich ein Kind aus der Straße gewesen sein. Oder aber jemand wollte das Haus markieren. Das Haus, in dem er wohnt.

Die dunkle Gestalt letzte Nacht …

Juncker muss an die alte jüdische Tradition denken, anstelle von Blumen kleine Steine auf ein Grab zu legen. Um zu zeigen, dass es von jemandem besucht wird. Dass jemand darüber wacht.

Er hebt den Stein mit seiner behandschuhten Hand auf, steckt ihn in ein Plastiktütchen, legt ihn in den Kofferraum und geht zurück zum Haus. In der Dunkelheit tastet er nach dem Lichtschalter – und erstarrt. Da ist jemand im Flur. Er kann ihn atmen hören. Ein schwacher Pfeiflaut bei jedem Atemzug.

»Papa?«, fragt er. Keine Antwort.

Er schaltet das Licht an und fährt zusammen. Der Vater steht in der Ecke, neben der Tür zum Wohnzimmer. Seine Augen sind weit aufgerissen, der Mund bewegt sich, aber es kommt kein Laut heraus. Nur das leise Pfeifen des Atems. Er sieht aus wie ein verschrecktes wildes Tier, gefangen im Scheinwerferkegel eines Autos.

»Papa, Herrgott, was ist denn los?« Er legt dem Vater die Hand auf den Arm, der Alte weicht erschrocken zurück.

Junckers Blick wandert nach unten. Vorne auf der Schlafanzughose des Vaters zeichnet sich ein großer Fleck ab, und auf dem Boden um seine Füße hat sich eine Pfütze gebildet. Juncker wird klar, was passiert ist: Der Vater muss sich auf dem Weg zur Toilette im Dunkeln verirrt haben. Er konnte die Tür zum Badezimmer nicht finden und hat sich in die Hose gemacht. Meine Güte, denkt er und greift erneut den Arm des Vaters.

»Komm, Papa.« Juncker zieht den Alten ins Bad. »Bleib hier stehen.«

Er geht ins Schlafzimmer und holt eine frische Unterhose, eine Schlafanzughose und einen Waschlappen. Im Bad steht der Vater noch immer steif wie eine Statue, wo er ihn hingestellt hat.

»Papa, kannst du den Schlafanzug und die Unterhose ausziehen?« Der Vater rührt sich nicht. Juncker seufzt, beugt sich vor, hält den Atem an, greift den Stoff und zieht die Hose des alten Mannes herunter. Er wirft die vollgepinkelten Sachen in die Badewanne, macht den Waschlappen nass und beginnt, den Vater im Schritt und die Beine hinunter zu waschen. Mogens Junckersen steht mit erhobenen, ausgebreiteten Armen da, wie ein Priester, der seine Gemeinde segnet. Oder wie Thorvaldsens Christusfigur im Dom zu Kopenhagen, denkt Juncker und muss beinahe lachen ob der absurden Situation. Er trocknet den Vater ab und hilft ihm in die Kleider. Dann führt er ihn ins Wohnzimmer und setzt ihn auf einen Sessel.

In der Küche liegt noch unangerührt der Toast von heute Morgen. Wer weiß, wann er zum letzten Mal etwas gegessen hat, denkt Juncker. Er schmiert zwei Scheiben Schwarzbrot mit Butter und Leberpastete und trägt das Essen mit einem Glas Milch ins Wohnzimmer, wo er es auf dem Tisch vor dem Vater abstellt. Der Alte starrt auf den Teller.

»Iss, Papa«, sagt Juncker und setzt sich aufs Sofa.

»Ja«, murmelt der Alte, ohne sich zu rühren.

»Hast du keinen Hunger?«

»Ja.«

»Dann iss.«

»Ja.«

Der Blick des Vaters ist abwesend. Abwesend auf eine neue Weise, denkt Juncker. Als wäre er in eine andere Dimension weitergereist und würde nur die allernotwendigste Verbindung mit der Welt aufrechterhalten, die er verlassen hat. Juncker steht auf und geht ins Arbeitszimmer seines Vaters. Neben dem Drucker liegt ein Stapel Papier. Er nimmt einige Blätter und zieht die Schubladen im Schreibtisch auf. In der dritten findet er einen Kuli. Dann schreibt er mit großen Buchstaben. »WC«, »KÜCHE«, »WOHNZIMMER« und »SCHLAFZIMMER« auf je einen Bogen Papier. Die primitiven Schilder klebt er mit Tesa an die jeweiligen Türen, die vom Flur aus abgehen. Zurück im Wohnzimmer sieht er den Vater mit leicht geöffnetem Mund dösen. Vielleicht stand er stundenlang in seiner nassen Hose im Flur, denkt Juncker. Sein Ärger über den Vater mischt sich mit Schuld.

Er legt ihm die Hand auf die Schulter. Der Alte erwacht mit einem leichten Ruck.

»Papa, willst du denn gar nichts essen?«

»Ja«, sagt er wieder, ohne sich zu bewegen.

»Komm mit.«

Der Alte steht auf. Juncker führt ihn ins Schlafzimmer, er legt sich gehorsam ins Bett, und Juncker deckt ihn zu und stopft die Decke um ihn fest.

Mein Gott, ich bringe ihn ins Bett, denkt er. Ich bringe meinen Vater ins Bett.

»Schlaf gut«, flüstert er und ist kurz davor, ihm über die Stirn zu streichen, hält sich aber zurück. Er lässt die Schlafzimmertür angelehnt und geht in sein Zimmer. Setzt sich aufs Bett. Registriert erleichtert, dass der Kater und die Übelkeit abgeklungen sind. Zurückgeblieben ist nur eine überwältigende Müdigkeit. Oder eher Erschöpfung. Juncker kann sich nicht erinnern, jemals so ausgelaugt gewesen zu sein. Mühsam steht er auf und zieht sich den Pullover über den Kopf, als sein Handy klingelt. Es ist Charlotte. Sein Herz hämmert.

»Hi, du.«

»Hallo.«

»Wo bist du?«, fragt Juncker.

»Bei den Nachbarn. Das heißt, gerade stehe ich in unserer Küche.«

»Grüß Karl und Henriette.«

Er versucht abzuschätzen, wo auf der Gefühlsskala sie sich befindet. Charlotte hält normalerweise nie damit hinter dem Berg, Juncker hat sie immer binnen Bruchteilen von Sekunden lesen können. Wütend. Fröhlich. Verärgert. Aber ihre Stimme hat einen neuen Ton, den er zuvor noch nicht von ihr gehört hat. Eine glatte, beunruhigende Schärfe.

»Wie geht es …«

»Wir müssen reden«, unterbricht sie ihn.

»Ja …«

»Kannst du nach Kopenhagen kommen?«

»Das … äh … geht schlecht. Ich stehe mitten in … also, wir haben zwei Mordfälle. Und versuchten Mord durch Brandstiftung. Dementsprechend …«

»Dann komme ich zu dir. Wir müssen nämlich wirklich …«

Juncker hört, wie ihr bemüht kühler Tonfall bricht und Traurigkeit und Frustration die Macht übernehmen. Seltsamerweise fühlt er sich dadurch beruhigt, denn das ist die Charlotte, die er kennt. Aber er hört auch, dass seit ihrem letzten Gespräch etwas mit ihr geschehen ist. Sie hat ein neues Stadium erreicht, und das macht ihm Angst.

»Charlotte, wir können gern reden. Aber es ist wirklich keine gute Idee, dass du herkommst. Gib mir nur ein bisschen Zeit …«

»Ich weiß nicht, wie viel Zeit wir haben.«

»Was meinst du?«

Er hört, dass sie mit den Tränen kämpft. »Ich weiß es nicht. Ich weiß es nicht, Martin.«

»Ich rufe dich an, versprochen. Bald. Und dann finden wir eine Lösung. Okay, Charlotte?«

Sie seufzt. »Na gut.«

Nachdem sie aufgelegt hat, steht er wie versteinert da. Worüber wollte sie mit ihm sprechen? Komm schon, sagt er sich, das ist doch wohl klar. Sie will … er kann den Gedanken nicht zu Ende führen, es ist, als ob sein Unterbewusstsein ihn zurückhält, ihm den Zugang verwehrt zu dem Ort im Gehirn, wo Gedanken und Gefühle in Worte gefasst werden.

Obwohl es erst früh am Abend ist, donnern schon jetzt die Kracher und Raketen los, als Warnung vor dem anstehenden neuen Jahr.

»Mist«, denkt er. »Mist, Mist, Mist.«

Kapitel 29

Es ist in vielerlei Hinsicht ein gelungenes Silvester.

Die Nachbarn, Johanne und Henrik, sind um die zehn Jahre jünger als Niels und Signe und haben zwei Söhne im Alter von vier und anderthalb. Henrik ist Leiter eines größeren Baumarkts im westlichen Teil Kopenhagens, und wenn er nicht gerade von Stichsägen und druckimprägnierten Latten spricht, dreht sich seine Welt primär um den Fußballverein Manchester United, zu dem er ein beinahe religiös geprägtes Verhältnis hat. Johanne ist Krankenschwester in einem Pflegeheim und ein ausgeprägter »What you see is what you get«-Typ. Dafür herrscht nicht unbedingt die ganz große Auswahl in den Regalen, hat Signe oft gedacht. Trotzdem kann sie Johanne gut leiden. Und Henrik auch. Das Zusammensein mit den beiden ist unkompliziert. Auf lange Sicht etwas zu unkompliziert, aber gerade passt es Signe gut, mit ausgeschaltetem Gehirn in der Küche zu stehen und Sauce béarnaise zu schlagen und mit Johanne über Brad Pitts Hintern zu reden und die Art, wie man am besten Rinderfilet brät. Während Henrik und Niels im Wohnzimmer lautstark die miserable Saison der »Reds« im Allgemeinen und die eklatante Unfähigkeit des Trainers im Besonderen mit ungeheuren Mengen eines unchristlich teuren Amarone herunterspülen, dessen Alkoholgehalt fast an Portwein heranreicht.

Die Kinder haben die Erlaubnis wach zu bleiben, bis

sie umfallen. Sie lassen sich mit Cola und alkoholfreiem Champagner volllaufen, nehmen unkontrollierte Mengen an Chips, Süßigkeiten und E-Stoffen zu sich, und Anne ist nur moderat angefressen darüber, dass sie nicht auf die Party einer etwas älteren Freundin aus der Schule gehen durfte. Zusammen mit den Männern gehen die Kinder mehrmals im Laufe des Abends zum Böllern nach draußen in die beißende Kälte, während die Frauen im Wohnzimmer bleiben, Gin Tonic trinken, tanzen und *Wake Me Up Before You Go-Go* und andere Hits aus den Poparchiven der Achtziger und Neunziger mitgrölen.

Signe trifft den perfekten Grad an Trunkenheit und surft auf einer endlosen rosa Welle und mit einer Wärme im Körper, die sie lange nicht gespürt hat, durch den Abend. Um zwölf springen sie alle traditionsgemäß vom Sofa ins neue Jahr, umarmen sich und prosten einander zu, während sie lauthals *Sei willkommen, Jahr des Herrn* singen. Niels greift Signes Kopf mit beiden Händen, küsst sie lang auf den Mund und flüstert ihr zu, wie er vorhat, sie gleich, wenn die anderen gegangen sind, zu nehmen, bis sie vor Lust schreit; und Signe nickt und lächelt ihn an und weiß, dass es nicht passieren wird – nicht, weil sie kalt und abweisend sein wird, sondern weil sie in seinen Augen sieht, dass er so blau ist, dass ihm sämtliche Lichter ausgehen, sobald sein Körper auf der Matratze aufschlägt.

Als Nachtmahl gibt es Zwiebelsuppe. Um halb drei bedanken sich Johanne und Henrik für den schönen Abend und wackeln mit ihren Kleinkindern, die in einem Nebenzimmer geschlafen haben, auf den Schultern zu sich nach drüben. Lasse ist auf dem Sofa eingeschlafen, Signe hebt den Sohn hoch und trägt ihn ins Bett. Wie schwer er geworden ist, denkt sie und spürt einen wehmütigen Stich. Nicht mehr lang, und sie wird ihren Jungen nicht länger auf diese Weise hochheben können. Dann ist auch dieses Kapitel abgeschlossen.

Im Schlafzimmer konstatiert sie, dass sich ihre Vorhersage als richtig erwiesen hat. Niels liegt schnarchend und voll bekleidet auf dem Bett. Signe zieht ihm erst Schuhe und Strümpfe aus, rollt ihn dann auf den Rücken, knöpft seine Hose und sein Hemd auf und bekommt ihn mit einiger Mühe aus den Kleidern. Zwischendurch schafft er es fast, sich an den Rand des Bewusstseins zurückzukämpfen, greift nach ihr, streift ihre Brust, lächelt lüstern und murmelt etwas Unverständliches. Doch dann ist es schon wieder vorbei, er fällt zurück in den Schlaf, und sie deckt ihn zu.

Anschließend zieht sie sich aus, hüllt sich in einen weißen Frotteebademantel und geht in die Küche. Greift nach einer halb vollen Flasche, schenkt sich ein Glas Rotwein ein und nimmt es mit ins Wohnzimmer. Schaltet alle Lichter aus, setzt sich aufs Sofa und legt eine graue Wolldecke über ihre Beine und die nackten Füße, die sie hochgelegt hat. Sie lehnt den Kopf zurück. Durch die großen Wohnzimmerfenster hat sie Aussicht auf einen weiten Teil des Kopenhagener Nachthimmels. Das Feuerwerk nimmt langsam ab, es knallt und kracht jedoch noch immer ringsumher und blinkt, als habe jemand das Universum in eine riesige Lichterkette gewickelt.

Das Schicksal hat es gut mit dir gemeint, Kristiansen, denkt sie. Ein Mann, der dich liebt. Kinder, die einigermaßen normal sind und – zumindest ab und zu – glücklich. Der Job, von dem du dein ganzes Leben lang geträumt hast. Familie. Freunde. Ein Haus in Vanløse.

Und trotzdem.

Draußen in der Ferne hört sie Sirenen. Ein Rest der Angst aus den entsetzlichen Stunden, in denen sie überzeugt war, dass Schwester, Schwager und deren Kinder in Stücke gerissen worden waren, sitzt noch immer wie ein kleiner versteinerter Klumpen in ihrem Körper. Verdrängt, zusammen mit wer weiß wie vielen anderen Ereignissen. Nicht zuletzt *diesem einen*.

Sie weiß es sehr gut. Dass *dieses eine* in ihr haust und dass es nicht nur ein kleiner Klumpen ist, sondern ein ausgewachsener Alien, der in ihr rumort und regiert und sie von innen heraus auffrisst. Irgendwie muss sie ihn herausreißen, bevor er sich selbst seinen Weg bahnt. Sie weiß nur nicht, wie.

Niels glaubt, sie sei gestresst. Dass es der Druck auf der Arbeit ist, der sie frigide und allzu häufig reizbar gegenüber ihm und den Kindern gemacht hat. Aber es ist nicht die Arbeit. Nicht auf diese Art jedenfalls.

Vor einem Jahr bekam ein Kollege, mit dem sie viele Jahre lang zusammengearbeitet hatte, ein Burnout und war über ein halbes Jahr lang krankgeschrieben. Er war einer der gelassensten Menschen, die sie je gekannt hatte. Ein besonnener Jüte, ein Felsen, praktisch durch nichts aus der Ruhe zu bringen – dachten alle. Er hatte an einem Fall, nichts Großes und Heftiges, über ein älteres Ehepaar gearbeitet, das sich jahrzehntelang in den Haaren gelegen hatte, bis sich die Frau eines schönen Tages von allen Küchengeräten ein Nudelholz griff und es dem Mann, der gerade am Tisch saß und Zeitung las, auf den Kopf schmetterte. Er überlebte mit einer minderen Schädelfraktur und einer schweren Gehirnerschütterung, aber der Fall hatte natürlich seinen Gang zu gehen und die Frau ihre vermutlich milde Strafe zu erhalten. Der Kollege hatte an seinem Schreibtisch gesessen und gerade letzte Hand an die Unterlagen gelegt, als er auf einmal, ohne jede Vorwarnung, einen Blackout bekam. Plötzlich konnte er sich an nichts mehr erinnern, mit knapper Not noch an seinen Namen. Es fühlte sich an, erzählte er Signe, als hätte jemand den Hauptschalter umgelegt. Dann hatte er angefangen, am ganzen Körper unkontrolliert zu zittern und war vor den Augen seiner verblüfften Kollegen in Tränen ausgebrochen.

Jetzt ist er zurück. Signe hat ihn nie gefragt, was eigentlich der Auslöser für seinen Zusammenbruch war. Vielleicht weiß er es nicht einmal selbst. Denn so viel hat sie aus den vielen Mails und Aushängen gelernt, mit denen die Vertrauens- und Sicherheitspersonen sie in den letzten Jahren bombardiert haben: Negativer Stress kann völlig unvorhergesehen kommen, aus Ecken des Daseins, mit denen man nie gerechnet hätte, und in vielen Verkleidungen.

Wenn sie das Schwein nur so leiden lassen könnte, wie sie selbst leidet. Das würde sie reinigen. Glaubt sie.

Sie fährt sich mit der Hand über die Stirn. Den ganzen Abend lang hat sie nicht einen Moment an den Fall gedacht, und das war eine Befreiung. Aber jetzt schleicht er sich in ihre Gedanken. In Form der Bilder von Simon Spangstrup, auf dem Weg in die Moschee, wie er in die Kamera lächelt, und später auf dem Weg nach draußen. Mit geballter Faust und gerecktem Zeigefinger.

Normalerweise hat Signe nicht im Entferntesten Angst vor den Verbrechern, die sie jagt. Nicht einmal vor den übelsten Psychopathen, und sie hat wirklich mit einigen der allerschlimmsten Sorte zu tun gehabt. In aller Regel handelt es sich bei ihnen um abgestumpfte Dumpfbacken. Gewalttätig, ja. Gefährlich, ja. Aber nicht besonders clever. Die Erzählungen über den hochbegabten kriminellen Professor-Moriarty-Typen, der das intellektuell unterlegene Polizeikorps zum Narren hält, sind ein Mythos. Und das galt bislang nicht zuletzt auch in Bezug auf den Terror. Es ist ja nicht so, dass es seit dem Einsturz des World Trade Centers in Manhattan keine Versuche gegeben hätte, Terroranschläge auf dänischem Boden zu verüben. Mit Ausnahme von Omar el-Husseins Angriff auf das Kulturzentrum und die Synagoge sind sie nur nicht geglückt. Entweder, weil die Polizei schlauer war als die Verbrecher. Oder weil sich die Verbrecher so ungeschickt anstellten, dass sie es selbst verbockt haben.

Diesmal ist es anders.

Sie haben keine handfesten Beweise dafür, dass Simon Spangstrup tatsächlich am Anschlag auf dem Nytorv mitgewirkt hat, doch Signe ist überzeugt davon. Und sie hat das unangenehme Gefühl, dass er in einer völlig anderen Liga boxt als die, gegen die sie bisher in den Ring gestiegen sind.

Irgendetwas an dem Ausdruck in seinen Augen, als er in die Überwachungskamera in der Titangade lächelte, beunruhigt sie. Etwas Überlegenes, Raubtierhaftes, etwas beinahe Freches. *Seht mal, hier bin ich, und ihr kriegt mich nicht.* Der Gedanke lässt sie nicht los, dass sie es ist, die er anschaut. Dass er sie auch persönlich treffen will.

Ein donnernder Knall von draußen lässt die Scheiben klirren. Erschrocken stürzt Signe zum Fenster und sieht gerade noch den Rücken einer Gestalt, die die Straße hinunterrennt. Der Rauch von der Explosion schwebt über dem Vorgarten. Kurz erwägt sie hinauszulaufen, um nachzusehen, was passiert ist, und denjenigen zu erwischen, der es getan hat, lässt den Gedanken aber fallen. Im schlimmsten Fall wurde ihr Briefkasten in die Luft gesprengt, und daran kann sie jetzt so oder so nichts ändern. Und die Gestalt ist längst über alle Berge. Aber falls ja, warum ausgerechnet ihr Briefkasten?, nagt ein kleiner Wurm in ihrem Gehirn.

Sie geht zurück zum Sofa, setzt sich und leert ihr Glas.

Mann, Mann, wie gern würde sie Simon Spangstrup einbuchten.

»Smoke on the Water« erklingt. Das Handy liegt auf dem Küchentresen. Sie runzelt die Stirn. Wer in aller Welt ruft um fast drei Uhr nachts an Silvester an? Sie steht wieder auf, eilt in die Küche und schaut aufs Display ihres Handys.

»Dinah, ist etwas passiert? Wo bist du?«

»Hi, Signe. Ich bin im Präsidium. In der Einsatzzentrale.«

»Was machst du denn da? Warst du nicht zu Hause, Silvester feiern?«

Dinah ist verheiratet und hat drei Kinder, weiß Signe.

»Doch, doch. Das heißt, ich war zum Abendessen daheim. Aber dann bin ich wieder hergefahren. Ich wollte nur ganz sichergehen, dass wir nichts übersehen haben auf den Aufnahmen von der Autobahn. Es war ja ziemlich viel Verkehr ...«

»Und?«

»Und das haben wir tatsächlich. Oder besser gesagt, ich habe etwas übersehen.«

»Okay. Was?«

»Na ja, wir dachten, wir hätten sie verloren. Weil wir sie mit den ersten Kameras nach dem Autobahndreieck bei Køge nicht erwischt haben. Sicherheitshalber bin ich die Daten und die Bilder noch mal durchgegangen, und weißt du was? Das Kennzeichen des schwarzen Clio wurde sehr wohl erkannt. Auf der Autobahn Syd.«

»Was? Wie kann das denn sein, wenn sie auf den Aufnahmen der Kameras am Autobahndreieck bei Køge nicht zu sehen sind?«

»Die wahrscheinlichste Erklärung wäre, dass sie sich zwischen zwei große Lastwagen geklemmt haben, die dicht beieinander gefahren sind, sodass die Kameras sie dort nicht erwischen konnten.«

»Elendes Pech.«

»Und wie. Na ja, wie gesagt wurde das Kennzeichen auf der ersten Kamera nach dem Autobahndreieck erkannt, aber nicht auf der nächsten. Warum wir diese Information nicht direkt bekommen haben, weiß ich nicht. Vielleicht irgendein Fehler – ein Unglück kommt ja selten allein, wie es so schön heißt. Auf jeden Fall glaube ich, dass ich weiß, welche Ausfahrt sie genommen haben.«

»Und?« Signe kann ihre Ungeduld nicht verbergen.

»Zwischen der letzten Kamera, die sie erwischt hat, und ab der Kamera, ab der sie nicht mehr zu sehen sind, gibt es nur eine Ausfahrt. Die müssen sie genommen haben.«

»Theoretisch könnten sie ja auch auf einem Rast- oder Parkplatz das Auto gewechselt haben«, gibt Signe zu bedenken.

Am anderen Ende herrscht ein paar Sekunden lang Stille.

»Ja, das stimmt natürlich.« In Dinahs Stimme schwingt Enttäuschung mit.

»Oder sie haben das Auto irgendwo stehen lassen und sind zu Fuß weitergegangen.«

»Ja, okay …«

»Aber weißt du was, wir schicken einfach einen Streifenwagen hin, und dann werden wir schnell sehen, ob da irgendwo ein Clio herumsteht. So oder so, Dinah, verdammt gute Arbeit.«

»Danke.« Die Polizeiassistentin klingt erleichtert.

»Das ist mindestens eine Handvoll Überstunden wert«, sagt Signe.

»Dann habe ich bald die Hundert voll.« Dinah lacht.

»Ich finde, du solltest jetzt nach Hause fahren und ein paar Stunden schlafen. Wir treffen uns dann um acht. Jetzt können wir ohnehin nichts tun. Okay?«

»Na klar.«

»Gut. Und frohes Neues übrigens.«

»Gleichfalls.«

Signe will gerade auf den roten Hörer drücken, als ihr etwas einfällt. »Halt, Dinah!«, ruft sie ins Telefon.

»Ja?«

»Ich habe ganz vergessen zu fragen, welche Ausfahrt sie genommen haben.«

»Ach ja, stimmt. Die bei Sandsted.«

»Okay.« Sie legt auf. Ihre Kopfhaut juckt, irritiert kratzt sie sich mit beiden Händen im kurzen Haar und lehnt sich mit dem Rücken gegen den Küchentresen. Sandsted? Sandsted? Da war doch was …

Und dann fällt auf einmal der Groschen.

»Heilige Scheiße«, murmelt sie.

1. Januar

Kapitel 30

Die Temperatur am Neujahrsmorgen ist leicht gestiegen, es sind nur noch um die fünf Grad Frost. Juncker schaut in den Himmel, in der Morgendämmerung hängen die schweren grauen Wolken so tief, dass er das Gefühl hat, sie berühren zu können, wenn er nur die Hand in die Luft hebt. Er schnuppert. Erstmals in diesem Winter liegt Schnee in der Luft.

Sein Handy klingelt, als er gerade die Tür zur Wache aufgeschlossen hat.

»Hier ist Janus Thorsen. Ich bin erster Assistenzarzt in der Abteilung für Schwerbrandverletzte am Hvidovre-Krankenhaus.«

»Guten Morgen.«

»Ja, guten Morgen. Und frohes neues Jahr. Ich rufe an, weil der Mann aus … wo kam er noch mal her?«

Juncker hört, wie der Arzt in seinen Papieren blättert. »Er ist aus Tunesien. Ich weiß, von wem Sie sprechen.«

»Gut. Er ist gestorben. Heute Morgen, es ist nicht länger als zwanzig Minuten her. Fast zwei Drittel seines Körpers waren schwer verbrannt, und wir konnten nicht …«

»Okay. Danke für den Anruf.«

Juncker legt das Handy auf seinen Schreibtisch und schält sich aus der Jacke. Die Uhr zeigt halb neun, es ist zwei Stunden her, dass er nach einer Nacht unruhigen Schlafs erwacht ist. Dennoch geht es ihm besser als gestern, auch wenn ihm das Gespräch mit Charlotte noch immer in den Knochen steckt.

Er setzt sich und öffnet sein Notizbuch. Selbst nach Jahrzehnten des Berichtetippens am Computer, elektronischer Kalender, digitalisierter Memos und weiß der Teufel was noch alles ordnet er noch immer auf diese Weise seine Gedanken, organisiert er so sein Leben. Er schreibt Listen. In Punktform. Nummeriert. »Analog-Panzer« hat ihn ein jüngerer Kollege neulich genannt.

1. Laptop, USB-Stick an NC3, Stein an NKC, Ejby, schreibt er. NC3 ist die Abkürzung für Nationales Cyber Crime Center. Als Nächstes: *2. Carsten Petersen kontaktieren. 3. Nachbar Jens Rasmussen?* Nachdenklich schaut er auf die Liste. Dann fügt er hinzu *4. Charlotte*. Nimmt das Handy und wählt eine Nummer. Es klingelt zweimal.

»Jonas Mørk am Apparat.«

Der Chef klingt wie immer frisch und munter, beinahe übermunter, und anscheinend völlig unbeeinflusst davon, dass es der Morgen nach Silvester ist.

»Juncker, na so was, frohes Neues. Haben Sie schön gefeiert? Sind Sie gut ins neue Jahr gerutscht? Und wie läuft es mit dem Fall? Oder besser gesagt den Fällen?«

Leute, Leute – Mørks Angewohnheit, gleich eine ganze Stalinorgel von Fragen auf einmal abzufeuern, ist vielleicht nervtötend. Juncker beschließt, die Höflichkeitsfloskeln zu überspringen und direkt zur Sache zu kommen.

»Der Tunesier, der Mann aus dem Flüchtlingsheim mit den schweren Brandverletzungen, ist tot. Jetzt stehen wir also mit einem Doppelmord und Mord durch Brandstiftung da.«

Stille am anderen Ende.

»Sind Sie noch da?«, fragt Juncker.

»Jaja, natürlich. Ich überlege nur, was wir … was ich tun soll«, antwortet Mørk.

»Da gibt es eigentlich nicht so viel zu überlegen. Sie müssen ein paar Ressourcen freimachen, um mir Unterstützung zu schicken. Mehr ist es eigentlich nicht.«

»Tja, Sie haben gut reden. Wie ich Ihnen bereits erklärt habe, geht das nicht so einfach. Die Ressourcen sind knapp, verstehen Sie. Gibt es eigentlich Fortschritte bei den Ermittlungen?«

Juncker denkt nach, wie er die Antwort formulieren soll. »Teilweise. Ich habe einen Laptop und einen USB-Stick gefunden. Sie waren unter einer Hundehütte ...«

»Einer Hundehütte?«, fällt Mørk ihm ins Wort.

»Ja, einer Hundehütte im Zwinger, was im Nachhinein betrachtet sehr viel Sinn ergibt. Wie ich bestimmt schon gesagt habe, war man nicht unbedingt erpicht darauf, den Zwinger mit den beiden Hunden zu betreten, die das Paar sich gehalten hat. Mal sehen, ich muss die Sachen zum NC3 nach Ejby kriegen, damit wir in den Computer kommen können. Da ist auch noch ein Stein, der untersucht werden muss.«

»Ein Stein?«

»Ja.« Juncker überlegt, ob er versuchen soll zu erklären, dass seinem Gefühl nach irgendetwas verdächtig an dem Stein ist, verwirft den Gedanken aber. »Ja, ein Stein.«

»Okay. Aber das dürfte kein Problem sein. Ein paar meiner Leute fahren heute Nachmittag als Ablösung nach Kopenhagen, die können die Sachen einfach mitnehmen. Sie könnten sie in einer halben Stunde abholen. Sonst noch was?«

»Wir wissen, dass Bent Larsen in der äußersten rechten Szene aktiv war. Ganz außen, wo es neonazistisch wird. Da gibt es also ein paar Dinge, die wir ausgraben müssen. Allerdings wäre es gut, wenn Sie diesbezüglich nichts gegenüber der Presse erwähnen würden, falls sich jemand nach dem Stand der Ermittlungen erkundigt.«

»Und was ist mit dem Brand im Flüchtlingsheim?«

Juncker entscheidet, nichts über den verschwundenen Afghanen zu sagen. »Zwei der drei Betroffenen sind auch in den Vergewaltigungsfall involviert, es ist also nicht auszuschließen, dass ein Zusammenhang besteht. Aber lassen Sie das nach Möglichkeit bitte ebenfalls unerwähnt.«

»Kein Problem, das deichsle ich schon. Wenn sich die Medien an mich wenden, speise ich sie mit ein paar Worthülsen ab. Darin bin ich Meister.«

Jonas Mørk sagt es ohne einen Hauch von Selbstironie, in einem trockenen, konstatierenden Tonfall, als spräche er von seiner Fähigkeit, Einsteins Relativitätstheorie auszulegen.

»Ja, das habe ich gemerkt«, antwortet Juncker.

Carsten Petersens Haus liegt am Rande eines kleinen Ortes, der aus einem guten Dutzend Häuser besteht, die sich um einen Dorfteich gesellen. An einem warmen Sommertag wäre es hier zweifellos sehr idyllisch, aber jetzt wirkt die Ansiedlung verlassen, grau und abweisend. Als ob sie einem den Rücken zugekehrt hätte. Die Szenerie erinnert Juncker an die Stimmung in den Gemälden von Vilhelm Hammershøj, wenn Hammershøj kleine Dörfer gemalt hätte.

Es ist ein niedriges, weißes Fachwerkhaus, das direkt an der Straße liegt, mit blaugestrichenen Sprossenfenstern und Reetdach. Juncker parkt vor der Haustür, steigt aus und schaut sich um. Nichts regt sich.

Er klopft an und hört, wie drinnen etwas raschelt. Dann wird die Tür ein Stück geöffnet, und ein Mann schaut ihn durch den Spalt heraus an.

»Ja?«

»Carsten Petersen?«

»Ja.«

»Guten Tag. Mein Name ist Martin Junckersen, ich bin von der Polizei. Ich ermittle im Mordfall Bent und Annette Larsen. Sie kannten sie, richtig?«

»Ja.«

»Ich hätte ein paar Fragen an Sie. Darf ich reinkommen?«

Der Mann starrt Juncker wortlos an. Dann öffnet er die Tür und tritt zur Seite.

»Danke«, sagt Juncker.

Carsten Petersen geht voran ins Wohnzimmer. Juncker folgt ihm. Die Decke ist so niedrig, dass er den Kopf einziehen muss, um nicht gegen die Balken zu stoßen. Der Mann macht eine Handbewegung zum Sofa, und Juncker setzt sich. Das Wohnzimmer ist ebenso spartanisch eingerichtet wie das der Larsens. An der Wand gegenüber dem Sofa hängen zwei eingerahmte Poster, das eine zeigt die Düppeler Mühle, seit dem Deutsch-Dänischen Krieg 1864 das dänische Nationalsymbol, das andere ist ein altes Plakat der Dänischen Staatsbahnen mit einem roten Schnellzug, der mit einhundertzwanzig Stundenkilometern durch die Nacht saust. Auf einer Kommode aus Kiefernholz steht eine kleine Skulptur des Sagenhelden Holger Danske, das ist alles. Keine Bücher, keine Pflanzen, keine Kerzenständer. Nichts außer leeren Flächen, Fliesenboden und weißen Wänden. Eine Mönchsklause.

Juncker schätzt Carsten Petersen auf Mitte vierzig. Um die eins achtzig groß, schlank und sehnig, mit einem schmalen, blassen Gesicht und gekrümmter Nase, die aussieht, als wäre sie mehr als nur einmal gebrochen gewesen. Das rotblonde Haar weist Spliss auf, ist zurückgekämmt und zu einem Pferdeschwanz gebunden. Eines der großen Rätsel des Daseins, sinniert Juncker: Was bringt Männer mittleren Alters mit dünnen Haaren dazu, von allen Frisuren ausgerechnet den Pferdeschwanz zu wählen? Ein später, krampfhafter Protest gegen die etablierten Normen? Ein letzter verzweifelter Versuch, an einer längst verschwundenen Jugend festzuhalten? Kurz gesagt, Todesangst? Wer weiß, denkt er, vielleicht finden sie ja auch einfach, dass es gut aussieht.

Petersen setzt sich auf einen Sessel auf der anderen Seite des weißgestrichenen Couchtisches. Er lehnt sich zurück, verschränkt die Arme und betrachtet Juncker mit einem Blick in den tiefliegenden grauen Augen, der eine komplette Gleichgültigkeit, um nicht zu sagen Verachtung gegenüber dem Mann auf seinem Sofa ausstrahlt. Juncker, der wie alle Polizisten daran gewöhnt ist, mit Menschen zu sprechen, die keine allzu hohe Meinung von der Ordnungsmacht haben, schenkt seinem Gegenüber unbeeindruckt von dessen Feindseligkeit ein freundliches Lächeln und zieht Notizbuch und Kugelschreiber hervor.

»Wie lange kannten Sie das Paar?«, fragt er.

»Ich kannte vor allem Bent. Wir haben zusammen in der Schlachterei gearbeitet, bevor sie geschlossen wurde.«

»Sie waren also Arbeitskollegen. Hatten Sie auch privat Umgang?«

»Ja.«

»Außerdem waren Sie Parteikollegen? In der Dänischen Volkspartei?«

»Ja.«

»Bis Sie beide rausgeworfen wurden.«

»Ja.«

»Aus welchem Grund wurden Sie ausgeschlossen?«

Carsten Petersen zuckt mit den Achseln. »Das müssen Sie die Partei fragen.«

»Ich habe gehört, es lag daran, dass Ihre Ansichten in

Bezug auf Flüchtlinge und Immigranten zu extrem für die Dänische Volkspartei waren.«

»Und wo wollen Sie das gehört haben?«

»Sie wissen sehr gut, dass ich Ihnen das nicht sagen kann.«

»Aha. Aber ich kann mich ehrlich gesagt schlecht zu dem äußern, was Sie so überall aufschnappen.«

»Ich weiß, dass Bent Larsen nach dem Parteiausschluss in einer Organisation namens Nordische Widerstandsbewegung aktiv wurde. Ist Ihnen darüber etwas bekannt?«

»Ja, das dürfte stimmen.«

»Anscheinend sind sie fast so was wie Neonazis, oder?«

»Wenn Sie das sagen.«

»Das behaupten sie von sich selbst, soweit ich es richtig verstehe.«

»Tja, dann wird es wohl so sein.«

»Was ist mit Ihnen? Sind Sie auch Mitglied der Widerstandsbewegung?«

»Ich? Nee, bin ich nicht.«

»Komisch, ich habe gehört, dass Sie auch mit ihnen zu tun hatten. Eine ganze Menge sogar.«

»Ich war mit Bent bei ein paar Treffen in Schweden, mehr nicht.«

»Und wieso nicht?«

»Das geht Sie nichts an.«

»Nein, vermutlich nicht.« Juncker lächelt wieder und steht auf. Er tritt zur Kommode. Hebt die kleine Statue von Holger Danske hoch.

»Mein lieber Scholli, ganz schön schwer, oder? Aus was ist die?«

Carsten Petersen antwortet nicht.

»Könnte Bronze sein.« Juncker stellt sie zurück an ihren Platz. »Holger Danske? Warum ausgerechnet er? Was glauben Sie?« Juncker geht zurück zum Sofa und setzt sich. »Tja, wir werden von äußeren und inneren Feinden bedroht, und da erhebt sich unser stolzer alter Krieger und tritt den Widerstand an, um das Vaterland zu retten. Das Symbol dafür, dass jemand den Kampf aufnehmen muss?«

Carsten Petersen schaut Juncker an und schnaubt. »Nette Theorie«, sagt er. »Sonst noch was?«

»Ja, ich bin noch nicht ganz fertig. Wissen Sie etwas darüber, ob die Larsens Feinde hatten?«

»Wenn man für das Vaterland kämpft, macht man sich Feinde.«

»Welche Feinde?«

»Ach kommen Sie, stellen Sie sich nicht dümmer, als Sie sind. Die Linken. Die Kulturradikalen. Die Flüchtlingsindustrie. Die Islamisten. Das ganze System. Die Machthaber.« Er schaut Juncker in die Augen. »Unter anderem die Polizei.«

»Ja, das sind natürlich nicht wenige, mit denen man es sich da verscherzt. Aber etwas spezifischer geht es nicht? Sie wissen nicht, ob Bent Larsen vielleicht irgendwann mal von jemandem bedroht wurde?«

Carsten Petersen schüttelt den Kopf. »Nein.«

»Sie haben also keine Ahnung, wer die beiden ermordet haben könnte?«

»Nein.«

»Waren Sie noch mit Bent Larsen befreundet?«

Er zuckt mit den Schultern. »Wir haben uns ab und zu gesehen.«

»Was machen Sie eigentlich beruflich? Wovon leben Sie?«

»Das geht Sie wohl genauso wenig was an.«

»Ich kann es auch einfach selbst herausfinden.«

»Das bezweifle ich nicht. Viel Spaß dabei.«

»Okay.« Juncker macht sich ein paar Notizen in seinem Buch. »So, ich denke, das war's dann.«

Er steht auf, geht in den Flur und zieht seine Jacke an. »Ach übrigens, wie denken Sie eigentlich über das Flüchtlingsheim?«

»Dasselbe wie mindestens neunzig Prozent der Leute hier in Sandsted und Umgebung.«

»Und zwar?«

»Dass es hier nie hätte eingerichtet werden sollen.«

»Sie können also gut verstehen, dass jemand einen Molotowcocktail durch das Fenster eines Zimmers dort geworfen hat?«

Carsten Petersen schüttelt den Kopf. »Das habe ich nicht gesagt. Dazu habe ich eigentlich keine Meinung.«

Wer's glaubt, wird selig, denkt Juncker. »Einer der drei, die sich im Zimmer befanden, ist heute Morgen übrigens gestorben.«

»Aha. Wie schade. Für ihn.«

»Wo waren Sie am Neunundzwanzigsten spätabends?«

»Hier. In meinem Bett.«

»Kann das jemand bestätigen?«

»Wer zur Hölle sollte das sein? Ich wohne allein.«

»Sie könnten ja Freunde oder Familie zu Besuch gehabt haben?«

»Hatte ich aber nicht.«

»Okay. Dann vielen Dank, dass ich Sie stören durfte. Sie hören sicher noch mal von mir«, sagt Juncker und reicht ihm die Hand.

Carsten Petersen behält beide Hände in den Hosentaschen.

Kapitel 31

»Er will sich mit mir treffen.«

Signe ist leicht außer Puste, nachdem sie die Treppe zwei Stufen auf einmal nehmend hochgelaufen ist.

»Wer?« Erik Merlin mustert sie über seine Brillengläser hinweg.

»Er. Der Jens-Jensen-Typ. Ich habe grade mit ihm geschrieben. Er will sich mit mir treffen und mir Näheres erzählen. Aber es soll an einem Ort und auf eine Weise geschehen, dass ich nicht mitkriege, wer er ist. Er will unter keinen Umständen identifiziert werden. Und er will mir nichts per Mail erzählen.«

»Wie stellt er sich die Sache also vor?«

»Er hat ein Treffen im Parkhaus unter dem Israels Plads vorgeschlagen.«

»Ein Parkhaus.« Merlin muss auflachen.

»Warum ist das so lustig?« Signe schaut ihren Boss etwas irritiert an.

»Ich weiß nicht, ob es besonders lustig ist. Aber wir haben es offenbar mit einem Typen mit nicht geringem Selbstverständnis zu tun. Und einer gewissen Kenntnis über die Geschichte der Whistleblower.«

»Was meinst du? Kannst du nicht einfach sagen …«

»Watergate. Deep Throat.«

»Ja? Und …?«

»Du weißt schon, wer Deep Throat war, oder?«

»Ja, Merlin, stell dir vor, ich weiß, wer Deep Throat war.«

Um ehrlich zu sein, hat sie nur eine vage Erinnerung daran, wer genau die heimliche Quelle in der Watergate-Affäre war und welche Rolle er in dem berühmten Skandal spielte. Das hat sie allerdings nicht vor, Merlin gegenüber zuzugeben. »Aber was hat er damit zu tun?«

»Nichts. Aber Bob Woodward, einer der beiden Journalisten bei der Washington Post, die die Artikel über Watergate schrieben, welche zum Fall Nixons führten, traf sich in einem Parkhaus mit Deep Throat. In Arlington, einer Vorstadt von …«

»Soll ich nicht einfach so schnell wie möglich ein Treffen mit ihm vereinbaren?«, unterbricht Signe Merlins Geschichtsvorlesung.

»Doch, natürlich. Am besten gleich heute.«

»Okay. Ach, da ist noch was. Dinah ist noch mal die Daten und Videoaufnahmen von der Autobahn durchgegangen. Und das war gut, denn anscheinend gab es irgendeinen Fehler im System. Oder jemand hat etwas übersehen. Jedenfalls wissen wir jetzt, welche Ausfahrt der Clio wahrscheinlich genommen hat.«

»Wann hat sie das gemacht?«

»Gestern Abend und Nacht. So viel von wegen gemütlich Silvester im Schoß der Familie feiern. Vielleicht klopfst du ihr dafür mal auf die Schulter. Das würde ihr viel bedeuten.«

»Hm. Mache ich. Und wo sind sie also abgefahren?«

»Bei der Ausfahrt nach Sandsted.«

Merlin richtet sich jäh auf, rückt mit seinem Stuhl näher zu ihr hin und kneift die Augen zusammen.

»Hast du Sandsted gesagt?« Als Signe nickt, fährt er fort. »Ich werd verrückt. Das ist ja, das ist ja, wo Juncker …«

Sie nickt wieder. »Jep. Und wurden dort nicht zwei Morde verübt? Gerade erst vor ein paar Tagen?«

»Doch. Und ein Brandanschlag auf ein Flüchtlingsheim.«

»Weißt du etwas darüber? Also, über die Morde? Und die Sache mit dem Flüchtlingsheim?«

»So gut wie nichts. Außer, dass es Mann und Frau waren, die ermordet wurden. Wohl auf ziemlich grausame Weise, anscheinend wurde ihnen beiden der Kopf mit einer Eisenstange eingeschlagen. Ich glaube, es war ein Stück Leitungsrohr. Aber wir hatten ja andere Sorgen. Die landesweiten Medien haben auch nicht viel über die beiden Morde gebracht.«

Merlin steht auf, tritt ans Fenster und starrt stumm in die morgendliche Dunkelheit. Nach einer Minute dreht er sich wieder zu ihr um.

»Hast du irgendjemandem erzählt, wo sie abgefahren sind?«

»Nein, ich bin ja eben erst gekommen. Du bist der Erste, mit dem ich heute Morgen spreche.«

»Und Dinah?«

»Ich weiß nicht, ob sie schon hier ist. Wir hatten ausgemacht, uns um acht zu treffen.« Signe wirft einen Blick auf ihr Handy. »Das wäre jetzt. Aber ich kann mir auch nicht vorstellen, dass sie … und bis jetzt scheint außer uns ja noch niemand hier zu sein. Was denkst du?«

Er nimmt wieder seinen Platz am Schreibtisch ein. »Ich überlege, wann wir diese Information weitergeben sollen und an wen.«

»Erst mal sollten wir Juncker anrufen, oder?«

»Das würde ich auch sagen. Wir wissen natürlich nicht, ob ein Zusammenhang dazwischen besteht, dass der Wagen in Sandsted abgefahren ist und dort zwei Morde verübt wurden, aber …«

Signe lächelt trocken. »Wenn nicht, wäre es schon ein arg großer Zufall.«

»Wir wissen es nicht. Es kann durchaus Zufall gewesen sein, aber das müssen wir verdammt noch mal abklären, und zwar besser gestern als heute. Und da dürfte Juncker erst mal der beste Ansprechpartner sein. Andererseits entspricht es eigentlich nicht dem Dienstweg, sich direkt an ihn zu wenden, auf dem Papier ist er ja nur der Leiter einer örtlichen Polizeidienststelle.«

»Ist er nicht auch der Ermittlungsleiter in den beiden Mordfällen? Ich meine, ich hätte da so was gehört.«

»Ja, soweit ich weiß schon. Aber trotzdem …«

Signe kratzt sich am Kopf. Es juckt wie irre. Am Ende hat sie wieder Läuse bekommen. Das passt ihr jetzt wirklich überhaupt nicht in den Kram. »Hast du vor, dem Polizeidirektor etwas davon zu sagen? Jetzt, meine ich?«

Merlin starrt wieder in die Dunkelheit hinaus. Er tippt mit dem Zeigefinger gegen seine Nasenspitze. Wie immer, wenn er nachdenkt.

»Wenn ich das tue, muss ich damit zum Justizminister gehen, alles andere wäre Pflichtversäumnis.«

»Das ist es wohl streng genommen auch, wenn du den Polizeidirektor nicht informierst.«

Erik Merlin nimmt seine Brille ab, hält sie gegen das Licht und putzt die Gläser mit einer Ecke seines dunkelblauen Pullovers. »Na ja, so gesehen ja. Andererseits wissen wir recht gut, was aller Wahrscheinlichkeit nach passiert, wenn der Minister von der Sache erfährt.«

»Dann werden die Politiker verlangen, dass wir die Kavallerie einsetzen. Und ehe wir bis drei zählen können, haben wir die AKS an der Backe.«

Signe weiß, wie Merlin denkt. Weil sie selbst von Juncker dazu erzogen wurde, in diesen Bahnen zu denken.

Sie sind Ermittler der alten Schule. Aus der Zeit vor dem 11. September. Bevor der Terror zum Prisma wurde, durch das praktisch jegliche Form von Kriminalität betrachtet wird. Merlin und Juncker würden so weit gehen wie möglich – und verantwortbar –, um die Verdächtigen gleich welchen Verbrechens lebend zu fangen, damit sie vor einen Richter gestellt werden können. Und ihnen ist klar, dass sobald die AKS, die Antiterroreinheit der Polizei, und wer weiß, vielleicht sogar noch die Spezialkräfte des Militärs den Fuß in die Tür kriegen, das Endspiel nach ihren Regeln laufen wird.

Der springende Punkt in Merlins und Junckers Art zu denken, ist das Wörtchen »verantwortbar«. Leute wie Simon Spangstrup und vermutlich auch sein Komplize sind keine gewöhnlichen Kriminellen. Wenn Signe mit ihrem Gefühl richtigliegt – und da ist sie sich zu fast einhundert Prozent sicher –, dann sind die beiden, was man mit einer ausgelutschten Phrase aus dem Universum der Actionfilme als »Tötungsmaschinen« beschreiben würde. Signe ist gut in Form für eine Frau, die sich bald als »mittleren Alters« bezeichnen kann, und sie schießt besser als die meisten ihrer Kollegen. Dennoch ist sie sich sehr wohl bewusst, dass sie, sollte sie Simon Spangstrup von Angesicht zu Angesicht gegenüberstehen, das Duell in neunundneunzig von einhundert Fällen verlieren würde – egal mit welcher Waffe sie kämpfen. Und wenn sie unbewaffnet wären, würde er sie zerquetschen, wie sie die Motten zerquetscht, die zu Hause in ihrer Küche in Vanløse hartnäckig aus Behältern mit Mehl und Müsli schwirren.

Wie lange ist es verantwortbar, dass sie, die Ermittler aus der Mordkommission, an der Spitze der Jagd auf zwei skrupellose und gefährliche Verbrecher wie Spangstrup und seinen Kumpan stehen? Wann wird es so gefährlich –

für sie und, noch wichtiger, für unschuldige Zivile –, dass die Spezialkräfte übernehmen müssen?

Zum Glück, denkt Signe, ist das Merlins Entscheidung und nicht ihre.

»Sprich mit Dinah und sag ihr, dass sie dichthalten soll, was den Clio angeht. Und mach das Treffen mit diesem Jens Jensen klar«, sagt Merlin.

»Wir sollten auch Juncker kontaktieren, oder?«

»Ja, das werde ich tun. Aber erst, wenn du zurück bist. Ich will wissen, was bei deinem Treffen im Parkhaus herauskommt.«

»Was ist mit dem PET? Sollen wir Victor informieren?«

Nach kurzem Schweigen richtet er sich auf. »Ja, das machen wir. Darum kümmere ich mich auch.«

Signe steht auf und geht zur Tür.

»Hast du übrigens die Wettervorhersage gesehen?«, fragt Merlin.

»Nein. Was ist damit?«

»Es kommt Schnee.«

»Okay?«

»Soll heißen richtig viel Schnee. Wie in Schneesturm.«

»Genau, was uns gefehlt hat.«

»Heute Nachmittag dürfte es schon so langsam losgehen.«

Signe geht in ihr Büro, setzt sich, öffnet ihren Laptop und schreibt eine Mail.

Wann? So schnell wie möglich, tippt sie und drückt auf SENDEN.

Sie lehnt sich zurück. Hat ein Gefühl, dass er auf ihre Nachricht wartet. Und tatsächlich dauert es keine Minute, bis seine Antwort eintrudelt.

Um 10.00. Unterstes Parkdeck, ganz hinten, Abschnitt 39. Ein hellgrauer Peugeot mit Nummernschild RT 36 244. Sie können

sich die Mühe sparen, es zu überprüfen, es ist ein falsches Kenn-
zeichen. Der Schlüssel liegt auf dem linken Hinterreifen. Setzen
Sie sich auf den Fahrersitz und warten Sie dort. Kommen Sie al-
lein. Ich beobachte Sie.

Signe schaut auf ihr Handy. Noch etwas mehr als anderthalb Stunden.

Kapitel 32

Der Schlag kommt völlig unvorbereitet, trifft Juncker seitlich am Kopf, auf Höhe des linken Auges. Einen Augenblick ist er wie gelähmt, dann spürt er das brennende Gefühl von geplatzter Haut und einen heißen Zorn, der so unkontrollierbar in ihm aufwallt, dass er aus dem Impuls heraus zurückschlägt. Hart und dumpf, mit geballter Faust.

Er trifft seinen Vater an der Schulter. Der Alte winselt vor Schmerz, es sind praktisch keine Muskeln mehr da, um den Schlag abzufangen. Er schwankt und verliert das Gleichgewicht. Juncker greift nach ihm und bekommt einen Arm zu fassen, kann jedoch nicht verhindern, dass sein Vater nach hinten umfällt. Zum Glück landet er halb auf einem Sessel statt in der Regalwand oder einem der modernistischen und reichlich unbequemen Möbel aus Buche und anderen harten Holzsorten, mit denen das restliche Wohnzimmer eingerichtet ist.

Er endet halb liegend, halb sitzend in einer unnatürlich verdrehten Haltung auf dem Fußboden neben dem Sessel. Mit weit offen stehendem Mund und einer Mischung aus Schmerz und Überraschung im Blick starrt er seinen Sohn an.

Juncker spürt, wie sich ein Blutstropfen an seinem Auge sammelt und den Wangenknochen hinunterrinnt. Er stoppt den Tropfen mit dem Finger, schaut darauf und leckt ihn weg. Dann bückt er sich und zieht den Vater vom Boden hoch auf den Sessel. Gott sei Dank scheint er sich nichts gebrochen zu haben.

»Du hast mich geschlagen«, sagt der Alte mit zitternder, aber auch indignierter Stimme.

»Ja. Und du …«, setzt Juncker zu widersprechen an, hält sich jedoch zurück. Wozu? Was würde es bringen?

Der Vater birgt das Gesicht in den Händen. Er trägt seinen Freimaurerring, bemerkt Juncker, das erklärt die Wunde. Die Schultern des Alten beben, er schluchzt lautlos.

Nach dem Besuch bei Carsten Petersen hatte Juncker eigentlich vor, noch mal mit seinem neuen Nachbarn Jens Rasmussen zu sprechen. Und da er nun ohnehin schon hier war, wollte er kurz nachsehen, ob sein Vater aufgestanden war und etwas gefrühstückt hatte. Tatsächlich fand er den Alten im Wohnzimmer, wo er im Sessel saß und döste. Juncker war zu ihm gegangen, um sich zu vergewissern, dass alles in Ordnung war, und hatte ihn mit leiser Stimme angerufen. Sein Vater hatte die Augen aufgeschlagen, deren Ausdruck leer war, als befände er sich in einem Traum. Dann war er mühsam aufgestanden. Und hatte zugeschlagen.

Der Alte nimmt die Hand von den Augen, in denen das Wasser steht. Doch ob es vom Weinen kommt, oder nur den ewig tränenden Augen eines Greises geschuldet ist, kann Juncker nicht ausmachen.

»Was willst du von mir?«, fragt Mogens Junckersen mit belegter Stimme. »Ich will dich nicht hierhaben. Warum lässt du mich nicht einfach in Frieden?«

Wenn ich nur könnte, denkt Juncker. Er bereut, dass er zurückgeschlagen hat. Würde wünschen, er hätte mehr Geduld. Mein Gott, ein alter, seniler Mann.

Aber nur wenige Millimeter unter Junckers Haut sitzt ein dreizehnjähriger Junge, der sich nichts sehnlicher wünscht, als dass der mächtige Anwalt, der charismatische Mogens Junckersen, ihn nur einen winzigen Augenblick mit so etwas wie Zuneigung im Blick ansieht und ihn »mein Sohn« nennt.

Das kannst du getrost vergessen, denkt Juncker. Der Zug ist abgefahren. Also reiß dich gefälligst zusammen, Mann.

»Papa, ich muss wieder los. Hast du Hunger?«

Der Alte schüttelt den Kopf.

»Okay, dann bis später.«

Bevor er das Haus verlässt, geht er ins Bad und nimmt eine alte Packung Heftpflaster aus dem Medizinschrank. Dreht den Kopf zur Seite und untersucht die Verletzung im Spiegel. Es pocht in der anschwellenden Beule. Das kann ein schön blaues Auge geben, denkt er. Aber die Wunde muss nicht genäht werden, sie ist nur einen halben Zentimeter lang, nicht besonders tief und dicht am Augenwinkel. Ein Glück, dass sein Vater ihn mit dem Ring nicht direkt im Auge getroffen hat. Er schneidet einen kleinen Streifen Pflaster ab und klebt ihn über die Wunde.

Dann geht er hinüber zum Nachbarhaus und klingelt. Jens Rasmussen öffnet die Tür.

»Juncker«, sagt er mit einem freundlichen Lächeln. »Das ist ja eine nette Überraschung. Frohes Neues.«

»Gleichfalls. Tut mir leid, wenn ich störe.«

»Ach was, überhaupt nicht. Wir räumen nur ein bisschen auf von gestern, wir hatten Freunde zum Abendessen da. Kommen Sie rein.«

Juncker hängt seine Jacke auf und folgt Jens Rasmussen ins Wohnzimmer.

»Kann ich Ihnen etwas anbieten? Eine Tasse Kaffee vielleicht?«

»Wenn Sie auch …«

»Ein Kaffee wäre nicht schlecht, oder? Es ist schon etwas später geworden gestern.« Er lächelt erneut.

Eine Frau erscheint in der Tür. Sie ist groß, fällt Juncker auf, fast so groß wie er, und wie so viele, die größer als der Durchschnitt sind, hat sie eine etwas gebeugte Haltung. Ihre Hüften sind breit, trotz der mageren Figur, die Haare dunkelblond, und … gibt es wirklich noch Frauen in ihrem Alter, die sich eine Dauerwelle machen lassen?, wundert er sich. Anscheinend schon.

Sie trägt eine dunkelblaue Strickjacke und einen Rock im Schottenmuster mit Grün und Currygelb als dominierenden Farben. Die schwarze Hornbrille vollendet das Bild einer Schullehrerin aus Junckers Kindheitstagen.

»Juncker, darf ich vorstellen, meine Frau Elisabet. Elisabet, das ist unser Nachbar. Oder besser gesagt der Sohn unseres Nachbarn.«

Elisabet Rasmussen lächelt zurückhaltend, aber freundlich und reicht ihm die Hand.

»Ich habe Sie ein paar Mal gesehen, wenn Sie mit dem Rad losgefahren sind. Schön, Sie persönlich kennenzulernen.«

Jens Rasmussen steht in der offenen Küche und setzt den Kaffee auf. Er mustert Juncker mit schräggelegtem Kopf.

»Hatten Sie eine Silvesterschlägerei?«

Juncker runzelt die Brauen. Dann fällt ihm die Beule wieder ein, und er zupft am Pflaster. »Ach so, Sie meinen das hier?« Er überlegt, ob er die Wahrheit sagen soll, ist jedoch nicht in der Verfassung, sich zu den Problemen mit seinem Vater zu äußern.

»Nein, das klingt jetzt wie ein Klischee, aber ich habe mir gestern den Kopf am Küchenschrank angeschlagen.«

Er lächelt verlegen. »Na ja, ich hatte ein, zwei Gläschen zu viel.«

Jens Rasmussen schaut Juncker durchdringend an. »Ja, so was kann jedem mal passieren.« Er öffnet den Küchenschrank und nimmt drei Tassen heraus. »Denken Sie daran, unser Angebot steht. Wenn Sie Hilfe mit Ihrem Vater brauchen, geben Sie einfach Bescheid.«

»Danke.«

»Aber welchem Umstand verdanken wir eigentlich die Ehre? Außer, dass es natürlich nett ist, so ein Neujahrsbesuch?«

»Ich wollte Ihnen gern ein paar Fragen stellen. Im Zusammenhang mit dem Mord an Bent und Annette Larsen.«

Das Ehepaar wirft sich einen schnellen Blick zu.

»Natürlich. Sollen wir uns ins Arbeitszimmer setzen? Dann kann Elisabet mit dem Aufräumen weitermachen.«

Das ans Wohnzimmer angrenzende Arbeitszimmer scheint zu einem neueren Anbau zu gehören. Es ist großzügig geschnitten und mit zwei Schreibtischen, einem Liegesofa und einem Bücherregal möbliert, das die ganze Wand einnimmt.

»Sie lesen viel«, sagt Juncker und nickt mit dem Kopf in Richtung Regal.

»Meine Frau und ich, wir sind ja beide Dänischlehrer. Wir versuchen, auch unsere Kinder zum Lesen zu animieren. Was nicht ganz einfach ist.« Er lächelt.

»Kann ich mir vorstellen.« Juncker hat es vor Jahren aufgegeben, seine Kinder dazu zu bewegen, ein Buch aufzuschlagen.

Jens Rasmussen setzt sich an einen der Schreibtische, Juncker auf das Sofa.

»Was möchten Sie wissen?«, fragt er.

»Sie hatten recht mit Ihrer Vermutung bezüglich Bent

Larsens politischer Orientierung. Er endete in der äußeren Rechten, hatte Kontakt zur sogenannten Nordischen Widerstandsbewegung. Kennen Sie die?«

Jens Rasmussen denkt einen Moment nach, dann schüttelt er den Kopf. »Hm, ich glaube, der Name sagt mir was, aber kennen, nein, das kann ich nicht behaupten. Wer sind die?«

»Eine neonazistische Bewegung, die ursprünglich aus Schweden stammt, inzwischen aber auch einen Ableger in Dänemark hat. Wir sind ziemlich sicher, dass Bent Larsen dort Mitglied war.«

»Okay. Das passt ja ziemlich gut zu dem, was ich Ihnen gesagt habe. Dass ich vermute, dass er in etwas dieser Art verwickelt war.«

»Ja. Sie haben gerade gesagt, Sie hätten es ›vermutet‹. Und dass Sie Bent Larsen seit seinem Ausschluss aus der Partei nicht mehr gesehen hätten.«

Jens Rasmussen lehnt sich zurück. Faltet die Hände vor dem Gesicht und legt die Zeigefinger an die Nasenspitze. Der freundliche Ausdruck in den Augen ist Wachsamkeit gewichen.

»Hatte ich nicht gesagt ›soweit ich mich erinnere‹? Ich meine schon.«

»Ja, haben Sie. Aber dann lassen Sie mich Ihrer Erinnerung etwas auf die Sprünge helfen. Sie haben sich mindestens einmal mit Bent Larsen getroffen, nachdem er und Carsten Petersen ausgeschlossen wurden. Zu Hause bei Carsten Petersen. Wo sich das Gespräch unter anderem um die Nordische Widerstandsbewegung drehte. Klingelt da was?«

»Woher wissen Sie das?« Als Juncker beharrlich schweigt, fährt er fort. »Ah ja, natürlich«, sagt Jens Rasmussen mit einem höhnischen Lächeln um die Mundwinkel. »Maria

Nielsen. Carsten Petersens Ex-Freundin. Ich wette, sie hat es Ihnen erzählt. Bei ihr wäre ich vorsichtig mit dem, was ich glaube.«

Immer noch Schweigen.

»Eine alte Trinkerin, die in einer schmierigen Kneipe bedient und nur auf eins aus ist, nämlich …«

Juncker hebt die Hand, um Rasmussen zu unterbrechen. »Aber es stimmt, dass Sie sich mit Bent Larsen und Carsten Petersen getroffen haben, nachdem die beiden aus der Dänischen Volkspartei ausgeschlossen wurden? Und dass es unter anderem um die Nordische Widerstandsbewegung ging?«

»Kann schon sein. Ich bin wie gesagt nicht ganz sicher, wann ich die beiden zuletzt gesehen habe. Vielleicht habe ich mich anschließend noch mal mit ihnen getroffen, um ihnen die Gründe für den Ausschluss genauer zu erklären. Und es ist durchaus denkbar, dass dabei die neonazistische Bewegung auf den Tisch kam. Sagen Sie, ist das hier ein Verhör?«

»Sie werden wegen nichts beschuldigt, aber ich bin bekanntermaßen Polizist. Und stelle Ihnen Fragen bezüglich eines Falls, in dem wir ermitteln. Man könnte es also durchaus so nennen. Wenn Sie einen formelleren Rahmen vorziehen würden, kann ich Sie gern zur Vernehmung auf die Wache vorladen. Aber ich wollte eigentlich nur sehen, ob Sie mir dabei helfen können, ein paar Details zu klären.«

»Und in Bezug auf welchen der Fälle werde ich also verhört, wenn ich fragen darf?«

»Wie Sie wissen, ermitteln wir sowohl im Mord an den Larsens als auch im Brandanschlag auf das Flüchtlingsheim. Der jetzt im Übrigen ebenfalls ein Mordfall ist. Einer der drei Verletzten ist heute Morgen an seinen Verbrennungen gestorben. Und natürlich untersuchen wir, ob eine

Verbindung zwischen den beiden Fällen besteht, das versteht sich von selbst. Es ist« – Jens Rasmussen mustert ihn kühl, die gute Stimmung ist verflogen – »ja kein Geheimnis, dass der Widerstand gegen das Flüchtlingsheim hier in der Gegend groß …«

»Und zwar nicht nur aufseiten meiner Partei«, fährt ihm Jens Rasmussen dazwischen. »Mehrere Parteien, eine große Minderheit, waren damals dagegen, dass das Flüchtlingsheim hierherkommt. Wenn Sie heute nachfragen würden, wäre eine hübsche Mehrheit dafür, es zu schließen.«

»Da gebe ich Ihnen recht. Und die Stimmung ist durch den möglichen Vergewaltigungsfall ja nicht eben besser geworden.«

»Möglich, sagen Sie?«, erwidert Jens Rasmussen mit Nachdruck. »Es steht völlig außer Frage, dass Rikke vergewaltigt wurde.«

»Kennen Sie sie?«

»Ja. Ich war über viele Jahre ihr Klassenlehrer. Sie ist ein außergewöhnlich liebes und aufgewecktes Mädchen, und es ist völlig ausgeschlossen, dass sie sich mit solchen …« Er beendet den Satz nicht.

»Das gehört zu den Dingen, die wir derzeit untersuchen«, sagt Juncker.

»Ja, und die Polizei hat sich ordentlich Zeit gelassen, kann man sagen. Es ist bald drei Monate her, dass es passiert ist.«

»Wie Sie sicher wissen, steht die Polizei ressourcentechnisch stark unter Druck.«

»Ja, und ein dänisches Mädchen, das von zwei armen unbegleiteten Flüchtlingskindern mit Vollbart und voll entwickelten Männerkörpern vergewaltigt wird, steht natürlich nicht auf Punkt eins der Tagesordnung.«

Juncker geht nicht darauf ein. Im Grunde ist es nichts

als paranoides Gewäsch, was Jens Rasmussen da abfeuert. Aber der Mann hat, so viel muss man ihm lassen, insofern recht, als die Ermittlungen im Vergewaltigungsfall bislang bestenfalls schludrig zu nennen sind.

»Kennen Sie jemanden aus Sandsted, der so wütend ist über das, was geschehen ist – oder vielleicht geschehen ist –, dass er die Sache selbst in die Hand nehmen würde?«

Jens Rasmussen schüttelt den Kopf. »Nein.«

»Auch nicht jemand wie Carsten Petersen?«

»So gut kenne ich ihn nicht.«

»Aber immerhin gut genug, um ihn erst aus der Partei zu werfen und sich anschließend mit ihm zu treffen, um die Gründe des Rauswurfs genauer zu erörtern.«

»Wie ich bereits gesagt habe, erinnere ich mich nicht daran, worüber wir damals gesprochen haben.«

»Nein.« Juncker klappt sein Notizbuch zu und steht auf. »Das wäre für diesmal alles. Vielen Dank für Ihre Zeit. Und ich hoffe nicht, dass …«

Jens Rasmussen schaut ihn mit einem bekümmerten Ausdruck an. »Falls Sie die abstruse Theorie haben, dass es hier in Sandsted eine neonazistische Zelle gibt und ich damit zu tun haben soll …«

Jetzt, wo du es sagst, denkt Juncker, beißt sich aber auf die Zunge.

»… dann sind Sie damit vollkommen auf dem Holzweg. Ich hasse Nazismus. Himmel, mein Vater war Widerstandskämpfer während der deutschen Besatzung. Stehe ich irgendwie unter Verdacht? Das können Sie mir doch wohl sagen?«

Juncker geht in Richtung Tür, bleibt stehen und wendet sich zu Jens Rasmussen um. »Wie schon gesagt, stecken wir mitten in den Ermittlungen zu einer Reihe schwerer Verbrechen. Und wie ebenfalls schon gesagt, bin ich Ihnen dankbar, dass ich Ihnen einige Fragen stellen durfte. Ich weiß nicht, ob Sie vorhatten, in der nächsten Woche wegzufahren, aber falls ja, könnten wir dann vereinbaren, dass Sie mir Bescheid geben? Eventuell muss ich noch mal mit weiteren Fragen auf Sie zurückkommen. Vorerst aber vielen Dank. Bleiben Sie sitzen, ich finde selbst hinaus.«

Er ist gerade in der Wache angekommen, als Niklas Blom vom NC3 anruft.

»Ich habe hier den Laptop und den USB-Stick, die Sie untersuchen haben wollten«, sagt er.

»Na, das ging ja schnell. Sie können die Sachen doch höchstens seit einer Stunde haben.«

»Noch nicht mal, ich habe sie eben erst bekommen. Und ich habe noch gar nicht versucht, in den Laptop zu kommen. Aber ich habe den USB-Stick geöffnet, und er enthält nichts außer Kopien von zwei E-Mails, die nicht einmal verschlüsselt sind, Sie hätten sie also auch selbst öffnen können. Ich habe sie Ihnen per Mail geschickt. Dachte, Sie hätten sie gern so schnell wie möglich.«

»Danke. Und sagen Sie Bescheid, sobald Sie mit dem Laptop weitergekommen sind?«

»Mache ich.«

Juncker legt seinen Parka ab und setzt sich an den Schreibtisch. Er öffnet sein Postfach, klickt auf die Mail von Niklas Blom und das angehängte Word-Dokument.

Es sind zwei kurze Nachrichten. Beide sind auf den 22. Dezember datiert, die erste wurde um 23.37 Uhr gesendet, um 23.42 Uhr kam die Antwort. Juncker hat sie in unter zehn Sekunden gelesen. Er liest sie ein zweites Mal und, zur Sicherheit, noch ein drittes Mal. Nicht, weil die Texte schwer zu verstehen wären. Um genau zu sein, erfordert keines der wenigen Wörter auch nur die geringste intellektuelle Leistung. Dennoch braucht es seine Zeit, bis ihm die Bedeutung dessen, was er da liest, ernsthaft klar wird. Erst beim dritten Mal erfasst er vollends, was ihm da in die Hände gefallen ist. Und während sich die Erkenntnis wie Ringe im Wasser ausbreitet, wächst seine Verblüffung.

Morgen. Anschlagsziel ist ein Ort in Kopenhagen, weiß nicht wo. Gegen Mittag. Nur die beiden. Keine Ahnung, wo sie jetzt sind. Sie haben ihren Standort gewechselt. Hoffe, ich bin nicht aufgeflogen, steht in der ersten Mail.

Danke, bin dran, steht in der zweiten.

Beide Adressen stammen von Gmail-Konten, deren Besitzer offensichtlich anonym bleiben wollten. Der Absender ist ein peter.petersen666.

Der Empfänger heißt jens.jensen222.

Fünf Minuten lang starrt Juncker auf den Bildschirm, dann nimmt er sein Handy und wählt eine Nummer, die er schon Hunderte Male zuvor gewählt hat.

»Juncker, dich wollte ich gerade anrufen«, sagt Merlin.

Kapitel 33

Sie lässt den Fahrstuhl links liegen und nimmt die Treppe ins dritte und unterste Parkdeck, gute zehn Meter unter dem Israels Plads. Die Decke ist sehr niedrig, und nur wenige Autos stehen dort. Im kalten Licht der Leuchtstoffröhren heben sich scharf abgegrenzte weiße Felder vom blanken hellgrauen Boden ab. Es ist menschenleer, die einzigen Geräusche sind das schwache Surren der Ventilationsanlage und ein kaum hörbares Hintergrundgedudel aus samtweichem, nichtssagendem Saxofon-Funk.

Signes Sohlen knirschen auf dem rutschfesten Bodenbelag. Sie zieht ihr Handy aus der Tasche. Fünf vor zehn. Abschnitt 39 befindet sich in einem separaten Bereich am hintersten Ende des Parkdecks. Sie bleibt stehen und schaut hinein: Hier stehen nur vier Autos, und sie entdeckt den hellgrauen Peugeot auf Anhieb. Mit einem Blick zurück vergewissert sie sich, dass die fußballplatzgroße Etage noch immer menschenleer ist. Dann geht sie zum Peugeot, fährt tastend mit der Hand unter den linken Kotflügel, findet den Schlüssel, öffnet das Auto und steigt ein.

Seiten- und Rückspiegel sind mit hellbraunem Klebeband zugeklebt. Sie legt ihr Handy auf die Fläche vor dem Schaltknüppel und lehnt den Kopf zurück. Kann ihr Herz schlagen hören, schneller als gewöhnlich. Sie ist angespannt und auf alles vorbereitet. Dennoch erschrickt sie, als die linke Hintertür plötzlich geöffnet wird und sich jemand hinter sie in den Fond setzt.

»Drehen Sie sich nicht um.«

Die Stimme ist tief, aber auch weich und gedämpft. Es klingt, als ob er durch Stoff spricht, vermutlich hat er sich ein Tuch um den Mund gebunden. Er stammt aus Kopenhagen, schätzt sie anhand seiner Sprache. Gebildet. Oberklasse. Oder mindestens obere Mittelklasse.

»Okay«, sagt sie.

»Schalten Sie Ihr Handy aus und geben Sie es mir. Sind Sie bewaffnet?«

»Ja. Und Sie?«

Keine Antwort.

»Nehmen Sie Ihre Pistole und reichen Sie sie mir nach hinten. Mit dem Schaft zuerst.«

Sie schüttelt den Kopf. »Sie wissen sehr gut, dass das nicht geht. Meine Waffe gebe ich nicht ab.«

»Doch, das werden Sie. Sonst wird das hier nichts.«

»Sie müssen doch verstehen, dass ich Ihnen nicht meine Pistole geben kann.«

Sie hört, wie die Tür hinter ihr geöffnet wird.

»Wenn das so ist, dann viel Glück mit der Aufklärung.«

»Warten Sie.«

Signe geht ihre Optionen durch. Was ist die Alternative? Sie kann die Pistole ziehen und ihn konfrontieren. Aber das wäre eine leere Drohung, denn wie sollte sie jemals erklären, dass sie in einem Parkhaus auf einen Mann geschossen hat, von dem sie nicht die geringste Ahnung hat, wer er ist? Außerdem befindet sie sich in einer denkbar schlechten Position, mit ihm hinter sich auf dem Rücksitz. Falls er auch bewaffnet ist – wovon Signe ausgeht –, ist er klar im Vorteil. Davon abgesehen: Wenn sie anfängt, ihn zu bedrohen, wird er ihr dann etwas erzählen? Wohl kaum.

»Okay«, sagt sie. »Sie bekommen Ihren Willen.«

Signe trägt ihre Pistole in einem Schulterholster. Sie öffnet den Reißverschluss ihres Kapuzenpullovers, zieht die Waffe aus dem Holster, greift sie am Lauf und reicht sie nach hinten.

»Ist der Hahn gespannt?«, fragt er.

»Natürlich nicht. Glauben Sie, ich wäre …«

»Gut«, sagt er und nimmt die Pistole entgegen. »Und Sie haben keine Mikrofone an sich?«

»Nein.«

»Heben Sie kurz die Arme.«

Sie spürt seine Hände über ihren Oberkörper gleiten, vom Dekolleté zwischen den Brüsten hinab, um die Hüften, schnell und professionell.

»Tut mir leid«, sagt er, als er ihre rechte Brust streift. »Sie bekommen Ihre Pistole natürlich zurück, sobald wir fertig sind. Und Ihr Handy.«

Sie nickt.

»Das hier kann eine Weile dauern. Haben Sie irgendwelche Verabredungen?«, fragt er.

»Nein.«

»Wer weiß, dass Sie hier sind?«

Sie denkt kurz nach. »Erik«, sagt sie dann, um ihn zu testen.

»Sonst niemand?«

»Nein. Niemand.«

»Gut.«

Er weiß, wer Merlin ist, denkt sie. Was nicht unbedingt viel zu bedeuten hat, da Merlin immer mal wieder in den Medien auftritt und es natürlich sein könnte, dass der Mann auf dem Rücksitz einfach nur der Berichterstattung über den Anschlag folgt. Doch selbst von einer solchen Person würde sie als natürliche Reaktion auf ihr »Erik« etwas in der Art von »Also Erik Merlin?« erwarten. Er dagegen weiß offensichtlich ganz genau, wen sie meint, daher muss er irgendwie zum System gehören, schließt sie. Es von innen kennen. Was im Grunde nicht überrascht. Sie hat es vielmehr erwartet.

Sie hört, wie er sich zurechtsetzt. Auf dem Rücksitz ist wenig Platz, der Fahrersitz ist relativ weit zurückgeschoben, dennoch spürt sie seine Knie nicht im Rücken. Mittelgroß, denkt sie. Oder kleiner.

»Lassen Sie uns zunächst die Bedingungen festlegen«, sagt er. »Was ich Ihnen jetzt erzählen werde, ist nur sehr, sehr wenigen Menschen bei den dänischen Behörden bekannt. Wenn ich dieses Auto verlasse, werden wir uns nie wieder sehen. Die E-Mail-Adresse, über die Sie mir geschrieben haben, existiert nicht mehr. Es wird kurz gesagt keinerlei Kommunikation zwischen uns stattfinden. Ist das angekommen?«

»Ja«, antwortet Signe. Militär, vermutet sie. Ehemalig oder immer noch.

»Um Ihnen verständlich zu machen, um was es hier geht, muss ich recht weit in die Vergangenheit ausholen. Wissen Sie etwas über die Situation im Nahen Osten und Palästina in der zweiten Hälfte der 1930er-Jahre?«

»Ähm, nicht sehr viel, um ehrlich zu sein.«

»Gut. Dann bekommen Sie eine schnelle Geschichtslektion.«

Signe seufzt. »Ist das nötig? Können Sie nicht einfach zum Punkt kommen?«

»Das *ist* der Punkt. Wollen Sie wissen, was vorgeht, oder weiter in Ihrer allgemeinen Unwissenheit herumtappen?«

Es gelingt ihm nicht ganz, einen Hauch von Verachtung in der Stimme zu verbergen.

Militär. Und Besserwisser, denkt Signe.

»Okay, ich will wissen, was vorgeht«, sagt sie.

»Verstanden!« Er atmet tief ein. »Nach dem Ersten Weltkrieg verlor das Osmanische Reich – die heutige Türkei – die Kontrolle über Palästina und den Jordan. Palästina wurde zum sogenannten Mandatsgebiet, und 1920 übertrug der Völkerbund die Mandatsverwaltung an Großbritannien.« Er hustet kurz. »Entschuldigung. Gut zwei Jahre zuvor hatte die britische Regierung den Juden versprochen, dass sie in Palästina eine ›Nationale Heimstätte‹, wie man es nannte, bekommen könnten. Palästina war ein dünnbesiedeltes Gebiet, in dem schätzungsweise zwischen vierhunderttausend und einer halben Million Menschen lebten. Bei Weitem der Großteil waren arabische Sunniten, es gab jedoch auch Minderheiten arabischer Christen und Juden. Letztere wuchs in Folge der zunehmenden Judenverfolgungen in Europa stetig an. Der Zuzug der Juden und das Versprechen eines jüdischen Staates in Palästina erregten natürlich den Zorn der Araber. Vor allem auf die Juden und Briten.« Er macht eine kurze Pause. »Können Sie mir so weit folgen?«

»Ja, bis jetzt haben Sie nichts erzählt, was eine Polizeikommissarin nicht begreifen könnte«, erwidert sie säuerlich.

»Dann ist ja gut.«

Sie hört an seinem Ton, dass er lächelt.

»So, jetzt springen wir zur zweiten Hälfte der Dreißigerjahre. Die Nazis haben in Deutschland die Macht übernommen, und die Judenverfolgungen nehmen zu. In Ägypten wurde 1928 die Muslimbruderschaft gegründet, die während der Dreißiger relativ große Unterstützung für ihren unversöhnlichen und aggressiven Kurs gegenüber den Briten und Juden erfährt. Es kommt zu zahlreichen gewalttätigen Auseinandersetzungen zwischen nationalistischen und militanten islamistischen Organisationen auf der einen Seite – die Bruderschaft ist nicht die einzige – und Briten und Zionisten auf der anderen Seite, die meinen, Palästina sei das rechtmäßige Land der Juden, das Gott ihnen gegeben habe. Das ist natürlich nur eine äußerst kurze Zusammenfassung der Ereignisse. Das Ganze ist eine wahnsinnig komplizierte Geschichte, die einen Wust an unterschiedlichen Gruppierungen und Interessen beinhaltet.«

Signe nickt ungeduldig.

»In Anbetracht des unversöhnlichen Hasses der militanten Islamisten auf die Juden war es im Grunde nicht weiter verwunderlich, dass sie mit großem Interesse und Bewunderung verfolgten, wie Hitler und die Nazis die Juden behandelten. Als der Zweite Weltkrieg ausbrach, war der Nahe Osten eines der strategisch wichtigen Schlachtfelder, und die Deutschen waren schlau genug, die enormen Vorteile einer Allianz mit denjenigen zu erkennen, die gegen die britische Vorherrschaft in der Region kämpften. Daher entstanden enge Verbindungen zwischen verschiedenen Zweigen der militanten islamistischen Organisationen und den Nationalsozialisten …«

»Moment mal«, unterbricht sie ihn. »Eine Frage.«

»Ja?«

»Ich dachte, die Nazis hätten alle, die nicht zur arischen Rasse gehörten, als Untermenschen angesehen. Nicht zuletzt die Araber.«

»Das ist auch richtig. Und es war natürlich ein Problem, dass Hitler die Araber ursprünglich als den Deutschen und anderen Menschen ›arischer Abstammung‹, um es mit den Worten der Nazis zu sagen, unterlegen ansah. Es gibt einen dezidiert antiarabischen Abschnitt in *Mein Kampf*, in dem Hitler die Araber als eine ›Koalition von Krüppeln‹ und als ›rassisch minderwertig‹ bezeichnet. Als aber den Nazis die

Wichtigkeit der Araber als Alliierte im Nahen Osten auf-
ging, begann man, solche Töne systematisch abzuschwä-
chen.« Er räuspert sich. »Entschuldigen Sie. Ich bin etwas
erkältet.«

»Kein Problem«, sagt Signe. Und denkt: Sieh einfach zu,
dass wir weiterkommen.

»Auf deutscher Seite war es vor allen Dingen eine Person, die unermüdlich für eine Allianz zwischen Islamisten
und Nazis im Kampf gegen Briten und Juden arbeitete. Erwin Ettel war SS-Brigadeführer sowie Diplomat und eine
Zeit lang Gesandter für Nazideutschland in Teheran. Auf
arabischer Seite war Mohammed Amin al-Husseini, der
Großmufti von Jerusalem, ein großer Bewunderer des Na-
tionalsozialismus und nicht zuletzt Adolf Hitlers, den er
als irdischen Erben des Propheten Mohammed ansah. Al-
Husseini pries die Eskalation der Judenvernichtung durch
die Deutschen und hätte sie gerne auf den Nahen Osten
ausgeweitet gesehen. Er wurde erbittert von den Briten ge-
jagt, 1941 gelang es ihm jedoch, nach Berlin zu fliehen. Hier
lebte er bis Kriegsende, und Ettel war sein nächster Kontakt in der NSDAP. Er traf sich mehrfach mit Hitler. Der
Mufti starb 1974 in Beirut.«

Es wird still auf dem Rücksitz.

»Und?«, sagt Signe.

»Haben Sie jemals von der Ettel-al-Husseini-Brigade gehört?«, fragt er und gibt selbst die Antwort, ehe Signe den
Mund aufmachen kann. »Vermutlich nicht. Das hat praktisch niemand, jedenfalls nicht in der dänischen Polizei.«

»Nein, stimmt, davon habe ich noch nie gehört. Was ist
diese Ettel-al-Husseini-Brigade?«

»Die Ettel-al-Husseini-Brigade oder einfach nur EHB ist
eine neue Terrororganisation, die von ehemaligen dänischen und schwedischen IS-Kriegern und einer Handvoll

geschichtsbewusster Neonazis gegründet wurde, die aus der Nordischen Widerstandsbewegung kamen. Und sie ist natürlich nach dem SS-Mann Erwin Ettel und dem Mufti von Jerusalem, Mohammed Amin al-Husseini, benannt.«

»Neonazis und Islamisten?«, fragt Signe skeptisch. »Kommen Sie schon, das ist doch total absurd. Neonazis hassen Muslime, die hassen sich gegenseitig wie die Pest.«

»Glauben Sie, was Sie wollen.« Seine Stimme ist kühl. »Das macht es nicht weniger wahr.«

Jetzt ist es an Signe zu schweigen. Sie versucht, das Gehörte sacken zu lassen. Aber es ist einfach zu abwegig.

»Erzählen Sie weiter ... War es die EHB?«

»Ein arabisches Sprichwort besagt: Der Feind meines Feindes ist mein Freund. Genau das bildet das Fundament und den Ausgangspunkt der Brigade. Neonazis und Islamisten haben gemeinsame Feinde und überhaupt sehr viel gemein – tatsächlich sehr viel mehr, als sie trennt. Beide hassen sie Parlamentarismus, Demokratie, Menschenrechte, Säkularismus und nicht zuletzt die Juden. Beide Parteien hassen die westlichen Demokratien, vor allem die USA und Israel, aber auch Großbritannien und Frankreich. Und entsprechend Dänemark. Es ist zwar richtig, dass Neonazis für Rassenreinheit und -trennung eintreten, während das Ziel der Islamisten ein weltumfassendes Kalifat ist. Allerdings, wie ich Ihnen gerade erzählt habe, hatte Hitler kein Problem damit, in Rassefragen auch mal beide Augen zuzudrücken, um wichtige Allianzen im Nahen Osten zu schmieden. Und auf diese Idee kamen dann auch einige der etwas helleren Köpfchen unter den Neonazis.«

Signe schüttelt den Kopf. »Aber es ergibt immer noch keinen Sinn, dass Nazis und Islamisten zusammenarbeiten. Zwischen ihnen herrschen doch viel zu große Differenzen.«

»Aus unserer Perspektive ergibt es keinen Sinn, aber das tut Terror ja allgemein nicht. Welcher Sinn steckt dahinter, wenn der IS mitten in einem Geschäftsviertel in Bagdad eine Autobombe hochgehen lässt und dreihundert muslimische Glaubensgenossen tötet? Männer und Frauen. Kinder und Alte. Was ist der tiefere Sinn dahinter, außer Angst und Schrecken zu verbreiten? Und zu versuchen, die Gesellschaftsordnung zum Einsturz zu bringen? Chaos zu schaffen? Darum geht es beim Terror. Neonazis wie Islamisten saugen Lebenskraft aus Chaos. Jedes Mal, wenn wir in einem Versuch, den Terror zu bekämpfen, von den Prinzipien unserer Demokratie abrücken, ist es ein Sieg für sie. Ein Schritt näher am Chaos.«

»Damit könnten Sie natürlich recht haben.«

»Habe ich.«

»Aber noch mal, der IS hat das übergeordnete Ziel, durch seinen Terror das Kalifat zu verbreiten, erst im Nahen Osten und letztlich in der ganzen Welt. Und das ist ja wohl kaum das Ziel der Neonazis, oder? Wollen die nicht vor allem sämtliche Muslime aus dem Land und zurück in ihre Heimat befördert sehen? In diesem Punkt haben sie doch eigentlich entgegengesetzte Interessen?«

»Schon. Allerdings wäre es nicht das erste Mal in der Geschichte der Menschheit, dass Erzfeinde strategische Vereinbarungen treffen, um einige gemeinsame Teilziele zu erreichen, wohl wissend, dass es nur für einen begrenzten Zeitraum ist und sie sich früher oder später wieder bekriegen werden. ›Der Feind meines Feindes ist mein Freund‹ in schönster Manier.«

Signe läuft es kalt den Rücken herunter, während ihr langsam ins Bewusstsein sickert, dass das, was er erzählt, die reine Wahrheit ist. »Pfui Teufel«, meint sie schließlich.

»Ja«, sagt der Mann auf dem Rücksitz. »Manchmal

kommt die Fantasie gegenüber der Wirklichkeit zu kurz. Man könnte fast sagen, unser schlimmster Albtraum ist wahr geworden.«

»Wer sind die Islamisten in der EHB?«

»Ehemalige IS-Kämpfer, nachdem das ›Kalifat‹ in Syrien und Irak zusehends auseinanderbricht. Hartgesottene Kriegsveteranen, die in den meisten Fällen in Trainingslagern in Wasiristan im nordwestlichen Pakistan, in Mali oder im Tschad ausgebildet wurden. Viele von ihnen sind Konvertiten, die nun in ihre Heimatländer zurückgekehrt sind, darunter Dänemark und Schweden, wo sie dabei sind, Terrorzellen und neue Organisationen wie die EHB zu etablieren. Mehrere wohnen in Malmö, in Rosengård oder einigen der anderen Stadtteile, in die die schwedische Polizei praktisch keinen Fuß mehr setzt. Da können sie sich ungestört bewegen. In Malmö halten sich wer weiß wie viele ehemalige IS-Krieger auf, über die weder die schwedische Polizei noch der Geheimdienst einen Überblick haben. Und hier in Dänemark laufen auch ein paar herum.«

»Simon Spangstrup«, murmelt Signe und schaudert.

»Ja«, sagt der Mann. »Er ist einer davon. Er hat sich auch längere Zeit in Rosengård aufgehalten.«

»Können Sie mir mehr über die EHB sagen?«

»Sicher. Die EHB arbeitet als traditionelle Guerillabewegung. Selbstmordaktionen oder Aktionen, bei denen das Risiko, festgenommen oder getötet zu werden, sehr hoch ist, beispielsweise Angriffe auf Menschenmengen in Fahrzeugen, sind nicht ihr Stil. Sie haben mit einer Reihe kleinerer, sowohl gegen Christen als auch Juden gerichteter Operationen in Malmö geübt und unter anderem einen schwedischen Pfarrer umgebracht. Aber der Terroranschlag auf dem Nytorv war ihre erste große Aktion. Ihre Arbeitsverteilung sieht in groben Zügen so aus, dass die

Neonazis für Logistik und Beschaffung von Waffen und Sprengstoff zuständig sind; außerdem organisieren sie die Flucht sowie Safe Houses für diejenigen, die die Angriffe ausführen. Die früheren IS-Kämpfer sind die operativen Einheiten. Das zeigt uns schon, dass die EHB eine rationalere Denkart verfolgt, als wir es gewohnt sind. Normalerweise halten sich die Neonazis ja für weiß Gott wie harte Kriegertypen, aber in diesem Fall haben sie anscheinend erkannt, dass die IS-Krieger, die darauf trainiert sind, unter den extremsten Umständen zu überleben, ihnen haushoch überlegen sind, wenn es um das Ausführen der Anschläge geht. Oder aber darum, sich anschließend verborgen zu halten und gegen etwaigen Widerstand zu kämpfen. Es macht einen gewissen Unterschied, ob man in Wasiristan von Talibankämpfern ausgebildet wird, die ihr ganzes Leben lang im Krieg waren, oder in einem Nadelwald in Småland Krieg spielt und sich von ein paar frustrierten Skinheads herumkommandieren lässt, die es bestenfalls zum Befehlshaber der Heimwehr gebracht haben.«

»Sie sagen, sie denken rationaler, als wir es gewohnt sind. Wer ist ›wir‹? Woher kommen Sie?«

Er lacht trocken. »Sie haben wohl kaum damit gerechnet, dass ich Ihnen das erzähle. Wenn ich es wollte, wäre diese ganze Geheimnistuerei ja nicht nötig gewesen, oder?«

»Aber wie kann ich wissen, dass Sie mir die Wahrheit sagen? Wo kann ich das alles bestätigt bekommen?«

»Das ist im Grunde sehr einfach. Sie können es nicht. Entweder Sie glauben mir, oder Sie tun es nicht.«

»Aber wenn Sie so viel über die EHB wissen, wie Sie behaupten, wieso haben Sie – oder die, mit denen Sie arbeiten – den Angriff dann nicht verhindert? Neunzehn ermordete Menschen. Sechs Kinder, verdammt!«

»Das ist auch ...« Er sucht nach den Worten und seufzt.

»Darüber kann ich Ihnen nichts sagen. Leider. Das müssen Sie selbst herausfinden. Offensichtlich hat jemand seine Arbeit nicht gemacht, das ist alles, was ich Ihnen sagen kann.«

»Sie haben mir geschrieben, dass wir in Richtung FE schauen sollen?«

»Ja, das wäre eine gute Idee.«

»Aber warum FE? Deren Aufgabe ist das Sammeln von Informationen aus dem Ausland, richtig? Wäre es, was das Inland betrifft, nicht Aufgabe des PET?«

»Auf dem Papier schon. Aber die Grenzen sind in diesen Zeiten fließend.« Wieder ein trockenes Lachen. »Metaphorisch gesprochen. Die EHB ist in Südschweden entstanden, und als ich das letzte Mal nachgeschaut habe, hatten die Schweden Schonen immer noch nicht an Dänemark zurückgegeben. Auch wenn wir viel mit den Schweden gemeinsam haben, ist es trotzdem ›Ausland‹.«

»Weiß der PET davon?«

»Das kann ich mir nicht vorstellen.«

»Aber können Sie mir nicht einfach sagen …«

»Habe ich mich nicht klar ausgedrückt? Zum letzten Mal: Mehr kann ich Ihnen nicht erzählen.« Er öffnet die Tür. »Direkt beim Treppenaufgang am Ørestedsparken steht ein schwarzer Mercedes. Ich lege Ihr Handy und die Pistole in einer Stofftasche unter das Auto hinter den rechten Vorderreifen. Warten Sie fünf Minuten, bevor Sie gehen. Folgen Sie mir nicht. Ich meine es ernst. Es bringt nichts, es zu versuchen, und Sie werden es bereuen, wenn Sie es tun.«

Er steigt aus, schließt die Tür und ist verschwunden, ehe Signe etwas sagen kann.

Zehn Minuten lang erzählt sie, ohne von Merlin unterbrochen zu werden. Vielleicht ist es nur Einbildung, aber sie hat das Gefühl, dass er zunehmend blasser wird, während sie wiedergibt, was der Mann im Parkhaus ihr erzählt hat.

»Das ist einfach zu abgefahren, findest du nicht?«, schließt Signe ihren Bericht.

Merlin antwortet nicht. Starrt nur ausdruckslos in die Luft, als würde er sie gar nicht hören. Er sitzt da wie eine zu Stein erstarrte Statue, die Unterarme liegen auf dem Tisch, der Blick ist auf einen Punkt über ihrem Kopf gerichtet. Dann kommt er wieder zu sich, schaut ihr in die Augen und nickt.

»Ja, es ist schwer zu glauben. Ich habe vor einigen Wochen mit jemandem vom PET gesprochen, und er sagte mir, dass sie derzeit sehr scharf beobachten würden, ob es möglicherweise irgendwann zu einer Zusammenarbeit zwischen einigen der radikalsten Linksautonomen und Islamisten kommen könnte. Aber die umgekehrte Variante, damit hatte ich wirklich nicht gerechnet.«

»Nein. Wahrscheinlich keiner von uns. Was machen wir jetzt?«

Merlin tippt sich gegen die Nasenspitze. Eine Minute lang schweigen sie beide. Dann klingelt sein Handy. Er schaut aufs Display.

»Juncker, dich wollte ich gerade anrufen.«

Kapitel 34

Es ist mehrere Wochen her, seit Juncker zuletzt mit seinem früheren Chef gesprochen hat.

»Du weißt, dass ich hier draußen an den Ermittlungen in einem Doppelmord an einem Ehepaar arbeite. Ach so, und einem tödlichen Brandanschlag«, beginnt Juncker.

»Ja, ich weiß. Oder das heißt, ich wusste nicht, dass jemand in Verbindung mit dem Brandanschlag gestorben ist.«

»Das ist auch neu. Einer von ihnen ist heute Morgen seinen Verletzungen erlegen. Aber ich rufe wegen etwas anderem an: Ich habe gestern einen Laptop und einen USB-Stick im Haus der Ermordeten gefunden. Der Mann hatte Verbindungen zu einer neonazistischen Organisation namens Nordische Widerstandsbewegung, wie ich vom PET erfahren habe. Gerade hat mir das NC3 mitgeteilt, was auf dem Stick liegt. Und das ist ziemlich interessant.«

»Und zwar?«

»Kopien von zwei Mails. Die eine wurde am Abend des 22. Dezember abgeschickt, und darin heißt es: ›Morgen. Ziel ist ein Ort in Kopenhagen, weiß nicht wo. Gegen Mittag. Nur die beiden. Keine Ahnung, wo sie jetzt sind. Sie haben ihren Standort gewechselt. Hoffe, ich bin nicht aufgeflogen.‹«

Stille.

»Und die andere?«, fragt Merlin dann.

»Ist vom selben Abend und wurde wenige Minuten später abgesendet. Sie lautet ›Danke. Bin dran.‹«

»Okay«, sagt Merlin. »Was hältst du davon?«

»Na ja, es liegt mehr als nahe, sie mit dem Terroranschlag zu verknüpfen. Außerdem liegt es nahe, dass Bent Larsen einer der beiden Absender war. Schließlich ist es sein USB-Stick.«

»Er steht also nicht im Absenderfeld?«

»Nicht namentlich. Die E-Mail-Adresse – es sind übrigens beides Gmail-Konten – lautet peter.petersen666.«

»666?«

»Ja. Ist das irgendwie merkwürdig?«, fragt Juncker.

»Nur, dass 666 …«

»Ach so, ja, die Zahl des Tieres. Oder des Teufels.«

»Ja. Aber das muss nichts heißen. Wie lautet die Adresse aus der Antwort-Mail?«

»Das war, lass mich kurz nachschauen, ach hier: jens.jensen222.«

Es vergehen fünf Sekunden. Und noch mal fünf. Juncker nimmt das Handy vom Ohr und schaut aufs Display. Vier Striche. Der Empfang ist da.

»Bist du noch dran?«, fragt er.

»Hast du jens.jensen222 gesagt?«

»Ja, jens.jensen222. Jemand, den du kennst?«, fragt Juncker mit einem Hauch von Sarkasmus.

»Na ja, eher jemand, von dem ich weiß. Wo bist du gerade?«

»An meinem Schreibtisch auf der Wache. Warum?«

»Was ich dir erzählen will, dauert etwas länger.«

Dann redet Merlin über zehn Minuten ohne Unterbrechung. Juncker hört wortlos zu. Als er zum Ende kommt, bleibt Juncker noch mehrere Sekunden lang still.

»Das klingt, was soll ich sagen, sehr weit hergeholt. Also, die Sache mit dieser Brigade«, sagt er dann.

»Ich weiß.«

»So weit hergeholt, dass man es nicht mal als Plot für irgendeinen Thriller über den Terrorismus der Zukunft in Betracht ziehen würde, weil es zu unwahrscheinlich ist.«

»Ja. Und wenn man im Jahr 2000 mit einem Filmmanuskript angekommen wäre, in dem jemand ein Passagierflugzeug ins World Trade Center und das Pentagon fliegt, hätten sie einen in Hollywood als Spinner abgetan. Oder wenn man sich vor zwanzig Jahren vorzustellen versucht hätte, dass Juden mit Kippa in Malmö nicht mehr in Frieden durch die Straßen gehen können, oder in Nørrebro hier in Kopenhagen. Was ich damit sagen will ist, dass die Wirklichkeit …«

»… manchmal die Fantasie übertrifft. Ja, stimmt schon. Dieser Mann, mit dem Signe sich getroffen hat, wie schätzt sie ihn ein?«

»Ganz allgemein hatte sie den Eindruck, dass er weiß, wovon er spricht. Seine Art zu sprechen, überhaupt die Art, wie er sich verhielt, wenn sie ihn herausforderte … sie hält ihn für glaubwürdig. Sie sitzt übrigens neben mir. Ich schalte mal auf Lautsprecher.«

»Hi, Signe.«

»Hallo, Juncker. Lang her.«

»Ja, allerdings.« Er spürt eine stille Freude darüber, ihre Stimme zu hören.

»Was kannst du sonst über ihn sagen?«

»Nicht viel. Ich habe ja nur seine Stimme gehört. Aber dem Klang seiner Sprache und seiner Ausdrucksweise nach zu schließen, würde ich denken, dass er gebildet ist. Und möglicherweise Militär. Das sagt mir irgendwas an der Art, wie er gesprochen hat.«

»Er könnte also ein Insider aus dem FE sein?«

»Ja, absolut. Ein Whistleblower-Typ. Allerdings hat er nichts darüber gesagt, wie genau der FE involviert ist. Oder etwas darüber, welche Rolle er eigentlich bei all dem spielt. Den einzigen Hinweis, den er in diese Richtung gegeben hat, war, dass jemand seine Arbeit nicht gemacht hat.«

»Immerhin haben wir mit den Mails eine Verbindung zwischen meinen beiden Morden und ihm und damit auch dem Terroranschlag. Und natürlich ist es kein Zufall, dass Simon Spangstrup und sein Kumpan die Abfahrt hier bei Sandsted genommen haben. Höchstwahrscheinlich befinden sie sich in der näheren Umgebung«, vermutet Juncker. »Und wir sind sicher, dass es Spangstrup ist, den wir jagen?«

»Ja«, sagt Signe. »Absolut.«

»Irgendwie muss ich daran denken, Signe ... damals, als wir Spangstrups Reise nach Syrien untersucht haben, da sind wir seine Frau ja ziemlich hart angegangen. Meinst du ...«

»Dass er eine Rechnung mit uns offen hat? Keine Ahnung. Vielleicht.«

»In den letzten Tagen hatte ich irgendwie das Gefühl, beobachtet zu werden.«

»Ich auch. Oder besser gesagt, es sind ein paar merkwürdige Dinge passiert, die ich, ja, die ich nicht richtig erklären kann.«

Juncker schweigt einen Moment.

»Na ja, aber das bringt uns nicht wirklich weiter. Also, Merlin, wie ist der Plan?«, fragt er dann und weiß, dass sich Merlin mit dem Zeigefinger gegen die Nase tippt.

»Die zwei sind extrem gefährlich und aller Wahrscheinlichkeit nach bis an die Zähne bewaffnet. Wenn wir mit der AKS und der ganzen Kavallerie anrücken, und sie sich in der Nähe von anderen Menschen befinden, riskieren wir eine Geiselnahme. Wir wissen ja nicht, ob sie Helfer in Sandsted haben, die sie warnen könnten, falls auf einmal schwerbewaffnete Einsatzkräfte in der Gegend auftauchen. Zuallererst müssen wir also ihren Aufenthaltsort ausfindig machen, bevor wir mit schwerem Kaliber anrücken. Sie müssen irgendwo ein Safe House haben, und das müssen wir lokalisieren.«

Ja, und wie genau finden wir das mal eben?, denkt sich Juncker. In der Gegend von Sandsted gibt es haufenweise leerstehende Häuser. Auch einige, die so abseits liegen, dass sich zwei Männer ohne Weiteres über Tage versteckt halten könnten, ohne entdeckt zu werden. Vor allem bei dem Wetter, wo sich jeder nach Möglichkeit drinnen aufhält.

»Ich stelle ein kleines Team zusammen, das heute zu dir nach Sandsted kommt, wahrscheinlich gegen Abend. Gibt es irgendwo eine Unterkunft für sie?«, fragt Merlin.

»Es gibt ein kleines Hotel am Bahnhof. Ich frage nach, ob sie dort freie Zimmer haben. Aber ich denke doch schon. Sandsted ist ja nicht gerade St. Moritz.«

Nachdem Merlin aufgelegt hat, sitzt Juncker eine Weile da und starrt an die alte Decke der Buchhandlung aus mattglänzendem Glas in goldbronzierten Eisenrahmen. Nicht, dass er die Ereignisse der letzten Wochen nun durchschauen oder erklären könnte, wie diese zusammenhängen. Dennoch spürt er eine tiefe und beinahe körperliche Erleichterung darüber, plötzlich den Ansatz eines Musters erahnen zu können. Und er hat das starke intuitive Gefühl, dass die Mörder von Bent und Annette Larsen nicht weit sind. Die Fußspuren auf dem Boden, der dunkle Schatten, der ihn verfolgt hat, als er neulich Nacht in seinem Rausch nach Hause gewankt ist … der kleine Stein auf der Mauer.

Sie befinden sich in Sandsted. Oder ganz in der Nähe. Daran zweifelt er nicht. Und sie haben ihn beobachtet.

Juncker will gerade den Laptop zuklappen, da bemerkt er, dass eine neue Mail gekommen ist. Als er den Absender und den Text in der Betreffzeile sieht, erstarrt er.

Nachricht von der Ettel-al-Husseini-Brigade, steht da.

Sein Puls steigt, während er überlegt, was er tun soll. Die Mail hat einen Dateianhang, ein Video. *Dieses Video wird in Kürze veröffentlicht*, liest er im Textfeld. Die rationale, regelkonforme Entscheidung wäre, die E-Mail zu löschen und unter keinen Umständen das Video zu öffnen. Die polizeiinterne IT-Abteilung liegt ihnen permanent damit in den Ohren, dass sie bloß keine Anhänge bei E-Mails von unbekannten Absendern öffnen sollen.

Er steht auf, tritt an die große Schaufensterscheibe und blickt hinaus auf den Marktplatz. Die Dämmerung bricht herein, und im diffusen Schein der Straßenbeleuchtung kann er sehen, dass es zu schneien begonnen hat – feine Flöckchen, die der Nordwind zu Miniaturwehen gegen die Hausmauern und entlang der Windschutzscheibe auf der Kühlerhaube seines Autos zusammenbläst.

Er setzt sich zurück an den Schreibtisch. Klickt das Video an.

Der Computer lädt circa zehn Sekunden. Dann erscheint das Bild.

Die Aufnahme wurde an einem schlecht beleuchteten Ort gemacht. Ein Mann steht in der Mitte eines Raumes, einem alten Stall oder einer Scheune dem Aussehen nach, mit weißgekalkten Wänden und Betonboden. Er trägt eine gebauschte, schwarze Feldhose und eine schwarze Feldjacke, über den Kopf hat er eine schwarze Sturmhaube gezogen. Die Kleidung zeigt keine Markenembleme oder andere Erkennungsmerkmale. An den Füßen trägt er ein Paar schwere, dunkelbraune Stiefel. Der Marke Meindl, möchte Juncker wetten.

Er ist groß, und auch wenn es aufgrund der weiten Kleidung schwer zu erkennen ist, wirkt er muskulös. Auf jeden Fall breitschultrig. Er beginnt von einem Zettel abzulesen.

»Die ganze Welt kennt nun die gewaltige Stärke der Ettel-al-Husseini-Brigade. Mit dem erfolgreich durchgeführten Anschlag auf den Nytorv am 23. Dezember haben wir demonstriert, wozu wir imstande sind. Und das ist erst der Anfang. Bald werden wir erneut zuschlagen. Niemand kann uns aufhalten.«

Die Stimme ist tief und klangvoll. Der Mann spricht ein vollkommen reines Dänisch, ohne den Hauch eines Akzents. Er ist in Dänemark aufgewachsen, denkt Juncker. Er ist Däne.

»Der Angriff war unser erster Schritt im Kampf gegen die jüdische Oberherrschaft. Er war gleichzeitig ein Schlag ins Gesicht des dekadenten Westens und jahrzehntelanger imperialistischer Kriegsführung im Nahen Osten. Und weitere Angriffe werden folgen. Wir werden euch erneut unvorbereitet treffen.«

Er faltet das Papier zusammen und steckt es in die Jackentasche. Ein paar Sekunden lang steht er in Habachtstellung.

»Tod den USA. Tod über Israel. Tod den Juden. Tod den Verrätern«, sagt er mit lauter, von Pathos erfüllter Stimme. Die Kamera folgt ihm, während er zwei Schritte zur Seite tritt. Er positioniert sich neben einem Stuhl, auf dem eine gefesselte Frau sitzt. Ihre Arme scheinen hinter der Stuhllehne zusammengebunden zu sein. Silbergraues Klebeband ist um ihren Kopf herum und über den Mund geschnürt. Sie hat Kratzwunden im Gesicht, die Augen sind weit aufgerissen und von einer Angst erfüllt, wie Juncker sie noch nie zuvor im Blick eines Menschen gesehen hat.

Er beißt die Zähne zusammen und ballt die Hände so fest zur Faust, dass die Knöchel weiß hervortreten.

Juncker weiß, was jetzt kommt.

Der Mann bückt sich und hebt ein circa ein Meter langes Rohr auf, das neben dem Stuhl auf dem Boden liegt. Dann stellt er sich wieder in Habachtstellung auf. Hebt die zur Faust geballte Rechte und reckt den Zeigefinger.

»Tod den Verrätern«, wiederholt er, macht einen Schritt zur Seite und nimmt in etwa die Haltung eines Schlagmanns beim Baseball ein, der auf den Wurf des Pitchers wartet. Dann schwingt er die Rohrstange.

Die Kraft des Schlages ist so dosiert, dass Annette Larsen nicht sofort das Bewusstsein verliert. Er trifft sie an der Nasenwurzel, Juncker hört ihren vom Klebeband unterdrückten Schmerzensschrei und den knirschenden Laut, als der Knorpel vom Schädel gerissen wird. Zwei dünne Blutfontänen schießen aus den Nasenlöchern.

Auch der nächste Schlag ist nicht heftig genug, um die Frau von ihren Qualen zu erlösen, als er mit sadistischer Präzision auf das graue, blutgesprenkelte Klebeband und ihren Mund kracht. Sie wirft den Kopf zur Seite und kämpft verzweifelt gegen das Blut an, das ihr in den Rachen läuft und sie zu ersticken droht.

Der dritte Schlag kommt und wirkt wie eine Befreiung. Er ist hart, der Mann schlägt der Frau mit voller Kraft gegen die Stirn, sodass ihr Kopf in einer Wolke aus Blutstropfen zurückgeschleudert wird. Dann fällt er schlaff zur Seite, und Juncker betet, dass bereits dieser Schlag tödlich war. Jetzt regnet es weitere Schläge auf den blutüberströmten Kopf der bewusstlosen Frau nieder, Juncker hat aufgehört sie zu zählen und kämpft gegen den gewaltsamen Drang an, den Laptop zuzuschlagen und dem Grauen zu entfliehen. Das Einzige, was ihn davon abhält, ist das Gefühl, Annette Larsen dadurch im Stich zu lassen. Dass sie wenigstens nicht allein sterben muss, wenn er durchhält und das Video zu Ende ansieht. Aber das ist natürlich eine Illusion, in Wirklichkeit ist sie auf allergrausamste Weise gestorben, in einer Woge aus Schmerz, so angsterfüllt, einsam und verlassen, wie ein Mensch es nur sein kann.

Nach einer gefühlten Ewigkeit hält der schwarzgekleidete Henker inne. Er tritt einen Schritt zur Seite und steht stramm.

»Lang lebe die Ettel-al-Husseini-Brigade. Tod den Verrätern. Tod den Juden«, sagt er mit lauter, deutlicher Stimme. Dann wird der Bildschirm schwarz.

Juncker steht auf. Ihm zittern die Beine, sein Hals ist trocken. Er geht in die kleine Teeküche im Hinterraum, schenkt sich ein Glas Wasser ein und leert es in großen Schlucken. Anschließend geht er zurück zum Schreibtisch und leitet die Mail mit dem angehängten Video weiter. Dann ruft er Merlin an.

»Ich habe euch etwas geschickt, was ihr euch leider anschauen müsst«, sagt er.

Kapitel 35

»Schwein«, sagt sie mit kaum hörbarer Stimme. »Abscheuliches Schwein.«

Signe ist so wütend und erschüttert, dass sie sich kaum beherrschen kann. Rastlos marschiert sie in Merlins Büro auf und ab, während sie mit der Übelkeit und den Tränen kämpft. »Abscheuliches Schwein«, wiederholt sie. Dann setzt sie sich.

»Ja. Wenn wir es nicht schon wussten, wissen wir spätestens jetzt, mit was wir es zu tun haben. Oder besser gesagt, mit wem ...«

»Sadisten«, fährt sie fort. »Reine Sadisten. Das hier hat einen Scheißdreck mit Religion und Glaube zu tun, das ist nichts als pure Grausamkeit, das ist ...« Erfolglos sucht sie nach Worten, schüttelt nur hilflos den Kopf.

Merlin sieht sie durchdringend an. »Bist du bereit hierfür? Es ist die gefährlichste Aufgabe, die wir je hatten, und wir müssen allesamt eiskalt sein. Sonst wird es fürchterlich schiefgehen.«

Sie schließt die Augen und atmet tief durch. Dann richtet sie den Blick auf Merlin.

»Darum brauchst du dir keine Sorgen zu machen. Ich bin bereit«, sagt sie, jetzt mit ruhiger, kontrollierter Stimme. »So bereit wie nur was.«

»Gut.«

»Hast du mit dem Polizeidirektor gesprochen?«

»Ja. Und mit dem Chef des PET. Sie sind beide der Meinung, dass wir sie erst lokalisieren müssen, bevor wir schwerere Geschütze auffahren. Also stellen wir ein Team mit sechs Mann zusammen, oder besser gesagt, fünf Mann und einer Frau.« Er lächelt sie schief an. »Ihr fahrt sofort hin, organisiert euch und macht einen Plan, damit ihr morgen früh direkt bereit zum Ausrücken seid. Ihr bekommt Rückendeckung von mehreren AKS-Teams, die versteckt an verschiedenen Punkten in einem Radius von wenigen Kilometern um Sandsted herum platziert werden, sodass sie in kürzester Zeit eingreifen können, sobald ihr sie gefunden habt.«

»Sie schreiben in der E-Mail, dass sie das Video bald veröffentlichen werden. Können wir etwas dagegen tun?«

»Wir kontaktieren Twitter, Facebook, YouTube und was es sonst noch gibt und bitten sie zu kontrollieren, ob das Video bei ihnen hochgeladen wurde, damit sie es möglichst schnell löschen können. Außerdem informieren wir die großen Medienanstalten. Ich kann mir nicht vorstellen, dass irgendjemand von ihnen, auch nicht die Boulevardpresse auf ihren Homepages, das hier zeigen wird. Aber zur Sicherheit informiere ich den Generalstaatsanwalt, damit er das Video falls nötig im Eilverfahren verbieten kann.«

»Dann sind da aber noch die ganzen Blogger, rechts wie links. Und das Propagandanetzwerk des IS funktioniert ja nach wie vor. Außerdem haben die Neonazis ihre eigenen Kanäle.«

»Ja, und dagegen können wir nicht viel tun. Deshalb müssen wir uns so beeilen.«

»Wie sehr beeilen?«

»Ich glaube kaum, dass uns mehr als ein Tag bleibt, bevor der Druck von außen so groß wird, dass wir mehr Leute hinzuziehen müssen. Und dann liegt es nicht mehr allein in unseren Händen. Ihr habt also wenig Spielraum morgen. Das Wetter kann übrigens auch ein Faktor werden. Wenn der Schneesturm, der anscheinend im Anmarsch ist, nur halb so übel wird, wie die Meteorologen vorhersehen, bekommen wir Probleme. Große Probleme sogar. Als ›Mutter aller Schneestürme‹ hat der Typ vom Meteorologischen Institut ihn bezeichnet. Er war völlig von den Socken und faselte irgendwas vom Schneesturm zum Jahreswechsel 1978/1979. Damals musste man Kettenfahrzeuge einsetzen …«

»Okay«, unterbricht ihn Signe. »Alles klar. Und das Team, wer ist dabei?«

»Ich werde drei vom PET hinzuziehen. Victor und zwei andere, ich weiß noch nicht, wen. Aber wahrscheinlich Leute aus ihrer Observierungsgruppe mit der größten operativen Erfahrung. Außerdem Juncker und dich. Und Troels.«

Sie kann nicht verbergen, wie sie zusammenfährt, als ihr Herz einen Schlag aussetzt. Zum Glück scheint Merlin es nicht bemerkt zu haben. Hofft sie.

»Troels?«, fragt sie und bemüht sich, ihre Stimme in einer ruhigen, neutralen Tonlage zu halten. »Ist er nicht etwas zu alt für so etwas?«

»Zu alt? Er ist ein gutes Stück jünger als Juncker. Und mit Sicherheit in sehr viel besserer Form.«

»Schon, aber Juncker ist …«

»Wenn ich mich recht erinnere, hat Troels bei der letzten Schießprüfung sowohl dich als auch Juncker übertroffen. Bei Weitem sogar. Er ist besonnen, hat haufenweise Erfahrung. Troels ist ganz einfach ein verdammt guter Kriminalbeamter.«

»Sicher, nur …«

»Sag mal, hast du ein Problem mit Troels Mikkelsen? Es ist nicht das erste Mal, dass …«

Signe macht eine abwehrende Handbewegung. »Nein, nein, ich habe kein Problem mit Troels. Überhaupt nicht.« Außer, dass er ein dreckiger Vergewaltiger ist, der hinter Schloss und Riegel sitzen sollte, fügt sie in Gedanken hinzu. »Nur drei Mann vom PET, sagst du. Werden sie nicht mehr dabeihaben wollen?«

»Doch, natürlich. Das will der PET immer bei solchen Aktionen, aber das gewähre ich ihnen nicht. Es geht hier erst mal nicht darum, sie dingfest zu machen, sondern herauszufinden, wo sie sind, und ich kann mir dafür niemand Geeigneteren vorstellen als Juncker, Troels und dich. Ich gehe davon aus, ihr kümmert euch selbst darum, wie ihr hinkommt. Du kannst ja mit Troels sprechen, vielleicht kann er dich mitnehmen.«

Ganz bestimmt nicht, denkt sie. »Kannst du ihm ausrichten, dass ich selbst fahre? Ich will vorher noch kurz zu Hause vorbei.« Signe steht auf. »Wer hat eigentlich die Leitung der Operation? Der PET oder wir?«

»Juncker hat das Sagen.«

»Gut. Wir rufen dich an, wenn wir da sind.«

»Okay.«

Als sie an der Tür ist, ruft er sie zurück.

»Signe? Pass auf dich auf. Und geh keine Risiken ein.«

Ihr Lächeln ist bitter. Es ist vollkommen unmöglich, diese Aufgabe zu lösen, ohne Risiken einzugehen. Und das weiß Merlin auch. Besser als jeder andere.

»Und wann kommst du wieder?«

Niels' Tonfall ist bemüht neutral. Er sitzt mit einem Glas Wasser am Küchentisch. Es ist geputzt und aufgeräumt, sowohl im Wohnzimmer als auch in der Küche, sämtliche Spuren des Silvesterabends sind verschwunden. Signe kann nicht erkennen, ob er wütend oder verärgert ist oder einfach einen solchen Kater hat, dass sie seinetwegen zum Mars fahren kann. Sie zuckt mit den Achseln.

»Das kann ich nicht sagen. Aber ich glaube nicht, dass es allzu lange dauern wird.«

»Was macht ihr eigentlich genau?«

Sie überlegt. Eigentlich ist es ziemlich einfach: Niemandem, auch nicht ihrem Mann, darf sie auch nur das Geringste erzählen. Sie setzt sich an den Tisch.

»Na ja, wir wissen ungefähr, wo sie sind. Aber wir brauchen ihre exakte Position, bevor wir die AKS einsetzen können. Das ist unsere Aufgabe. Sie zu finden.«

»Und wo ist … ach nein, darüber darfst du wahrscheinlich nichts sagen.« Er lächelt.

»Nein, leider nicht.«

Er dreht sein Glas zwischen den Händen. »Das klingt nicht ungefährlich.« Er schaut auf und ihr direkt in die Augen. »Um genau zu sein, klingt es saugefährlich. Die sind ja sicher vollkommen kaltblütig, oder?«

Sie weicht seinem Blick aus. Sucht nach Worten.

»Na ja, wir sind natürlich vorsichtig. Es ist ja nicht unsere Aufgabe, sie zu fassen, nur sie zu lokalisieren. Und du kennst mich.«

»Ja, ich kenne dich. Genau das ist mein Problem. Ich kenne dich.«

Eine Weile schweigen beide.

»Warum finden sie nicht jemanden ohne Familie für so eine Aufgabe, jemanden ohne Kinder?«

»Weil praktisch alle Familie haben«, antwortet sie seufzend. »Frauen, Männer, Kinder, kleine Kinder. Viele in der MK haben jüngere Kinder als wir. Dasselbe gilt für die PET-Leute. Wir stellen das bestmögliche Team für die Aufgabe zusammen. Es geht nicht anders. Das weißt du genau.«

Niels schaut weg. Dann schiebt er seine Hand über den Tisch, und Signe ergreift sie.

»Ja, ich weiß. Aber kannst du nicht verstehen, dass ich mir Sorgen mache? Dass deine Arbeit nervenaufreibend für mich ist, in jeder Hinsicht?«

Sie spürt einen Anflug von Ärger, unterdrückt aber den Drang, seine Hand loszulassen. Diese Diskussion kann sie jetzt wirklich nicht ertragen. Aber ebenso wenig erträgt sie es, im Streit auseinanderzugehen. Also versucht sie, die Sache erst mal auf die lange Bank zu schieben. »Nicht jetzt, Niels. Wir sprechen darüber, wenn ich zurück bin, versprochen. Ich muss jetzt los.«

Er lässt ihre Hand los. »Okay, dann machen wir es so. Wenn du zurück bist.« Er steht auf. »Verabschiedest du dich kurz von den Kindern, bevor du gehst?«

Sie presst die Zähne zusammen. Als ob sie vorgehabt hätte … »Natürlich.«

Sie geht ins Schlafzimmer, holt eine Reisetasche aus dem Schrank, wirft zwei Slips, einen BH, Thermounterwäsche, einen Fleecepulli, zwei T-Shirts und eine gefütterte Hose hinein. Dann geht sie ins Bad, packt ihren Kulturbeutel und legt auch ihn in die Tasche.

Die Türen der Kinderzimmer sind geschlossen. Sie klopft bei Lasse an und tritt ein. Ihr Sohn sitzt mit Kopfhörer am Computer und spielt Counter Strike. Wir müssen die Regeln für den Digitalkonsum hier im Haus verschärfen, denkt sie. Wenn ich wieder da bin.

Sie berührt ihn leicht an der Schulter. Er zuckt zusammen.

»Hallo Mama«, sagt er, ohne das Spiel zu unterbrechen. Sie legt ihm die Hand auf den Kopf.

»Mach kurz Pause«, sagt sie. Er nickt und nimmt den Kopfhörer ab.

»Schatz, ich muss wegen der Arbeit wegfahren, deshalb werde ich heute Nacht nicht zu Hause schlafen. Und vielleicht auch nicht morgen.«

»Hat es etwas mit der Bombe zu tun, die vor Weihnachten explodiert ist?«

»Ja, genau. Vielleicht können wir die Leute erwischen, die es getan haben.«

»Das ist gut.« Er will sich den Kopfhörer wieder aufsetzen, aber sie bremst ihn.

»Warte kurz. Bleibt nicht zu lange auf heute. Ihr habt ja morgen Schule.«

»Okay. Kann ich jetzt weiterspielen?«

Sie nickt, beugt sich vor und gibt ihm einen Kuss auf die Stirn. Dann geht sie hinüber und verabschiedet sich von ihrer Tochter, die auf dem Bett sitzt und auf dem iPad liest.

Es macht für sie nicht den Eindruck, als ob sie vor Sorge vergehen würden, um es milde auszudrücken. Vielleicht verbergen sie ihre Unruhe, um sie nicht traurig zu machen. Auch wenn sie nicht daran glaubt. Aber was wissen Eltern eigentlich darüber, was ihre Kinder denken?

»Mach's gut, Schatz«, sagt sie zu Niels, als sie in der Küche angekommen ist. Er nimmt sie in den Arm.

»Pass um Himmels willen auf dich auf. Lass andere den Helden spielen.«

Glaubst du ernsthaft, ich tue das, um den Helden zu spielen?, fragt sie sich. »Ich bin vorsichtig«, versichert sie und küsst ihn auf den Mund.

Als sie im Auto sitzt, wirft sie einen langen Blick auf das Haus und das Licht hinter den Fenstern der Kinder. Dann lässt sie den Motor an und fährt die Straße hinunter.

Kapitel 36

Die anfängliche Erleichterung darüber, endlich einen Zusammenhang zwischen den Ereignissen der letzten Tage erahnen zu können, ist von einer Rastlosigkeit abgelöst worden, wie er sie seit Jahren nicht mehr gespürt hat. Zum zehnten Mal wandert sein Blick zur Wanduhr, wo die Zeiger im Schneckentempo vorwärtsrücken. Sieben Minuten nach sechs. Es wird noch mindestens zwei Stunden dauern, bis die anderen auftauchen. Zumal bei dem Wetter.

Er setzt sich an den Schreibtisch. Massiert sich die Schläfen. Versucht, seine Gedanken zu sammeln. Sucht nach irgendeiner Form von Systematik, die ihnen helfen könnte, zwei Menschen in einem Gebiet zu lokalisieren, das eine praktisch unendliche Zahl an möglichen Schlupflöchern bietet. Aber er findet keine. Und Haus um Haus abzuklappern, bringt nichts, es würde viel zu viel Zeit in Anspruch nehmen. Auch ohne Schneesturm.

Der einzige mildernde Umstand, der Juncker einfällt – wobei mildernd es nicht wirklich trifft – ist, dass die beiden wahrscheinlich nicht vorhaben, ewig in ihrem Versteck zu verharren und darauf zu warten, gefunden zu werden. Ihr Vorgehen, ihr gesamter Modus Operandi deutet darauf hin, dass sie in die Offensive gehen werden. Versuchen werden, erneut zuzuschlagen. Vielleicht erübrigt sich die Suche nach ihnen damit.

Dass der Anschlag auf den Nytorv kein Selbstmord-attentat war, bedeutet nicht, dass die Terroristen den Tod fürchten. Aus den aktuellen Analysen des PET weiß Juncker, dass die derzeitige Strategie des IS für Angriffe außerhalb Syriens primär darauf abzielt, so viele Menschen wie überhaupt möglich umzubringen, gern auch Polizisten, um anschließend selbst von der Polizei getötet zu werden. Dies ist die ultimative Form der Aktion, die ehrenvollste Art zu sterben. Die direkte Eintrittskarte ins Paradies und zu einem Platz am Tisch des Propheten, den Diensten von zweiundsiebzig Jungfrauen und was ihrer Interpretation des Korans nach sonst noch so an Zusatzleistungen auf der Belohnungsliste für Märtyrer steht.

Außerdem, denkt Juncker, würde es Simon Spangstrup sicher ein teuflisches Vergnügen bereiten, ihnen ein weiteres Mal die Schwäche der Polizei vor Augen zu führen, und vielleicht besonders seine und Signes Schwäche. War der kleine Stein auf der Mauer eine Botschaft von Spangstrup, die ihm mitteilen sollte, dass er beobachtet wird? Dass er auf dem Weg ins Jenseits ist?

Er tritt wieder ans Fenster und blickt auf den menschenleeren Platz. Vielleicht stehen sie irgendwo da draußen im dunklen Schneetreiben und schauen auf seine schwarze Silhouette hinter dem erleuchteten Fenster. Wie vermutlich bereits zuvor. Als sie ihn verfolgt, ihn beobachtet haben. Es sagt viel über ihre Einstellung, ihre, ja, Furchtlosigkeit, dass sie sich nicht einfach in ihrem Safe House verschanzt, sondern sich offensichtlich in der Öffentlichkeit bewegt haben, auch in Sandsted. Aber warum haben sie nicht das Weite gesucht? Die einzig logische Erklärung ist, dass sie vorhaben, erneut zuzuschlagen. Ihn überläuft ein leichter Schauer. Er setzt sich wieder an den Schreibtisch und nimmt sein Handy.

Er hat zwei neue SMS, beide von Charlotte. Wieso hat er nichts gehört? Weil sich das Handy auf lautlos gestellt hat, das passiert andauernd, wenn er es einfach in der Tasche hat. Die Taste ist abgenutzt. Er flucht und klickt die erste SMS an.

Wir müssen reden. Du rufst ja nicht an, wie du versprochen hattest. Jetzt komme ich zu dir.

Er liest die SMS zweimal. Sie wurde um 14.32 Uhr abgeschickt. Dann öffnet er die zweite.

Bin gleich in Sandsted. Wo bist du?, steht da. Gesendet vor zehn Minuten.

Panik steigt in ihm auf. Das hier passiert gerade nicht. Nicht jetzt, verdammt. Sein Magen krampft sich zusammen.

Bin auf der Wache, am Marktplatz, schreibt er und drückt auf SENDEN. Fünf Minuten später geht die Tür auf.

Sein Herz setzt einen Schlag aus. Ihr Kopf ist voller Schneeflocken, an vereinzelten Stellen schimmert ihr rotes Haar wie Blutsprenkel aus all dem Weiß hervor. Sie sieht müde aus. Müde und verzweifelt. Sie bleibt direkt hinter der Tür stehen. Schweigend. Der Schnee im Haar beginnt zu schmelzen, Wassertropfen laufen ihr über die Stirn, dann weiter über die Wangenknochen und das Gesicht hinab, wie Tränen.

Er steht auf.

»Charlotte«, sagt er. »Schatz …«

»Warum hast du nicht angerufen?« Sie schaut ihn mit einem Blick an, den er noch nie zuvor in ihren Augen gesehen hat – sämtliche Wut und Kälte sind verschwunden.

Sein Herz rast wie ein führerloser Güterzug.

»Du hast es versprochen.«

»Ich weiß. Aber es war, es ist …« Er geht auf sie zu. Kann nicht ertragen, dass sie einfach nur dort steht. »Willst du nicht die Jacke ausziehen? Komm, ich …«

Sie rührt sich nicht vom Fleck. Er tritt hinter sie und nimmt ihr den schweren Mantel von den Schultern. Ihre Arme hängen schlaff herunter.

»Gib mir deinen Schal.«

Wortlos nimmt sie ihren grünen Schal ab und reicht ihn ihm. Er schüttelt den Schnee vom Mantel und hängt ihn zusammen mit dem Schal an den Garderobenständer.

»Komm, setz dich.« Er zieht einen Stuhl vom Besprechungstisch für sie heraus. »Möchtest du Kaffee?«

Sie nickt. Er geht in den Hinterraum und setzt Kaffee auf. Kommt zurück und setzt sich ihr gegenüber an den Tisch.

»Charlotte, es tut mir leid, dass ich mich nicht gemeldet habe. Aber ich konnte einfach nicht ...« Er sucht nach den richtigen Worten. »Ich konnte einfach nicht fassen, dass unsere Zukunft, dass wir entscheiden sollten, was mit unserer ... während alles andere um mich herum zusammenstürzt. Mit meinem Vater, dem neuen Job und zwei, nein, drei Morden inzwischen ...«

»Martin, ich glaube, ich möchte die Scheidung.«

Er schluckt. Natürlich hat er schon seit einer Weile geahnt, dass es in diese Richtung laufen würde, hat diesen Moment mit einer schwelenden Angst erwartet. Dennoch ist es ein Schock, als sie das Undenkbare zum ersten Mal ausspricht. Allein schon das Wort »Scheidung« ... Er weiß es von den vielen Scheidungen unter Freunden, Verwandten und Kollegen, die Charlotte und er im Laufe der Zeit miterlebt haben und bei denen sie in vielen Fällen auch zu vermitteln suchten. Ist das Wort erst einmal in der Welt, geschieht etwas Irreversibles: Die Empfindsamkeit, die Unschuld, die jeder wahren Liebesbeziehung inne ist, verrottet und verfault, und eine neue Brutalität im Umgangston findet sich ein. Wird das Wort »Scheidung« auch nur ein einziges Mal als möglicher Ausgang des Ganzen genannt, ändern sich die Spielregeln für immer. Ab diesem Moment ist es, als würde man versuchen, Fußball mit dem Regelwerk von Rugby zu spielen. Die Zeit der gewetzten Messer ist gekommen.

Er steht auf und geht zum Fenster. Das Schneetreiben ist heftiger geworden, ebenso der Wind. Was soll er tun? Er wendet sich um. Sie schaut ihm direkt in die Augen. In ihren stehen Tränen.

»Martin, es tut mir so leid.« Sie wischt eine Träne weg.

Er geht zurück zum Tisch, setzt sich und greift ihre Hände. Sie lässt es zu.

»Ich weiß. Mir auch. Und ich weiß, dass ich derjenige bin, der es ...« Er sucht nach den richtigen Worten.

»... verkackt hat«, schlägt sie vor.

»Ja, das trifft es ziemlich gut.« Auf seinem Gesicht zeigt sich ein schiefes Lächeln.

»Was ist mit deinem Auge passiert?« Sie zeigt auf seine Braue.

Juncker fasst sich ans Pflaster. »Das ist, ich habe ...«

»War es Mogens? Geht es ihm so schlecht?«

»Ja, er hat mich geschlagen. Weil er Angst vor mir hatte, denke ich. Er hat mich nicht erkannt.« Er zuckt mit den Achseln. »Oder er hat mich erkannt. Und hat einfach geschlagen, weil er mich nicht ausstehen kann.«

»Ach Quatsch. Wie hast du reagiert?«

»Ich habe zurückgeschlagen. Hab ihn ziemlich heftig an der Schulter erwischt. Dann ist er umgekippt.« Er schaut sie an. »Es war im Affekt, ich war einfach so wütend, alles kam zusammen, er, wir beide, alles.«

»Hat er sich verletzt?«

»Nicht, soweit ich sehen konnte.«

Er steht auf, geht nach hinten und holt zwei Tassen Kaffee, setzt sich wieder und wirft einen Blick auf die Uhr.

»Charlotte, wir müssen das in Ruhe besprechen, aber in gut einer Stunde kommen fünf Kollegen von mir nach Sandsted. Ich kann nicht viel sagen, außer dass wir glauben, dass die Leute hinter dem Terroranschlag sich hier in der Nähe verstecken.«

»In *Sandsted*?« Charlotte macht ein skeptisches Gesicht.

»Ja. Darauf deutet einiges hin. Außerdem scheint der Terrorangriff in irgendeiner Weise mit den beiden Mordfällen zusammenzuhängen, in denen ich ermittle. Vielleicht auch mit dem Brandanschlag auf das Flüchtlingsheim. Wir müssen sie finden. Und zwar schnellstmöglich.«

Sie trinkt einen Schluck Kaffee. »Du willst mir also sagen, dass du gerade eigentlich überhaupt keine Zeit hast, mit mir zu sprechen, oder wie?«

»Sobald sie aus Kopenhagen ankommen, machen wir ein Briefing und schauen, wie wir das Ganze anpacken. Mehr werden wir heute Abend nicht unternehmen, aber der Einsatz beginnt dann gleich morgen früh.«

»Nur damit du es weißt, auf dem Weg hierher haben sie im Radio gesagt, dass der Schneesturm voraussichtlich im Laufe der Nacht weiter an Stärke gewinnen wird und irgendwann morgen, wahrscheinlich gegen Mittag, seinen Höhepunkt erreicht.«

»Ja, ich weiß. Wir können nur hoffen, dass er weit weniger schlimm wird, als die Meteorologen voraussagen.«

Sie mustert ihn prüfend. Ist da ein Hauch von Sorge in den grünen Augen zu erkennen?

»Also wenn du mich fragst, klingt das nach einer ziemlich beschissenen Aufgabe. Allein schon, sie zu finden. Die können sich ja sonst wo verstecken. In der Umgebung stehen haufenweise Häuser leer. Und dann noch all die Sommerhäuser hier.«

»Glaubst du, das wüsste ich nicht?«

»Dafür wissen die vermutlich sehr genau, wo ihr euch befindet. Ihnen dürfte klar sein, dass es hier eine Polizeidienststelle gibt, und wenn sie auch nur ein bisschen Grips haben, können sie sich denken, dass ihr von dort aus operiert. Ich bin ja keine Expertin, aber es wirkt ehrlich gesagt, als würdet ihr euch selbst auf einem Silbertablett servieren, das die Aufschrift trägt: ›Hier sind wir, kommt und holt uns.‹«

Juncker überlegt, ob er seiner Frau erzählen soll, dass ihre größte Chance, die Täter zu schnappen, vielleicht tatsächlich darin besteht, sich selbst als Köder anzubieten, belässt es aber dabei.

»Wir werden sehen«, sagt er.

»Wer sind die Leute, die aus Kopenhagen kommen? Jemand, den ich kenne?«

»Ja, Signe. Und Troels Mikkelsen müsstest du auch schon getroffen haben.«

»Ja, dieser Windbeutel. Nicht gerade mein Fall.«

»Aber er ist gut. Außerdem kommen drei Leute vom PET.«

»Na, dann bin ich ja beruhigt.«

Charlotte hat – wie die meisten Journalisten – nicht die allerbeste Meinung von Geheimdienstlern. Juncker überhört ihren Sarkasmus.

»Charlotte, du musst mir übrigens versprechen, absolutes Stillschweigen über alles zu bewahren, was ich dir erzählt habe. Wenn herauskommt, dass …«

Sie unterbricht ihn mit vor Zorn funkelnden Augen. »Wovon redest du da? Ich habe ja wohl noch nie … habe ich jemals irgendetwas bezüglich deiner Arbeit an meine Kollegen weitergegeben? Jemals?«

»Nein, aber …«

»Und du brauchst nicht zu glauben, dass die Leute bei

der Zeitung nicht permanent versuchen würden, Informationen aus mir rauszuholen. Aber ich habe nie mit irgendjemandem über deine Arbeit gesprochen. Niemals.«

»Okay, okay, tut mir leid. Dieser Fall ist nur so ungewöhnlich und, na ja, gefährlich, wir können es uns einfach nicht leisten, dass auch nur das Geringste dabei schiefgeht.« Schnell kommt er wieder zurück auf ihr ursprüngliches Thema. »Wir müssten hier gegen zweiundzwanzig Uhr fertig sein, und dann, tja, dann könnten wir uns treffen und reden …«

»Wo?«

»Wie wär's einfach zu Hause, bei meinen Eltern, ich meine, bei meinem Vater?«

»Hm, ich weiß nicht, ob ich das möchte«, gibt sie sich skeptisch.

»Wo sonst? Heute ist Neujahr, da hat nichts so spät noch auf. Schon gar nicht bei diesem Wetter.«

»Das heißt, es gibt auch nichts, wo ich übernachten kann? Ich habe ehrlich gesagt keine große Lust, mitten in der Nacht im Schneesturm nach Kopenhagen zurückzufahren. Gibt es das Bahnhofshotel noch?«

»In etwas abgespeckter Form, ja. Im Erdgeschoss, wo vorher das Restaurant war, ist jetzt eine Pizzeria. Aber es gibt immer noch acht oder zehn Zimmer im ersten und zweiten Stock. Fünf davon haben wir gerade für meine fünf Kollegen reserviert, und in den anderen sind, soweit ich weiß, Flüchtlinge einquartiert. Aber du könntest doch bei uns übernachten.«

Charlotte macht ein Gesicht wie eine Schiffbrüchige, die in einer stürmischen See zwischen Skylla und Charybdis gefangen sitzt.

»Du kannst auf der Couch im Arbeitszimmer schlafen«, schlägt Juncker vor.

Sie denkt einen Moment nach. »Na gut. Wenn es nicht anders geht.«

»Dann lass uns jetzt am besten fahren«, sagt er.

»Das kann ich auch gut allein. Es gibt keinen Grund, weshalb du mitfahren solltest. Ich kenne schließlich den Weg.«

»Ich glaube, es ist besser, wenn ich dabei bin. Vielleicht erkennt er dich, vielleicht aber auch nicht. Und dann ist nicht sicher, wie er reagiert.«

Als sie sich ihre Jacken überstreifen, fragt Juncker: »Was ist eigentlich mit der Neujahrsansprache des Ministerpräsidenten? Über die schreibst du doch sonst immer?«

»Ja, aber nicht dieses Jahr.« Sie wickelt sich den Schal um den Hals. »Habe mich krankgemeldet.«

»Okay.«

In den letzten Minuten ist in ihm die Hoffnung gekeimt, dass das Spiel vielleicht doch noch nicht ganz verloren ist – dass Charlotte noch nicht endgültig entschieden hat, was mit ihnen geschehen soll. Doch der Umstand, dass seine Frau, seine überambitionierte Frau, eine der für einen politischen Redakteur wichtigsten Aufgaben des Jahres – eine Analyse der jährlichen Rede des Ministerpräsidenten an die Nation – abgelehnt hat, und das ausgerechnet jetzt, so kurz nach einem großen Terroranschlag, wo die Ansprache vermutlich eine größere symbolische Bedeutung hat als je zuvor seit dem Zweiten Weltkrieg und der deutschen Besatzung … Es kann nur bedeuten, dass sie einen Entschluss getroffen hat, denkt Juncker, während ihm Nervosität und Unruhe erneut unter die Haut kriechen. Er öffnet die Tür und tritt hinaus in die Dunkelheit und das Unwetter.

»Habe ich nicht gesagt, dass du mir deine Nutten nicht ins Haus schleppen sollst?«

Der Vater sitzt im Wohnzimmer in seinem üblichen Sessel. Es ist nicht einmal einen Tag her, seit Juncker einen wimmernden und gedemütigten Greis zurückgelassen hat. Aber in der Zwischenzeit hat sich anscheinend etwas in seinem Kopf getan – was, ahnt Juncker nicht. Er kann lediglich feststellen, dass Mogens Junckersen offenbar irgendwo in seinem verwitterten und teilweise außer Funktion gesetzten Verstand über Reste seines alten Ichs gestolpert ist. Die er nun mit einer Stimme an die Luft befördert, die zwar nicht an frühere Zeiten heranreicht, aber dennoch meilenweit von den brüchigen, piepsigen Lauten entfernt ist, die noch vor wenigen Stunden aus seinem Mund gekommen sind.

In Juncker steigt Entrüstung über den Ausbruch des Vaters auf. Was meint er mit »Nutten«? Der Einzige, der in den letzten Wochen außer Vater, Sohn und Putzhilfe im Haus war, ist der Nachbar, Jens Rasmussen. Juncker bemerkt, wie Charlotte erstarrt, die vor ihm ins Wohnzimmer gegangen ist.

»Papa, ich bitte dich. Das ist Charlotte«, sagt er. »Meine Frau. Deine Schwiegertochter.«

Der Alte starrt sie an. Die nächsten Sekunden fühlen sich an, als würde man der Sprengung eines kontaminierten Wohnblockes beiwohnen. Zuerst kleine Detonationen an für die Statik relevanten Stellen, puff, puff, puff, dann Sekunden, in denen nichts geschieht und alle die Luft anhalten, woraufhin die Konstruktion in der allmählichen und schmerzhaften Erkenntnis, dass die tragenden Elemente erodiert sind, langsam, unendlich langsam, in einer Wolke aus Staub und zertrümmerten Bauteilen zusammenbricht.

Mogens Junckersen beginnt zu weinen.

Charlotte geht zum Sessel, hockt sich neben ihn, nimmt seine Hand und streicht ihm sanft über die Wange.

»Schon gut, Mogens, alles ist gut.« Ihre Stimme ist weich, so weich, wie Juncker sie seit Jahren nicht mehr gehört hat.

Sie wendet sich zu ihm um. »Es ist okay, du kannst ruhig zurückfahren. Wir sehen uns später.«

Kapitel 37

Er hat sich nicht entspannen können. Nicht richtig.

Im kalten Licht der Leuchtstoffarmatur an der Decke fällt ihm auf, dass sein Spiegelbild im Zugfenster aussieht wie ein Weißclown. Außer ihm sind nur zwei andere im Abteil, ein älterer Herr und eine junge Frau in seinem Alter. Sie hat ein iPad auf dem Schoß und liest. Ein paar Mal hat sie verstohlen zu ihm herübergeschaut, hat er etwas geschmeichelt bemerkt. Der ältere Herr döst, das Kinn fällt ihm immer wieder auf die Brust, woraufhin er es mit einem Ruck wieder hochreißt und mit dem Hinterkopf gegen die Nackenstütze knallt. Dann blinzelt er mit den Augen, die wenige Sekunden später erneut zufallen, woraufhin die ganze Chose mit maschineller Präzision von vorne losgeht.

Kristoffer lächelt in sich hinein und schaut durchs Fenster nach draußen, das Gesicht so nah an der Scheibe, dass die Nasenspitze gegen das kalte Glas drückt. In der Dunkelheit lässt sich unmöglich erkennen, wie heftig es schneit, aber die freundliche, etwas unscheinbare Landschaft, die an ihm vorbeisaust, ist bereits weiß bedeckt. Er nimmt sein Handy, das auf dem kleinen Tischchen zwischen den beiden Sitzreihen liegt, und schaut auf die Uhr. In etwas mehr als einer halben Stunde erreicht der Zug Sandsted. Falls er sich durch das Schneewetter nicht verspätet.

Er legt das Handy zurück auf den Tisch. Streckt die Finger und versucht, die flache Hand ruhig über der Tischplatte zu halten. Es klappt nicht. Sie zittert. Nicht stark, aber die ganze Zeit. So ist es schon seit mehreren Wochen. Seit er den Traum hat.

Er merkt, dass die junge Frau ihn beobachtet. Er lächelt entschuldigend und legt die Hand neben das Handy auf den Tisch.

»Kater«, erklärt er. »War ein bisschen wild gestern.«

Sie lächelt zurück. »Kenne ich«, sagt sie und wendet sich wieder ihrem iPad zu.

Aber es ist kein Kater. Tatsächlich hat er gestern nicht sonderlich viel getrunken, und es kam nicht mal in die Nähe von wild. Sie hatten drei befreundete Paare zum Silvesteressen zu Besuch in ihrer Zweieinhalb-Zimmer-Eigentumswohnung in Østerbro, die seine Freundin ihren Eltern vor einem halben Jahr zu einem äußerst vorteilhaften Preis abgekauft hat, als sie mit ihrem Studium zur Krankenschwester fertig wurde. Hier haben sie zusammen gewohnt, bis er vor ein paar Monaten für den praktischen Teil nach Næstved zog, und hier werden sie, so der Plan, wieder zusammen wohnen, wenn er nach Kopenhagen zurückkehrt. Die Silvestergäste waren um drei Uhr einigermaßen anständig und gesittet gegangen. Und ausnahmsweise war sie mal betrunkener gewesen als er. Also nein, es ist kein Kater, der seine Hand zittern lässt.

Ab dem Moment, in dem er durch die Tür trat, hatte er vor allem anderen das Bedürfnis gehabt, ins Bett zu gehen und dort mit Leonora liegen zu bleiben, bis er wieder losmusste. Nicht unbedingt, um zu vögeln – oder sich »zu lieben«, wie sie den Geschlechtsakt beharrlich nennt –, sondern einfach, um zu spüren. Sie. Einen freundlich gesinnten Menschen. Der ihn nicht die ganze Zeit verbessert. Seine Aussprache. Sein mangelndes Wissen über Belanglosigkeiten. Verkackte Belanglosigkeiten.

Die knappe Woche, die er mit Juncker und Nabiha zusammengearbeitet hat, war eine »Herausforderung«, wie
sein Zugführer in Afghanistan sämtliche Probleme zu beschreiben pflegte, ganz egal ob es nun um ein Haar in der
Suppe oder um lebensgefährliche Patrouillen durch ver-
mintes Feindesland ging. Nabiha ... sie hat ihn in den ersten paar Tagen verschreckt, bis er gemerkt hat, dass sie
gar nicht so biestig ist, wie sie sich gibt. Während der zwei
Stunden, die sie neulich in der Kneipe auf Juncker gewartet und Bier getrunken haben, hat sie ihm von ihrer Kindheit in Mjølnerparken erzählt. Davon, wie ihr Vater sie immer wieder ansportnte, ehrgeizig ihre Ziele zu verfolgen.
Zum Fußball zu gehen. Sich in Diskussionen mit Jungs
und Männern einzumischen. Sich zu weigern, ein Kopftuch zu tragen, falls jemand es jemals von ihr verlangen
sollte. Egal wer. Doch als der Vater gestorben war, hatte der
ganze Klüngel von Onkeln und Vettern und Imamen versucht, sie wieder einzupferchen. Die Mutter war nicht stark
genug gewesen, um das Recht ihrer Tochter zu verteidigen,
ihr eigenes Leben so zu leben, wie sie es wollte. Oder aber
sie war ebenfalls der Meinung, dass sich Nabihas Betragen
für eine junge Muslima nicht ziemte. Jedenfalls endete es
damit, dass Nabiha als Siebzehnjährige von zu Hause auszog, erst in eine Jugendwohnung in Nørrebro, später in
eine Eigentumswohnung, die sie teils von ihrem eigenen
Ersparten bezahlte, teils von der kleinen Summe, die sie als
Erbe aus der Rentenversicherung des Vaters erhalten hatte.

Sie zu verstehen bereitet Kristoffer keine Probleme. Er
hat das Gefühl, dass sie vielleicht sogar Freunde werden
könnten, auch wenn sie stichelt und darauf herumreitet,
wenn er etwas nicht weiß.

Juncker hingegen ...

Kristoffer war gerade erst dreizehn, vierzehn Jahre alt,

als er zum ersten Mal Akira Kurosawas Meisterwerk *Die sieben Samurai* sah, und seitdem ist er fasziniert von Kambei Shimada, dem Anführer der sieben Kämpfer im Film. Ein stolzer Samurai, geboren, um für Gutsherren, Könige und Kaiser ins Feld zu ziehen. Was aber treibt Shimada an, was bringt ihn dazu, sein Leben für ein paar arme, ihm unbekannte Bauern aufs Spiel zu setzen? Welche Erlebnisse und Ereignisse verbergen sich hinter seinem traurigen, resignierten Gesichtsausdruck? Das hat sich Kristoffer jedes Mal gefragt, wenn er den Film gesehen hat. Und er hat ihn oft gesehen. Ihm ist aufgefallen, dass Juncker ihn auf irgendeine merkwürdige Weise an Shimada erinnert. Genauso rätselhaft, wie Kurosawas Samurai für Kristoffer ist, genauso undurchsichtig erscheint ihm sein neuer Chef. Er macht ihn unruhig. Nervös. Er weiß nicht, woran er bei ihm ist. Und er weiß nicht, wo er selbst im Vergleich zu ihm steht.

Genauso fasziniert, wie er von Shimada ist, genauso fasziniert ist er von Juncker. Und Scheiße, wie er es bereut, dass er seinem Chef nicht gleich von seiner Begegnung mit dem hinkenden jungen Mann aus Afghanistan erzählt hat. Wie kann man nur so bescheuert sein? Wieso hat er gewartet? Kristoffer lehnt den Kopf gegen die kalte Scheibe. Weil er eigenständig etwas ausrichten wollte. Irgendetwas, was ihm Junckers Anerkennung einbringen könnte. So kindisch einfach ist es.

Der Zug wird langsamer. Kristoffer schaut auf die Uhr. Nur wenige Minuten Verspätung. Er steht auf und hievt seinen Rucksack von der Gepäckablage. Die junge Frau schaut auf, als er auf dem Weg nach draußen an ihr vorbeigeht.

»Frohes neues Jahr«, sagt er.

»Gleichfalls«, antwortet sie und lächelt erneut.

Als er die Zugtür öffnet und auf den Bahnsteig tritt, peitscht ihm der Schnee ins Gesicht. Der Wind ist stärker geworden, der Schneefall dichter. Er zieht die Kapuze des Parkas über den Kopf und schnürt sie so eng, dass nur Nase und Augen frei bleiben. Der Schnee setzt sich ins Fell der Kapuze, schmilzt und fällt wie Regentropfen auf seine Nasenspitze.

Es ist ein guter Kilometer bis zu dem Haus des älteren Ehepaars, wo er ein Zimmer gemietet hat. Er stapft durch den Schnee, der bereits als zehn Zentimeter dicke Schicht auf der Erde liegt und sich vom Wind zusammengefegt gegen die Hauswände und in den Einfahrten häuft. Ob er einen Abstecher zur Wache machen soll? Aber warum eigentlich? Er muss erst morgen früh wieder arbeiten, es gibt nichts, was er tun könnte, denn nach dem Brand im Flüchtlingsheim müssen sie den Vergewaltigungsfall vermutlich noch mal überdenken. Und jetzt ist einer der Verdächtigen tot, wie er im Radio gehört hat.

Die Kapuze über seinen Ohren dämpft das wütende Peitschen des Sturms und das Knirschen seiner Schritte im gefrorenen Schnee, dafür hört er seinen Atem umso deutlicher. Als befände man sich in einer schützenden Zelle, isoliert vom Toben der Elemente und der wilden Natur, denkt er. Eigentlich sehr angenehm. Die Straße, die entlang der Schienen verläuft, ist menschenleer. Aber in den Fenstern der meisten Häuser brennt Licht.

Er biegt nach links ab, folgt der Straße, in der das Haus liegt.

Nicht einen Laut, nichts hat er gehört. Spürt nur einen harten Stoß in den Nacken, direkt über dem Rucksack, und erstarrt. Was zum ...? Er will sich umdrehen.

»Was du da im Nacken spürst, ist eine Pistole. Bleib ganz still.«

Die Stimme ist ruhig. Dunkel. Er spürt, wie der Druck von dem, was laut dem Mann eine Pistole ist, nachlässt.

»Bleib stehen«, sagt der Mann. »Tu, was ich dir sage. Sonst schieße ich.«

Er rührt sich nicht, die Arme hängen an den Seiten herab. Sein Herz klopft. Sein linkes Bein beginnt zu zittern. Er verlagert das Gewicht aufs rechte, aber es hilft nicht, stattdessen fängt auch dieses Bein an zu zittern.

»Dreh dich um und geh zurück. Dann nach rechts und weiter bis zu dem Kastenwagen, der fünfzig Meter die Straße runter hält. Ich folge dir in zwei Metern Abstand. Wenn du nicht tust, was ich sage, oder jemanden um Hilfe bittest, erschieße ich dich. Kapiert?«

Kristoffer schluckt.

»Hast du das kapiert?« Die Stimme ist nicht wütend, aber ungeduldig.

Er nickt.

»Dann los.«

Er dreht sich um. Versucht, einen Blick auf den Mann zu erhaschen, der ihn bedroht, aber er hält sich hinter ihm. Sein Blickwinkel ist durch die Kapuze viel zu eingeschränkt, er kann nur sehen, was direkt vor ihm ist. Der Mann ist bis auf Weiteres nicht mehr als eine Stimme.

Er beginnt zu gehen. Nach dem anfänglichen Schock kriecht Angst in ihm hoch. Und ein Gefühl der Machtlosigkeit. Halluziniert er? Bildet er sich das alles nur ein? Wenn er sich umdreht, ist dann jemand hinter ihm? Aber der Druck im Nacken war echt. Und da steht das Auto, wohl schon eine ganze Weile, bemerkt er, denn im Schnee sind keine Reifenspuren.

»Stopp!«, befiehlt die Stimme. »Geh zum Auto. Zur Hecktür. Wenn sie aufgeht, steigst du ein. Klar?«

Kristoffer nickt und geht das letzte Stück auf den Kastenwagen zu. Zwei Meter vor dem Fahrzeugheck bleibt er stehen. Eine der beiden Türen öffnet sich. Er zögert.

»Na los. Rein.«

Es ist dunkel im Wagen. Er hebt ein Bein auf die Schwelle, greift die andere Tür und hievt sich hinauf. Die Decke des Lastraums ist bei Weitem nicht hoch genug, dass er aufrecht stehen könnte. Er versucht sich zu orientieren, aber es ist schwer mit der zugezogenen Kapuze und der vorgebeugten Haltung.

»Geh ein Stück vor!«

Er macht einen Schritt ins Innere. Fühlt, dass da noch jemand ist, rechts von ihm. Aber er wagt nicht, den Arm auszustrecken, um es zu überprüfen.

»Setz dich hin!«

Er befolgt den Befehl.

»Zieh deine Handschuhe aus, wirf sie auf den Boden und streck die Arme nach hinten.«

Wieder folgt er den Worten. Er spürt, wie ihm Handschellen angelegt werden. Jemand rührt sich. Es *ist* noch jemand hier. Jemand klopft ihm auf die Schulter. Er dreht den Kopf und sieht ein Paar Augen in der Dunkelheit leuchten.

»Hello, soldier. Nice to see you again«, sagt die Gestalt aus der Dunkelheit.

Kapitel 38

Was zur Hölle machen wir hier eigentlich?, denkt sich Signe und betrachtet die fünf Männer im Raum.

Es ist kurz nach halb neun Uhr abends und keine zehn Minuten her, dass sie als Letzte in der Sandsteder Wache angekommen ist. Zum Glück hat sie sich zu Hause in Vanløse nicht länger Zeit gelassen, denn sonst wäre es wahrscheinlich knifflig geworden mit dem Durchkommen. Wie sie unterwegs im Radio gehört hat, rät die Polizei in großen Teilen von Seeland bereits davon ab, die Straßen zu benutzen.

Juncker sitzt am Schreibtisch, liest etwas auf seinem Laptop – und macht einen erbärmlichen Eindruck. Er sieht wirklich ausgebrannt aus, denkt sie. Unrasiert und mit einer ausgesprochen schlechten Kleiderwahl. Und was ist mit seinem Auge passiert? Er schaut auf, ihre Blicke treffen sich, sie lächelt ihm zu, und er lächelt matt zurück. Signe unterdrückt das Bedürfnis, zu ihm zu gehen und ihn in den Arm zu nehmen. Er wirkt definitiv wie jemand, der eine Umarmung nötig hat. Aber sie weiß, dass er es hassen würde.

Victor und Troels Mikkelsen sitzen am Besprechungstisch. Victor hat, wie sie weiß, in den letzten Tagen einige Zeit auf die Überwachung von Simon Spangstrups Frau verwendet. Die nebenbei bemerkt nicht das Geringste ergeben hat. Keinerlei Versuche, ihren Mann zu kontaktieren. Außerdem ist ihr nicht entgangen, dass sie überwacht wird; so hat sie unter anderem ihre Kamera am Computer überklebt. Im Gegensatz zu Juncker sieht Victor frisch aus. Die letzten Tage haben Signes ohnehin großen Respekt für ihn noch wachsen lassen.

Troels Mikkelsen ist wie üblich in eine Wolke aus »Aramis« gehüllt, und Signe kann nur mit Mühe die aufwallende Übelkeit unterdrücken. Er ist – ebenfalls wie üblich – tadellos für den Anlass gekleidet. Hellbrauner Rollkragenpullover, olivgrüne Thermoweste und dunkelblaue Cordhose, die in einem Paar paramilitärischer Schnürstiefel steckt. Er sieht verflucht noch mal aus wie Roger Moore im Herbst seiner James-Bond-Karriere, auf dem Weg zur Verbrecherjagd in einer Schweizer Alpenlandschaft, denkt sie. Findet sich nicht endlich mal eine beherzte Seele, die dem Mann erklärt, dass er eine Parodie ist auf … Scheiße, sie hat auch keine Ahnung, worauf.

Die beiden anderen vom PET stehen mit verschränkten Armen gegen den Tresen gelehnt da. Sigurd Kvastmo und Jasper Tuesen heißen sie, und sie weiß nicht mehr über sie als das, was Victor ihr auf dem Weg hierher am Telefon erzählt hat: dass beide in den Dreißigern sind, eine Vergangenheit bei der AKS haben und trotz ihres vergleichsweise jungen Alters in den letzten Jahren bereits bei mehreren der größeren Anti-Terror-Operationen beteiligt waren, sowohl im In- als auch Ausland.

»Sie gehören zu unseren Allerbesten«, hatte Victor gesagt.

»Dann hoffe ich mal, dass das stimmt«, hatte sie geantwortet.

Juncker steht auf und setzt sich zu den beiden anderen an den Besprechungstisch. Signe zieht einen Stuhl heran und setzt sich neben ihn. Möglichst weit weg von Troels Mikkelsen.

»Willkommen in Sandsted«, sagt Juncker und lehnt sich zurück. »Mein Vorschlag wäre, dass wir uns in der nächsten Stunde erst mal ein gegenseitiges Update darüber geben, was wir wissen. Und dann gibt es wahrscheinlich eine Reihe von Leuten zu kontaktieren, unter anderem von der Kommune. Das müssen wir heute noch erledigen. Auch wenn es sicher nicht der beste Abend ist, um die Leute aus ihren warmen Stuben zu zerren. Aber bevor wir loslegen, kurz etwas Praktisches: Was haben wir an Fahrzeugen?«

»Wir sind mit einem Land Cruiser gekommen«, antwortet Sigurd Kvastmo.

»Hoffentlich mit Winterreifen«, sagt Juncker.

»Na klar, was denn sonst.«

»Gut.«

»Ich bin mit meinem eigenen gefahren«, sagt Troels Mikkelsen. »Ein Land Rover. Discovery. Mit Allradantrieb.«

Natürlich fährst du einen Land Rover, du Riesenwitzfigur, denkt Signe.

»Und ich habe einen Volvo, auch mit Allrad«, schließt Juncker. »Fahrzeugtechnisch könnten wir also kaum besser ausgestattet sein, wo uns nun mal keine Kettenfahrzeuge zur Verfügung stehen. Aber die Pferdestärken werden wir auch nötig haben, wenn das Wetter so weitermacht. Wonach es sämtlichen Vorhersagen zufolge aussieht.« Er wendet sich an Signe. »Willst du nicht kurz zusammenfassen, wo wir stehen?«

»Gern. Den ersten Durchbruch hatten wir drei Tage nach dem Anschlag, als Victor auf einem wenige Tage vor Weihnachten bei der Taiba-Moschee in der Titangade aufgenommenen Überwachungsvideo einen alten Bekannten entdeckt hat, nämlich Simon Spangstrup. Von dem wir alle dachten, er sei in Syrien getötet worden. Das war offensichtlich nicht der Fall. Er ist jetzt unser Hauptverdächtiger.«

Troels Mikkelsen hebt die Hand.

»Wenn ich kurz unterbrechen darf ... wieso eigentlich? Haben wir irgendeinen konkreten Anhaltspunkt dafür, dass er der Drahtzieher sein könnte?«

Signe schaut ihn leicht irritiert an, hält sich aber zurück. Die Frage ist nämlich durchaus berechtigt.

»Nein, wir haben keinen konkreten Beweis. Aber allein der Umstand, dass er hier im Land ist, nachdem er so lange von der Oberfläche verschwunden war ... dafür gibt es einen Grund, und der plausibelste ist, dass er sich auf etwas Großes vorbereitet hat. Und auch wenn wir keine Überwachungsbilder vom Nytorv haben, die eindeutig zeigen, dass er die Bombe deponiert hat, können wir zumindest sagen, dass Simon Spangstrup und der Bombenattentäter dieselbe Statur haben: Beide sind groß und kräftig, was auch auf den Mann im Video zutrifft, der Annette Larsen erschlägt. Außerdem wissen wir, dass es in Nørrebro nur so vor Gerüchten schwirrt, dass er dahintersteckt. Das ist natürlich kein wasserdichter Beweis, aber es kommt schon einiges zusammen.«

Troels Mikkelsen nickt. »Klingt vernünftig«, sagt er.

»Und der andere?«, fragt Juncker.

»Fehlanzeige«, antwortet sie. »Über ihn oder sie wissen wir nichts.«

»Ich aber vielleicht schon«, erwidert Juncker.

Sie schaut ihn überrascht an. »Wie das?«

Er beugt sich vor und schaut zuerst Signe an. Dann jeden einzelnen in der Runde.

»Ich schlage mich hier mit einem Doppelmord und einem Brandanschlag auf das Flüchtlingsheim etwas außerhalb von Sandsted herum. Und zwar ziemlich allein, muss ich sagen. Ich hatte eine einzige Polizeiassistentin und einen Polizeischüler als Unterstützung, und auch wenn die beiden ihr Bestes gegeben haben, reißt man mit so einer Konstellation einfach nicht viel. Wie auch immer, ich komme noch auf die Morde zurück. Und ich will euch nicht mit der ganzen Vorgeschichte des Flüchtlingsheims langweilen, aber es gab jedenfalls eine Menge Scherereien mit den jungen Flüchtlingen hier in Sandsted, weshalb die Wache überhaupt erst eröffnet wurde. Die schwerwiegendste Sache, also bis zum Brandanschlag, war eine Anzeige wegen Vergewaltigung gegen zwei der Flüchtlinge. Einer von ihnen ist nun an seinen Verletzungen gestorben, der andere hat Brandwunden, wird aber überleben.« Juncker fährt sich mit der Hand über die Stirn. »Ich habe natürlich viel darüber nachgedacht, ob die beiden Morde und der Brandanschlag irgendwie zusammenhängen könnten. Und ich muss zugeben, dass mir die Fantasie gefehlt hat, um mir vorstellen zu können, dass auch nur einer der beiden Fälle irgendwie mit dem Terroranschlag in Verbindung stehen könnte. Aber jetzt wissen wir ja, dass die beiden Morde möglicherweise mit dem Anschlag zu tun haben. In Bezug auf die Brandstiftung ist es so, dass der Polizeischüler – Kristoffer Kirch heißt er – Soldat in Afghanistan war. Wie gesagt, ich will nicht ins Detail gehen, daher die Kurzfassung: Er ist ziemlich sicher, dass er in einem der Flüchtlinge aus dem Heim den Sohn eines Talibanführers erkannt hat. Das war irgendeine Geschichte, bei der dänische Soldaten dem Sohn halfen, in London operiert zu werden, nachdem er auf eine Mine getreten war. Kristoffer meint, ihn wiedererkannt zu haben, weil ihm die Hälfte des einen Ohrs fehlt. Außerdem hinkt er.«

»Warte mal kurz.« Signe legt Juncker die Hand auf die Schulter.

»Was?«

»Warte, ich muss kurz …«

Da war irgendwas, Signe schließt die Augen und denkt nach. Was hat X erzählt? Dass Simon Spangstrup zusammen mit irgendeinem afghanischen Jungen in London war. Der von dänischen Soldaten dorthin gebracht worden war und behandelt wurde, weil er auf eine Mine getreten war. Und der damals an Krücken ging.

Als sie ihre Erzählung beendet, herrscht mehrere Sekunden lang völliges Schweigen.

»Wo ist dieser Afghane jetzt?«, fragt Victor mit Blick zu Juncker.

»Verschwunden«, sagt der. »Nach dem Brand im Flüchtlingsheim. Später habe ich vom Leiter der Einrichtung erfahren, dass er in den vorangehenden Wochen mehrfach für kürzere oder längere Zeit abgängig war.«

»Können sie einfach so kommen und gehen, wie es ihnen passt?«, fragt Signe.

»Anscheinend«, sagt Juncker. »Es ist schließlich kein Gefängnis, wie der Leiter des Heims mir erklärte.«

Troels Mikkelsen schaut Juncker durchdringend an. »Seit wann weißt du, dass er verschwunden ist?«

»Seit drei Tagen. Der Brand war am Neunundzwanzigsten. Und am Tag danach hat mir der Leiter erzählt, dass der Afghane das Heim mehrfach verlassen hat.«

»Hm.« Troels Mikkelsen schürzt die Lippen. »Wäre es nicht sehr vernünftig gewesen, wenn du uns in Kopenhagen Bescheid gegeben hättest, dass der Sohn eines Talibanführers aus dem Heim abgehauen ist und keiner einen Schimmer hat, wo er sich befindet?«

Signe richtet sich auf ihrem Stuhl auf. »Jetzt mach aber mal …«

Juncker hebt die Hand und geht dazwischen. »Troels hat recht. Diese Information hätte ich weiterleiten sollen.« Er denkt an den Anschiss, den er Kristoffer gegeben hat, als der ihm nicht gleich erzählte, dass er den Afghanen erkannt hatte.

Einen Moment lang sagt niemand etwas.

»Sei's drum. Passiert ist passiert«, sagt Victor. »Außerdem wissen wir ja nicht mit Sicherheit, ob es sich bei dem Afghanen wirklich um den zweiten Terroristen handelt.«

»Nein. Aber das hätte unsere Aufmerksamkeit vielleicht etwas früher auf Sandsted gerichtet«, erwidert Troels Mikkelsen.

Signe schüttelt den Kopf und schaut an die Decke.

»Das stimmt«, gibt Juncker zu. »Der Fehler geht klar auf meine Kappe. Aber wir müssen weitermachen.«

»Hat dieser Afghane einen Namen?«, fragt Victor.

»Im Heim ist er als Mahmoud Khan registriert. Aber er hat keine Papiere, sie wissen es also nicht sicher«, antwortet Juncker.

»Wie wär's, wenn wir den MI-5 in London fragen, ob sie etwas über ihn haben?«

Auf Junckers zustimmendes Nicken wirft Signe noch ein: »Victor, wenn wir hier fertig sind, kann ich dir kurz erzählen, was ich darüber weiß, wie und unter welchen Umständen sich Simon Spangstrup und Khan, oder wie auch immer er heißt, in London getroffen haben? Vielleicht hilft es den Engländern, etwas über ihn auszugraben.«

»Signe, machst du weiter mit der Zusammenfassung?«, fragt Juncker.

»Okay. Wir haben natürlich Simon Spangstrups Frau überwachen lassen, aber das hat nichts ergeben. Der Durchbruch kam dann gestern, als wir herausfanden, in welchem Auto die Terroristen aus Kopenhagen geflüchtet sind, was uns wiederum half, sie auf mehreren Verkehrsüberwachungsvideos entlang der Autobahn zu entdecken. Irgendwann tauchte der Wagen nicht mehr auf, weshalb wir vermuten, dass sie die Ausfahrt bei Sandsted genommen haben.« Signe schaut zu Juncker. »Und dann begannen die Steinchen sozusagen an ihren Platz zu fallen«, sagt sie.

Er nickt. »Ja. Oder ein paar zumindest. Mir ist immer noch ziemlich vieles schleierhaft, muss ich zugeben. Wie gesagt habe ich im Doppelmord hier in Sandsted ermittelt. Am 27. Dezember haben wir einen dreiundvierzigjährigen Mann, Bent Larsen, ermordet in seinem Haus aufgefunden. Man hatte ihm mit einem Leitungsrohr den Kopf gespalten. Er war mit Annette verheiratet, die sich zum Zeitpunkt unserer Untersuchungen nicht im Haus befand. Wir fanden sie zwei Tage später in einem Wald, im Kofferraum ihres Autos. Wie sie getötet wurde und von wem, darüber wissen wir jetzt ja alles. Leider, hätte ich fast gesagt.« Juncker seufzt. »Das Video gehört wirklich zu den scheußlichsten Dingen, die ich je gesehen habe. Ihr habt natürlich versucht zurückzuverfolgen, von wo es geschickt wurde, nehme ich an?«, fragt er Victor.

»Ja. Es wurde über eine VPN-Verbindung gesendet. Der Server steht irgendwo in Kairo. Wir haben Kontakt mit Ägypten aufgenommen, aber es kann ein Weilchen dauern, bevor wir etwas aus dieser Ecke erfahren.«

»Das würde ich auch vermuten. Na ja, es ist logischerweise sehr naheliegend, dass die Terroristen auch für den Mord an Bent Larsen verantwortlich sind. Ihn hatte der PET eine Zeit lang im Auge, da er Verbindungen zur Nordischen Widerstandsbewegung hatte, einer neonazistischen Organisation, die in Schweden gegründet wurde, inzwischen aber auch in anderen nordischen Ländern aktiv ist, darunter Dänemark.« Er trinkt einen Schluck Kaffee und fährt fort. »Wir haben also einen augenscheinlich rechtsradikalen Extremisten mit neonazistischen Verbindungen und seine Frau, die von zwei Terroristen getötet werden, von denen wir wiederum annehmen können, dass sie Verbindungen zum IS haben. Was ist die Verbindung zwischen diesen vier Personen? Tja, das ist mir immer noch ein Rätsel. Signe, willst du nicht von diesem Typen erzählen, dem Mann, der dich kontaktiert hat und mit dem du dich getroffen hast? War es nicht im Parkhaus unter dem Israels Plads?«

»Genau. Also, kurz zur Vorgeschichte: Ich hatte mehrere Mails von jemandem erhalten, der anonym bleiben wollte und mich aufforderte, bezüglich der Ermittlungen im Terroranschlag in Richtung FE zu schauen.«

»FE?« Victor richtet sich auf. »Was? Warum das denn?«

Signe zuckt mit den Achseln. »Der Zusammenhang ist mir immer noch nicht ganz klar. Aber er hat mir eine ziemlich abgefahrene Story erzählt. Über eine neue Terrororganisation, von deren Existenz wir nicht den leisesten Schimmer hatten. Soll ich den ganzen Hintergrund erzählen?«, fragt sie Juncker.

»Kannst du es kurz machen?«

»Ich werd's versuchen«, sagt sie, aber es dauert dennoch fast zehn Minuten, die ganze Geschichte um die Ettel-al-Husseini-Brigade wiederzugeben. Und des Treffens mit dem Mann, der sie ihr erzählt hat. Als sie zum Ende kommt, lehnt sie sich zurück und schaut in die Runde. Zehn Sekunden lang herrscht Schweigen, bevor es von Juncker gebrochen wird.

»Es gibt richtig viel, was wir noch nicht wissen. Aber das sind alles Dinge, auf die wir zurückkommen können. Gegenwärtig haben wir genau eine Aufgabe, nämlich die beiden zu finden, die den Terroranschlag verübt und die Larsens ermordet haben. Und alles deutet darauf hin, dass sie hier sind, entweder in Sandsted oder ganz in der Nähe.

Bevor wir darüber reden, wie wir die Sache anpacken wollen, habt ihr Fragen zu dem, was wir berichtet haben?«

Erneutes Schweigen.

»Ein Punkt wundert mich«, sagt Victor dann. »Ich weiß nicht, ob es relevant ist, aber warum wird sie, Annette Larsen, auf so bestialische Weise umgebracht? Ihr Mann, ein einziger tödlicher Schlag, bum, aber sie wird regelrecht zu Brei geschlagen. Warum?«

Signe zuckt mit den Achseln.

»Gute Frage. Keine Ahnung.«

»Was wissen wir über sie?«, fragt Troels Mikkelsen.

Juncker zieht eine Mappe aus einem Stapel Papiere auf seinem Schreibtisch.

»Nicht viel. Kommt aus Fünen, aus der Gegend um Kerteminde. Sie war neununddreißig und seit elf Jahren mit Bent Larsen verheiratet. Ihr Mädchenname lautete …« Juncker blättert. »Levi. Sie war Sozial- und Gesundheitsassistentin.«

»Warte mal kurz.« Troels Mikkelsen runzelt die Stirn. »Ihr Mädchenname war Levi, sagst du? Levi ist doch ein jüdischer Nachname, oder?«

»Äh, ja, kann sein.«

»Annette Larsen war also Jüdin? Jüdischer Abstammung?«

»Na ja.« Juncker kratzt sich die Bartstoppeln. »Ganz so einfach ist es nicht unbedingt. Ob man Jude ist, hängt, soweit ich mich erinnere, davon ab, ob die Mutter Jüdin war. Es reicht nicht, dass der Vater es ist, aber vielleicht hast du recht. Der Typ im Video macht jedenfalls ein ziemliches Ding daraus, den Juden den Tod zu erklären, sowohl vor als auch nach der Hinrichtung«, sagt er. Sein Blick wirkt einen Moment lang abwesend. Charlottes Mutter ist Jüdin. Obwohl sie nicht gläubig ist und niemals ein Verhältnis zur jüdischen Kultur hatte, ist sie gemäß jüdischem Gesetz per definitionem Jüdin. Er muss wieder an den Stein auf der Mauer denken, den alten jüdischen Brauch.

Könnte es tatsächlich sein, dass die Terroristen etwas über seine Frau wissen? Darüber, dass er mit einer Jüdin verheiratet ist? Wenn Troels Mikkelsens Theorie stimmt, wussten sie jedenfalls, dass Annette Larsen Jüdin war. Sind sie ernsthaft so gut im Bilde? Woher zur Hölle haben sie diese Informationen? Sie müssen wahnsinnig gut vorbereitet sein. Und entweder wahnsinnig gut darin, sich in Computer einzuhacken, oder jemanden in ihrer Organisation haben, der es ist.

»Was?«, fragt Signe. »Woran denkst du?«

»Nichts«, sagt Juncker. »Außer, dass wir nicht mit Sicherheit wissen können, ob der jüdisch lautende Geburtsname irgendeine Rolle spielt, wir es aber auch nicht ausschließen können.«

»Das Ganze hier wird immer verworrener«, sagt Victor. »Ein Neonazi, der mit einer möglichen Jüdin verheiratet ist …«

»Stimmt. Die Frage ist, ob Bent Larsen wirklich Neonazi war. Ich habe einen Laptop und einen USB-Stick gefunden, die am Tatort versteckt waren und höchstwahrscheinlich ihm gehörten. Die Techniker versuchen noch, den Computer zu knacken. Aber auf dem USB-Stick lagen zwei unverschlüsselte Mails. Die erste sieht aus wie eine Warnung über einen bevorstehenden Terroranschlag in Kopenhagen am Dreiundzwanzigsten gegen Mittag, während die andere bestätigt, dass man verstanden hat und ›dran‹ sei, wie es in der Mail heißt. Das Interessanteste ist allerdings, dass der Empfänger der Warnung dieselbe E-Mail-Adresse hat, die der Mann aus dem Parkhaus verwendet hat, um mit Signe zu kommunizieren. Eine Gmail-Adresse.«

»Was?« Victor richtet sich halb auf seinem Stuhl auf.

»Ja«, sagt Juncker, »wahrscheinlich auch über VPN gesendet. Es sieht also so aus, als wäre Bent Larsen nicht der gewesen, für den wir ihn gehalten haben. Jedenfalls stand er in Kontakt mit dem Mann, der unsere Aufmerksamkeit auf den FE gerichtet hat und vielleicht selbst in irgendeiner Weise mit dem FE in Verbindung steht. Und wenn das stimmt, wenn der Mann, der die Warnung von Bent Larsen erhalten hat, tatsächlich etwas mit dem FE zu tun hat, dann ist die logische Schlussfolgerung, dass der FE, oder besser gesagt, jemand beim FE, den ungefähren Zeitpunkt des Anschlags kannte und wusste, dass es in Kopenhagen passieren würde, er aber aus irgendeinem Grund weder uns noch den PET informiert hat.«

»Heilige Scheiße«, murmelt Victor und setzt sich wieder. Stille breitet sich aus, während sie Junckers Worte sacken lassen, bis er erneut das Schweigen bricht.

»Aber all das müssen wir jetzt erst mal zurückstellen. Außerdem werden wir vielleicht bedeutend klüger, wenn die Techniker herausfinden, was sich auf Bent Larsens Laptop befindet. Für den Augenblick müssen wir uns auf die bevorstehende Aufgabe konzentrieren, nämlich, die beiden zu finden. Und das schnell. Was habt ihr euch überlegt?«

Erneutes Schweigen. Dann meldet sich erstmals Jasper Tuesen zu Wort.

»Am naheliegendsten ist wohl, dass sie sich in einem leerstehenden Haus verstecken. Entweder unbewohnt oder ein Sommerhaus. Gibt es viele davon hier in der Gegend?«, fragt er an Juncker gewandt.

»Etliche. Wenn wir uns zunächst auf Sandsted selbst sowie einen Radius von, sagen wir mal, zwei Kilometern um den Ort konzentrieren, bleiben wahrscheinlich nicht so viele Sommerhäuser. Davon abgesehen wäre es eine ziemlich riskante Wahl, immerhin feiern viele Weihnachten und Silvester in ihren Ferienhäusern. Aber es gibt eine Menge Häuser hier in der Umgebung, die unbewohnt sind und mehr oder weniger verfallen. Ich werde nachher versuchen, den Gemeindedirektor zu erreichen und ihn bitten, uns eine Liste über die leerstehenden Gebäude zu beschaffen.«

»Kann sich jemand auf diese Weise über einen längeren Zeitraum verstecken, ohne dass es jemandem auffällt?«, erkundigt sich Signe.

»Ich denke schon. Vor allem, wenn man Helfer hat, und die müssen sie gehabt haben. Die Gegend ist an vielen Stellen recht dünn besiedelt. Und das Wetter in der letzten Zeit hat ja nicht gerade zu Freiluftaktivitäten animiert. Falls wir so eine Liste bekommen, schlage ich vor, wir teilen uns in Teams auf und gehen sie Haus für Haus durch.«

Troels Mikkelsen hat nachdenklich aus dem Fenster geschaut. Jetzt richtet er den Blick auf Juncker.

»Das klingt verflucht gefährlich. Und langsam«, sagt er.

Juncker zuckt mit den Schultern. »Ich sage ja nicht, dass wir in die Häuser eindringen sollen, bloß nach Anzeichen schauen, ob sie sich möglicherweise dort verbergen. Hast du einen besseren Vorschlag?«

Troels Mikkelsen rückt mit seinem Stuhl nach hinten, lehnt sich zurück und macht die Beine lang. »Wie oft habt ihr euch das Video angeschaut?«

»Nur einmal«, antwortet Sigurd Kvastmo. »Das war sozusagen mehr als genug.«

»Genug für was?«, fragt Troels Mikkelsen mit einem Hauch von Geringschätzung in der Stimme. »Genug, damit einem schlecht wird, oder um etwas herauszufinden?«

Juncker schaut ihn verärgert an. »Wie wär's, wenn du uns

einfach erzählst, falls dir etwas aufgefallen ist, was uns weiterbringt?«

Troels Mikkelsen verschränkt die Arme im Nacken und
schaut zur Decke. Signe muss hart an sich halten, um angesichts seiner Selbstinszenierung nicht zu explodieren.

»Keine Ahnung, ob es uns weiterbringt. Aber ich habe
mir das Video viermal angesehen. Die ersten zwei Male
ist mir nichts Besonderes aufgefallen, ihr habt es ja selbst
gesehen. Es scheint in einem Stall, einem Außengebäude
oder einer Scheune aufgenommen worden zu sein, und
allein schon das lässt annehmen, dass das Gebäude nicht
direkt in einer Stadt liegt. Beim dritten Mal dann ist mir
gleich zu Beginn etwas aufgefallen. Es kommt wenige Sekunden, nachdem das Video beginnt, und man kann es
leicht überhören, wie es mir ja auch bei den ersten zwei
Malen passiert ist, weil man so auf die Bilder fokussiert ist.
Aber ich bin ziemlich sicher, dass man eine Kirchenglocke
hört. Nur ein einziger Schlag und ziemlich schwach. Wenn
man aber erst einmal weiß, worauf man achten soll, ist es
recht eindeutig. Natürlich können Klänge durch den Wind
näher oder weiter entfernt erscheinen, aber davon abgesehen würde ich denken, dass unser Ort nicht allzu weit von
einer Kirche liegt.« Er blickt in die Runde. »Meint ihr, das
nützt uns etwas?«, fragt er.

Juncker wiegt den Kopf. »Ja, ich denke schon. So viele
Kirchen gibt es hier ja nicht. Da ist die hier im Ort, und
wenn wir die vorerst ausschließen, dann ...« Er muss kurz
überlegen. »Dann bleiben, wenn ich mich recht erinnere,
nur zwei, jedenfalls innerhalb eines Radius von zwei oder
drei Kilometern. Eine ist in Blegvad, nicht weit vom Haus
der Larsens. Und dann gibt es noch eine in Gundløse.«
Keine hundert Meter von Carsten Petersens Haus, denkt
Juncker. »Gute Arbeit, Troels«, sagt er anerkennend.

Troels Mikkelsen beugt bescheiden den Kopf. Signe knirscht mit den Zähnen. So sehr es ihr auch zuwider ist, sie muss Juncker recht geben. Troels hat die beiden Punkte geliefert, die sie heute Abend weitergebracht haben. Dass Annette Larsen möglicherweise Jüdin ist. Und jetzt das. Ihr kommt ein Gedanke.

»Sagt mal, sind Kirchenglocken nicht unterschiedlich?«

»Was meinst du?«

»Klingen sie nicht verschieden?«

»Hm, doch«, sagt Juncker. »Stimmt, ich glaube schon. So wie Musikinstrumente unterschiedlich klingen, ist das bei Glocken, meine ich, auch der Fall.«

»Aber könnten wir es den Küstern dann nicht vorspielen? Sollten sie nicht ihre eigene Glocke am Klang erkennen?«

Juncker schlägt mit der Hand auf den Tisch. »Verdammt, ja, das ist einen Versuch wert. Signe, finde heraus, wer hier der Propst ist, ruf ihn an und frag ihn, ob er weiß, wer die Glocken in den drei Kirchen bedient. Schau, ob du es heute Abend noch schaffst, es wäre Gold wert, wenn wir das Gebiet, in dem wir suchen müssen, schon bis morgen früh eingrenzen könnten. Aber zeig ihnen nicht das Video, spiel ihnen nur den Klang der Glocke vor.«

Sie schickt ihm einen wütenden Blick zur Antwort. »Was glaubst du denn, was ich vorhatte? Ich bin doch nicht komplett bescheuert.«

»Nein, stimmt ja, hatte ich ganz vergessen.« Er lächelt sie an. »Ich werde es jetzt mal beim Gemeindedirektor versuchen. Ansonsten denke ich, dass wir für heute Schluss machen. Versucht, euch eine Mütze Schlaf zu holen, morgen müssen wir fit sein.« Er steht auf, und die anderen folgen ihm. »Ach so, eins noch. Meine beiden Mitarbeiter hier auf der Station kommen morgen früh. Die Polizeiassistentin heißt Nabiha Khalid, der Polizeischüler wie gesagt Kristoffer Kirch.«

»Aber die sind nicht am Einsatz beteiligt, oder?« Victor runzelt die Brauen. »Das ist eine Spezialaufgabe. Wir sechs wurden ausgewählt, weil man uns für qualifiziert hält, sie zu lösen. Aber sind sie es auch?«

»Nein, sind sie nicht. Sie können sich um andere Dinge kümmern, ich wollte euch nur kurz darüber informieren. Also, Schluss für heute. Wir sehen uns morgen früh, sagen wir um sieben Uhr?«

Das Einzige, woran Signe denken kann, ist, dass sie bitte, bitte nicht im Zimmer neben Troels landet. Denn dann würde sie heute Nacht kein Auge zutun.

2. Januar

Kapitel 39

Er legt den Kopf in den Nacken und schaut nach oben, doch das scharfe, weiße Licht, das von der Decke fällt, ist so grell, dass er die Augen schließen muss.

Der Raum ist deutlich länger als breit. Am Ende, auf einem Podium, steht ein Sarg. Er ist offen, und ein Mann liegt darin, aber er kann nicht erkennen, um wen es sich handelt. Etwa ein Dutzend Menschen stehen in einem Halbkreis um den Sarg. Dort sein Vater. Da seine Mutter. Und Peter. Und seine kleine Schwester Lillian mit ihrem Mann, die er beide nie richtig kennengelernt hat, weder sie noch ihn.

Etwas abseits steht Markman. Zusammen mit Signe. Signe weint. Als Einzige. Markman legt ihr den Arm um die Schultern, er ist kleiner als sie und muss sich strecken, um ganz herumzukommen.

Charlotte steht mit den Kindern, Karoline und Kasper, am Ende des Sargs und schaut auf den Toten. Sie hält sie an den Händen. Er tritt zum Sarg, und jetzt sieht er, wer darin liegt. Er sieht aus wie er selbst, ist im selben Alter. Porzellanweiße Haut, frisch rasiert, mit einem verbitterten Zug um den Mund. Wieso bin ich verbittert?, fragt er sich.

Am Fuß des Sargs steht ein Pfarrer, was ihn wütend macht. Er will keinen Pfarrer bei seiner Beerdigung dabeihaben, will nichts mit ihrem Aberglauben und Gefasel von

Gnade und ewigem Leben zu schaffen haben. Geh weg!, herrscht er den Pfarrer an, verschwinde!, aber kein Laut kommt aus seinem Mund. Jetzt verschwinde endlich, wiederholt er, es ist mein Tod, aber der Pfarrer hört ihn nicht, sondern fragt stattdessen mit lauter Stimme:

»Wer möchte Martin Junckersen hinaustragen?«

Keiner rührt sich. Alle stehen wie versteinert da. Der Pfarrer wiederholt seine Frage: »Wer möchte Martin Junckersen hinaustragen?«

Er schaut zu seiner Frau. Charlotte sieht ihm tief in die Augen und schüttelt den Kopf. Dann wendet sie sich um und entfernt sich mit Karoline und Kasper vom Sarg.

Einer nach dem anderen wenden sie sich ab und gehen. Seine Schwester, sein Bruder, seine Mutter, Signe und Markman. Signe streckt die Hand nach ihm aus, als sie an ihm vorbeigeht, kann ihn aber nicht erreichen. Zuletzt steht nur noch sein Vater am Sarg. In einem schmutzigen Schlafanzug, mit Fettspritzern auf dem Oberteil und einem gelben Urinfleck vorn auf der Hose.

»Kannst du mir helfen, meinen Sohn hinauszutragen?«, fragt er. »Ich schaffe es nicht allein.« Dann kommt der alte Mann auf ihn zu, streckt den Arm aus und sticht ihm mit dem Finger in die Wunde am Auge …

Juncker erwacht. Sein Herz hämmert. War da ein Geräusch? Ein Schrei? War er es, der geschrien hat? Sein T-Shirt ist schweißnass. Er setzt sich im Bett auf. Fröstelt. Greift nach dem Handy, das auf dem Schreibtischstuhl neben dem Bett liegt: 5.45 Uhr. Der Wecker ist auf sechs Uhr gestellt. Mit einer Hand fühlt er unter die Decke. Klamm und feucht. Er dreht sie auf die andere Seite, zieht das T-Shirt über den Kopf, wirft es auf den Boden und kriecht wieder unter die Decke.

Er hat knapp vier Stunden geschlafen.

Charlotte hatte im Wohnzimmer auf ihn gewartet, als er gegen dreiundzwanzig Uhr nach Hause kam. Sein Vater schlief bereits. Es hatte gedauert, den Gemeindedirektor zu erreichen, und als er ihn endlich am Hörer hatte, hielt sich seine Begeisterung darüber, sich spätabends an Neujahr an die Arbeit machen zu sollen und mehrere seiner Leute durch den Schneesturm zur Gemeindeverwaltung zu schicken, um der Polizei die benötigten Informationen zu beschaffen, stark in Grenzen. Mit einer Mischung aus hemmungsloser Schmeichelei und kaum verhohlener Drohungen, dass seine Karriere leiden würde, war es Juncker dann allerdings dennoch gelungen, den hochgestellten Kommunalbeamten davon zu überzeugen, dass es vernünftig wäre, der Polizei zur Hand zu gehen.

Sie hatte eine Flasche Rotwein geöffnet und sie bereits zur Hälfte geleert, als Juncker nach Hause kam. Er holte sich ebenfalls ein Glas und schenkte sich ein, wenn auch nur sehr wenig. Schließlich musste er früh raus und wollte einen klaren Kopf behalten.

Eine Weile hatten sie schweigend im Wohnzimmer gesessen.

»Martin, es geht nicht nur um sie und das, was du getan hast. Es hat mich furchtbar traurig gemacht, aber darüber kann ich hinwegkommen«, hatte sie gesagt.

Aber was war es dann?, hatte er wissen wollen. Was stimmte nicht? Sie schüttelte den Kopf.

»Ich bin seit Jahren nicht wirklich glücklich gewesen.«

Es sah seiner Frau nicht ähnlich, einen Begriff wie »glücklich« zu benutzen, hatte Juncker gedacht. Aber er sagte nichts.

»Es ist mir nicht aufgefallen. Wahrscheinlich war ich zu beschäftigt mit der Arbeit und allem«, fuhr Charlotte fort. »Ich weiß nicht, was nicht stimmt, mit mir oder uns beiden, aber so fühle ich mich. Das wurde mir klar, nachdem du mir das mit dieser Anwältin erzählt hast.«

Charlotte sagte »Anwältin« im selben Tonfall, mit dem sie über einen pädophilen Massenmörder sprechen würde. Sie sah ihn prüfend an.

»Bist du es?«

»Bin ich was?«

»Glücklich, Martin. Fühlst du dich glücklich?«

Er schwieg eine Weile. Nippte an seinem Wein und wendete das Wort auf der Zunge. »Glücklich«. Er konnte sich nicht erinnern, diesen Begriff jemals in Bezug auf sein eigenes Befinden verwendet zu haben, und schon gar nicht in Verbindung mit dem Wort »fühlen«. War es nicht vorstellbar, dass man sich glücklich *fühlen* konnte, ohne notwendigerweise glücklich zu *sein*? Aber jetzt war wohl kaum der Zeitpunkt für Wortklaubereien.

»Glücklich? Keine Ahnung. Darüber habe ich noch nie so richtig nachgedacht. Wahrscheinlich war ich irgendwie glücklich … also, ich war ja nicht direkt traurig. Aber nach dem Tod meiner Mutter und der ganzen Sache mit meinem Vater, und dann natürlich meiner Dummheit …« Er seufzte. »Doch, die letzten Monate war ich traurig. Das schon.«

»Aber davor, warst du da froh?«

Er konnte nicht sagen, warum, aber merkwürdigerweise konnte er mit dem Wort »froh« in Bezug auf sich selbst mehr anfangen als mit »glücklich«. Und wenn er nachdachte, musste er zugeben, dass er in Wirklichkeit wohl noch in seinem ganzen Leben niemals froh gewesen war. Also richtig froh. Jedenfalls nicht so, wie Charlotte es meinte, ohne dass er genau hätte sagen können, in welcher Weise seine Frau froh meinte zu sein. Aber hatte er sich jemals als froh gesehen? Zufrieden vielleicht eher. Und okay. Aber froh?

»Ich war, oder besser ich bin froh über unsere Kinder. Ich war froh über meine Arbeit, meistens zumindest. Und über dich. Ich liebe dich, Charlotte.«

Sie hatten sich in die Augen gesehen. Wie lange war es her, dass er diese Worte das letzte Mal zu ihr gesagt hatte? Er konnte sich nicht daran erinnern. Mehrere Jahre vielleicht.

»Liebst du mich?«, fragte er, und während er auf ihre Antwort wartete, spürte er die Angst das Rückgrat hinaufkriechen.

»Ich weiß es nicht, Martin«, sagte sie nach einigen Sekunden, die sich für Juncker wie eine Ewigkeit anfühlten. »Im Moment fühle ich nichts. Außer, dass ich die ganze Zeit traurig bin. Und es genau genommen schon viel zu lange so ist.«

Sie hatten noch zwei Stunden miteinander gesprochen. Juncker klammerte sich an die Tatsache, dass Charlotte zumindest nicht gesagt hatte, dass sie ihn *nicht mehr* liebte, was unter den gegebenen Umständen wohl das Beste war, worauf er hoffen konnte. Er hatte ihr außerdem das Versprechen abringen können, erst einmal abzuwarten und nicht direkt die Scheidung einzureichen. Was auch immer dieses Versprechen wert war. Von den Scheidungen, die er bisher miterlebt hatte, wusste er schließlich, dass wenn zwei Menschen, die sich einmal geliebt haben, es nicht mehr taten, in der Regel ein schmutziger Krieg vom Zaun gebrochen wird, ohne sich groß um die Genfer Konvention zu scheren.

Versprechen werden gegeben. Und Versprechen werden gebrochen.

So oder so musste er für mindestens ein halbes Jahr in Sandsted bleiben. Eher war nicht damit zu rechnen, dass er von der Strafbank zur Kopenhagener Polizei zurückkehren konnte. Außerdem musste er irgendeine Lösung für seinen Vater finden, ihn konnte er nicht einfach zurücklassen. Sie hatten mit anderen Worten etwas Zeit zum Nachdenken, alle beide.

Doch Juncker hatte eigentlich nicht das Gefühl, dass es für ihn sonderlich viel nachzudenken gab. Seit er Charlotte kannte, hegte er den Wunsch, dass er an ihrer Seite alt werden wollte. Und die letzten Wochen in Sandsted hatten diesen Wunsch nur noch verstärkt. Wobei er sich, wenn er ganz ehrlich war, vielleicht vor allen Dingen davor fürchtete, allein alt zu werden.

Ihre Fragen echoten weiter in ihm. War er glücklich? Froh? War er glücklich mit ihr? Konnte er jemals ohne sie glücklich werden?

Er bleibt noch eine Viertelstunde im Bett liegen, während der Nachhall des Traums allmählich seinen Körper verlässt. Bis nichts mehr zurückbleibt außer der unbehaglichen Vision, dass niemand genug für ihn fühlt, um seinen Sarg tragen zu wollen – abgesehen von seinem Vater. Seinem dementen Vater, den er nicht leiden kann. Der ihn nicht leiden kann. Und der ihn nicht länger erkennt.

Das Handy beginnt zu bimmeln. Er deaktiviert den Alarm, steht auf und zieht die Gardinen zur Seite. Wie die Meteorologen vorhergesagt haben, schneit es noch immer. Und bläst. Ziemlich sogar, wie er an den Zweigen der Bäume und dem heftigen Schneetreiben gegen die Scheibe erkennen kann.

Er angelt sich saubere Kleidung aus dem Schrank, entscheidet sich aber dafür, dass er zu verschwitzt ist, um die Dusche auslassen zu können. Nachdem er die Morgenwäsche überstanden und sich angezogen hat, überlegt er, ob er Kaffee machen soll, lässt es aber bleiben. Das kann er auch noch auf der Wache tun. Er zieht ein dickes Sweat-shirt über und nimmt zur Sicherheit noch einen zusätzlichen Pullover mit.

Er braucht alle Kraft, um die Haustür aufzubekommen. Vor dem Eingang hat sich eine fünfzig Zentimeter hohe Schneewehe aufgetürmt, und er ist froh, dass sein Auto draußen an der Straße steht und Charlottes in der Einfahrt, denn andersherum hätte es eine ganze Weile gedauert, es freizugraben.

Der Wind geht durch Mark und Bein. Gerade hat er sich ins Auto gesetzt, als ihm ein Gedanke kommt. Er stapft zurück durch den hohen Schnee zur Garage, öffnet – wieder unter Mühen – das Garagentor und holt eine Schneeschaufel, die er in den Kofferraum wirft.

Er lässt den Motor mehrere Minuten lang im Stand laufen und dreht die Heizung voll auf. Horcht in sich hinein. Ist er nervös? Etwas vielleicht. Oder eher angespannt. Ängstlich? Nein. Er hat noch nie Angst vor einem Verbrecher gehabt. Auch nicht vor Simon Spangstrup.

Der Weg zur Wache dauert doppelt so lang wie gewöhnlich. Er schließt auf, stampft den Schnee von den Stiefeln und hängt seine Jacke auf. Schaut auf die Wanduhr. Kurz nach halb sieben. Er schaltet die Kaffeemaschine an und setzt sich an seinen Schreibtisch, wo er den Kopf auf die Unterarme legt und die Augen schließt. Fünf Minuten lang bleibt er so sitzen; er weiß, dass er einschlafen würde, wenn er jetzt loslässt. Die Kaffeemaschine gluckert im Hinterraum, er holt sich eine Tasse und nimmt sie mit zurück zum Schreibtisch.

In den letzten Wochen hat er sich erstmals älter gefühlt, als er ist. Hätte er ablehnen sollen, die Leitung dieser Operation zu übernehmen?

Er klappt seinen Laptop auf. Ein Pop-up teilt ihm mit,

dass seine jetzige Lizenz in fünf Tagen ausläuft. Er öffnet sein E-Mail-Postfach. »3674 ungelesene Nachrichten«, steht da. Ich muss hier endlich mal aufräumen, denkt er abwesend, als sein Blick auf die oberste Mail im Posteingang fällt. Sein Puls steigt. Eine neue Nachricht der Ettel-al-Husseini-Brigade, erneut mit einem Anhang. Er öffnet die Mail. Diesmal enthält der Anhang kein Video, sondern ein Foto. Er klickt es an. Nach ein paar Sekunden ist das Bild geladen. Eine unterbelichtete Nahaufnahme von einem Gesicht, das mit angsterfüllten Augen in die Kamera starrt.

»Oh nein«, stöhnt Juncker. »Nein, nein, nein.«

Kapitel 40

Der Gang im ersten Stock des Bahnhofhotels ist extrem schmal. Weniger als einen Meter breit, schätzt Signe. Aber drüben bei der Treppe hängt der obligatorische Plan über die Notausgänge und Fluchtwege im Falle eines Brandes, unterschrieben mit dem unleserlichen Gekritzel irgendeines Brandschutzbeauftragten namens K. Jensen. Sicherheitsmäßig dürfte also alles in Ordnung sein, nimmt sie an.

Tatsächlich war sie gestern Abend im selben Stock wie Troels Mikkelsen gelandet, zum Glück aber hatte Victor das Zimmer zwischen ihnen bekommen. Jetzt betet sie nur, dass sie ihm nicht auf dem Gang über den Weg läuft, denn es ist praktisch unmöglich für zwei Erwachsene, hier ohne irgendeine Form von Körperkontakt aneinander vorbeizukommen. Deswegen ist sie auch extra früh aufgestanden. Die Polizeiwache liegt nur wenige Hundert Meter vom Hotel und damit höchstens fünf Gehminuten entfernt, selbst bei einem Schneesturm. Jetzt ist es zwanzig vor sieben. Sie öffnet die Tür, steckt den Kopf hinaus und sondiert das Terrain. Freie Bahn. Sie schließt ab, steckt den Schlüssel in die Manteltasche und eilt die Treppe hinunter, die unter dem abgewetzten geblümten Läufer knirscht und ächzt wie eine alte Mundharmonika. Aber sie schafft es ins Freie, ohne den Laut einer sich öffnenden Tür auf dem Gang zu hören.

Signe zieht ihre Strickmütze in die Stirn, wickelt sich

den Schal ums Gesicht und tritt hinaus ins Unwetter. Die kleinen Schneeflocken peitschen wie Sandkörner in einem Sandsturm auf ihre ungeschützte Gesichtshaut ein. Mit zusammengekniffenen Augen und gegen den Wind gestemmt, macht sie sich auf den Weg.

Sie hatte gestern Abend noch den Propst erreicht, der an der Spitze des hiesigen Kirchenkreises steht. Und ohne ins Detail zu gehen, hatte sie ihm das Versprechen abnehmen können, die drei Küster heute um halb acht auf die Polizeistation zu schicken.

Sie legt das letzte Stück über den Marktplatz im Laufschritt zurück, stößt die Tür auf und tritt ins Warme. Schüttelt sich wie ein nasser Hund und hängt ihren Mantel auf. Ihr Blick fällt auf Juncker, der am anderen Ende des Raums an seinem Schreibtisch sitzt.

»Morgen«, sagt sie. »Gibt's Kaffee?«

Er antwortet nicht.

»Hallo?« Sie lächelt ihm zu. »Bist du eingeschlafen?«

Dann sieht sie es. Sein leichenblasses Gesicht. Noch nie zuvor hat sie Juncker so voller Angst gesehen.

»Was ist passiert?«, fragt sie.

»Sie haben Kristoffer«, sagt er mit leiser Stimme. So leise, dass sie nicht sicher ist, ob sie ihn verstanden hat.

»Was? Noch mal bitte.«

»Kristoffer. Sie haben Kristoffer gekidnappt.«

Sie schluckt. »Was haben sie?«

Er nickt.

»Ja aber, wie zur Hölle …?«

Sie nimmt einen Stuhl vom Besprechungstisch und rückt ihn zu Junckers Schreibtisch.

»Ich weiß es nicht«, sagt er und starrt auf seine Hände, die gefaltet auf der Tischplatte liegen. »Als er vor ein paar Tagen den Afghanen im Flüchtlingsheim wiedererkannt hat, habe ich ihn gefragt, ob der Afghane ihn möglicherweise ebenfalls erkannt hat. Das glaubte er nicht. Vielleicht hat er sich geirrt …« Er schaut auf, in seinen Augen steht die Wut. »Signe, die wissen verflucht noch mal alles über uns. Sie wissen, wer wir sind, wo wir sind …«

»Woher weißt du, dass sie ihn haben«?

»Sie haben eine E-Mail mit seinem Bild geschickt.«

Juncker dreht den Computer, sodass Signe das Bild sehen kann. Ihr Hals schnürt sich zusammen, und sie spürt einen eisigen Schauer, als sie die Angst in den Augen des jungen Mannes sieht.

»Oh nein«, sagt sie. »Und es war kein Text dabei?«

Er schüttelt den Kopf. »Nur das Bild.«

»Was wollen sie?«

»Keine Ahnung.«

Signe merkt, wie ihr ohnehin schon riesiger Hass auf Simon Spangstrup und seinen Kumpan noch wächst. »Gleich tauchen die anderen auf. Dann besprechen wir unser weiteres Vorgehen. Die drei Küster kommen gegen halb acht.«

»Der Gemeindedirektor hat auch versprochen zu kommen, zwischen halb acht und acht. Dann werden wir hoffentlich etwas schlauer in Bezug auf ihren Standort.«

Die drei Leute vom PET und Troels Mikkelsen erscheinen gemeinsam um kurz vor sieben. Victor schaut von Signe zu Juncker.

»Was ist los?«, fragt er.

»Setzt euch«, sagt Juncker. Sie verteilen sich um den Besprechungstisch. Juncker stellt seinen Laptop auf den Tisch und dreht ihn so, dass alle fünf den Bildschirm sehen können.

»Scheiße«, sagt Troels Mikkelsen. »Wer ist das?«

»Kristoffer. Der Polizeischüler, der zusammen mit Nabiha und mir hier auf der Station arbeitet.«

»Willst du damit sagen …«

»Ja, sie haben ihn.«

»Wie in aller Welt …?«

Juncker schüttelt den Kopf. »Frag mich nicht.«

Victor räuspert sich. »Haben sie Forderungen gestellt?«

»Nein. Bis jetzt haben sie nur das Bild von ihm geschickt.«

Sie sitzen schweigend um den Tisch.

»Was ändert das?«, fragt Troels Mikkelsen.

Juncker zuckt mit den Achseln. »Genau genommen wahrscheinlich nichts. Erst mal jedenfalls. Wir müssen sie immer noch lokalisieren. Wenn wir direkt die AKS reinschicken, besteht ein massives Risiko, dass wir Kristoffer verlieren, und das darf nicht passieren.«

»Aber was wollen die mit einer Geisel? Warum bringen sie ihn nicht einfach um? Wenn ihr Ziel doch ist, so viele wie möglich zu töten und anschließend selbst im Kampf zu sterben?«, fragt Victor.

»Ich weiß es nicht«, sagt Juncker. »Vielleicht ist es eine Machtdemonstration. Vielleicht ist es einfach nicht ihre Strategie, mit uns im Kampf sterben zu wollen. Vielleicht müssen wir uns darauf einstellen, dass der Kampf gegen die Ettel-al-Husseini-Brigade – oder gegen wen auch immer wir in Zukunft kämpfen werden – eher eine Form des Guerillakrieges ist als das, woran wir mit dem IS und dessen Bande an Selbstmordkandidaten gewöhnt sind. Vielleicht haben wir sie auch schlicht und ergreifend unterschätzt«, fügt er müde hinzu und wendet sich an die drei vom PET. »Wäre es möglich, dass sie sich in unsere Computer gehackt haben? Oder jemand aus ihrer Organisation? Dass sie deshalb so viel über uns wissen?«

»Dann müssten sie schon ganz schön gerissen sein«, antwortet Victor. »Aber es lässt sich natürlich nicht ausschließen. Es haben schon Hacker geschafft, tief in die Computer des amerikanischen Verteidigungsministeriums vorzudringen, in dieser Branche ist also alles möglich. Falls sie drin waren, müssen wir das NC3 darauf ansetzen, vielleicht finden die Spuren.«

Er hievt einen schwarzen Ordner aus seiner Tasche. »Klassifiziert« und »Vertraulich« steht auf der Vorderseite. »Ich denke, es ist an der Zeit, dass ihr erfahrt, was *wir* über Simon Spangstrup wissen«, sagt er.

Wissen wir nicht schon genug?, fragt sich Signe irritiert. Wissen wir nicht, dass Spangstrup und sein Kumpan und die ganze elende Gruppe skrupellose Gewaltpsychopathen sind, die einundzwanzig Menschen getötet haben, von denen jedenfalls die neunzehn vom Weihnachtsmarkt vollkommen unschuldig waren? Und dass sie jetzt einen jungen Polizeischüler als Geisel halten und garantiert nicht zögern werden, ihn umzubringen, wenn wir sie nicht finden und so schnell wie möglich unschädlich machen? Wissen wir nicht mehr als genug?

Sie atmet tief durch, hält aber den Mund.

»Einer der heimgekehrten Syrienkrieger hat uns erzählt, dass Simon eines Tages aus Raqqa verschwand; das war, wie ihr wisst, die Hauptstadt des Kalifats. Unsere Quelle meinte, die Dänen dort hätten davon gesprochen, dass Simon zu einem der Auserwählten geworden sei. Wenn man nach Syrien kam, um für den IS zu kämpfen, sollte man eine Liste mit dreiundzwanzig Punkten ausfüllen, unter anderem, ob man Soldat, Agent oder Selbstmordattentäter werden wollte.«

Victor blättert im Ordner bis zu einer Seite, die mit dem schwarzen Banner des IS und dem weißen arabischen Text geschmückt ist, der verkündet, dass Allah der einzige Gott und Mohammed sein Prophet ist.

»Das hier ist eine Kopie von Simon Spangstrups Formular. Wie ihr euch vielleicht erinnert, gab es einen Aussteiger vom IS, der bei seiner Flucht eine Menge Dokumente mitgehen ließ; aus ihnen haben wir Spangstrups Informationen. Er hat ›fighter‹ angekreuzt, und wir wissen, dass er eine Zeit lang als Polizist etwas nördlich von Raqqa fungierte. Soll heißen, als Teil der lokalen Polizei, der Hisba. Er sollte also ein Auge darauf haben, ob die Frauen ordentlich bedeckt waren und die Bärte der Männer die angemessene Länge hatten. Ob sie rauchten oder musizierten. Und er war daran beteiligt, Strafen gemäß der Scharia zu verhängen. Erwischten sie einen beispielsweise beim Flirten, wurde man in einen Käfig auf der Straße gesteckt. Wir wissen, dass er Menschen wegen Diebstahls die Hände abgeschlagen und mehrere getötet hat, weil sie Drogen verkauften, untreu waren oder Waffen zu Hause hatten.« Er schaut auf. »Und dann verschwand er von der Bildfläche.«

Signe rutscht ungeduldig auf ihrem Stuhl hin und her. Sie kennt Kristoffer nicht, aber immer wieder taucht das Bild eines jungen Mannes vor ihren Augen auf, der gefesselt auf dem Boden liegt, womöglich sogar mit verbundenen Augen und Klebeband über dem Mund. Sie kann seine Angst fast körperlich spüren.

»Ja, und jetzt ist Simon Spangstrup nicht mehr verschwunden«, sagt sie. »Er ist hier irgendwo in der Nähe, und alles andere ist Geschichte. Wir müssen die beiden finden, und zwar besser jetzt als gleich …«

Juncker unterbricht sie. »Richtig. Aber im Moment warten wir noch auf Leute, die uns vielleicht dabei helfen können, und bis sie auftauchen, schadet es wohl kaum, wenn Victor mit uns teilt, was der PET über ihn weiß. Oder was meinst du?«

»Nein, wahrscheinlich nicht«, murmelt Signe.

Victor wirft ihr einen Blick aus dem Augenwinkel zu.

»Na ja, so viel mehr gibt es auch gar nicht zu erzählen. Unsere Quelle war sich sicher, dass Simon Spangstrup vom Geheimdienst des IS für ein Spezialtraining an irgendeinem heimlichen Ort ausgewählt worden war, möglicherweise in Nordafrika oder dem nordwestlichen Pakistan. Oder ganz woanders. Das primäre Ziel des IS war die Errichtung eines Kalifats in Syrien und, wäre dies erst einmal erreicht, die Ausdehnung des Kalifats in der ganzen Welt. Ungläubige an jedwedem Ort anzugreifen, ist ihre Pflicht. Daher sammelte der IS die besten und bevorzugt jüngsten Freiwilligen aus verschiedenen europäischen Ländern, viele von ihnen Konvertiten wie Spangstrup, ließ sie ausbilden und bereitete sie darauf vor, anschließend wieder in ihre Heimatländer zurückzureisen, um dort Terroranschläge zu verüben.« Er schließt den Ordner. »Während wir also dachten, Simon Spangstrup sei tot, erhielt er aller Wahrscheinlichkeit nach einen Schliff, der sich locker mit der Ausbildung von Einzelkämpfern messen kann. Kurz gesagt: Er ist der perfekte Terrorist geworden.«

Schweigen breitet sich aus.

»Aber wie sieht der Plan jetzt aus?«, fragt Troels Mikkelsen.

»In der nächsten Stunde erfahren wir hoffentlich genauer, in welchem Gebiet sie sich befinden. Dann sehen wir weiter«, sagt Juncker.

Er steht auf und setzt sich wieder an seinen Schreibtisch. Die anderen gehen nach hinten und holen Kaffee. Um zwanzig nach sieben erscheinen die drei Küster. Signe gibt den Männern, deren Alter sie auf sechzig plus schätzt, die Hand.

»Danke, dass Sie so kurzfristig gekommen sind. Und bei diesem Wetter.« Sie lächelt.

»Gern«, sagt der kleinste von ihnen, ein hagerer Mann, der Signes Eindruck nach bei Weitem nicht die Statur und Kraft aufweist, um eine größere Kirchenglocke zu bewältigen.

»Uns wurde ja gesagt, dass es um eine ernste Angelegenheit geht.«

»Das ist richtig«, sagt Signe. »Wie Sie bereits wissen, geht es darum, in Verbindung mit unseren Ermittlungen eine Örtlichkeit einzugrenzen. Unser einziger Anhaltspunkt ist eine Videoaufnahme mit dem Klang eines einzelnen Glockenschlages von einer Kirche, die, so vermuten wir, in der Nähe des gesuchten Ortes liegt. Das Video kann ich Ihnen nicht zeigen, Sie müssen sich also damit begnügen, den Ton der Glocke zu hören. Was aktuell ja auch das Wichtigste für uns ist. Denken Sie, das ist möglich?«

»Vielleicht«, antwortet der kleinste von ihnen im Dialekt der Gegend, einer Art Singsang. »Jedenfalls ist es nicht undenkbar. Jeder von uns ist seit über dreißig Jahren hier tätig, von daher kennen wir das Geläut ziemlich gut, möchte ich meinen.«

»Wunderbar. Wenn Sie sich hier an den Tisch setzen würden.« Signe klappt ihren Laptop auf und klickt auf das Videosymbol. Nach circa fünf Sekunden ist der Glockenschlag zu hören. Sehr schwach, aber unverkennbar. Die beiden anderen Männer halten sich die Hand hinters Ohr.

»Lässt sich das auch etwas lauter stellen?«, fragt der kleine Mann, der anscheinend der inoffizielle Sprecher des Trios ist. »Unser Gehör ist nicht mehr, was es mal war. Ist es nur der eine Schlag?«

»Ja. Noch dazu ist es nicht die beste Qualität. Es rauscht ziemlich stark«, sagt sie und stellt lauter.

Die drei lauschen aufmerksam.

»Ich glaube nicht, dass es meine ist«, sagt der Mann, der dem Aussehen nach der älteste zu sein scheint.

»Und Sie sind Küster in welcher Kirche?«, fragt Signe.

»Sandsted.«

»Gut. Möchten Sie es noch mal hören?«

»Ja, bitte.«

Als Signe auf Stop drückt, lehnt sich der Sprecher zurück.

»Es könnte meine Glocke sein«, sagt er und schaut seine Begleiter an. »Meint ihr nicht auch?«

Die beiden nicken.

»Und Ihre Kirche ist wo?«

»Das wäre die in Blegvad.«

»Blegvad? Und Sie sind sich sicher?«

»Tja«, sagt der Kleine. »Hundertprozentig sicher sind wir nicht, denke ich. Aber meine Glocke klingt etwas heller als die der beiden anderen, und, finde ich selbst, auch etwas …«

Signe unterbricht ihn. »Vielen Dank. Das ist uns eine riesige Hilfe. Wie bereits gesagt, können wir Ihnen leider nicht mitteilen, um was es geht, und ich würde Sie bitten, wenigstens bis morgen Stillschweigen über die Sache zu bewahren. Ich möchte Ihnen natürlich nicht drohen«, sie lächelt, »aber Sie dürfen auf keinen Fall mit jemandem darüber sprechen. Auch nicht mit Ihren Frauen, oder wer Ihnen sonst noch nahesteht.«

»Jetzt machen Sie mich ja wirklich neugierig«, sagt der kleine Mann. »Aber selbstverständlich, wenn Sie es so sagen, unsere Lippen sind mit sieben Siegeln verschlossen.«

»Gut«, erwidert Signe. »Und nochmals vielen Dank.«

Als die drei gegangen sind, schaut sie zu Juncker.

»Sehr sicher waren sie sich ja nicht gerade«, meint sie.

»Nein. Aber was Besseres haben wir nicht. Also lass es

uns versuchen. Irgendwo müssen wir ja anfangen. Die Blegvader Kirche, von dort ist es wie gesagt nicht weit bis zum Haus der Larsens. Weniger als einen Kilometer, würde ich denken.«

»Dann suchen wir in diesem Gebiet. Schauen wir mal, was der Gemeindedirektor für uns hat«, sagt Signe.

Eine Viertelstunde später betritt ein mittelgroßer Mann mit Bauchansatz, Bürstenhaarschnitt, randloser Brille und ernstem Blick die Polizeiwache. Anscheinend ist er noch nicht ganz über den gestrigen Schock hinweggekommen, an einem Feiertag arbeiten zu müssen, und das auch noch spätabends.

»Wir haben gestern telefoniert. Vielen Dank, dass Sie es so schnell einrichten konnten, die Angelegenheit ist sehr wichtig für uns«, begrüßt ihn Juncker mit all der Freundlichkeit, die er in der gegenwärtigen Situation aufbringen kann.

»Kein Problem«, antwortet der Gemeindedirektor mit leicht zusammengekniffenen Lippen.

»Wir konnten das für uns interessante Gebiet auf einen Radius von etwa einem Kilometer um die Blegvader Kirche eingrenzen. Können Sie feststellen, ob es in dieser Gegend leerstehende Häuser gibt?«

»Das sollte man meinen. Ich habe alle leerstehenden Häuser und Sommerhäuser auf einer Karte eingezeichnet.« Er zieht die Karte aus seiner Tasche. »Es hat eine ganze Weile gedauert«, bemerkt er.

»Und wir sind Ihnen sehr dankbar«, sagt Juncker, der spürt, dass sein Vorrat an Schmeicheleinheiten langsam aufgebraucht ist.

Der Mann breitet eine topografische Karte auf dem Besprechungstisch aus.

»So, die Blegvader Kirche liegt hier. Die grünen Kreuze

bezeichnen leerstehende Häuser, die roten Kreuze Sommerhäuser. Wenn wir nun von einem Radius von einem Kilometer ausgehen, dann haben wir …« Er zählt mit dem Zeigefinger auf der Karte, »zwei Sommerhäuser und vier leerstehende Immobilien. Ich habe auch alle Adressen aufgeschrieben, ich kreuze kurz die sechs relevanten an, dann sollte es kein Problem für Sie sein, sie zu finden. Abgesehen davon, dass gerade alles einschneit.«

Juncker dankt ihm nochmals. Als der Gemeindedirektor gegangen ist, setzt er sich an den Besprechungstisch. Signe und die drei PETler setzen sich ebenfalls. Troels Mikkelsen bleibt gegen den Tresen gelehnt stehen.

»Wir müssen also sechs Häuser abklappern. Ich schlage vor, wir teilen uns in zwei Gruppen und heben uns die beiden Sommerhäuser für zuletzt auf. Die Wahrscheinlichkeit ist am geringsten, dass sie sich dort aufhalten«, erklärt Juncker.

Er schaut in die Runde.

»Jasper und Victor, ich würde sagen, ihr kommt mit mir.«

Signe beginnt, innerlich zu zittern.

»Und Signe, Troels und Sigurd, ist das okay? Signe übernimmt das Kommando.«

Sigurd nickt.

»Klar, geht in Ordnung«, sagt Troels Mikkelsen.

Juncker schaut zu Signe. Sie schluckt. Was bleibt ihr anderes übrig? Sie nickt ebenfalls.

»Gut. Schaut ihr …« Er beugt sich über die Karte, »euch diese beiden Häuser an, wir übernehmen diese beiden.«

Er steht auf.

»Ihr könnt die Karte mitnehmen. Ich weiß, wo unsere Häuser liegen«, sagt er. »Und denkt dran: Wir suchen nach Lebenszeichen. Wir wollen sie finden, nicht sofort verhaften oder ausschalten. Und, das versteht sich von selbst, dabei möglichst nicht von ihnen entdeckt werden. Fragen?«

»Was glaubt ihr? Lebt Kristoffer?«, fragt Signe mit Blick zu Victor.

»Das lässt sich nicht sagen. Aber der Umstand, dass sie ein Bild von ihm schicken, deutet darauf hin. Eine tote Geisel nützt ihnen nicht viel.«

»Nein«, sagt Troels Mikkelsen. »Aber sie könnten ihn natürlich umgebracht haben, nachdem das Bild gemacht wurde, und behaupten, er sei am Leben. Falls es zu einer Situation kommt, in der sie verhandeln möchten.«

»Das sind alles Vermutungen. Lasst uns zusehen, dass wir loskommen«, beendet Juncker die Diskussion.

Er geht in den Hinterraum, öffnet den Tresor und nimmt seine Pistole heraus. Er wiegt sie in der Hand. Kann sich kaum erinnern, wann er die Waffe das letzte Mal getragen hat. Es ist viele Jahre her. Er schnallt das Holster am Gürtel fest, steckt die Pistole hinein und geht zurück zu den anderen.

»Habt ihr eine Weste für mich?«, fragt Victor.

»Ja. Hier.«

Die drei PET-Männer haben jeweils einen kleinen Aluminiumkoffer dabei. Wahrscheinlich mit ihren MP5-Maschinenpistolen, vermutet Signe. Troels Mikkelsen hat ebenfalls einen Alukoffer mitgebracht. Er öffnet ihn und zieht eine Pistole heraus. Es ist nicht die als Standardwaffe der Polizei verwendete Heckler & Koch USP Compact, kann sie sehen. Natürlich hat er seine eigene, ganz spezielle Waffe.

»Was ist das für ein Kamerad?«, fragt Sigurd.

»Die hier?« Troels Mikkelsen hält die Pistole hoch. »Eine CZ 75 Sp-01 Phantom.«

»Holla. Eine Tschechin?« Sigurd nickt anerkennend.

»Ja«, antwortet Troels Mikkelsen. »Die beste Halbauto-matische mit Kaliber 9 Millimeter ever. Meine Meinung.«

Schweigend ziehen sie ihre schusssicheren Westen und ihre Jacken an. Signe fängt Junckers Blick. Einen Moment lang schauen sie sich in die Augen. Dann nickt er beinahe unmerklich und lächelt, nicht mehr als ein schnelles Hoch-ziehen des einen Mundwinkels, und man muss ihn gut kennen, um zu wissen, dass es tatsächlich ein Lächeln und kein nervöses Zucken ist.

Signe lächelt zurück. Sie kann ihn nicht richtig spüren. Nicht wie sonst. Er ist … sie weiß auch nicht. Ein zuge-knöpfter Gefühlslegastheniker war er ja schon immer, aber dieser Tage umgibt ihn etwas Trauriges, das sie so bisher nicht bemerkt hat.

Überhaupt hat sie ein merkwürdig diffuses Gefühl im Bauch. Geh kein Risiko ein, hat Merlin gestern gesagt. Aber diese ganze Aktion, zwei Terroristen aufzuspüren, von denen sie nur eine grobe Ahnung haben, wo sie sich befinden, noch dazu in einem Monsterschneesturm …

Das Ganze ist ein einziges, verdammtes Risiko, denkt sie. Vielleicht wurde eine falsche Entscheidung getroffen. Vielleicht hätten sie besser direkt die AKS das Eisen aus dem Feuer holen lassen sollen. Aber das ist keine Option mehr, jetzt, wo sie Kristoffer haben. Sie müssen herausfin-den, wo sie sind und dann weitersehen. Das oberste Ge-bot lautet Vorsicht.

Plötzlich fliegt die Tür auf, ein kräftiger Windstoß schmettert sie krachend gegen die Wand, und eine Wolke aus Schnee wirbelt herein. Troels Mikkelsen und Jasper reagieren beide im Bruchteil einer Sekunde und richten ihre Pistolen auf die Türöffnung, Victor und Sigurd ziehen ebenfalls ihre Waffen und zielen auf die Gestalt, die in den Raum tritt. Signe und Juncker kommen nicht dazu.

»Halt!«, brüllt Jasper. »Hände nach vorn ausstrecken!«

Die von Kopf bis Fuß mit Schnee bedeckte Gestalt, deren Gesicht so gut wie vollständig hinter einer Fellkapuze und einem schwarzen Schal verborgen ist, bleibt stehen.

»Hände nach vorn, habe ich gesagt. Los.« Jasper macht einen drohenden Schritt auf sie zu, die Pistole hält er im beidhändigen Anschlag mit fast durchgedrückten Armen.

Die Gestalt hebt langsam die Hände.

»Scheiße, was ist denn los?«, klingt es hinter dem Schal hervor.

»Das ist nur Nabiha. Sie arbeitet hier«, erwidert Juncker, als er die gedämpfte Stimme hinter dem Schal erkennt.

Sie zieht ihren Parka aus und hängt ihn an den Garderobenständer. Dann wiederholt sie ihre Frage: »Was ist los?«

Juncker umreißt ihr in knappen Zügen die Situation.

»Okay.« Sie schaut in die Runde. Ihr Blick verharrt einen Augenblick bei Signe. »Und was mache ich? Soll ich irgendwas …«

Juncker schüttelt langsam den Kopf. »Nicht wirklich. Es ist ein Spezialeinsatz, jeder Einzelne von uns wurde eigens dafür ausgewählt.«

»Wo ist Kristoffer?«, fragt sie.

»Er …« Juncker betrachtet seine Hände. Dann hebt er den Kopf. »Sie haben ihn. Die Terroristen haben ihn als Geisel genommen.«

»Was haben sie?« Nabiha richtet sich halb auf ihrem Stuhl auf. »Scheiße, was sagst du da?«

Sie stößt den Stuhl so heftig zurück, dass er fast umkippt, und marschiert in den Hinterraum. Juncker hört, wie sie den Tresor öffnet. Er folgt ihr und bleibt an der Türschwelle stehen. Sie kniet vor dem Tresor – ihre Pistole liegt im Holster neben ihr auf dem Boden – und ist dabei, das Magazin mit Patronen zu befüllen.

»Nabiha, das geht nicht. Du kannst nicht mitkommen.«

Sie schaut auf. Ihre Augen sind kohlschwarz vor Wut.

»Fuck, wie konnte das passieren? Wann haben sie ihn entführt? Und wie?«

»Ich weiß es nicht.« Juncker fährt sich mit der Hand über die Stirn. »Wahrscheinlich gestern Abend. Aber ich weiß es nicht.«

»Aber woher wissen sie, wer er ist? Und wann hatten sie die Möglichkeit, ihn zu überwältigen?«

»Keine Ahnung. Theoretisch müssen sie ja gar nicht unbedingt gewusst haben, dass er bei der Polizei ist, vielleicht wollten sie einfach einen ganz normalen Bürger schnappen.«

»Das glaubst du doch selbst nicht. Wenn man einen beliebigen Menschen in Sandsted kidnappen möchte, wählt man dann den, der zwei Meter zwei groß und fast halb so breit ist? Wohl kaum. Natürlich wussten sie, dass er von der Polizei ist. Sie wollten einen von uns.«

Sie steht auf, zieht die Pistole aus dem Holster und lässt mit einer energischen Bewegung und einem lauten Klick das Magazin einrasten.

»Nabiha, jetzt hör mir zu. Es geht nicht, du hast nichts mit diesem Einsatz zu tun. Du bist nicht dafür eingeteilt.«

»Und was soll ich dann deiner Meinung nach tun? Er ist mein Kollege, mein Partner. Soll ich hier sitzen und Däumchen drehen?«

Juncker macht einen Schritt vor und legt ihr die Hand auf die Schulter. »Das Beste, was du jetzt tun kannst, ist hier die Stellung zu halten und abzuwarten. Ich rufe dich an, sobald die Sache überstanden ist.«

»Das kann ich nicht.« Sie schüttelt verzweifelt den Kopf. »Ich kann doch jetzt nicht einfach hier auf der Wache hocken.«

»Doch, kannst du.«

Nabiha steht einen Moment mit hängenden Armen da. Dann geht sie zum Garderobenständer, zieht ihre Jacke an, wickelt sich den Schal um Hals und Gesicht, tritt nach draußen in den Schneesturm und verschwindet mit einem »Bin gleich wieder da«.

Signe schaut zu Juncker. »Meine Güte. Ziemlich kurze Lunte, was? Ich kann sie ja gut verstehen. Läuft da was zwischen den beiden? Kristoffer und ihr?«, fragt sie.

»Was? Nein, ich glaube nicht. Sie kennen sich erst seit einer Woche.«

»Das soll schon vorgekommen sein.«

»Ja, schon, aber ich weiß, dass er eine Freundin hat.«

»Na und?« Signe zieht den Reißverschluss ihrer Jacke hoch und schielt aus dem Augenwinkel zu Juncker. Und das ausgerechnet von ihm, denkt sie.

»Hast du heute schon mit Merlin gesprochen?«

Juncker schüttelt den Kopf.

»Sollte er nicht wissen, dass sie Kristoffer haben? Und überhaupt, wie wollen wir das Ganze angehen?«

»Ich habe ihn gestern Abend gebrieft und werde ihn gleich anrufen. Ich schicke euch auch gleich eine SMS mit der Nummer von …« Er schaut auf einen Zettel. »Palle Johansen. Er ist der Leiter der AKS, bei ihm müsst ihr euch melden, wenn ihr sie dazuholen wollt.«

»Und die kommen auch durch? Ich meine, wenn das Wetter so weitergeht, wird es nicht mehr lang dauern, bis hier alles dicht ist. Falls die Straßen nicht eh schon komplett gesperrt sind.«

»Bis auf Weiteres habe ich nichts anderes gehört, als dass sie klar zum Einrücken sind, sobald wir sie brauchen. Wir halten natürlich engen Kontakt, ja?«

Signe nickt und zieht ihre Handschuhe über. »Na klar.

Du hast schon gesehen, dass Nabiha ihre Pistole mitgenommen hat, oder?«

»Ja. Aber ist es nicht vernünftig, dass sie bewaffnet ist, selbst zu Hause? So wie die Lage ist?«

»Absolut.« Sie schaut zu Sigurd und Troels Mikkelsen. »Wollen wir?«

Sie haben Nabihas Rückkehr nicht mehr abgewartet und parken jetzt den Wagen etwa fünfhundert Meter vom ersten Haus entfernt. Es ist schwer, Abstände einzuschätzen und sich gemäß der Karte zu orientieren, da sämtliche Merkmale der Landschaft wie weggewischt sind. Häuser und Bäume sind in konturlose graue Schatten verwandelt, und nur, weil der Wind an einigen Flecken den Schnee vom schwarzen Asphalt gefegt hat, können sie erkennen, dass sie noch immer auf der Straße fahren.

Aber es ist nicht dieses Haus, denkt Signe. Es liegt zu nah an der Straße. Die zwar nicht sonderlich stark befahren aussieht, aber trotzdem … Das Risiko, zufällig von einem Passanten entdeckt zu werden, ist einfach zu groß, als dass es jemand mit einer derart perfekten Organisation eingehen würde.

Nichtsdestoweniger müssen sie es kontrollieren. Die Möglichkeit ausschließen.

»Wie gehen wir vor?«, fragt Sigurd. Er und Troels Mikkelsen schauen sie an.

»Gebt mir mal die Karte.« Sie breitet sie aus und sucht mit dem Zeigefinger das Haus.

»Es scheinen zwei Gebäude zu sein. So wie sie liegen, wäre es am naheliegendsten, dass das Gebäude parallel zur Straße das Wohnhaus ist und das im rechten Winkel zur Straße ein Stall oder Ähnliches. Es gibt sicher ein oder zwei Fenster im Giebel des Wohnhauses, aber wenn wir uns in einem bestimmten Winkel im Schutz des Stalles nähern, sollten wir ganz nah herankommen, ohne vom Haupthaus aus gesehen zu werden.«

»Und wonach suchen wir, wenn wir da sind?«, fragt Sigurd.

Troels Mikkelsen wirft dem PET-Mann einen Blick zu. »Lebenszeichen.«

»Wie zum Beispiel?«

Troels Mikkelsen seufzt. »Was weiß ich. Sie sind ja wohl nicht so blöd, dass sie ihr Auto irgendwo in Sichtweite geparkt haben, und eventuell vorhandene Reifenspuren sind sicher zugeschneit. Aber vielleicht waren sie nachlässig genug, einen Müllsack rauszustellen. Auch wenn ich es nicht glaube. Wenn sie von den Taliban trainiert wurden, sind sie daran gewöhnt, alle Spuren zu verwischen und ihre Scheiße zu vergraben. Aber schaut, ob die Fenster von innen beschlagen sind. Oder ob irgendwo ein Lichtschimmer zu sehen ist. Von einem Computer oder Handy. So was in der Art.«

»Es kann sein, dass wir ganz nah rangehen müssen, oder? Um durch die Fenster zu schauen?«, fragt Sigurd an Signe gewandt.

Sie nickt. Das ist eines der großen Risiken, die sie möglicherweise eingehen müssen.

»Wir nähern uns zusammen, lasst uns sagen, in einem Abstand von circa zehn Metern. Ich geh voran, dann kommt Troels, und du, Sigurd, folgst hinten mit der Maschinenpistole. Wenn wir es bis ganz zum Haus geschafft haben, besprechen wir uns, okay?«

Sie machen ihre Waffen bereit und verlassen das warme Auto.

Es ist ein klaustrophobisches Gefühl. Durch die zugezogene Kapuze ist ihr Sichtfeld fast wie mit einem Fernglas auf den Bereich direkt vor ihr eingeschränkt. Es ist kurz vor neun, die Sonne ist aufgegangen, hängt jedoch kraftlos am Himmel, und der Schnee fällt inzwischen so dicht, dass man nicht weiter als knapp hundert Meter sieht. Der Sturm schluckt alle Geräusche, sie kann kaum ihren eigenen Atem hören, geschweige denn die Schritte im Schnee, nur das stetige Brausen des Windes.

Jetzt kann Signe den schwachen Umriss des Hauses ein Stückchen rechts von ihr erahnen. Per Handzeichen gibt sie den anderen zu verstehen, dass sie einen Bogen über das Feld zur Linken schlagen sollen, um sich im richtigen Winkel nähern zu können. Sie bewegt sich mit kurzen, vorsichtigen Schritten, falls ein unter der Schneedecke verborgener Graben entlang der Straße verläuft. Und tatsächlich, fast rutscht sie mit dem Bein ins Leere, gewinnt jedoch die Balance zurück, macht einen großen Schritt und hofft, dass es reicht, um auf die andere Seite zu kommen. Sie schafft es heil hinüber, geht etwa zwanzig Meter übers Feld, bleibt stehen und zieht ein Fernglas aus der Tasche. Kein Anzeichen auf dieser Seite, dass das Gebäude bewohnt ist, stellt sie fest und vergewissert sich gleichzeitig, dass der Stall die Sicht von sämtlichen Fenstern des Wohnhauses aus blockiert.

Wind und Schnee fegen ihnen direkt ins Gesicht, als sie näher kommen. Sie stemmt sich dagegen, schirmt ihre Augen mit der linken Hand ab. Jetzt ist sie nah genug, um erkennen zu können, dass der Stall vollkommen verfallen ist. Das Reetdach weist große Löcher auf, praktisch alle Fenster sind zerbrochen. Hier sind sie nicht, denkt sie wieder. Der Stall, in dem Simon Spangstrup Annette Larsen hingerichtet hat, hat einen recht gepflegten Eindruck gemacht. Und dabei muss es sich um denselben Ort gehandelt haben, an dem sie sich versteckt halten, sonst müssten ihnen zwei verschiedene Verstecke zur Verfügung stehen, was trotz allem wenig plausibel scheint.

Eine halbe Minute später ist sie da, dicht gefolgt von Sigurd und Troels Mikkelsen. Sie winkt sie zu sich herüber. Selbst hier in der Kälte und trotz des starken Windes kann sie sein Aftershave riechen. Sie schluckt mehrmals. Es ist grenzüberschreitend, ihm so nahe zu sein, aber er scheint vollkommen gelassen, bemerkt sie.

»Ich versuche kurz, links um den Stall herumzugehen, vielleicht kann ich von dort einen Überblick über die gesamte Vorderseite des Hauses bekommen«, flüstert sie.

Die beiden Männer nicken. An der Giebelwand türmt sich eine stetig wachsende Schneewehe auf. Eng an der einst weißgekalkten Mauer entlang, deren Farbe nun in großen Streifen abblättert, kämpft sie sich durch den knietiefen Schnee. An der Ecke des Stalles zum Hofplatz bleibt sie stehen, holt tief Luft, und streckt den Kopf vorsichtig so weit vor, dass sie die Fassade des Haupthauses in ihrer ganzen Länge überblicken kann.

Es ist fast genauso verfallen wie der Stall. Der Hof ist übersät mit Gerümpel, das meiste teilweise im Schnee vergraben – ausgediente Feldgeräte, ein Campingwagen und diverse Haufen mit Abfall und altem Bauschutt. Mehrere Fensterscheiben sind zersplittert, die Haustür ist aufgebrochen und hängt schief in den Angeln. Alles macht einen einsamen und verlassenen Eindruck. Sie dreht sich um und geht zurück zu den anderen.

»Es sieht nicht so aus, als ob jemand hier wäre«, sagt sie.

»Okay«, erwidert Troels. »Aber sollen Sigurd und ich nicht trotzdem schnell eine Runde ums Haus machen und in die Fenster schauen? Nur um ganz sicher zu sein.«

»Macht das.«

»Sigurd, du gehst links herum, dann nehme ich die andere Seite.« Die Männer verschwinden um die Ecke.

Signe lehnt sich gegen die Wand und steckt die Hände in den Mantel. Atmet mehrmals tief durch, lockert die Schultern, beugt den Kopf vor und dreht ihn hin und her. Ihr Nacken knirscht, als würde jemand auf einer Packung Cornflakes herumtrampeln. Seit sie mit Anne schwanger war, hat sie nicht mehr geraucht, aber Scheiße, würde ihr eine Zigarette jetzt guttun.

Wenige Minuten später sind die beiden anderen zurück. Sigurd schüttelt den Kopf.

»Unbewohnt. Hab gerade kurz den Kopf durch die Tür gesteckt. Sieht aus, als wäre seit Jahren kein Mensch mehr hier gewesen. Abgesehen von ein paar Junkies aus dem Ort vielleicht. Auf dem Boden im Wohnzimmer lagen ein paar alte Matratzen, aber auf denen hat lange keiner gelegen.«

»Okay.« Signe sichert ihre Pistole, steckt sie ins Schulterholster unter dem Mantel, zieht ihr Handy aus der Tasche und wählt Junckers Nummer. Er nimmt nach dem ersten Klingeln ab.

»Hi, Signe. Alles gut?«

»Jep. Wir sind fertig im Langagervej. Hier waren sie jedenfalls nicht.«

»Hier auch nicht. Dann fahren wir jetzt weiter zum nächsten Haus.«

»Gleichfalls. Ich melde mich.«

»Mach das.« Juncker schweigt kurz. »Seid vorsichtig.«

»Na klar. Ihr auch.«

Sie steckt das Handy wieder ein.

»Kommt, wir gehen zurück zum Auto«, sagt sie.

Obwohl sie den Wind im Rücken haben und sie vier Lagen Kleidung anhat, ist ihr kalt bis auf die Knochen, als sie

den Land Cruiser erreichen. Sie setzt sich auf den Rücksitz. Lieber hat sie Troels vor sich – sie kann den Gedanken nicht ertragen, dass er ihr von hinten auf den Nacken
starrt. Die Wärme hat sich im Inneren des Wagens gehalten
und lässt ihre Wangen bitzeln. Sie faltet die Karte auf. Das
nächste Haus liegt im Skovvej, oder besser gesagt zweihundert Meter abseits, an einer Art Schotterweg, der vom
Skovvej am Haus vorbei und in den Wald führt.

Sie kaut auf ihrer Unterlippe.

»Okay, passt auf. Das nächste Haus liegt ein gutes Stück
von der Straße entfernt, ziemlich einsam und dicht am
Waldrand. Wenn wir uns vom Skovvej her nähern, kann
man uns vom Haus aus wahrscheinlich gut sehen, und
wir sind weitestgehend ungeschützt. Es sieht aber so aus,
als könnte man von hinten, das heißt von der Waldseite
aus, fast bis ans Haus herankommen. Der Schotterweg
führt anscheinend komplett durch den Wald bis zu dieser
Straße ...« Sie deutet auf die Karte. »Wie wär's also, wenn
wir es von dort aus versuchen?«

»Laufen wir nicht Gefahr stecken zu bleiben, wenn wir
auf schmalen Waldwegen herumfahren?«, wendet Troels
ein.

»Das glaube ich nicht. Im Gegenteil, im Wald besteht
wahrscheinlich ein geringeres Risiko für große Schneeverwehungen als hier draußen in der offenen Landschaft«, erwidert Signe.

»Und für den Fall der Fälle haben wir Schaufeln im Kofferraum. Und eine Seilwinde vorn, sodass wir uns selbst
herausziehen können. Wir werden schon durchkommen«,
fügt Sigurd hinzu.

»Alles klar, dann lasst uns fahren.«

Sie brauchen keine Viertelstunde. Wie Signe vorherge-
sehen hat, ist der Waldweg weitestgehend befahrbar. In

ungefähr siebenhundert bis achthundert Metern Entfernung zum Haus lassen sie den Wagen stehen und bewegen sich wieder mit einem Abstand von zehn Metern vorwärts: Signe zuerst, Troels in der Mitte, Sigurd ganz hinten. Es ist ein relativ offener Laubwald, und das erste Tageslicht dringt allmählich durch die Baumkronen.

Etwa zweihundert Meter weiter vorn scheint sich die Vegetation zu ändern und in eine dichte Tannenplantage überzugehen, die bis zum Haus reicht. Gut, denkt Signe, das macht es wesentlich einfacher, sich unbemerkt anzuschleichen.

Zwischen Laub- und Tannenwald liegt eine Brandschneise von zwanzig Metern Breite. Signe hält inne. Das Haus ist noch immer nicht zu sehen, doch ungefähr hundert Meter weiter wird es heller. Hier endet der Wald offenbar. Sie verlässt den Weg nach rechts, folgt der Linie der Brandschneise für zwanzig Meter und schlägt sich dann links zwischen die Nadelbäume.

Hier drinnen ist der Wind zu einem schwachen Rauschen reduziert, die Zweige der Tannen dämpfen alle Töne, und Signe hat das Gefühl, durch einen großen, mit weichem Samt ausgebetteten Raum zu gehen. Es herrscht ein schwaches Dämmerlicht. Sie tritt vorsichtig auf, um ein Knacken der Zweige unter ihren Füßen zu vermeiden, was sich als gar nicht so leicht herausstellt. Denn auch wenn der Waldboden nur von einer dünnen Schicht Schnee bedeckt ist, kann man unmöglich erkennen, worauf man tritt, und jeder Schritt knirscht leise. Wie weißes Pulver rieselt der Schnee auf ihren Kopf, wenn sie einen Zweig streift.

Jetzt erblickt Signe das Haus zwischen den Bäumen. Sie bleibt stehen und hört, wie die beiden anderen es ihr gleichtun. Dann geht sie in die Hocke, um besser unter den tiefhängenden Ästen hindurchsehen zu können. Es ist ein gelbes Gebäude, dem Aussehen nach möglicherweise ein altes Forsthaus, und anscheinend gut gepflegt. Die Fläche bis zum Waldrand ist Rasen. Linker Hand liegt ein weiteres Gebäude, ein Stall oder eine große Scheune, das in einen Anbau übergeht, der wie eine Doppelgarage aussieht.

Nett, denkt sie.

Auf dem Dach liegt Schnee. An einigen Stellen hat der Wind den Großteil davon weggeblasen, sodass man das schwarze Schieferdach darunter erahnen kann, in dessen Mitte eine Entlüftungshaube zu sehen ist. Sie ist schnee-frei. Ein kleiner schwarzer Fleck in all dem Weiß. Auch um das Lüftungsrohr, das aus dem Dach kommt, liegt kein Schnee.

Er ist geschmolzen. Sowohl das Rohr als auch die Haube sind warm, denkt Signe. Von unten steigt warme Luft auf.

Jemand ist im Haus.

Ihr Puls beschleunigt sich. Sie atmet ein paar Mal kont-rolliert durch den Mund aus. Müssen sie näher heran? Brau-chen sie mehr zu wissen, als dass sich jemand in einem Haus aufhält, das eigentlich leer stehen sollte? Reicht das nicht aus? Doch, beschließt sie, es reicht mehr als aus. Na-türlich haben sie keine absolute Gewissheit, dass es sich bei den Leuten im Haus um Simon Spangstrup und den Afghanen und hoffentlich auch Kristoffer handelt, aber die Wahrscheinlichkeit ist hoch genug, um kein weiteres Ri-siko eingehen zu müssen.

Weg hier, und dann rufen wir die AKS, denkt sie, dreht sich um und macht sich mit langsamen, vorsichtigen Schritten an den Rückzug.

Plötzlich, aus dem Nichts, ein Arm um ihren Hals und ein harter Schlag aufs rechte Handgelenk, sodass sie die Pistole verliert. Sie schreit auf, doch der Schrei bleibt ihr im Hals stecken, einzig ein heiseres Krächzen dringt heraus. Der Arm um ihren Hals drückt zu, schnürt ihr die Luft ab, er ist unfassbar stark, »er«, denn es muss ein Mann sein, keine ihr bekannte Frau kann mit nur einem Arm eine derartige Kraft aufbringen. Und wie kann man sich so lautlos bewegen? Sie hat nichts gehört, nicht mal das kleinste Knacken auf dem Waldboden. Instinktiv schlägt sie mit dem linken Arm nach hinten aus, trifft ihn auch, doch der Schlag verpufft völlig wirkungslos. Sie versucht es mit einem Rückwärtstritt, streift aber nur sein Schienbein. Dann spürt sie einen harten Stoß in den Rücken, direkt oberhalb der Hüfte, und stöhnt auf.

»Still oder ich erschieß dich«, sagt der Mann, bei dem es sich um Mahmoud Khan handeln muss, auf Englisch, denn Simon Spangstrup hätte wohl Dänisch gesprochen.

Etwas weiter im Wald kann sie den Umriss von Troels Mikkelsen erahnen, Sigurd ist nicht zu sehen. Er muss direkt hinter ihm stehen. Falls er sich nicht hat anschleichen können.

»Signe«, hört sie Troels Mikkelsen leise rufen, die Stimme fast übertönt vom Rauschen der Tannen.

Scheiße, geht es ihr durch den Kopf. Verdammte, elende Mistscheiße. Das Einzige, das auf keinen Fall passieren durfte!

»Kein Wort. Geh langsam weiter. Wenn du irgendwas versuchst, knall ich dich ab«, flüstert ihr der Afghane ins Ohr.

Langsam beginnt sie auf Troels zuzugehen. Er steht etwa zehn Meter entfernt. Sie unterdrückt die aufsteigende Panik, zwingt sich, ruhig zu bleiben.

»Ich will nicht sterben. Nicht jetzt«, murmelt sie.

»Maul halten!«, zischt der Afghane. Sie spürt, wie er sich klein macht, um möglichst viel von sich hinter ihrem Körper zu verbergen.

Jetzt liegen nur noch knapp acht Meter zwischen ihr und Troels, der fast verdeckt hinter einem Baumstamm steht.

»Wirf deine Waffe auf den Boden, wo ich sie sehen kann!«, ruft der Afghane.

Doch Troels Mikkelsen rührt sich nicht. Khan will uns alle zusammen umbringen, geht es ihr durch den Kopf. Deshalb hat er mich noch nicht erschossen. Er benutzt mich als Köder und Schutzschild, um näher an die beiden anderen heranzukommen, und dann wird er erst sie und anschließend mich töten.

»Ich zähle bis zehn, und dann töte ich sie, wenn du deine Waffe nicht fallen lässt«, ruft er Troels Mikkelsen zu, und Signe hört die Verzweiflung in seiner Stimme.

Troels' linke Gesichtshälfte ist hinter dem Baum zu sehen. Sie bekommt Augenkontakt mit ihm. Denkt fieberhaft nach. Versteht der Afghane Dänisch? Der Griff um ihren Hals hat sich eine Ahnung gelockert. Sie nutzt die Chance.

»Auf acht«, sagt sie mit leiser Stimme, aber laut genug, dass Troels es hören muss.

»Maul halten!«, brüllt der Afghane so nah an ihrem Ohr, dass es zu klingeln beginnt.

Im Dämmerlicht meint sie erkennen zu können, wie Troels Mikkelsen die Brauen hebt. Oder ist es nur Einbildung? Hat er sie verstanden? Wenn nicht, ist sie tot. Er blinzelt mit dem sichtbaren Auge, kaum erkennbar in der Dunkelheit, aber Signe sieht es.

»One, two, three …«, der Afghane zählt mit flacher Stimme, »four, five, six, seven …«

In einer blitzartigen Bewegung zieht Signe beide Beine hoch. Khan, der nicht darauf vorbereitet ist, ihr volles Gewicht zu tragen, kann den Griff um ihren Hals nicht schnell genug zuziehen, ehe sie zehn Zentimeter nach unten gerutscht ist. Genug, damit die obere Gesichtshälfte des

Afghanen ungeschützt ist. Sie sieht das Mündungsfeuer aus Troels Mikkelsens Pistole, hört den Schuss und spürt einen brennenden Schmerz auf der Kopfhaut, alles zusammen im Bruchteil einer Sekunde. Dann lockert sich der Griff um ihren Hals, der Afghane kippt nach hinten. Obwohl er sie nicht länger gepackt hält, reißt er sie im Fallen mit sich. Sie landet auf ihm und fühlt, wie er unter ihr zuckt, und hört sein gurgelndes Röcheln, während das Leben langsam aus ihm weicht. Dann rollt sie von ihm herunter und liegt neben ihm im Schnee. Kämpft sich auf alle viere und krabbelt entsetzt davon. Dann steht sie auf, ihre Beine fangen an zu zittern, sodass sie fast wieder umfällt.

Sie verschränkt die Arme im Nacken und zwingt sich, Mahmoud Khan anzuschauen, der nun ganz still auf dem Rücken liegt, den einen Arm seitlich neben dem Körper, den anderen seitlich von sich gestreckt, wie ein Fahrradfahrer, der das Signal zum Linksabbiegen gibt. Der Mund ist offen, ebenso die Augen, die mit leerem Blick zum Himmel gerichtet sind. Unter dem rechten, direkt an der Nasenwurzel, läuft ein dünner Streifen Blut aus der Einschusswunde der Kugel den Wangenknochen hinab. Die Wunde ist nicht größer als ein Zentimeter im Durchmesser – sehr viel kleiner als die Austrittswunde, zumindest dem rasch wachsenden Blutfleck nach zu urteilen, der sich um das schwarzgelockte halblange Haar des Toten im Schnee ausbreitet.

Es ist, als ob ihr Verstand völlig leergewischt wäre. Als hätte ihr Körper sämtliche Gedankentätigkeit ausgesetzt, um stattdessen alle verbliebenen Kräfte darauf zu konzentrieren, die grundlegendsten körperlichen Funktionen in Gang zu halten. Aufrecht stehen zu bleiben, zum Beispiel. Die Haut am Kopf brennt immer noch. Sie zieht den linken Handschuh aus, fährt sich mit der Hand über den Kopf und prüft ihren Finger. Kein Blut.

»Sicher nur ein kleiner Kratzer.«

Sie dreht sich um. Troels steht in wenigen Metern Entfernung, Sigurd kommt auf sie beide zu.

»Kratzer?«

»Ja. Das Projektil hat dich gestreift. Aber ganz knapp. Wie eine kleine Brandwunde, wenn die Haut versengt wird.«

Allmählich beginnt Signe zu begreifen, was gerade geschehen ist. Dass sie erschreckend wenige Millimeter davon entfernt war, eine Kugel in den Schädel zu bekommen. Dass dieser Wahnsinnige Troels einen Schuss unter gänzlich hoffnungslosen Bedingungen abgefeuert hat.

Und langsam, ganz langsam, nimmt ein Gedanke in ihrem Geist Form an. Ein Gedanke, den in Worte zu verwandeln sie fast nicht ertragen kann. Und der, da sie ihn dennoch für sich formuliert, in ihr den starken Drang weckt, auf dem Absatz kehrtzumachen und vor der ganzen Situation Reißaus zu nehmen.

Ich schulde ihm mein Leben.

Sie zwingt sich, ihm in die Augen zu sehen. Schluckt. Schluckt erneut.

»Danke«, murmelt sie mit zusammengepressten Lippen.

»Schon gut«, erwidert er tonlos, geht an ihr vorbei, hebt ihre Pistole auf, die zwei Meter hinter der Leiche liegt, und reicht sie ihr.

»Was machen wir jetzt?«, fragt er.

Sie wendet sich ab und schaut in Richtung Haus. Versucht, das Gefühl, das sie gerade zu übermannen droht, wegzusperren. Jetzt reiß dich gefälligst zusammen, herrscht sie sich innerlich an. Dann dreht sie sich wieder zu den beiden Männern um.

»Wir ziehen uns zurück, bis wir aus dem Tannenwald

raus sind, und dann überlegen wir, was wir machen. Hier hocken wir direkt auf dem Präsentierteller, falls Simon Spangstrup im Haus ist und ein Scharfschützengewehr oder ein Sturmgewehr hat.«

Es dauert nur wenige Minuten, bis sie zurück an der Brandschneise sind – jetzt, wo sie nicht mehr darauf achten müssen, möglichst leise aufzutreten.

»Wir haben drei Möglichkeiten«, sagt Signe. »Erstens, wir informieren die AKS und lassen sie das Haus räumen. Zweitens, wir rufen Juncker an, damit sie herkommen und wir zusammen mit ihnen reingehen. Drittens, wir drei erledigen es jetzt.«

»Lautete nicht der ursprüngliche Befehl, die AKS zu informieren, sobald wir sie lokalisiert haben?«, fragt Sigurd.

Doch, denkt Signe. Aber es dauert mindestens eine halbe Stunde, bis die AKS hier ist. Wenn sie überhaupt durchkommen. Der Schneesturm hat in den letzten Stunden nicht an Stärke verloren, ganz im Gegenteil. Juncker und die anderen würden also ebenfalls eine Weile brauchen, bis sie hier wären. Und wieder gilt: falls sie überhaupt durchkommen.

Und sie will Simon Spangstrup fassen. Meine Fresse, wie gern sie dieses miese Schwein fassen will.

»Hast du Schockgranaten mit?«, fragt sie Sigurd.

»Ja. Drei Stück«, antwortet er.

»Was haltet ihr davon reinzugehen? Wir sind drei gegen einen. Außerdem weiß er wahrscheinlich nicht, wie viele wir sind. Ich habe ein ungutes Gefühl dabei, auf die anderen zu warten.«

Sie schaut Troels an, der die Augen zusammenkneift und sein schiefes Macho-Lächeln lächelt.

»Tja, warum nicht.«

Signe wendet sich Sigurd zu, dem die Sache sichtlich

nicht behagt. »Mir gefällt nicht, dass wir uns einem Befehl derart widersetzen«, meint er.

»Wir *widersetzen* uns keineswegs einem Befehl«, hält Signe dagegen. »Wir, oder besser gesagt ich, treffen eine rationale Entscheidung aufgrund der gegebenen Umstände vor Ort. Das ist etwas völlig anderes.«

»Und was genau an den Umständen vor Ort zwingt uns dazu?«

»Dass Simon Spangstrup unsere Anwesenheit nicht entgangen sein kann. Dass er die Chance hat abzuhauen, wenn wir uns zurückziehen. Außerdem mache ich mir Sorgen, was er Kristoffer womöglich antut, wenn wir zu viel Zeit verstreichen lassen, ehe wir eingreifen.«

»Dann könnten wir doch einfach das Haus bewachen, damit er nicht abhaut, und derweil der AKS Bescheid geben.«

Signe holt tief Luft und versucht, ihren Ärger und ihre Ungeduld zu zügeln, aber vergeblich. »Schau dich doch mal um. Inzwischen liegt so viel Schnee, und der Wind ist so heftig, dass die AKS wahrscheinlich mehr als eine halbe Stunde bis hierher brauchen wird. So lang können wir unmöglich warten.« Sie schaut ihm direkt in die Augen. »Also, was sagst du?«

Er steht völlig gelassen da, die Arme vor der Brust verschränkt, eine Hand liegt auf der Maschinenpistole, die an einem Riemen über der linken Schulter hängt.

»Streng genommen dürfte es egal sein, was ich sage. Du kannst mir ja einfach einen Befehl erteilen.«

»Ja, das kann ich natürlich. Aber das würde ich nach Möglichkeit gern vermeiden. Die Sache ist schließlich nicht ganz ungefährlich.«

Sigurd schaut zu Troels, der mit den Füßen aufstampft, um sich warm zu halten, während er anscheinend lautlos irgendeine Melodie vor sich hin pfeift. Dann richtet er den Blick wieder auf Signe.

»Meinetwegen.« Er verzieht den Mundwinkel zu einem schiefen Lächeln. »Ich habe wohl kaum eine Wahl, oder?«

Signe erwidert das Lächeln. »Nein, nicht wirklich«, gibt sie zu und klopft ihm auf den Arm.

Kapitel 41

»Hast du versucht, Signe anzurufen?«, fragt Victor.

»Mehrfach. Sie antwortet nicht«, erwidert Juncker, ohne den Blick von der Fahrbahn zu nehmen. Konzentriert übers Lenkrad gebeugt, versucht er mit zusammengekniffenen Augen, etwas im dichten Schneetreiben zu erkennen und den großen Volvo um die förmlich von Minute zu Minute anwachsenden Schneewehen herumzulenken. Ein gewöhnlicher Pkw würde hier längst nicht mehr durchkommen.

»Das muss bedeuten, dass sie an etwas dran sind, sie hat es sicher auf lautlos gestellt«, meint Victor.

»Hm«, brummt Juncker.

Victor schaut aus dem Seitenfenster. »Wäre es möglich, dass sie auf eigene Faust etwas versucht, also zusammen mit den beiden anderen?«, fragt er. »Denn, na ja, unsere beiden Häuser waren leer. Ihr erstes auch. Demzufolge …«

»… ist die Wahrscheinlichkeit groß, dass sie sich in dem Haus befinden, das Signe und die anderen gerade untersuchen, ja.«

Juncker gibt Gas und pflügt durch eine meterhohe Schneeverwehung.

»Aber kannst du dir vorstellen, dass sie eigenständig versucht, gegen sie vorzugehen? Anstatt die AKS zu holen?«

Juncker schüttelt den Kopf. »Nein. Es sei denn, irgendetwas passiert, was sie dazu zwingt.« Er blickt aus den

Augenwinkeln zu Victor. »Sie ist gut. Es gab mal eine Zeit, als sie sogar überlegt hat, sich bei der AKS zu bewerben. Wusstest du das?«

»Nein, davon hat sie nichts erzählt.«

»Sie wollte die erste Frau bei der Antiterroreinheit sein. Aber daraus wurde nichts. Vor allem, weil ihr Mann es nicht gerade für die beste Idee hielt, glaube ich. Als wir dann aber nach Breivik und Utøya diese mobilen Einsatzkommandos mit speziell ausgebildeten Polizisten etabliert haben, hat sie das gesamte Training absolviert, und, soweit ich weiß, hervorragend abgeschnitten. Sie kam vom Rauschgiftdezernat, war aber nur zwei Monate bei den Spezialeinheiten, bevor sie zu uns in die MK wechselte.«

»Okay«, sagt Victor. »Das wusste ich nicht. Aber ich bezweifle ja auch gar nicht, dass sie gut ist. Es ist eher … jetzt habe ich in diesem Fall recht eng mit ihr zusammengearbeitet, und sie handelt ziemlich, wie soll ich sagen, gefühlsgesteuert, oder?«

Um es milde auszudrücken, denkt Juncker. »Ja«, antwortet er. »Das kann man so sagen.«

»Und irgendwas ist da mit Simon Spangstrup, ihn hasst sie wirklich.«

»Hat sie das gesagt?«, fragt Jasper vom Rücksitz.

»Hm, nein, nicht direkt, aber ich konnte es ihr anmerken. Als wir ihn auf dem Überwachungsvideo gesehen haben und als wir über ihn gesprochen haben, machte es den Eindruck, als ob sie vollkommen besessen davon wäre, ihn zu schnappen.«

»Das wollen wir wohl alle, oder nicht?«, erwidert Juncker.

»Ja, na klar. Nur scheint es für sie irgendwie etwas Persönliches zu sein.«

»Mach dir keine Sorgen«, sagt Juncker. »Es gibt keinerlei Grund zu der Annahme, Signe könnte voreilig handeln. Das wäre nicht ihre Art.«

Lügner, denkt er.

Sein Handy klingelt. Er bremst und schaut aufs Display.

»Wenn man vom Teufel spricht«, sagt Juncker. »Hallo, Signe.«

»Hi. Sie sind im Haus im Skovvej. Oder besser gesagt, waren.«

»Was heißt das?«

»Mahmoud Khan ist tot. Und Simon Spangstrup verschwunden.«

Irgendetwas an ihrer Stimme gefällt ihm nicht. Macht ihn unruhig.

»Was? Ich verstehe nicht. Warum habt ihr …?«, fragt er nervös.

»Wir mussten reingehen. Ich erzähl's dir genauer, wenn ihr da seid. Das heißt, falls ihr durchkommt.«

»Ich denke, das sollten wir schaffen. Wir können es auf jeden Fall versuchen. Was ist mit Kristoffer? Ist er okay?«

Wieder wird es still am anderen Ende der Leitung.

»Signe?« Juncker schließt die Augen. Bitte nicht, denkt er.

»Kristoffer ist …« Ihre Stimme ist heiser. »Kristoffer lebt. Aber wir müssen ihn so schnell wie möglich hier wegschaffen. Er ist halb bewusstlos und wahrscheinlich stark unterkühlt. Es ist eiskalt dort, wo wir ihn gefunden haben, er trug nur Unterwäsche, sein Puls ist schwach. Sie scheinen ihn auch geschlagen zu haben, aber soweit ich sehen kann, hat er keine lebensgefährlichen Verletzungen. Zumindest nicht äußerlich. Wir haben ihn in die Schlafsäcke gepackt, die sie im Haus zurückgelassen haben.«

Juncker spürt eine Welle der Erleichterung.

»Gut. Wie weit entfernt steht euer Auto?«

»Etwas weniger als einen Kilometer, würde ich sagen.«

»Glaubst du, ihr könnt mit dem Wagen bis ans Haus fahren?«

»Ich denke schon. Der Wald ist tatsächlich besser befahrbar als die offenen Straßen.«

»Okay. Sigurd soll den Wagen holen, und dann hoffen wir, dass er und Troels Kristoffer trotz der Straßenverhältnisse nach Sandsted bringen können. Es gibt ein Ärztehaus in der Stadt, wo sie ihn zumindest schon mal erstversorgen und seinen Zustand einschätzen können. Sag Troels, er soll Palle Johansen und die Leute von der AKS anrufen und fragen, wie sie ihre Möglichkeiten sehen, nach Sandsted zu kommen, um ihn abzuholen. Ich bezweifele, dass sie bei dem Wetter einen Hubschrauber in die Luft bekommen.« Er denkt einen Moment nach. »Habt ihr Spuren im Schnee gefunden, die zeigen, in welche Richtung Simon Spangstrup geflohen ist?«

»Ja. Den Feldweg runter Richtung Skovvej.«

»Frische Spuren?«

»Schon, sie sind zugeweht, aber noch deutlich zu erkennen.«

»Kannst du einschätzen, wie alt sie sind?«

»Schwer zu sagen. Es weht ziemlich heftig. Höchstens eine Viertelstunde, würde ich denken.«

»Okay. Wir beratschlagen kurz, was wir machen«, sagt Juncker.

Er steckt das Handy in die Jackentasche.

»Ihr habt es mitgekriegt, Kristoffer ist am Leben, aber angeschlagen. Wir versuchen, ihn nach Sandsted zu schaffen. Mahmoud Khan ist tot. Und, na ja, das habt ihr ebenfalls mitgekriegt, Simon Spangstrup ist geflohen.«

»Wohin?«, fragt Victor.

»Signe sagt, es führen Fußspuren vom Haus weg und in

Richtung Skovvej, also auf der Straße, auf der wir gerade halten. Der Kiesweg vom Haus müsste, tja, etwa einen guten Kilometer weiter auf die Straße treffen.«

»Und welchen Weg hat er dann genommen?«

»Keine Ahnung. Theoretisch könnte er über die Äcker gegangen sein, aber das wäre ziemlich mühselig und langsam. Wahrscheinlich ist er also den Skovvej weiter. Entweder in unsere oder in die entgegengesetzte Richtung.«

»Das heißt, was machen wir jetzt?«, fragt Victor.

Juncker schaut durchs Seitenfenster. Denkt an das Bild von Kristoffer.

»Wir folgen ihm.«

Victor und Jasper werfen sich einen Blick zu.

»Wir könnten auch den Leiter der AKS anrufen und ihm die Koordinaten durchgeben.«

»Drei, vier Kilometer weiter liegt ein kleines Dorf, Farslev. Das darf er nicht erreichen. Dort sind Menschen, die er als Geiseln nehmen könnte. Wir fassen ihn jetzt.«

»Ist das …?«

»Wir fassen ihn jetzt. Das ist meine Entscheidung.«

Victor schaut Juncker an. »Okay«, sagt er dann. »Wie gehen wir vor?«

»Wir fahren weiter. Das heißt, wenn er uns entgegenkommt, schaffen wir es aus dem Auto und in Deckung, ehe er allzu nah ist. Wenn ich mich recht entsinne, stehen auf den nächsten Kilometern ziemlich viele Bäume am Straßenrand.«

Er legt den ersten Gang ein. Die drei Männer starren angespannt durch die Frontscheibe, während Juncker langsam anfährt.

»Victor, ruf Palle Johansen an, schildere ihm die Situation und gib ihm unsere Position durch. Wir sind auf dem

Skovvej zwischen Sandsted und Farslev. Sag, die AKS soll ausrücken. Jetzt.«

Victor nickt und tätigt den Anruf. Ein paar Minuten später sind sie am Kiesweg, der zu dem Haus führt, in dem sich Simon Spangstrup und Mahmoud Khan versteckt gehalten haben.

»Könnt ihr seine Fußspuren sehen?«, fragt Juncker.

Victor und Jasper schauen nach draußen.

»Jep. Er ist nach rechts, den Skovvej lang.«

Gut, denkt Juncker, das verschafft uns einen Vorteil. Der Wind bläst Simon Spangstrup direkt ins Gesicht, mit etwas Glück kommen wir also dicht an ihn heran, ohne dass er das Auto wahrnimmt. Ein weiterer Grund für Juncker, seinen geräuscharmen Volvo noch mehr zu schätzen als ohnehin schon. Sie fahren weiter. Juncker erhöht die Geschwindigkeit auf vierzig Stundenkilometer. Eine Minute. Zwei Minuten. Drei. Nichts.

Wenn er das Dorf erreicht, in ein Haus einbricht und eine Geisel nimmt, sind wir echt am Arsch, denkt Juncker.

Vier Minuten.

»Da!«, ruft Victor.

Juncker kneift die Augen zusammen. Er sieht nichts.

»Bist du sicher?«

»Ganz sicher.«

»Okay«, sagt Juncker. »Ich fahre noch fünfzig Meter, dann steigen wir aus und verfolgen ihn zu Fuß.«

Zehn Sekunden später hält er den Wagen an.

»Wir versuchen, so nah wie möglich an ihn heranzukommen. Ich fordere ihn auf stehen zu bleiben, und ihr habt eure MPs im Anschlag. Wie nah müssen wir ran, damit ihr sie effektiv einsetzen könnt?«

»Möglichst unter hundert Meter«, antwortet Jasper.

»Okay, das peilen wir an. Ich kann mir nicht vorstellen, dass er bei diesem Wind irgendetwas hört. Aber er kann sich natürlich trotzdem umschauen. Sollte er das tun und uns entdecken, heißt es ab in den Graben, und dann nehmen wir es, wie's kommt.«

»Nicht gerade optimal, das alles«, murmelt Jasper.

Juncker wirft ihm einen Blick zu und ist kurz davor zu erwidern, dass die Dinge im Leben wohl in den wenigsten Fällen optimal laufen. Aber er beißt sich auf die Zunge. Öffnet stattdessen den Reißverschluss seines Parkas, nimmt die Waffe aus dem Holster, steigt aus dem Auto und schließt die Tür. Hundert Meter weiter macht die Straße eine sanfte Biegung nach links. Soweit er sehen kann, ist das Stück bis zur Kurve menschenleer.

Die drei Männer fallen in Laufschritt, erreichen die Kurve und verlangsamen das Tempo. Als sie sie hinter sich gelassen haben, fangen sie wieder an zu laufen.

»Da ist er«, sagt Jasper eine halbe Minute später leise. Juncker schirmt die Augen mit der Hand gegen die glasharten Schneekristalle ab, die ihm ins Gesicht peitschen. Er ahnt die Umrisse einer Gestalt, in etwa hundert Metern Entfernung, schätzt er.

Wir müssen näher ran, denkt er und ringt um Atem, aus dieser Entfernung ist es zwecklos. Er läuft schneller, Victor und Jasper folgen ihm. Langsam verringert sich der Abstand zu der Gestalt, die mit eiligen Schritten vorwärtsgeht. Als sie Simon Spangstrup bis auf knappe fünfzig Meter eingeholt haben, bleibt Juncker stehen und nickt den beiden anderen zu. Sie heben ihre Maschinenpistolen auf Schulterhöhe und zielen.

Juncker legt die Hände wie einen Trichter vor den Mund und brüllt aus voller Lunge:

»Simon Spangstrup! Polizei! Stehen bleiben!«

Die Gestalt hält inne. Geht zögerlich zwei Schritte weiter und bleibt dann erneut stehen.

»Hände hoch und umdrehen!«, ruft Juncker.

Ein paar Sekunden lang steht der Mann regungslos da. Dann dreht er sich ganz langsam um.

»Hände hoch!«

Der Mann dreht sich weiter um, ohne die Hände zu heben. Jetzt steht er beinahe frontal zu Juncker und den beiden anderen. Unter seiner Mütze sieht Juncker eine Strähne roten Haares hervorschimmern.

»Hände hoch oder wir schießen!«

Simon Spangstrup hebt den linken Arm zum Reißverschluss seines Parkas.

»Feuer!«, kommandiert Juncker.

Die PET-Männer feuern ihre Waffen gleichzeitig ab, in zwei kurzen, bellenden Salven. Simon Spangstrup zuckt wie ein Hummer im kochenden Wasser und wird ein, zwei Meter zurückgeworfen. Er hat natürlich eine schusssichere Weste an, denkt Juncker, sonst würde er nicht so nach hinten fallen. Der Mann landet im Schnee und bleibt liegen, ohne sich zu rühren.

Einen Moment lang spricht keiner. Victor schaut Juncker an.

»Was machen wir jetzt?«, fragt er.

Juncker spürt seinen Puls rasen. Er wägt die Situation ab. Theoretisch könnte Simon Spangstrup einen Sprengstoffgürtel tragen, aber wie wahrscheinlich ist das? Nicht sehr. So ein Gürtel ist schwer, und wenn man unter diesen Wetterbedingungen auf der Flucht ist, ist überflüssiges Gewicht das Letzte, was man gebrauchen kann. Außerdem lässt nichts an der bisherigen Handlungsweise der beiden Terroristen darauf schließen, dass Sprengstoffgürtel und -westen zu ihrem Waffenarsenal gehören. Und zuletzt:

Hätte Simon Spangstrup einen Bombengürtel an, wäre dieser dann nicht hochgegangen, als er von Victors und Jaspers Kugeln getroffen wurde?

»Worauf habt ihr gezielt?«, fragt Juncker.

»Den Körper«, antwortet Victor. »Und die Beine.«

»Es sieht nicht so aus, als ob er Waffen tragen würde. Oder seht ihr etwas?«

Beide schütteln den Kopf. Aber unter dem Parka ist reichlich Platz für eine Automatikwaffe. Oder auch mehrere. Wir müssen ihn komplett unschädlich machen, denkt Juncker. Und zwar jetzt.

Soll er einen der beiden zu Spangstrup schicken? Er mustert sie aus dem Augenwinkel. Sie sind eindeutig besser für diese Art Aufgabe geeignet als er. Jünger. Und besser bewaffnet. Aber dann sieht er wieder das Bild des von Grauen gepackten Kristoffer vor sich.

»Ich gehe zu ihm«, sagt er.

Victor zieht die Brauen hoch.

»Ist das …?«

»Du kommst mit, aber nur den halben Weg. Jasper, du bleibst hier. Geh hinter einem der Bäume da in Deckung, damit du außer Reichweite bist, falls die Sache aus dem Ruder läuft.«

Er setzt sich in Bewegung. Nach etwa fünfundzwanzig Metern nickt er Victor zu, der daraufhin stehen bleibt. Juncker geht langsam weiter, die Waffe im beidhändigen Anschlag. Fünf Meter von Simon Spangstrup entfernt hält er inne. Irre, ist der riesig, denkt Juncker, fast so groß wie Kristoffer. Er geht einen Schritt näher. Der Mann liegt auf dem Boden, den rechten Arm im Fünfundvierzig-Grad-Winkel abgespreizt. Der linke liegt parallel zum Oberkörper. Kurz unterhalb der Schulter ist ein roter Fleck im Schnee. Er wurde also am Arm getroffen. Vorsichtig macht

Juncker noch einen Schritt auf ihn zu, beugt sich leicht vor und sieht einen weiteren Blutfleck am rechten Oberschenkel. Der läuft nirgendwo mehr hin, konstatiert Juncker.

Simon Spangstrups Augen sind geschlossen. Juncker kann nicht erkennen, ob sich sein Brustkorb hebt. Noch einen vorsichtigen Schritt vor. Jetzt sieht er die Schusslöcher auf der Vorderseite des schwarzen Parkas. Es ist schwer auszumachen, wie viele Treffer genau es in der Brustregion sind, aber sechs, sieben auf jeden Fall. Einige von ihnen recht nah beieinander. Es lässt sich also nicht ausschließen, dass eine oder mehrere Kugeln durch die Weste gedrungen sind, je nachdem, was es für eine Weste ist. Und wenn er unter dem Parka eine Waffe vor der Brust trägt, könnte sie ebenfalls einen Teil der Kugeln abgefangen haben.

Simon Spangstrup schlägt die Augen auf, liegt jedoch nach wie vor regungslos da.

»Keine Bewegung. Wenn Sie sich rühren, schieße ich«, sagt Juncker.

Er hatte ihn nicht einmal bemerkt. Erst, als er die Stimme hört, hebt er schwach den Kopf und entdeckt Juncker.

Der verwundete Terrorist lächelt. Ein höhnisches Lächeln, denkt Juncker. Zwei Wochen lang hat er sie nun verhöhnt, und selbst jetzt, wo er blutend auf der Erde liegt, verhöhnt er sie weiter. Langsam hebt er den rechten Arm und führt ihn zum Reißverschluss, genau wie zuvor, ehe er niedergeschossen wurde.

»Stopp«, sagt Juncker. »Bleiben Sie still liegen, sonst schieße ich.«

Simon Spangstrup führt die Bewegung weiter, als hätte er nichts gehört.

Juncker hebt die Pistole, zielt und schießt ihm in den rechten Oberarm.

Ein Zucken geht durch den Körper, und der verwundete Arm fällt zurück auf den Boden. Doch kein Laut entschlüpft den zusammengepressten Lippen und dem Wolfslächeln.

Meine Fresse, ist der abgehärtet, denkt Juncker. Er dreht sich um und ruft nach Victor.

»Hast du irgendein Kneif- oder Schneidewerkzeug?«, fragt er, als der PET-Mann bei ihm ist. Victor nickt.

»Du hast auf ihn geschossen«, sagt er halb fragend, halb feststellend.

»Ja. In den Arm. Wir müssen ihn entwaffnen. Stell dich an seinen Kopf und schieß, falls er sich rührt.«

Juncker öffnet den Reißverschluss des Parkas. Über der Brust liegt eine Uzi. Der Riemen führt von außen über der Kapuze um den Hals, sie brauchen ihn also nicht durchzuschneiden. Juncker hebt Spangstrups Kopf an, zieht ihm den Riemen über den Kopf und legt die Maschinenpistole außer Reichweite auf den Boden. Dann unterzieht er ihn einer vollständigen Leibesvisitation. Schnell findet er ein Schulterholster unter jedem Arm und zwei Sig-Sauer-9-Millimeter-Pistolen. Außerdem eine 9-Millimeter in einem Holster am Gürtel, zwei Handgranaten und zwei Schockgranaten in verschiedenen Taschen sowie sechs Magazine mit jeweils neunzehn Schuss und ein Messer.

»Der ist ja ein wandelndes Waffendepot«, kommentiert Victor, als Juncker mit der Leibesvisitation fertig ist. »Sollen wir uns um seine Wunde kümmern?«

»Er blutet natürlich recht stark, aber wir haben nichts, woraus wir Kompressen machen könnten. Und wenn wir ihm die Jacke ausziehen, stirbt er wahrscheinlich an der Kälte und dem Schock. Wir werden also auf die AKS warten müssen. Es kann nicht mehr lange dauern, bis sie hier sind. Ich gehe zurück und schicke Jasper her, dann bleibt ihr zwei bei ihm, und ich briefe die AKS-Leute. Soweit ich sehen kann, wurde er in beide Arme und den einen Oberschenkel getroffen. Ich weiß nicht, ob auch einige der Kugeln durch die Weste und in den Brustkorb gedrungen sind. Ich gehe zum Haus zu den anderen.«

Die Schneeverwehungen auf dem Weg zum Haus sehen unpassierbar aus, daher lässt Juncker den Wagen am Skovvej stehen und geht zu Fuß weiter. Als er näher kommt, sieht er jemanden in der Mitte des Hofplatzes stehen, unbeweglich wie eine Statue im peitschenden Schneetreiben. Er kämpft sich die letzten zwanzig Meter vorwärts.

»Signe«, murmelt er und legt ihr die Hände auf die Schultern. Ihre Lippen sind bläulich, die Haut fahl von der Kälte. Der Schnee hat sich in ihren Augenbrauen festgesetzt und sie in zwei weiße Bürsten verwandelt. Ihre Augen sind rot.

»Es war so knapp, Juncker. Mit Kristoffer. Ich glaube, er hätte keine Stunde mehr durchgehalten«, sagt sie leise. »Troels und Sigurd sind gerade mit ihm losgefahren. Wenn sie Glück haben, sind sie in weniger als einer halben Stunde in Sandsted.«

»Und der Afghane?«, fragt er.

»Er hat uns überrascht, als wir auf dem Weg zurück waren, um die AKS zu rufen. Troels hat ihn erschossen.«

»Wie?«

Sie schaut weg. »Das erzähle ich dir später. Jetzt nicht.«

Juncker mustert sie prüfend. »Okay. Wo habt ihr Kristoffer gefunden?«

Sie nickt zur Scheune. Er stapft über den Hof, öffnet die Tür und tritt ins Innere. Die Wände sind weißverputzt, der Boden ist aus Beton. Das einzige Möbel, überhaupt der einzige Gegenstand in dem ungefähr zwanzig Quadrat-meter großen Raum ist ein weißgestrichener Holzstuhl, der in der Mitte auf dem Boden steht. Die Rückseite der Lehne ist mit braunen Spritzern gesprenkelt, der Boden um den Stuhl herum voller großer, eingetrockneter Flecken.

Hier wurde Annette Larsen ermordet, denkt Juncker und erschauert beim Gedanken an das Hinrichtungsvideo. Welch ein Grauen muss Kristoffer empfunden haben, als sie ihn hier festgebunden haben. Ein Gedanke drängt sich ihm auf: Vor einigen Tagen hatte er überlegt, dem Polizei-schüler auf die Schulter zu klopfen, als Anerkennung da-für, dass er sich ohne großes Lamentieren allein im Verge-waltigungsfall versucht hatte, obwohl er dafür überhaupt noch nicht die Kompetenz mitbrachte. Aber er hatte es bleiben lassen. Warum zum Teufel hatte er ihm nicht diese kleine Aufmerksamkeit mit auf den Weg gegeben? Juncker schüttelt den Kopf.

In den wenigen Tagen, die ich ihn kenne, habe ich da etwas anderes getan, als an ihm herumzukritteln, fragt er sich und spürt plötzlich heftige Gewissensbisse über die Art und Weise, wie er den Polizeischüler behandelt hat. Wenn er nicht überlebt, wird es ihn den Rest seines Lebens verfolgen. Das weiß er.

Aber er überlebt, sagt er sich beschwörend. Er überlebt.

Juncker geht nach draußen. Signe steht immer noch auf dem Hof. Irgendwie wirkt sie, als würde sie unter Schock stehen, denkt er.

»Habt ihr das gesamte Haupthaus untersucht?«

»Ja. Wir haben Schlafsäcke, einen Eimer Wasser, einen schwarzen Plastiksack mit Tütennahrung und leeren Ver-packungen, einen Gaskocher und einen Campingofen ge-funden.«

»Waffen?«

»Ein Sturmgewehr. Sicher vom Afghanen.« Sie schaut ihn an. »Und TNT.«

»TNT? Wie viel?«

Sie zuckt mit den Achseln. »Viel.«

Sie hatten einen weiteren Angriff geplant, denkt Juncker. War er derjenige, hinter dem Spangstrup her war? Als Rache für die Sache mit seiner Frau? Aber hätte er ihn dann nicht einfach erschießen können? Vielleicht. Andererseits wäre ein großer Terroranschlag auf ein Städtchen wie Sandsted eine äußerst effektive Art, ihn zu treffen. Wäre es nicht Simon Spangstrups ultimative Rache an ihm, etliche unschuldige Menschen in Sandsted zu töten, einzig und allein aus dem Grund, dass es seine Heimatstadt ist und er sich gerade dort aufhält?

Er verdrängt den Gedanken.

»Was ist mit dem Auto, in dem sie geflüchtet sind?«

Sie nickt in Richtung Garage. »Steht da drinnen. Zusammen mit einem weißen Kastenwagen.«

»Lass uns ins Wohnhaus gehen. Kein Grund, sich hier draußen die Füße abzufrieren«, sagt er.

Obwohl der Flur nicht geheizt ist, fühlt es sich dennoch warm an, als sie eintreten.

»Merlin hast du noch nicht kontaktiert, oder?«

»Nein«, antwortet Signe und zieht die Handschuhe aus. Sie hält die Hände vor den Mund und pustet darauf, um die Wärme zurück in die Finger zu bekommen.

Juncker nimmt sein Handy und wählt die Nummer des Chefs.

Der erste Klingelton kommt kaum durch, als er schon abnimmt.

»Und?«, bellt er.

»Wir haben sie gefunden …«, setzt er an.

»Gut«, sagt Merlin mit Nachdruck. »Gut. Habt ihr der AKS Bescheid gegeben?«

»Ja. Aber … die Sache ist die, dass die AKS eigentlich gar nicht mehr benötigt wird.«

»Was soll das heißen, sie wird nicht mehr benötigt?«

»Vielleicht lässt du mich mal ausreden.«

»Hm«, grunzt der Chef.

»Signe, Troels und Sigurd haben sie lokalisiert. Aber irgendwie hat der Afghane sie entdeckt und Signe überwältigt.«

»Was? Du willst mir nicht erzählen, dass sie Signe haben, oder?«

»Nein, nein. Troels hat ihn erschossen.«

»Das heißt, der Afghane …«

»Ja, mausetot.«

»Und Simon Spangstrup?«

»Hat versucht zu fliehen. Aber wir haben ihn erwischt. Er ist ruhiggestellt. Die AKS ist auf dem Weg, um sich um ihn zu kümmern.«

»Was ist mit dem Polizeischüler? Kristoffer? Geht es ihm gut?«

Juncker schaut zu Signe. »Ja«, sagt er. »Oder besser gesagt, er ist am Leben. Aber stark unterkühlt. Troels und Sigurd sind mit ihm nach Sandsted gefahren, zum Ärztehaus.«

Juncker hört, wie Merlin den Stuhl zurückschiebt, und weiß, dass der Chef zum Fenster hinübergegangen ist, wo er steht und hinausstarrt, vollkommen reglos, abgesehen von den Kiefermuskeln, die sich abwechselnd anspannen und wieder schlaff werden, wie zwei kleine Wesen mit einem Eigenleben. Fast eine halbe Minute lang sagt keiner der beiden ein Wort.

»Gut«, meint Merlin dann, und Juncker hört die Erleichterung in seiner Stimme. »Wie ist das Wetter bei euch?«

»Übler Wind.«

»Dasselbe hier. Aber wenn wir einen Schneepflug organisieren, der vorausfährt, müssten die Techniker durchkommen können.«

»Wir sollten wohl auch Kristoffers Angehörige informieren. Noch ist er ja nicht außer Lebensgefahr.«

»Darum kümmere ich mich. Was weißt du über sie?«, fragt Merlin.

»Er hat eine Freundin in Kopenhagen. Ich glaube, Nabiha weiß, wo sie wohnt.«

»Nabiha?«

»Nabiha Khalid. Die Polizeiassistentin, die auch hier auf der Station arbeitet. Seine Eltern wohnen auf einem Hof in der Nähe von Herning. Wurden sie nicht …«

»Was?«

»Wissen seine Angehörigen nicht, dass er entführt wurde?«

»Nein. Die Operation war ja bis jetzt geheim, daher hatte ich beschlossen abzuwarten.«

»Okay. Aber jetzt sollten sie wohl erfahren, was mit ihrem Sohn passiert ist?«

»Ja, natürlich. Ich kontaktiere den Verantwortlichen für Mitt- und Westjütland.«

»Und die Freundin?«

»Ich kümmere mich darum«, sagt Merlin.

»Alles klar.«

»Von der Presse habt ihr nichts gesehen, nehme ich an.«

»Keine Spur. Das dürfte der einzige Vorteil an diesem Wetter sein, es hält die Journalisten auf Abstand. Darum brauchen wir uns in den nächsten Stunden also keine Sorgen zu machen.«

»Gut. Was hast du jetzt vor?«, fragt Merlin.

»Signe und ich bleiben hier, bis die Techniker kommen.«

»Ich schicke einen Trupp AKSler zu euch, die den Ort bewachen können, wenn ihr fahrt. Schick mir eine SMS mit eurer genauen Position.«

»Okay«, sagt Juncker. »Ich denke, das war's dann erst mal.«

»Ja«, meint Merlin. »Wie geht es Signe? Weißt du, was da genau passiert ist? Mit dem Afghanen?«

»Nein«, sagt Juncker. »Nichts außer dem, was ich dir schon erzählt habe. Sie wurde von ihm überrascht, aber Troels konnte ihn töten. Wie es im Detail abgelaufen ist, weiß ich nicht. Aber das kann Signe dir ja erzählen. Sie steht hier neben mir.«

Sie wirft Juncker einen kurzen Blick zu und stellt sich mit dem Rücken zu ihm an das kleine Fenster des Flurs, das hinaus zum Garten zeigt.

»Ist sie okay?«, fragt Merlin noch mal.

»Ich … denke schon.«

Kapitel 42

Sie ist nicht okay. Nicht mal ansatzweise. Um genau zu sein: Sie ist vollkommen fertig mit den Nerven.

Es weht immer noch. Aber die Straße vom Haus im Skovvej bis nach Sandsted und von Sandsted zur Autobahn wurde nun mehrfach geräumt. Die Dunkelheit ist schon längst hereingebrochen. Sie fährt mit knapp fünfzig Stundenkilometern auf spiegelglatten Straßen, die sie größtenteils für sich allein hat, abgesehen von ganzen Kolonnen an Räumfahrzeugen, die unablässig hin und her pendeln, um wenigstens eine Fahrbahn in jeder Richtung offen zu halten.

Sie will nach Hause. Noch eine Nacht in diesem Dreckshotel mit seinen staubmilbenverseuchten Teppichböden und dem Synthetikbettzeug, noch eine Nacht, die sie keine zehn Meter entfernt von Troels Mikkelsen schlafen soll, getrennt durch nichts als zwei dünne Pappwände, und sie ist reif für einen Sprung vom Hochhaus.

Signe schaut auf die Uhr am Armaturenbrett. 19.34 Uhr. Wenn sie das Tempo halten kann, ist sie in anderthalb bis zwei Stunden in Vanløse. Früh genug, um die Kinder ins Bett zu bringen. Falls sie das überhaupt wollen. Anne sicher nicht, aber Lasse vielleicht.

Ihr Kopf fühlt sich an, als würde jemand Shuffleboard zwischen ihren Frontallappen spielen. Sie versucht, ihre Gedanken zu sammeln. Vor gerade erst wenigen Stunden war sie buchstäblich Millimeter davon entfernt, eine Kugel in den Kopf zu bekommen. Aber ist das der Grund für diesen anderen, undefinierbaren Schmerz, den sie neben den Kopfschmerzen auch noch irgendwo im Körper spürt, ohne genau verorten zu können, wo? Liegt es daran, dass sie dem Tod ins Auge gesehen hat?

»Dem Tod ins Auge gesehen«. Sie verzieht das Gesicht über sich selbst und diese abgedroschene Phrase.

Nein, denkt sie. Wohl eher, weil ich Troels Mikkelsen ins Auge gesehen habe.

Als der Countdown für ihren Abschied von dieser Erde begonnen hatte, war es ein Umstand allein, der sie erlöste: die Gewissheit, dass sie und er genau das Gleiche dachten. Dass sie im Bruchteil einer Sekunde auf dieselbe Wellenlänge schalteten. Dass ein intimer Raum entstand, in dem nur sie beide anwesend waren. Dass er verstand, was sie wollte. Und sie darauf vertraute, dass er bereit war, sein Leben und seine Karriere aufs Spiel zu setzen, um sie zu retten.

Denn genau das hatte er getan. Hätte er daneben geschossen und sie getroffen, wäre er geliefert gewesen, vielleicht sogar tot.

Aber dieses Opfer hat er gebracht.

Und sie kann es absolut, absolut nicht ertragen.

Es brennt auf der Kopfhaut. Sie tastet mit dem Finger danach und hat das Gefühl, dass sich bereits ein schmaler Streifen Schorf auf der Wunde bildet. Als sie ihre Tasche im Hotelzimmer geholt hatte, war sie kurz in das kleine Bad gegangen, um zu untersuchen, ob die Verletzung sichtbar war. Und musste feststellen, dass sie deutlich zu erkennen ist. Deutlich wie in »unmöglich zu übersehen«. Jedenfalls für Niels, der einen halben Kopf größer ist als sie und es liebt, ihr mit der Hand durch das kurze, strubbelige Haar zu wuscheln.

Was soll sie ihrem Mann sagen? Selbst wenn sie ihm nur die beschönigte Version erzählt, wird er ihr die Hölle heiß machen, weil sie ihr Leben aufs Spiel gesetzt hat.

Und sein Zorn wird wahrscheinlich Wochen andauern. Wenn nicht Monate.

Niels ist froh, sie zu sehen, und zwar – zumindest vorerst – vorbehaltlos. So weit, so gut. Nachdem sie die Kinder begrüßt und ihnen Gute Nacht gesagt hat, setzen sie sich in die Küche. Ob sie ein Glas Wein wolle, fragt er, und sie nickt dankbar, in der Hoffnung, dass der Alkohol ein paar der Brände löschen kann, die in ihrem Inneren lodern.

»Was ist dort passiert?«, will er wissen und fügt, ehe sie antworten kann, hinzu: »Jaja, ich weiß, dass du keine Details erzählen darfst. Aber in groben Zügen.«

Signe trinkt einen Schluck Wein. »Wir haben sie gefunden. In einem leerstehenden Haus.« Sie wägt ihre nächsten Worte ab.

»Und?«

»Den einen haben wir erwischt. Der andere wurde getötet. Erschossen.«

Niels mustert sie prüfend. »Erschossen? Wie, erschossen?«

Sie lächelt beschwichtigend. »Niels, du weißt, dass ich nicht …«

»Warst du diejenige, die ihn erschossen hat?«

»Nein.« Sie schüttelt den Kopf.

»Wer dann?«

»Du kennst ihn ja eh nicht. Ein Kollege aus der MK. Troels.«

Sie führt die Hand zum Kopf, um sich an der Wunde zu kratzen, die juckt und brennt, bremst sich aber gerade noch. »Die Quintessenz ist, einer der beiden, von denen wir sicher sind, dass sie hinter dem Anschlag vom Dreiundzwanzigsten stecken, ist tot. Und den anderen haben wir in Gewahrsam.«

»Das ist doch toll«, ruft Niels aus. »Auch, dass einer von ihnen am Leben ist und vor Gericht gestellt werden kann.«

»Tja, wahrscheinlich schon«, sagt Signe und will gerade hinzufügen, dass es ihr noch sehr viel besser in den Kram gepasst hätte, wenn Simon Spangstrup auch erschossen worden wäre und auf diese Weise nicht die Möglichkeit haben würde, in einem dänischen Gerichtssaal zu stehen und Propaganda für seine dreckigen Unternehmungen zu machen. Aber sie hält sich zurück. Niels hat recht starre Ansichten bezüglich der in einem demokratischen Rechtsstaat geltenden Prinzipien, und sie hat jetzt nicht den Nerv, sich auf einen längeren rechtspolitischen Schlagabtausch mit ihm einzulassen.

Eine halbe Stunde lang sprechen sie über dies und das. Über Silvester. Und über die Kinder, die anscheinend schöne Weihnachtsferien hatten, auch wenn sie ihre Mutter kaum zu Gesicht bekommen haben. Niels schenkt die letzten beiden Gläser ein.

»Und jetzt … kannst du dir ein paar Tage freinehmen? Ich meine, du hast ja praktisch fast zwei Wochen lang nonstop gearbeitet.«

Sie schüttelt den Kopf und lächelt schwach. »Ich fürchte, daraus wird nichts. Es gibt immer noch so viele lose Enden in diesem Fall, die wir erst mal entwirren müssen. Urlaub kann ich da wohl vorerst vergessen. Tut mir leid«, sagt sie und legt ihm die Hand auf den Arm.

»Na gut.« Zu ihrer Erleichterung lächelt er zurück. »Aber damit hatte ich auch nicht ernsthaft gerechnet. Wollen wir schlafen gehen?«

Sie drückt seine Hand. »Absolut«, sagt sie, leert ihr Glas

in einem Zug und merkt zu ihrer Verwunderung, dass es okay wäre, wenn er jetzt Sex haben will. Die halbe Flasche Rotwein hat Wunder gewirkt, und sie fühlt sich entspannt genug, um – eventuell – normal mit ihm schlafen zu können, ohne gegen den Brechreiz oder die Tränen ankämpfen zu müssen.

»Das war schön, Schatz«, sagt er und schmiegt sich an ihren Rücken.

»Mm«, murmelt sie im Halbschlaf.

Er beugt sich über sie und presst seine Nase in ihr Haar. Sie ist nicht auf den brennenden Schmerz vorbereitet, als ein paar der kleinen Wundbläschen aufplatzen, und kann ein leises Stöhnen nicht unterdrücken. Niels zieht seinen Kopf zurück und wischt sich mit dem Finger über die Nasenspitze.

»Blutest du? Was hast du da am Kopf?«, fragt er.

Shit, denkt sie.

Kapitel 43

»Ich dachte ... ich war so sicher, dass ...«

Nabiha wischt sich eine Träne weg. Juncker steht auf, holt eine Rolle Küchenpapier und reicht ihr einen Streifen. Sie putzt sich die Nase.

»Ich war sicher, dass sie ihn ermordet haben.«

»Er ist noch nicht außer Lebensgefahr«, erwidert Juncker.

»Aber so stark, wie er ist? Das packt er schon.«

»Ja, das hoffe ich auch.«

Sie steht auf, geht zum Schreibtisch und wirft das Papier, mit dem sie sich die Nase geputzt hat, in den Papierkorb. »Es ist echt komisch. Ich kenne ihn erst seit etwas mehr als einer Woche. Aber irgendwie fühlt es sich schon viel länger an«, erklärt sie und schaut Juncker in die Augen. »Ich mag ihn. Obwohl er ein jütländischer Bauerntrampel ist. Er ist ein süßer Bauerntrampel.«

Sie geht zu Kristoffers Schreibtisch. Neben seinem Computer liegen eine Mappe mit den Unterlagen zum Vergewaltigungsfall und ein Schlüsselring ohne Schlüssel. Nabiha nimmt ihn hoch, schaut darauf und lächelt.

»Natürlich. FC Mittjütland.« Sie schaut Juncker ernst an. »Du warst ziemlich hart zu ihm. Das weißt du schon, oder?«

Er weicht ihrem Blick aus, starrt auf die Tischplatte und denkt, dass er hart gegen jeden ist. Dass er Kristoffer nur auf dieselbe Art behandelt hat, wie er alle Menschen behandelt. Das will er ihr gerade sagen, beißt sich aber auf die Zunge, denn genau das ist ja das verdammte Problem. Dass er sich allen anderen gegenüber auf dieselbe distanzierte, besserwisserische und ironische Weise verhält. Manche können damit umgehen, indem sie es ihm mit gleicher Münze zurückzahlen – und viele können es nicht.

Er muss daran denken, was seine Tochter einmal vor vielen Jahren zu ihm gesagt hat, als sie spätabends leicht angetrunken aus der Stadt zurückkam, und er immer noch wach über der Arbeit saß:

»Es ist so merkwürdig. Wenn wir nicht zusammen sind, habe ich das Gefühl, eng mit dir verbunden zu sein. Dass ich ein Teil von dir bin und du ein Teil von mir. Wenn wir dann zusammen sind, habe ich meistens das Gefühl, dich überhaupt nicht zu kennen. Dass du irgendwo anders bist. In einer anderen Welt.«

Juncker schaut auf und Nabiha in die Augen. »Ja, das weiß ich.«

»Gut«, erwidert sie. »Ich meine, gut, dass du es weißt. Und was jetzt?«

»Tja, was jetzt? Wir haben ja immer noch die Brandstiftung mit Todesfolge aufzuklären, richtig?«

»Gibt es einen Zusammenhang zum Terroranschlag?«

»Nicht direkt, soweit ich sehen kann.« Er steht auf. »Aber das gehört zu den Dingen, die wir herausfinden müssen. Treffen wir uns morgen früh um acht wieder hier?«

»Geht klar.«

Er zieht Mantel und Schal an. »Denk dran, den Alarm anzuschalten, wenn du gehst.«

»Natürlich.«

Er öffnet die Tür, zögert und schließt sie wieder. »Du weißt, wenn du Hilfe brauchst …«

»Was meinst du?« Sie schaut ihn mit hochgezogenen Augenbrauen an.

»Na ja, wenn du mit jemandem reden möchtest, einem Psychologen oder …«

Ihr Blick wird leer. Dann schüttelt sie den Kopf. »Ich brauche mit niemandem zu reden. Was ich brauche, ist …«

Sie legt den Schlüsselring zurück auf Kristoffers Tisch.

»Ja? Was?«

Sie schüttelt den Kopf. »Egal. Geh nach Hause und schlaf. Wir sehen uns morgen.«

Die Tür ist unverschlossen. Verdammt, er hat vergessen, Charlotte zu sagen, dass sie die Haustür abschließen und den Schlüssel irgendwo hinlegen soll, wo er ihn finden kann, falls sie nach Kopenhagen zurückfährt, ehe er heimkommt.

Er zieht seine Stiefel im Windfang aus und öffnet die Tür zum Flur.

»Hallo«, ruft er in die Dunkelheit. »Hallo, Papa.«

Er schaltet das Licht an. Auf dem Fußboden vor dem Garderobenschrank in der Ecke liegt ein großer Haufen mit Jacken seines Vaters und seiner Mutter. Der Inhalt der Schubladen in der kleinen Kommode unter dem Spiegel ist ebenfalls auf dem Boden verteilt, neben Handschuhen und Schals etliche Schlüssel, kleinere Batterien, Haarnadeln, Papierschnitte und ein Schuhlöffel.

Was hat er denn jetzt wieder angestellt?, denkt Juncker und spürt ein unruhiges Kribbeln im Bauch. Er öffnet die Tür zum Wohnzimmer, macht einen Schritt hinein und sieht sich um. Sämtliche Bücher sind aus dem Regalen gerissen und liegen auf dem Boden. Die Schubladen einer großen antiken Kommode sind leer. Die Polster von zwei Sesseln und alle Kissen liegen auch auf dem Boden.

Er geht durchs Wohnzimmer zur Küchentür. Sie ist angelehnt. Er öffnet sie. Und bleibt stehen.

Auf Boden und Arbeitsplatten türmen sich Teller, Tassen, Gläser, das meiste zerbrochen, Zucker, Salz, Haferflocken, Mehl ... sämtliche Schranktüren stehen weit offen, die Fächer sind so gut wie leer.

»Was zum Teufel ...«, murmelt er.

In einem der Hängeschränke steht als einziges Überbleibsel ein weißer Kaffeebecher mit einem roten Herz auf der einen und der Aufschrift »MAMA« in großen roten Buchstaben auf der anderen Seite. Der Becher war ein Weihnachtsgeschenk für seine Mutter, als er elf, zwölf Jahre alt war. Seinem Vater hatte er den gleichen gekauft – bloß, dass auf seinem natürlich »PAPA« stand. Mit dem Fuß sucht er zwischen den Porzellanscherben auf dem Boden. Doch ohne den zweiten Becher zu finden. Vielleicht hat sein Vater ihn schon vor langer Zeit weggeworfen, denkt er.

Im Schlafzimmer der Eltern ist der große Kleiderschrank so gut wie leergeräumt, die Kleider liegen auf dem Boden und dem Bett verstreut. Er hastet in sein eigenes Zimmer. Dasselbe Bild. Ihn beschleicht ein Gedanke: Hier war jemand. Jemand hat nach etwas gesucht. Die Haare auf seinen Armen stellen sich auf. Aber dann schiebt er den Verdacht beiseite. Wer sollte das gewesen sein?

Wo ist sein Vater? Juncker geht zurück ins Wohnzimmer und öffnet die Tür zum Arbeitszimmer.

Er ist tot, denkt er und spürt einen Stich im Herzen, nicht schmerzhaft, eher ...

Der Alte liegt ohne Decke auf der Couch, auf der Charlotte geschlafen hat. Er hat ausnahmsweise mal ganz normale Kleidung an, nicht wie sonst nur den Schlafanzug, sondern eine schwarze Hose und ein weißes Hemd. Wohl zu Ehren seiner Schwiegertochter, denkt Juncker und fragt

sich, wann sie wohl gefahren ist und ob sie mit ihrem kleinen Toyota überhaupt eine Chance gegen die Schneemas-
sen hat. Der, so wie er sie kennt, noch keine Winterreifen
draufhat.

Er bleibt in der Tür stehen. Die Augen des Vaters sind
halb geöffnet, die Hände über dem Bauch gefaltet. Wie bei
einem aufgebahrten Toten. Juncker schaut sich um. Alles
ist an seinem Platz. Das Arbeitszimmer des Vaters ist offensichtlich das einzige Zimmer im Haus, in dem es nicht aussieht, als wäre ein Tornado hindurchgefegt. Er tritt einen
Schritt vor.

»Hau ab!«

Er zuckt zusammen. Der Vater hebt den Kopf und starrt
ihn mit weit aufgerissenen Augen an.

»Hau ab, du …«, blafft er nochmals mit heiserer Stimme.

»Papa, ich bin's, Martin.«

Er legt den Kopf zurück aufs Kissen, ohne Juncker aus
dem Blick zu lassen. Der Wahnsinn weicht aus den Augen,
zurück bleibt nur Verzweiflung.

»Wo ist sie?«, fragt der Alte.

»Wer? Charlotte?«

»Wo ist sie? Ich kann Ella nicht finden. Wo ist sie?«

Deshalb hat er es getan, erkennt Juncker auf einmal. Er
hat nach seiner Frau gesucht. Das erklärt auch, weshalb der
Vater nicht in seinem Arbeitszimmer gesucht hat. Denn
dorthin kam sie nie, das war Mogens Junckersens alleini-
ges Reich. Juncker kann sich nur an einige wenige Male
erinnern, wo er selbst das Zimmer betreten durfte, unter
anderem am Ende des Schuljahres vor den Sommerferien,
wenn er und sein großer Bruder Peter Zeugnisgeld bekamen. In der Regel ein Fünf-Kronen-Stück für ihn und ein
Zehn-Kronen-Schein für Peter, der stets die besseren No-
ten hatte.

»Wo ist sie?«, murmelt der Vater, nun mit geschlossenen Augen.

Juncker geht zurück in die Küche, bückt sich, findet ein nicht zerbrochenes Wasserglas, geht zum Barschrank im Wohnzimmer und schenkt sich ein ordentliches Glas Whiskey ein, das er in einem Zug leert. Es brennt im Hals, und er muss husten.

Das geht so nicht, denkt er. So kann es einfach nicht weitergehen.

Er schenkt sich erneut ein, bis das Glas halb voll ist, und nimmt den Drink mit in die Küche. Dort öffnet er die Tür unter der Spüle, zieht einen Müllbeutel hervor und holt anschließend Schaufel und Kehrbesen aus der Waschküche. Dann kniet er sich vorsichtig hin und macht sich daran, das unzerbrochene Porzellan und Glas von den Scherben zu trennen. Gleich in der ersten Minute schafft er es, sich zweimal zu schneiden. Er flucht und geht in den Flur, wo er seine Handschuhe aus der Manteltasche nimmt und sie anzieht.

Als er mit dem Sortieren fertig ist, fegt er die Scherben auf und leert sie vorsichtig in den schwarzen Plastiksack. Dann setzt er sich an den Esstisch. Es ist wirklich heftig. Erstaunlich, dass der Vater überhaupt die Kraft dazu hatte. Er leert sein Whiskeyglas.

Sein Handy klingelt. *Unbekannte Nummer* steht auf dem Display. Er überlegt, es klingeln zu lassen, entscheidet sich aber dagegen.

»Guten Abend, hier ist Niklas Blom. Der, der mit Bent Larsens Laptop gearbeitet hat. Tut mir leid, dass ich so spät noch anrufe.«

»Kein Problem. Gibt's was Neues?«

»Ja, ich habe den Computer tatsächlich geknackt.«

»Fantastisch. Und, was haben Sie gefunden? Irgendwas Interessantes?«

»Ich weiß ja nicht, worum es bei dem Fall geht, aber so spontan würde ich denken, dass es für Sie von Interesse sein dürfte.«

»Können Sie nicht einfach …?«, fragt Juncker, ohne die Ungeduld in seiner Stimme zu verbergen.

»Ich möchte ungern am Telefon darüber sprechen. Das Beste wäre, wenn Sie morgen vorbeikommen könnten. Dann zeige ich es Ihnen.«

»Na schön. Dann bis morgen.«

»Ach so, eins noch. Ich war nicht der Einzige, der sich in seinem Rechner umgeschaut hat. Haben Sie eine Ahnung, wer es gewesen sein könnte?«

»Ich habe einen ziemlich starken Verdacht«, sagt Juncker.

3. Januar

Kapitel 44

»Wie viele wissen davon?«

Merlin ist ans Fenster getreten und steht mit dem Rücken zu Signe und Juncker gewandt.

»Ich habe den E-Mail-Wechsel, der auf dem USB-Stick der Larsens gespeichert war, vorgestern gegenüber Troels und den drei PET-Leuten erwähnt, als wir alle in Sandsted waren. Ich fand, sie hatten ein Recht zu wissen, was oben und unten ist«, erklärt Juncker.

»Und du meinst, das wissen wir jetzt? Also, was oben und unten ist?«, fragt Signe mit einem schiefen Grinsen.

Er schüttelt irritiert den Kopf. »Du weißt, was ich meine, oder? Aber was den Inhalt des Laptops angeht, sind es nur wir drei, und natürlich der Typ vom NC3, der mit dem Computer gearbeitet hat, Niklas Blom. Wobei ich nicht glaube, dass er im Detail untersucht hat, was er da in den Händen hat. Das ist ja nicht seine Aufgabe, er sollte sich bloß Zugang zum Computer verschaffen. Aber vielleicht hat er ein paar Mails gelesen?«

»Kannst du ihn nicht kurz anrufen und noch mal betonen, dass die Sache absoluter Geheimhaltung unterliegt?«, fragt Merlin, während er einen Kaktus, der aussieht, als ob er ziemlich bald hopsgeht, zur Seite schiebt, um sich am Fensterrahmen abzustützen.

Juncker nickt und zieht sein Handy aus der Jackentasche. Das Gespräch dauert keine Minute.

»Wie wir gesagt haben, er hat ein paar Mails durchgelesen und es gegenüber seinem Chef, Jørn Kaiser, erwähnt, aber sonst niemandem davon erzählt.«

»Gut«, sagt Merlin. »Ich rufe Kaiser an und verpasse ihm einen Maulkorb.« Er geht um den Schreibtisch und setzt sich. »Okay. Fassen wir kurz zusammen. Juncker?«

Juncker holt tief Luft und unterdrückt ein Gähnen. Er ist so hundemüde, dass er sich kaum auf den Beinen halten kann. Bis er gestern Abend das Chaos des Vaters beseitigt und es ins Bett geschafft hatte, war es eins gewesen. Um fünf hatte sein Wecker geklingelt, und er war mit dem Gefühl, nur wenige Minuten geschlafen zu haben, aus dem Bett getaumelt. Dann hatte er Nabiha per SMS mitgeteilt, dass er vermutlich erst gegen Nachmittag zurück in Sandsted sein würde, und sie gebeten, in der Zwischenzeit ein paar Hintergrundinformationen über Carsten Petersen einzuholen. Außerdem solle sie dafür sorgen, dass das Rechtsmedizinische Institut die Blutgruppe des Afghanen ans NKC übermittelt, damit man dort prüfen konnte, ob es mit dem Blut übereinstimmte, das die Techniker am Fenster des ausgebrannten Zimmers im Flüchtlingsheim gefunden hatten. Anschließend war er fast zwei Stunden auf glatten Straßen von Sandsted zum NC3 in Ejby gefahren, wo er den nun zugänglichen Laptop und eine gespiegelte Festplatte mit einer Kopie sämtlicher auf dem Computer gespeicherten Daten erhalten hat. Beim ebenfalls in Ejby ansässigen NKC hat er erfahren, dass sich weder Fingerabdrücke noch DNA-Spuren auf dem Stein gefunden haben, der damit keine neuen Erkenntnisse geliefert hat. Von Ejby fuhr er weiter zu seinem alten Arbeitsplatz, wo er einige Stunden über Bent Larsens E-Mails und Dokumenten brütete. Bis jetzt hat er nur einen Teil des Materials gesichtet, doch es reicht, um die Lage der Dinge unmissverständlich klarzumachen.

Er kratzt sich den Fünftagebart.

»Ich bin ziemlich sicher, dass Bent Larsen einen Computer dazu verwendet hat, mit seinen Freunden – oder was sie nun waren – von der Nordischen Widerstandsbewegung zu kommunizieren. Den haben Simon Spangstrup und Mahmoud Khan wahrscheinlich zusammen mit den Handys aus dem Haus mitgenommen. Wo die Geräte jetzt sind, wissen wir nicht. Vielleicht haben sie sie an ihre Helfer weitergegeben. Oder sich ihrer entledigt. Und dann ist da der Laptop, den ich gefunden habe und den er für den E-Mail-Kontakt mit unserem Freund jens.jensen222 benutzt hat. Seine Identität kennen wir ja immer noch nicht mit Sicherheit. Allerdings handelt es sich aller Wahrscheinlichkeit nach um denselben Mann, den Signe im Parkhaus getroffen hat, und nachdem ich einen Großteil der Korrespondenz zwischen ihm und Bent Larsen gelesen habe, würde ich davon ausgehen, dass er in irgendeiner Verbindung zum FE steht. Auch wenn es nirgends direkt erwähnt wird.«

»Das heißt, Bent Larsen hat …« Merlin beugt sich vor.

»Ein doppeltes Spiel gespielt, ja. Ich denke, entweder wurde er vom FE undercover bei den Neonazis eingeschleust, oder er war früher tatsächlich Neonazi und wurde dazu gebracht, die Seiten zu wechseln.«

»Von jens.jensen222?«

»Ja, oder einem anderen. Darüber wissen wir nichts.«

»Bent Larsen war also ein V-Mann des FE? Ziemlich abgefahren.«

»Das kannst du laut sagen.«

»Und der Mann, mit dem ich gesprochen habe, war demnach sein Führungsoffizier?«, fragt Signe.

»So was in der Art.«

»Aber wie hat der FE überhaupt Wind davon bekommen, dass diese EHB gegründet wurde?«

»Tja, gute Frage«, sagt Juncker. »Wir können sie ja fragen. Aber, na ja, bei dieser Art von Fällen liegt man selten daneben, wenn man vermutet, dass auch der Mossad irgendwie mitmischt. Es gibt nicht viele antisemitische Organisationen, und schon gar nicht derart rabiate wie die EHB, die nicht permanent den Atem des israelischen Geheimdienstes im Nacken spüren.«

Die drei schweigen. Signe lehnt sich zurück und streckt die Beine aus.

»Der Mann im Parkhaus meinte, die Arbeitsteilung der EHB sei so strukturiert, dass sich die Neonazis um Waffen, Logistik, Safe Houses und so weiter kümmern, während die Islamisten mit den Terroranschlägen die Drecksarbeit verrichten. Vielleicht hat Bent Larsen geholfen, sie zu verstecken. Vielleicht war er verantwortlich dafür, ihnen ein Safe House zu beschaffen – welches sie dann verließen, als sie herausfanden, dass er sie verraten hatte. In seiner Mail an jens.jensen222 schreibt er ja, dass er nicht länger weiß, wo sie sich aufhalten.«

»Klingt sehr plausibel«, sagt Juncker.

»Aber sie sind ein ziemliches Risiko eingegangen, oder? Das Haus, in dem wir sie gefunden haben, steht zum Verkauf, habe ich gesehen, sie konnten also nicht sicher sein, dass nicht plötzlich irgendein Maklerfuzzi mit potenziellen Käufern anspaziert kommt.«

»Das ist ein minimales Risiko. Wie viele Hausbesichtigungen, glaubst du, haben die Makler um Weihnachten und Silvester für einsam gelegene Immobilien mitten in der Pampa? Nicht sehr viele, kann ich dir sagen. Und das Haus hat für ihre Belange eine absolut perfekte Lage. Abgeschieden und direkt am Wald. Im Schutz der Bäume konnten sie vollkommen unbemerkt zum Haus gelangen und auch wieder fahren.«

»Aber dann ist für Bent Larsen offenbar irgendetwas gründlich schiefgelaufen.«

»Ja«, sagt Juncker. »Anscheinend kamen ihm Simon Spangstrup und Mahmoud Khan auf die Schliche. Oder jemand anders in der EHB.«

»Wie?«

»Darauf finden wir vielleicht eine Antwort, wenn wir weiter in Bent Larsens Laptop graben. Aber ich habe ja schon seit einigen Tagen das Gefühl, dass Spangstrup und Khan sehr viel über uns wussten. Ich habe Victor gefragt, ob sie sich in unsere Systeme gehackt haben könnten, und auch wenn er nicht daran glaubt, konnte er es dennoch nicht ganz ausschließen. Ich glaube es. Ich glaube auch, dass sie – oder vielleicht eher ihre Organisation – in Bent Larsens Computern waren und auf diese Weise seinen Verrat entdeckt haben.«

Eine Weile sagt keiner etwas, Signe und Merlin lassen die Informationen sacken.

»Aber«, fährt Juncker dann fort, »der FE hat also einen Informanten in die EHB eingeschleust, Bent Larsen. Wenige Stunden vor dem Terrorangriff erzählt er seinem Führungsoffizier, wann der Anschlag stattfinden soll, und dass es in Kopenhagen passieren wird. Trotzdem wird offensichtlich nichts unternommen, um die Tat zu verhindern. Uns, das heißt die Polizei, hat man jedenfalls nicht informiert. Die Bombe wird gelegt, geht hoch, und neunzehn unschuldige Menschen verlieren ihr Leben.« Juncker schaut von Signe zu Merlin. »Was in aller Welt ist da schiefgegangen?«

Signe setzt sich wieder gerade hin. »Genau diese Frage habe ich auch dem Mann im Parkhaus gestellt. Warum keiner versucht hat, den Anschlag zu verhindern, obwohl man darüber unterrichtet war. Aber dazu wollte er nichts sagen. Außer, dass jemand seinen Job nicht gemacht hat.

Alles andere müssten wir selbst herausfinden, hat er gesagt.«

Signe und Juncker richten den Blick auf Merlin. Er zuckt mit den Schultern.

»Wenn einer oder mehrere beim FE gepfuscht haben, dürfte das das größte Versagen in der dänischen Geschichte sein. Aber es ist natürlich gut möglich, dass irgendetwas in der Kommunikation zwischen Führungsoffizier und System nicht geklappt hat. Vielleicht einfach nach dem Motto *shit happens*. Ihr seid beide lange genug dabei, um zu wissen, dass sich das nicht ausschließen lässt. Oder aber jemand hat Bent Larsens Warnung gehörig missverstanden.«

»Echt unglaublich, wenn es tatsächlich so abgelaufen ist.« Signe schüttelt den Kopf. »Eine andere Sache, die ich mich gefragt habe, ist, warum die EHB etwas so Unsemitisches« – mit ihren Händen setzt sie den Begriff in Anführungszeichen – »wie einen Weihnachtsmarkt angreift, wenn sie doch eigentlich die Juden treffen wollen? Denn die Juden feiern doch gar kein Weihnachten, oder?«

»Jedenfalls nicht wie wir«, pflichtet Merlin ihr bei. »Die Juden feiern ein Lichterfest im Dezember. Sie haben ja nicht dasselbe Verhältnis zu Jesus wie die Christen. Aber die Antwort ist, denke ich, dass es zu schwer geworden ist, jüdische und israelische Ziele anzugreifen. Sie sind zu gut gesichert, werden zu gut bewacht, und überhaupt liegt zu viel Aufmerksamkeit auf den jüdischen Institutionen. Daher ist es einfacher, auf einem Konzert oder in Cafés zuzuschlagen, so wie wir es in Paris gesehen haben. Oder einem Weihnachtsmarkt. Und anschließend zu proklamieren, wie es Simon Spangstrup ja auch im Video getan hat, der Angriff sei ein Teil des Kampfes gegen die Vorherrschaft der Juden, den Imperialismus und die

Ungläubigen, oder gegen was auch immer sie ihre hirnlose Wut richten.«

»Was den FE angeht, können wir nicht einfach die Vordertür nehmen? Den Chef des FE damit konfrontieren … wie heißt er noch mal?«, fragt Signe.

»Henrik Christoffersen.«

»Genau. Ihm erzählen, was wir wissen, und hören, was er dazu zu sagen hat?«

»Das Problem ist, dass wir nichts haben, was deinen Mann aus dem Parkhaus mit dem FE in Verbindung bringt«, sagt Juncker. »In keiner der Mails, die ich bislang auf Bent Larsens Computer durchgesehen habe, wird der militärische Geheimdienst auch nur ein einziges Mal erwähnt. Und wenn ich es richtig verstanden habe, hat dein Kontaktmann nicht mehr getan, als dir einen Fingerzeig in Richtung des FE zu geben. Wir haben nichts, was auch nur im Ansatz beweist, dass der Geheimdienst involviert sein könnte. Und das brauchen wir, wenn wir jemanden einer so ernsten Sache bezichtigen wie dieser.«

»Was machst du jetzt, Juncker?«, will Merlin wissen.

»Zurück nach Sandsted fahren. Es gibt eine ganze Reihe loser Enden in Bezug auf den Brandanschlag. Aber was ist mit den Ermittlungen zur EHB? Sowohl Islamisten als auch Neonazis? Wir dürfen wohl kaum damit rechnen, dass sie die Schwänze einziehen, nur weil sie zwei Männer verloren haben.«

»Das ist vorerst Sache des PET. Ich weiß, dass sie mehrere dänische Neonazis vernommen und einige Razzien bei Privatadressen durchgeführt haben, aber das hat bislang wenig ergeben. Dasselbe in Südschweden, wo die Polizei mehrere Razzien durchgeführt und mehrere ehemalige Syrienkrieger ausgequetscht hat, sowohl unter den Neonazis als auch in Rosengård und anderen Ghettos. Es sieht so aus, als ob die EHB nicht nur auf operativer Ebene ziemlich effektiv ist, sondern es auch versteht, ihre Spuren zu verwischen.«

»Es gibt noch eine Sache, die mich wundert. Oder eigentlich zwei«, sagt Signe.

»Ja?«

»Erstens: Warum hat Bent Larsen die beiden Mails auf einen USB-Stick gespeichert?«

»Das habe ich mich auch gefragt«, erwidert Juncker. »Wahrscheinlich als eine Art Lebensversicherung, die sich leicht in einem Brief an jemanden, ja, vielleicht an uns, die Polizei, verschicken ließe, falls irgendetwas schiefgehen sollte und er riskierte, wegen Beteiligung an Terroraktionen angeklagt zu werden.«

»Und irgendetwas ging ja offensichtlich schief«, bemerkt Merlin.

»Ja, das kann man getrost sagen«, nickt Juncker.

»Die andere Sache ist, warum haben sie Annette Larsens Leiche in den Kofferraum ihres eigenen Wagens gelegt und ihn anschließend im Wald abgestellt?«, fragt Signe.

»Gute Frage. Wahrscheinlich wollten sie die Leiche loswerden und dafür keines ihrer eigenen Fahrzeuge benutzen. Vielleicht werden wir klüger, wenn Simon Spangstrup vernommen wird.« Juncker steht auf. »Ich muss zusehen, dass ich nach Sandsted zurückkomme. Lasst uns morgen weiterreden.« An der Tür wendet er sich noch einmal zu Merlin um. »Übrigens, wie ist Spangstrups Zustand?«

»Stabil. Er war natürlich unterkühlt und hatte ziemlich viel Blut verloren, als er eingeliefert wurde. Neben den Schüssen in Arme und Bein haben auch zwei Kugeln seine Weste durchschlagen. Die eine hat dicht an der Wirbelsäule gesteckt, er hat also Schwein gehabt. Er wird überleben. Und Kristoffer?«

»Er liegt in der Uniklinik in Køge, auch er kommt durch. Die Ärzte sagen, er habe eine eiserne Konstitution. Sie wollen ihn noch ein paar Tage zur Beobachtung dabehalten.« Juncker schaut Merlin an. »Wie es ihm psychisch geht, kann ich nicht sagen.«

»Tja, er hat einiges durchgemacht. Gott weiß, warum sie ihn nicht getötet haben.«

Juncker zuckt mit den Achseln. »Als Soldat in Afghanistan war Kristoffer ja einer von denen, die Mahmoud Khan nach London halfen, damit er operiert werden und man seine Beine retten konnte, nachdem er auf eine Mine getreten war. Vielleicht hat das eine Rolle gespielt.«

Merlin sieht skeptisch aus. »Simon Spangstrup wirkt nicht wie jemand, der wegen solcher Dinge sentimental wird.«

»Nein, sicher nicht. Aber vielleicht überließ er die Hinrichtung Mahmoud Khan. Und nachdem Spangstrup abgehauen war, brachte Khan es nicht fertig, einen Mann zu töten, der ihm einmal geholfen hat. Aber das sind alles nur Vermutungen.«

»Ich möchte nicht in Merlins Schuhen stecken«, sagt Signe, als sie und Juncker den Gang entlanggehen.

»Nein, nicht ganz einfach, die ganze Sache«, bestätigt Juncker und bleibt stehen. »Was ist da eigentlich im Wald passiert? Ich meine, als Troels Mahmoud Khan erschossen hat?«

Sie schüttelt den Kopf. »Darüber will ich nicht … das erzähle ich dir ein andermal.«

»Bist du okay?«, fragt Juncker.

»Ja«, antwortet sie, ohne ihn anzusehen, und sie weiß, dass er weiß, dass sie es nicht ist.

Kapitel 45

Es war genau so gekommen, wie sie erwartet hatte. Und befürchtet.

Als Niels die Wunde an ihrem Kopf entdeckte, hatte er natürlich gefragt, woher sie kam. Signe hatte im Vorhinein versucht, sich eine Notlüge zusammenzustricken, die sie ihm im Fall der Fälle auftischen konnte. Aber ihr hatte die Fantasie gefehlt, um sich etwas einfallen zu lassen, was auch nur ansatzweise als glaubhafte Erklärung durchgehen konnte – außer eben der Wahrheit.

Also hatte sie erzählt. Nicht bis ins letzte Detail, aber doch nah genug an der Wirklichkeit, dass er ohne Probleme verstand, wie wenige Millimeter ihn buchstäblich von einem Dasein als Witwer getrennt hatten.

Zunächst war er erschüttert gewesen. Dann wütend, weil sie ihm nicht von sich aus davon erzählt hatte. Danach erleichtert, dass sie am Leben war. Und zum Schluss wieder wütend. Einfach nur wütend.

Heute Morgen waren sie gleichzeitig aufgewacht. Ohne ein Wort war er aufgestanden und in die Küche gegangen. Sie hörte, wie er den Wasserkocher füllte, mit der Kaffeedose hantierte, die Bohnen mahlte und den Kaffee in die Stempelkanne füllte – alles eine Spur energischer als nötig. Wortlos gab er ihr auf diese Weise zu verstehen, dass sie bloß nicht zu glauben brauchte, sein Zorn sei verraucht, nur weil er ein paar Stunden darüber geschlafen hatte.

Sie hatte nicht die Nerven für eine weitere Diskussion über ihre Arbeit und das Risiko, das nun mal naturgemäß damit verbunden war. Gestern Abend im Bett hatte sie versucht, ihm zu erklären, dass dieser Fall eine absolute Ausnahme darstellte. Dass sie für gewöhnlich nicht unter katastrophalen Wetterbedingungen irgendwo in einem Wald herumstapfte und schwerbewaffnete Terroristen jagte. Dass noch nie jemand auf sie geschossen hatte und es höchst unwahrscheinlich war, dass es jemals wieder passieren würde. So wie auch das Risiko, dass ein Verbrecher sie ein zweites Mal derart kalt erwischte, wie Mahmoud Khan es getan hatte, praktisch nichtexistent war.

Aber sie war nicht zu ihm durchgedrungen. Davon abgesehen, dass er ehrlich erschüttert über den Vorfall war – wie sie selbst weiß Gott auch –, gründete sich ihre gesamte Diskussion wie so oft auf seine Unzufriedenheit damit, dass sie so viel arbeitete. Was in Wirklichkeit ein Stellvertreterkrieg für das eigentliche und viel tiefer liegende Problem war: Niels langweilte sich an seinem Arbeitsplatz zu Tode – er war seit zehn Jahren Leiter eines Sozial- und Gesundheitszentrums in Nørrebro –, während sie ihren Beruf trotz allem liebte.

Also hatten sie sich wortlos am Frühstückstisch gegenübergesessen und ihren Kaffee getrunken. Bis Niels das Schweigen brach.

»Ich möchte ihn gern kennenlernen. Deinen Kollegen, der den Afghanen erschossen hat. Troels, so hieß er doch?«

»Ja? Wozu?«

Er hatte sie ungläubig angeschaut. »Na ja, das ist doch wohl naheliegend, Signe. Er hat meiner Frau das Leben gerettet. Dank ihm haben unsere Kinder nach wie vor eine Mutter. Dafür möchte ich mich gern erkenntlich zeigen. Ist das so schwer zu begreifen?«

Signe hatte ihre Tasse zum Mund geführt und auf den Kaffee gepustet. Sie hatte etwas in dieser Richtung befürchtet, dennoch war es ihr bis jetzt nicht gelungen, einen brauchbaren Katastrophenplan zu entwickeln, um Niels' Vorhaben zu verhindern.

»Es ist nur so, na ja, ich glaube, Troels ist einfach der Ansicht, dass er seine Arbeit gemacht hat und es nicht nötig ist, sich dafür bei ihm zu bedanken. Das ist alles.«

Niels hatte den Kopf geschüttelt. »Weißt du was, ich pfeife auf eure ganzen Kodexe und dieses Macho-Gelaber, dass ihr nur eure Arbeit tut und keine Helden seid und so weiter. Ich finde, sein Handeln war heldenhaft. Er ist ein erhebliches persönliches Risiko eingegangen, um meine Frau zu retten, und dafür will ich mich bei ihm bedanken. Und wenn du mir nicht dabei helfen willst, werde ich verdammt noch mal selbst einen Weg finden.«

Sie hatte angefangen zu schwitzen. Hatte beschwichtigend zu lächeln versucht. Er hatte es mit einem trotzigen Blick quittiert.

»Okay, okay. Natürlich kannst du ihn kennenlernen. Ich werde sehen, dass wir ein Treffen zwischen euch organisiert kriegen.«

Fuck, hatte sie gedacht. Fuck, Fuck, Fuck.

Jetzt sitzt sie wieder in der Küche. Erschöpft. Von was, weiß sie nicht genau. Außer dem Treffen mit Merlin und Juncker hat sie nichts anderes gemacht, als rastlos auf den Gängen hin und her zu wandern und mit ein paar Kollegen darüber zu sprechen, was in Sandsted passiert ist – zumindest so weit sie es erzählen durfte.

Sie schaut aufs Handy. 15.28 Uhr. So früh ist sie nicht von der Arbeit zu Hause gewesen, seit – sie kann sich nicht erinnern, wann es zum letzten Mal war. Das Haus ist leer.

Die Kinder sind beim Sport, vermutet sie. Niels wird etwas später von der Arbeit kommen, hatte er heute Morgen vor dem Gehen gesagt. Eine Spur, aber auch nur eine Spur freundlicher.

Sie rutscht mit dem Stuhl nach hinten und legt die Beine auf den Tisch. Lehnt den Kopf zurück und schaut an die Decke. Sie sollte mal gestrichen werden, bemerkt sie und versucht, sich zu erinnern. Das letzte Mal Streichen dürfte auch schon sieben, acht Jahre her sein. Sie greift nach der Post, die sie mit hereingebracht hat. Ein Brief von *Safe the Children*, vermutlich ein Dank für den monatlichen Beitrag und ein Neujahrsgruß mit der Bitte um weitere Spenden. Sie wirft den ungeöffneten Brief neben einen Stoß Reklame und kramt in dem Stapel. Ganz unten unter der Werbung liegt die heutige Zeitung. Rastlos blättert sie durch den üblichen Mix aus Nachrichten über Gott und die Welt – die staatlichen Finanzen, russische Aggressionen und Probleme mit Inkontinenz – und vorbei an einem langen, sehr langen Interview mit dem großen dänischen Regisseur über die neueste seiner unzähligen Auseinandersetzungen mit seinen inneren Dämonen. Bis sie beim inzwischen einzigen Teil der Zeitung angelangt ist, den zu lesen sie noch ertragen kann. Sie überfliegt die Seite mit Geburtstagsglückwünschen, vertieft sich in das Porträt einer jungen Frau, die ein bedeutendes Stipendium erhalten hat, bis sie zum Schluss eingehender studiert, was in den letzten Jahren eine feste Gewohnheit geworden ist: die Todesanzeigen. Sie versucht sich all die nun erloschenen Leben vorzustellen, die sich hinter den kurzgefassten Texten verbergen. Und schaudert leicht, wenn es eine Person in viel zu jungem Alter getroffen hat. Signe fällt auf, dass an diesem dritten Tag des neuen Jahres ganze vier Anzeigen von der Art sind, wie sie die Gemeinde aufgibt, wenn jemand gestorben ist und keine Menschenseele davon Notiz genommen oder sich als Angehöriger gemeldet hat.

Weihnachten und Neujahr herrscht Hochsaison für einsam aufgefundene Verstorbene, weiß sie aus ihrer eigenen Zeit als Streifenpolizistin.

Unser geliebter Ehemann, Vater, Schwiegervater und Großvater ist plötzlich von uns gegangen, Oberstleutnant im FE Svend Bech-Olesen, geboren am 16.08.1960, verstorben am 01.01.2017. In tiefer Trauer, Vibeke, Anja, Julie, Mads, Anemone und Konstantin. Die Bestattung findet am 09. Januar um 13.00 Uhr in der Skovshoved-Kirche statt, liest sie in der vorletzten Spalte und will bereits zur nächsten weitergehen, als sie auf einmal stutzt und die Anzeige ein weiteres Mal liest.

Besonders zwei Wörter erregen ihre Aufmerksamkeit. *Oberstleutnant.* Und *FE.* Sie liest noch mal. Und noch mal. ... *plötzlich von uns gegangen.* Mit einer wachsenden Unruhe reißt sie die Seite heraus, faltet sie zusammen und steckt sie in die Gesäßtasche. Dann eilt sie nach draußen und lässt die Haustür hinter sich ins Schloss fallen.

Kapitel 46

»Ich hab was vom NC3 reinbekommen. Ich leite es an dich weiter.«

Nabiha steht von ihrem Schreibtisch auf, kommt zu Juncker und stellt sich hinter ihn. Er klickt auf ihre Mail und öffnet die angehängte Datei.

»Na, die waren ja schnell«, bemerkt Juncker.

»Darum habe ich sie auch gebeten. Wie du siehst, ist das Blut, das sie an dem zerbrochenen Fenster gefunden haben, nicht von derselben Gruppe wie das des Afghanen. Er war es demnach nicht, der den Molotowcocktail durchs Fenster geworfen hat.«

»Nein, das können wir wohl festhalten«, sagt Juncker. »Hast du etwas über Carsten Petersen herausgefunden?«

»Du hast ihn vernommen, wie ich deiner SMS entnehmen konnte. In Verbindung mit dem Anschlag auf das Flüchtlingsheim, richtig?«

»Na ja, wenn man das so sagen kann. Er steht ja nicht unter Verdacht, aber ich habe vor einigen Tagen mit ihm gesprochen. Zu Hause bei ihm. Er wohnt in Gundløse, vier, fünf Kilometer von Sandsted entfernt.«

»Er hat ein paar Vorstrafen wegen Körperverletzung bei mehreren Kneipenschlägereien, nichts Ernstes, alles auf Bewährung. Und eine Vorstrafe wegen Alkohols am Steuer, aber auch von der leichteren Sorte, mit einem halben Jahr Führerscheinentzug. Er wurde in Sandsted geboren und

hat sein ganzes Leben hier in der Gegend verbracht.« Nabiha schaut zu Juncker. »Daher dachte ich, dass es eigentlich logisch wäre, wenn er hier auch Familie hätte. Also
habe ich das gecheckt.«

»Und?«

»Hat er. Unter anderem eine kleine Schwester.«

»Und?«

»Die Schwester hat eine siebzehnjährige Tochter. Namens Rikke. Klingelt da was?«

Juncker runzelt die Brauen. Dann nickt er langsam. »Das
Mädchen vom Vergewaltigungsfall.«

»Genau. Sie ist Carsten Petersens Nichte.« Nabiha lächelt Juncker an. »Ich denke, das nennt man ein Motiv,
oder?«

Juncker lächelt zurück. »Eine Art.« Er steht auf. »Gute
Arbeit, Nabiha.«

Sie neigt den Kopf und sagt nichts, aber ihre Miene
verrät die Freude über das Lob. Sie wirkt fast so gut gelaunt wie an dem Kneipenabend vor Silvester, denkt
Juncker und notiert sich im Geiste, dass das Verwandt-
schaftsverhältnis zwischen dem Vergewaltigungsopfer
und Carsten Petersen eine weitere Information ist, die
Jens Rasmussen ihm vorenthalten hat. Denn natürlich
hat er es gewusst.

Er schaut auf die Uhr. Fast halb fünf.

»Als ich neulich bei Carsten Petersen war, habe ich bemerkt, dass er ein Pflaster am rechten Unterarm hatte. Ich
habe ihn nicht darauf angesprochen. Lass uns zu ihm fahren und fragen, wie er sich verletzt hat.«

»Jetzt?«

»Ja. Passt es nicht?«

»Doch, klar. Fahren wir.«

Carsten Petersen starrt die beiden Polizisten ausdruckslos an.

»Wir haben ein paar Fragen. Dürfen wir reinkommen?«, fragt Juncker.

Der Mann dreht sich wortlos um. Juncker und Nabiha folgen ihm ins Wohnzimmer. Carsten Petersen stellt sich mit dem Rücken zu ihnen ans Fenster.

»Was wollen Sie?«

»Wir wollen … ach so, tut mir leid, das hier ist Polizeiassistentin Nabiha Khalid.«

»Aha.« Carsten Petersen bleibt stehen. »Eine Kanakin in Uniform. Tja, warum nicht?«, murmelt er.

Juncker sieht aus dem Augenwinkel, wie Nabiha erstarrt. Er legt ihr die Hand auf den Arm.

»Das haben wir nicht gehört«, sagt er. »Aber ich möchte Sie gern zwei Dinge fragen. Als ich neulich bei Ihnen war und wir über den Vergewaltigungsfall gesprochen haben, haben Sie gar nicht erwähnt, dass es sich bei der Betroffenen um Ihre Nichte Rikke handelt.«

»Nee, wieso auch? Danach haben Sie nicht gefragt.« Carsten Petersen dreht sich um.

»Dürfen wir uns setzen?«, fragt Juncker.

»Nein«, antwortet der Mann und verschränkt die Arme.

»Schön, dann bleiben wir stehen. Ich habe mir nur gedacht, dass es eine relevante Information ist … also, Ihre Verwandtschaft mit Rikke.«

»Für Sie vielleicht, nicht für mich. Mein Verhältnis zum Opfer dieser Vergewaltigung ist dasselbe, egal ob ich verwandt mit ihr bin oder nicht. Sie wurde Opfer eines Verbrechens, und Verbrecher müssen bestraft werden.«

»Und wenn sich die Rechtsprechung hinauszögert, muss jemand anders einspringen?«

»Das habe ich nicht gesagt.«

»Aber Sie denken es.« Nabiha steht breitbeinig und die Hände in die Hüften gestemmt da.

Carsten Petersen sieht sie mit einem Blick an, der vor Verachtung trieft. »Jetzt hören Sie mal zu, Sie … Sie wissen einen Scheißdreck darüber, was ich denke.«

»Ich glaube, das tue ich sehr wohl, und …«

Wieder legt ihr Juncker die Hand auf den Arm. Sie funkelt ihn wütend an, schweigt aber.

»Es gibt noch etwas, worüber ich gern mit Ihnen sprechen wollte. Mir ist neulich ein Pflaster an Ihrem Unterarm aufgefallen.«

»Aha.«

»Würden Sie uns erzählen, wie es zu der Verletzung kam?«

Carsten Petersen zuckt mit den Achseln. »Ich habe mich an einer zerbrochenen Fensterscheibe in meinem Schuppen geschnitten, als ich die Glassplitter entfernen wollte.«

»Das war natürlich unglücklich. Wie ist es zerbrochen?«

Der Mann schaut Juncker in die Augen. »Ich bin versehentlich mit dem Stiel einer Schneeschaufel dagegen gekommen.«

»Eine Schneeschaufel? Tut mir leid, aber als ich das erste Mal hier war, lag noch kein Schnee. Wozu brauchten Sie eine Schneeschaufel?«

Carsten Petersen schaut weg. »Vielleicht war es auch eine normale Schaufel. Oder irgendwas anderes. Das weiß ich nicht mehr genau.«

»Aha. Dürfen wir das Fenster sehen?«

»Das können Sie tun, wenn Sie gehen. Und das ist jeden Moment.«

»Wir bestimmen selbst, wann wir gehen, und das tun wir, wenn wir Antworten auf unsere Fragen bekommen haben«, erwidert Juncker, obwohl er weiß, dass er zumindest zum jetzigen Zeitpunkt mit Platzpatronen schießt. »Eins noch. Wären Sie bereit, eine DNA-Probe abzugeben?«

»Warum sollte ich?«

»Wir haben etwas Blut an dem Fenster im Flüchtlingsheim gefunden, das der Brandstifter eingeschlagen hat, als er den Molotowcocktail ins Zimmer warf. Wir möchten nur gern ausschließen, dass es Ihr Blut ist.«

»Ist es nicht. Ich habe nichts mit dem Molotowcocktail zu tun.«

»Dann haben Sie ja auch nichts zu befürchten, wenn Sie eine Probe abgeben.«

Carsten Petersen schüttelt den Kopf. »Das können Sie sich abschminken. Ich gebe Ihnen keine Probe. Meine Gene werden ganz bestimmt nicht bis in alle Ewigkeit in euren Registern liegen.«

»Das werden sie auch nicht. Wenn es keine Übereinstimmung gibt, wird das Ergebnis der Probe gelöscht.«

»Wie auch immer. Die Antwort ist trotzdem Nein.«

»Sie wissen schon, dass wir eine richterliche Anordnung einholen und Sie zwingen können, eine Probe abzugeben?«

»Tun Sie das ruhig. Sonst noch was? Nein? Dann sollten Sie jetzt besser gehen. Und das war das letzte Mal, dass wir auf diese Weise miteinander reden. Wenn Sie das nächste Mal etwas von mir wollen, müssen Sie mich schon als Beschuldigten vorladen.«

Juncker nickt und schaut wieder zu Nabiha, die den Mann in Grund und Boden starrt. Aber sie hält sich zurück.

»Dieser Schuppen …?«, fragt Juncker.

»Hinter dem Haus. Den Fliesenweg lang.«

Der Schuppen scheint ein ehemaliges Hühnerhaus zu sein. Er hat zwei Sprossenfenster, und eines der kleinen Glasfelder ist durch ein Stück Masonitplatte ersetzt.

Er geht zurück zu Nabiha, die am Auto wartet. Sie steigen ein.

»So ein widerlicher Kotzbrocken«, sagt sie.

»Ja, ziemlich unsympathischer Kerl.«

»Hat es gestimmt mit dem Fenster?«

»Ja. Eine der Scheiben war zerbrochen.«

»Hm. Also kann er sich tatsächlich dort geschnitten haben.«

»Tja, das ist natürlich möglich. Oder …«

»Oder was?«

»Er könnte das Szenario auch selbst arrangiert haben. Vielleicht hat er gemerkt, dass mir das Pflaster aufgefallen ist, als ich beim ersten Mal bei ihm war, und vorgesorgt, indem er das Fenster eingeschlagen hat.«

»Und wir können nicht beweisen, dass er sich woanders geschnitten hat, richtig? Es ist eine ziemlich wasserdichte Erklärung.«

»Ja. Wenn wir keine DNA-Probe bekommen, ist es das.« Juncker lässt den Motor an und dreht die Heizung auf.

»Das, was du gesagt hast, von wegen richterliche Anordnung: Haben wir genug gegen ihn, um eine zu kriegen?«, fragt Nabiha.

»Das bezweifle ich.«

»Und dass es seine Nichte ist …«

»Wird kaum ausreichen. Und für die Verletzung hat er eine Erklärung. Ich würde sagen, da reicht auch ein nur einigermaßen kompetenter Jurastudent im dritten Semester, um das Begehren abweisen zu lassen.«

»Was ist mit einem Durchsuchungsbeschluss?«

Juncker schüttelt den Kopf. »Auch nicht. Außerdem bin

ich ziemlich sicher, dass er längst alles beseitigt hat, was ihn belasten könnte.«

Sie blickt durch die Dunkelheit auf Carsten Petersens Haus.

»Also glaubst du, er war es?«

Er lacht trocken. »Ja klar. Natürlich war er es.«

Kapitel 47

Signe wirft den Mantel in die Ecke, setzt sich an den Schreibtisch und schaltet den Computer ein.

... *plötzlich von uns gegangen*, heißt es in der Anzeige. Wer weiß, woran er gestorben ist? Das muss sich herausfinden lassen. Sie zieht die Zeitungsseite aus der Hosentasche und streicht sie glatt. Ist es der Mann aus dem Parkhaus?

Ihr kommt ein Gedanke. Sie nimmt ihr Handy, klickt auf das Twitter-Symbol und weiter zu #politidk. Seit einigen Jahren verwendet die Kopenhagener Polizei nun schon Twitter, um die Bevölkerung über die aktuellen polizeilichen Aktionen und alles, was sonst noch so von Interesse für die Allgemeinheit scheint, auf dem Laufenden zu halten.

Signe denkt nach. Die Tage fließen zusammen. Aber es war Neujahr, als sie den Mann im Auto unter dem Israel Platz getroffen hat. Sie scrollt in den Nachrichten zurück, bis sie beim ersten Januar ankommt.

Die ersten zwei Tweets betreffen die Silvesternacht, die den Umständen entsprechend halbwegs ruhig verlaufen ist, mit derselben Anzahl von Einsätzen wie üblich und ebenfalls derselben Anzahl von ernsthaften Augenverletzungen wie in den letzten Jahren. Sie fährt mit dem Zeigefinger über die Liste und überfliegt zwei Tweets betreffend einen Brand in einer Wohnung in Østerbro, wo ein Weihnachtsbaum Feuer gefangen hatte, und einen größeren Unfall in Valby.

Der fünfte Tweet vom Neujahrstag lässt ihr Herz schneller schlagen.

Gegen 11 Uhr 15 wurde ein Mann im Ørestedsparken leblos aufgefunden. Bei Ankunft im Krankenhaus wurde er für tot erklärt. Die ersten Untersuchungen deuten auf Herzversagen als Todesursache hin. Es gibt keine Anzeichen für ein Verbrechen. Die Angehörigen wurden informiert.

Signe legt das Handy auf den Tisch. Dann nimmt sie es wieder in die Hand und liest den Tweet erneut. Der Zeitpunkt passt. Sie geht auf Facebook, tippt »Svend Bech-Olesen« ins Suchfeld. Sie erhält einen Treffer und klickt auf den Link zum Profil. Es lässt sich nicht behaupten, dass er sonderlich aktiv gewesen wäre. Er hat zwei Bilder von Kindern, vermutlich seine Enkel, geteilt und ein paar Urlaubsfotos von der amerikanischen Westküste. Das ist eigentlich auch schon alles. Abgesehen davon, dass er sechsundfünfzig Jahre alt ist – oder besser gesagt wurde –, 1979 das Gymnasium und 1987 sein Studium an der Offiziersschule abschloss sowie eine Frau namens Vibeke hat.

Das Profilbild scheint auf der Reise in die USA aufgenommen worden zu sein – das Selfie eines rüstigen Paares in Positur vor der Golden Gate Bridge in San Francisco. Signe klickt auf das Bild, beugt sich vor und studiert Svend Bech-Olesen in Großaufnahme. Er sieht wie das Urbild eines Militärs aus. Halbglatze, mit einem Kranz fast gänzlich weißen, kurzrasierten Haares, kräftige Brauen, sorgfältig gestutzter Schnurrbart, nussbraune, wettergegerbte Haut und ein Ausdruck in den Augen, der deutlich vermittelt, dass dieser Mann es gewohnt ist, Befehle zu erteilen – und sie auch befolgt zu sehen. Gleichzeitig jedoch, bildet Signe sich ein, mit einer gewissen Wärme hinter der brüsken Fassade.

Sie versucht, sich die Stimme aus dem Parkhaus zurück in Erinnerung zu rufen. Passt sie zum Bild von Svend Bech-Olesen? Unmöglich zu sagen. Ihr fällt ein, dass sie den Mann nicht sonderlich groß geschätzt hatte, weil sie seine Knie nicht durch die Rückenlehne hatte spüren können. Wie groß ist er? Sie scrollt etwas vor und zurück, auch das ist schwer anhand der wenigen Bilder einzuschätzen. Allerdings scheint er nicht größer als seine Frau zu sein, es sei denn also, sie ist eine überdurchschnittlich hochgewachsene Frau … ja, dann fügt sich auch dieses Teil ins Puzzle.

Aber welche Stellung hatte der Verstorbene im FE? Sie kennt niemanden im militärischen Geheimdienst. Victor aber vielleicht. Sie wählt seine Nummer. Er nimmt beim ersten Klingeln ab.

»Hallo, Signe. Wie geht's? Bist du okay?«

Langsam hat sie es über, ständig gefragt zu werden, ob sie okay ist. »Mir geht es gut, danke. Ein bisschen müde vielleicht.«

»Verständlich, es waren ein paar anstrengende Tage.«

»Das kann man so sagen. Aber, Victor, ich rufe an, weil ich fragen wollte, ob du mir helfen kannst.«

»Schieß los.«

»Hast du Kollegen oder frühere Kollegen, die beim FE waren?«

»Beim FE? Lass mich kurz … ja, na klar, einer meiner alten Kollegen aus Aarhus, er wurde vor fünf, sechs Jahren zum FE geholt. Warum?«

Signe zögert. »Ich muss herausfinden, ob ein bestimmter Mann beim FE war. Aber es muss, wie soll ich sagen, diskret passieren.«

»Steht es im Zusammenhang mit …«

»Ja«, sagt Signe. »Tut es.«

Victor schweigt einen Moment. »Okay. Wie heißt der Mann?«

»Svend Bech-Olesen. Mit Bindestrich. Er ist Obers…«

»Er ist der Leiter einer ihrer Abteilungen oder Sektionen«, unterbricht Victor sie. »Ich weiß nicht mehr genau, wie man es beim FE nennt. Oder war der Leiter«, korrigiert er sich selbst. »Ich habe ihn nie persönlich getroffen, nur mal vor ein paar Jahren am Telefon mit ihm gesprochen. Es ging um einen seiner Männer in einem Fall mit ein paar Russen, die versuchten, sich in die Systeme des Außenministeriums zu hacken. Was ist mit ihm?«

»Er ist tot.«

»Tot?«

»Jep.«

»Aber wie?«

»Herzversagen. Ganz plötzlich.«

»Woher weißt du das?«

»Die Todesanzeige steht heute in der Zeitung.«

Erneutes Schweigen am anderen Ende.

»Und weißt du, wo seine Leiche gefunden wurde? Im Ørestedsparken. In direkter Nähe zum Parkhaus am Israels Plads. Eine halbe Stunde, nachdem der Mann, mit dem ich gesprochen habe, gegangen war.«

»Du glaubst also …«

»Na ja, ich meine … doch, das glaube ich. Du nicht?«

»Aber Signe, ist dir klar, was das bedeutet?«

»Ja.«

»Wir sprechen davon, dass ein Mann liquidiert wurde. Ein Mitarbeiter des militärischen Geheimdienstes. Das ist vollkommen …« Victor gibt es auf, die passenden Worte zu finden. »Was hast du vor?«, fragt er stattdessen.

»Merlin informieren. So schnell wie möglich.«

»Klingt vernünftig.« Victor schweigt ein paar Minuten. »Signe?«

»Ja?«

»Sei vorsichtig, okay?«

»Was meinst du?«

»Diese Sache, sie ist …« Wieder lässt er den Satz unbeendet. »Sei einfach vorsichtig«, sagt er mit Nachdruck.

Kapitel 48

»Soll ich dich heimfahren?«, fragt Juncker.

Nabiha nickt. »Gern.«

Als sie vor ihrer Wohnung ankommen, bleiben sie eine Weile schweigend im Auto sitzen.

»Warum hast du mich gestern außen vor gelassen? Warum durfte ich nicht mit auf die Suche nach ihnen kommen? Und nach Kristoffer?«, fragt Nabiha dann.

Juncker betrachtet sie aus dem Augenwinkel. Sie schaut ihn mit ihren schwarzen Augen an, die signalisieren, ob sie wütend ist oder auf dem besten Weg, es zu werden; so viel hat er mittlerweile über Nabiha gelernt. Irgendwie müssen sich ihre Pupillen dabei verändern, denkt er, das ist die einzige Erklärung.

»Ich habe es dir schon gesagt, es war ein Spezialeinsatz, und wir sechs wurden eigens dafür ausgewählt. Nabiha, du bist sicher eine gute Polizistin, aber das hier war …«

»Was?«

Er überlegt einen Moment. »Es war nicht für jeden geeignet.«

»Jeden«, wiederholt sie höhnisch. »Ich bin nicht jeder. Was willst du überhaupt darüber wissen, wie viel ich aushalten kann?«

»Nicht viel. Und genau aus dem Grund wollte ich dich nicht dabeihaben. Außerdem war es nicht meine

Entscheidung. Das Team wurde von der Leitung in Kopenhagen zusammengestellt.«

Sie sinkt in sich zusammen. »Aber wenn wir mehr gewesen wären, hätten wir vielleicht ...«

»Nein, Nabiha«, unterbricht Juncker sie verärgert. »Es hätte keinen Unterschied gemacht. Egal wie viele wir gewesen wären, hätten wir nicht vor gestern früh eingreifen können, als wir die Informationen über den Standort der Kirchenglocken bekamen. Und vom Gemeindedirektor. Außerdem haben wir Kristoffer ja noch rechtzeitig gefunden.«

Und, denkt er, ein fehlgeleitetes Projektil wie sie – mit ihrem Temperament und persönlichen Gefühlen für Kristoffer – wäre so ziemlich das Letzte gewesen, was sie bei dieser Aktion hätten gebrauchen können.

Sie schaut ihn an. »Was machen wir jetzt? Morgen, meine ich?«

»Das sehen wir dann.«

»Eine Sache habe ich mich gefragt.«

»Ja?«

»Wenn es Carsten Petersen war ...«

»Ja?«

»Woher wusste er dann, in welchem Zimmer sie wohnten?«

Juncker lässt den Motor an. »Sehr gute Frage.«

Sie öffnet die Tür, schwingt das rechte Bein hinaus, stoppt jedoch mitten in der Bewegung.

»Hattest du schon mal einen Fall, bei dem du genau wusstest, wer der Täter ist, es aber nicht genügend Beweise gab, um ihn zu belangen?«

»Das ist schon vorgekommen. Nicht oft, aber ja, durchaus.«

»Was tut man dann? Die Fälle zu den Akten legen? Sie vergessen?«

»Sie vergessen?« Er schüttelt den Kopf. »Nein, man vergisst sie niemals.«

Er fährt in den tiefen Reifenspuren von heute Morgen durch den Schnee in der Einfahrt. Alle anderen in der Straße haben den Gehweg gekehrt, fällt ihm auf. Das sollte er auch tun, aber ihm fehlt die Energie. 18 Uhr 44. Kann er so spät noch anrufen? Er schaltet den Motor ab und starrt eine Weile apathisch durch die Windschutzscheibe auf die gelbe Backsteinmauer am Ende des Carports. Dann öffnet er das Telefonbuch in seinem Handy, tippt »ger« ins Suchfeld und klickt auf den Namen, der erscheint. »Geriater Morten Havgaard«.

»Havgaard.«

»Guten Abend, hier ist Martin Junckersen. Wir haben vor einiger Zeit schon mal gesprochen, über meinen Vater, Mogens Junckersen.«

»Ich erinnere mich.«

»Tut mir leid, dass ich so spät noch anrufe.«

»Kein Problem. Was kann ich für Sie tun? Wie geht es Ihrem Vater?«

»Nicht so gut. Sein Zustand wird immer schlechter, daher wollte ich fragen, ob es irgendwie möglich wäre, die, wie heißt es noch …?«

»Sie denken an eine Begutachtung?«

»Genau. Ob es möglich wäre, die Begutachtung vorzuziehen. Der Termin ist erst am 16. Oktober.«

»Tja, wie ich Ihnen sicher schon beim letzten Mal gesagt habe, beträgt die Wartezeit aktuell um die vierzig Wochen.«

»Es geht ihm wirklich schlecht.«

»Ja, so ist es bei vielen dementen Menschen.« Der Arzt seufzt. »Das soll nicht herablassend klingen.«

»Nein, nein, so habe ich es auch nicht verstanden.«

»Wie hat sich sein Zustand entwickelt? Ist er eine Gefahr für sich selbst? Oder für andere?«

»Na ja, eine Gefahr ...«

»Ist er suizidal? Soll heißen, hat er versucht, Selbstmord zu begehen? Oder davon gesprochen?«

»Nein, nicht, dass ich wüsste. Ich bin tagsüber meistens nicht zu Hause, aber soweit ich sehen kann, hat er nicht versucht, sich selbst Schaden zuzufügen. Und was das Sprechen angeht ... er redet praktisch überhaupt nicht mehr.«

Juncker überlegt, ob er ihm erzählen soll, wie der Vater ihn angegriffen hat, und entscheidet sich dafür. »Er hat mich einmal geschlagen. Nichts Ernstes, aber ...«

»Hm, ich kann morgen gern schauen, ob ich etwas tun kann. Vielleicht können wir es ein paar Wochen vorziehen, aber mit mehr sollten Sie nicht rechnen. Ich kann Ihre Situation gut verstehen. Aber das ganze System steht stark unter Druck. Ich melde mich wegen eines neuen Termins, falls es sich machen lässt.«

Juncker dankt ihm und legt auf.

Als er die Autotür öffnet, hört er Musik aus dem Haus. Es dauert einen Moment, bis das beinahe instinktive Erkennen in Gewissheit übergeht. Aber es ist auch schon vierzig Jahre her, dass er dieses Stück zum letzten Mal gehört hat. Er schließt das Auto ab, bleibt jedoch stehen und lauscht. Spürt, wie das Adagio von Beethovens fünftem Klavierkonzert in ihm dasselbe Gefühl untröstlicher Trauer hervorruft wie damals – Trauer, die dabei auf merkwürdige Weise gemischt ist mit Freude und Dankbarkeit darüber, dass in der Welt etwas so Schönes existiert wie dieses Stück.

Wenn seine Kindheit mit einer Musik unterlegt werden sollte, dann mit den Klängen von Mogens Junckersens

Lieblingsmusik – dem *Kaiserkonzert*, wie es auch genannt wird. Der Vater legte die Platte mindestens drei, vier Mal pro Woche auf, über lange Zeit auch täglich. In regelmäßigen Abständen schleifte er seine Söhne, entweder zusammen oder getrennt, in sein Arbeitszimmer, um das etwa fünfundvierzig Minuten lange Stück zu hören. Die Jungen wurden auf die Couch gesetzt, während der Vater hinter seinem Schreibtisch saß, reglos wie eine Statue, bis der letzte Ton verklungen war. Bis auf das allererste Mal, da Juncker gezwungen wurde, das Klavierkonzert anzuhören. Als das Adagio einsetzte, konnte er, der gerade fünf, sechs Jahre alt war, die Tränen nicht zurückhalten. Hektisch hatte er versucht, sie wegzuwischen, bevor sein Vater das »weibische Flennen« entdeckte, wie er es normalerweise bezeichnete. Doch vergeblich. Mogens Junckersen sah die Tränen. Er war aufgestanden und zu seinem Sohn herübergekommen, der sich in Erwartung der bevorstehenden Schelte klein machte. Doch stattdessen hatte der Vater sein Taschentuch hervorgezogen, es ihm wortlos gereicht und ihm sanft über den Kopf gestrichen. Dann war er zurück an seinen Platz gegangen, hatte sich gesetzt, und sie hatten die Musik zu Ende gehört.

Juncker schließt die Haustür auf und geht ins Wohnzimmer. Es ist dunkel, was die Musik in gewisser Weise noch klarer und reiner erscheinen lässt. Er ahnt den Umriss seines Vaters bei der Glastür zum Garten. Der Alte steht unbeweglich mit der Hand auf dem Türgriff und schaut hinaus in die Dunkelheit. Er hat seinen Sohn nicht bemerkt. Juncker bleibt ein paar Sekunden lang in der Türöffnung stehen und betrachtet seinen Vater. Dann schließt er vorsichtig die Tür. Auf dem Weg in sein Zimmer bemerkt er aus dem Augenwinkel etwas, was ihm zuvor beim Betreten des Hauses nicht aufgefallen war. Am mattierten Glas der

Eingangstür hängt ein Zettel. Merkwürdig, dass er ihn zuvor nicht bemerkt hat. Er nimmt das Papier ab.

Es stehen zwei Wörter darauf. Geschrieben mit eckigen Buchstaben und zittriger Hand. Der Vater hatte einst eine schöne und regelmäßige Handschrift, aber auch diese gehört inzwischen der Vergangenheit an. Der Zettel sieht aus wie das Werk eines Erstklässlers. Juncker braucht einen Moment, um die Zeichen zu dechiffrieren. Doch dann erkennt er es.

Erlöse mich, steht da.

Juncker geht in sein Zimmer, legt sich aufs Bett und starrt an die Decke. »Erlöse mich«. Er denkt an die Worte des Geriaters. Bestenfalls um ein paar Wochen könne man die Untersuchung des Vaters vorziehen, hat er gesagt. Was bedeutet, dass es immer noch bis zu zehn Monate so weitergeht. Und was dann, falls sich die Demenz des Vaters als schwer genug erweisen sollte, um ihn für unmündig erklären zu lassen? Dann kann er ihn zwingen, ins Pflegeheim zu gehen, falls irgendwann ein Platz frei wird. Dort kann der Alte herumtappen, wütend und unglücklich, und unter den anderen geistig Kranken und Verwirrten nach seiner Frau suchen, während das verbliebene bisschen Menschlichkeit sich allmählich auflöst und er zum Schluss ans Bett gefesselt dahinvegetiert, brüllend und in eine Windel kackend, die – wenn er Glück hat – ein paar Mal täglich gewechselt wird. Bis sein Körper irgendwann Stopp sagt. Was im schlimmsten Fall sehr viel später geschieht, als das Gehirn schlappmacht.

Er schließt die Augen und atmet tief durch. Ein Gedanke, der den ganzen Tag schon am Rande seines Bewusstseins verharrt hat, kämpft sich nun in die vorderste Reihe. Der Vater hatte sämtliche Schränke und Schubladen im Haus geleert, abgesehen vom Arbeitszimmer. Aber wozu? Wenn er in seiner Verwirrung nach seiner Frau gesucht hatte, wieso hatte er es in kleinen Schubladen und Küchenschränken getan? Im kranken Kopf eines alten Mannes ergibt es vielleicht Sinn, in einem Garderobenschrank nach einem anderen Menschen zu suchen. Aber in einer Besteckschublade?

Es wäre natürlich auch möglich, dass er gar nicht wie von Juncker angenommen nach seiner Frau gesucht, sondern ihn einfach ein plötzlicher Wutanfall überkommen hat. Wut über sein elendes Leben beispielsweise.

Oder aber ...

Juncker zögert, den Gedanke zu Ende zu denken.

Oder aber jemand hat ...

Ein ungewohnter Laut mischt sich in die Musik aus dem Wohnzimmer. Eine Glocke? Dann wird ihm klar, dass es die Türklingel ist. In den Wochen, die er hier nun schon wohnt, hat er sie noch kein einziges Mal gehört. Ein weiteres Element aus der Geräuschkulisse seiner Kindheit, das er verdrängt hat.

Er fragt sich, wer es sein kann, steht auf, zieht den Schlüsselbund aus seiner Jackentasche und geht nach unten, um aufzuschließen.

Kapitel 49

Merlin starrt wie versteinert auf die Seite mit der Todesanzeige vor sich auf dem Schreibtisch.

»Und wann sagst du, wurde er gefunden?«

»Twitter zufolge an Neujahr gegen Viertel nach elf vormittags. Eine halbe Stunde, nachdem mein Informant das Parkhaus verlassen hatte«, sagt Signe, die auf der anderen Seite von Merlins Schreibtisch sitzt.

Der Chef reibt sich die Stirn. »Und die Todesursache?«

»Herzversagen, heißt es im Tweet. Was allerdings keine sehr genaue Angabe ist.«

»Hm.«

Beide schweigen eine Weile.

»Kann man jemanden töten und es nach einem Herzversagen aussehen lassen?«, fragt Signe dann.

Merlin zuckt die Achseln. »Tja, keine Ahnung, aber eine Welt, die eine derartige Palette an menschengemachten Widerwärtigkeiten bereithält, kann doch sicherlich auch ein Gift ausspucken, das dazu in der Lage ist. Ruf schnell mal Markman an.«

Signe zieht ihr Handy aus der Tasche und wählt die Nummer des Rechtsmediziners.

»Signe Kristiansen! Was kann ich für Sie tun, schöne Frau?«

Gösta Markman hat nur sehr wenige Schwächen. Das heißt, um genau zu sein: eine.

»Markman, ich will dir nicht die Zeit stehlen …«

»Zuckermaus, für dich habe ich alle Zeit der Welt.«

»Danke. Ich habe eine kurze Frage. Kann man jemanden umbringen, sodass es wie ein Herzversagen aussieht?«

»Tja …« Er denkt einen Moment an. »Ja, das ist möglich. Es gibt mehrere potente Toxika, wo man sehr genau hingucken muss. Eines der bekanntesten und effektivsten ist Batrachotoxin, besser bekannt als das Gift der südamerikanischen, wie heißen sie noch mal? Kriechtiere? Amphibien! Frösche, sind es. Pfeilgiftfrösche«, sagt der gebürtige Schone dann, der ein bisschen gebraucht hat, bis ihm der korrekte Begriff auf Dänisch eingefallen ist. »Es braucht nicht mehr als, ich glaube, es sind 0,0001 Gramm, um einen Erwachsenen umzubringen. Und es geht schnell.«

»Und in einer Obduktion würde man das Gift nicht entdecken?«

»Bei Obduktionen findet man häufig das, wonach man sucht. Und bei einer so kleinen Konzentration bezweifle ich, dass man das Toxikum finden würde, wenn man nicht schon von vorneherein den Verdacht hat, dass der Tote vergiftet wurde.«

»Und es gäbe keine sichtbaren äußeren Anzeichen?«

»Nicht unbedingt. Es gäbe natürlich eine kleine rote Einstichwunde an der Stelle, wo das Gift injiziert wurde, aber auch die wird nicht zwingend bemerkt. Die meisten Menschen, vor allem natürlich ältere, haben schließlich etliche Male und Flecken auf der Haut. Es ist also bei Weitem nicht gesagt, dass der Obduzent die Wunde entdeckt, wenn er oder sie nicht sehr genau nachsieht. Eventuell würde das Gift entdeckt werden, wenn in Verbindung mit der Autopsie eine Probe in der Forensik untersucht wird. Aber wenn der Tote verkalkte Koronararterien oder ein

vergrößertes Herz aufweist, würde man sehr wahrscheinlich das schlechte Herz die Todesursache sein lassen.
Unter anderem, weil eine forensisch-chemische Analyse
teuer ist. Und wie überall sonst spart man auch auf diesem Gebiet.«

»Okay. Also das Gift von einem Pfeilgiftfrosch, hast du
gesagt? Gibt es noch andere?«

»Auf jeden Fall. Das gute alte Curare zum Beispiel, Lieb-
lingsgift der Krimiautoren. Es wird aus Rinde gewonnen,
und auch hier reicht eine kleine Menge, um einen Menschen zu töten. Es entspannt die Muskeln und lähmt die
Atmung. Mehr fallen mir nicht ein, ich bin ja kein Toxi-
kologe, aber ich möchte wetten, dass es auch eine Reihe
synthetischer Gifte gibt, die den Zweck erfüllen. Es würde
mich wundern, wenn nicht jeder Geheimdienst dieser bösen Welt mindestens ein solches Mittelchen im Repertoire
hätte. Darf ich fragen, warum du das wissen willst?«

»Warum?« Signe schaut zu Merlin, der heftig den Kopf
schüttelt und sich den Zeigefinger vor die Lippen hält. Sie
nickt. »Du darfst natürlich fragen, Markman, aber ich darf
dir keine Antwort geben. Und jetzt muss ich Schluss machen. Danke für deine Zeit.«

»Liebste Signe, für dich *anytime*, das weißt du. *Your wish
is my command*.«

»Jaja, Markman. Bis dann.« Signe legt das Telefon auf
den Tisch. »Es ist durchaus möglich, sagt er.«

»Ja, das habe ich mitgekriegt.«

»Wird er ganz sicher obduziert?«

»Nicht zwingend. Man wird vermutlich eine gerichts-
ärztliche Leichenschau durchführen. Aber wenn nicht einmal der Anfangsverdacht auf ein Verbrechen besteht, ist es
fraglich, ob irgendein Gericht oder Staatsanwalt eine Autopsie anordnen wird.«

»Falls er obduziert wird, kommen wir dann an den Obduktionsbericht?«

»Schon, aber ...«

»Aber was?«

Er steht auf und tritt ans Fenster, bleibt dort allerdings nur einige Sekunden lang stehen, bevor er zurückkommt und sich wieder auf seinen Schreibtischstuhl setzt. »Sag mir noch mal, was glauben wir genau, was passiert ist? Nur, damit wir uns beide vollkommen einig sind, ehe wir weitere Schritte unternehmen.«

Signe richtet sich auf und holt tief Luft. »Wir glauben, oder ich glaube, dass jemand beim FE zu irgendeinem Zeitpunkt einen Tipp bekommen hat, dass die EHB gegründet wurde, also eine antisemitische Terrororganisation, die aus dänischen und schwedischen Neonazis sowie Islamisten besteht. Der FE hat daraufhin Bent Larsen in die Organisation eingeschleust. Larsen war an der Planung des Terrorangriffs auf dem Nytorv beteiligt, und vermutlich war er derjenige, der ein Safe House in der Nähe von Sandsted für Simon Spangstrup und Mahmoud Khan organisierte. Khan kam als unbegleitetes Flüchtlingskind nach Dänemark, behauptete, er sei minderjährig und wurde im Flüchtlingsheim bei Sandsted untergebracht. Derweil schlich sich Simon Spangstrup, der vom IS zum Topterroristen ausgebildet wurde, ins Land, während wir ihn für tot hielten, und lebte eine Zeit lang im Untergrund, möglicherweise in Malmö.«

Sie steht auf und tritt ans Fenster.

»Die beiden sollen den Terrorangriff auf dem Nytorv ausführen. Bent Larsens Führungsoffizier beim FE ist Svend Bech-Olesen. Am Tag vor dem Angriff erzählt Bent Larsen ihm, wann und in welcher Stadt der Anschlag stattfinden wird, früher wusste er es offenbar nicht. Wir können davon ausgehen, dass Svend Bech-Olesen diese Information an seinen Vorgesetzten weitergegeben hat, doch aus irgendeinem Grund wird nicht eingegriffen, und der Anschlag findet wie geplant statt. Darüber ist Svend Bech-Olesen natürlich verdammt wütend, umso mehr, da offenkundig jemand beim FE – und zwar jemand sehr weit oben – vorhat, die Sache zu vertuschen. Also kontaktiert er mich, um uns in die richtige Richtung zu lenken, ohne sich selbst in Gefahr zu bringen. Anscheinend wurde er aber beobachtet, und als sein oder seine Schatten entdecken, dass er sich mit mir trifft, liquidieren sie ihn. Wer weiß, vielleicht hätten sie es so oder so getan. An irgendeinem Punkt durchschaut die EHB Bent Larsens Doppelspiel, und Simon Spangstrup ermordet ihn und seine Frau. Anschließend benutzt er den Mord an ihr als PR-Aktion, oder wie man ihr perverses Video nun nennen soll. Wie Spangstrup hinter Larsens Verrat gekommen ist, kann ich nicht sagen, aber Juncker vermutet, dass die EHB sich in unsere Systeme eingehackt hat. Vielleicht waren sie also auch in den Computern der Geheimdienstler und haben etwas gefunden, was Bent Larsen auffliegen ließ.« Signe hält inne und denkt einen Moment nach. »Das heißt, obwohl Spangstrup und der Afghane wussten, dass Larsen über den Angriff geplaudert hatte, beschlossen sie, die Sache dennoch durchzuziehen. Meine Fresse, die sind echt eiskalt.«

»Allerdings. Nur, was du sagst, fasst sehr gut zusammen, was wir glauben. Aber was wissen wir, Signe? Also ›wissen‹ wie in ›beweisen können‹?« Er wartet ihre Antwort nicht ab. »Wir wissen, dass sich die EHB zu dem Anschlag bekannt hat und dieser so gut wie sicher von Simon Spangstrup und dem Afghanen ausgeführt wurde. Wir wissen, dass Mahmoud Khan tot ist und wir Spangstrup in Gewahrsam haben. Wir wissen, dass sie auch Bent und Annette Larsen getötet haben. Und wir wissen, dass ein Oberstleutnant des militärischen Geheimdienstes gestorben ist, angeblich an Herzversagen. Wir wissen, dass du dich mit einem Mann getroffen hast, der erstaunlich gut über die Entstehung der EHB informiert ist. Wir wissen auch, dass der Mann, der dich per E-Mail kontaktiert hat, und Bent Larsens Führungsoffizier ein und dieselbe Person sind. Auf jeden Fall lief es über dieselbe E-Mail-Adresse. Aber wir wissen nicht – und nun meine ich mit hundertprozentiger Sicherheit –, ob es sich bei deinem Mann tatsächlich um Svend Bech-Olesen gehandelt hat. Und wir wissen nicht, ob Svend Bech-Olesen der Führungsoffizier war.«

Signe kratzt sich verzweifelt am Kopf. »Du willst mir also sagen, dass wir überhaupt nichts tun können?«

»Das sage ich nicht. Noch nicht jedenfalls. Aber ich sage, dass wir höllisch aufpassen müssen, wenn wir die Sache weiterverfolgen wollen. Wenn wir jemanden bezichtigen, und zwar wahrscheinlich auch noch einige sehr ranghohe Personen im Geheimdienst, ihr Wissen nicht genutzt zu haben, um einen Terroranschlag mit neunzehn Toten zu verhindern, dann müssen wir verflucht noch mal extrem gut gerüstet sein. Wir sprechen hier von Menschen, die anscheinend bereit sind zu töten, wenn jemand der Wahrheit zu nahe kommt. Und wenn nun in Svend Bech-Olesens Autopsiebericht steht – falls er denn überhaupt obduziert wird –, dass er an Herzversagen und demnach einer natürlichen Ursache gestorben ist, brauchen wir mehr als nur die Vermutung, dass er am helllichten Tag mit dem Gift eines südamerikanischen Frosches oder was auch immer im Ørestedsparken ermordet wurde.«

Er lehnt sich mit verschränkten Armen zurück. Eine Weile herrscht Stille. Dann bricht Signe das Schweigen.

»Der Laptop …«

Merlin nickt. »Ja. Bent Larsens Laptop. Der könnte unsere einzige Chance sein. Juncker hat darauf zwar nichts gefunden, was direkt auf den FE verweist, aber er hatte ja auch noch nicht die Möglichkeit, sich eingehender damit zu beschäftigen. Wer weiß eigentlich, dass er existiert?«

»Das NC3 natürlich. Aber wie viele dort, weiß ich nicht. Jedenfalls der, der mit dem Laptop gearbeitet hat, und sein Chef. Den beiden wurde ja schon ein Maulkorb verpasst. Außerdem hat Juncker es erwähnt, als er uns vor der Aktion in Sandsted gebrieft hat, das macht noch mal vier. Troels, Victor und die zwei anderen vom PET. Also mindestens sechs Leute. Vielleicht hat Juncker es auch Nabiha erzählt, die mit ihm auf der Wache arbeitet. Ob jemand von ihnen es weitergegeben hat …« Sie zuckt mit den Achseln.

»Und der FE«, sagt Merlin.

»Was meinst du?«

»Diejenigen beim FE, die wussten, dass Svend Bech-Olesen Bent Larsens Führungsoffizier war, dürften auch darüber informiert gewesen sein, dass die beiden in irgendeiner Form miteinander kommuniziert haben. Der- oder diejenigen müssen wissen, dass Bent Larsen einen Computer hatte, den er ausschließlich zu diesem Zweck verwendete. Und den sie garantiert verflucht gerne in die Finger kriegen würden.«

Signe überläuft es kalt.

»Wo ist dieser Computer jetzt?«, fragt Merlin.

»Juncker hat ihn sicher mit zurück nach Sandsted genommen, samt der gespiegelten Festplatte. Er ist ja primär ein Beweis in seinem Fall um den Mord an den Larsens. In dem er zumindest technisch gesehen nach wie vor der Ermittlungsleiter ist. Der Laptop gehört also in die zuständige Polizeidienststelle. Außerdem gibt es wahrscheinlich mindestens eine weitere Kopie der Festplatte. Die der PET hat, würde ich denken.«

»Ruf Juncker an. Jetzt gleich.«

Signe nimmt ihr Handy. Nach einer halben Minute geht die Mailbox dran.

»Er nimmt nicht ab.«

Kapitel 50

Er dreht den Schlüssel im Schloss um und öffnet die Haustür. Auf der Schwelle steht eine Frau mittleren Alters, und, schätzt Juncker nach einem schnellen Scan, mit einem Kleidungs- und Make-up-Budget im oberen Bereich. Das Gesicht ist lang und schmal, die Augen sind mandelförmig, die Lippen knallrot und mit sicherer Hand geschminkt. Das Ganze eingerahmt von stahlgrauem Haar, das lose auf das teuer aussehende Seidentuch um den Hals fällt. Ihr Mantel ist schwarz oder dunkelblau, das lässt sich in der Dunkelheit schwer erkennen, und reicht ihr bis über die Knie. Eine dunkle Hose und spitze Stiletten. Hinter ihr stehen zwei Männer, ebenfalls in dunklen Mänteln mit hochgeschlagenen Kragen, die aussehen als lägen sie ein hübsches Stück über Durchschnittsgröße, sowohl was die Höhe als auch die Breite angeht.

»Martin Junckersen?«, fragt sie.

»Ja.«

»Polizeikommissar Martin Junckersen?«

»Das ist korrekt.«

»Dürfen wir reinkommen?«

»Worum geht es?«

»Dürfen wir reinkommen?«, wiederholt sie, nun mit einem Lächeln, das mit seinem Hauch von Überlegenheit unterstreicht, was bereits ihr Tonfall andeutet: dass es sich

in Wirklichkeit um einen Befehl handelt, bloß um der Höf-
lichkeit willen verkleidet als freundliche Anfrage.

Juncker macht einen Schritt zur Seite. Die drei treten ein.
Die Männer, die anscheinend denselben Friseur mit einer
Vorliebe für radikal kurzrasierte Haare teilen, nicken Juncker schweigend zu. Sie stinken von Weitem nach ehemaligen Elitesoldaten, die zu Leibwächtern konvertiert sind,
denkt er.

Die Frau wendet sich um, und die beiden Kraftprotze
nehmen eilends einen Meter hinter ihr Aufstellung. Sie
schaut Juncker an, noch immer lächelnd.

»Woher kommen Sie?«, fragt Juncker.

Ihr Lächeln wird breiter. »Diese Auskunft bin ich leider
nicht befugt zu geben.«

»PET? FE? Oder Außenministerium? Justizministerium?«

»Wie gesagt habe ich nicht die Befugnis, Ihnen das zu
sagen.«

Sie schaut auf die Wohnzimmertür. »Sind Sie allein im
Haus?«, fragt sie.

»Mein Vater ist auch hier. Es ist sein Haus. Aber das wissen Sie ja sicher. Er hört Musik.«

»Ja, das ist deutlich.« Sie legt ihre behandschuhten
Hände vor dem Schritt übereinander, wie ein Fußballspie-
ler, der sich beim Freistoß in der Mauer aufstellt. Wie auf
Kommando nehmen die beiden Männer hinter ihr dieselbe
Positur ein. Jeden Moment kommt Sean Connery durch die
Tür, denkt Juncker.

»Was wollen Sie?«, fragt er.

»Sie sind ...« Die Frau richtet sich auf und drückt die
Schultern zurück. »Sie sind in Besitz eines Computers,
den Sie an einem Tatort entdeckt haben, genauer gesagt
an dem Ort, wo die Leiche eines gewissen Bent Larsen gefunden wurde. Nicht wahr?«

Juncker gibt keine Antwort.

»Um nicht allzu viel Zeit zu verschwenden: Wir wissen, dass Sie den Computer haben und fordern Sie auf, uns diesen auszuhändigen.«

»Sie haben nicht zufällig eine richterliche Anordnung?«, erwidert Juncker.

Die Frau überhört die Frage. Sein Handy klingelt. Er fasst in die Tasche.

»Lassen Sie es klingeln«, befiehlt die Frau, nun in einem Ton, der deutlich zu verstehen gibt, dass die einleitenden Höflichkeitsfloskeln vorbei sind.

Juncker stockt. Dann zieht er die Hand aus der Tasche. Ohne das Handy. Nach einigen Sekunden verstummt das Klingeln. Er betrachtet die Szenerie vor sich.

»Nehmen wir einmal spaßeshalber an, dass ich den Laptop hierhabe. Dann ja aus dem Grund, dass er wichtiges Beweismaterial für die Aufklärung des Mordes an den Larsens bildet. Einem Fall, in dem ich, soweit ich informiert bin, immer noch Ermittlungsleiter bin. Und den kann ich natürlich nicht einfach irgendwelchen Leuten übergeben, von denen ich keinen Schimmer habe, wer sie sind.«

Die Frau schüttelt kaum merklich den Kopf, wieder mit einem Touch von Überlegenheit.

»Man wird Sie morgen zu einem Treffen bei der Landespolizei einbestellen. Dort wird man Ihnen mitteilen, dass die Aufklärung und Untersuchung der näheren Todesumstände von Bent und Annette Larsen nicht länger in Ihren Zuständigkeitsbereich fallen. Bei dieser Gelegenheit wird man Sie zudem darüber informieren, dass alles, was die beiden Morde hier in Sandsted betrifft, mit Hinblick auf die nationale Sicherheit strengster Geheimhaltung unterliegt. Und man wird Sie über die Konsequenzen aufklären, die es hat, falls Sie Informationen über die Aufklärungsarbeiten an Dritte weitergeben. Wenn Sie nun also so freundlich wären, uns den Computer auszuhändigen? Und die gespiegelte Festplatte. Wir haben nicht den ganzen Abend Zeit.«

»Wenn ich es nicht …«

Sie unterbricht ihn, und nun klingt ihre Stimme eine Spur müde. »Glauben Sie mir, Sie werden es tun. Sonst finden wir ihn selbst. Wir wissen, dass er hier im Haus ist. Wäre es aus Rücksicht auf Ihren alten Vater nicht das Beste, wenn Sie ihn uns einfach geben würden, dann brauchen wir hier nicht alles zu durchsuchen und ihn zu erschrecken?«

»Wie Sie es gestern getan haben?«

Ihre linke Augenbraue hebt sich. Er kann nicht ausmachen, ob das bedeutet, dass er ins Schwarze getroffen hat oder völlig danebenliegt.

»Ich habe keine Ahnung, wovon Sie sprechen. Wie gesagt, den Laptop und die Festplatte bitte.«

Er kann nichts machen, sieht Juncker ein. Der Laptop und die Festplatte sind in seiner Aktentasche. Aus dem Augenwinkel sieht er, wie die Frau einem der Männer zunickt, der sich an seine Fersen heftet und ihm in sein Zimmer folgt. Die Tasche liegt auf dem Schreibpult, er zieht Computer und Festplatte heraus und reicht sie dem Mann, der die Übergabe mit einem stummen Nicken quittiert.

Auf dem Weg zur Tür dreht sich die Frau noch einmal um.

»Danke für Ihre Kooperation. Sie hören wie gesagt morgen von uns.«

Dann sind sie weg. Juncker bleibt einen Augenblick stehen und starrt auf die verschlossene Haustür. Mit dem Gefühl, gerade bei irgendeinem völlig absurden Theaterstück mitgewirkt zu haben. Er geht in die Küche, setzt sich an den Tisch und fischt sein Handy aus der Tasche. Es war Signe, die vorhin angerufen hat. Er klickt auf ihren Namen, und sie nimmt sofort ab.

»Juncker, der Laptop, Bent Larsens …«

»Zu spät, Signe. Es ist zu spät.«

4. Januar

Kapitel 51

»Haben sie von dir auch verlangt, das Handy abzugeben? Und den PIN?«

Juncker nickt. Sie sitzen in Signes Büro. Erst allmählich kommt ihr Puls nach dem Treffen zur Ruhe.

»Sie haben gecheckt, wen wir angerufen haben. Ob wir mit Journalisten in Kontakt standen. Oder Politikern. Hast du es nicht zurückbekommen, als du gegangen bist?«, fragt er.

»Doch, habe ich.«

Sie trinkt einen Schluck Kaffee und stellt ihren Plastikbecher mit einem Ausdruck von Abscheu weg.

»Der Kopenhagener Polizeidirektor. Der Chef der Landespolizei. Und wer war die Frau noch mal?«

»Die Ministerialdirektorin des Justizministeriums.«

»Und der Letzte?«

»Keine Ahnung. Er wurde nicht vorgestellt. Jedenfalls nicht in meiner Gegenwart.«

»Soweit ich sehen konnte, wurde kein Protokoll geführt.«

Juncker lächelt resigniert. »Diese Gespräche haben nie stattgefunden. Sie stehen in keinem Kalender, und du wirst kein einziges Stück Papier und keine einzige Mail finden, die die Übertragung dieses Falles erwähnt; und falls doch, wird sie mit einem fetten Siegel der Geheimhaltung versehen sein.«

»Wen, glaubst du, haben sie noch zu so einem … freundschaftlichen Gespräch bestellt?«

»Alle, die eng in den Fall verwickelt waren. Außer uns beiden Nabiha und Victor. Eventuell Troels, Sigurd und Jasper. Und die vom NC3.«

»Und Merlin.«

»Ja, ihn ganz sicher auch.«

Sie schüttelt den Kopf. »Und jetzt begraben sie den Fall also. Damit die Schuldigen im FE ungeschoren davonkommen. Einundzwanzig Tote!«

»Wir wissen ja nicht, ob sie davonkommen. Es ist nicht auszuschließen, dass jemand vom oder außerhalb des FE …«

»Ganz bestimmt«, schnaubt sie. »Glaubst du, sie werden uns überwachen?«

»Da kannst du Gift drauf nehmen. Jedenfalls in der nächsten Zeit.«

»Werden wir hier abgehört?«

»Glaube ich nicht. Noch nicht zumindest. Aber wer weiß …«

»Was wollen die denn bitte schön der Öffentlichkeit erzählen? Wie wollen sie das den Medien erklären?«, fragt Signe.

»Das dürfte nicht so schwierig sein. Wir haben die Schuldigen hinter dem Terrorangriff gefunden. Einer ist tot, der andere dingfest gemacht. Wir wissen, welche Organisation dafür verantwortlich war, gegen die EHB wird nun aus sämtlichen Ecken und Winkeln ermittelt, und einige der Drahtzieher, sowohl Islamisten wie auch Neonazis, werden sicher hinter Gittern landen. Den Mord an den Larsens werden sie als internen Konflikt in einer Terrororganisation darstellen. Und falls das Video mit Annette Larsen an die Öffentlichkeit gelangt, was garantiert passieren wird, ändert es im Grunde nichts daran.«

»Das heißt Bent Larsen, der in Wirklichkeit ein Held ist, er wird …«

»Ja, er und seine Frau werden die Opfer sein. Sie werden als widerliche Neonazis ausgestellt. Aber sie sind ja tot. Dann ist da noch Svend Bech-Olesen. Er ist ja offiziell an plötzlichem und unerklärlichem Herzversagen gestorben, was jährlich mehrere hundert Mal vorkommt und dementsprechend niemanden groß wundern wird. Außer uns beiden gibt es wahrscheinlich nur sehr wenige Personen, die eine Vermutung haben, welche Rolle er in der ganzen Sache gespielt hat. Alles in allem: Der Fall hat ein so gutes Ende gefunden, wie man es sich nur wünschen konnte. Auch wenn es zu Beginn etwas träge ging, wird man ihn als Erfolg verkaufen.«

Sie starrt auf die Tischplatte.

So eine verdammte Scheiße, denkt sie. Juncker blickt sie fest an.

»Jetzt beruhig dich, Signe. Und überleg dir gut, was du tust. Du könntest nicht nur deine Karriere ruinieren. Es ist auch …«

Sie blickt auf. »Einundzwanzig Menschen, Juncker. Einundzwanzig.«

5. Januar

Kapitel 52

Niels hatte vorgeschlagen, Troels Mikkelsen zu ihnen nach Hause zum Abendessen einzuladen. Verzweifelt hatte sie versucht, eine kühle und nüchterne Miene zu bewahren. Nein, das wolle sie nicht, hatte sie in bemüht ruhigem Ton geantwortet. Troels Mikkelsen sei ihr Kollege, sie hätten ein ausgezeichnetes kollegiales Verhältnis, aber sich gegenseitig zu Hause zu besuchen, das mache man einfach nicht in ihrer Abteilung. Er solle zum Beispiel Juncker nehmen, führte sie an. Mit ihm habe sie sehr viel länger und enger zusammengearbeitet als mit Troels, und sie hätten sich auch nie privat getroffen.

Da fände sie es schon besser, wenn sie sich Freitag nach der Arbeit in irgendeiner netten Bar auf einen Drink treffen würden. Mit dem Hintergedanken, dass sie auf diese Weise um spätestens achtzehn Uhr die »Jetzt müssen wir aber nach Hause zu den Kindern«-Joker ziehen konnte.

Daher befinden sie sich nun alle drei in einer kleinen Cocktailbar in einem Kellerlokal zwischen Sankt Hans Torv und den Kopenhagener Seen in der Innenstadt, nicht weit von Niels' Arbeitsplatz entfernt. Signe mit einem Klumpen von der Größe eines Fußballs in ihrem Bauch. Niels hat Troels Mikkelsen herzlich begrüßt und ihm mehrere Sekunden lang die Hand geschüttelt. Sie ihrerseits hat sich gedacht, dass es nicht auffallen wird, wenn sie ihm nicht die Hand gibt, schließlich haben sie sich heute bereits auf der Arbeit gesehen.

Troels hat aus irgendeinem Grund seine übliche Landadelattitüde heruntergefahren, sowohl was Outfit als auch Gebaren angeht. Er sieht ja fast normal aus, denkt Signe, mit seiner blauen Jeans, dem hellblauen Hemd und seinem schwarzem Blazer. Und er ist ausgesprochen nett zu Niels. Der seinerseits kaum an sich halten kann vor – das muss Signe ihm lassen – ehrlicher und tiefempfundener Freude darüber, dem Mann, der seine Frau praktisch buchstäblich den Klauen des Todes entrissen hat, von Angesicht zu Angesicht gegenüberzustehen.

»Ich weiß gar nicht, wie ich Ihnen danken soll. Was Sie für unsere Kinder, für mich – ja, und natürlich für Signe – getan haben … Stimmt doch, Signe?«

Signe lächelt so steif, dass es sich anfühlt, als würde ihre Haut um die Mundwinkel bröckeln.

»Was wollt ihr trinken?«, fragt sie.

Die beiden Männer suchen einen Tisch. Signe geht zur Bar und bestellt einen Negroni für Troels, einen Manhattan für Niels und einen Gin Tonic für sich selbst.

»Einen Doppelten«, sagt sie mit leiser Stimme zum Barkeeper.

Am Tisch haben sich Troels Mikkelsen und Niels nebeneinander auf eine gepolsterte Bank gesetzt. Signe nimmt ihnen gegenüber auf einem Stuhl Platz. Sie stoßen an.

»Ich weiß, dass ihr nichts darüber sagen dürft, was passiert ist. Aber dem wenigen, was Signe mir erzählt hat, kann ich entnehmen, dass es ein ziemlich unglaublicher Schuss war, den Sie da abgegeben haben. Wo haben Sie gelernt, so gut zu schießen?«, fragt Niels.

»Ich trainiere schon sehr lange. Habe unter anderem bei Wettkämpfen mitgemacht. Ich wäre sogar fast für die

Olympischen Spiele ausgewählt worden … aber das ist viele Jahre her«, erklärt Troels und lächelt Niels an, der zurücklächelt.

Wir wissen es, du bist der Allergrößte, denkt Signe.

»Aber hatten Sie gar keine Angst, sie zu treffen? Soweit ich es verstanden habe, waren die Lichtverhältnisse nicht die besten.«

»Darüber hatte ich gar nicht die Zeit nachzudenken. In so einer Situation muss man sich binnen Sekunden entscheiden, und wenn ich nicht geschossen hätte, wären wir vielleicht alle drei getötet worden.« Er nippt an seinem Drink. »Ich bin sicher, wäre es umgedreht gewesen, wäre ich in der Hand der Terroristen und Ihre Frau an meiner Stelle gewesen, hätte sie genau dasselbe getan.«

Troels schaut Signe an. Sie erwidert seinen Blick. Einige Sekunden lang. Dann schaut sie weg.

Du solltest besser hoffen, dass wir zwei nie, niemals in diese Situation kommen, denkt sie.

Das Gespräch plätschert dahin, und irgendwann bestellen sie eine weitere Runde.

»Diesmal bin ich dran«, sagt Troels und macht Anstalten aufzustehen.

»Auf keinen Fall.« Niels legt ihm die Hand auf den Arm. »Signe, kannst du …?«

Sie nickt, steht auf und geht zur Bar.

»Dasselbe noch mal«, sagt sie zum Barkeeper.

»Und den Gin Tonic …?«

»Jep.«

Um Viertel vor sechs zieht sie den Joker. »Niels, wir sollten jetzt nach Hause zu den Kindern … auch wenn es sehr schön ist«, lügt sie.

Auf der Straße verabschieden sie sich. Niels und Troels Mikkelsen schütteln sich die Hände.

»Nein, Sie kriegen verdammt noch mal eine Umarmung«, sagt Niels und zieht ihn an sich.

Signe wird schlecht. »Tut mir leid, ich muss schnell noch auf die Toilette. Troels, wir sehen uns Montag. Holst du das Auto, Niels?«

Sie macht kehrt, eilt die Treppe hinunter, durchquert die Bar und betet, dass nicht beide Toiletten belegt sind. Sie sind frei, sie schlägt die Tür der Kabine hinter sich zu, schließt ab, hebt Deckel und Klobrille an und fällt vor der Schüssel auf die Knie.

6. Januar

Kapitel 53

Er schenkt sich eine Tasse Kaffee ein und nimmt sie mit ins Wohnzimmer. Setzt sich aufs Sofa und legt die Beine hoch. Lehnt den Kopf zurück und spürt die Verspannungen im Nacken. Atmet mehrfach tief durch. Allmählich kommt der Puls wieder zur Ruhe, merkt er, und der Bauchschmerz lässt nach. Doch seine Hände zittern noch immer so heftig, dass er die Tasse mit beiden Händen greifen muss.

Anderthalb Wochen. So viel hatte der Geriater die Untersuchung des Vaters vorziehen können. Auf den 4. Oktober, wie er ihm gestern am Telefon mitteilte. Das hieß also, es würde Monat um Monat so weitergehen. Und danach, keinerlei Gewissheit.

Als er gestern Nachmittag heimgekommen war, war passiert, was er so ziemlich am meisten gefürchtet hatte, seit er hier eingezogen war. Der Vater hatte sich in die Hose gekackt. Als Juncker das Wohnzimmer betrat, hatte er in seinem Sessel am Fenster gesessen und mit leerem Blick in die Luft gestarrt. Ob es passiert war, weil er die Kontrolle über seine Körperfunktionen verloren hatte, weil er sich trotz der Zettel an den Türen nicht länger im Haus zurechtfand, oder aber aus stillem Protest, vermochte Juncker nicht zu sagen. Er hatte den Alten auf die Füße gestellt. Der dünne Stuhl zeichnete sich auf dem Stoff der Hose ab und hinterließ einen gelblichen Fleck auf dem hellgrauen Polster des Sessels. Dann hatte er den Vater ins Bad geführt, ihn unter die Dusche gestellt, ihm Hose und Unterhose heruntergezogen und ihn sauber gespült, während er gegen den Brechreiz ankämpfte. Anschließend hatte er saubere Kleidung geholt, die schmutzige in einen schwarzen Müllsack geworfen und eine Viertelstunde lang versucht, den Fleck mit unverdünntem Ajax zu entfernen. Den Gestank hatte er einigermaßen weggekriegt, der Fleck aber war hartnäckig.

Er stellt die Kaffeetasse auf den Couchtisch, geht zur Wohnwand und öffnet die Tür zum Barschrank. Der Vorrat geht allmählich zur Neige, bemerkt er, findet aber ganz hinten eine Flasche Whiskey, die noch zu einem Viertel voll ist, schraubt den Deckel ab und trinkt einen Schluck. Es brennt im Rachen, er schüttelt sich und nimmt noch einen ordentlichen Schluck. Dann stellt er die Flasche zurück in den Schrank und geht zum Schlafzimmer der Eltern. Öffnet die Tür und bleibt auf der Schwelle stehen.

Der Vater liegt auf dem Rücken, das wachsbleiche Gesicht der Seite des Bettes zugedreht, auf der einst seine Frau schlief. Die Augen sind geschlossen, der Mund leicht geöffnet. Juncker tritt näher und setzt sich zu ihm aufs Bett. Er bemerkt etwas Blut in einem der Nasenlöcher seines Vaters. Seine Züge sind entspannt, als würde er schlafen. Juncker steht auf, geht ins Bad und befeuchtet ein Wattepad. Zurück im Schlafzimmer setzt er sich wieder neben den Vater. Tupft vorsichtig das Blut weg und achtet darauf, dass keine Watteflöckchen in den Bartstoppeln hängen bleiben.

Die Bettdecke ist bis über den Hals gezogen. Er schiebt sie ein Stück herunter und platziert erst den einen, dann den anderen Arm des Vaters darauf. Dann geht er zur Gartentür und öffnet sie. Ein Windstoß fegt herein und vertreibt die stickige Luft im Zimmer. Der Winter hat, jedenfalls für den Augenblick, seinen Würgegriff gelockert, und die Sonne scheint von einem wolkenlosen azurblauen Himmel. Hier auf der Sonnenseite des Hauses klettert die Temperatur dem Nullpunkt entgegen, von der Dachtraufe tropft es. Er streckt die Hand aus und fängt ein paar der Tropfen auf. Der gleißende Widerschein der schneebedeckten Dächer lässt die Augen tränen, und er muss sie zusammenkneifen, um nicht geblendet zu werden. Einen Moment lang blinzelt er in die weiße Landschaft. Zwei Elstern suchen in einer großen Eberesche nach Beeren, die Vögel sind das einzige sichtbare Zeichen von Leben.

Er schließt die Tür. Am Fußende des Bettes liegt ein Kopfkissen. Das der Mutter. An einigen Stellen sind kleine Blutflecken auf dem Bezug. Er nimmt es mit in die Waschküche, gibt etwas Fleckentferner darauf, wirft den Bezug in die Maschine, wählt das Kochwäscheprogramm und drückt auf Start. Dann geht er ins Arbeitszimmer des Vaters.

Eine Weile steht er vor dem Schreibtisch und schaut darauf. Dann geht er herum und setzt sich auf den Stuhl. Den Stuhl des Vaters. Seinen Thron. Nie zuvor hat er darauf gesessen. Er lehnt sich zurück, die hohe Rückenlehne gibt leicht nach. Der Stuhl ist überraschend unbequem.

Auf dem Tisch, neben der moosgrünen Schreibunterlage mit den Lederecken, liegt das alte Telefonbüchlein des Vaters mit handgeschriebenen Nummern aus dem Großteil seines Lebens. Er öffnet es. Fährt mit dem Zeigefinger über die Buchstaben, bis er bei H ankommt. Schlägt die Seite auf. Fast ganz unten, in fein säuberlichen Druckbuchstaben, stehen die gesuchten Informationen. Name und Nummer des Hausarztes. Er legt die Hand auf den Hörer des alten Schnurtelefons, zögert jedoch. Wiederholt noch einmal im Kopf, was er sagen wird.

Dann hebt er den Hörer und wählt die acht Ziffern.

Danksagung

Wir danken allen, die während des Entstehungsprozesses geduldig mitgelesen, erklärt, Verbesserungsvorschläge gemacht, Fehler und Missverständnisse ausgemistet und Dinge zurechtgerückt haben: Lotte Thorsen, Jesper Stein, Jens Møller Jensen, Susie Ågesen, Hans Petter Hougen, Jon Faber, Tina Ellekjær, Pia Bager und Eigil Kaas.

Wir danken Lene Juul und Charlotte Weiss vom Politikens Forlag, die schon früh daran geglaubt haben, dass aus der Sache ein Buch werden könnte. Und den äußerst professionellen und engagierten Mitarbeitern des Politikens Verlags – ihr seid einfach die Besten. Ein besonderes Dankeschön geht an unseren großartigen Lektor Anders Wilhelm Knudsen, der mit freundlicher Bestimmtheit Änderungen und Umformulierungen – kleine wie größere – vorgeschlagen und *Winterland* damit ohne jeden Zweifel verbessert hat.

Leseprobe

aus »Todland«
von Kim Faber und Janni Pedersen

Kapitel 1

Wenn man bedenkt, dass ihm zweimal in den Kopf geschossen wurde, sieht der Mann erstaunlich gut aus.

Die heftigen Gewitterschauer der letzten Nacht haben
das Blut aus den Eintrittswunden in den braunen Kies des
Weges gespült. Eine der beiden Wunden liegt exakt in der
Mitte der Stirn, zwei Zentimeter über der Nasenwurzel,
und sieht dem zinnoberroten Bindi hinduistischer Frauen
zum Verwechseln ähnlich. Die andere befindet sich an der
rechten Schläfe auf Höhe der Augen, die halb geöffnet,
blutunterlaufen und erloschen sind.

Der Tote liegt auf dem Rücken, ein Arm ruht etwa in
Höhe des Zwerchfells, der andere liegt wie achtlos hin-
geworfen auf dem Kies in einem Winkel von etwa dreißig
Grad neben dem Körper. Das rechte Bein ist gestreckt, das
linke dagegen in einem unnatürlichen Winkel gebeugt. Er
muss wie ein Kartenhaus zusammengeklappt sein, denkt
Polizeikommissar Martin Junckersen.

Im Kies sind keine Schleppspuren zu sehen, die der Re-
gen allerdings weggewaschen haben könnte. Wahrscheinlich ist der Mann also an einem anderen Ort getötet und
anschließend mitten auf dem Weg deponiert worden. Aber
würde man dabei das Bein in eine derart ungelenke Position bringen? Nein, der Mann liegt genau an der Stelle, wo
er umgefallen ist. Er wurde hier getötet, schließt Juncker.

Es sei denn, er hat Selbstmord begangen. Aber es ist

keine Waffe zu sehen. Sie könnte natürlich unter der Leiche liegen, oder jemand hat sie entwendet, nachdem sich der Mann selbst erschossen hat. Letzteres ist Juncker vor einigen Jahren tatsächlich mal in einem Fall untergekommen. Damals hatten er und seine Kollegen einzig anhand von Schmauchspuren an der Hand des Toten feststellen können, dass es sich um Selbstmord gehandelt und irgendjemand im Anschluss die Waffe gestohlen hatte.

Außerdem sind es zwei Schusswunden. Und auch wenn es theoretisch sicher möglich ist, dass der erste Schuss nicht tödlich war und der Lebensmüde daher ein zweites Mal auf sich schießen musste, scheint dieses Szenario gelinde gesagt reichlich unwahrscheinlich.

Es ist erst Viertel vor acht, doch die Kühle der Nacht ist bereits in den blauen Himmel verschwunden. Das Thermometer ist auf über zwanzig Grad geklettert, und gerade einmal eine Dreiviertelstunde nach der Morgendusche hat sich Junckers Rücken in ein Flussdelta aus Schweißströmen verwandelt, die sich als dunkle Flecken auf Hemd und Unterhose abzeichnen. Der Umstand wird noch durch den hermetisch geschlossenen Schutzanzug aus Kunststoff verschlimmert, in dem er steckt.

Sein Magen meldet sich ungehalten und klingt wie das Knurren eines verwöhnten Schoßhunds. Er seufzt und schluckt ein paar Mal, um die leichte Kartonrotweinübelkeit zurückzudrängen, die inzwischen zum festen morgendlichen Begleiter geworden ist.

Der etwa drei Meter breite Kiesweg teilt den Kildeparken, Sandsteds einzige größere Grünanlage, in seiner gesamten Länge. Unter den Einwohnern der kleinen Provinzstadt im Südosten Seelands heißt der Kildeparken ausnahmslos »der Kitzler«, da sich dort seit eh und je so mancherlei in den Büschen abspielt. Hier wurde Juncker vor fünfundvierzig Jahren von seiner ersten Freundin in die Geheimnisse des Zungenkusses eingeweiht, und noch heute erinnert er sich an den frischen, leicht süßlichen Geschmack ihrer Lippen und das Unbehagen, das er beim beharrlichen Versuch ihrer feuchten Zunge empfand, sich zwischen seine zusammengebissenen Zähne zu drängen. Hier geschah es auch, dass eben jene Freundin – um Lichtjahre erfahrener als er – einen Monat später sein erigiertes Glied geschickt zu einem sehr schnellen und explosiven Erguss brachte.

Fünfzig Meter entfernt stehen zwei uniformierte Polizisten und sprechen mit dem städtischen Gärtner, der den Toten gefunden hat. Juncker, der sich eigentlich am liebsten in den Schatten der mächtigen Buchen und Kastanienbäume verkriechen würde, richtet den Blick wieder auf die Leiche und geht auf dem Gras neben dem Kiesweg in die Hocke.

Die beiden Schusswunden sind klein, beinahe unschuldig anzusehen. Der Rechtsmediziner Gösta Valentin Markman, der sich gerade in seinem Wagen auf dem Weg von Kopenhagen nach Sandsted befindet, hat Juncker einmal erklärt, dass der Durchmesser einer Schusswunde aufgrund der Elastizität der Haut so gut wie immer etwas kleiner als der des Projektils ausfällt. Er beugt sich vor und studiert das Schussloch in der Stirn. Kaliber .22, schätzt er, jedenfalls irgendwas aus der Kleinkramabteilung. Die Nase des Opfers zeigt gerade zum Himmel, und soweit Juncker erkennen kann, gibt es keinen Blutfleck unter dem Kopf und demnach vermutlich keine Austrittswunde. Dasselbe gilt für die Wunde in der Schläfe, beide Projektile müssen also nach wie vor im Schädel stecken, was auf einen Munitionstyp mit einer geringen Geschwindigkeit hindeutet.

Vielleicht ist der Täter Mitglied in einem Schützenverein, überlegt Juncker. Die meisten Sportwaffen haben nämlich just jenes Kaliber .22. Es wäre definitiv eine Möglichkeit, zumal es in der Stadt tatsächlich einen recht großen Schützenverein gibt. Andererseits ... es könnte auch die Arbeit eines Profis sein. Ausgeführt von einem Minimalisten. Einem »Weniger ist mehr«-Typ.

Juncker richtet sich auf und stöhnt über den stechenden Schmerz in den neunundfünfzig Jahre alten und reichlich eingerosteten Kniegelenken. Er sollte zu einem Arzt gehen und sie untersuchen lassen. Er sollte so vieles von einem Arzt untersuchen lassen. Seine Prostata beispielsweise. Aber er hat gelesen, dass eine rektale Untersuchung für die Untersuchung des Drüsenumfangs fast schon obligatorisch ist. Und der Finger eines Arztes in seinem Hintern? Nein danke, erst mal nicht.

Die Leberwerte dagegen? Hierfür braucht es schließlich bloß eine Blutprobe. Ja, bald. Vielleicht. Er schiebt die Verfallsgedanken beiseite.

Drüben am Eingang hebt eine Frau das rotweiße Absperrband an und schlüpft darunter hindurch in den Park. Beim Anblick von Nabiha Khalids entschlossenem Marsch über den Rasen zuseiten des Kieswegs muss Juncker unwillkürlich schmunzeln. Der Rücken der zweiunddreißigjährigen Polizeiassistentin ist durchgedrückt, der Kopf hocherhoben, und der kräftige, pechschwarze Pferdeschwanz wippt hinterdrein. Sie behauptet steif und fest, in ihrem Pass stünde eins siebenundsechzig, doch Juncker hat den Verdacht, dass sie sich bei der Messung bis zum Äußersten gestreckt hat und in Wahrheit keinen Zentimeter größer ist als die eins vierundsechzig, die früher einmal für Frauen Mindestanforderung für eine Laufbahn in der dänischen Polizei waren. Sie grüßt die beiden uniformierten Beamten. Der eine reicht ihr einen weißen Anzug und

Plastiküberzüge für die Schuhe. Sie zieht die Schutzausrüstung über und geht auf Juncker und die Leiche zu. Als sie näherkommt, sieht er ein begeistertes Blitzen in ihren dunklen, fast schwarzen Augen, das zu verbergen sie sich nicht im Geringsten bemüht.

Bis vor wenigen Monaten bemannte Nabiha gemeinsam mit Juncker eine kleine Polizeistation in Sandsted. Sie war im letzten Jahr mit dem vorrangigen Ziel eingerichtet worden, die Probleme mit dem Asylheim für unbegleitete Minderjährige anzugehen, das ein Stück außerhalb der Stadt lag, doch der Zustrom von Flüchtlingen hat seither deutlich nachgelassen, und das Heim wurde im April geschlossen.

Da die Polizei nach einem Terroranschlag in Kopenhagen am dreiundzwanzigsten Dezember ressourcentechnisch am Limit arbeitete, entschied man kurz darauf, auch die Polizeistation in Sandsted zu schließen, woraufhin Juncker und Nabiha zur Abteilung für Gewaltkriminalität der Hauptdienstelle in Næstved versetzt wurden.

Zwar hat Nabiha Juncker bei den Ermittlungen im Doppelmord an einem verheirateten Paar in Sandsted assistiert, der mit dem Terroranschlag in Verbindung stand, wie sich später herausstellte. Doch dieser Fall hier wird nun ihr erster Mordfall als ordentliche Ermittlerin.

»Guten Morgen«, begrüßt sie ihn mit einem strahlenden Lächeln.

Juncker brummt etwas, das mit ein wenig gutem Willen als »Moin« gedeutet werden kann.

»Na«, sagt sie und reibt sich erwartungsvoll die Hände. »Was haben wir denn hier?« Sie macht einen Schritt auf die Leiche zu.

»He, Moment …« Juncker legt ihr eine Hand auf die Schulter.

»Entspann dich. Ich hatte nicht vor, ganz nah an ihn ranzutreten. Ich bin doch nicht blöd.« Sie funkelt ihn wütend an, und wieder einmal kann er nur staunen, wie mühelos sie von einem Moment auf den anderen von gutgelaunt zu zornig und wieder zurück switchen kann.

»Dann ist ja gut«, meint er.

Sie positioniert sich mit leicht gespreizten Beinen und vor der Brust verschränkten Armen und betrachtet die Leiche. Der Mann trägt eine beige Leinenhose sowie ein schwarzes, kurzärmeliges Polohemd, dazu hat er einen ebenfalls schwarzen Pullover um die Schultern gebunden. Die nackten Füße stecken in einem Paar Bootsschuhen. Auch wenn er vermutlich seit mehreren Stunden tot ist, hat seine Haut noch immer eine nussbraune Farbe mit einem satten, intensiven Teint, der darauf hinweist, dass er die Wintermonate an einem weit südlicheren Breitengrad als Sandsted verbracht hat. Das kräftige, fast stahlgraue Haar ist halblang, wie bei einem Künstler, und zurückgekämmt.

»Sieht aus wie ein verdammt gut gealtertes Model«, murmelt Nabiha. »Der stinkt nach Geld.« Sie wirft Juncker einen Blick zu. »Als Erstes müssen wir ihn wohl identifizieren?«

Juncker wischt sich mit dem Handrücken den Schweiß von der Stirn, öffnet den Reißverschluss des Schutzanzugs und fischt sein Handy aus der Tasche. 08.30 Uhr. Die Techniker und Markman sollten in einer halben, spätestens einer Dreiviertelstunde hier sein.

»Das können wir uns sparen«, meint er dann.

»Wieso?« Nabiha runzelt die Stirn.

»Weil ...« Er steckt das Handy wieder weg. »Weil ich weiß, wer er ist.«

Kapitel 2

Es ist eine Art Ritual geworden. Ein kleines Spiel. Sie fährt mit dem rechten Zeigefinger über die Klinge des unfassbar teuren und ebenso scharfen japanischen Santokumessers. Vorsichtig. Es braucht so wenig, denkt sie mit einem Schaudern. Nur minimalen Druck gegen die Schneide, bevor sich der dünne Stahl zunächst durch die Oberhaut, dann durch die Lederhaut und die Unterhaut arbeitet, bevor das Messer Muskeln und Adern und zuletzt den Knochen erreicht.

Sie legt es auf den Tisch, öffnet einen der Küchenschränke, nimmt Vorratsgläser und Packungen heraus und stellt alles dazu. Streut ein paar Handvoll Mandeln auf das Schneidebrett, greift erneut zum Messer und beginnt zu hacken – methodisch, gründlich, von links nach rechts und dann wieder zurück.

Polizeikommissarin Signe Kristiansen, Mordermittlerin bei der Kopenhagener Abteilung für Gewaltkriminalität, hat eigentlich noch nie verstanden, warum es einen tieferen Sinn hinter selbstgemachtem Müsli geben soll. In der Küche zu stehen und Feigen und Rosinen und Cranberrys kleinzuhacken, um das Ganze anschließend mit Haferflocken in Butter und Honig zu rösten, wo sich die Regale in den Supermärkten doch biegen vor Müsli und Granola von ausgezeichneter Qualität?

Es erschließt sich ihr ehrlich nicht. Und dennoch ... Sie wacht jeden Morgen um vier Uhr auf, ganz egal, wann sie ins Bett gegangen ist. So ist es seit jenem Januartag im Wald bei Sandsted, jenem Tag, an dem ein Mensch ihr das Leben rettete, den sie aus tiefster Seele hasst.

Die ersten Male blieb sie noch neben ihrem Mann Niels liegen – der immer schläft wie ein Baby –, starrte in die Dunkelheit und versuchte, wieder einzuschlafen. Doch die Gedanken wuselten in ihrem Kopf herum wie Wanderameisen und ließen sich nicht zurückdrängen, daher ist sie dazu übergegangen aufzustehen, sobald sie wach wird.

Anfangs hat sie sich ins Wohnzimmer gesetzt und versucht, ein Buch zu lesen, doch es klappte nicht, sie konnte sich nicht konzentrieren. Also begann sie damit, Essen zuzubereiten. Neben Müsli auch Pesto und Salsa und Chutney und Marmelade. Sie, die sich vorher noch nie groß mit Hausarbeit beschäftigt hat. An neun von zehn Tagen macht Niels das Abendessen, und in der Regel fallen ihr die Staubflusen erst auf, wenn sie groß wie Steppenläufer in einer texanischen Prärie über den Boden rollen.

Aber es tut ihr gut, etwas mit den Händen zu tun. Es dämpft den Lärm im Kopf. Außerdem redet sie sich ein, dass ihre außergewöhnliche Betätigung als Hausfrau dazu beitragen kann, einen Teil der Minuspunkte auszugleichen, die sie in all den Jahren bei der Mordkommission auf dem Familienkonto angehäuft hat.

Sie arbeitet methodisch und konzentriert, unterbrochen von Pausen, während derer sie einfach am Esstisch sitzt und die Stille im Haus genießt – bis sie Rumoren aus dem Schlafzimmer und schlurfende Schritte im Flur hört. Sie braucht nicht auf die Uhr zu schauen. Niels steht jeden Morgen um Punkt halb sieben auf, und sie hat den Kaffee in der Stempelkanne schon bereit.

»Guten Morgen«, sagt sie mit Honig auf den Stimmbändern.

»Guten Morgen«, antwortet er in neutralem Ton, setzt sich und greift zur Zeitung, die sie aus dem Briefkasten geholt hat.

Früher haben sie sich morgens immer mit einem Kuss begrüßt, doch diese Gewohnheit ist längst eingeschlafen und im besten Falle durch ein Lächeln, in den meisten Fällen durch gar nichts ersetzt worden.

Um Viertel vor sieben weckt sie den zwölfjährigen Lasse und anschließend Anne, die zwei Jahre älter ist und heftig pubertiert. Die Familie frühstückt immer gemeinsam – und immer weitgehend schweigend. So auch an diesem Morgen. Bis Signe sich räuspert.

»Wie wär's, wenn wir heute Abend …«

Niels lässt die Zeitung sinken, und die Kinder blicken von ihren Handys hoch.

»Wie wär's, wenn wir heute Abend mal essen gehen? Habt ihr Lust?«

Um den Tisch breitet sich eine Stimmung aus, die am besten mit mildem Erstaunen zu umschreiben ist. Die Kinder schauen zu ihrem Vater.

»Tja, ich weiß nicht … gibt es etwas zu feiern?«

»Nein, nein. Aber ich bin gerade dabei, den Fall abzuschließen, an dem ich schon eine Weile arbeite …«

»Die ganzen Sommerferien«, unterbricht Niels sie.

»Äh, ja … also, es ist ja nicht so, dass ich es lustig fand zu arbeiten, während ihr im Urlaub wart, aber ich kann schließlich nichts dafür, dass ein Vergewaltiger beschlossen hat, sein Opfer ausgerechnet Ende Juni umzubringen, oder?« Sie holt tief Luft. »Ich dachte nur, es wäre nett. Wir haben lange nichts mehr zusammen unternommen.«

Wenn er jetzt mit noch so einer bissigen Bemerkung daherkommt, knalle ich ihm eine, denkt sie.

Niels faltet die Zeitung zusammen.

»Lasst uns essen gehen«, sagt er und steht auf.

Signe lächelt ihm zu.

»Und dann hoffen wir eben, dass …« Niels lässt den Satz unbeendet.

Signe öffnet den Mund, hält sich aber zurück und wendet sich ab, damit er ihren Ärger nicht sieht.

Um Viertel vor acht machen sich die Kinder auf den Weg in die Schule und Niels zur Arbeit. Signe besteht darauf, ihrem Mann einen Kuss zu geben, der diesen mit leicht abwesendem Ausdruck, allerdings beinahe freundlich erwidert.

Sie betritt ihr Büro, wirft gereizt ihre Tasche neben dem Schreibtisch auf den Boden und flucht über den Berufsverkehr. Vor fünf Jahren hat es nicht viel mehr als die Hälfte der Zeit gebraucht, um von Vanløse nach Teglholmen zu kommen. Sie schließt die Tür hinter sich, ist jetzt nicht in der Stimmung für Small Talk mit Kollegen, die den Kopf hereinstecken, um nur mal eben guten Morgen zu sagen. Signe leitet eine der drei Sektionen für Mord innerhalb der Kopenhagener Abteilung für Gewaltkriminalität. Seit der Reform vor einigen Jahren, bei der die ehemalige Mordkommission mit den anderen Abteilungen für Gewaltverbrechen verschmolzen wurde, ist dies der offizielle Name. So richtig durchgesetzt hat er sich allerdings noch nicht, sodass gemeinhin meist weiter die Bezeichnung »Mordkommission«, oder auch einfach kurz »MK«, verwendet wird.

Signe teilt sich ihr Büro mit den Leitern der beiden anderen Mordsektionen, aber die sind noch nicht erschienen. Sie setzt sich hinter den Schreibtisch und starrt in die Luft.

Warum endet es immer auf dieselbe Weise? Jedes Mal, wenn sie versucht, die Hand auszustrecken und einen der Risse in ihrer und Niels' Beziehung zu kitten, stößt er sie weg. Ja, sie arbeitet viel. Und ja, es kommt häufig vor, dass sie Verabredungen entweder absagen müssen oder Niels und die Kinder ohne sie gehen. Aber was erwartet er von einer Mordermittlerin? Rechnet er ernsthaft damit, dass die Leute anfangen, sich montags bis freitags zwischen acht und sechzehn Uhr umzubringen und die Ermittlungen auf tagsüber beschränkt werden, damit sie geregeltere Arbeitszeiten bekommt?

Signe schaltet den Computer ein. Dann öffnet sie einen Ordner auf dem Desktop, scrollt zu einem Dokument mit dem Titel »Bericht« und klickt darauf.

Eines Nachts im Juni hatte ein vierunddreißigjähriger Mann eine achtundzwanzigjährige Frau in einem Nachtclub in der Kopenhagener Innenstadt angesprochen. Sie hatten getanzt, und in einem unbemerkten Moment hatte der Typ einen ordentlichen Schuss Ketamin in den Drink der Frau gekippt. Als sie etwas später an der Theke gegen den Schlaf kämpfte, erzählte der Mann dem Thekenpersonal, seine Freundin leide an Diabetes und benötige Insulin, woraufhin er mit ihr im Schlepptau den Club verließ. Während er mit ihr durch die Kopenhagener Straßen ging, vergewaltigte er die praktisch bewusstlose Frau mehrfach – die Übergriffe wurden verschiedentlich beobachtet, ohne dass jemand eingriff –, bis die gewaltsame Tournee am Hafenbecken endete, wo der Mann sie ins Wasser schmiss.

So weit zumindest Signes Theorie.

Die Leiche der Frau wurde eine Woche später von einer Gruppe Pfadfinder bei der historischen Festungsinsel Middelgrundsfortet gefunden, weit von der Stelle beim Bollwerk vor der Königlichen Bibliothek entfernt, wo man einen der Ohrringe der Frau entdeckt hatte. Signe und ihre Kollegen hatten daher angenommen, dass der Täter sie dort ins Wasser geworfen hatte.

Wie die Obduktion ergab, hatte sie zu diesem Zeitpunkt noch gelebt; die Frau war also ertrunken. Laut Bericht hatte sie zudem massive Verletzungen sowohl im Vaginalbereich als auch im Anus sowie ausreichend Ketamin im Körper, um ein mittelgroßes Pferd zu betäuben – tatsächlich findet die Substanz unter anderem in der Veterinärmedizin Verwendung. Im Zuge der technischen Untersuchungen wurden darüber hinaus trotz der langen Verweildauer im Wasser DNA-Spuren am Körper der Frau gefunden, welche mit der DNA zweier unaufgeklärter Vergewaltigungsfälle übereinstimmten, wie sich herausstellte. Der eine lag zwei, der andere drei Jahre zurück.

Die Polizei hatte ein unscharfes Bild von einer Überwachungskamera des Nachtclubs veröffentlicht, auf dem der Mann zu sehen war, der den Aussagen von Gästen zufolge die Frau im wahrsten Sinne des Wortes abgeschleppt hatte. Mehrere Zeugen hatten sich daraufhin gemeldet und den Vierunddreißigjährigen identifiziert, der mit seiner Frau in einem Reihenhaus im Kopenhagener Vorort Rødovre lebte.

Vor dem Haftrichter hatte der Mann zugegeben, sowohl mit der ertrunkenen Frau wie auch den Frauen aus den früheren Fällen Geschlechtsverkehr gehabt zu haben, allerdings sei es in allen drei Fällen auf freiwilliger Basis geschehen – ungeachtet der Tatsache, dass die beiden ersten Male auf einem Friedhof in Nørrebro sowie im Ørestedsparken stattgefunden hatten. Bezüglich der dritten Frau gab der Mann an, sie sei am Leben gewesen, als er sie am Kai zurückgelassen habe.

Es ist eher selten, dass Vergewaltigungen mit Mord enden, und daher kommt es ebenfalls selten vor, dass bei einem Fall sowohl die Sektion für Mord als auch die für Sexualverbrechen involviert ist. Warum also musste es ausgerechnet während ihres Dienstes geschehen?, fragt sich Signe. Nicht dass der Fall an sich belastender gewesen wäre als die Mordfälle, mit denen sie sonst zu tun hat. Doch von allen möglichen Kandidaten wurde im Februar ausgerechnet Troels Mikkelsen zum Leiter der Sektion für Sexualverbrechen befördert – jener Mann, der sie vor bald drei Jahren im Anschluss an eine Weihnachtsfeier vergewaltigt hat. Den sie seither erbittert hasst und der in der Hauptsache dafür verantwortlich ist, dass ihrer beider Ehe Schiffbruch droht. Wovon Niels nichts ahnt.

Als Troels Mikkelsens Beförderung öffentlich gemacht wurde, empfand sie es als himmelschreiende Ungerechtigkeit.

Das Gefühl wurde durch ein anderes Problem nur noch verstärkt, nämlich den Umstand, dass sie gerade erst begonnen hatte, ihr Trauma zu verarbeiten: Ausgerechnet Troels Mikkelsen war es gewesen, der ihr Anfang Januar bei der Jagd auf zwei Terroristen das Leben gerettet hatte.

So viel nämlich schuldet sie dem Schwein. Nicht weniger als ihr Leben.

Doch damit nicht genug. Zu ihrer großen Frustration hat sie sich nach zwei Monaten enger Zusammenarbeit eingestehen müssen, was ihr auch schon zuvor durchaus bewusst war: dass er ein äußerst fähiger Ermittler ist. Und dass er, wenn man ganz ehrlich ist … na ja, recht charmant sein kann. Dass er es mehrfach geschafft hat, die Mauer aus Hass, die sie zwischen ihnen errichtet hat, zum Bröckeln zu bringen, und sie in erschreckenden Momenten daran erinnert, weshalb sie sich in dieser Dezembernacht vor fast drei Jahren mit ihm in Vesterbro ein Hotelzimmer genommen hat.

Aber nun ist es glücklicherweise bald überstanden. Morgen wird sie sich mit der Staatsanwältin und Troels Mikkelsen treffen, und wenn sie ihren Bericht abgibt, ist der Fall, was sie betrifft, abgeschlossen.

Sie hat das Dokument soeben gespeichert, als die Tür zu ihrem Büro aufgerissen wird. Bereits in dem Bruchteil einer Sekunde, den es braucht, ehe sich eine Gestalt in der Türöffnung materialisiert, weiß sie, wer es ist. Der Einzige in der Abteilung für Gewaltkriminalität, der nicht anklopft, ist deren Chef Erik Merlin.

»In Nørrebro wurden Schüsse abgefeuert«, sagt er. »Auf dem Roten Platz. Vorläufig werden ein Toter und ein Schwerverletzter gemeldet.«

»Okay. Ich fahre hin«, antwortet sie, ohne nachzudenken. Auch wenn sie Bandenkriminalität hasst. Keiner hat etwas gesehen, keiner will mit der Polizei reden, es ist vollkommen unmöglich, eine auch nur annähernd normale Ermittlung durchzuführen.

Vor allem aber hasst sie den Gedanken, dass eine Schießerei mit Sicherheit Überstunden bedeutet und sie Niels gleich eine Nachricht schicken muss, um ihre Verabredung für heute Abend abzusagen.

Kapitel 3

Das Haus liegt in einem von Sandsteds ältesten Wohnvierteln. Es ist in einem Stil erbaut, den Juncker im Stillen immer als »Funktionalismus auf Steroiden« bezeichnet hat. Zwei imposante Stockwerke, reine, um nicht zu sagen sterile Linien und riesige Fensterpartien. Auf monströse Weise überdimensioniert, wenn man bedenkt, dass die vierhundert Quadratmeter von bloß zwei Personen bewohnt werden.

Die Frau, die verschlafen die schlichte dunkelblaue Haustür mit Klinke aus rostfreiem Stahl öffnet, ist hochgewachsen und schlank, eine unterkühlte Blondine. Und in Junckers Alter. Wenn er sich recht entsinnt, hat sie einen Monat nach ihm Geburtstag. Sie ist barfuß und trägt einen rosafarbenen Hausmantel; ein Kleidungsstück, das Juncker zum letzten Mal damals an seiner Mutter gesehen hat, die sich meist bis zum Vormittag in einen solchen Mantel zu hüllen pflegte.

Vera Stephansen ist die Ehefrau von Ragnar Stephansen, einem der beiden Partner in der einst von Junckers inzwischen verstorbenem Vater gegründeten Kanzlei. Sie sieht wesentlich jünger aus, als sie ist, und gleicht noch immer einer Kreuzung aus Alfred Hitchcocks Lieblingsblondinen – Kim Novak, Tippi Hedren und Grace Kelly. Einige Sekunden starrt sie den Mann vor sich stirnrunzelnd an.

»Martin? Juncker?«, fragt sie dann mit einer Stimme, die schwer ist von Verwunderung und Schlaf, jedoch auch einem Hauch von Freude. Zumindest bildet er sich das ein. Sie wirft einen schnellen Blick auf ihre Uhr, die locker an einem dicken, goldenen Armband um ihr schmales Handgelenk hängt. »Das ist ja eine Überraschung. Entschuldige bitte, aber du hast mich im Bett erwischt.« Sie lächelt. »Was kann ich für dich tun? Komm doch rein.«

Er tritt in den Flur oder besser gesagt in das Vestibül, was wohl eine treffendere Bezeichnung für den Raum sein dürfte, der sich mit einer Deckenhöhe von an die acht Meter durch beide Stockwerke des Hauses erhebt. Eine breite Treppe führt ins Obergeschoss mit diversen Schlafzimmern und beinahe ebenso vielen Badezimmern, wie Juncker von früheren Besuchen weiß. Sie geht ein paar Schritte in Richtung Wohnzimmer, und Juncker folgt ihr. Dann bleibt sie stehen und wendet sich um.

»Ich weiß gar nicht, ob Ragnar zu Hause oder ob er schon auf der Arbeit ist. Du weißt ja, wir haben getrennte Schlafzimmer, und ich habe ihn heute Morgen noch nicht gehört.«

Juncker nickt. »Wollen wir uns nicht ins Wohnzimmer setzen?«, fragt er. Sie erhascht seinen Blick, ehe er ihn abwenden kann. Dann legt sie ihm eine Hand auf den Unterarm.

Juncker tut sich schwer mit Körperkontakt, wenn der Betreffende ihm nicht sehr nahesteht, und will den Arm bereits zurückziehen, kann die Bewegung jedoch gerade noch bremsen. Denn er kennt sie. Oder besser gesagt: kannte sie. Doch das ist sehr, sehr lange her.

»Juncker, stimmt etwas nicht?« Ihre Stimme ist heiser. Sie lässt seinen Arm los.

»Wollen wir uns nicht ins Wohnzimmer setzen?«, wiederholt er.

»In Ordnung.« Ihre Füße gleiten lautlos über den weißen Marmorboden, während seine Gummisohlen bei jedem

Schritt quietschen. Sie nimmt auf einer schwarzen Leder-couch Platz, die eine halbe Weltreise von der Tür entfernt steht, bei einer großen Fensterpartie zum Garten. Juncker setzt sich ans andere Ende der Couch.

»Warum bist du hier, Juncker? Bist du im Dienst?«

Er nickt langsam.

»Geht es um Ragnar?«

Auch wenn das Wohnzimmer klimatisiert ist, schwitzt er.

»Ja.« Er zwingt sich, sie anzusehen. Bereit, ihre Reaktion zu registrieren, als er die nächsten zwei Sätze sagt: »Es tut mir sehr leid, dir sagen zu müssen, dass er tot ist.«

Sie sackt in sich zusammen und presst die Zähne auf-einander, wie er an ihren Kiefermuskeln erkennen kann.

»Tot? Wie? Wo?«, fragt sie, ihre Stimme kaum mehr als ein Flüstern.

»Wie es aussieht …«, setzt er an, unterbricht sich jedoch selbst. Denn es ist Schwachsinn. Es gibt keinen Zweifel, kein ›Wie es aussieht‹. »Er wurde umgebracht.«

Sie runzelt die Stirn. »Ermordet?«

Wie die meisten Polizisten – zumindest die mit einem gewissen Grad an Erfahrung – verwendet Juncker ungern die Begriffe »Mord« oder »ermordet«, denn es obliegt dem Gericht festzustellen, ob tatsächlich alle Tatbestandsmerk-male eines Mordes vorliegen. Wörter haben eine Bedeu-tung, denkt er, und dann, wie inzwischen immer häufiger: Du wirst alt. Du *bist* alt.

»Ja«, sagt er. »Umgebracht.«

Sie wendet sich ab und blickt in den Garten. Eine Träne rollt ihr über die Wange, die sie mit leicht zitternder Hand fortwischt. Falls sie ihre Reaktion nur spielt, ist es eine glänzende Darbietung. Vera Stephansen ist eine kontrol-lierte Person, und es hätte ihn gewundert, wäre sie in Trä-nen ausgebrochen.

»Wo ist er?«

»Er wurde heute Morgen gefunden. Im Kitz … im Kilde-parken.«

»Im Park? Wieso … Was hat er dort gemacht?«

Juncker zuckt mit den Achseln. »Ich hatte gehofft, dabei könntest du mir helfen.«

Vera schüttelt den Kopf. »Ich habe keine Ahnung.« Sie schaut ihn verzweifelt an, nun laufen ihr doch die Tränen übers Gesicht, doch noch immer dringt kein Laut aus ihrer Kehle.

Er steht auf, geht in die Küche und holt eine Rolle Küchenpapier, reißt einen Streifen ab, reicht ihn ihr und setzt sich wieder. Sie tupft die Tränen weg und schnäuzt sich.

»Wann?«

»Das wissen wir noch nicht. Wie es aussieht, hat er heute Nacht während des Regens dort gelegen, daher ist es möglicherweise gestern Abend oder im Laufe der Nacht passiert. Wir wissen es nicht genau. Erst wenn der Gerichtsmediziner und die Techniker die Lei …«

»Wie wurde er …?«, unterbricht sie ihn.

»Er wurde erschossen.«

»Wo? Ich meine, wo wurde er …« Sie stockt.

Juncker wägt seine Worte ab. »Man hat ihm in den Kopf geschossen«, sagt er dann. »Zweimal.«

»Ist er … sieht es …?«

»Tatsächlich nicht. Es hätte schlimmer sein können. Sehr viel schlimmer.«

Sie steht auf und tritt ans Fenster. Tupft sich erneut die Augen ab. Blickt in den Garten. Ballt die Fäuste. Entspannt sie wieder. Als sie sich umdreht, beben ihre Schultern vor ersticktem Schluchzen. Doch sie hat sich noch immer unter Kontrolle.

»Wir haben gestern gemeinsam zu Abend gegessen.

Ragnar kam spät, oder jedenfalls etwas später vom Büro, gegen acht. Ich hatte Spaghetti Carbonara gekocht. Wir haben uns eine Flasche Wein geteilt, oder eher anderthalb sind es wohl geworden. Dann ging er in sein Arbeitszimmer, er hatte noch einiges für heute vorzubereiten. Er musste ins Gericht.«

Vera verstummt und sackt in sich zusammen.

»Wohnen Mads und Louise noch in Sandsted?«

»Mads schon. Gar nicht weit von hier. Louise und ihr Mann sind nach Klampenborg gezogen. Hast du ihn mal kennen gelernt?«

»Louises Mann? Nicht dass ich wüsste.« Er steht auf. »Soll ich versuchen, Mads zu erreichen?«

»Nein, das mache ich. Ich muss nur eben mein Handy holen, es liegt oben am Bett. Entschuldige mich bitte einen Moment.«

Juncker schaut sich im Wohnzimmer um. Es ist einige Jahre her, dass er zuletzt hier war, aber es hat sich nicht viel verändert. Ein Museum für klassisches dänisches Möbeldesign. Junckers Wissen auf diesem Gebiet hält sich in Grenzen, doch er erkennt zwei von Poul Kjærholms klassischen Loungesesseln in schwarzem Leder und Arne Jacobsens weltberühmtes Ei.

Vera kommt zurück und setzt sich aufs Sofa.

»Er ist auf dem Weg.«

»Hast du ihm gesagt …?«

»Nein.«

Sie warten schweigend. Ein einziges Mal bricht sie die Stille, um zu fragen, wie lange es her ist, dass er Mads zum letzten Mal gesehen hat. Juncker kann es nicht sagen. Mindestens fünf Jahre, schätzt er und fragt nach Mads' Alter. »Achtunddreißig«, antwortet sie mit kaum hörbarer Stimme.

Die Minuten verstreichen. Junckers Blase fühlt sich an, als würde sie jeden Moment platzen. Er bezahlt den Preis, den es kostet, Regel Nummer 2 des alternden Mannes zu brechen: *Gehe niemals an einem brauchbaren Busch vorbei, ohne auszutreten.*

Inzwischen sollte er es eigentlich wissen. Er hätte im Park pinkeln sollen. Doch es gibt definitiv keinen Grund, nun auch noch Regel Nummer 1 zu brechen: *Gehe niemals an einer funktionierenden Toilette vorbei, ohne sie zu benutzen.*

»Du Vera, dürfte ich mal deine Toilette benutzen?«

»Natürlich. Die Tür neben der Treppe.«

Juncker nimmt an, dass ein Immobilienmakler in einer potenziellen Verkaufsbroschüre den Abtritt, der sich hinter der Tür auftut, als »geräumiges Gäste-WC« beschreiben würde. Tatsache ist, dass dieser Lokus genügend Platz bietet, um darin Tischtennis zu spielen. Er eilt zu der Designertoilettenschüssel, öffnet den Hosenschlitz und gibt damit den Startschuss für die obligatorischen bilateralen Verhandlungen zwischen seiner Prostata und seinem Gehirn, den Grenzübergang zwischen Blase und Harnröhre wenigstens zeitweilig zu öffnen. Dabei erstaunt es ihn wieder einmal, wie paradox es doch ist, dass er meint, so dringend pinkeln zu müssen wie noch nie zuvor in seinem Leben, während es gleichzeitig eine beinahe übermenschliche Kraftanstrengung erfordert, auch nur einen einziges Tröpfchen herauszupressen.

Nach einer Minute einigen sich die Parteien immerhin auf eine kurzzeitige Öffnung, sodass die Blase teilweise entleert wird. Was allerdings derart langsam und mit einem so dünnen und schwachen Strahl vonstattengeht, dass dieser den Wasserspiegel in der Schüssel beinahe lautlos durchbricht, ohne dabei sehr viel mehr als eine feine Kräuselung der Wasseroberfläche hervorzurufen. Er hat – auf die harte Tour – lernen müssen, dass häufig eine Nachgeburt in Form einer nicht unbeträchtlichen Anzahl Milliliter Urin folgt. Die, wenn er nicht wartet und sie hier abliefert, in Kürze in seiner Unterhose freigegeben werden. Also wartet er. Wohlweislich, wie sich zeigt.

Zurück im Wohnzimmer setzt er sich auf denselben Platz. Nach einigen Minuten hören sie die Haustür gehen, und beide stehen auf. Der Mann, der ins Wohnzimmer kommt, ist groß, beinahe ebenso groß wie er.

»Juncker? Was machst du …« Er wendet den Blick zu seiner Mutter. »Mama, ist etwas passiert? Wo ist Vater?«

Sie tritt zu ihrem Sohn und legt ihm beide Hände auf die Schultern. »Mads, dein Vater ist …« Ihre Stimme bricht. Sie räuspert sich. »Dein Vater ist tot.«

Wie er es bereits bei Vera getan hat, als er ihr die Nachricht überbrachte, beobachtet Juncker aufmerksam die Reaktion des Sohnes. Mads Stephansen reißt die Augen auf. Öffnet den Mund, bringt jedoch keinen Ton heraus. Dann schluckt er ein paar Mal, und seine Augen füllen sich mit Tränen.

»Tot?«, fragt er. »Aber wie …?«

Seine Mutter fasst ihn sanft am Ellbogen und zieht ihn zur Couch. »Komm, setz dich.«

Mads lässt sich führen und nimmt dicht neben seiner Mutter Platz. Er ist durchtrainiert, mit einem sonnengebräunten Teint und kräftigem dunklen Haar. Klare blaue Augen und markantes Kinn. Ein attraktiver Mann. Eingepackt in moderat zerschlissene Jeans, ein lindgrünes Polo-Shirt und ein schwarzes Leinensakko.

Vera greift beide Hände ihres Sohnes, legt sie in ihre und hält sie fest. Sie wirft Juncker einen Blick zu.

»Dein Vater wurde getötet. Von zwei Schüssen. Im Kildeparken. Vermutlich spät gestern Abend oder auch erst in der Nacht. Wir wissen es noch nicht genau«, sagt er.

Mads lehnt sich mit ungläubigem Blick zurück. »Getötet? Also ermordet?«

Juncker nickt.

»Es tut mir leid, Mads. Aber ich muss dir leider ein paar Fragen stellen. Du arbeitest nach wie vor in der Kanzlei, richtig?«

»Ja.« Er trocknet sich die Augen. »Ich bin Juniorpartner.«

»Hast du Einblick in manche der Fälle, mit denen dein Vater zu tun hatte?«

»Ich bin selbst an einigen davon beteiligt.« Er steht auf. »Ich brauche ein Glas Wasser.«

»Na klar.«

Mads geht in die Küche. Als er zurückkommt, setzt er sich wieder neben seine Mutter und nimmt ihre Hand. Mit einem Nicken signalisiert er Juncker fortzufahren.

»Hat irgendeiner der aktuellen Fälle Anlass zu Drohungen gegen deinen Vater gegeben? Oder gegen die Kanzlei? Ist dir bekannt, ob er Feinde hatte?«

»Wie du weißt, ist er ein sehr erfolgreicher Anwalt, der seine Fälle in aller Regel gewinnt. Mit so etwas macht man sich natürlich … ›Feinde‹ ist so ein starkes Wort. Aber es gibt sicher einige Leute, die nicht allzu viel für ihn übrighaben.«

Juncker nickt und denkt, dass es erst recht zutrifft, wenn man außerdem ein arroganter Mistkerl ist.

»Aber dass ihn jemand so sehr gehasst hat, dass er ihn umbringen würde, also, das kann ich mir schwer vorstellen.«

»Okay. Wir benötigen Zugriff auf mehrere Computer der Kanzlei, darunter auf jeden Fall der deines Vaters und seiner Sekretärin sowie wahrscheinlich auch die einiger anderer Mitarbeiter. Außerdem müssen wir verschiedene Kunden- und Bankkonten einsehen. Mit wem sollen wir uns deswegen in Verbindung setzen?«

»Laust Wilder. Er ist Partner. Na ja, das weißt du ja. Er war derjenige, der deinen Vater damals ausgezahlt hat. Allerdings …«

»Ja?«

»Wir sprechen hier vermutlich von einer großen Menge vertraulicher Dokumente. Darauf können wir nicht so einfach Zugriff …«

Juncker unterbricht ihn mit einer Handbewegung. »Falls nötig, besorgen wir einen Durchsuchungsbeschluss.« Er steht auf. »Es tut mir wirklich furchtbar leid für euch. Ich melde mich, sobald wir mehr wissen, aber jetzt lasse ich euch erst mal in Ruhe. Ich finde selbst zur Tür.«

Vera fängt seinen Blick und hält ihn fest. So lange, dass Juncker zum Schluss ein warmes Kribbeln in der Magengegend spürt.

»Juncker?« Ihre Stimme ist immer noch heiser.

»Ja?«

Sie fährt sich mit ihrer zierlichen Hand über die Stirn, wie um irgendetwas wegzuwischen. Eine Erinnerung. »Ach nichts.«

Juncker geht zur Tür. Bleibt stehen und dreht sich um.

»Übrigens, Mads, ruf bitte nicht in der Kanzlei an. Und auch sonst bei keinem der Mitarbeiter. Auch nicht Wilder.«

»Okay.«

»Und noch etwas. Vera, du warst gestern Abend und die ganze Nacht hier, richtig?«

Sie nickt.

»Und du, Mads?«

»Ich war zu Hause.«

»Und das kann deine Frau … tut mir leid, ich hab vergessen, wie sie heißt.«

»Line.«

»Line, richtig. Sie kann das bestätigen?«

»Natürlich.«

»Gibt es noch andere, die verifizieren ... die vielleicht bestätigen können, dass du zu Hause warst?«

Mads runzelt die Brauen. »Stehe ich ... stehen wir ...«

»Es sind Routinefragen, die ich stellen muss. Weiter nichts. Gibt es also außer Line noch andere?«

»Unseren Sohn, Aksel.«

»Der wie alt ist?«

»Er ist gerade zwölf geworden. Er hat seinen Großvater sehr gern gehabt, was auf Gegenseitigkeit beruhte. Es wird nicht leicht, ihm sagen zu müssen, dass er tot ist.«

»Nein, das ist keine schöne Aufgabe. Also dann, vielen Dank fürs Erste. Ich werde noch mit weiteren Fragen über Ragnar auf euch zurückkommen. Aber das hat noch etwas Zeit.«

Er nickt ihnen zu und verlässt das Wohnzimmer. Hinter sich hört er Mads aufschluchzen, davon abgesehen herrscht vollkommene Stille. Er spürt eine leichte Unruhe. Bist du in diesem Fall befangen?, fragt er sich selbst, bevor er die dunkelblaue Haustür hinter sich schließt.

Wenn Sie wissen möchten,
wie es weitergeht, lesen Sie
Kim Faber und Janni Pedersen
Todland
ISBN 978-3-7645-0729-9
ISBN 978-3-641-25796-5 (E-Book)
Blanvalet

Kopenhagen kommt nicht zur Ruhe: Der zweite Fall für das dänische Ermittlerduo Juncker und Kristiansen.

576 Seiten, 978-3-7645-0729-9

Der Terroranschlag in Kopenhagen lässt den Ermittler Martin Juncker nicht los, denn seine Frau Charlotte erhält einen anonymen Hinweis: Der Anschlag hätte verhindert werden können – und Martin soll in die Vertuschung verwickelt gewesen sein.
Als Journalistin konfrontiert Charlotte ihren Mann, doch der bestreitet alles. Insgeheim fürchtet er um ihrer beider Leben, wenn sie die Story weiterverfolgt. Einzig Martins ehemalige Kollegin Signe will der Reporterin helfen. Und so kommt sie einer unglaublichen Verschwörung auf die Spur, die bis in die höchsten Kreise der dänischen Politik reicht …

Lesen Sie mehr unter: **www.blanvalet.de**

Junckers & Kristiansens vierter Fall führt das dänische Ermittlerduo auch nach Deutschland ...

480 Seiten. ISBN 978-3-7645-0823-4

Eine Explosion erschüttert ein Kohlekraftwerk in Dänemark – der gezielte Angriff wurde von einer Kampfdrohne ausgeführt. Der nächste Angriff trifft ein Kraftwerk in Rostock. Eine Gruppe militanter Klimaaktivisten bekennt sich zu den Anschlägen.
Am selben Morgen wird in Kopenhagen der Sohn des Klimaministers ermordet aufgefunden. Als der Autopsiebericht die schwere Kokainabhängigkeit des Ministersohnes nachweist, stößt Signe Kristiansen zu den Ermittlungen. Diese ist inzwischen bei der Abteilung für Organisiertes Verbrechen und beschäftigt sich mit Drogengeschäften im großen Stil. Und genau darin war der Tote verwickelt ...

Ein Mord ohne Leiche und ein fataler Schuldspruch – doch die wahre Geschichte wartet noch darauf, erzählt zu werden …

464 Seiten. ISBN 978-3-7341-1009-2

Lund, Schweden: Vier Literaturstudenten treffen auf den gefeierten Autor Leo Stark. Schnell geraten sie in den Bann des manipulativen Schriftstellers, der sie gleichermaßen fasziniert wie abstößt. Doch eines Nachts verschwindet Stark spurlos. Und obwohl keine Leiche gefunden wird, spricht man den Studenten Adrian des Mordes schuldig.

Jahre später beschließt dessen Freund Zack, ein Buch über das Verbrechen von damals zu schreiben für das Adrian acht Jahre ins Gefängnis musste. Doch bei seinen Recherchen stößt er auf den Widerstand seiner ehemaligen Studienfreunde. Alle scheinen sie etwas vor Zack zu verbergen. Und dann taucht plötzlich Leo Starks Leiche auf …

Lesen Sie mehr unter: **www.blanvalet.de**

Das Grauen wohnt nebenan ... Bestsellerautor Mattias Edvardsson ist zurück mit einem ultimativ spannenden Roman!

448 Seiten, 978-3-8090-2722-5

Mikael ist mit seiner Familie in ein kleines Nest in Südschweden gezogen, wo er einen Neustart wagen will. Die Nachbarn sind ausgesprochen reizend, doch die heile Vorstadtidylle trügt: Jeder verbirgt dunkle Geheimnisse, heimliche Sehnsüchte und sogar kriminelle Schandtaten. Dann ereignet sich ein schrecklicher Unfall. Mikaels Frau wird von einem Auto angefahren und ringt mit dem Tod. Sein Verdacht erhärtet sich: Es war kein Unglück, sondern eine vorsätzliche Tat. Doch welcher Nachbar will Mikaels Frau tot sehen – und welches Geheimnis hütet er selbst? Der nächste packende und psychologisch tiefblickende Roman des Meisters der subtilen Spannung!